W0460683

Foto: Cris Alexander

Zu diesem Buch

Barbara Taylor Bradford, geboren 1933 in Leeds, schrieb schon als Kind Kurzgeschichten. Mit sechzehn Jahren wurde sie Reporterin bei der «Yorkshire Evening Post». Später arbeitete sie für zahlreiche englische Tageszeitungen und Modemagazine. 1963 heiratete sie den amerikanischen Filmproduzenten Robert Bradford und zog nach New York. Sie schrieb Sachbücher und Romane, mit denen sie eine weltweit gelesene Autorin wurde: gesamte Auflage über 24 Millionen Exemplare. «Bewahrt den Traum» wurde auch in der zweiteiligen Fernsehverfilmung unter dem Titel «Des Lebens bittere Süße» 1990 im ZDF ein großer Erfolg. Die Geschichte der aufregenden Dynastie erzählt Barbara Taylor Bradford in dem (in sich abgeschlossenen) Roman «Und greifen nach den Sternen» (rororo Nr. 13064) weiter. Ferner erschienen von Barbara Taylor Bradford: «Wer Liebe sät» (rororo Nr. 12865) und «Was das Herz nicht vergißt» (Wunderlich 1991).

Barbara
Taylor Bradford

Bewahrt den Traum

Roman

Deutsch von
Sonja Schleichert

rororo

Rowohlt

Die Originalausgabe erschien 1985 unter dem Titel
«Hold the Dream» bei Doubleday & Company, Inc.,
Garden City / New York
Umschlaggestaltung Barbara Hanke

Veröffentlicht im Rowohlt Taschenbuch Verlag GmbH,
Reinbek bei Hamburg, Mai 1993
Copyright © 1986 by Rowohlt Verlag GmbH,
Reinbek bei Hamburg
«Hold the Dream»
Copyright © 1985 by Barbara Taylor Bradford
Alle deutschen Rechte vorbehalten
Gesamtherstellung Clausen & Bosse, Leck
Printed in Germany
1400-ISBN 3 499 12059 3

In Liebe für Bob,
der mir alles möglich macht

In höchstem Maße verfügte sie über all jene Eigenschaften, die einen großen Prinzen auszeichnen.

Giovanni Scaramelli,
venezianischer Botschafter am Hofe
Elizabeths aus dem Hause Tudor,
Königin von England

Jedermann sei es gesagt, daß dies mein Reich nicht so knapp an Männern ist, als daß nicht ein oder zwei Spitzbuben darunter wären.

Elizabeth aus dem Hause Tudor,
Königin von England

Barbara Taylor Bradford

Bewahrt den Traum

Verzeichnis der Personen

DIE MATRIARCHIN:

EMMA HARTE Lowther Ainsley, Emma Harte genannt

IHRE KINDER:

EDWINA, verwitwete GRÄFIN VON DUNVALE, ihre uneheliche Tochter mit Edwin Fairley;
CHRISTOPHER «KIT» LOWTHER, Sohn aus der ersten Ehe mit Joe Lowther;
ROBIN AINSLEY, Sohn aus der zweiten Ehe mit Arthur Ainsley;
ELIZABETH DE RAVELLO, Robins Zwillingsschwester, Tochter von Arthur Ainsley;
DAISY MCGILL AMORY, ihre uneheliche Tochter mit Paul McGill

IHRE ENKEL:

PAULA MCGILL AMORY FAIRLEY, Daisys Tochter, Enkelin von Paul McGill;
PHILIP MCGILL AMORY, Daisys Sohn, Enkel von Paul McGill;
EMILY BARKSTONE, Elizabeths Tochter, Enkelin von Arthur Ainsley;
ALEXANDER BARKSTONE, Elizabeths Sohn, Enkel von Arthur Ainsley;
SARAH LOWTHER, Kits Tochter, Enkelin von Joe Lowther;
JONATHAN AINSLEY, Robins Sohn, Enkel von Arthur Ainsley;
ANTHONY STANDISH, GRAF VON DUNVALE, Edwinas Sohn, Enkel von Edwin Fairley;
AMANDA LINDE, Elizabeths Tochter, Enkelin von Arthur Ainsley;
FRANCESCA LINDE, Amandas Zwillingsschwester, Elizabeths Tochter, Enkelin von Arthur Ainsley

IHRE URENKEL:

LORNE MCGILL HARTE FAIRLEY, Paulas Sohn, Urenkel von Paul McGill und Edwin Fairley;
TESSA MCGILL HARTE FAIRLEY, Paulas Tochter, Urenkelin von Paul McGill und Edwin Fairley

DIE HARTE-VERWANDTSCHAFT:

RANDOLPH HARTE, ihr Neffe, Sohn ihres Bruders Winston und dessen Frau Charlotte;
WINSTON HARTE, ihr Großneffe, Randolphs Sohn, Enkel von Winston;
SALLY HARTE, ihre Großnichte, Randolphs Tochter;
VIVIENNE HARTE, ihre Großnichte, Randolphs Tochter;
CHARLOTTE HARTE, ihre Schwägerin, Winstons Witwe und Randolphs Mutter;
NATALIE HARTE, ihre Schwägerin, Franks Witwe;
ROSAMUND HARTE ELLSWORTHY, ihre Großnichte, Tochter von Natalie und Frank

ANDERE:

DAVID AMORY, ihr Schwiegersohn, Daisys Mann, Paulas und Philips Vater, Lornes und Tessas Großvater;
JAMES ARTHUR FAIRLEY, ihr Schwiegerenkel, Paulas Mann, Edwins Enkel;
MARGUERITE REYNOLDS, ihre Schwiegerenkelin, Alexanders Frau

DIE O'NEILLS:

SHANE PATRICK DESMOND O'NEILL, genannt Blackie;
BRYAN SHANE PATRICK O'NEILL, Blackies einziger Sohn;
GERALDINE INGHAM O'NEILL, Bryans Frau;
SHANE DESMOND INGHAM O'NEILL, Enkel Blackies und dessen verstorbener Frau Laura; Sohn Bryans und Geraldines;
MIRANDA O'NEILL, Blackies Enkelin, Tochter Bryans und Geraldines;
LAURA O'NEILL, Blackies Enkelin, Tochter Bryans und Geraldines

DIE KALLINSKIS:

RONALD KALLINSKI, Davids Sohn, Enkel von Abraham und Janessa;
MARK KALLINSKI, Davids Sohn, Enkel von Abraham und Janessa;
MICHAEL KALLINSKI, Ronalds Sohn, Davids Enkel, Urenkel von Abraham und Janessa

I

Die Matriarchin

Ich spreche die Wahrheit, nicht so sehr ich es wollte, sondern so sehr ich es wage, und ich wage ein bißchen mehr, da ich älter werde.

Montaigne

I

Emma Harte war fast achtzig Jahre alt.

Aber man sah ihr die Jahre nicht an, denn sie hatte sie immer leicht getragen. Sie selbst jedenfalls kam sich wesentlich jünger vor, als sie an diesem strahlenden Aprilmorgen des Jahres 1969 im oberen Salon von Pennistone Royal an ihrem Schreibtisch saß.

Kerzengerade hielt sie sich auf dem Stuhl, und ihren wachen grünen Augen, die klug und weise unter den runzligen Lidern hervorblickten, entging nichts. Ihr glänzendes rotgoldenes Haar war schon vor langer Zeit silbern geworden, doch sie trug es untadelig und modisch frisiert, und wie eh und je fiel der dramatische Haaransatz, das «Witwenhäubchen», über ihrem ovalen Gesicht ins Auge. Ihre Züge waren zwar von der Zeit gekerbt und gefurcht, aber der feine Knochenbau ihres Gesichts hatte ihre Reinheit bewahrt, und ihre Haut war immer noch so durchscheinend wie in ihrer Jugend. Obwohl also ihre große Schönheit von den Jahren gezeichnet war, wirkte Emma Harte noch immer faszinierend und sah so elegant aus wie stets.

Sie hatte für den anstrengenden Arbeitstag, der vor ihr lag, ein gutsitzendes schlichtes Wollkleid in jenem Staubblau gewählt, das sie liebte und das ihr so gut stand. Der schaumig-weiße Spitzenkragen an ihrem Hals verlieh ihr genau den richtigen Hauch von sanfter Weiblichkeit. Dazu trug sie diskrete Diamantohrringe. Sonst hatte sie außer einer goldenen Armbanduhr und ihren Ringen keinerlei Schmuck angelegt.

Nachdem sie im letzten Jahr eine Lungenentzündung überstanden hatte, erfreute sie sich nun wieder blühender Gesundheit, hatte keine erwähnenswerten Leiden und war von jener unermüdlichen Kraft und Energie erfüllt, die sie schon in jungen Jahren ausgezeichnet hatte.

Das ist eben mein Fehler, daß ich nie weiß, wohin ich mit all dieser verdammten Energie soll, dachte sie, legte den Füllfederhalter weg und lehnte sich im Stuhl zurück. Sie lächelte. Der Teufel findet meist eine Beschäftigung für müßige Hände, also sollte ich mir mal schnell ein neues Projekt einfallen lassen, bevor ich auf dumme Gedanken komme. Ihr Lächeln vertiefte sich. Die meisten Leute würden wohl meinen, sie hätte mehr als genug zu tun, da sie ja noch den Vorsitz über ihr riesiges Firmenimperium führte, das sich über den halben Erdball erstreckte. Es bedurfte nach wie vor ihrer ständigen Überwachung; dennoch fühlte sie sich davon nicht mehr genug gefordert. Emma hatte sich stets nur wohl gefühlt, wenn sich ihr Herausforderungen stellten, und die vermißte sie nun. Den Aufpasser zu spielen, reizte sie nicht besonders. So etwas beflügelte ihre Phantasie nicht, ließ ihr Blut nicht schneller fließen, bewirkte keine Adrenalinausschüttung, so wie es das Geschäftemachen tat. Ihre Gerissenheit gegen die ihrer geschäftlichen Widersacher auszuspielen und um Macht und Vorherrschaft auf dem internationalen Markt zu kämpfen, war ihr in all den Jahren so zur zweiten Natur geworden, daß es nun für ihr Wohlergehen unerläßlich war.

Unruhig stand sie auf, ging mit schnellen, leichten Schritten durchs Zimmer und öffnete eines der hohen, bleigefaßten Fenster. Sie holte tief Atem und sah hinaus. Der Himmel war von makellosem Blau, keine Wolke war zu sehen, die Frühlingssonne erfüllte alles mit ihrem Licht. Junge zartgrüne Knospen sprossen an den nackten Zweigen, und unter der großen Eiche am Ende des Rasens wogte ein Meer locker gepflanzter, strahlend gelber Narzissen im leichten Wind.

«Ich ging allein, der Wolke gleich, die über Hügel zieht und Tal, als ich erblickte jäh ein Reich, ein Heer Narzissen ohne Zahl», sprach sie laut vor sich hin und dachte dann: Du meine Güte, dieses Wordsworth-Gedicht hab ich in der Dorfschule von Fairley gelernt. Das ist nun schon so lange her, und doch hab ich's in all den Jahren nicht vergessen.

Sie streckte die Hand aus, um das Fenster zu schließen, wobei der große McGill-Smaragd an ihrem linken Ringfinger aufleuchtete, als das helle Sonnenlicht auf den Stein fiel. Das Leuchten erregte ihre Aufmerksamkeit. Sie hatte diesen Ring seit 44 Jahren getragen, seit jenem Maitag im Jahre 1925, als Paul McGill ihn ihr an den Finger gesteckt hatte. Ihren Ehering, dies Symbol ihrer katastrophalen Ehe mit Arthur Ainsley, hatte er weggeworfen und ihn durch den schweren, viereckigen Smaragd ersetzt. «Kann schon sein, daß der Segen der Kirche nicht auf uns ruht», hatte Paul an jenem bedeutsamen Tag gesagt, «aber was mich betrifft, bist du meine Frau. Vom heutigen Tag an, bis daß der Tod uns scheidet.»

Am Morgen zuvor war ihr Kind geboren worden. Ihre geliebte Daisy, in Liebe empfangen, in Liebe aufgezogen. Sie war Emmas Lieblingskind, genau wie Paula, Daisys Tochter, ihre Lieblingsenkelin war und die Erbin ihres riesigen Einzelhandelsimperiums sowie der Hälfte des gewaltigen Vermögens der McGills, das Emma nach Pauls Tod 1939 geerbt hatte. Und vor vier Wochen hatte Paula Zwillingen das Leben geschenkt: ihre ersten Urenkel, die morgen in der uralten Dorfkirche von Fairley getauft werden würden!

Emma schob die Unterlippe vor und fragte sich, ob sie einen Fehler gemacht hatte, als sie diesem Wunsch von Paulas Mann Jim Fairley nachgab. Jim war konservativ und wollte, daß seine Kinder über diesen Taufstein gehalten werden sollten, an dem bisher alle Fairleys getauft worden waren – und alle Hartes, auch sie selbst.

Nun, dachte sie, ich kann jetzt schlecht einen Rückzieher machen, und vielleicht ist es ja auch wirklich das Richtige. Sie hatte ihre Rache an den Fairleys genommen. Die Fehde, die sie fast ihr ganzes Leben lang mit ihnen ausgetragen hatte, war schließlich zu Ende, und durch Paulas Heirat mit James Arthur Fairley, dem letzten der alten Blutlinie, waren die beiden Familien vereint. Es war ein neuer Anfang.

Aber als Blackie O'Neill der Ort der Taufe zu Ohren gekommen war, hatte er eine schneeweiße Braue hochgezogen, gekichert und etwas von einer Zynikerin gesagt, die auf ihre alten Tage sentimental werde – ein Seitenhieb, den sie sich momentan des öfteren von ihm gefallen lassen mußte. Vielleicht hatte er ja recht. Andererseits aber bedrückte die Vergangenheit sie nicht mehr so wie einst. Das Vergangene war mit den Toten begraben worden. Nur die Zukunft berührte sie jetzt. Und Paula, Jim und ihre Kinder verkörperten diese Zukunft.

Emma konzentrierte sich nun auf das Dorf Fairley, als sie zu ihrem Schreibtisch zurückging, ihre Brille aufsetzte und auf das vor ihr liegende Memorandum sah. Es war von ihrem Enkel Alexander, dem gemeinsam mit ihrem Sohn Kit die Leitung der Spinnereien oblag, und es sprach Alexanders deutliche, unverkennbare Sprache.

Die Fairley-Spinnerei befand sich in ernsthaften Schwierigkeiten. Schon seit langem war sie nicht mehr rentabel gewesen, und nun steckte sie tief in den roten Zahlen. Sie würde eine schwere Entscheidung treffen müssen: entweder die Spinnerei schließen, oder sie mit beträchtlichen Verlusten weiterlaufen lassen. Im Herzen wußte die stets praktische Emma nur allzu gut, daß es das klügste wäre, die Fairley-Werke zu schließen. Dennoch scheute sie vor dieser drastischen Maßnahme zurück, weil sie das Dorf, in dem sie zur Welt gekommen war, nicht in Not bringen wollte. Sie hatte Alexander gebeten, sich eine praktikable Lösung einfallen zu lassen, und hoffte, daß er damit erfolgreich gewesen war. Bald würde sie es erfahren, sie waren verabredet.

Ihr war eine Idee gekommen, wie sich das Spinnerei-Problem beseitigen ließe, aber sie wollte Alexander freie Hand lassen, ihm eine Chance geben, selbst auf eine Lösung zu kommen. Ich stelle ihn auf die Probe, gab sie vor sich selbst zu, so wie ich all meine Enkel ständig auf die Probe stelle. Und wieso auch nicht? Das war doch ihr gutes Recht. Alles, was sie besaß, hatte sie sich hart erkämpft, und es entsprang einer Existenz, die eisern ihr Ziel verfolgte, mit härtester Arbeit, verbissener Entschlossenheit, Unnachgiebigkeit und schrecklichen Opfern. *Ihr* hatte niemand etwas geschenkt. Ihr großes Imperium verdankte sie nur sich selbst, und da es ihres war und ihr allein gehörte, konnte sie nach Gutdünken darüber verfügen.

So hatte sie bedächtig und nach reiflicher Überlegung vor einem Jahr ihren Thronerben bestimmt, wobei sie in dem neu aufgesetzten Testament vier von ihren fünf Kindern zugunsten ihrer Enkel übergangen hatte; dennoch fuhr sie fort, die dritte Generation mit ihren weisen alten Augen zu überwachen, wobei sie ständig ihren Wert zu bestimmen suchte und nach Schwächen fahndete, die sie, im stillen, nicht zu finden hoffte.

Sie sind meinen Erwartungen gerecht geworden, beruhigte sie sich, dann dachte sie mit einem plötzlichen Anflug von Bestürzung: Nein, das stimmt nicht ganz. *Einen* gibt es, dessen ich mir nicht wirklich sicher bin, einen, dem ich wohl nicht trauen kann.

Emma schloß die oberste Schreibtischschublade auf, nahm ein Blatt Papier heraus und überflog die Namen ihrer Enkel, die sie gestern abend aufgeschrieben hatte, als sie sich zum erstenmal deswegen Sorgen gemacht hatte. Gibt es in diesem Satz Karten einen

Joker, das möchte ich bloß mal wissen. Mit zusammengekniffenen Augen starrte sie auf die Namen. Und wenn ja, was soll ich dann bloß machen?

Ihr Blick blieb an einem Namen haften. Nachdenklich und traurig schüttelte sie den Kopf.

Schon seit langem hatten Komplotte aufgehört, Emma zu überraschen, denn sie hatte in ihrem langen, oft harten und immer außergewöhnlichen Leben ständig an Scharfblick und psychologischem Verständnis dazugewonnen. Es gab nicht mehr vieles, das sie aus der Fassung bringen konnte, und dank der ihr eigenen Illusionslosigkeit rechnete sie stets mit dem Schlimmsten – wobei auch ihre Familie nicht ausgenommen war. Trotz allem war sie aber doch entsetzt gewesen, als ihre Sekretärin Gaye Sloane das Komplott aufgedeckt hatte, das ihre vier ältesten Kinder gegen sie schmiedeten. Von Habgier und verstiegenem Ehrgeiz angestachelt, hatten sie versucht, ihr auf hinterlistigste Weise die Herrschaft zu entreißen, wobei sie Emma jedoch verhängnisvoll unterschätzt hatten. Ihr anfänglicher Schock und der Schmerz über den Verrat verwandelte sich schnell in eisigen, wilden Zorn. Sie konterte schnell, äußerst geschickt und findig, wie sie es immer tat, wenn sie sich einem Gegner gegenüber sah. Empfindungen und Gefühle hatte sie beiseite geschoben: sie ließ sich ihre Vernunftentscheidungen nicht von Emotionen trüben – denn es war ja ihr überragender Verstand, der ihr in der Vergangenheit aus verhängnisvollen Situationen herausgeholfen hatte.

Wenngleich sie die tolpatschigen Verschwörer besiegt und in ihrer Verwirrung sich selbst überlassen hatte, war ihr doch die bittere und späte Erfahrung nicht erspart geblieben, daß Blut nicht dicker als Wasser war. Ganz plötzlich hatte sie begriffen, daß die Bande des Blutes nicht zählten, wenn es um große Geldbeträge oder, noch wichtiger, um große Macht ging. Um auch nur das kleinste Häppchen davon zu bekommen, scheuten Leute nicht einmal vor einem Mord zurück. Trotz ihres Ekels und ihrer Enttäuschung über ihre Kinder war sie sich jedoch *deren* Kinder und ihrer Ergebenheit sehr sicher. Doch nun ließ eines von ihnen sie ihr Urteil revidieren und zog ihr Vertrauen in Zweifel.

In Gedanken sprach sie den Namen aus. Vielleicht irrte sie sich ja auch – sie hoffte jedenfalls, daß sie sich irrte. Es gab eigentlich keine konkreten Anhaltspunkte – nur Intuition und Vorahnungen. Aber die hatten ihr stets gute Dienste geleistet in ihrem Leben, genauso wie ihr Verstand.

Immer wenn sie sich einem derartigen Problem gegenübersah, war Emmas instinktive Reaktion, erst einmal abzuwarten – und zu beobachten. Wieder einmal versuchte sie, Zeit zu gewinnen. So konnte sie ihre wahren Gefühle verbergen, wobei sie darauf setzte, daß sich die Dinge zu ihrem Vorteil regeln würden. Dann brauchte sie keine drastischen Maßnahmen zu ergreifen. Aber ich will ihm viel Spielraum lassen, dachte sie bei sich. Denn die Erfahrung hat gezeigt, daß sich der Nichtsahnende aus seiner Freiheit immer einen Strick dreht.

Emma wog die verschiedenen Möglichkeiten ab, die ihr offenstanden, falls dies passieren sollte, und ihr Gesicht wurde hart, ihre Augen verdunkelten sich. Es machte ihr gar keinen Spaß, wieder das Schwert ergreifen zu müssen, um sich und ihre Interessen zu verteidigen, ganz zu schweigen von denen ihrer übrigen Erben.

Geschichte wiederholt sich auf eigenartige Weise, dachte sie, besonders bei mir. Aber ich weigere mich, etwas vorauszuahnen: So handelt man sich todsicher Ärger ein. Entschlossen legte sie die Liste in die Schublade zurück, verschloß sie und steckte den Schlüssel ein.

Emma Harte besaß die beneidenswerte Fähigkeit, unlösbare Probleme beiseite schieben zu können, um sich auf Naheliegendes zu konzentrieren, und so konnte sie auch den bohrenden, beunruhigenden Verdacht, einer ihrer Enkel könne unzuverlässig sein, ein möglicher Gegner, erst einmal ruhen lassen. Sie mußte sich jetzt den laufenden Geschäften zuwenden und widmete ihre Aufmerksamkeit all ihren übrigen Terminen mit dreien der sechs Enkel, die für sie arbeiteten.

Zuerst würde Alexander kommen.

Emma sah auf ihre Uhr. In fünfzehn Minuten sollte er dasein, um halb elf. Er war bestimmt pünktlich, wenn er nicht sogar etwas zu früh kam. Ihr Mund verzog sich zu einem amüsierten Lächeln. Alexander hatte eine Pünktlichkeitsmanie entwickelt; letzte Woche hatte er sogar *ihr* Vorwürfe gemacht, als sie ihn einmal hatte warten lassen, und er überwarf sich deshalb ständig mit seiner Mutter, die an chronischer Unpünktlichkeit litt. Emmas belustigtes Lächeln verschwand wieder, und eine kalte, ablehnende Härte lag um ihren Mund, als sie über ihre zweite Tochter nachdachte.

Langsam verlor sie die Geduld mit Elizabeth, die sich skandalträchtig in der Welt herumtrieb, aufs Geratewohl heiratete und sich wieder scheiden ließ, und das so oft, daß man bloß schockiert sein konnte. Inzwischen regte Emma sich nicht mehr über die Labilität und Unbeständigkeit ihrer Tochter auf, denn sie hatte seit langem erkannt, daß Elizabeth das meiste vom schlechten Charakter ihres Vaters mitbekommen hatte. Arthur Ainsley war ein schwacher, egoistischer und zügelloser Mann gewesen. Diese Charakterfehler dominierten auch in seiner Tochter, und ganz wie er ignorierte die schöne, eigensinnige, wilde Elizabeth alle Vorschriften. Sie ließ sich nicht zähmen, war aber auch schrecklich unglücklich, wie Emma sich eingestehen mußte. Diese Frau war zu einer tragischen Figur geworden, die man vielleicht eher bemitleiden als verurteilen sollte.

Sie fragte sich, wo ihre Tochter wohl zur Zeit steckte, verbannte diesen Gedanken dann aber sofort. Es war ja auch egal, da sie seit der Sache mit dem Testament kaum noch miteinander sprachen. Erstaunlicherweise hatte sogar Alexander von seiner ihn vergötternden Mutter die kalte Schulter gezeigt bekommen, weil er ihr vorgezogen worden war. Aber dann konnte Elizabeth mit Alexanders kühler Gleichgültigkeit nicht fertig werden, und ihre hysterischen Anfälle und Tränenströme versiegten abrupt, als sie begriff, daß sie damit ihre Zeit verschwendete. Angesichts seiner Mißbilligung, Distanziertheit und kaum verhüllten Verachtung hatte sie klein beigegeben. Es war offenbar lebenswichtig für sie, daß ihr Sohn sie achtete und liebte, und so hatte sie Frieden mit ihm geschlossen und sich gebessert. Wenn es auch nicht lange angehalten hatte, dachte Emma boshaft. Elizabeth machte bald so weiter wie zuvor. Und es ist sicherlich nicht dieser albernen, ungebärdigen Frau zu verdanken, wenn Alexander sich so gut gemacht hat.

Beim Gedanken an ihn überkam Emma ein plötzliches Gefühl von Wärme und Dankbarkeit. Durch Charakterstärke und Integrität war er zu dem Mann geworden, der er heute war. Er war zuverlässig, solide, ein harter Arbeiter. Wenngleich er nicht so brillant wie seine Cousine Paula war und auch nicht über deren einzigartigen kaufmännischen Weitblick verfügte, hatte er doch ein gutes Urteilsvermögen. Seine Neigung zum Konservativen wurde durch Flexibilität ausgeglichen; er zeigte sich immer sehr bemüht, das Pro und Kontra jeder Situation gegeneinander abzuwägen und Kompromisse zu schließen, wo es notwendig war. Alexander besaß die Fähigkeit, alles im jeweils angemessenen Rahmen zu betrachten, und das beruhigte Emma, denn sie war selbst eine geborene Realistin.

In diesem vergangenen Jahr hatte Alexander sich des Vertrauens, das sie in ihn gesetzt hatte, würdig gezeigt, und es tat ihr nicht leid, daß sie ihn zum Haupterben der Harte-Unternehmensgruppe gemacht hatte, indem sie ihm 52 Prozent ihrer Anteile an dieser GmbH überließ. Während ihm die Aufsicht über die Spinnereien weiterhin oblag, sah sie darauf, daß er sich eine gründliche Kenntnis der Holdinggesellschaft erwarb, und lernte ihn energisch an, um ihn auf den Tag vorzubereiten, an dem sie ihm das Zepter übergeben würde.

Die Harte-Unternehmensgruppe beinhaltete die Textilspinnereien, Textilfabriken, ihren Grundbesitz, die Allgemeine Einzelhandelsgesellschaft und die Vereinigte Zeitschriftengruppe von Yorkshire. Alles in allem war sie mehrere Millionen Pfund Sterling wert. Schon seit langem war Emma klar, daß Alexander den Wert dieses Unternehmens wohl kaum bedeutend vermehren würde, weil er immer so vorsichtig war, aber das war auch der Garant dafür, daß er es nicht mit unüberlegten Entscheidungen und waghalsigen Spekulationen ruinieren würde. Er würde alles in den Bahnen belassen, die sie so sorgfältig geebnet hatte, und sich an die Richtlinien und Regeln halten, die sie vor Jahren festgesetzt hatte. So wollte sie es, so hatte sie es geplant.

Emma zog ihren Terminkalender näher zu sich heran und sah nach, wann sie mit Emily, Alexanders Schwester, zum Lunch verabredet war.

Emily würde um ein Uhr kommen.

Als sie Anfang der Woche miteinander telefoniert hatten, sagte Emily etwas geheimnisvoll, sie habe ein ernsthaftes Problem zu besprechen. Was Emma betraf, gab es da kein Geheimnis. Sie kannte Emilys Problem, kannte es seit langem. Es erstaunte sie bloß, daß ihre Enkelin nicht schon längst um eine Unterredung gebeten hatte. Sie hob den Kopf, sah versonnen ins Leere und dachte darüber nach. Dann runzelte sie die Stirn. Vor zwei Wochen hatte sie bezüglich Emily eine Entscheidung getroffen, und sie war sicher, daß es die richtige war. Doch würde Emily ihr zustimmen? Ja, sagte sie sich. Das Mädchen wird es begreifen, da bin ich mir sicher. Emma betrachtete wieder den aufgeschlagenen Terminkalender.

Paula würde heut nachmittag vorbeischauen.

Mit Paula wollte sie das Cross-Projekt besprechen. Wenn Paula das geschickt handhabt und die Verhandlungen günstig abschließt, hab ich die Herausforderung, nach der ich gesucht hab, dachte Emma. Um ihren Mund lag die gewohnte Entschlossenheit, als sie ihr Augenmerk den Bilanzen der *Aire Communications Company* zuwandte, die den Crosses gehörte. Die Zahlen waren katastrophal und sprachen ein vernichtendes Urteil. Auch wenn man von den finanziellen Problemen absah, hatte die Firma solch enorme Schwierigkeiten, daß es einen schwindeln machte. Nach Paulas Meinung waren sie jedoch überwindbar, und sie hatte einen derartig einfachen, doch gleichzeitig so zwingenden Plan entwickelt, daß Emma sich fasziniert und beeindruckt zeigte.

«Laß uns die Firma aufkaufen, Grandy», hatte Paula ihr ein paar Wochen zuvor gesagt. «Es ist mir klar, daß *Aire* einen katastrophalen Eindruck macht und es auch ist, aber nur wegen des schlechten Managements und seiner jetzigen Struktur. Es ist ein Sammelsurium – zu diversifiziert. Es gibt zu viele Abteilungen. Und die, die einen guten Profit abwerfen, können nie richtig auf den grünen Zweig kommen, weil sie von den anderen Abteilungen, die in den roten Zahlen stehen und die sie mit auf den Beinen halten müssen, heruntergedrückt werden.» Paula hatte ihr dann Schritt für Schritt ihren Plan auseinandergesetzt, und Emma war sofort klargeworden, daß *Aire Communications* in kürzester Zeit umstrukturiert werden konnte. Also hatte sie ihre Enkelin angewiesen, umgehend die Verhandlungen aufzunehmen.

Wie gern sie sich diese kleine Firma unter den Nagel reißen würde! Und vielleicht konnte sie das bald tun, wenn sie die Situation richtig eingeschätzt hatte. Emma war sicher, daß niemand besser dazu imstande war, mit John Cross und dessen Sohn Sebastian zu verhandeln, als Paula, die sich zu einer zähen, gerissenen Geschäftsfrau entwickelt hatte. In letzter Zeit versuchte sie sich nicht mehr zu drücken, wenn Emma sie in schwierige Verhandlungen schickte, bei denen man flink überlegen und geschäftstüchtig sein mußte, was sie alles gut beherrschte. Und neuerdings war sie auch viel selbstbewußter geworden.

Wieder sah Emma auf die Uhr, unterdrückte aber ihren Impuls, Paula im Geschäft in Leeds anzurufen, um ihr ein paar allerletzte

Tips zu geben, wie man John Cross am besten behandelte. Paula hatte bewiesen, daß sie auf eigenen Füßen stehen konnte, und Emma wollte nicht, daß sie den Eindruck bekam, ihre Großmutter sähe ihr ständig über die Schulter.

Das Telefon klingelte. Emma streckte die Hand aus. «Ja?»

«Ich bin's, Tante Emma. Shane. Wie geht es dir?»

«Shane, na so was, schön, deine Stimme zu hören. Gut geht's mir, danke der Nachfrage. Du hörst dich auch sehr gut an. Ich freu mich schon darauf, dich morgen bei der Taufe zu sehen.» Sie nahm beim Sprechen ihre Brille ab und lehnte sich entspannt auf dem Stuhl zurück.

«Ich hoffe doch, daß ich dich schon vorher treffen kann, Tante Emma. Was würdest du denn dazu sagen, wenn zwei unternehmungslustige Junggesellen heut abend mit dir ausgingen?»

Emma lachte erheitert. «Und wer soll der andere unternehmungslustige Junggeselle sein?»

«Natürlich Großvater – wer denn sonst.»

«Unternehmungslustig! Er wird immer mehr zu einer alten Schlafmütze, wenn du mich fragst.»

«Das würd ich aber nicht sagen, mein Mädchen», dröhnte Blackie in den Hörer, den er seinem Enkel aus der Hand genommen hatte. «Ich möchte wetten, daß ich dich noch ganz schön herumhetzen könnte, wenn man mich bloß ließe.»

«Das glaub ich gern, Liebster.» Emma lächelte ins Telefon; eine herzliche Wärme durchströmte sie. «Trotzdem fürchte ich, daß du dazu heute keine Chance bekommen wirst. Ich kann deine Einladung leider nicht annehmen, mein lieber Blackie. Die Familie kommt später noch vorbei, und da muß ich dabeisein.»

«Nein», versetzte Blackie gebieterisch, «*die* kannst du auch morgen sehen. Nein, nein, sag mir nicht nein, mein Liebling», schmeichelte er. «Ich möchte nicht bloß das Vergnügen deiner reizenden Anwesenheit haben, sondern auch deinen Rat in einer wichtigen Geschäftssache.»

«Oh.» Emma war etwas überrascht. Blackie war in den Ruhestand gegangen und hatte die Leitung seiner Firmen seinem Sohn Bryan und seinem Enkel Shane überlassen. Deshalb plagte sie nun die Neugierde, und sie fragte: «Was für eine Geschäftssache denn?»

«Ich will nicht am Telefon darüber reden, Emma», erwiderte

Blackie mit sanftem Vorwurf in der Stimme. «Es ist nicht so einfach, daß man es in ein paar Minuten abhandeln könnte. Wir müssen da ein bißchen in die Tiefe gehen, verstehst du, es ein bißchen auseinandernehmen, und ich finde, wir sollten das bei einem guten irischen Tropfen und einem schönen Essen tun.»

Emma lachte leise – was mochte das schon für eine wichtige Geschäftsangelegenheit sein –, aber dann gab sie nach. «Na ja, ich glaube, ich kann sie eine Weile sich selbst überlassen. Ehrlich gestanden, hab ich mich auf heut abend nicht besonders gefreut. Obwohl auch Daisy und David dasein werden, ist die Aussicht auf ein Familientreffen nicht sehr aufregend. Also, ich nehme dein Angebot an. Und wo willst du und dein flotter Enkel mit mir hin? In Leeds auszugehen ist nicht so toll.»

Lachend pflichtete Blackie ihr bei: «Mach dir keine Sorgen, wir werden schon was finden, und ich kann dir versprechen, daß du dich nicht langweilen wirst.»

«Und wann wollen wir?»

«Shane wird dich so um sechs herum abholen. Ist das in Ordnung, mein Mädchen?»

«Hervorragend.»

«Gut. Gut. Also dann bis später. Ach, und was ich noch sagen wollte . . .»

«Ja?»

«Hast du inzwischen über meinen kleinen Vorschlag nachgedacht?»

«Ja, und ich habe ernsthafte Zweifel.»

«Ach, also immer noch Emma die Zweiflerin. Nach all den Jahren . . . Na, heut abend werden wir darüber reden, und vielleicht gelingt es mir ja doch, dich zu überzeugen.»

«Vielleicht», murmelte sie leise, als er aufgelegt hatte.

Emma lehnte sich zurück und dachte über Blackie O'Neill nach. *Emma die Zweiflerin.* Der Hauch eines Lächelns zuckte um ihre Mundwinkel. Wann hatte er sie zum erstenmal so genannt? 1904 oder 1905? Sie wußte es nicht genau, aber ungefähr zu der Zeit mußte es gewesen sein. All diese 65 Jahre hindurch war Blackie ihr engster, bester Freund gewesen. Ein Leben lang. Immer war er da, wenn sie ihn brauchte: treu, ergeben, hilfsbereit und liebevoll. Durch alle Durststrecken des Lebens waren sie gemeinsam geschritten, hatten jeder des anderen Verluste und Niederlagen geteilt, den Schmerz und die Angst, hatten Triumphe und Freuden zusammen gefeiert. Von ihren Altersgenossen waren sie allein übriggeblieben, und sie standen sich näher denn je, waren fast unzertrennlich. Sie wußte nicht, was sie tun würde, wenn ihm irgend etwas zustieße. Energisch verscheuchte sie diesen unerträglichen Gedanken, bevor er sich festsetzen konnte. Blackie war ein altes Schlachtroß, genauso wie sie, und obwohl er 83 Jahre alt war, steckte noch eine Menge pulsendes Leben und Kraft in ihm. Aber niemand hält ewig durch, dachte sie und empfand einen plötzlichen Stich der Angst, als sie sich ins Unvermeidliche schickte. In ihrem hohen Alter war die Sterblichkeit eine Tatsache, an der es nichts zu rütteln gab, und der bevorstehende Tod ein vertrauter, wenn auch wenig willkommener Gefährte.

Es klopfte.

Emma sah hoch, setzte ihr kühles, undurchdringliches Alltagsgesicht auf und rief: «Herein!»

Die Tür öffnete sich und Alexander trat ein. Er war hochgewachsen, schlank und gut gebaut, so dunkel und attraktiv wie seine Mutter. Er besaß auch ihre großen hellblauen Augen, aber sein ein wenig ernstes, düsteres Gesicht ließ ihn älter als seine 25 Jahre erscheinen und verlieh ihm eine gewisse Würde. Er trug einen gutsitzenden grauen Kammgarnanzug, ein weißes Hemd und einen burgunderroten Seidenschlips, was seiner nüchternen charakterlichen Veranlagung sowohl Ausdruck gab als auch sie verstärkte.

«Guten Morgen, Großmutter», sagte er und ging auf sie zu. Vor ihrem Schreibtisch angekommen, meinte er: «Also ich finde, du siehst heute ziemlich fesch aus.»

«Guten Morgen, Alexander, und danke für die Blumen. Aber sieh dich vor, Schmeichelei verfängt bei mir nicht», erwiderte sie schlagfertig. Trotzdem glänzten ihre Augen, und sie betrachtete ihren Enkel liebevoll.

Alexander küßte sie auf die Wange, setzte sich ihr dann gegenüber und protestierte: «Ich habe gar nicht die Absicht, dir zu schmeicheln, Grandy, ganz bestimmt nicht. Du siehst absolut umwerfend aus. Diese Farbe steht dir wirklich, und das Kleid ist sehr schick.»

Emma nickte ungeduldig, winkte lebhaft ab und richtete dann ihren scharfen, durchdringenden Blick auf ihren Enkel. «Und was hast du mir nun anzubieten?»

«Die einzig wirkliche Lösung des Fairley-Problems», sagte Alexander, der begriffen hatte, daß sie vom Smalltalk genug hatte und zur Sache kommen wollte. Seine Großmutter haßte Aufschübe, es sei denn, sie dienten ihren eigenen Zwecken – dann allerdings konnte sie eine hohe Kunstfertigkeit darin entwickeln. Aber bei anderen duldete sie so etwas selten, also beeilte er sich: «Wir müssen das Produkt verändern. Damit will ich sagen, daß wir mit den teuren Woll- und Kammgarnstoffen, die kaum noch jemand kauft, aufhören und statt dessen Mischgewebe herstellen sollten – Kunstfasern wie Nylon und Polyester, mit Wolle gemischt. Damit hätten wir den besten Erfolg.»

«Und meinst du, daß wir damit aus den roten Zahlen herauskämen?» fragte Emma, deren Blick immer eindringlicher wurde.

«Ja, das glaub ich ganz bestimmt, Grandy», erwiderte er und klang dabei sehr selbstsicher. «Eines unserer größten Probleme bei den Spinnereien in Fairley hat stets darin bestanden, mit den Kunstfasern auf dem heutigen Markt mithalten zu müssen. Es will niemand mehr reine Schurwolle, abgesehen von den Savile Row-Jungen, und das sind als Absatzmarkt für unsere Produktion einfach zu wenige. Ich seh das so: Entweder stellen wir Mischgewebe her oder wir schließen die Fabriken – was du ja nicht willst. So einfach ist das.»

«Können wir den Wechsel denn leicht vollziehen?»

Alexander nickte eifrig. «Ja. Wenn wir billigere Waren produzieren, können wir hier wie im Ausland die billigeren Märkte erobern und große Gewinne erzielen. Natürlich kommt es auf den Absatz an und ob wir auf diesen neuen Märkten wirklich Fuß fassen können. Aber ich bin sicher, daß wir es hinbekommen können.» Er griff in seine Brusttasche und zog ein Blatt Papier heraus. «Ich habe alles ganz genau analysiert und bestimmt nichts vergessen. Sieh mal.»

Emma nahm ihm das Papier aus der Hand, setzte ihre Brille auf und vertiefte sich in den engzeilig maschinengeschriebenen Text. Sofort konnte sie sehen, daß er seine Hausaufgaben so sorgsam wie immer gemacht hatte. Er hatte genau dieselbe Idee ausgeführt, mit der sie geliebäugelt hatte. Allerdings dachte sie nicht daran, ihm dies zu erzählen, weil sie den Erfolg seiner Bemühungen nicht schmälern wollte. Sie blickte auf, nahm ihre Brille ab und belohnte ihn mit einem herzlichen, beifälligen Lächeln.

«Gut gemacht, Sandy!» rief sie aus, wobei sie sich wieder des zärtlichen Kürzels seiner Kindertage bediente. «Du hast hier eine Menge gründlichen Nachdenkens investiert, und ich freu mich darüber, wirklich.»

«Das hört man gern», sagte er und ein Lächeln erhellte sein Gesicht. Obwohl Alexander von Natur aus zurückhaltend war, benahm er sich doch mit Emma immer ganz frei und offen, denn sie war der einzige Mensch, den er wirklich liebte. «Ich bin daran fast verzweifelt, Grandy», gestand er jetzt. «Hab mich mit allen möglichen Konstrukten herumgeschlagen, das kann ich dir sagen. Aber ich bin immer wieder auf meine erste Idee mit den Mischgeweben zurückgekommen.» Er beugte sich vor und sah sie eindringlich an, genau wie sie es immer machte. «Aber da ich dich kenne, kann ich das Gefühl nicht loswerden, als hättest du schon eine Lösung gehabt, bevor du mir die Aufgabe übertrugst.»

Emma freute sich heimlich über seine Hellsichtigkeit, unterdrückte aber das aufsteigende Lachen. Sie sah in seine ehrlichen blauen Augen und schüttelte langsam den Kopf. «Nein, hab ich nicht», log sie. Als sie Unglauben in seinem Gesicht las, fügte sie schnell hinzu: «Aber ich wär wohl am Ende auf so was Ähnliches gekommen.»

«Da bin ich mir todsicher», stimmte er ihr zu. Auf dem Stuhl herumrutschend, schlug er die Beine über und fragte sich, wie er ihr nun die schlechten Nachrichten beibringen sollte. Er beschloß, ganz direkt vorzugehen. «Es gibt da noch etwas, Großmutter.» Dann zögerte er und sein Gesicht sah plötzlich besorgt aus. «Ich fürchte, wir müssen die Betriebskosten bei den Spinnereien senken – den Gürtel ein ganzes Stück enger schnallen, wenn wir effektiver und gewinnbringender arbeiten wollen. Ich sag dir das ungern, aber wir werden eine Reihe von Leuten entlassen müssen.» Er machte eine kleine Pause, bevor er düster fortfuhr: «Auf immer entlassen.»

Emmas Gesicht zog sich sorgenvoll zusammen. «Ach du meine Güte.» Sie nickte langsam, als wolle sie sich selbst etwas bestätigen. «Ja, ich hab so was irgendwie erwartet, Alexander. Es muß wohl sein. Ich nehme an, daß du die älteren Leute gehen läßt, die sowieso kurz vor der Pensionierung stehen?» sagte sie, eine Augenbraue fragend hochziehend.

«Ja. Das wäre am fairsten, meine ich.»

«Dann sorge bitte dafür, daß sie einen besonderen Bonus erhalten, eine Abfindungsentschädigung oder was auch immer. Und selbstverständlich kriegen sie ab sofort ihre Rente. Kein Knausern und Warten, bis sie tatsächlich soweit sind – so was kommt gar nicht in Frage, Sandy.»

«Nein, natürlich nicht. Das hab ich auch nicht anders erwartet von dir. Ich werde eine Liste dieser Leute vorbereiten und unsere finanziellen Verpflichtungen ihnen gegenüber notieren. Das kann ich dir dann nächste Woche geben, wenn du möchtest.» Er lehnte sich abwartend zurück.

Emma antwortete nicht. Sie gab sich einen Ruck, stand auf und ging langsam zum Erkerfenster hinüber, von wo aus sie in den prächtigen Park von Pennistone Royal hinabblickte. Ein sorgenvoller Ausdruck trat in ihr runzliges Gesicht, als sie über die Spinnereien von Fairley nachdachte. Auf so vielfältige Weise war ihr Leben damit verflochten. Ihr Vater hatte dort gearbeitet und auch ihr Bruder Frank, als er noch ein kleiner Junge war und eigentlich die Schule hätte besuchen sollen. Frank war ein Krempelmaschinenarbeiter gewesen und hatte sich vom frühen Morgen bis in die Nacht abgerackert. Am Ende des langen Arbeitstages war er kaum noch imstande gewesen, sich auf seinen müden kleinen Beinen nach Hause zu schleppen, und er sah ungesund blaß aus von der Erschöpfung und dem Mangel an Sonne und frischer Luft.

Adam Fairley, der Landjunker von Fairley und Jims Urgroßvater, hatte damals die Spinnereien besessen. Wie sie ihn als Mädchen gehaßt hatte – eigentlich sogar bis in ihre besten Jahre hinein. Nun, mit der Weisheit hohen Alters begabt, wußte sie, daß Adam kein solcher Tyrann gewesen war, wie sie damals geglaubt hatte. Aber gleichgültig war er gewesen, und das war in ihren Augen schon ein Verbrechen. Seine ungeheure Gleichgültigkeit, seine selbstsüchtige Fixiertheit auf seine privaten Probleme und seine alles verzehrende Liebe zu Olivia Wainwright hatte anderen, weniger vom Glück Begünstigten, das Leben schwergemacht. Ja, Adam Fairley hatte seine Pflichten auf flagranteste Weise verletzt, hatte für die armen Teufel, die sich in seinen Spinnereien abquälten, kaum einen Blick gehabt. So war er an ihnen schuldig geworden: Diese Arbeiter, die ihm sein bequemes, privilegiertes Leben überhaupt erst ermöglichten, waren von ihm abhängig und stellten eine reale Verpflichtung für ihn dar. Das ist jetzt ein halbes Jahrhundert her, dachte sie:

Vielleicht verstehe ich diesen Mann jetzt besser, aber ich werde nie vergessen, was er getan hat. Nie.

Sie blickte auf ihre kleinen, aber kräftigen Hände hinab, die weich und gepflegt waren, die Nägel teuer und perfekt manikürt. Doch einst waren diese Hände rot und aufgesprungen gewesen vom Schrubben und Putzen, vom Waschen und Kochen für die Fairleys, zu denen sie als Kind zum Arbeiten gegeben worden war. Sie hob die Hand und berührte ihr Gesicht. Mit erstaunlicher Lebendigkeit erinnerte sie sich an Murgatroyds harte Ohrfeigen. Der abscheuliche Murgatroyd, Adam Fairleys Butler, dem der Junker erlaubt hatte, jenes ungute, verschwiegene, dem Untergang geweihte Haus mit einer Grausamkeit zu regieren, die an Sadismus grenzte. Trotz seiner Härte und der Unbarmherzigkeit, mit der er sie stets verfolgte, hatte Murgatroyd ihr nie wirklich angst gemacht. Es war jenes riesige Haus, das sie mit namenlosem Entsetzen erfüllte und dem sie immer entfliehen wollte.

Dann, eines Tages, hatte *sie* dieses riesige Mausoleum besessen – «Fairleys Narretei», wie die Dorfbewohner es nannten – und sofort gewußt, daß sie niemals darin wohnen, niemals die Rolle der Schloßherrin spielen wollte. Und in einer plötzlichen, flammenden Eingebung hatte sie erkannt, was sie zu tun hatte. Sie mußte es vom Antlitz der Erde tilgen, als hätte es nie existiert. Und so ließ sie es abreißen, Stein um Stein, bis keine Spur mehr davon übrig war, und noch bis auf den heutigen Tag entsann sie sich jenes grimmigen Triumphgefühls, als sie es schließlich dem Erdboden gleichgemacht hatte.

Über den Abgrund von vier Jahrzehnten hinweg hörte sie das Echo ihrer Stimme, die zu Blackie sagte: «Und zerstöre diesen Garten. Vernichte ihn ganz. Ich will keine Rosenknospe, kein einziges Blatt am Leben wissen.» Blackie hatte genau das getan, was sie ihm gesagt hatte, und den von einer Mauer umgebenen Rosengarten ausgerissen, in dem Edwin Fairley sie und ihr gemeinsames Kind so unmenschlich und schändlich zurückgewiesen hatte, das sie damals trug. Wie von Zauberhand war nach ein paar Stunden auch der Garten verschwunden, als wäre er niemals dagewesen, und erst dann hatte sie sich frei von den Fairleys gefühlt.

Damals hatte Emma auch die Spinnereien erstanden. Sie hatte ihr Äußerstes getan, den Leuten anständige Löhne zu zahlen, Überstundenzuschläge und alle möglichen zusätzlichen Sozialleistungen: Jahrelang hatte sie das Dorf am Leben erhalten, oft unter beträchtlichen finanziellen Verlusten. In gewisser Weise waren die Arbeiter ein Teil von ihr, denn sie stammte aus ihrer Klasse; sie hatten einen besonderen Platz in ihrem Herzen. Der Gedanke, auch nur einen einzigen von ihnen fortgehen zu lassen, betrübte sie, aber sie hatte wohl keine andere Wahl. Es war sicher besser, mit der halben Belegschaft zu produzieren und die Spinnereien weiter zu betreiben, als sie zu schließen.

Sie wandte sich halb um: «Und sag mir doch mal, Alexander, hast du darüber schon mit Kit gesprochen?»

«Onkel Kit!» rief Alexander aus, und seine überraschte Stimme entsprach seinem Gesichtsausdruck. «Nein», gab er dann zu. «Erstens war er gar nicht da. Und zum zweiten scheint er sich für die Spinnereien kaum zu interessieren, für die in Fairley schon gar nicht. Ihm ist das alles egal, seit du ihn enterbt hast.»

«Also so würde ich das ja nicht nennen», sagte Emma scharf und ging betont energisch zu ihrem Schreibtisch zurück. «Ich hab ihn nicht enterbt, wie du es nennst. Ich habe ihn übergangen, und zwar zugunsten seiner Tochter, wie du dich sicher erinnerst. So wie ich deine Mutter zu deinen und Emilys Gunsten übergangen habe und deinen Onkel Robin zugunsten von Jonathan. Und du weißt ja auch warum, ich will dir das nicht noch einmal auseinandersetzen. Man sollte auch nicht vergessen, daß mein Testament erst mit meinem Tod in Kraft tritt. Und bis dahin ist es noch eine ganze Zeit hin, wenn es nach mir geht.»

«Auch, wenn es nach mir geht», rief Alexander, den der Gedanke an ihren Tod wie stets bedrückte.

Emma sah ihn lächelnd an; sie wußte um seine Ergebenheit, seine aufrichtige Sorge um ihr Wohlergehen. Im gleichen nüchternen Ton fuhr sie fort: «Soviel zu Kit. Hmm. Natürlich hab ich bemerkt, daß er seine Pflichten ein bißchen vernachlässigt hat. Aber ich dachte, er würde doch mal ab und zu hineinschauen, wenn auch nur, um den Schein zu wahren.»

«O ja, das tut er auch. Aber dann ist er so verdrießlich und wenig mitteilsam, daß er ebensogut wegbleiben könnte», sagte Alexander. Schließlich fügte er hinzu: «Ich möchte bloß mal wissen, was er überhaupt momentan macht.»

«Nicht viel, wie ich meinen Sohn kenne. Er war nie mit besonders viel Phantasie gesegnet», schoß Emma scharf zurück, wobei ein verächtliches Lächeln um ihren Mund spielte. Im stillen nahm sie sich vor, mit Kits Tochter Sarah über dessen derzeitige Gemütsverfassung zu sprechen. Verdrießlich – das kann man wohl sagen, dachte Emma angewidert. Er hat sich all seine Schwierigkeiten selbst gemacht. Nein, das stimmte nicht ganz. Robin hat ihm dabei geholfen, und auch Elizabeth und Edwina, seine Mitverschworenen gegen mich. Sie bemerkte, daß Alexander erwartungsvoll dasaß, und sagte abschließend: «Na ja, nun, wo Kit nicht da ist, kann er dir auch nicht zur Last fallen, wie er es früher so oft getan hat. Dein Weg liegt klar vor dir. Setze diesen Plan sofort in die Tat um. Meinen Segen hast du.»

«Danke, Grandy.» Er beugte sich vor und sagte ernst: «Wir tun das Richtige.»

«Ja, das weiß ich.»

«Und mach dir keine Sorgen um die Leute, die in den Ruhestand versetzt werden müssen. Es wird ihnen nichts passieren, wirklich nicht.»

Schnell sah sie ihn an, und ihre Augen unter den faltigen Lidern verengten sich. Sie dachte: Wie froh bin ich, daß es nicht Alexander ist, den ich des Verrats und des falschen Spiels verdächtigen muß. Das könnte ich nicht ertragen. Es würde mich umbringen. Sie sagte: «Es freut mich, daß du dich immer und auch auf so persönliche Weise um die Spinnereien von Fairley gekümmert hast, Sandy. Du nimmst wirklichen Anteil daran, und das ist mir wichtig. Und ich freue mich, daß du mich verstehst . . . verstehst, wie eng mein Leben mit diesen Spinnereien verknüpft ist.» Sie lächelte knapp und schüttelte den Kopf. «Weißt du, die Vergangenheit ist immer bei uns, streckt immer die Hand aus, um einen Teil von uns für sich zu fordern, und ich hab schon seit langem begriffen, daß wir ihr nicht entkommen können.»

«Ja», sagte er nur, aber sein Blick besagte so vieles mehr.

«Ich will nächste Woche nach Fairley fahren. Ich werde sie über die Veränderungen informieren, die wir vorhaben, und selbst, mit meinen eigenen Worten, von der Abfindung erzählen. Das ist nur recht und billig.»

«Ja, Grandy. Und sie werden begeistert sein von deinem Besuch. Sie verehren dich alle, aber das weißt du ja.»

«Unsinn!» schnaubte sie. «Sei nicht albern, Alexander. Und übertreib nicht so. Du weißt doch, daß ich Übertreibungen nicht leiden kann.»

Alexander unterdrückte ein Lächeln und schwieg, wobei er sie genau beobachtete, wie sie mit gesenktem Kopf ihre Papiere ordnete. Sie hatte ihm schnell und sogar etwas gereizt geantwortet, aber da war eine seltsame Schroffheit in ihrer Stimme gewesen, und er wußte, daß sie von seinen Worten angerührt war. Ihre milde Zurechtweisung machte ihm Spaß. Es war einfach ein Witz. Ihr ganzes Leben war eine enorme Übertreibung gewesen, verdammt noch mal. Sie war eine Gigantin.

«Bist du noch da?» Emma sah stirnrunzelnd auf und tat verärgert. «Ich dachte, du seist inzwischen schon halb in deinem Büro, bei deinem Tagespensum! Nun mal los!»

Alexander lachte, sprang auf und ging um den Schreibtisch herum. Er nahm sie in den Arm und küßte sie auf den silbernen Scheitel. «Es gibt keine zweite wie dich auf der Welt, Emma Harte», sagte er leise. «Keine zweite wie dich.»

2

Kein Mensch außer Emma Harte wäre mit solch einem lächerlichen Vorschlag angekommen», rief Sebastian Cross mit zornrotem Gesicht aus.

«Sie ist nicht damit angekommen, ich war es», erwiderte Paula kühl und hielt seinem erzürnten Blick ohne mit der Wimper zu zucken stand.

«Ach, Unsinn! Dahinter steckt doch Ihre Großmutter, nicht Sie!»

Paula fühlte, wie sie auf ihrem Stuhl erstarrte, und unterdrückte die hastige Entgegnung, die ihr auf der Zunge lag. Selbstbeherrschung war das Wichtigste bei allen geschäftlichen Verhandlungen, und besonders mit diesem widerlichen Mann. Sie würde es nicht zulassen, daß er sie demütigte, und auch nicht auf seine Andeutungen reagieren, ihre Großmutter würde diese Verhandlung aus der Ferne manipulieren.

«Denken Sie, was Sie möchten», sagte sie nach einer kurzen Pause, «aber ungeachtet der Urheberin dieses Vorschlags ist er so, wie ich ihn umrissen habe. Entweder stimmen Sie zu, oder Sie lassen es.»

«Dann lassen wir es lieber, herzlichen Dank», bellte Sebastian. Ein erbitterter Haß gegen sie erfüllte ihn, gegen ihre eigenartige, doch bezwingende Schönheit, ihr Geld, ihre Macht. Seine dunklen Augen blitzten, als er sagte: «Wer zum Teufel hat denn Sie oder Ihre Großmutter nötig!»

«Aber, aber, Sebastian, laß uns nichts überstürzen», wandte John Cross besänftigend ein. «Bitte beruhige dich doch.» Er warf seinem Sohn einen warnenden Blick zu, bevor er sich wieder Paula zuwandte, nun plötzlich die Versöhnlichkeit selbst. «Sie müssen meinem Sohn einiges nachsehen. Verständlicherweise ist er recht erregt. Schließlich war Ihr Vorschlag ein ziemlicher Schock für ihn. Er engagiert sich sehr für *Aire Communications*, genau wie ich früher, und er möchte die Firma nicht verlassen. Ich auch nicht. Kurz gesagt, wir beide hoffen, das heißt haben die Absicht, auf unserem Posten zu bleiben. Ich als Aufsichtsratsvorsitzender und Sebastian als Betriebsdirektor. Das müßte uns die Harte-Firmengruppe zusichern.»

«Ich glaube nicht, daß das möglich sein wird, Mr. Cross», sagte Paula.

«Hör doch auf, Dad», brüllte Sebastian fast, «wir holen uns unser Geld woanders.»

«Für Sie gibt es kein Woanders», konnte Paula sich nicht enthalten, eisig zu erwidern, wobei sie ihr Aktenköfferchen vom Tisch des Konferenzsaals nahm. Sie stand auf und sagte abschließend: «Da wir nun offenbar in eine Sackgasse geraten sind, gibt es nichts mehr zu sagen. Ich glaube, ich gehe jetzt.»

John Cross sprang auf und ergriff sie beim Arm. «Bitte», sagte er ruhig, «bitte setzen Sie sich. Lassen Sie uns noch ein wenig darüber reden.»

Paula zögerte und sah ihn genau an. Während ihrer ziemlich kurzen Sitzung, bei der sein Sohn getobt und die Zähne gefletscht hatte, war John Cross in einer unnachgiebigen Haltung verharrt und hatte still, aber fest entschlossen angedeutet, daß er die Verhandlung nach seinen Vorstellungen führen wolle, trotz ihrer anderslautenden Eingangsvoraussetzung. Nun sah sie ihn zum erstenmal schwankend werden. Ob er es wußte oder nicht, die vorangegangenen Monate in Angst und Anspannung hatten ihren Tribut gefordert. Man sah ihm die Sorgen an, die ihm seine kränkelnde Firma machte. Sie zeichneten sich scharf in seinem hageren, erschöpften Gesicht ab, und die stille Verzweiflung in seinen blutunterlaufenen Augen war Vorbote einer neuen Panik. Er weiß, daß ich in allem recht habe, dachte sie und machte im Geiste eine sorgfältige Bestandsaufnahme seines Charakters, aber er will es nicht wahrhaben. Der Dummkopf. Sofort korrigierte sie sich. Der Mann, der hier vor ihr stand, hatte *Aire Communications* aus dem Nichts aufgebaut, also konnte sie ihn wohl kaum einen Dummkopf nennen. Irregeleitet war er, ja – und bedauerlicherweise litt er an der schweren Krankheit eines mit Blindheit geschlagenen Vaters. Seit langem dichtete er Sebastian Tugend an, die der nicht besaß und auch kaum je besitzen würde: Darin lag sein Verderben.

«Gut», sagte sie schließlich und ließ sich versuchsweise auf einer

Stuhlkante nieder. «Ich werde Ihnen noch ein paar Minuten lang zuhören. Aber offen gesagt meinte ich Sackgasse, als ich Sackgasse sagte.»

«Für mich gilt das nicht so ganz», sagte er und lächelte ein wenig, wobei er sich eine Zigarette anzündete und seine Erleichterung darüber, daß sie dageblieben war, kaum verbarg. «Ihr Vorschlag ist wirklich ein bißchen absurd, wissen Sie. Wir möchten neue Mittel haben und nicht aufgekauft und aus unserer eigenen Firma hinausgeworfen werden. Nein, so etwas hatten wir nicht vor, als wir zu Ihnen kamen», schloß er und schüttelte den Kopf, wie um seine Worte zu bekräftigen.

Paula sah ihn überrascht an und lächelte gezwungen. «Damit treffen Sie die Sache im Kern. *Sie* sind zu *uns* gekommen, vergessen Sie das nicht. Wir haben uns nicht um Sie bemüht. Und Sie kannten doch die Harte-Firmengruppe und ihre Arbeitsweise gut genug, um zu wissen, daß wir nie in marode Betriebe investieren. Wir übernehmen sie, organisieren sie neu und setzen ein neues Management ein. Unser Management. Mit anderen Worten, wir bringen sie dazu, reibungslos, effizient und gewinnträchtig zu arbeiten. Wir haben kein Interesse daran, die fortwährenden Desaster anderer Leute zu finanzieren. So etwas lohnt sich nicht.»

John Cross wand sich unter diesem deutlichen Seitenhieb, ging aber nicht darauf ein. Statt dessen sagte er: «Richtig, sehr richtig. Ich habe gedacht . . . Vielleicht könnten wir einen realistischen Kompromiß schließen . . .»

«Dad! Hör auf!» explodierte Sebastian und bewegte sich heftig auf seinem Stuhl.

Sein Vater hob die Hand und sah ihn stirnrunzelnd an. «Laß mich ausreden, Sebastian. Also, Paula, wir könnten folgendes machen, so daß wir doch noch zu einer Einigung kommen. Ich biete der Harte-Unternehmensgruppe 52 Prozent der Aktien von *Aire Communications* an. Dann haben Sie die Macht, auf der Sie bestehen. Sie setzen Ihr Management ein, organisieren alles um, wie Sie wollen, aber Sie müssen uns drinlassen . . .»

«Dad! Was sagst du da? Bist du verrückt geworden?» bellte Sebastian, dessen rotes Gesicht noch röter wurde. «Wie würden *wir* dann dastehen?! Das will ich dir sagen: Im Regen, im verdammten Regen!»

«Sebastian! *Bitte!*» schrie John Cross zurück. Nun verlor auch er die Beherrschung. «Laß mich einmal im Leben ausreden!»

«Einen Moment, Mr. Cross», griff Paula schnell ein, wobei man ihr die Gereiztheit deutlich anhören konnte. «Bevor Sie fortfahren, möchte ich Ihnen noch einmal sagen, daß wir daran nicht interessiert sind. Es kommt nur eine totale Übernahme in Frage – 100 Prozent oder gar nichts. Und ich habe Ihnen das gleich . . .»

«Da hört man wieder die Alte heraus, Dad!» unterbrach Sebastian sie höhnisch, den Mund häßlich verzerrt. «Emma Harte! Herrgott, sie hat kein Herz. Laß sie fahren, Dad. Sie sind Aasgeier, alle beide – und diese hat gut von der Alten gelernt, das ist doch klar. Sie will uns genauso verschlingen, wie ihre Großmutter jahrelang alle möglichen Firmen verschlungen hat. Ich sag dir doch, wir brauchen sie nicht!»

Paula ignorierte diesen wilden, rachsüchtigen Ausbruch und würdigte Sebastian keiner Antwort. Ihre ganze Aufmerksamkeit war auf John Cross gerichtet. Seine Unaufrichtigkeit brachte sie in Wut, aber sie nahm sich zusammen und versetzte so kühl sie konnte: «Gerade wollte ich Ihnen sagen, daß ich mich noch recht gut erinnern kann, wie wir über die hundertprozentige Übernahme gesprochen haben, Mr. Cross, und zwar lange vor unserem heutigen Treffen. Ich kann kaum glauben, daß Sie die langwierigen Gespräche darüber schon vergessen haben.» Sie sah ihn scharf an und fragte sich im stillen, ob er sie etwa für dumm hielte.

John Cross errötete unter ihrem Blick. Er konnte sich nur allzu gut an das erinnern, was sie anfangs gesagt hatte. Aber er hatte gehofft, die Harte-Firmengruppe erst für seine Firma interessieren zu können, Emma Harte den Mund wäßrig zu machen und dann den Verkauf zu seinen Bedingungen tätigen zu können. Als er hörte, daß Paula die Verhandlungen führen würde, war er hocherfreut gewesen. Er hatte geglaubt, sie und die Situation zu seinen Gunsten manipulieren zu können. Aber sein Plan war irgendwie fehlgeschlagen. Vielleicht hatte Sebastian recht. Ja, Emma Harte war zweifellos die Drahtzieherin – alles trug ihr unverkennbares Siegel. Eine irrationale Wut kochte in ihm auf, und er rief erregt: «Aber was denn, Sie sind ja nicht fair!»

«Fair?» wiederholte Paula. Sie lächelte gezwungen und sagte dann: «Um Fairness geht es hier wohl nicht.» Mit ihren ungewöhnlich blauen Augen bannte sie seinen Blick: «Es überrascht mich, daß ausgerechnet *Sie* dieses Wort im Mund führen. Ich habe Ihnen zu

Beginn unseres Treffens heute gesagt, daß die Harte-Firmengruppe gewillt ist, zwei Millionen Pfund Sterling für *Aire Communications* auf den Tisch zu legen. Das ist wohl mehr als *fair*. Es ist ausgesprochen großzügig. Ihre Firma ist völlig heruntergewirtschaftet – jeden Moment kann sie zusammenbrechen.» Sie zuckte die Achseln. «Na, ich nehme an, das geht mich nichts an.» Sie beugte sich vor und griff nach ihrem Aktenköfferchen. «Wir haben uns nun wohl nichts mehr zu sagen.»

Cross der Ältere sagte: «Und wenn – die Betonung liegt auf dem ‹Wenn› – wir Ihr Angebot annehmen sollten, würden mein Sohn und ich dann in der Firma bleiben können?»

Sie schüttelte den Kopf.

John Cross dachte hastig weiter nach und kam dann zu dem unangenehmen, aber notwendigen Schluß: «Ich selbst wäre zum Rücktritt bereit. Schließlich stehe ich sowieso kurz vor der Pensionierung.» Er drückte seine Zigarette aus und ließ seine glanzlosen Augen auf ihr ruhen. «Dennoch sollten Sie Ihre Entscheidung revidieren, was Sebastian betrifft», fuhr er entschlossen fort. «Niemand kennt diese Firma so in- und auswendig wie mein Sohn. Er wäre unersetzlich für Sie. Ich muß darauf bestehen, daß er in den neuen Aufsichtsrat gewählt wird und einen Fünf-Jahres-Vertrag als Berater bekommt. Dafür muß ich Ihre Garantie schriftlich haben, bevor wir fortfahren können.»

«Nein», sagte sie. «Wenn wir *Aire Communications* übernehmen, wird kein Platz für Ihren Sohn sein.»

Der Ältere schwieg.

Sebastian warf seinem Vater einen bedeutungsvollen Blick zu, wobei er ein böses, verächtliches Gesicht zog. John Cross schlug die Augen nieder, denn er konnte der unausgesprochenen Anklage in diesem Blick nicht standhalten. Er spielte mit seinem goldenen Füllfederhalter herum und sagte nichts mehr. Sebastian sprang wütend auf und marschierte im Konferenzsaal auf und ab. Dann stand er reglos da und blickte aus dem Fenster, wobei er Paula Fairley insgeheim verwünschte.

Paula sah ihm nach. Sie spürte die angespannte Wut in ihm, konnte aber sein Gesicht nicht sehen. Der Schatten des Fensters und der Gebäude draußen fiel darauf. Unwillkürlich erschauerte sie. Dann sah sie wieder zum Vater hin. Aufmerksam schätzten sie einander ab, beide fragten sich, was der andere wohl als nächstes tun würde. Aber niemand tat etwas.

Paula sah einen dünnen, grauhaarigen Mann Anfang Sechzig vor sich, einen Selfmademan, der sich von der Pike an hochgearbeitet und dabei eine gewisse Würde und oberflächliche Glätte erworben hatte. Er war auch ein Mann, der Angst hatte. Seine Firma sank wie ein torpediertes Schlachtschiff; dennoch schien er entschlossen, die Rettungsleine fahrenzulassen, die sie ihm zuwarf, weil er seinen Sohn liebte. Jenen Sohn, der *Aire Communications* so schlecht geführt hatte und für den geschwächten und heruntergewirtschafteten Zustand der Firma verantwortlich war. Sie bemerkte, daß im Gesicht des Älteren ein Muskel zuckte, und sah weg.

John Cross dagegen saß einer jungen Frau gegenüber, die viel Eleganz in Haltung und Garderobe besaß. Sie trug ein tailliertes, hervorragend gearbeitetes magentafarbenes Wollkostüm, ganz offensichtlich teure Haute Couture, dazu ein weißseidenes Herrenhemd. Abgesehen von einer schlichten Armbanduhr und dem einfachen goldenen Ehering trug sie keinen Schmuck. Er wußte, daß Paula McGill Amory Fairley erst Anfang Zwanzig war, dennoch wirkte sie viel reifer mit ihrer natürlichen Vorsicht und ihrer kühlen, respektheischenden Art. Sie erinnerte ihn an ihre berühmte Großmutter, wenn sie auch ein ganz anderer Typ war. Das glänzendschwarze Haar, das zu einer geraden, an den Wangen abschließenden Ponyfrisur geschnitten war, die blauen, violettgesprenkelten Augen und der elfenbeinblasse Teint waren unbestreitbar eindrucksvoll, aber während Emmas berühmtes Rotgold immer Weichheit und verführerische Weiblichkeit suggeriert hatte, lag über Paulas Schönheit eine gewisse Strenge, zumindest, was seinen Frauengeschmack anbetraf. Auch waren ihre Züge nicht so vollkommen wie einst die Emmas. Dennoch war um beide Frauen eine bezwingende Aura, und Paula hatte offenbar sowohl die stählerne Härte der alten Dame als auch jenes ungewöhnliche Witwenhäubchen und diese intelligenten, durchdringenden Augen geerbt. Der Mut sank ihm, als er dieses bleiche, schöne, aber eigensinnige Gesicht betrachtete.

Er würde sie niemals besiegen können.

Schlagartig wurde er wieder anderen Sinnes, als er diese unangenehme Erkenntnis akzeptiert hatte. Jetzt war er endgültig entschlossen. Er würde sich die finanziellen Mittel woanders besorgen und darauf bestehen, daß Sebastian im Geschäft blieb. Er mußte die Zukunft seines Sohnes sichern, zusammen mit der seiner Firma – der Firma, die er eigens für ihn aufgebaut hatte. Das war das einzige, was er tun konnte, das einzig Richtige. Ja, vor allem mußte er seinen Sohn schützen – denn wozu hatte er sonst gelebt?

Schließlich brach er das lange Schweigen. «Wir haben uns festgefahren, Paula. Ich muß passen.» Hilflos hob er die Hände, ließ sie dann schlaff auf den Tisch niedersinken. «Vielen Dank, daß Sie uns soviel Zeit gewidmet haben. Und sagen Sie Ihrer Großmutter bitte, daß ihre Bedingungen uns zu hart sind.»

Paula lachte leise, als sie sich erhoben. «Es sind meine Bedingungen, Mr. Cross, aber ich will nicht darauf herumreiten.» Als höfliche junge Dame streckte sie ihm die Hand entgegen. «Ich wünsche Ihnen viel Glück», sagte sie betont liebenswürdig.

«Danke.» Seine Stimme klang so höflich wie ihre, aber nicht ganz so fest. «Ich werde Sie zum Lift begleiten.»

Als sie am Fenster vorübergingen, sagte Paula: «Auf Wiedersehen, Sebastian.» Er warf den dunklen Kopf herum und nickte knapp. Der blanke Haß, der in seinem kalten, bitteren Gesicht lag, erschreckte sie so, daß sie seinen gemurmelten Gruß kaum hörte. Sie hatte einen sehr gefährlichen Feind erkannt.

3

Paula war außer sich vor Wut.

Schnell marschierte sie die Headrow entlang, eine der breitesten Straßen in Leeds, und vergrößerte den Abstand zwischen sich und dem Gebäude von *Aire Communications.* Die Gedanken überschlugen sich in ihrem Kopf. Obwohl sie noch den Zusammenstoß mit dem streitsüchtigen, nachtragenden Sebastian Cross spürte und zur Kenntnis genommen hatte, daß er sie verabscheute und ihr Erzfeind geworden war, kreisten ihre Gedanken jetzt um seinen Vater, und zwar mit gutem Grund. Nachdem er gleich zu Anfang ihren Bedingungen weitgehend zugestimmt hatte, war John Cross dann schließlich wortbrüchig geworden, und das auf niedrigste, charakterloseste Weise.

Sie brauchte nicht lange zu überlegen, um sich über seine Motive klarzuwerden. Offensichtlich wollte er nicht das Gesicht verlieren vor seinem dominanten Sohn, dessen Anwesenheit ihn nervös und defensiv gemacht hatte, zudem vielleicht auch waghalsiger, als er es je zuvor gewesen war. Aber sicher waren ihm auch sein Ansehen und seine Integrität wichtig, wichtiger als alles andere. Oder wollte er gar die Integrität seines Sohnes hochhalten? Bei diesem absurden Gedanken stieß Paula ein ironisches Lachen aus. Ein derartig verschlagener junger Mann wie Sebastian hatte von solchen Werten noch nie etwas gehört. Als ihr während der Besprechung plötzlich klarwurde, daß John Cross nicht vertrauenswürdig war, hatte sie sich zuerst gewundert. In der Geschäftswelt von Yorkshire nämlich besaß er einen guten Ruf und galt als anständig, wenn auch nicht als allzu gescheit. Daß er wortbrüchig werden könnte, hätte sie nie von ihm gedacht.

Ihre Schritte beschleunigten sich, und sie wurde noch wütender, als sie an all die Zeit, die Kraft und die Überlegungen dachte, die sie auf *Aire Communications* verwandt hatte. Ihre Großmutter würde genauso wütend sein wie sie. Emma Harte ließ sich nicht auf der Nase herumtanzen; auch hatte sie keinerlei Verständnis für zwielichtiges Geschäftsgebaren. Es gab bloß zwei Möglichkeiten, wie sie darauf reagieren würde: Entweder würde sie verächtlich die Achseln zucken und sich angewidert abwenden, oder sie würde Mr. Cross so deutlich die Meinung sagen, wie es ihm noch nie zuvor passiert war. Ihre Großmutter hatte ein unerschütterliches Ehrgefühl und stand zu ihrem Händedruck oder ihrem Wort – beides war so gut wie ein schriftlicher Vertrag, und das wußte jeder.

Bei der Vorstellung, wie Emma Harte es dem doppelzüngigen John Cross besorgen würde, flackerte Lachlust in Paulas blauen Augen auf. Das geschähe ihm nur recht. Aber tatsächlich stand ihm etwas viel Schlimmeres bevor als Emmas scharfe Zunge und ihre bösartigen Verwünschungen. Er stand vor dem Desaster. Dem Bankrott. Dem völligen Ruin. Der Vernichtung. Sie wußte, daß er überzeugt war, bald wieder eine andere Firma oder Firmengruppe finden zu können, die *Aire* finanziell auf die Beine helfen würde. Sie wußte auch, daß diese Überzeugung vollkommen falsch war. Sie hatte sich umgehört, und es schien, als wolle niemand etwas mit *Aire Communications* zu tun haben – noch nicht einmal jene räuberischen, skrupellosen Unternehmen, die Firmen kauften, sie ausplünderten und dann die leeren, übriggebliebenen Hülsen beiseite warfen.

Plötzlich, als sie in die Albion Street einbog, wurde Paula klar, daß John Cross, mochte man es glauben oder nicht, gar keine konkrete Vorstellung davon hatte, was ihn und seine Firma erwartete. Dann dachte sie an jene, die mit ihm fallen würden, und an die vielen Angestellten, die bei *Aire* entlassen werden würden. Wir hätten ihn retten können, *sie* retten können, murmelte sie vor sich hin. Dieser Mann ist einfach gewissenlos. So lange Paula sich erinnern konnte, hatte ihre Großmutter ihr Verantwortungsgefühl geschärft – das war ein zentraler Punkt in Emmas Moralgesetzen.

«Macht und Reichtum bringen große Verantwortung mit sich, das darfst du niemals vergessen», hatte Grandy ihr oft gesagt. «Wir müssen uns immer um diejenigen kümmern, die für uns und mit uns arbeiten, weil sie dazu beitragen, all dies möglich zu machen. Und sie sind von uns abhängig, genauso wie wir in etwas anderer Weise von ihnen abhängig sind», hatte sie immer wieder betont. Es war Paula klar, daß es Industriebonzen und Magnaten gab, die neidisch auf

Emma waren und als ihre Feinde in ihr fälschlicherweise eine harte, skrupellose, durchtriebene und machtgierige Frau sahen. Doch selbst die waren nicht so kühn zu bestreiten, daß sie ein außerordentlich fairer Mensch war. Jeder Angestellte von Emma wußte das aus eigener Erfahrung – daher kam auch die große Treue und Ergebenheit, mit der alle Paulas Großmutter dienten. Man liebte sie einfach.

Paula hielt unvermittelt an und atmete ein paarmal tief durch. Sie mußte die Wut loswerden, die in ihr kochte. Es erschöpfte sie, raubte ihr zuviel von ihrer kostbaren Kraft – jener Kraft, die sie anders und besser verwenden konnte. Außerdem blockierte die Wut jede vernünftige, fruchtbringende Überlegung. Sie ging weiter, nun aber langsameren und gesetzteren Schrittes, und als sie bei der Commercial Street angelangt war, hatte sie sich wieder ziemlich gut unter Kontrolle. Sie bummelte ein bißchen, hielt ab und zu inne und sah sich die Schaufenster an, bis sie vor «E. Harte» stehenblieb, dem großen Kaufhaus ihrer Großmutter am Ende der Straße. Sie lächelte dem livrierten Portier zu, den sie seit ihren Kindertagen kannte. «Hallo, Alfred», sagte sie.

«Hallo, Miss Paula», antwortete er mit gutmütigem Grinsen, wobei er zwei Finger an die Mütze legte. «Schöner Tag heute, nicht? Schön, richtig schön, Miss Paula. Hoffentlich hält es bis morgen an, für die Taufe Ihrer beiden Kleinen!»

«Ja, hoffentlich, Alfred.»

Er grinste wieder und stieß ihr die Tür auf. Sie dankte ihm, schritt eilig durch die Parfumerieabteilung und nahm den Lift zu ihrem Büro im vierten Stock. Ihre Sekretärin Agnes sah hoch, als sie eintrat, und rief stirnrunzelnd aus: «Ach du meine Güte, Mrs. Fairley, soeben haben Sie Mr. O'Neill verpaßt. Shane O'Neill meine ich – bloß um ein paar Minuten. Wie schade. Er hat eine ganze Weile gewartet, dann mußte er aber weg zu einer Verabredung.»

«Oh.» Überrascht hielt Paula inne, dann fing sie sich und fragte schnell: «Hat er gesagt, was er wollte? Oder etwas ausrichten lassen?»

«Ich habe ihn so verstanden, daß er in der Nähe zu tun hatte und einfach mal vorbeischauen wollte. Ausrichten ließ er nichts, außer daß er morgen zur Taufe kommt.»

«Ach so. Und war sonst irgend etwas, Agnes?»

«Mr. Fairley hat aus London angerufen. Sie können ihn aber nicht zurückrufen – er ist jetzt bei einem Lunch im Hotel *Savoy*. Er wird pünktlich um sechs mit Ihren Eltern hier ankommen. Der Rest liegt auf Ihrem Schreibtisch – nichts Wichtiges.» Agnes zögerte ein wenig: «Und wie ist es bei *Aire* gegangen?»

Paula verzog das Gesicht. «Nicht gut, Agnes. Ich würde sogar sagen, außerordentlich schlecht.»

«Das tut mir aber leid, Mrs. Fairley. Ich weiß ja, wieviel Arbeit Sie in diese furchtbaren Bilanzen und in die Verträge gesteckt haben.» Agnes Fuller, eine achtunddreißigjährige, vorzeitig ergraute Frau mit reizlosen Zügen, in denen eine Strenge lag, unter der sich ein Herz aus Gold verbarg, hatte sich ganz von unten emporgearbeitet. Als Paula sie zu ihrer Privatsekretärin beförderte, fühlte sie sich zugleich geschmeichelt und eingeschüchtert. Immerhin war Paula die Thronfolgerin und Emmas Liebling, und man sagte ihr nach, sie sei kalt, distanziert, unnachgiebig und ein Snob; es fehle ihr Emmas Umgänglichkeit. Aber Agnes hatte bald festgestellt, daß Paula keine der Eigenschaften besaß, die man ihr von seiten ihrer Verleumder so unfreundlich angehängt hatte. Sie war von Natur aus reserviert – sogar ein bißchen schüchtern –, vorsichtig, bedacht und ein wahres Arbeitstier, und diese Eigenschaften hatte man einfach mißverstanden. Im Laufe der vergangenen drei Jahre hatte Agnes die jüngere Frau sehr liebgewonnen, bewunderte sie und hielt sie für eine brillante und doch warmherzige Geschäftsfrau, die zugleich eine rücksichtsvolle Arbeitgeberin war.

Während Agnes ihre junge Chefin nun durch die Bifokalbrille betrachtete, bemerkte sie, daß Paula blasser als sonst war, ihr Gesicht verzerrt. Mitfühlend und bedauernd sah sie sie an. «Das ist ja alles sehr ärgerlich.» Sie schüttelte mitleidig den Kopf. «Deshalb lassen Sie doch hoffentlich nicht den Kopf hängen, und schon gar am Wochenende!»

«Nein, nein, das verspreche ich Ihnen», versicherte Paula. «Wie meine Großmutter immer zu sagen pflegt: wie gewonnen, so zerronnen. Und hier ist es eben zerronnen . . .» Sie sprach nicht zu Ende und sah nachdenklich drein. «Aber vielleicht ist es besser so.» Eine gedankenvolle Minute verstrich, ehe sie fortfuhr: «Und nun entschuldigen Sie mich, Agnes, bis gleich.»

Paula ging in ihr Büro und nahm an dem großen antiken Schreibtisch Platz, der das Zimmer beherrschte. Dann zog sie die Unterlagen zu *Aire Communications* aus ihrem Aktenköfferchen, zückte einen roten Filzstift und schrieb GESTORBEN quer über die dicke Akte. Sie stand auf, stellte sie in den Aktenschrank und ging zu ihrem Schreibtisch zurück. Was sie anbetraf, war das Ganze wirklich gestorben. Die Verhandlungen hatten in einem Fiasko geendet: nun hatte sie keinerlei Interesse mehr an *Aire Communications*.

Mehr als irgend jemand sonst im Harte-Clan hatte Paula Emmas Eigenschaften geerbt, und die, mit denen sie nicht schon zur Welt gekommen war, hatten in all den Jahren als Emmas engste Mitarbeiterin auf sie abgefärbt. Die hervorstechendste war die Fähigkeit, sich alle Fehler offen und freimütig einzugestehen und die Angelegenheit dann weise *ad acta* zu legen. Emma sagte dann immer: Es hat nicht geklappt. Vielleicht hab ich mich da geirrt. Aber nun vorwärts. Man darf nicht zurückblicken.

Genau das sagte sie sich jetzt auch. Für sie gehörte die Sache mit *Aire Communications* bereits der Vergangenheit an. Obwohl sie John Cross ganz falsch eingeschätzt und eine Menge Zeit und Kraft an ihn verwendet hatte, wollte sie diesen Irrtum nicht dadurch noch schlimmer machen, daß sie unablässig darüber nachdachte. Sie überlegte, ob sie ihre Großmutter kurz anrufen sollte, um ihr zu erzählen, wie es gelaufen war, tat es aber dann doch nicht. Grandy war heute morgen sowohl mit Alexander als auch mit Emily verabredet und hatte bestimmt viel zu tun. Später würde Paula wie geplant nach Pennistone Royal hinausfahren und ihr Bericht erstatten. Natürlich wird sie enttäuscht sein, dachte sie und blätterte durch all die Notizzettel, die vor ihr lagen. Aber das wird nicht lange anhalten, bald werde ich ein anderes Projekt für sie gefunden haben.

Dann erledigte Paula ihre Geschäftstelefonate, unterschrieb den Stapel Briefe, den Agnes getippt hatte, und lehnte sich schließlich zurück, um sich ihre persönlichen Nachrichten anzusehen. Ihre Mutter hatte angerufen. *Nichts Dringendes. Kein Rückruf nötig. Werden dich heute abend sehen*, hatte Agnes gekritzelt, und dann einen ihrer unnachahmlichen Kommentare angehängt: *Mrs. Amory klang sehr gut gelaunt, freute sich wegen morgen. Wir haben ein nettes Schwätzchen gehalten. Sie hat eine neue Frisur und wird bei der Taufe ihr graues Diorkostüm tragen.*

Paula lächelte über Agnes' Kommentare und überflog dann die Nachricht ihrer Cousine Sarah Lowther. Offenbar litt diese an einer Erkältung und fürchtete, sie könne sich nicht wohl genug fühlen, um an der Taufe teilzunehmen. *Sie hörte sich aber gar nicht krank an*, hatte Agnes rätselhafterweise dazugeschrieben. Wie merkwürdig, dachte Paula und las das Ganze stirnrunzelnd noch einmal. Offenbar mochte sie nicht kommen. Warum bloß nicht? Da ihr kein Grund einfallen wollte, sah sie sich die letzte Nachricht an. Miranda O'Neill war gerade in der hiesigen Niederlassung der *O'Neill Hotels International. Bitte vorm Lunch zurückrufen*, hatte Agnes befohlen.

Paula wählte sofort Mirandas Privatnummer. Dort war besetzt wie immer. Gleich ihrem Großvater verfügte auch Miranda über das, was der Dichter Dylan Thomas die «schöne Gabe der Geschwätzigkeit» genannt hat. Gut möglich, daß sie die nächste Stunde durchplapperte. Automatisch schweiften Paulas Gedanken von Miranda zu deren Bruder Shane, und sofort sah sie sein lebendiges, lachendes Gesicht vor sich. Sie war sehr enttäuscht darüber, ihn vorhin verpaßt zu haben. So ein Besuch war zu einer Seltenheit geworden. Seit Jahren war es ihm eine Gewohnheit gewesen, bei ihr hereinzuschneien, in Leeds oder auch in London, und als diese Überraschungsbesuche plötzlich aufhörten, war sie überrascht und verletzt gewesen.

Shane O'Neill, Bryans Sohn und Blackies Enkel, war seit Kindertagen Paulas bester Freund gewesen. Sie waren miteinander aufgewachsen, hatten all ihre Ferien zusammen verbracht und waren die meiste Zeit unzertrennlich gewesen – so sehr, daß ihre Großmutter Paula den Spitznamen «der Schatten» verliehen hatte. Während sie so über Shane nachdachte, kam ihr zu Bewußtsein, daß sie ihn schon einige Monate lang nicht mehr gesehen hatte. In letzter Zeit war er dauernd unterwegs, fuhr mal nach Spanien, mal in die Karibik, wo es einige O'Neill-Hotels gab – und wenn er in England war und sie ihn zufällig traf, tat er beschäftigt und gab sich distanziert. Sie seufzte leise. Komisch, daß ihre enge Beziehung vor einem Jahr so endgültig abgerissen war. Sie verstand das immer noch nicht. Als sie Shane endlich einmal erwischt hatte und ihn fragen konnte, was denn passiert sei, hatte er sie ganz merkwürdig angesehen und gesagt, nichts. Daß er sich nun so rar machte, hatte er mit dem Geschäft und seinem vollen Terminkalender begründet. Vielleicht hatte er sich bloß von ihr wegentwickelt. Oft wandelten sich Kinderfreundschaften ja grundlegend, oft verkümmerten sie so sehr, daß man sie nicht mehr aufleben lassen konnte. Leider, dachte sie. Und ich vermisse ihn wirklich. Ich wünschte, ich wär heut morgen dagewesen.

Das Telefon schnarrte mitten in ihre Überlegungen hinein. Sie nahm den Hörer ab. Agnes sagte: «Miss O'Neill ist dran, Mrs. Fairley.»

«Danke, Agnes, bitte verbinden Sie uns.»

Eine Viertelsekunde danach flutete Mirandas melodische Stimme durch den Draht. «Hallo, Paula. Ich dachte, ich ruf dich lieber an, weil bei mir endlos besetzt gewesen ist.»

«Das ist ja auch nur fair», sagte Paula und lachte liebevoll. «Wann bist du aus London gekommen?»

«Gestern abend. Ich bin mit Shane hergefahren. Und das war das letzte Mal, das sag ich dir. Er fährt wie ein Irrer. Die Reifen riechen nach verbranntem Gummi; ich hab immer gedacht, gleich landen wir im Graben. Hab keine Ahnung, wieso ich überhaupt heil hier angekommen bin. Ich war so mit den Nerven fertig, als wir vor dem Haus standen, daß Mummy sofort wußte, was los war. Sie hat mir verboten, noch einmal mit ihm zu fahren, und ihm gehörig die Meinung gesagt . . .»

«Das glaubst du wohl selbst nicht. Deine Mutter läßt doch auf Shane nichts kommen. Was er tut, ist wohlgetan, meint sie doch immer.»

«Na, momentan ist er in Ungnade gefallen, meine Liebe. Sie hat ihm Saures gegeben, und Pa auch.»

«Shane wollte mich heute besuchen, Miranda.»

«Das ist ja prima. Ich begreif nämlich ebensowenig wie du, warum er in der letzten Zeit so kühl zu dir gewesen ist, aber er ist eben ein Sonderling, mein großer Bruder. Vielleicht sein keltisches Erbteil. Und was hat er gesagt?»

«Nichts, Miranda, ich war nämlich nicht da. Ich hatte eine Sitzung.»

«Ach, wie schade. Na, aber er kommt ja zur Taufe. Ich weiß, du hast daran gezweifelt, aber er hat mir gesagt, er käme bestimmt. Er hat mir sogar angeboten, mich abzuholen.» Miranda stöhnte in gespieltem Entsetzen. «Ich hab dankend abgelehnt. Eigentlich wollte ich mit Opa gehen, aber natürlich will der Tante Emma begleiten. Na, dann komm ich eben allein rübergetigert. Hör mal zu, Paula – ich wollte zwar nur kurz hallo sagen, aber ich frag dich jetzt auch, ob du nicht Lust hättest, mit mir Mittag essen zu gehen? Ich muß sowieso zum Kaufhaus hinüber, um ein Päckchen für meine

Mutter abzuholen. Ich könnte dich im *Vogelkäfig* treffen, in 'ner halben Stunde. Was sagst du dazu?»

«Ja, eine prima Idee, Merry. Also, um zwölf dort.»

«Wird gemacht», sagte Miranda. «Bye.»

«Bye.» Paula räumte ihren Schreibtisch auf und war plötzlich froh darüber, daß Miranda den Lunchtreff vorgeschlagen hatte. Es war immer sehr schön mit ihr, sie war ein außergewöhnliches Mädchen, so natürlich, lieb, lustig und temperamentvoll. Sie hatte ein fröhliches, unbekümmertes Naturell und lachte gern.

Paula lächelte still vor sich hin und fragte sich, was Miranda wohl heute anhatte, womit sie heute wieder überrascht werden würde. Denn die Dreiundzwanzigjährige hatte ein Faible für exotische Kleidungsstücke – schon beinahe Kostümierungen –, die aber mit Phantasie und Stilgefühl arrangiert waren und die sie mit viel Elan trug. An jeder anderen hätten sie total lächerlich ausgesehen, aber für Miranda O'Neill schienen sie passend. Davon abgesehen, daß sie ihrer hochgewachsenen, etwas knabenhaften Figur gut standen, waren sie Teil ihres exzentrischen, leicht verschrobenen Charakters. Zumindest wirkte das so für Paula, die in Merry ein Original sah, den einen wirklich freien Geist, den sie kannte. Ihre Großmutter mochte Miranda genauso gern und pflegte zu sagen, daß Blackies Enkelin das beste Tonikum für sie alle sei, weil sie den Trübsinn verscheuche. «Kein schlechtes Haar ist an dem Mädchen», hatte Emma erst vor kurzem zu Paula gesagt. «Jetzt, wo sie erwachsen ist, erinnert sie mich sehr an ihre Großmuttter. Merry hat eine Menge von Laura Spencer – Lauras Güte zum Beispiel. Und da sitzt auch ein schlauer Kopf auf diesen jungen Schultern: Ich freu mich, daß ihr beide so gute Freundinnen geworden seid. Jede Frau sollte ein wirklich gute Freundin haben, auf die sie sich verlassen kann. Ich weiß, wovon ich rede. Seit Lauras Tod hatte ich nie mehr eine richtige Freundin.»

Paula gingen diese Worte von Emma durch den Kopf, und sie dachte: Aber Emma hat doch immer Blackie gehabt, ich aber hab Shane verloren. Merkwürdig, daß Miranda und ich uns nähergekommen sind, als Shane wegging . . .

Es klopfte und Agnes steckte ihren Kopf durch die Tür. «Diese Korrekturfahnen sind eben aus der Werbeabteilung hochgekommen. Würden Sie sie bitte gegenzeichnen?»

«Ja, kommen Sie doch bitte herein, Agnes.»

«Es ist die Werbung für die Frühjahrskollektion», erklärte Agnes und gab ihr die Papiere.

Paula betrachtete die Anzeigen flüchtig, setzte ihr O. K. unter die Fahnen, gab sie ihrer Sekretärin zurück und erhob sich. «Ich geh kurz mal raus. Könnten Sie im *Vogelkäfig* anrufen, Agnes, und sagen, daß ich meinen Tisch brauche. Um zwölf.»

«Wird gemacht», sagte Agnes, als sie gemeinsam das Zimmer verließen.

Kurz nach zwölf kam Paula eilig in den *Vogelkäfig* geschritten. Wie stets frappierte sie der erfrischende Anblick von Blumen und Laub. Sie ging zwischen den Tischen hindurch, an denen Leute saßen, die gerade ihre morgendlichen Einkäufe erledigt hatten, und sah, daß Miranda O'Neill schon da war. Ihr glänzendes kupferrotes Haar, das sich in einer atemberaubenden Lockenpracht um ihr herzförmiges Gesicht ergoß, schien alles Licht einzufangen und zu halten und strahlte wie ein helles Leuchtfeuer am anderen Ende des Raumes. Sie sah von der Speisekarte auf, in die sie sich vertieft hatte, erblickte Paula und winkte.

«Entschuldige, daß ich dich habe warten lassen», sagte Paula, als sie am Tisch stand. «Man hat mich in der Designabteilung aufgehalten. Wir haben viel Ärger mit der neuen Beleuchtung, und ich wollte das noch einmal überprüfen. Es stimmt aber immer noch nicht, fürchte ich.» Sie beugte sich herab, um ihre Freundin zu küssen, und ließ sich dann auf den Stuhl gleiten.

Miranda grinste ein wenig schelmisch und sagte: «Ach Gott ja, all die Plagen und Widrigkeiten, wenn man ein Kaufhaus leitet! Aber ich würd jederzeit mit dir tauschen. Public Relations für eine Hotelkette zu machen kann manchmal ganz schön nervig sein.»

«Na, wenn ich mich recht entsinne, hast du deinen Vater förmlich belagert, um diesen Job zu kriegen.»

«Das stimmt. Aber ich hätte das nicht gemacht, wenn ich gewußt hätte, worauf ich mich da einlasse», murrte Miranda und zog ein langes Gesicht. Aber dann lachte sie schnell wieder und gab zu: «Ja, ich glaub, es macht mir im Grunde Spaß. Nur manchmal wird es mir zuviel. Aber momentan bin ich gut angeschrieben bei Dad. Meine letzte PR-Kampagne hat ihm zugesagt; er ging neulich sogar so weit zu sagen, ich sei ‹innovativ›. Das ist ein hohes Lob aus seinem Mund.

Er macht mir sonst keine Komplimente, mußt du wissen. Er hat gesagt, wenn ich mich gut führe, wird er mich in ein paar Wochen nach Barbados schicken, um das neue Hotel zu begutachten, das wir dort gekauft haben. Wenn wir es erst umgebaut und neu ausgestattet haben, wird es absolut Spitzenklasse und so elegant wie das *Sandy Lane* sein. Wir finden alle, daß es eine wichtige Bereicherung unserer Hotelkette ist.»

«Toll, Merry. Wirklich aufregend für dich. Wollen wir bestellen? Ich will dich nicht hetzen, aber ich muß heute früh weg.»

«Nein, kein Problem, ich hab's auch ein bißchen eilig.» Miranda sah wieder auf ihre Speisekarte und sagte dann: «Ich möchte Scholle mit Pommes frites, glaub ich.»

«Gute Idee. Ich auch.» Paula winkte die Kellnerin herbei, bestellte, wandte sich dann wieder Miranda zu und begutachtete sie mit einem schnellen Blick. Sofort war sie von ihrer Garderobe angetan. Heute trug sie ein ziemlich theatralisches Wämschen mit breitem, gebauschtem Kragen und dreiviertellangen Ärmeln, das vorn über einer weißen Seidenbluse mit längeren Ärmeln zugeschnürt war. Augenzwinkernd sagte Paula: «Du siehst ja wie ein weiblicher Robin Hood aus mit all dem sherwoodgrünen Wildleder, Merry. Jetzt fehlt dir nur noch ein Köcher und ein frecher kleiner Filzhut mit einer langen Feder.»

Miranda brach in Lachen aus. «Glaub ja nicht, daß ich den nicht hätte. Ich hab ihn! Aber ich hab mich nicht getraut, ihn zum Lunch aufzusetzen, damit du mich nicht für verrückt hältst. Was nämlich alle anderen schon tun.» Sie drehte sich auf ihrem Stuhl, um ihre Beine zu zeigen, die in engen grünen Wildlederhosen steckten, zu denen sie passende, bis übers Knie gehende Langschäfter trug. «Als Shane mich heut morgen gesehen hat, sagte er, ich sähe aus wie ein Knabe in einer Schmierenkomödie. Ich bin aufs Ganze gegangen hiermit, fürchte ich. Findest du es zu dramatisch?»

«Nein, eigentlich nicht. Und du hättest den Hut ruhig tragen können. Mir gefallen deine phantasievollen Kostüme.»

Miranda sah sehr zufrieden aus. «Von so einer Eleganten wie dir ist das ein wahres Kompliment.» Sie beugte sich herüber und sagte schnell: «Haben Jim und du heut abend schon was vor? Ich würd gern mit euch essen gehn!»

«Und ich würde mich freuen, wenn du heute abend zu uns kämst

– falls dir das nicht zu langweilig ist. Grandy gibt ein Familienessen in Pennistone Royal.»

«Da bin ich mir nicht ganz sicher, Paula. Deine Oma hat ein heißes Date mit meinem Opa.» Mirandas Lachen klang verschmitzt, und so sahen auch ihre Augen aus, als sie sagte: «Stell dir das vor: in ihrem Alter!»

Paula war überrascht. «Du mußt dich irren, Merry. Ich bin ganz sicher, daß Grandy bei uns sein wird.»

«Nein, ich irr mich nicht, bestimmt nicht. Gerade hab ich noch Shane und meinen Vater darüber reden hören. Großvater führt Tante Emma heute zum Abendessen aus. Aber ich hab bloß Spaß gemacht, als ich das von dem heißen Date gesagt hab – Shane wird sie begleiten.»

«Dann muß Grandy es sich anders überlegt haben», sagte Paula, der beim Gedanken an das Dinner ohne ihre Großmutter unbehaglich wurde. «Meine Mutter wird sie wohl als Hausherrin vertreten, denn ich kann mir nicht vorstellen, daß Grandy das Essen einfach abgesagt hätte, ohne erst mit mir darüber zu sprechen.»

«Nein, hätte sie wohl nicht.» Merry beugte sich wieder voll Übermut vor und sagte: «Wenn mein Großvater und deine Großmutter zusammen sind, geben sie ein ganz unverbesserliches Pärchen ab. Ich hab ihm vor ein paar Tagen gesagt, es sei nun an der Zeit, daß er Tante Emma heirate und eine anständige Frau aus ihr mache.»

«Wenn hier irgend jemand unverbesserlich ist, dann bist du es, Merry! Und was hat Onkel Blackie dazu gesagt?»

«Er hat gekichert und entgegnet, er habe nur auf meine Zustimmung gewartet, und nun, wo er sie endlich hätte, würde er ihr gleich einen Antrag machen. Klar wußte ich, daß er nur Witze machte. Aber um die Wahrheit zu sagen, find ich es gar keine so schlechte Idee, was meinst du?»

Paula lächelte bloß. Sie sagte: «Na ja, was nun das Familiendinner angeht, bist du herzlich eingeladen. Komm doch so um halb acht zu den Cocktails. Essen um halb neun.»

«Du bist ein Schatz, Paula. Dank dir. Du hast mich von einem langweiligen Abend mit Ma und Pa errettet. In letzter Zeit reden die nur noch vom Baby.»

«Na, ich weiß nicht, ob der Abend bei uns soviel anregender sein wird. Meine Mutter ist eine enthusiastische Großmutter geworden.

Die schwärmt auch nur noch von den Zwillingen. Ich kann sie nicht mehr zum Schweigen bringen.»

«Aber ich mag Tante Daisy. Sie ist so eine nette Frau und kein bißchen wie deine übrigen . . .» Erschrocken hielt Miranda inne. Ihr blasses, sommersprossiges Gesicht wurde flammendrot.

«Und was soll das heißen?» fragte Paula und zog scheinbar verärgert eine dunkle Braue hoch, aber der amüsierte Zug um den Mund verriet sie.

«Ich . . . ich hab's nicht so gemeint», rief Miranda verlegen. «Ich meinte nicht dich oder Tante Emma oder deine Cousins, sondern mehr deine Tanten und Onkel. Trotzdem tut's mir leid. Es war sehr ungehörig von mir.»

«Oh, entschuldige dich nicht, zufällig teile ich deine Ansicht.» Paula verstummte und dachte im besonderen an ihre Tante Edwina, die verwitwete Gräfin von Dunvale, die im Laufe des Tages aus Irland hier eintreffen sollte. Edwina war der Grund dafür, daß sie sich zum erstenmal ernsthaft mit Jim gestritten hatte. Vor ein paar Wochen hatte Jim – zu ihrer ungläubigen Verwunderung – entschieden, daß man Edwina zur Taufe einladen müsse. Als Paula heftig protestiert und darauf hingewiesen hatte, daß Edwina bei Emma nicht gut angeschrieben sei, hatte er ihre Einwände beiseite gewischt und gesagt, sie sei albern. Und dann hatte *er sie* daran erinnert, daß Emma die Vergangenheit Vergangenheit sein lassen wolle und Ruhe in der Familie wünsche. «Na, dann lad Edwina bitte wenigstens nicht ein, bevor ich es Grandy gesagt hab», hatte Paula ihn ermahnt, und er hatte zumindest darin nachgegeben. Als sie dann mit ihrer Großmutter darüber sprach, reagierte Emma gleichmütig, ja gleichgültig, und sagte, sie solle sich keine grauen Haare wachsen lassen und gute Miene zum bösen Spiel machen, falls Edwina die Einladung annahm. Aber da war ein merkwürdiger Ausdruck in Grandys Augen gewesen, und Paula hatte das Gefühl gehabt, Emma sei von Jim enttäuscht, ebenso wie sie selbst. Mit dem Unterschied, daß sie diese Enttäuschung überwunden hatte, weil sie ihn so sehr liebte und sich Entschuldigungen für ihn ausgedacht hatte: Schließlich besaß er keine eigene Familie, die er zur Taufe seiner Kinder einladen konnte, und außerdem war Edwina ja eine halbe Fairley. Wenn sie sich Emma und ihr gegenüber bloß nicht so feindselig verhielte.

Miranda, die ihre Freundin genau beobachtete, sah die Sorgen in ihrem Gesicht und sagte scheu: «Du siehst plötzlich so nachdenklich aus, Paula. Ist irgend etwas?»

«Nein, nein, natürlich nicht.» Paula zwang sich ein Lächeln ab und wechselte dann das Thema: «Wie geht es denn deiner Mutter?»

«Gesundheitlich viel besser, danke. Außerdem glaub ich, daß sie sich jetzt von dem Schreck erholt hat, mit 45 Jahren noch schwanger zu werden und ein Klimakteriumsbaby zur Welt zu bringen. Und die kleine Laura ist ganz entzückend. Ich seh gern zu, wenn Großvater mit ihr spielt. Er ist ganz vernarrt in sie, und natürlich hat es ihn mächtig gefreut, daß sie sie nach meiner Großmutter Laura genannt haben. Beinahe hätte *ich* so geheißen.»

«Das wußte ich ja gar nicht, Merry.»

«Doch. Aber dann haben sie es sich offenbar anders überlegt. Ich hätte nichts dagegen gehabt, nach meiner Großmutter zu heißen, und ich wäre froh gewesen, sie gekannt zu haben. Sie muß eine bemerkenswerte Frau gewesen sein. Alle haben sie sehr gern gehabt, besonders Tante Emma.»

«Ja, Grandy hat mir vor kurzem erzählt, daß sie Laura immer vermißt hat seit deren Tod.»

«Es ist alles ein ziemlicher Wirrwarr, nicht wahr, Paula?»

«Wie meinst du das?»

«Die Hartes und die O'Neills. Und auch die Fairleys. Unser Leben ist unauflöslich miteinander verbunden . . . wir können einander nie wirklich entkommen.»

«Nein, wohl nicht.»

Miranda beugte sich vor und drückte Paulas Hand. «Ich bin froh darüber. Ich find es sehr schön, dich, Tante Emma und Tante Daisy als Zweitfamilie zu haben.» Ihre großen haselnußbraunen Augen, in denen winzige Goldprismen aufblinkten, strahlten voller Wärme und Zuneigung.

Paula erwiderte ihren Händedruck. «Und ich find's schön, daß ich die O'Neills hab.»

Dann kam die Bedienung mit den Speisen, und in der nächsten Viertelstunde redeten die zwei jungen Frauen hauptsächlich über Paulas Babies, die Taufe am nächsten Tag und den Empfang, den Emma nach der kirchlichen Zeremonie geben würde. Aber dann wurde Miranda plötzlich ernst und sagte: «Da gibt es noch was Wichtiges, was ich gern mit dir besprechen würde.»

Paula, die sogleich eine Veränderung an ihrer Freundin bemerkte, fragte schnell: «Gibt es irgendwelche Probleme bei dir?»

«Aber gar nicht. Ich hab nur eine Idee, die ich dir vortragen möchte, um deine Meinung dazu zu hören.»

«Und das wäre, Merry?» fragte sie neugierig.

«Wir zwei könnten zusammenarbeiten.»

«Oh.» Das war das letzte, womit Paula gerechnet hätte, und nach ihrem spontanen Ausruf verfiel sie überrascht in ein kurzes Schweigen.

Miranda schmunzelte und redete schnell weiter, um ihr keine Chance zu geben, voreilig etwas zu sagen oder ihren Vorschlag abzutun. «Letzte Woche, als ich die Blaupausen für das neue Hotel ansah, das wir in Marbella bauen, kam mir plötzlich eine Idee. Der Architekt hat eine Ladenstraße geplant, und mir ist sofort eingefallen, daß wir auch eine Boutique mit hineinnehmen sollten. Natürlich hab ich gleich an *Hartes* gedacht; dann ist mir aber klargeworden, daß eine einzige Boutique dich nicht interessieren würde. Also hab ich das etwas weiterentwickelt: Harte-Boutiquen in all unseren Hotels. Da ist das neue, das wir in Barbados bauen, das in Torremolinos, das wir anders gestalten, und nach und nach wird die ganze Kette neu aufpoliert. Wir könnten in jedes eine Boutique setzen, und *Hartes* könnte sie managen.» Miranda lehnte sich zurück und sah Paula forschend ins Gesicht. Aber das blieb undurchdringlich. Merry fragte eifrig: «Was sagst du nun dazu?»

«Ich weiß nicht so recht», sagte Paula zurückhaltend. «Hast du darüber mit Onkel Bryan gesprochen?»

«Ja, und Dad fand die Idee gut. Er war ganz begeistert und sagte, ich solle mit dir darüber reden.» Erwartungsvoll sah Miranda ihre Freundin an und verschränkte die Hände. «Hättest du denn Lust, es mit uns zu versuchen?»

«Ja, ich glaube, wir sollten das machen. Natürlich muß ich erst meine Großmutter konsultieren.» Paula war zwar vorsichtig wie stets, konnte aber das Interesse, das ihr im Gesicht geschrieben stand, nicht verbergen. Ein aufgeregtes Gefühl durchzuckte sie, und sie dachte: Das wäre ein perfektes Projekt für Grandy. Genau das, wonach ich gesucht habe. Und es würde das Fiasko mit den Cross' ein bißchen abmildern. Paula richtete sich auf, ihre Stimme klang jetzt viel optimistischer: «Laß uns doch ein bißchen in die Einzelheiten gehen, Merry.» Und aufmerksam hörte sie zu. Bald hatte sie sich ganz darin vertieft, die Chancen und Vorteile zu erwägen, die Miranda O'Neills Vorschlag in sich barg.

4

Emma setzte sich mit einem Ruck auf.

Ich kann's kaum glauben – beinahe wäre ich eingeschlafen, dachte sie erbost. Das passiert doch nur alten Damen mitten am Tag. Sie fing an zu lachen. Nun, schließlich war sie auch eine alte Dame, wenn sie das auch nicht gern zugab, am wenigsten sich selbst gegenüber.

Sie änderte ihre Lage auf dem Sofa, reckte sich, strich ihren Rock glatt und empfand sofort die Hitze des lodernden Kaminfeuers. Selbst sie fand es jetzt erstickend heiß, und dabei hatte sie doch sonst immer gefroren und es selten warm genug gefunden. Kein Wunder, daß sie eingenickt war.

Mit energischem Schwung stand sie vom Sofa auf und eilte zu den Fenstern. Sie öffnete eines und atmete ein paarmal tief durch, wobei sie sich mit einer Hand Luft zufächelte. Die scharfe Kühle tat ihr gut, und der Wind an ihrem Gesicht erfrischte sie. Emma blieb kurz stehen, bis ihr etwas besser war, dann ging sie zurück.

Jetzt war ihr Schritt gemessener, und sie sah sich um, während sie einen Bogen um die zwei großen weichen Sofas machte, die in der Mitte des Raumes standen. Befriedigt nickte sie – wie hübsch alles war, vom goldenen Sonnenlicht überflutet, das durch die vielen Fenster eindrang. Aber für sie war dies Zimmer stets schön; hier war sie lieber als irgendwo sonst auf der Welt.

Heute morgen wurde die frühlingshafte Atmosphäre, die von den luftigen Farben und dem buntgemusterten Chintzbezug der Sofas ausging, noch durch die Porzellanschalen verstärkt, die überreich mit Jonquillen, Tulpen und Hyazinthen gefüllt waren. Die Blumen ergossen ihr kräftiges Gelb, Rot, Rosa und Malve über das dunkelglänzende Porzellan. Ihr lieblicher Duft lag aromatisch in der stillen, sanften Luft.

Emma trat einen Schritt vor und hielt vor dem Kamin wieder

inne. Sie wurde es nie müde, den Turner anzusehen, der dort hing und den hohen Abzugsschacht mit seinem nebligen Graublau schmückte. Es war eine bukolische, sinnträchtige Landschaft, ein hervorragendes Beispiel für Turners poetische, visionäre Interpretation des pastoralen Genres.

Ganz sicher ist es das Licht, entschied sie zum hundertstenmal, wie stets gebannt von jenem leuchtenden Himmel. Emma fand, daß noch nie jemand es so wie Turner vermocht hatte, das Licht einzufangen. Für sie war das klare, kühle Licht dieses Meisterwerks auf ewig verbunden mit dem Nordhimmel, unter dem sie aufgewachsen war, unter dem sie den größten Teil ihres Lebens verbracht hatte und den sie ewig lieben würde. Sie fand diesen Himmel einzigartig in seiner Klarheit und Leuchtkraft, die manchmal etwas Überirdisches hatte.

Ihr Blick fiel auf die Uhr auf dem Kaminsims. Es war fast eins. Sie tat gut daran, sich aufzuraffen, und zwar sehr schnell, denn Emily konnte jeden Moment eintreffen, und wenn der lebhafte Wirbelwind von Emily da war, mußten alle auf der Hut sein. Besonders alte Damen, fügte sie lautlos kichernd hinzu.

Geschwind eilte sie ins Schlafzimmer nebenan und setzte sich an ihren Frisiertisch. Nachdem sie ihre Nase mit Puder bestäubt hatte, zog sie ihre rosa Lippen nach und kämmte sich das Haar über. Ich seh wirklich ziemlich fesch aus heute, wie Alexander behauptet hat.

Sie wandte den Kopf und starrte Pauls Fotografie an, die auf einer Seite des Frisiertisches stand. In Gedanken redete sie mit ihm – eine alte Angewohnheit von ihr, die fast zum Ritual geworden war.

Wie du mich wohl fändest heute, wenn du mich sehen könntest. Ob du deine herrliche Emma, wie du mich immer nanntest, wiedererkennen würdest? Wärst du auch der Ansicht, ich sei in Anmut gealtert, wie ich selbst finde?

Sie hob das Foto hoch und setzte sich, hielt es mit beiden Händen und sah in sein Gesicht. Nach all diesen Jahren erinnerte sie sich noch immer an jede Einzelheit an ihm; alles stand mit solch scharfkonturierter Lebendigkeit vor ihr, als habe sie ihn erst gestern zum letztenmal gesehen. Sie blies ein Staubkörnchen vom Glas. Wie gut er im Frack mit weißem Schlips aussah! Dies war das allerletzte Foto von ihm. New York am 3. Februar 1939. Mühelos konnte sie sich an jenen Tag erinnern. Es war sein 59. Geburtstag gewesen, und sie hatten ein paar Freunde in ihr luxuriöses Apartment in der Fifth Avenue zu Drinks eingeladen. Danach waren sie in die Metropolitan Opera gegangen, um Risë Stevens und Ezio Pinza in ‹*Mignon*› zu hören. Hinterher hatte Paul sein Geburtstagsdinner bei *Delmonico* gefeiert, und es war ein wundervoller Abend gewesen, nur anfangs etwas verdorben von Daniel Nelsons Gerede über einen bevorstehenden Krieg und Pauls ähnlich trübe Einschätzung der Weltlage. Später war Paul dann wieder lustig gewesen. Aber das war der letzte unbeschwerte Abend, den sie gemeinsam verbringen sollten.

Sie ließ die Fingerspitzen über sein weißes Haar gleiten und lächelte versonnen. Die Zwillinge, die morgen getauft werden würden, waren auch seine ersten Enkel, setzten seine Blutlinie fort. Bei seinem Tod war die McGill-Dynastie in ihre Obhut gegeben worden, und sie hatte sie gut und treu bewahrt, wie sie auch sein großes Vermögen bewahrt und vermehrt hatte, getreu ihrem Versprechen.

Sechzehn Jahre, dachte sie. Wir hatten nur sechzehn gemeinsame Jahre. Nicht sehr viel, wenn man die Dauer eines Lebens bedenkt . . . und besonders eines so langen Lebens wie des meinen.

Ohne nachzudenken sagte sie laut: «Hättest du doch bloß länger gelebt. Wären wir doch nur zusammen in die Jahre gekommen, zusammen alt geworden. Wie wunderbar wäre das gewesen.» Unerwartet füllten sich ihre Augen mit Tränen, und die Kehle wurde ihr eng. Oh, du alberne alte Frau, sagte sie streng zu sich. Wie kannst du um etwas weinen, das so weit jenseits aller Tränen liegt. Mit einer schnellen Bewegung stellte sie die Fotografie wieder an ihren angestammten Platz zurück.

«Großmutter . . . bist du allein?» fragte Emily zögernd von der Tür.

Emma schrak zusammen und drehte sich um. Ihr Gesicht erhellte sich. «Ach, hallo Emily, mein Liebling. Ich hab dich gar nicht durch den Salon kommen hören. Und natürlich bin ich allein.»

Emily lief auf sie zu, gab ihr einen herzhaften Kuß und sah dann neugierig auf sie hinab. «Ich hätte schwören können, daß du mit jemandem gesprochen hast, Gran.»

«Hab ich auch. Mit ihm.» Sie wies mit dem Kopf auf das Bild und versetzte dann trocken: «Wenn du glaubst, ich sei jetzt senil, dann bist du aber auf dem Holzweg. Mit diesem Foto rede ich schon seit 30 Jahren.»

«Meine Güte, Grandy, von dir würd ich so was als allerletztes denken», protestierte Emily ehrlich entrüstet. «Vielleicht ist Mummy senil – du bestimmt nicht.»

Emma ließ ihren kühlen, durchdringenden Blick auf ihrer Enkelin ruhen. «Wo ist denn deine Mutter, Emily? Weißt du das?»

«In Haiti. Sonnt sich. Zumindest *glaub* ich, daß sie dort ist.»

«Haiti.» Emma richtete sich kerzengerade auf, man konnte ihr die Überraschung anmerken, dann lachte sie laut los. «Ist das nicht der Ort, wo man Voodoo treibt? Hoffentlich läßt sie keine Wachspuppe anfertigen, die Emma Harte heißt und in die sie Nadeln stecken und mir Böses wünschen kann, wie sie es sonst immer tut.»

Emily lachte auch und schüttelte den Kopf. «Wirklich, Gran, du bist mir eine. So was würde Mummy nie tun. Wahrscheinlich hat sie noch nie was von Voodoo gehört. Außerdem ist sie sicher viel zu beschäftigt. Mit diesem Franzosen.»

«Ach Gott. Noch so eine Caprice. Und ein Franzose diesmal. Also deine Mutter macht bald der UNO Konkurrenz.»

«Ja, sie hat offensichtlich eine Schwäche für ausländische Herren, Grandy.» Emilys grüne Augen blitzten übermütig, während sie sich auf den Absätzen wiegte und amüsiert ihre Großmutter ansah. Der kleine Schlagabtausch machte ihr Spaß. Was sarkastische Spitzen anging, die ins Schwarze trafen, konnte keiner Gran das Wasser reichen.

Emma fuhr fort: «Na, wie ich deine Mutter kenne, hat er unweigerlich einen zweifelhaften Charakter, ganz abgesehen von einem dubiosen Adelstitel. Wie heißt denn dieser jetzt?»

«Marc Deboyne. Du hast vielleicht was über ihn gelesen. Er steht immer in den Klatschspalten. Was seinen Charakter betrifft, liegst du goldrichtig. Aber er hat gar keinen Adelstitel, auch keinen dubiosen.»

«Das ist aber eine frohe Botschaft. Ich habe all diese Grafen und Prinzen und Barone mit ihren unaussprechlichen Namen, grandiosen Ideen und leeren Portemonnaies schrecklich satt, die deine Mutter da regelmäßig aufgabelt. Und immer heiratet. Deboyne ist also ein Playboy?»

«Ich würd ihn als IP bezeichnen, Gran.»

«Was um Gottes willen ist das denn, Kleine?» fragte Emma und zog erstaunt die Augenbrauen hoch.

«Internationales Pack.»

Emma lachte laut. «Das hab ich ja noch nie gehört. Erkläre mir das doch noch ein bißchen, Emily.»

«Das sind Männer mit dunklem oder sogar zweifelhaftem Hintergrund, die von einem gesellschaftlichen Ehrgeiz besessen sind, den sie nur in einem anderen Land zu erfüllen hoffen können. Damit meine ich ein anderes als ihr Heimatland. Verstehst du, wo man Ungereimtheiten nicht bemerken wird, IP, das kann ein Engländer in Paris, ein Russe in New York oder wie hier eben ein Franzmann in London sein.» Emily zog ein angewidertes Gesicht. «Marc Deboyne hat sich schon jahrelang in den eleganten Salons von Mayfair herumgetrieben, und es überrascht mich, daß Mummy sich mit ihm eingelassen hat. Er ist so *durchsichtig*. Mit irgend etwas muß er sie an der Nase herumgeführt haben. Ich für meinen Teil find ihn widerlich.»

Emma runzelte die Stirn. «Du kennst ihn?»

«Ja, schon länger als Mummy sogar.» Sie hielt inne und beschloß, nicht zu sagen, daß Deboyne sich an sie herangemacht hatte. Das würde Grandy zu sehr aufregen. Also sagte sie bloß: «Er ist scheußlich.»

Emma seufzte und fragte sich, wieviel dieser Mann ihre Tochter kosten würde. Denn kosten würde er etwas. So ein Mann war immer teuer – oft auf emotionalem Gebiet, aber *immer*, was das Portemonnaie betraf. Melancholisch dachte sie an die Million, die sie Elizabeth im letzten Jahr gegeben hatte. Hartes Bargeld. Das meiste davon war bestimmt schon verschleudert. Nun, es ging sie nichts an, was diese unvernünftige Frau mit ihrem Geld anfing. Sie hatte Elizabeth nur auszahlen wollen, um so Alexander, Emily und die fünfzehnjährigen Zwillinge zu schützen. Schroff sagte sie: «Deine Mutter ist unmöglich. Ganz unmöglich. Wo hat sie bloß ihren Verstand? Bitte beantworte das nicht, Emily. Aus reiner Neugierde würde mich allerdings interessieren, was mit dem derzeitigen Ehemann passiert ist – diesem reizenden Italiener.»

Emily starrte sie ungläubig an. «Grandy!» kreischte sie. «Was für ein Sinneswandel! Du hast doch immer gesagt, du hieltest ihn für einen Gigolo, und so unfreundlich von ihm gesprochen, daß ich sicher war, du könntest ihn nicht ausstehen!»

«Da habe ich eben meine Meinung geändert», sagte Emma leichthin. «Es hat sich herausgestellt, daß er kein Mitgiftjäger ist, und außerdem ist er gut zu den Zwillingen.» Sie erhob sich. «Laß uns in den Salon gehen und vor dem Essen noch einen Cocktail trinken.» Umgänglich hakte sie Emily ein und führte sie durchs Zimmer. Noch einmal fragte sie: «Also wo ist nun Gianni-wie-heißt-er-noch-gleich?»

«Er ist noch da. Natürlich ist er aus Mummys Wohnung ausgezogen. Aber er ist noch in London. Er hat sich einen Job bei irgendeiner italienischen Importgesellschaft besorgt, die mit Antiquitäten handelt. Er ruft mich oft an und fragt nach Amanda und Francesca. Er hängt sehr an ihnen, glaube ich.»

«So ist das also.» Emma machte ihren Arm frei und ließ sich auf einem der Sofas nieder. «Ich möchte gern einen Gin and Tonic, keinen Sherry wie sonst. Bitte mach die Honneurs, meine Liebe.»

«Gern, Grandy. Ich glaub, ich mach mir auch einen.» Brandeilig, wie sie es immer hatte, flitzte Emily durchs Zimmer zum King George-Tisch, auf dem ein silbernes Tablett mit Flaschen und Bakkarat-Kristallgläsern stand. Emma sah ihr nach. Im roten Wollkostüm mit der gerüschten, fliederfarbenen Bluse erinnerte Emily sie an einen irisierenden Kolibri, so klein, so flink, so bunt gefiedert war sie. Sie ist ein gutes Mädchen, dachte Emma. Gott sei Dank ist sie nicht nach ihrer Mutter geschlagen.

Geschickt die Drinks mixend, fragte Emily, ohne sich umzudrehen: «Wo wir gerade von meinen kleinen Halbschwestern reden, Gran – willst du sie im Harrogate College lassen?»

«Im Augenblick ja. Aber ich habe schon vor, sie nächsten September in ein Schweizer Pensionat zu schicken. Bis dahin sind sie wohl im College ganz glücklich. Natürlich ist mir klar, daß das nur daran liegt, daß ich in der Nähe bin. Ich verwöhne sie wohl zu sehr, wenn ich sie so oft nach Hause kommen lasse.» Emma schwieg und dachte an all den Ärger, an die Aufregung und Nervenkrisen des vergangenen Jahres, als ihre beiden jüngsten Enkelkinder sie unter Tränen angefleht hatten, bei ihr wohnen zu dürfen. Schließlich hatte Emma ihren drängenden Bitten nachgegeben, ihre Zustimmung jedoch an ein paar Bedingungen geknüpft. Sie mußten sich einverstanden erklären, das Internat in der Nähe zu besuchen, das Emma für sie ausgesucht hatte. Die Mädchen waren begeistert und Emma erleichtert, daß sie eine unangenehme Familienkrise abgewendet hatte.

Sie lehnte sich in die Kissen zurück und seufzte kaum hörbar. «Verwöhnt oder nicht, ich bin davon überzeugt, daß die beiden bemuttert werden müssen und eine Chance brauchen, ein normales Familienleben zu führen. Bei deiner Mutter haben sie davon nicht allzuviel abgekriegt.»

«Das stimmt.» Emily trug die Drinks zur Sitzgruppe vor dem Kamin. «Sie tun mir auch leid. Alexander und ich haben Mummy wohl noch von ihrer besten Seite erlebt – ich meine, in ihren besseren Jahren. Die Mädchen hatten es hart . . . all diese neuen Väter. Ich glaube, daß es mit ihr bergab gegangen ist, seit sie den Vater der Zwillinge verlassen hat. Aber was soll man machen? . . .» Emilys atemlose junge Stimme verstummte traurig. Resigniert zuckte sie die Achseln, ihr ganzer Körper drückte Enttäuschung aus. «Wir können sie nicht mehr ändern, deine Tochter und meine Mutter, Grandy. Sie ist so, wie sie ist.»

Mit zusammengezogenen Brauen sah Emily ihre Großmutter an. Gereizt sagte sie: «Das Problem der armen Mama ist, daß sie schrecklich unsicher ist, was ihr Aussehen betrifft, ihre Figur, ihre Persönlichkeit . . . na, fast alles.»

«So ist das, glaubst du?» rief Emma erstaunt. Ihr Gesicht wandelte sich; es lag ein boshafter Schimmer in ihren unerbittlichen grünen Augen, als sie eiskalt sagte: «Es ist mir *unerfindlich*, wieso.» Sie hob ihr Glas: «Prost.»

«Prost, liebe Gran.»

Emma setzte sich in eine Ecke des riesigen Sofas, blinzelte in die Sonne und richtete ihren Blick auf die attraktive, zweiundzwanzigjährige Emily. Dieses Mädchen nahm einen besonderen Platz in ihrem Herzen ein, denn sie war nicht nur offen und unkompliziert, sondern hatte eine liebenswerte Art, war sonnig, heiter und immer optimistisch. Überdies war sie ein dynamisches Mädchen, voller Enthusiasmus fürs Leben und die Arbeit. Wenn Emilys rosa- und cremefarbene Schönheit auch etwas von der Zerbrechlichkeit einer kleinen Schäferin aus Dresdner Porzellan hatte, so trog dieser Schein doch gewaltig, denn drunter verbarg sich eine ungewöhnliche Energie, die mit der Schnelligkeit und Triebkraft eines rasenden D-Zugs zum Ausbruch kam. Emma wußte, daß es in der Familie einige Leute gab – besonders ihre Söhne –, die Emily wirrköpfig und vorlaut fanden. Darüber amüsierte Emma sich im stillen, denn ihr war vollkommen klar, daß Emily diesen trügerischen Eindruck absichtlich erzeugte: Er stand in keinem Verhältnis zu ihrem im Grunde ernsthaften und fleißigen Wesen. Schon seit langem glaubte Emma, daß ihre Söhne Emily nur deshalb nicht mochten, weil sie ihnen zu direkt, zu eigensinnig – und zu ehrlich war. Mehr als einmal war Emma Zeuge gewesen, wie die unerschrockene Emily Kit und Robin aus der Fassung gebracht hatte.

Emma sah in die hellen grünen Augen, Ebenbild ihrer eigenen, wie sie einst gewesen waren, sah die Erwartung in ihnen flackern, und dann das selbstbewußte Lächeln, das sich auf Emilys Gesicht fortsetzte. Offenbar hatte sie sich selbst davon überzeugt, daß sie ihren Willen bekommen würde. *Ach du liebe Zeit.* Emma holte tief Luft und sagte lächelnd: «Du siehst aber nicht sehr verquält aus für jemanden, der ein ernsthaftes Problem hat. Du strahlst ja richtig heute morgen.»

Emily nickte und gab zu: «Ja, ich glaub auch, daß mein Problem gar nicht so gravierend ist. Zumindest kommt es mir heute nicht so vor.»

«Das freut mich. Es klang ja, als trügst du die Last der Welt auf deinen Schultern, als du am Dienstag anriefst.»

«Wirklich?» Emily lachte. «Ich schätze, das liegt daran, daß alles so viel positiver aussieht, wenn man bei dir ist. Vielleicht, weil man weiß, daß du noch jedes Problem gelöst hast . . . und ich weiß auch, daß du . . .» Mit einer Handbewegung brachte Emma sie zum Schweigen.

«Ich weiß schon länger, daß du nach Paris zurückgehen und im Kaufhaus dort arbeiten möchtest», sagte sie. «Darüber willst du doch mit mir sprechen. Das ist doch dein Problem, nicht?»

«Ja, Grandy», sagte Emily mit vor Eifer strahlenden Augen.

Emma setzte ihren Drink aufs klappbare Beistelltischchen und beugte sich vor. Plötzlich sah sie sehr ernst aus. Bedächtig sagte sie: «Ich kann dich leider nicht nach Paris zurückgehen lassen. Es tut mir sehr leid, dich enttäuschen zu müssen, Emily, aber du mußt hierbleiben.»

Das fröhliche Lächeln verschwand; Emily zog ein langes Gesicht. «Aber warum denn bloß, Grandy?» fragte sie mit erstickter Stimme. «Ich dachte, es hätte dir gefallen, wie ich letzten Sommer und Herbst in Paris alles geregelt hab.»

«Hat es auch. Sehr sogar. Deine Leistung hat gar nichts mit meiner

Entscheidung zu tun. Na, das stimmt nicht ganz. Einer der Gründe dafür, daß ich mir was Neues hab einfallen lassen für dich, ist die Leistung, die du drüben gezeigt hast.» Emma ließ ihre Enkelin nicht aus den Augen, als sie eindringlich sagte: «Zukunftspläne für dich. Und deine Zukunft, meine ich, liegt in der Harte-Firmengruppe.»

«Harte-Firmengruppe?» rief Emily mit ungläubig erhobener Stimme. Starr saß sie auf dem Sofa und sah ihre Großmutter verblüfft an. «Wo wäre denn *da* noch Platz für mich? Alexander, Sarah und Jonathan arbeiten doch schon da, und ich wär bloß das fünfte Rad am Wagen! Ein Mädchen für alles, das nichts zu tun hätte. Dabei hab ich doch immer für *dich* gearbeitet, in den Kaufhäusern. Ich mag den Einzelhandel sehr gern, das weißt du doch, Gran. Aber ich hasse es, hasse es wirklich und finde es gräßlich, in diesem Moloch arbeiten zu sollen.» Emily wehrte sich mit ungewohnter Heftigkeit, wobei sie ganz rot im Gesicht wurde. Atemlos sprudelte sie weiter: «Ich mein es ernst. Du hast doch immer gesagt, es sei wichtig, daß die Arbeit einem Spaß macht. Na, aber es würd mir einfach keinen Spaß machen, in der Harte-Firmengruppe zu arbeiten. Ach, laß mich doch bitte nach Paris gehen. Ich liebe das Kaufhaus da, und ich möchte weiter daran arbeiten, daß es gut ins Geschäft kommt. Bitte überleg's dir. Bitte, o bitte, liebe Gran. Sonst werd ich ganz unglücklich», jammerte sie, und ihr Gesicht sah so kläglich aus wie ihre Stimme klang. Sie rang die Hände im Schoß.

Emma schnalzte ärgerlich mit der Zunge und schüttelte vorwurfsvoll den Kopf. «Nun ist es gut, Emily, mach es nicht so dramatisch», sagte sie mit ungewöhnlicher Schärfe. «Und versuch nicht, mich herumzukriegen. Ich kenne deine Tricks. Manchmal funktionieren sie, manchmal, wie jetzt, bin ich ganz unempfindlich dagegen. Außerdem *ist* das Pariser Kaufhaus gut im Geschäft, was nicht zuletzt dein Verdienst ist. Deshalb wirst du dort nicht mehr gebraucht. Ganz offen gesagt, brauche ich dich hier.»

Bei dieser wenn auch ruhig vorgebrachten Bemerkung setzte Emily sich kerzengerade auf und runzelte – noch verwirrter – die Stirn. «*Du* brauchst mich, Grandy? Wozu? Wie meinst du das?» Emily riß die Augen auf und sah plötzlich besorgt aus. Sie fragte sich, ob ihre Großmutter Probleme mit der Harte-Firmengruppe hatte. Wohl kaum. Ihre Gesundheit? Auch das schien unwahrscheinlich. Aber offensichtlich stimmte irgend etwas nicht.

«Was ist denn los, Grandma?» fragte sie mit steigender Angst. Alle Gedanken an Paris waren wie fortgewischt.

«Nichts ist los, Liebes», sagte Emma mit strahlendem Lächeln, denn sie hatte die Furcht des Mädchens sofort erkannt. «Bevor ich dir erkläre, warum ich dich hierbehalten will, möchte ich noch detaillierter über deine Zukunft sprechen. Natürlich hab ich gemerkt, daß es dir Spaß macht, bei den Kaufhäusern mitzuarbeiten, aber du kannst da nicht sehr viel weiterkommen. Paula und dein Onkel David haben die wahre Macht da, und Paula wird eines Tages all meine Geschäftsanteile erben. Sie hält viel von dir und würde dich gern bei sich haben, aber weißt du, Emily, dann wärst du immer bloß eine bezahlte Angestellte ohne finanzielle Beteiligung. Ich . . .»

«Ich weiß», rief Emily dazwischen. «Aber . . .»

«Unterbrich mich nicht», schnitt Emma ihr schroff das Wort ab. «Wie du im letzten Frühling erfahren hast, habe ich dir sechzehn Prozent der Harte-Firmengruppe hinterlassen, und das ist viel, da die Firma so reich ist. Und solide. So solide wie die Bank of England, wenn du mich fragst. Dein Vermögen, deine zukünftige Sicherheit wird aus deinen Anteilen an der Harte-Firmengruppe kommen, und ich meine schon seit langem, daß du dann auch an der Leitung der Firma beteiligt sein solltest. Schließlich wird ein Teil davon einmal dir gehören.»

Emma entging Emilys verängstigter Gesichtsausdruck nicht, und sie griff über den Tisch und drückte liebevoll ihren Arm. «Schau nicht so kummervoll drein. Ich will damit nicht sagen, daß ich deinem Bruder nicht vertraue. Das weißt du doch. Alexander wird die Harte-Firmengruppe mit all seiner Kraft und seinen Talenten führen und bewachen, auch mit großer Hingabe, da mach ich mir gar keine Sorgen. Trotzdem möchte ich, daß du dort auch aktiv wirst, neben Sandy und deinen Cousinen. Ich meine wirklich, daß du deine beachtliche Energie und dein vielseitiges Können in jene Firma investieren solltest, von der dir so viel gehört und aus der du so viel Gewinn ziehen wirst.»

Emily schwieg und dachte über die Worte ihrer Großmutter nach. Nach einer ziemlich langen Pause sagte sie schließlich: «Ja, ich verstehe, wie du es meinst, und ich weiß, daß du mein Bestes willst, aber nichts an der Firmengruppe reizt mich. Außerdem hat Sarah immer Freude daran gehabt, sich um die Kleidung zu kümmern, und es würde sie ärgern, wenn du mich dort hineinstecktest. Und Jonathan würde richtig hochfahrend werden, wenn du mich ihm aufhalsen würdest. Er glaubt, die Immobilien-Abteilung sei sein kleines Königreich und er der Alleinherrscher. Er würd einen Heidenspektakel machen, wenn ich mich dort einmischte. Also was soll ich in der Harte-Firmengruppe machen? Das einzige, was ich kann, ist der Einzelhandel.» Ihre Stimme schwankte, sie war den Tränen nahe, und deshalb blickte sie schnell weg und sah mit trübem, finsterem Gesicht aus dem Fenster.

Der Gedanke, die Harte-Kaufhäuser und Paula, die sie verehrte, verlassen zu müssen, betrübte und deprimierte Emily. Doch sie würde es tun müssen. Es war schon entschieden, sie war vernünftig genug, das zu begreifen. Nach ihrer Meinung wurde nicht gefragt. Man sagte ihr, was sie zu tun habe, was man von ihr erwartete, und die Autorität ihrer Großmutter war unanfechtbar. Jener kalte, eigensinnige Ausdruck war nun auf Grandys Gesicht erstarrt, und es war ein Ausdruck, den sie alle kannten, an dem nichts zu deuteln war. Er sprach eine klare Sprache: Emma Harte würde ihren Willen durchsetzen, koste es, was es wolle. Emily fühlte die Tränen in den Augen brennen, als sie über ihre erbärmliche Zukunft nachdachte.

Emma, die das Mädchen scharf beobachtete, merkte, wie aufgeregt und traurig sie war, und sah, daß sie Emilys Kummer schnell beschwichtigen mußte. So mitfühlend sie konnte, sagte sie nun: «Nimm's nicht zu schwer, Kleine. Es ist nicht halb so schlimm, wie du denkst. Und ich hab überhaupt nicht die Absicht, dich in eine der Abteilungen zu stecken, die dein Cousin und deine Cousine leiten. Das wäre keinem von euch gegenüber fair. Und ich will dich auch nicht zu Sandys Assistentin machen – falls du dir in deinem kleinen Köpfchen so etwas vorgestellt haben solltest. Nein, nein, nichts dergleichen. Als ich sagte, ich bräuchte dich *hier*, meinte ich *hier*. In Yorkshire. Ich möchte, daß du in der *General Retail Trading Company* arbeitest und so viel über diesen Zweig der Harte-Firmengruppe lernst, wie du kannst. Verstehst du, Emily, ich will, daß du mir diese Abteilung eines Tages führst.»

Einen Augenblick lang meinte Emily, sich verhört zu haben. Sie war sprachlos vor Überraschung. Mit offenem Mund sah sie ihre Großmutter an und brachte schließlich heraus: «Ist das dein Ernst?»

«Also wirklich, Emily, was für eine dumme Frage. Glaubst du, ich würde Witze über Geschäftliches machen?»

«Nein, Grandy.» Emily biß sich auf die Lippen und versuchte, die Worte ihrer Großmutter in sich aufzunehmen. Die *General Retail Trading Company*, in der Familie «Genret» genannt, war eines der wichtigsten Unternehmen der Harte-Firmengruppe und warf enormen Gewinn ab. Eine Vielzahl von Gefühlen durchflutete sie, als ihr bewußt wurde, was Grandys Worte bedeuteten: Sie war überrascht, besorgt, fühlte sich geschmeichelt und hatte Angst, alles auf einmal. Aber diese Gefühle wurden fast sofort von echtem Erstaunen verdrängt.

Sich ruckartig vorbeugend, fragte sie verwundert: «Aber wieso brauchst du *mich* plötzlich? Du hast doch Leonard Harvey. Er hat *Genret* seit Jahren geleitet, und doch immer so gut. Das hast du zumindest immer gesagt.»

«Und ich hab's auch so gemeint.» Emma griff nach ihrem Drink, nahm einen Schluck und hielt das Glas bedächtig in den Händen. «Aber vor ein paar Wochen hat Len mich daran erinnert, daß er in drei Jahren in den Ruhestand gehen wird. Ich hatte gehofft, er würde länger bleiben, aber er besteht darauf, rechtzeitig zu gehen. Er möchte noch was vom Leben haben, ein paar Sachen machen, die er immer schon machen wollte – zum Beispiel eine Weltreise.» Emma lachte leise. «Natürlich kann ich das verstehen. Dieser Mann hat mehr als 35 Jahre lang für mich gearbeitet, und ich kann mich nicht daran erinnern, daß er sich mal freigenommen hätte, von seinem Jahresurlaub abgesehen. So hatte ich keine Wahl, als ihm zuzustimmen, wenn auch sehr widerstrebend.»

Emma setzte ihr Glas ab, erhob sich und stand nun mit dem Rücken zum Kamin. Sie sah auf Emily hinab und fuhr sachlich fort: «Len hat von seinem Ruhestand angefangen, weil er fand, es sei höchste Zeit, daß ich mir einen Nachfolger besorgte. Es fiel mir sofort ein, daß dies eine ideale Position für dich wäre. Seit Monaten grüble ich nämlich herum, wie ich dich in der Harte-Firmengruppe unterbringen kann, auf einer Stelle, die dir Spaß macht. Und nun glaube ich, sie gefunden zu haben, und ich bin auch der Meinung, daß *Genret* sich deine besonderen Fähigkeiten hervorragend zunutze machen wird.»

Emily schwieg. Sie, die sonst zu allem eine Meinung hatte und sie der Welt kaum je vorenthielt, wußte nun seltsamerweise nichts zu sagen.

Emma wartete und gab Emily etwas Zeit, sich zu sammeln. Sie konnte die ungewohnte Scheu des Mädchens gut verstehen. Schließlich hatte sie soeben eine Bombe hochgehen lassen. Aber als die Stille sich in die Länge zog, sagte Emma beiläufig (sie hatte es immer eilig, eine Sache über die Bühne zu bringen, damit sie weitermachen konnte): «Ich brauch dich sofort bei *Genret*. Len will bald mit seinem Trainingsprogramm für dich anfangen. Dir mögen drei Jahre vielleicht lang erscheinen, sie sind es aber nicht. *Genret* ist eine große Firma, und du hast eine Menge zu lernen und zu verstehen. Also, wie stehst du nun dazu?»

Emily war noch immer stumm, und Emma warf ihr einen schärferen Blick zu. Dann runzelte sie die Stirn. «Nun mal los, meine Liebe, etwas mußt du doch dazu sagen. Ich kann mir nicht vorstellen, daß es *dir* auf immer die Sprache verschlagen haben soll.»

Emily nahm sich zusammen und lächelte ihre Großmutter unsicher an. «Bist du dir da sicher? Sicher, daß ich bei *Genret* arbeiten soll?»

«Ich hätte es dir wohl kaum vorgeschlagen, wenn ich nicht sicher wäre», sagte Emma kurz angebunden.

«Aber wie ist es mit dem Aufsichtsrat von *Genret*? Werden die mich akzeptieren? Mich?»

«*Ich* bin *Genret*, Emily. Sollte dir das entfallen sein?»

«Nein, natürlich nicht, Großmutter. Was ich meine – werden Len und die Führungskräfte mich akzeptieren? Ich weiß, daß du jeden einsetzen kannst, den du willst, schließlich ist es deine Firma, aber sicher hat Len schon selbst einen Protegé, jemanden, den er gern als Nachfolger hätte, jemanden, der *Genret* wie seine Westentasche kennt.»

«Nein. Außerdem findet er, du seiest ideal dafür. Und er redet mir nicht bloß nach dem Mund. Für so was ist Len zu offen und zu routiniert. Es ist ihm zwar klar, daß ich gern ein Familienmitglied an seiner Stelle sähe, wenn er geht, er würde es mir aber klipp und klar sagen, wenn jemand Geeigneteres da wäre. Dann würde er darauf bestehen, daß wir jemanden von außerhalb nähmen. Aber es fügt sich so, daß er dich für die am besten geeignete Person hält, eine Großhandelsfirma zu leiten. Und zwar gibt es dafür mehrere ausgezeichnete Gründe: Deine Erfahrung mit den Kaufhäusern, deine beachtlichen Einzelhandelskenntnisse, ganz abgesehen von Warenkunde, und dazu dein Geschäftstalent. Daß du überdies zufällig meine Enkelin bist, ist ein Glücksfall. Das hat Len kein bißchen beeinflußt, soviel kannst du mir glauben. Und du bist ein flinker Kopf, du hast in den letzten fünf Jahren eine Menge gelernt.»

«Das erleichtert mich aber, daß ich sowohl dein wie auch Lens Vertrauen besitze, Grandy.» Emily begann sich etwas zu entkrampfen, und während ihre Niedergeschlagenheit von ihr abfiel, wurde ihr bewußt, wie sehr sie diese Neuigkeit aufregte. «Und Alexander? Hast du es mit ihm besprochen?» fragte sie.

«Natürlich. Er findet, daß du sehr geeignet bist.»

«Und was sagt Paula dazu?»

«Sie freut sich auch. In den Kaufhäusern wird sie dich zwar vermissen, aber sie versteht, was ich mit meinen Plänen im Sinn habe.»

«Dann ist es abgemacht!» Emily strahlte und ließ ihrer natürlichen Begeisterung freien Lauf. «*Genret* ist eine große Verantwortung, aber jetzt, wo ich mich vom ersten Schrecken erholt hab, freu ich mich drauf. Wirklich. Ich werd mich sehr anstrengen und mein Bestes tun, dich nicht zu enttäuschen.»

«Weiß ich, Kleine.» Emma lächelte zurück und freute sich, Emily endlich eifrig und begeistert zu sehen. Nicht daß sie wirklich daran gezweifelt hatte, daß Emily ihr Angebot annehmen würde. Sie war viel zu klug, um Emmas Pläne zu durchkreuzen oder sich die Chance nehmen zu lassen, eine Abteilung zu leiten. Außerdem mochte Emily gern gefordert werden. Letzteres brachte Emma dazu zu sagen: «Ich bin ziemlich sicher, daß dir dieses neue Wagnis genausoviel Spaß machen wird wie dein Paris-Aufenthalt im letzten Jahr. Es wird genauso eine Herausforderung sein und genauso ein Gewinn.»

«Ja, bestimmt.» Plötzlich entsann sich Emily ihres Ausbruchs von vorhin. Betreten entschuldigte sie sich dafür: «Tut mir leid, daß ich mich derart kindisch aufgeführt hab, als du sagtest, ich könne nicht nach Paris zurückgehen, Grandy. Albern von mir.»

«Ach, ich verstehe das. Du warst enttäuscht. Auf jeden Fall wirst du für *Genret* ziemlich oft nach Paris fahren müssen und bei deinen Einkaufsreisen rund um die Welt kommen. Darauf kannst du dich schon freuen, Emily.»

«O ja, Grandy. Und danke für dein Vertrauen und für diese großartige Chance.» Sie sprang auf und umarmte Emma fest. Glücklich sagte sie: «Ach, Grandy, du bist so eine Inspiration! Bei dir erscheint einem alles möglich – und erreichbar. Und auch noch spannend. Weißt du was? Ich hab Lust, gleich ins *Genret*-Büro nach Leeds zu fahren und sofort loszulegen.»

«Len und *Genret* sind so lange ohne dich ausgekommen, daß sie es auch noch ein paar Tage allein schaffen werden», erwiderte Emma, deren Mund vor unterdrücktem Lachen zuckte. «Für die Zwischenzeit hab ich eine viel bessere Idee. Ich finde, du solltest mit mir nach unten kommen und Mittag essen. Ich weiß nicht, wie es dir geht, aber ich bin halb verhungert.»

5

Emma saß am Tisch ihres wunderschönen, mit Adam-Möbeln eingerichteten Eßzimmers und trank gemächlich eine Tasse Kaffee nach dem Essen. Sie lächelte, nickte von Zeit zu Zeit und genoß Emilys angeborene *joie de vivre* und ihre überschäumende Begeisterung für alles und jeden.

Im Moment unterhielt die Zweiundzwanzigjährige sie gerade mit ein bißchen Familienklatsch. Emma fand ihre spitzen Kommentare so witzig wie immer. Obwohl Emily eine kleine Klatschbase war, war sie doch kein bösartiger Mensch; sie stiftete auch keinen Unfrieden mit gezielten Indiskretionen. Nein, sie war alles andere als das, und Emma wußte genau, daß die Klatschsucht ihrer Enkelin harmlos war, vor allem, weil sie die einzige Vertraute des Mädchens war. Zu Emmas großer Erleichterung war Emily allen anderen Familienmitgliedern gegenüber nicht nur diskret, sondern geradezu verschlossen, wobei nicht einmal Paula und Alexander, zu denen sie ein sehr enges Verhältnis hatte, eine Ausnahme machten.

Unerwartet ließ Emiliy nun von ihrem Diskurs über die Familie ab und steigerte sich in eine leidenschaftliche Beschreibung der Kleidungsstücke hinein, die sie den fünfzehnjährigen Zwillingen für die morgige Taufe ausgesucht hatte. Seit kurzem hatte Emily bei Amanda und Francesca die mütterliche Rolle der großen Schwester angenommen, und Emma hatte ihr die Aufgabe übertragen, sich um ihre Kleidung und ähnliches zu kümmern.

Aber schon nach kurzer Zeit schweiften Emmas Gedanken ab, sie hatte ja ständig den Kopf voller Geschäftsdinge, und besonders beschäftigte sie Paulas Treffen mit den Cross. Immer wieder dachte sie über das Ergebnis nach, fragte sich, wie es Paula wohl ergangen war. Sollten die Verhandlungen gut gelaufen sein, stand ihr eine ganze Menge Arbeit bevor. Nicht daß Emma sich von so etwas bedrücken ließ. Harte Arbeit war ihr stets ausgezeichnet bekommen.

Das galt auch noch heute. Außerdem hatte Paula idiotensichere Pläne für die Übernahme vorbereitet.

Emma und Paula begehrten *Aire Communications* auf Grund von drei wichtigen Vorzügen: die Zeitschriftengruppe, die Rundfunkstation und das riesige, moderne Geschäftshaus in der Headrow reizten sie. Emma wollte Paulas Vorschlag folgen und *Aire Communications* zu einer Tochtergesellschaft der Vereinigten Zeitschriftengruppe von Yorkshire machen. Wenn sie erst die Belegschaft von *Aire* in die Büros der *Yorkshire Morning Gazette* umgesiedelt hatte, würde sie das *Aire*-Haus verkaufen. So konnte sie *Aires* schwindelerregende Kosten verringern und gleichzeitig einen Teil des Kaufpreises, vielleicht gut die Hälfte ihrer zwei Millionen Pfund Investitionen, wieder hereinbekommen. Ja, das Haus ist mindestens eine Million wert, überlegte Emma, ganz gleich, was Jonathan dagegen sagen mag. Sie würde sich morgen ihren Enkel mal zur Brust nehmen. Er trödelte mit seinem zweiten Gutachten zu *Aires* erstklassigen Immobilien herum und hatte noch nichts von sich hören lassen, obwohl sie ihn schon vor Tagen darum gebeten hatte. Wieder fragte sie sich nach dem Grund, und ihr Mund wurde härter.

«Grandy, du hörst mir ja überhaupt nicht zu!» Ungeduldig schüttelte Emily sie am Arm.

«Verzeih, Kleine. Du sagtest gerade, du habest marineblaue Kleider und Mäntel für die Zwillinge ausgesucht. Ich bin sicher, daß das sehr schick wird, wo du doch einen so guten . . .»

«Meine Güte, Gran, das war vor fünf Minuten», rief Emily aus, «ich bin ganz woanders. Und zwar bei Tante Edwina.»

«Wieso interessierst *du* dich denn so plötzlich für Edwina?»

«Na ja, nicht direkt für *sie*. Ich find, sie ist eine alte Miesmacherin, und todlangweilig», sagte Emily in gewohnter Offenherzigkeit. «Aber trotzdem werden wir allerhand Wirbel mit ihr haben dies Wochenende. Ich bin sicher, daß sie uns mächtig in den Ohren liegen wird.»

«Womit denn?» fragte Emma leicht verwundert.

«Mit der Scheidung», sagte Emily lakonisch.

Emma richtete sich kerzengerade in ihrem Stuhl auf und fixierte Emily. «Also das weißt du *auch*.» Ihre Überraschung wich der Belustigung, sie kicherte und schüttelte den Kopf. «Gibt's eigentlich irgendwas in dieser Familie, was du *nicht* weißt?»

«Nicht viel», sagte Emily und grinste. «Aber ich bin kein Schnüffler, Gran. Das weißt du. Alle schütten mir von selbst ihr Herz aus. Muß meine mitfühlende Art sein.» Ihr Grinsen wurde breiter. «Und dann sag ich's dir. Natürlich nicht, wenn's ein Geheimnis ist. Ich verrate nie jemanden.»

«Das will ich auch gehofft haben, Kleine. Denk daran, was ich dir immer gesagt habe – reglose Zunge, kluger Kopf. Aber egal – und wer hat dir nun von Anthonys Scheidung erzählt?»

«Jim. Er hat mich letztes Wochenende besucht. Wollte meine Meinung hören, meinen Rat . . . Von der Scheidung hat er nur nebenbei berichtet. Tante Edwina hat ihm davon erzählt. Offenbar ist sie schrecklich aufgeregt deswegen . . . ein Skandal, der den heiligen Namen derer von Dunvale befleckt, und all dieser Quatsch. Als ob sich *irgendwer* heutzutage noch wegen einer Scheidung genierte. Aber sie wird auch noch ein paar Tage länger darauf herumreiten, darauf wette ich.»

«Nun, das bezweifle ich, denn Anthony wird auch kommen. Tatsächlich ist er schon da.»

«Hier?» Nun war Emily überrascht.

«Nein. Er wohnt bei deinem Onkel Randolph in Middleham. Wird wohl auch noch eine Woche dortbleiben.» Ein durchtriebenes Funkeln blitzte in Emmas Augen auf. Sie konnte es nicht lassen, Emily ein bißchen zu necken. «Offenbar gibt's doch noch ein paar Sachen, von denen du nichts weißt. Unser junger Graf wohnt bei den Hartes, weil er sich um Sally bewirbt. Und zwar im Ernst.» Emma konnte sich das Lachen nicht verkneifen, als sie Emilys Gesichtsausdruck sah.

Emily war so überrascht von der Neuigkeit, daß ihr das Kinn herabfiel. Aber nach einer Zehntelsekunde hatte sie sich wieder gefangen: «Tante Edwina hat bestimmt auch keine Ahnung davon! Sonst hätte sie diese Beziehung schon eher torpediert oder würde es noch versuchen.»

«Nichts wird sie», sagte Emma und ihr Gesicht wurde hart. «Anthony ist nicht bloß volljährig, er ist 33 Jahre alt. Er muß weder seiner Mutter noch sonst jemandem deswegen Rechenschaft ablegen, und das hab ich ihm gestern abend auch gesagt. Meinen Segen hat er. Offen gesagt freut es mich, daß er Sally heiraten will. Sie ist ein prächtiges Mädchen, sehr reizvoll, und sie passen gut zusammen, finde ich.»

«Da stimme ich dir zu. Aber ich bin voreingenommen. Und du auch – und zwar noch mehr, weil sie nämlich deiner Mutter ähnelt. Auch Edwina wird voreingenommen sein, wenn auch aus anderen Gründen.» Emily schwieg, dachte an die zu erwartende heftige Reaktion ihrer Tante und rief dann aufgeregt: «Ach Gott! Ich kann's ja gar nicht abwarten, Tante Edwinas Gesicht zu sehen, wenn sie das mit Sally Harte erfährt! Sie wird rasend vor Wut sein, Grandma. Sie will doch immer so hoch hinaus. Und Sally ist nur um eine Generation von der Arbeiterklasse entfernt.»

«Und was, glaubst du, ist Edwina?»

«Eine Gräfin», kicherte Emily boshaft, «und noch dazu eine Fairley! Sie ist nie wieder die alte gewesen, seit sie erfahren hat, daß ihr Vater Sir Edwin Fairley war, nichts Geringeres als ein Kronanwalt. Seitdem ist sie ein noch viel größerer Snob geworden als vorher. Jammerschade, daß du ihr die Wahrheit über dich und den alten Edwin erzählt hast.»

«Ich neige fast dazu, dir beizupflichten, Emily.»

Emma wandte das Gesicht ab, sah aus dem Fenster und dachte an ihren ältesten Enkel, Sohn ihres erstgeborenen Kindes. Anthony Standish war der einzige Sproß aus Edwinas Ehe mit dem Grafen von Dunvale, und als solcher ihr Augapfel. Weil Emma jahrelang mit Edwina zerstritten gewesen war, hatte sie Anthony vor seinem achtzehnten Jahr nie richtig kennengelernt. Das war 1951 gewesen, als ihr Bruder Winston zwischen ihr und ihrer Tochter vermittelt hatte. Zwar war es eher eine Art Waffenstillstand, dachte Emma bei sich, aber zumindest fanden der Junge und ich Gefallen aneinander und sind uns seitdem Gott sei Dank immer eng verbunden gewesen. Sie mochte Anthony, der trotz seiner Reserviertheit und Zurückhaltung charakterfest und intelligent war, sehr gern. Emma hatte das gleich erkannt und sich im stillen darüber gefreut. Beim Tod seines Vaters hatte er dessen Titel und Grundbesitz in Irland geerbt. Meist residierte Anthony in Clonloughlin, seinem Haus in Cork County, aber wann immer er nach England kam, besuchte er sie. Auf einer dieser Reisen nach Yorkshire vor sechs Monaten hatte er Sally wiedergetroffen, Winstons Enkelin, seine Cousine. Anthony zufolge hatten sie sich gleich ineinander verliebt. «Es war ein *coup de foudre*, Großmutter», hatte er ihr gestern abend schüchtern anvertraut. «Sowie die Scheidung mit Min rechtsgültig ist, will ich Sally heiraten.» Emma, die sich darüber freute, hatte ihre Zustimmung bezeigt und ihm ihre volle Unterstützung zugesichert.

Sie drehte sich auf ihrem Stuhl um und sah Emily an. «Ich würde mir wegen Anthony keine Sorgen machen. Er steht seinen Mann. Ich habe ihm geraten, seine Beziehung mit Sally nicht länger geheimzuhalten – vor seiner Mutter, meine ich – und sich bei der Taufe ganz natürlich zu benehmen. Die Sache ein für allemal in der Öffentlichkeit klarzustellen.»

«Edwina wird aber Theater machen, und zwar ganz gewaltig», warnte Emily und rollte die Augen.

«Wird sie nicht, wenn sie weiß, was gut für sie ist», erwiderte Emma mit mörderisch sanfter Stimme. «Nun zu etwas anderem. Du hast gesagt, Jim hätte dich um Rat gefragt. Weswegen?»

«Wegen des Geschenkes, das er für Paula gekauft hat. Eine Perlenkette, er wußte nicht, ob sie ihr gefallen würde. Aber sie ist wunderschön, und ich hab ihm gesagt, sie würde begeistert sein.»

«Prima», sagte Emma und sah ruhelos auf ihre Armbanduhr. «Ich trinke noch schnell eine zweite Tasse Kaffee, und dann möchte ich ein bißchen Papierkram erledigen, bevor Paula kommt.»

«Hol ich dir», bot Emily an und ging mit Emmas Tasse zur Anrichte. Dann sagte sie: «Hab mit T. B. gegessen, als ich am Dienstag in London war. Er läßt dich herzlich grüßen.»

Emmas Gesicht nahm einen sanften Zug an. Sie hatte Tony Barkstone, Elizabeths ersten Mann und den Vater von Emily und Alexander, immer gern gemocht. Über die Jahre waren sie gute Freunde geblieben. Freundlich lächelnd fragte sie: «Und wie geht es ihm?»

«Ach, gut. Er ist so lieb wie immer, und er scheint glücklich zu sein. Nein, zufrieden ist wohl ein besserer Ausdruck. Oder vielleicht eher: Er hat sich mit allem abgefunden.» Emily seufzte tief.

Ein bißchen zu dramatisch, fand Emma. Aber Emily war ein romantisches Mädchen, und Emma wußte, daß sie seit langem wünschte, ihre Eltern würden sich wieder zusammentun – eine abwegige Idee, wenn man Emma fragte. Nachdenklich sah sie Emily an und murmelte: «‹Hat sich abgefunden› ist aber eine seltsame Beschreibung für deinen Vater, findest du nicht, Kleine?»

«Nein. Er hat sich abgefunden – mit seiner neuen Familie. Ich glaub nämlich nicht, daß er jemals wieder richtig glücklich geworden ist, seit er sich von Mummy getrennt hat. Um ehrlich zu sein, Gran: Ich glaube, er liebt sie immer noch.» Sie sah Emma bedeutungsvoll an.

«Ach Unsinn!»

«Na, jedenfalls war sie seine große Liebe, da bin ich sicher – hat er mir selbst gesagt. Er hat immer noch was für sie übrig.»

«Das ist aber doch reichlich an den Haaren herbeigezogen, Emily. Sie sind seit Ewigkeiten geschieden.»

«Und wenn schon. Dennoch kann er noch etwas für sie empfinden.» Emily legte das blonde Köpfchen schief und zog die Nase kraus. «Unerwiderte Liebe und so. Warum schaust du so skeptisch drein, Großmutter? Glaubst du nicht, daß es so was gibt?»

«Gibt es vielleicht schon. Praktisch ist es nicht. Und ich bin ziemlich sicher, daß dein Vater Verstand genug hat, nicht hinter Elizabeth herzuweinen. Er hat sie vor Jahren abgeschrieben.»

«Hoffentlich siehst du das richtig. Ich bin sicher, daß es sehr unbefriedigend, wenn nicht sogar qualvoll ist, jemanden zu lieben, der einen nicht wiederliebt. Auf die Dauer sehr unpraktisch, wie du grad gesagt hast.» Emilys große grüne Augen sahen plötzlich abwesend aus, fast unhörbar sagte sie: «Wenn Sarah das doch endlich begreifen würde.»

So leise sie auch gesprochen hatte, Emma hatte es gehört. Mit lautem Klappern setzte sie ihre Kaffeetasse nieder und sah Emily stirnrunzelnd an: «*Unsere Sarah?* Hat sie sich in jemanden verliebt, der sie nicht wiederliebt?»

«Ach verflixt, Gran, ich hätte das nicht sagen sollen. Es geht mich nichts an», murmelte Emily, wobei sie errötete und besorgt aussah. «Bitte sag ihr nichts davon. Sie würde Zustände kriegen.»

«Natürlich sage ich nichts. Tu ich ja nie, das weißt du doch. Und für wen hat sie soviel übrig? Denn das wolltest du doch sagen.»

Emily zögerte. Plötzlich war sie versucht zu flunkern. Aber sie hatte ihre Großmutter noch nie im Leben angelogen. Dennoch sollte sie jetzt vielleicht besser Zuflucht zu einer Notlüge nehmen.

«Also wer ist es?» fragte Emma drängend.

Einen Moment lang herrschte Schweigen. Emily schluckte und murmelte dann endlich, da sie sich in die Ecke getrieben sah: «Shane.»

«Das kann nicht wahr sein!» Emma lehnte sich zurück und ließ ihre scharfen alten Augen auf ihrer Enkelin ruhen. «Also so was», sagte sie, und ein Lächeln breitete sich langsam auf ihrem Gesicht aus.

Emily schrak auf ihrem Stuhl zusammen, riß die Augen auf und rief: «O Grandy, mach nicht so ein Gesicht! Mach bloß nicht so ein Gesicht!»

«Wie seh ich denn aus?»

«So zufrieden. Und wie eine Verschwörerin. Ich weiß, daß du und Onkel Blackie schon seit langem gehofft habt, daß eine von uns oder eine der Harte-Mädchen Shane O'Neill heiraten und die Familien vereinen würde. Aber er interessiert sich für keine von uns, mit Ausnahme von . . .» Abrupt verschluckte Emily den Rest ihres Satzes und wünschte, sie könne auch gleich ihre Zunge mit abbeißen. Diesmal war sie wirklich zu weit gegangen. Sie sprang auf und ging hinüber zur Hepplewhite-Anrichte, wo sie sich über die silberne Obstschale beugte. «Ich glaub, ich werd eine Banane essen», sagte sie mit vorgetäuschter Nonchalance. «Du auch, Grandy?»

«Ganz bestimmt nicht, nein danke.» Emma drehte sich um und betrachtete den Rücken ihrer Enkelin. «Mit Ausnahme von *wem*, Emily?»

«Ach, niemand.» Emily überlegte krampfhaft, wie sie sich geschickt aus der Affäre ziehen konnte, ohne noch weiter den Verdacht ihrer Großmutter zu erregen. Sie schlenderte zu ihrem Stuhl zurück, ließ sich lässig nieder und bearbeitete ihre Banane mit dem Dessertbesteck, wobei sie konzentriert herabsah.

Emma beobachtete sie und wußte, daß sie ihrem Blick auswich. Und einer Antwort.

«Ich weiß ganz genau, daß du mir soeben erzählen wolltest, für wen Shane sich interessiert, Emily. Wenn jemand das weiß, bist du es.» Sie lachte leise und bemühte sich um einen beiläufigen Ton: «Du bist immer meine Informationsquelle gewesen, was die Familie angeht. Also heraus damit. Sprich deinen Satz zu Ende.»

Emily, die noch immer mit größter Sorgfalt ihre Banane schälte, hob schließlich den Kopf. Sie war die Unschuld selbst, als sie sagte: «Ich wollte doch gar nichts enthüllen, wirklich nicht. Ich bin nicht Shanes Vertraute – ich weiß auch nichts von seinem Liebesleben. Was ich sagen wollte, ist, daß er sich für keine von uns interessieren würde, außer für eine kleine Bumserei.»

«Also wirklich, Emily!»

«Tut mir leid.» Emily schlug die Augen nieder. Dann sah sie durch ihre langen Wimpern hindurch scheu zu Emma empor. «Hab ich dich jetzt schockiert, Großmutter?»

«In meinem Alter ist man abgehärtet, mein Mädchen», erwiderte Emma scharf. «Aber ich muß mich doch über deine Bemerkung sehr wundern. Das war nicht sehr nett. Sondern sehr unfreundlich.» Emma kam eine neue Idee, und sie heftete einen bohrenden Blick auf ihre Enkelin. «Hat er dir etwa so was vorgeschlagen . . .?»

«Nein, nein, natürlich nicht», protestierte Emily, bevor Emma noch ausgeredet hatte. Schnell milderte sie ihre vorherige Behauptung ab. «Ich hab nur das Gefühl, als ob es so mit ihm stünde», murmelte sie und war wütend über sich, daß sie hier Shane schlecht machte, einen der nettesten Menschen überhaupt. «Ich hab's nicht böse gemeint, Grandy, wirklich nicht. Außerdem kann man ihm kaum einen Vorwurf daraus machen, daß er ein bißchen von einem Ladykiller hat, wenn ihm die Frauen so nachlaufen. Das ist ja nicht seine Schuld.»

«Stimmt», gab Emma zu. «Aber was Sarah betrifft: Ich hoffe, daß sie diese Verliebtheit bald überwindet. Ich möchte nicht, daß sie unglücklich ist. Wie steht es denn wirklich um sie?»

«Das weiß ich nicht, Gran», sagte Emily wahrheitsgemäß. «Sie hat nur einmal mit mir über Shane geredet. Das ist schon lange her, und ich glaube, seitdem tut es ihr leid, überhaupt von ihm gesprochen zu haben. Aber sobald ich sie beobachte, seh ich, daß sie ganz verrückt nach ihm ist. Wenn jemand seinen Namen erwähnt, wird sie immer knallrot, und wenn er da ist, ist sie schüchtern und benimmt sich irgendwie blöd.» Emily sah jetzt Emma an, und ihr Gesicht war offen und freimütig: «Nein, sie wird nie von ihren Gefühlen reden. Sarah ist verschwiegen, öffnet sich niemandem.»

Darüber war Emma noch mehr erstaunt, sie wollte die Sache aber nicht länger verfolgen. Sie sah Emilys bedrücktes Gesicht und sagte schnell: «Du brauchst deswegen keine Angst zu haben, Liebling. Mach dir keine Sorgen, ich werde Sarah nicht auf Shane ansprechen . . . ich würde sie nie in Verlegenheit bringen. Sie wird auch noch Vernunft annehmen, wenn sie das nicht bereits getan hat.» Emma ließ ihren Blick auf der Schale mit Frühlingshyazinthen ruhen, die mitten auf dem Tisch stand, und dachte über das eben Gehörte nach. Dann hob sie den Kopf und lächelte Emily gütig zu.

«Ich möchte nicht den Eindruck erwecken, als zweifelte ich an deinem Urteil oder deiner Beobachtungsgabe, aber du läßt dich manchmal von deiner Phantasie hinreißen. Vielleicht irrst du dich auch, was Sarah betrifft. Vielleicht hat sie Shane inzwischen vergessen, weil er sich nicht für sie interessiert. Denn irgendwo ist sie eine sehr praktische Person, weißt du.»

«Ja, Gran», sagte Emily, obwohl sie ihrer Großmutter nicht zustimmte. Vielleicht machte Sarah den Eindruck, als stünde sie mit beiden Beinen auf der Erde, aber ihr Kopf schwebte in höheren Regionen. Emily biß sich auf die Lippen und wünschte sehnlich, Sarah gar nicht erst erwähnt zu haben. Es war ein großer Fehler gewesen, sich mit ihrer schlauen Großmutter auf diese Unterhaltung einzulassen. Aber leider passierte ihr das sehr oft. Emma war die wichtigste, herausragende Figur in ihrem jungen Leben gewesen, und ihr alles anzuvertrauen war eine kindliche Angewohnheit, die sie nur schwer ablegen konnte. Dennoch war Emily froh darüber, rechtzeitig aufgehört und Grandy nicht die ganze Wahrheit über Shane gesagt zu haben. Denn Emma hing an ihm, als sei er ihr eigen Fleisch und Blut.

Daß sie ihn geschützt hatte, beruhigte Emily, denn sie mochte Blackies Enkel und hielt viel von ihm. Lächelnd spielte sie mit der Banane herum und beglückwünschte sich zu ihrer Gerissenheit. Einmal war sie geschickt gewesen und Grandys bohrenden Fragen ausgewichen. Gott sei Dank war Shanes Geheimnis noch sicher. Von nun an würde es bei ihr immer sicher sein. Der arme Shane, dachte sie plötzlich betrübt, welch schreckliche Last hat er zu tragen. Sie unterdrückte einen Seufzer und sagte: «Ich glaube, ich möchte nichts mehr essen.» Damit schob sie ihren Dessertteller weg und verzog das Gesicht.

Emma, die es eilig hatte, nickte schnell und sagte: «Ich sollte auch lieber an meinen Schreibtisch gehen. Was hast du heute nachmittag vor? Mit dem Geschäft in Harrogate bist du doch fertig?»

«Ja, Grandy. Ich hab die Bestandsaufnahme fertiggemacht, um die du mich gebeten hast, und die Kleidung für den Schlußverkauf ausgesucht», sagte Emily, sichtlich erleichtert darüber, daß Emmas Aufmerksamkeit nun offenbar von Shane und Sarah Lowther abgezogen war. «Ich werd mir ein bißchen auf meinem Zimmer zu schaffen machen. Als ich ankam, hat Hilda eines der Mädchen damit beauftragt, meine Koffer auszupacken, aber ich kümmere mich lieber selbst darum.»

«Sagtest du Koffer im Plural, Emily? Wie viele hast du denn mitgebracht?»

«Zehn, Gran.»

«Für das *Wochenende*?!»

Emily räusperte sich und schenkte ihrer Großmutter ihr reizendstes, überzeugendstes Lächeln. «Ach . . . nicht ganz. Ich dachte, ich könnte ein bißchen bei dir bleiben, wenn es dir recht ist. Es ist dir doch recht, oder?»

«Ja, ja, natürlich», sagte Emma langsam und fragte sich im stillen, was dieser unerwartete Schachzug wieder zu bedeuten hatte. «Und was ist mit deiner Wohnung in Headingley?» fiel ihr ein.

«Ich möchte sie aufgeben. Schon seit einiger Zeit. Jetzt hab ich mich dazu entschlossen, sie zu verkaufen. Könntest du nicht Jonathan bitten, sich darum zu kümmern? Jedenfalls hab ich gestern abend 'ne Menge Sachen gepackt, weil ich mir eingeredet hatte, du würdest mich nächste Woche nach Paris schicken. Nun, da ich nicht fahren werde, kann ich doch ebensogut hier in Pennistone Royal bleiben. Ich werd dir Gesellschaft leisten, Grandy. Dann bist du nicht mehr so einsam.»

Ich bin gar nicht einsam, dachte Emma, sagte aber: «Vielleicht bin ich etwas schwer von Begriff, aber du warst doch so begeistert von der Wohnung, als ich sie dir im letzten November kaufte. Magst du sie denn nicht mehr, Emily?»

«Ja, doch . . . es ist eine sehr schöne Wohnung, aber . . . um ehrlich zu sein, liebe Grandy, hab ich mich da ziemlich isoliert gefühlt, so allein. Ich möchte viel lieber *hier* sein – bei dir.» Wieder ließ Emily ihr bestrickendes Lächeln aufblitzen. «Es ist viel lustiger. Und aufregender.»

«Also, ich find's ziemlich eintönig. Ziemlich eintönig», murmelte Emma und stand auf. Sie ging auf die Eßzimmertür zu. Über ihre Schulter hinweg sagte sie: «Natürlich bist du hier herzlich willkommen, Emily», und hoffte, daß es sich nicht allzu schroff anhörte. Erst die Zwillinge und nun Emily, seufzte sie. Plötzlich fallen alle bei mir ein. Und grad, als ich gedacht hab, ich könnte einmal im Leben etwas Ruhe und Frieden haben.

Als sie flott durch die große Eingangshalle ging und mit Emily im

Kielwasser die Treppe hochstieg, fiel Emma ein, daß sie vielleicht doch Blackies kleinen Vorschlag annehmen sollte.

Paula redete, und Emma hörte zu.

Sie saßen beisammen im oberen Salon, zwischen sich das silberne King George-Teeservice, das Hilda ein paar Minuten nach Paulas Erscheinen heraufgebracht hatte.

Emma hatte Tee eingeschenkt, berührte aber ihre Tasse kaum. Sie saß wie versteinert auf dem Sofa, und ihr Gesicht war so undurchsichtig wie eh und je, während sie sich auf das konzentrierte, was Paula zu sagen hatte.

Paula berichtete von der Sitzung mit *Aire Communications* so präzise und mit solcher Detailtreue, solcher Anschaulichkeit, daß Emma das Gefühl hatte, sie selbst sei dabeigewesen. Mehrmals flammten Ärger und Zorn in ihr auf, aber sie zuckte nicht mit der Wimper, kein Muskel rührte sich in ihrem ausdruckslosen, undurchdringlichen Gesicht, und sie unterbrach Paulas Ausführungen nicht ein einziges Mal.

Schon lange bevor Paula bei der Schlußszene in dem Konferenzsaal angelangt war, hatte Emmas beweglicher, scharfer Verstand den logischen Sprung dorthin getan. Man brauchte ihr nicht erst zu erzählen, daß John Cross wortbrüchig geworden war. Eine Sekunde lang war sie genauso überrascht wie zuvor Paula, aber gleich darauf wurde sie sich bewußt, daß sie eigentlich gar nicht so überrascht war. Und sie kam zu dem Schluß, daß sie John Cross besser kannte, als sie gedacht hatte. Vor Jahren schon hatte sie sein wahres Ich erkannt – er war selbstgefällig, von seiner Bedeutung überzeugt, kurz, ein törichter, sehr schwacher Mensch. Und nun befand er sich zwischen Scylla und Charybdis, handelte aus Angst und Verzweiflung, von zunehmender Panik getrieben, und es war einfach offensichtlich, daß er zu fast allem fähig sein würde. Auch zu einer unehrenhaften Handlung, denn er hatte anscheinend keine Skrupel. Und dann war da noch sein verrufener Sohn, der ihn aufhetzte. Ein reizendes Duo, dachte sie verächtlich.

Paula kam schließlich zum Ende und sagte mit einem traurigen kleinen Seufzer: «So ist es gewesen, Grandy. Tut mir leid, daß es mit einem Fiasko geendet hat. Ich hab mein Bestes getan, mehr als das.»

«Ganz sicher.» Emma sah sie eindringlich an und dachte voller

Stolz, was für gute Fortschritte sie doch gemacht hatte. Vor einem Jahr noch hätte Paula sich selbst die Schuld an den gescheiterten Verhandlungen gegeben. «Du brauchst dir gar keine Vorwürfe zu machen – nimm es einfach als eine Erfahrung, aus der man lernen kann.»

«Ja, Grandy, das werd ich tun.» Paula sah sie genau an. «Und was machst du jetzt?» fragte sie und versuchte, die Gefühle hinter Emmas unbewegter Miene zu erraten.

«Nichts natürlich. Gar nichts.»

Obwohl sie das nicht besonders überraschte, fühlte Paula sich doch genötigt, etwas erregt zu sagen: «Ich dachte mir schon, daß du so reagieren würdest, aber ich wünschte doch, du würdest John Cross mal den Marsch blasen und ihm sagen, was du von ihm hältst. All die Arbeit, die wir an ihn vergeudet haben. Er hat nicht nur unsere kostbare Zeit vertan, sondern uns auch noch für dumm verkauft.»

«Er hat sich selbst für dumm verkauft», berichtigte Emma. Ihre Stimme war leise und emotionslos. «Ich sage dir ganz offen, daß er mir keinen Anruf mehr wert ist. Ein totes Pferd braucht man nicht mehr zu spornieren. Außerdem will ich ihm nicht die Genugtuung verschaffen, ihm meinen Zorn zu zeigen. Und noch etwas ... Gleichgültigkeit ist eine sehr starke Waffe: Ich werde Mr. Cross einfach ignorieren. Ich weiß nicht, worauf er hinauswill, aber mit mir hat das bestimmt nichts zu tun.» Emma sah ihre Enkelin mit schlau zusammengekniffenen Augen an. «Vielleicht will er unser Angebot als Köder benutzen, um das einer anderen Firma hochzutreiben. Da wird er kein Glück haben, er wird keine Abnehmer finden.» Ein sarkastisches Lächeln breitete sich auf ihrem Gesicht aus. «Sicher wird er wieder bei dir angekrochen kommen. Auf allen vieren. Und zwar recht bald. Was wirst *du* dann tun, Paula? Das sollte man sich eher fragen.» Sie lehnte sich in die Kissen und betrachtete gespannt ihre Enkelin.

Paula öffnete den Mund, um etwas zu sagen, zögerte dann jedoch. Wie würde Grandy unter diesen Umständen reagieren? Nun, sie wußte, was *sie* tun würde.

Resolut sagte sie schließlich: «Ich werde ihm sagen, daß er sich zum Teufel scheren soll. Höflich. Ich weiß, daß ich ihn im Preis drücken und *Aire Communications* für viel weniger kriegen könnte, denn wenn er wirklich wieder zu uns kommt – und ich glaube auch, daß er das tun wird –, steht ihm das Wasser bis zum Hals. Er wird alle Bedingungen annehmen, die ich ihm stelle. Egal, aber ich will mit diesem Mann keine Geschäfte mehr machen. Ich traue ihm nicht.»

«Prima so!» Emma gefiel das sehr: «Genau meine Meinung. Ich habe dir ja schon oft gesagt, daß es nicht besonders wichtig ist, die Leute, mit denen man Geschäfte macht, auch zu mögen. Aber es sollte immer eine gewisse Vertrauensbasis zwischen beiden Parteien bestehen, sonst gerät man bloß in Schwierigkeiten. Ich denke ebenso wie du über Cross und seinen Sohn. Sie haben sich unverschämt, ja ganz unmöglich aufgeführt. Ich würde sie nicht mit der Zange anrühren.»

Trotz dieses vernichtenden Urteils und des strengen Gesichts, das Emma machte, war Paula über ihre doch im ganzen recht milde Reaktion verwundert. «Ich dachte, du würdest dich viel mehr ärgern, Grandy – aber vielleicht zeigst du es nur nicht. Du siehst auch nicht besonders enttäuscht aus.»

«Zuerst war ich wütend, aber dann hat es mich nur noch angeekelt. Und natürlich bin ich in gewisser Hinsicht enttäuscht. Aber so sehr ich *Aire Communications* erst besitzen wollte – nun bin ich plötzlich froh darüber, daß alles so gekommen ist.»

«Ich auch.» Paula zögerte kurz, dann sagte sie ruhig: «Sebastian Cross ist jetzt mein Feind, Großmutter.»

«Und wenn schon!» rief Emma geringschätzig aus. «Wenn er dein erster ist, so wird er sicher nicht dein letzter sein.» Dann sah sie die Furcht in den schönen dunkelvioletten Augen, die sie anschauten, und hielt schnell die Luft an. Es macht Paula Kummer, jetzt einen Feind zu haben, dachte sie. Sie streichelte dem Mädchen den Arm und fuhr dann begütigend fort: «Das ist unangenehm, aber du wirst dir noch mehr Feinde machen – genauso wie ich. Oft tragen wir daran gar keine Schuld – das ist das Traurigste.» Emma seufzte ein wenig. «Viele Leute sind von Natur aus neidisch und eifersüchtig, und denen wirst *du* immer als Opfer dienen müssen, weil du so vieles besitzt: Vermögen und Macht, ganz zu schweigen von deinem Aussehen, deinem Verstand und deiner enormen Leistungsfähigkeit. Das sind alles sehr beneidenswerte Dinge. Du mußt lernen, Verleumdungen zu ignorieren und über all das erhaben zu sein. Hab ich auch gelernt. Vergiß Sebastian Cross, er spielt keine Rolle.»

«Ja, da hast du bestimmt recht, Großmutter – wie immer», sagte Paula und schob energisch die bedrückende Erinnerung an die harten Augen beiseite, die an diesem Morgen so voller Haß gegen sie gewesen waren. Ein Schauer lief ihr über den Rücken. Ihr Blick glitt über den schönen alten Raum. Im Schein der späten Nachmittagssonne, die durch die vielen Fenster flutete, sah alles so friedlich aus, jedes der schönen Möbelstücke stand an seinem bestimmten Platz, das Feuer knisterte lustig im großen Kamin, und die alte Uhr tickte auf dem Sims wie schon seit eh und je. Den oberen Salon mit seiner Ruhe und Gemütlichkeit hatte sie immer sehr gern gemocht. Es war ein Raum voller Anmut und Harmonie, in dem sich nichts je änderte, und gerade diese Zeitlosigkeit war es, die ihn so über die Außenwelt und ihre Häßlichkeit erhaben sein ließ. Ein sehr kultivierter Raum ist das, sagte sie sich, geschaffen von einer sehr kultivierten, außergewöhnlichen Frau. Sie sah zu Emma hinüber, die entspannt auf dem Sofa saß und so hübsch aussah in ihrem blaßblauen Kleid, und ihr Blick wurde weich. Jetzt ist sie eine alte Frau, dachte Paula, hat ihr achtzigstes Jahr erreicht, und doch kommt sie mir nie alt vor. Leicht könnte sie meine Altersgenossin sein, mit ihrer Vitalität, Kraft, Energie und Begeisterungsfähigkeit. Und sie ist meine beste Freundin.

Zum erstenmal heute lächelte Paula. «Soviel also zu meinen Verhandlungen – oder sollte man es besser ein Scharmützel nennen, Grandy?»

«Soviel also zu meinem neuen Projekt. Nun hat sich das in Luft aufgelöst, und ich muß mir was Neues suchen oder anfangen zu stricken.»

Paula konnte ein Lachen nicht unterdrücken. «Den Tag möchte ich erleben.» Ihr Gesicht wurde heiter. Sie ging zurück zum Sofa und setzte sich, trank einen Schluck Tee und sagte dann: «Ich habe heute mit Miranda O'Neill zu Mittag gegessen, und . . .»

«Ach, Kleine, das bringt mich darauf, daß ich leider heute abend nicht mit euch essen werde. Ich gehe mit Blackie und Shane aus.»

«Ja, das hat Merry mir schon gesagt.»

«Verdammt, kann ich hier denn nicht mal Luft holen, ohne daß jeder gleich davon weiß!» Emma schwieg und ließ ihren Blick über Paulas Gesicht gleiten. «Na ja, du bist offenbar nicht ärgerlich, also hast du wohl nichts dagegen, wenn ich abziehe und es dir überlasse, mit Edwina fertig zu werden. Mach dir keine Sorgen, sie wird sich schon benehmen.»

«Ich mache mir keine Sorgen. Zuerst ja, aber dann hab ich mir gesagt, daß das ja Jims Sache ist. Er hat sie eingeladen, also soll er sie unterhalten. Außerdem kann Mummy immer ganz gut mit Edwina. Sie hat es heraus, Edwina geschickt abzuwürgen, richtig nett macht sie das.» Paula stellte ihre Teetasse ab und beugte sich vor: «Hör mal zu, liebe Grandy, Merry ist was eingefallen, das dir vielleicht gefallen könnte. Es könnte das Projekt sein, nach dem du gesucht hast.»

«Tatsächlich? Na, dann erzähl es mir doch mal.»

Als Paula mit ihrem kurzen Bericht zu Ende war, zog sie ein Gesicht und sagte schwunglos: «Ich sehe dir an, daß du nicht sehr begeistert bist. Findest du's nicht gut?»

Emma war über ihre Niedergeschlagenheit belustigt. «Doch, doch. Trotzdem ist es nichts, was ich als *persönliches* Projekt haben möchte. Das heißt aber überhaupt nicht, daß du diese Idee nicht weiterverfolgen und mit Merry ausarbeiten sollst. Vielleicht ist sie auch für die Kaufhäuser gut. Komm wieder, wenn du mehr Details weißt. Eventuell könnten wir diese Boutiquen eröffnen.»

«Ich treffe mich nächste Woche mit ihr –» Paula hielt inne und sah Emma an. «Nur mal aus Neugierde – wieso glaubst du, es sei kein Projekt für dich?»

«Es ist nicht schwierig genug. Ich mag gern härtere Nüsse knacken.»

«Du meine Güte! Und wo soll ich so was für dich finden?»

«Vielleicht finde ich es selbst, weißt du.» Emmas grüne Augen blitzten, und sie schüttelte den Kopf. «Du versuchst dauernd, mich zu bemuttern. Hör bloß auf damit.»

Paula fiel in ihr Gelächter ein und gab zu: «Ja, das tue ich wohl zur Zeit. Tut mir leid, Gran.» Sie sah zur Uhr, dann auf Emma und sagte: «Ich glaube, ich gehe jetzt los und kümmere mich um die Babies. Wenn ich mich beeile, komme ich noch rechtzeitig nach Hause, um der Säuglingsschwester zu helfen, sie zu baden.»

«Ja, das solltest du tun. Diese erste Zeit mit ihnen ist die kostbarste, glaub mir. Du darfst dir das nicht nehmen lassen.»

Paula erhob sich und schlüpfte in die magentafarbene Jacke, nahm ihre Handtasche und küßte Emma. «Viel Spaß heute abend, und herzliche Grüße an Onkel Blackie und Shane.»

«Das werd ich ihnen ausrichten. Und falls ich dich nicht mehr sehen sollte, reden wir morgen vormittag miteinander.»

Paula hatte schon fast die Tür erreicht, als Emma ihr nachrief: «Ach, Paula, wann erwartest du eigentlich Jim und deine Eltern?»

«Gegen sechs. Jim sagte, er würde um fünf auf dem Leeds-Bradford-Flughafen ankommen.»

«Also fliegt er sie in seinem gräßlichen kleinen Flugzeug her, wie?» Emma schob gereizt den Mund vor und warf Paula einen vorwurfsvollen Blick zu. «Ich habe euch beiden doch schon oft genug gesagt, daß ich es nicht möchte, wenn ihr in dieser Schrottkiste herumfliegt.»

«Ja, ja, aber Jim hat seinen eigenen Kopf, wie du weißt. Und Fliegen ist eines seiner Lieblingshobbies. Aber vielleicht sagst du es ihm noch einmal.»

«Darauf kannst du dich verlassen», brummte Emma und entließ sie.

6

Alle sagten, er sei ein richtiger Kelte.

Und Shane Desmond Ingham O'Neill war inzwischen auch selbst davon überzeugt, daß das Erbe seiner Vorfahren tief in ihm verankert war, daß ihr altes Blut auch in seinen Venen floß, und das vermittelte ihm große Befriedigung und erfüllte ihn mit ungeheurem Stolz. Wenn irgend jemand aus der Verwandtschaft ihm vorwarf, er sei extravagant, stürmisch, redselig und eitel, nickte er bloß, als genösse er ihre Kritik wie ein Kompliment. Aber oft pflegte Shane zu entgegnen, er sei zudem tatkräftig, intelligent und schöpferisch, und betonte dann, daß auch dies zu den Eigenschaften jener Britannier gehört hatte.

Schon als kleiner Junge war Shane auf sein Anderssein aufmerksam geworden. Zuerst machte ihn das befangen, dann war er verwirrt und gekränkt. Er begriff, daß er nicht so war wie die anderen, daß er abseits stand, und das verunsicherte ihn. Er wollte normal sein, sie aber machten ihn zum Außenseiter. Er haßte es, wenn er zufällig hörte, wie Erwachsene ihn «eigenartig», «zu gefühlsbetont» und «mystisch» nannten.

Dann, als er sechzehn war und besser verstand, was die Leute über ihn sagten, suchte er sich Erklärungen auf die einzige Weise, die er kannte – in Büchern. Wenn er tatsächlich «ein merkwürdiger Rückfall in die keltische Vergangenheit» war, wie behauptet wurde, dann mußte er sich Kenntnisse aneignen über dieses alte Volk, dem er offenbar so glich. Er hatte sich den Geschichtsbüchern zugewandt, die die frühen Britannier in all ihrem ruhmvollen Glanz beschrieben, und die Zeit der Häuptlinge und des legendären Artus von Camelot war ihm so wirklich und lebendig geworden wie die Gegenwart.

In den folgenden Jahren ließ sein Interesse für Geschichte nie nach: sie blieb sein Hobby. Wie seine keltischen Vorfahren verehrte er die Macht des Wortes, denn wenn er auch fröhlich und übermütig war, besaß er doch einen starken Intellekt. Vielleicht war es diese ungewöhnliche Kombination starker Gegensätze – seine Widersprüchlichkeit –, was ihn so ungewöhnlich wirken ließ. Wenn sein Zorn und seine Feindschaften tief saßen, so galt dasselbe auch für seine Liebe und Anhänglichkeit. Und das theatralische Element, das man immer dem Keltischen in ihm zuschrieb, bestand gleichberechtigt neben seiner Verinnerlichung und seinem außerordentlichen, fast zärtlichen Verständnis für die Natur und ihre Schönheiten.

Mit 27 Jahren hatte Shane O'Neill etwas Bezwingendes, etwas Berückendes, was nicht so sehr von seiner bemerkenswerten Erscheinung ausging, sondern seinem Charakter, seiner Persönlichkeit entsprang. Er verdrehte jeder Frau den Kopf, der er begegnete, und genauso fesselte er seine Freunde mit pointiert vorgebrachten politischen Ansichten, obszönen Witzen oder amüsanten Geschichten voller Scharfsinn und Selbstironie. Er konnte eine Gesellschaft unterhalten, indem er mit seinem wunderschönen Bariton einen ausgelassenen Shanty oder eine sentimentale Ballade vortrug, und er war auch ein gewandter Rezitator. Andererseits konnte er nüchtern, sachlich, direkt und ehrlich beinahe bis zur Grausamkeit sein und war getrieben und ehrgeizig, was er selbst zugab. Größe, und besonders Größe im Absoluten beeindruckte ihn sehr. Er selbst beeindruckte jeden, der ihn kennenlernte. Nicht daß Shane keine Feinde hatte, aber auch die bestritten nicht, daß er großen Charme besaß. Einige dieser Charaktereigenschaften waren ihm von seinem irischen Großvater väterlicherseits vererbt worden, jenem anderen Musterbeispiel eines Kelten, dessen Körperbau und physische Ausstrahlung er besaß. Aber auch seine Vorfahren mütterlicherseits hatten ihm viel gegeben.

Jetzt, an diesem frischen Freitagnachmittag, stand Shane O'Neill neben seinem Pferd War Lord hoch in der Heide, von wo aus man die Stadt Middleham und die Burgruine sehen konnte. Sie war noch immer stolz und imposant, trotz der verfallenen Zinnen, der Säle ohne Dach und der geisterhaften Gemächer, die verlassen dalagen, von den vielen kleinen Vögeln abgesehen, die in den Winkeln der uralten Steine nisteten, zwischen Narzissen, Schneeglöckchen und Schöllkraut, das in den Steinspalten zu dieser Jahreszeit blühte.

In seiner Phantasie stellte er sich vor, wie es vor Jahrhunderten hier gewesen sein mochte, als Warwick und Gareth Ingham, ein

Vorfahr mütterlicherseits, in dieser trutzigen Burg gewohnt und ihre verwickelten Intrigen gesponnen hatten. Vor seinem geistigen Auge sah er, wie die Pracht vergangener Zeiten sich entfaltete . . . glanzvolle Feste, fürstliche Bankette, Szenen königlicher Großartigkeit voller Pomp und Zeremonien, und ein paar Sekunden lang lebte er in der geschichtlichen Vergangenheit.

Dann blinzelte er, vertrieb die Bilder und hob den Kopf. Er riß sich von den zerfallenen Burgzinnen los und blickte auf das atemberaubende Panorama, das sich unter ihm erstreckte. Dieser Fleck übte immer den gleichen Zauber auf ihn aus. Für Shane lag eine verschlossene Strenge über dem weiten, leeren Heideland; etwas ungemein Majestätisches lebte in dieser Ebene. Die gewellte Landschaft lag da wie ein großes entfaltetes Banner in Grün und Gold, Umbra und Ocker, breitete sich aus, um den Rand des endlosen Himmels zu berühren, jenes unglaublich strahlendblauen Himmels, der zu dieser Stunde mit silbrigem Sonnenlicht übergossen war. Diese erhabene und faszinierend klare Schönheit war fast unerträglich, und sie traf Shane wie stets bis ins Innerste. Hier war der Fleck auf Erden, zu dem er die tiefste Verbundenheit empfand. Wenn er woanders weilte, erfüllte ihn immer ein schmerzhaftes Gefühl von Verlust, und er sehnte sich danach, wieder hierher zurückzukehren. Wieder einmal stand er an dem Punkt, ins Exil zu gehen, aber wie all seine anderen Exile zuvor war auch dieses selbstauferlegt.

Shane O'Neill seufzte schwer, als er die alte Traurigkeit in sich aufsteigen fühlte. Er preßte sein Gesicht an den Hals des Hengstes, schloß fest die Augen und befahl dem Verlangen nach ihr zu verebben. Wie konnte er hier sein, unter dem gleichen Himmel wie sie, und wissen, daß sie so nah und doch ganz unerreichbar war. Deshalb mußte er fortgehen . . . weit fort, und diesen Ort verlassen, den er liebte, die Frau, die er ohne jeden Verstand liebte, denn sie konnte nie die Seine werden. Nur so konnte er als Mann überleben.

Abrupt drehte er sich um und schwang sich in den Sattel, fest entschlossen, die finstere Stimmung zu vertreiben, die ihn so plötzlich heimgesucht hatte. Er gab War Lord die Sporen und querte das wilde Heideland im leichten Galopp.

Beck House lag am Fuße eines Hügels neben dem Dorf West Tanfield, ungefähr auf halber Strecke zwischen Allington Hall und Pennistone Royal.

In einem kleinen Tal gelegen und an der Rückseite von zahlreichen großen alten Eichen und Platanen beschattet stand das Herrenhaus, das aus der spätelisabethanischen Ära stammte. Es war ein reizendes Haus, niedrig, langgestreckt und aus Steinen der Gegend erbaut, wohl von Fountains Abbey. Es hatte hohe Kamine und viele bleiverglaste Fenster, die Vorderseite war aus Fachwerk.

Winston und Shane hatten das alte Herrenhaus ursprünglich mit der Absicht erworben, es wiederzuverkaufen, nachdem sie Verfallenes restauriert, die altmodische Küche und die Badezimmer umgebaut, Garagen angefügt und die Wildnis beseitigt hatten, die sich über das vernachlässigte Grundstück ausgebreitet hatte. Aber sie hatten nun schon so viel Zeit, Kraft und liebevolle Sorgfalt auf das Haus verwandt, hatten während der Renovierungsarbeiten ein so enges Verhältnis dazu bekommen, daß sie sich schließlich entschlossen hatten, es zu behalten. Sie waren gleichaltrig, enge Freunde seit Jugendtagen und zusammen in Oxford gewesen. Sie teilten sich gern das Haus, das sie meist nur an Wochenenden benutzten, da sie beide in der Nähe ihrer Büros in Leeds eine Wohnung hatten.

Winston Harte war der einzige Enkel von Emmas Bruder Winston. Er hatte seit Beendigung seiner Studien in Oxford bei der Vereinigten Zeitschriftengruppe von Yorkshire mitgearbeitet. Dort hatte er keinen genau definierten Job oder Titel. Emma nannte ihn ihren «Minister ohne Geschäftsbereich», was der Rolle eines Vermittlers oder Friedensstifters gleichkam. Gewissermaßen stellte er ihren Generalkonsul innerhalb der Firma dar, war ihr Auge, ihr Ohr und sehr oft auch ihre Stimme. Was er sagte, war oft das letzte Wort in einer Angelegenheit, und er folgte nur Emmas Weisungen. Hinter seinem Rücken nannte man ihn «Gott» im Führungsstab, und Winston wußte das und lächelte dazu – ihm war klar, wer bei der Vereinigten die Rolle Gottes innehatte: seine Tante Emma. Sie war das Gesetz, und er achtete sie und war ihr völlig ergeben.

Der junge Winston, wie man ihn manchmal noch im Familienkreis nannte, war immer gut mit seinem Namensvetter ausgekommen, und sein Großvater hatte ihm Ergebenheit und Pflichtgefühl für Emma eingeflößt, der die Hartes alles verdankten, was nun ihr eigen war. Sein Großvater hatte sie bis zu seinem Tod Anfang der sechziger Jahre verehrt, und er war es gewesen, der Winston soviel über die Jugendjahre seiner Tante erzählt hatte, über ihre Schwierigkeiten und Kämpfe, als sie die Erfolgsleiter emporkletterte. Nur allzu gut wußte er, daß ihre brillante Karriere schwer erkämpft und auf ungeheuren Opfern errichtet war. Und weil er mit so vielen unglaublichen, oft sehr bewegenden Geschichten über die jetzt schon legendäre Emma groß geworden war, glaubte Winston, daß er sie in mancher Hinsicht viel besser verstand als ihre eigenen Kinder. Es gab nichts, was er nicht für sie getan hätte.

Sein Großvater hatte ihm seine Anteile an der Zeitschriftengruppe hinterlassen, während sein Onkel Frank, Emmas jüngster Bruder, seine Anteile seiner Witwe Natalie übergab. Aber es war Emma mit ihren 52 Prozent, die die Firma beherrschte, wie sie es immer getan hatte. Inzwischen machte sie das allerdings mit Winstons Hilfe. Bei allem, was Management und Vorgehensweise anging, zog sie ihn zu Rate, gab ihm auch oft nach, wenn er überzeugende Argumente vorbringen konnte, und wollte häufig seine Meinung hören. Sie bildeten eine harmonische Arbeitsgemeinschaft und hatten ein ganz besonderes, zutiefst freundschaftliches Verhältnis zueinander, das ihnen viel Freude und Befriedigung gab.

Als Winston langsam auf das Gelände von Beck House fuhr, ging ihm noch die Zeitschriftengruppe im Kopf herum. Obwohl er gänzlich davon in Anspruch genommen war, fiel ihm auf, daß der kleine Wildbach von den schweren Niederschlägen angeschwollen war, die Anfang der Woche gefallen waren. Er nahm sich vor, es Shane zu sagen. Wahrscheinlich mußte man die Uferbefestigung wieder verstärken, sonst waren bald die Rasenflächen überflutet wie im letzten Frühling. Der O'Neill-Bautrupp muß nächste Woche hierherkommen, entschied Winston, bremste den Jaguar vor der Eingangstür, nahm seinen Aktenkoffer und stieg aus. Er ging zum Kofferraum, um sein Gepäck herauszuholen.

Winston war schlank, leicht gebaut und ungefähr 1,75 Meter groß. Auf den ersten Blick konnte man sehen, daß er ein Harte war. Tatsächlich sah Winston Emma recht ähnlich. Er hatte ihre feinen, wie gemeißelten Züge und ihre Farben, was man an seinem braungoldenen Haar und den leuchtendgrünen Augen erkennen konnte. In der ganzen Familie waren er und Paula die einzigen, die Emmas dramatisches «Witwenhäubchen» geerbt hatten, das, wie ihm sein Großvater einst erzählt hatte, von Big Jack Hartes Mutter Esther Harte stammte.

Winston blickte mit zusammengekniffenen Augen flüchtig zum Himmel, als er auf die schmale Eingangstreppe zuschritt. Dunkle Wolken hatten sich von der Ostküste herangewälzt und verhießen Regen. Seit der Wind nachgelassen hatte, klang es aus der Ferne wie Donner, und ein plötzlicher Blitz streifte die Kronen der dichtbelaubten Frühlingsbäume mit glühendem Weiß. Als er den Schlüssel in die Tür steckte, fiel ihm ein großer Regentropfen auf die Hand. Verdammt, murmelte er und dachte an den Bach. Wenn es Sturm gibt, sitzen wir böse in der Klemme.

Hinter der dicken geschnitzten Tür hörte er schwach das Telefon läuten, aber bis er drin war, hatte es aufgehört. Winston starrte im sicheren Gefühl darauf, es würde gleich wieder klingeln, aber als das nicht der Fall zu sein schien, zuckte er die Achseln, stellte seinen Koffer am Fuß der Treppe ab und schritt schnell durch die Eingangshalle. In seinem Arbeitszimmer, das nach hinten hinausging, setzte er sich an den Schreibtisch und fand eine Nachricht von Shane, er solle seinen Vater anrufen. Er warf die Notiz in den Papierkorb und ging flüchtig seine Post durch – meistenteils Rechnungen aus dem Dorf und ein paar Einladungen zu Cocktailparties und Abendessen von seinen Nachbarn hier. Er schob all das beiseite, lehnte sich in seinem Sessel zurück und legte die Füße hoch, wobei er seine Augen schloß, um sich ganz auf das Nächstliegende konzentrieren zu können.

Winston hatte ein Problem, über das er ernsthaft nachdenken mußte. Gestern, als er Jim Fairley im Londoner Büro getroffen hatte, war ihm aufgefallen, daß der andere zutiefst unzufrieden war. Und merkwürdigerweise hatte diese Entdeckung Winston nicht einmal überrascht. Schon seit Monaten war ihm klar, daß Jim die Verwaltungsarbeit haßte, und seit ein paar Stunden (seit er im Auto von London zurückgefahren war) war er fast sicher, daß Jim seine Stellung als geschäftsführendes Vorstandsmitglied lossein wollte. Instinktiv merkte Winston, daß Jim ins Schwimmen gekommen und überfordert war. Jim war ein typischer Reporter, der den Tumult in der Redaktion liebte, das aufregende Gefühl, am Puls des Weltgeschehens zu sein, die Herausforderung, täglich zwei Zeitungen zu machen. Nachdem Emma ihn vor einem Jahr befördert hatte (bei seiner Verlobung mit Paula), war Jim weiterhin Chefredakteur der beiden in Yorkshire erscheinenden Zeitungen *Morning Gazette* und *Evening Standard* geblieben. Tatsächlich tanzte er jetzt, da er den alten Job neben dem neuen behielt, auf zwei Hochzeiten. Und bloß die des Reporters war seine eigene, fand Winston.

Vielleicht sollte er zurücktreten. Besser, er macht eine Sache ausgezeichnet, als zwei zu vermurksen. Winston riß die Augen auf, setzte energisch die Füße auf den Boden und zog den Sessel dicht an den Schreibtisch heran. Er starrte ins Leere und dachte über Jim nach. Er bewunderte Fairleys außergewöhnliches journalistisches Können und mochte ihn als Menschen, wenn er auch wußte, daß Jim viele Schwächen hatte. Er wollte es jedem recht machen, und das war wohl kaum möglich. Und eines war sicher: Winston hatte nie begreifen können, was Paula an Fairley fand. Sie waren so verschieden wie Tag und Nacht. Sie war viel zu stark für einen Mann wie Jim, aber ihr Verhältnis zueinander ging ihn natürlich nichts an, und vielleicht war er ja auch voreingenommen, wenn man alles so in Betracht zog. Und doch war sie eine Närrin. Er runzelte die Stirn und machte sich Vorwürfe, daß er schlecht über sie dachte, denn ihm lag an Paula. Sie waren gute Freunde.

Er streckte die Hand nach dem Telefon aus, um Emma anzurufen und mit ihr über sein Problem zu sprechen, überlegte es sich aber sofort anders. Es gab keinen Grund dazu, sie jetzt aufzuregen, zu Beginn ihres anstrengenden Wochenendes voller Geselligkeiten, die so lange im voraus geplant gewesen waren. Besser, bis Montag zu warten und dann mit ihr zu reden.

Plötzlich hatte er Lust, sich zu ohrfeigen. Was für ein Idiot war er doch. Er hätte Jim gestern direkt darauf ansprechen, ihn fragen sollen, ob er zurücktreten wollte. Und wenn ja, wen würde man dann an seiner Statt berufen? Niemand war qualifiziert genug, eine so große Verantwortung zu tragen, zumindest nicht innerhalb der Firma. Und das war der Kern, Winstons Hauptproblem. Im Grunde seines Herzens ahnte er nämlich, daß seine Tante ihm den Job aufhalsen würde. Doch er wollte ihn nicht haben. Ihm gefiel alles gerade so, wie es war.

Denn zufällig war Winston Harte – ganz im Gegensatz zu anderen Familienmitgliedern – kein sehr ehrgeiziger Mensch. Es dürstete ihn nicht nach Macht. Neidlos gestand er sie anderen zu. Tatsächlich besaß er mehr Geld, als er brauchte. Großvater Winston hatte mit Emmas Anleitung, Rat und Hilfe ein großes Vermögen angesammelt und so dafür Sorge getragen, daß weder seine Witwe Charlotte noch seine Nachkommen etwas entbehren mußten.

Der junge Winston war engagiert, arbeitsam und bei der Zeitungsbranche in seinem Element. Aber er wollte sein Leben auch genießen. Schon vor langer Zeit hatte er eine Entscheidung getroffen, von der er nie abwich: *Er* würde sein persönliches Glück und ruhiges Privatleben keiner Managerkarriere opfern. Für eine Tretmühle war er nicht bestimmt. Er würde immer fleißig arbeiten, denn er war kein Parasit, aber er wollte auch eine Frau, eine Familie und ein angenehmes Leben haben. Wie sein Vater Randolph fühlte Winston sich in der Rolle des Landedelmannes sehr wohl. Die ländliche Szenerie übte einen großen Reiz auf ihn aus und war ihm eine Quelle der Erneuerung. Die Wochenenden, die er fernab von der Stadt verbrachte, waren ihm kostbar und gaben ihm neue Kraft. Er fand Reiten, Militarys, Dorfkricket, Antiquitätensammeln und auf dem Gelände von Beck House Herumwerkeln heilsam und außerordentlich befriedigend. Kurz, Winston Harte liebte ein ruhiges, mußevolles Leben, und er war entschlossen, es zu bekommen. Streitereien in Konferenzsälen machten ihn reizbar, und er fand sie unglaublich langweilig. Auf diesem Gebiet hatte Paula ihn überrascht. Es wurde immer offensichtlicher, daß sie ganz ihrer Großmutter nachschlug. Beide Frauen hatten ihren Spaß an geschäftlichen Auseinandersetzungen. Er hatte das Gefühl, daß die Geschäftswelt, die Macht und der Sieg über einen geschäftlichen Kontrahenten wie Narkotika auf sie wirkten. Als Emma ihn als Paulas Hintermann mit in die *Aire*-Verhandlungen schicken wollte, hatte er flugs Bedenken angemeldet und vorgeschlagen, Paula doch ruhig allein gehen zu lassen. Und zu seiner nicht unbeträchtlichen Erleichterung hatte seine Tante ihm nachgegeben.

Ach, verdammt, dachte er und verlor die Geduld mit sich. Ich will nicht mein ganzes Wochenende damit zubringen, über Jim Fairley nachzudenken. Ich werd's nächste Woche mit ihm ausfechten, sowie die Pläne für die Übernahme von *Aire Communications* in Aktion getreten sind. Damit schob er allen Geschäftskram beiseite, rief seinen Vater in Allington Hall an und plauderte gute zwanzig Minuten mit ihm. Danach wählte er die Nummer von Allison Ridley, seiner derzeitigen Freundin. Ein warmes Gefühl durchlief ihn, als er ihre Stimme hörte, und auch sie schien sehr froh zu sein, die seine zu höre. Er teilte ihr mit, daß er und Shane am nächsten Abend zu ihrer Dinnerparty kommen würden, verabredete sich mit ihr für Sonntag und sauste schließlich nach oben, um sich umzuziehen.

Zehn Minuten danach schlängelte Winston sich in bequemen Cordhosen, einem dicken Wollpullover, Gummistiefeln und einem alten Regenmantel durchs Eßzimmer und ging auf die geflieste Terrasse hinaus, von der aus man den Fischteich sehen konnte. Nach dem kurzen Schauer war der Himmel wieder klar. Die Bäume, Sträucher und Rasenflächen leuchteten in dem wundervollen Spätnachmittagslicht, das dem blasser werdenden Blau des Himmels einen sanftglühenden Schimmer verlieh. Ein Duft nach Regen, feuchtem Gras, nasser Erde und knospendem Grün lag in der Luft. Winston liebte diesen Duft. Er blieb kurz auf der Terrasse stehen, atmete tief durch, entspannte sich und schüttelte die letzten Geschäftssorgen ab, dann lief er gewandt die Treppe zum Garten hinunter. Eilig begab er sich zum Bach, um sich zu vergewissern, daß die Ufer nicht vom letzten Regenguß beschädigt worden waren.

7

Edwina war da.

Emma hatte zur Kenntnis genommen, daß ihre älteste Tochter unten in der Bibliothek saß, einen Drink zu sich nahm und sich von ihrer Fahrt vom Manchester Airport erholte. Vor ein paar Minuten waren erst Hilda und danach Emily zu ihr heraufgekommen, um ihr das zu sagen.

Je eher daran, je eher davon, murmelte Emma, während sie sich für ihre Verabredung mit Blackie und Shane ankleidete. Es ist nicht bloß dumm, etwas Unvermeidbares aufzuschieben, so etwas zehrt auch an den Nerven. In Edwina tickt eine Zeitbombe, die ich lieber vor diesem Wochenende entschärfen sollte.

Sie nickte sich zu, froh, daß sie die Unentschlossenheit überwunden hatte, warf ihrem Spiegelbild einen kurzen Blick zu, ergriff Abendtasche und Zobeljäckchen und eilte hinaus.

Langsamer stieg sie die hohe Wendeltreppe hinab und dachte darüber nach, was sie sagen und wie sie Edwina behandeln sollte. Emma hatte eine starke Abneigung gegen offene Konfrontationen und Konflikte und bewegte sich lieber auf verstohlenen Schleichwegen, um ihre Ziele zu erreichen. Anpassungsfähigkeit und Kompromisse waren seit eh und je ihre Stärke gewesen, sowohl geschäftlich als auch privat. Aber als sie jetzt auf die Bibliothek zusteuerte, war ihr klar, daß es nur einen Weg gab: Edwina ganz direkt anzugehen.

Ihr leichter, schneller Schritt war verhalten, jetzt, da sie durch die große Eingangshalle ging, und Unwillen erfaßte sie, als sie an das bevorstehende Gefecht dachte. Aber es ging um Anthonys Glück, und deshalb mußte Edwina bearbeitet werden, bevor sie ihm – oder allen – ernsthafte Schwierigkeiten machen konnte. Emma holte tief Luft und ging dann weiter, wobei ihr entschlossener Schritt unter der hohen Decke widerhallte und ihre ganze Erscheinung Resolutheit verströmte.

Die Tür zur Bibliothek war angelehnt. Mit der Hand auf dem Türknauf zögerte Emma einen Moment lang, ehe sie eintrat, während sie Edwina beobachtete, die im Ohrensessel vor dem Kaminfeuer saß. Man hatte nur eine Lampe brennen lassen, der übrige Raum lag im Halbdunkel. Als ein Holzscheit aufloderte, beleuchteten die züngelnden Flammen das im Schatten liegende Gesicht, meißelten es schärfer heraus. Emma stutzte. Aus dieser Entfernung war ihre Tochter das lebende Abbild von Adele Fairley . . . dasselbe platinblonde Haar, dasselbe zarte, dennoch scharf konturierte Profil, die nachdenklich zusammengezogenen Schultern. Wie oft hatte sie Adele so in ihrem Schlafzimmer am Kamin sitzen und gedankenverloren in die Ferne starren sehen. Aber während Adele nicht einmal ihr 38. Jahr erlebt hatte, war Edwina jetzt 63 Jahre alt. Ihre Schönheit war nie so ätherisch und atemberaubend gewesen wie einst Adeles. Emma wußte, daß die Ähnlichkeit täuschte, und dennoch war sie seit Edwinas Geburt da. Edwina war immer mehr eine Fairley als eine Harte gewesen.

Emma räusperte sich. «Guten Abend, Edwina.» Sie betrat sehr geschäftig das Zimmer, um nicht den Eindruck zu erwecken, als hätte sie Edwina schon von der Tür aus beobachtet.

Überrascht schrak ihre Tochter hoch und sah sich nach ihr um, wobei sie sich im Sessel aufrichtete. «Hallo, Mutter», erwiderte sie unpersönlich, ein eisiges Vibrato in der Stimme.

Emma zollte dem keinerlei Beachtung, denn sie hatte sich inzwischen daran gewöhnt. So war es all die Jahre über gewesen. Sie legte Jacke und Täschchen auf einen Stuhl und schritt dann zum Kamin, wobei sie im Vorbeigehen mehrere Lampen anknipste. «Ich sehe, du hast grad einen Drink da», fing sie an und nahm im anderen Ohrensessel Platz, «darf ich dir nachschenken?»

«Nein, danke, im Moment nicht.»

«Wie geht es dir?» fragte Emma liebenswürdig.

«Ach, danke gut.» Edwina ließ einen gründlichen Blick über ihre Mutter gleiten. «Es ist wohl überflüssig zu fragen, wie es *dir* geht. Du siehst absolut blühend aus.»

Emma lächelte andeutungsweise. Sie lehnte sich zurück, schlug die Beine über und sagte: «Leider werde ich heute doch nicht zum Abendessen hier sein. Ich habe eine Verabredung, buchstäblich in letzter . . .»

«Sicher was Geschäftliches, wie immer», schnaubte Edwina verächtlich und warf ihr einen unfreundlichen Blick zu.

Emma zuckte zusammen, verbarg ihren Ärger aber. Sonst geriet sie über Edwinas Unhöflichkeit und ihre höhnische Art immer in Wut, aber heute abend hatte sie sich entschlossen, das durch nichts gerechtfertigte Benehmen ihrer Tochter zu ignorieren. Mit Essig fängt man keine Fliegen, dachte sie kühl, also würde sie weiterhin um jeden Preis diplomatisch und liebenswürdig sein. Sie betrachtete Edwinas Gesicht und sah sofort den schlaffen Mund, die müden Linien rings um ihre silbergrauen Augen, die traurig und resigniert wirkten. Edwina hatte abgenommen und machte einen nervösen, beinahe besorgten Eindruck. Ganz sicher war die verwitwete Gräfin von Dunvale, die sich gewöhnlich sehr wichtig nahm, heute abend nicht ganz so selbstgefällig. Offenbar plagten sie drückende Sorgen.

Emma überkam plötzlich Mitleid mit ihr, und das war ein so beispielloses und unerwartetes Gefühl, daß sie ein wenig über sich selbst erstaunt war. Arme Edwina. Sie ist wirklich verängstigt und unglücklich, aber das hat sie allein zu verantworten, fürchte ich. Wenn ich sie nur dazu bringen könnte, das zu erkennen und sich zu ändern. Ihr wurde bewußt, daß Edwina sie genauso scharf beobachtete, wie sie es gerade tat. «Du starrst mich so an, Edwina. Stimmt etwas nicht mit meinem Aussehen?»

«Dein Kleid, Mutter», sagte Edwina, ohne eine Sekunde zu zögern. «Es ist doch wohl ein bißchen zu jugendlich für dich.»

Emma erstarrte und fragte sich, ob ihre karitativen Regungen nicht doch fehl am Platz waren. Edwina mußte sich immer danebenbenehmen. Sie entspannte sich und lachte fröhlich und unbekümmert, fest entschlossen, sich von Edwina nicht ärgern zu lassen. Ihre Stimme war fest, als sie antwortete: «Ich mag Rot gern. Es ist eine lebendige Farbe. Was sollte ich denn tragen, meinst du? *Schwarz?* Ich bin ja noch nicht gestorben. Und wo wir schon von Kleidern reden: Warum hast du immer diese schrecklichen, unförmigen Tweedkostüme an?» Ohne eine Antwort abzuwarten, fuhr sie fort: «Du hast doch eine sehr hübsche Figur, Edwina. Du solltest sie mehr zur Geltung bringen.»

Edwina überhörte dieses kleine Kompliment. Sie fragte sich nun, warum sie Jim Fairleys Einladung überhaupt angenommen und sich auch noch bereit gefunden hatte, hier in Pennistone Royal zu bleiben. Sie mußte verrückt gewesen sein, sich so ihrer Mutter auszusetzen.

Emma preßte die Lippen aufeinander und betrachtete Edwina nachdenklich mit zusammengekniffenen Augen. Sehr vorsichtig sagte sie: «Ich hätte gern mit dir über Anthony gesprochen.»

Diese Bemerkung riß Edwina aus ihrer Grübelei; sie drehte sich zu Emma um und rief: «Um Gottes willen nein, Mutter! Als Emily mir sagte, du würdest zu mir herunterkommen, hab ich gleich so was geahnt. Aber ich will mit dir nicht über meinen Sohn sprechen. Du manipulierst einen immer und bist herrschsüchtig.»

«Und du, Edwina, hörst dich langsam an wie eine Platte mit einem Sprung», versetzte Emma. «Ich habe es satt, ewig diese Anschuldigungen von dir zu hören. Und ich habe auch genug von deinen ständigen Sticheleien. Man kann sich mit dir nicht mehr vernünftig unterhalten. Immer stellst du die Stacheln auf.»

Waren dies auch starke Worte, so hatte Emma sie doch in mildem Ton vorgebracht. Ihr Gesicht war ausdruckslos, als sie sich nun aus dem Sessel hochzog. Sie ging zur William-und-Mary-Kommode in der Ecke, goß sich ein Gläschen Sherry ein und setzte sich dann wieder an ihren Platz vor dem Kamin. Sie hielt das Glas in der Hand, und ein nachdenklicher Schimmer lag in ihren Augen. «Ich bin eine alte Frau. Eine sehr alte Frau. Und obwohl mir klar ist, daß es in dieser Familie niemals wirklichen Frieden geben wird, möchte ich doch ein bißchen Ruhe haben für den Rest meines Lebens, wenn das möglich ist. Und deshalb bin ich willens, eine Menge Sachen zu vergessen, die du getan und gesagt hast, Edwina, weil ich zu der Einsicht gelangt bin, daß du und ich endlich das Kriegsbeil begraben sollten. Wir sollten doch versuchen, Freunde zu sein.»

Erstaunt sah Edwina sie an. Ihr war, als träumte sie. Diese Worte hätte sie von ihrer Mutter nie erwartet. Schließlich brachte sie mühsam heraus: «Wieso ich? Wieso keiner der anderen? Oder willst du am Wochenende auch ihnen diese kleine Rede halten?»

«Ich glaube nicht, daß man sie eingeladen hat. Und wenn doch, hoffe ich, daß sie klug genug sind, um abzusagen. Ich hab für keinen von ihnen etwas übrig.»

«Aber für mich?» fragte Edwina ungläubig, etwas aus der Fassung gebracht durch die versöhnliche Haltung ihrer Mutter.

«Nun, sagen wir mal so: Mir scheint, du warst die am wenigsten

Schuldige bei diesem lächerlichen Komplott gegen mich im letzten Jahr. Inzwischen weiß ich, daß man dich bis zu einem gewissen Punkt gezwungen hat. Du warst noch nie besonders verschlagen, raffgierig oder bestechlich, Edwina. Und es tut mir wirklich leid, unser Zerwürfnis in all diesen Jahren. Wir hätten uns schon längst wieder vertragen sollen, das ist mir jetzt klar.» Emma war es ernst damit, aber sie hatte auch noch ein anderes Ziel vor Augen: Anthony. Emma war sicher, daß sie Edwina nur beeinflussen konnte, wenn sie sie auf ihre Seite zog und sie dazu brachte, sich ihrem Sohn gegenüber vernünftig zu verhalten. Also sagte sie wieder: «Ich finde, wir sollten es versuchen. Was haben wir schon dabei zu verlieren? Und wenn wir keine richtigen Freunde werden können, gelingt es uns vielleicht, zumindest friedlich miteinander umzugehen.»

«Das bezweifle ich, Mutter.»

Emma seufzte erschöpft. «Ich bin sehr traurig über dich, Edwina, wirklich. Du hast eines der wertvollsten Dinge in deinem Leben weggeworfen, aber . . .»

«Und was war das?»

«Meine Liebe zu dir.»

«Ach, hör doch auf damit, Mutter», sagte Edwina höhnisch und sah Emma voll Verachtung an. «Du hast mich nie geliebt.»

«Doch, hab ich.»

«Das ist ja einfach unglaublich!» rief Edwina aus und rutschte in ihrem Sessel herum. Sie nahm einen Schluck Scotch und setzte dann das Glas mit einem Knall auf dem King George-Beistelltischchen auf. «Du bist ganz unmöglich, Mutter. Du sitzt da und läßt diese grotesken Bemerkungen fallen und erwartest von mir, daß ich sie schlucke. Das ist der Witz des Jahrhunderts. Vielleicht bin ich ja dumm, aber nicht so dumm.» Sie beugte sich vor und starrte Emma mit Augen an, die wie Splitter grauen Eises wirkten. «Und was ist mit dir? Herrgott, *du* bist es doch gewesen, die mich weggeworfen hat, als ich ein Baby war.»

Emma zog sich mit enormer Würde im Sessel hoch und sagte mit eisiger Stimme: «*Das ist nicht wahr*. Untersteh dich, das noch mal zu mir zu sagen. *Nie wieder*, hörst du? Du weißt ganz genau, daß ich dich zu Tante Freda geben mußte, weil ich wie eine Sklavin arbeitete, um uns durchzubringen. Aber wir haben darüber schon so oft geredet, und du wirst wohl weiterhin das glauben, was du willst. Ansonsten habe ich nicht die Absicht, mich von dem ablenken zu lassen, was ich dir zu sagen habe, bloß weil du Lust dazu hast, alle alten Geschichten zwischen uns wieder aufzuwärmen.»

Edwina wollte etwas sagen, aber Emma schüttelte den Kopf. «Laß mich bitte ausreden», sagte sie, und ihre grünen Augen fixierten Edwinas. «Ich will nicht, daß du denselben Fehler noch einmal machst. Ich will nicht, daß du Anthonys Liebe ebenso wegwirfst wie meine. Und du bist ja drauf und dran, genau das zu tun.» Sie lehnte sich zurück und hoffte, daß ihre Worte zu ihr dringen, Gehör finden würden.

«Das ist ja das Lächerlichste, was ich je gehört habe», schnaubte Edwina und setzte eine hochmütige Miene auf.

«Trotzdem ist es wahr.»

«Was weißt du schon von meinem Verhältnis zu meinem Sohn!»

«Eine ganze Menge. Und obwohl er dich liebt – und zwar sehr –, bist du darauf versessen, einen Keil zwischen euch zu treiben. Erst gestern abend hat er mir erzählt, was er sich für Sorgen um eure Beziehung macht, und er sah sehr bedrückt aus.»

Schnell hob Edwina den Kopf: «Also ist er doch hier. Als ich gestern abend in seinem Londoner Club angerufen hab, sagte man mir, er sei schon fort. Ich wußte gar nicht, wo er sein könnte. Ich hatte nicht die geringste Ahnung, daß er zur Taufe kommen würde. Ist er hier?»

Begierde schwang in der Frage mit, und Emma sah ein Licht in den Augen ihrer Tochter aufflackern. Sie sagte: «Nein.»

«Wo ist er denn?»

Emma überhörte diese Frage zuerst. «Anthony begreift nicht, warum du so gegen seine Scheidung bist. Offenbar machst du ihm das Leben zur Hölle und belagerst ihn Tag und Nacht, sich doch wieder mit Min zu versöhnen. Er ist verwirrt und unglücklich darüber, Edwina.»

«Aber genauso geht es doch der armen Min! Sie ist ganz gebrochen und versteht weder ihn noch sein Verhalten. Das gleiche gilt für mich. Er bringt unser Leben total durcheinander und richtet das größte Chaos an. Ich bin beinahe so unglücklich darüber wie sie.»

«Nun, das ist ja auch verständlich. Niemand liebt Scheidungen und den Schmerz, den sie verursachen. Trotzdem mußt du zuallererst an Anthony denken. So wie er es mir erzählt hat, ist er schon länger sehr unglücklich gewesen . . .»

«Nicht *so* unglücklich, Mutter», unterbrach Edwina sie. «Er und Min haben eine Menge gemeinsam, egal, was er dir erzählt hat. Natürlich ist er enttäuscht darüber, daß sie kein Kind bekommt. Andererseits sind sie ja erst sechs Jahre verheiratet. Sie kann immer noch schwanger werden. Min paßt sehr gut zu ihm. Ja, sieh mich nicht so an, Mutter, so überlegen und allwissend. Es ist eben so, daß ich meinen Sohn besser kenne als du. Anthony hat vielleicht einen festen Charakter, wie du es mir immer so gern weismachen willst. Aber er hat auch gewisse Schwächen.»

Edwina hielt inne, wußte nicht, ob sie fortfahren sollte, sagte sich dann aber, daß ihre Mutter ebensogut die Wahrheit erfahren konnte. «Zum Beispiel Sex», verkündete sie kategorisch und sah Emma kampflustig an. «Auf ein hübsches Gesicht fällt er immer wieder herein. Er hat sich mit Frauen in die unmöglichsten Situationen hineinmanövriert, bevor er Min heiratete.» Edwina schüttelte den Kopf und biß sich auf die Lippen, wobei sie leise murmelte: «Ich weiß nicht, was Min weiß, aber mir ist es klar, daß er mehrere Affären gehabt hat in den letzten Jahren, und wie immer mit der falschen Sorte Frau.»

Dieses verwunderte Emma weder noch interessierte es sie besonders. Sie nahm die Herausforderung nicht an. Statt dessen betrachtete sie Edwina neugierig: «Was meinst du mit der falschen Sorte Frau?»

«Du weißt ganz genau, was ich meine, Mutter. Unpassende Geschöpfe ohne jede Kinderstube, die nicht aus gutem Hause stammen. Ein Mann in Anthonys Position, ein Mitglied des Oberhauses, der eine große Verantwortung trägt, sollte eine adelige Frau haben, die aus seinen Kreisen stammt und seine Lebensart begreift.»

Emma unterdrückte ihr Amüsement über Edwinas kleinkarierten Snobismus: «Meine Güte, hör doch auf, wie eine viktorianische Matrone zu reden. Wir leben fast im 21. Jahrhundert. Deine Ansichten sind überholt, meine Liebe.»

«Ja, du mußtest so was sagen», erwiderte Edwina patzig. «Also du versetzt mich immer wieder in Erstaunen, Mutter. Für eine Frau mit deinem ungeheuren Vermögen und deiner Macht bist du in manchen Dingen erstaunlich achtlos. Zum Beispiel in gesellschaftlichen.»

Emma lachte in sich hinein und trank ein Schlückchen Sherry, wobei ihre Augen über den Rand des Glases funkelten. «Wer im Glashaus sitzt, sollte nicht mit Steinen werfen», sagte sie glucksend.

Edwina errötete, zog angewidert die Nase kraus und sagte: «Ich mag gar nicht daran denken, mit was für einer Person er wohl wieder auftauchen wird, wenn die Scheidung jemals durchkommen sollte.»

«Ach, die wird schon durchkommen», sagte Emma mit samtener Stimme. «Finde dich besser damit ab. Und zwar *gleich*. Es ist eine Tatsache, die du nicht ändern kannst.»

«Das werden wir sehen. Min muß sich erst einverstanden erklären, bevor er irgend etwas machen kann.»

«Aber das hat sie doch schon getan, meine liebe Edwina.»

Ein Schock durchfuhr Edwina, sie starrte ihre Mutter entsetzt an und versuchte, den Sinn dieser Worte zu erfassen. Für den Bruchteil einer Sekunde glaubte sie es einfach nicht, doch dann, als sie sich eingestehen mußte, daß ihre Mutter die Wahrheit sagte, sank ihr das Herz. Was Emma Harte auch sein mochte, eine Lügnerin war sie nicht. Ihre Informationen waren im Gegenteil stets verläßlich und von gnadenloser Präzision. Edwina stotterte bloß: «Aber ... aber ...» Ihre Stimme versagte, sie kam nicht weiter. Mit zitternder Hand ergriff sie ihr Glas und stellte es dann, ohne getrunken zu haben, zurück auf den Tisch. Langsam sagte sie: «Aber Min hat mir gestern abend gar nichts davon gesagt, als wir zusammen essen waren. Wie merkwürdig. Wir haben immer ein enges Verhältnis zueinander gehabt. Sie ist wie eine Tochter für mich gewesen. Ich verstehe nicht, daß sie sich mir nicht anvertraut hat. Sonst hat sie mir doch immer alles erzählt.» Bestürzt dachte sie über Mins ungewöhnliches Verhalten und ihre eigenartige Zurückhaltung nach.

Emma begriff plötzlich, warum ihre Tochter von dem Thema so besessen war. Offenbar war sie eng mit Min befreundet und kam gut mit ihr zurecht. Ja, sie war ungezwungen mit ihrer Schwiegertochter und fühlte sich sicher und geborgen bei ihr. Anthony hatte die heile Welt seiner Mutter zerstört, als er seine Ehe aufkündigte – zumindest mußte Edwina das so vorkommen. Der Gedanke an eine Veränderung ließ sie erstarren, die Furcht vor einer neuen Frau im Leben ihres Sohnes, die sie vielleicht nicht so bereitwillig akzeptieren würde wie Min und die ihr den Sohn womöglich entfremden könnte.

Emma beugte sich zu Edwina herüber und sagte sanfter als sonst:

«Vielleicht hatte Min Angst, es dir zu sagen, Angst, dich noch mehr zu bekümmern. Sieh mal, du mußt dich doch nicht durch diese Scheidung bedroht fühlen. Sie wird dein Leben nicht so gravierend verändern, und außerdem bin ich sicher, daß Anthony nichts dagegen hätte, wenn du weiterhin mit Min befreundet wärest.» Sie bemühte sich beiläufig zu lächeln. «Schließlich läßt sich Anthony von Min scheiden, nicht von dir. Er würde nie etwas tun, was dich kränken könnte», beschwichtigte sie Edwina.

«Das hat er schon getan. Es ist unverzeihlich, wie er sich aufführt.» Edwinas Stimme klang hart und unnachgiebig, ihr Gesicht war voller Bitterkeit.

Emma lehnte sich zurück, und die Reizbarkeit, die sie bisher unterdrückt hatte, stieg plötzlich wieder in ihr auf. Fest preßte sie die Lippen aufeinander; ihr Blick wurde kalt. «Du bist eine selbstsüchtige Frau, Edwina», sagte sie streng. «Du denkst gar nicht an Anthony, du denkst nur an dich. Du sagst, dein Sohn sei dein Lebenssinn; na, wenn das stimmt, dann handelst du aber nicht sehr danach. In einer schwierigen Lebenssituation wie dieser braucht er deine Liebe und Hilfe, nicht deine Feindschaft.» Emma warf ihr einen vernichtenden Blick zu. «Ich verstehe dich nicht. Gegen jeden, nicht bloß gegen mich, hegst du Groll und feindselige Gefühle. Ich begreife überhaupt nicht wieso. Du hast ein gutes Leben gehabt, deine Ehe war glücklich – zumindest schien es mir so. Ich weiß, daß Jeremy dich anbetete, und dachte immer, du liebtest ihn.» Ihre Augen ließen Edwina nicht los. «Ich hoffe wirklich, daß du ihn geliebt hast, um deinetwillen. Aber trotz all der wunderbaren Dinge, die du im Leben erfahren hast, bist du auf alles und jeden zornig. Hör auf damit und mach dein Herz frei von dieser Bitterkeit.»

Edwina hüllte sich weiterhin in Schweigen, und ihr Gesicht sah noch genauso verstockt aus wie zuvor. Emma fuhr fort: «Hab Vertrauen zu deinem Sohn, zu seinem Urteil. Ich habe doch auch welches. Du gehst mit dem Kopf durch die Wand, wenn du dich gegen diese Scheidung sperrst. Und du kannst unmöglich siegen. Am Ende wirst du als die Verliererin dastehen. Und Anthony wirst du dir auf immer entfremden.» Prüfend sah sie ihrer Tochter ins Gesicht, suchte nach einem Anzeichen des Nachgebens, aber es war immer noch verschlossen und unbeugsam.

Emma seufzte still und dachte: Ich geb's auf. Ich werde nie an sie herankommen. Und doch fühlte sie sich verpflichtet, noch einen letzten Versuch zu machen, Edwina zu einem Sinneswandel zu bewegen. Ernst mahnte sie: «Du wirst als einsame alte Frau enden. Das willst du doch sicher nicht. Und wenn du glaubst, ich sei in dieser Sache befangen, dann mach dir klar, daß ich hier nichts zu gewinnen habe. Wirklich, Edwina, ich möchte dich bloß davon abhalten, einen schrecklichen Fehler zu machen.»

Obwohl Edwina nichts sagte, sondern nur zusammengekauert in ihrem Sessel saß und dem bohrenden Blick ihrer Mutter auswich, hatte sie in den letzten Minuten aufmerksam zugehört und über Emmas Worte nachgedacht. Sie hatten sie getroffen, auch wenn Emma das nicht wahrhaben wollte. Es bewegte sich etwas in den tiefsten Winkeln von Edwinas Gehirn. Ihr dämmerte, daß sie im Unrecht war. Plötzlich empfand sie ein überwältigendes Schuldbewußtsein wegen Anthony. *Sie* war selbstsüchtig gewesen, selbstsüchtiger, als sie bis zu diesem Augenblick geahnt hatte. Es stimmte, daß sie an Min hing wie an der Tochter, die sie nie gehabt hatte, und der Gedanke, sie zu verlieren, machte ihr angst. Aber noch mehr fürchtete sie, ihren Sohn zu verlieren. Und zur Zeit war sie sehr nahe daran.

Edwina war weder besonders scharfsinnig noch sehr klug, aber sie besaß eine gewisse Intelligenz, und diese ließ sie nun erkennen, daß Anthony sich ganz verzweifelt an seine Großmutter gewandt und sich Emma statt ihrer anvertraut hatte. Groll und Eifersucht, ihre schlimmsten Eigenschaften, flammten beim Gedanken an diesen Verrat des Sohnes in ihr auf. Aber mit einer Weisheit, die an ihr gänzlich ungewohnt war, schob sie diese Regungen beiseite. Anthony war nicht wirklich verräterisch oder illoyal gewesen. *Es war alles ihre Schuld.* Sie trieb ihn von sich fort, genau wie ihre Mutter gesagt hatte. Emma versuchte ernsthaft, den Abgrund zu überbrücken, der sich zwischen Edwina und ihrem Sohn aufgetan hatte. Emma wollte, daß sie weiterhin ein enges Verhältnis zueinander hatten – das war offensichtlich, wenn sie ihre Worte fair und unparteiisch bedachte. Diese Einsicht erstaunte Edwina, und gegen ihren Willen empfand sie Dankbarkeit für ihre Mutter, daß diese ihretwegen solche Anstrengungen unternahm.

Mit gedämpfter Stimme sagte Edwina langsam: «Es ist ein Schock für mich gewesen – die Scheidung, meine ich. Aber du hast recht,

Mutter. Ich sollte zuallererst an Anthony denken. Es geht ja um *sein* Glück.»

Zum erstenmal in ihrem Leben sah Edwina sich Emma um Hilfe bitten. Zorn und Bitterkeit waren von ihr gewichen, und sie fragte leise: «Was soll ich denn machen, Mutter? Er muß sehr böse mit mir sein.»

Emma, noch völlig im Glauben, ihre Bemühungen, Edwina zur Vernunft zu bringen, seien fruchtlos gewesen, wurde von diesem unerwarteten Sinneswandel etwas aus der Fassung gebracht. Schnell nahm sie ihre Gedanken zusammen und sagte: «Nein, er ist nicht böse. Vielleicht gekränkt, besorgt. Er liebt dich sehr, mußt du wissen, und ein bleibendes Zerwürfnis mit dir ist das letzte, was er will.» Emma lächelte schwach. «Du hast mich gefragt, was du machen sollst. Nun, Edwina, ich finde, du solltest ihm genau das sagen, was du mir gesagt hast . . . daß sein Glück für dich das Wichtigste ist und daß er deinen Segen hat für alles, was er mit seinem Leben vorhat.»

«Ja, das werd ich machen», schluchzte Edwina. «Das muß ich tun.» Sie sah Emma an, diesmal ohne Groll: «Da ist noch etwas.» Sie schluckte schwer und sagte mit erstickter Stimme: «Danke, Mutter. Danke, daß du versucht hast, uns zu helfen.»

Emma nickte und sah fort. Ihr Gesicht schien ruhig, aber sie fühlte sich unbehaglich. Ich muß ihr von Sally erzählen, dachte sie. Wenn ich nichts von seiner Beziehung zu diesem Mädchen sage, ist morgen der Teufel los. Alles, was ich in dieser halben Stunde erreicht habe, wird sonst von Edwinas Zorn weggewischt werden, sobald sie die beiden zusammen sieht. So hat sie Zeit, ihre Wut zu überschlafen und vielleicht zu überwinden. Wenn sie sich wieder beruhigt hat, wird sie bestimmt einsehen, daß sie nicht das Leben ihres Sohnes an seiner Statt leben kann.

Emma nahm all ihren Mut zusammen: «Ich muß dir noch etwas sagen, Edwina, und ich möchte, daß du mich erst anhörst, bevor du deinen Kommentar dazu abgibst.»

Edwina runzelte die Stirn. «Worum geht es?» fragte sie nervös und rang die Hände im Schoß. Emma schwieg, aber man konnte ihrem Gesicht plötzlich etwas Unheilverheißendes anmerken. Das beunruhigte Edwina zutiefst. Sie stählte sich für das Kommende, das schrecklich sein würde, sie spürte das, und ließ ihre Mutter fortfahren.

«Anthony liebt eine andere. Und zwar Sally Harte. Also, Edwina, ich ...»

«O nein», rief Edwina entsetzt. Sie war blaß geworden und hielt sich an der Sessellehne fest.

«*Ich hab dich gebeten, mich erst ausreden zu lassen.* Eben hast du doch gesagt, das Glück deines Sohnes sei das einzig Wichtige. Ich nehme an, du meinst das wirklich. Er will Sally heiraten, sobald er frei ist, und du bist ...»

Wieder fiel Edwina ihr ins Wort. «Und du hast gesagt, du seist unparteiisch!»

«Bin ich auch», versetzte Emma. «Wenn du denkst, ich hätte sie ermutigt, dann irrst du dich. Es war mir schon klar, daß er ein paarmal mit ihr ausgegangen ist, als er in Yorkshire war, das will ich gar nicht bestreiten. Aber ich hab dem nicht viel Beachtung geschenkt. Egal, offenbar ist es was Ernsthaftes mit den beiden. Anthony ist zu mir gekommen, um mir seine Pläne *mitzuteilen*, nicht um meine Erlaubnis zu bekommen, daß er meine Großnichte heiraten kann. Darüber hinaus hat er anscheinend die gleiche Haltung Randolph gegenüber eingenommen und ihm einfach *erzählt*, er werde seine Tochter heiraten. Von Erlaubnis war nicht die Rede. Randolph kann in manchen Dingen altmodisch sein, und er war ziemlich verstimmt, als wir gestern abend darüber sprachen. Aber ich habe ihn bald wieder besänftigt.»

Die vor Wut kochende Edwina rückte auf die Sesselkante und ließ ihren gereizten Blick über Emma schweifen. Genauestens betrachtete sie das alte, runzlige Gesicht, forschte nach Anzeichen der Verstellung, des doppelten Spiels. Aber sie konnte nichts finden, die grünen Augen unter den faltigen Lidern waren klar und ohne Falsch. Plötzlich sah Edwina durch alles Chaos hindurch das flammende Bild von Sally Harte vor ihrem geistigen Auge. Neun Monate zuvor waren sie sich zufällig begegnet, bei Sallys Ausstellung in der Royal Academy. Sie war auf Edwina zugegangen und ganz reizend, ganz freundlich zu ihr gewesen. Damals fand Edwina, Sally sei zu einer der schönsten Frauen herangewachsen, die sie je gesehen hatte. Wenn auch eine Harte durch und durch, mit der Attraktivität ihres Großvaters Winston, seinen unbekümmerten blauen Augen und seinem dunklen Haar.

Edwina löschte das schöne, aber beunruhigende Bild von Sally

Harte in sich aus und konzentrierte sich auf die alte Frau, die ihr gegenübersaß und sie ihrerseits scharf und streng betrachtete. Obwohl Edwina immer schnell dabei war, in ihrer Mutter eine manipulierende Intrigantin zu sehen, die sie alle beherrschte und ihr aller Leben steuerte, sagte sie sich, daß Emma Harte zumindest in diesem Fall nur eine unschuldige Zuschauerin gewesen sein konnte. Wie gern sie sie auch für dies – dies Unglück verantwortlich gemacht hätte, sie konnte es nicht. In ihr festigte sich die schreckliche Überzeugung, daß es allein ihres Sohnes Entscheidung gewesen war. Anthony hatte sich wohl jenem reizenden, lachenden, bezaubernden Gesicht nicht entziehen können, das ja auch sie selbst so beeindruckt hatte. Typisch für ihn . . . immer wieder vernarrt in hübsche Gesichter und schöne Körper. Ja, schon wieder hatte Anthony es geschafft, sich mit der falschen Sorte Frau zu liieren, und alles wegen Sex.

Ein Schauer lief ihr über den Rücken. Sie richtete sich auf und sagte knapp: «Mutter, ich muß sagen, daß ich mich habe überzeugen lassen, was deine Unschuld an dieser unglückseligen Verbindung betrifft. Im Zweifelsfall für den Angeklagten.»

«Vielen herzlichen Dank», sagte Emma.

«Aber nichtsdestotrotz», fuhr Edwina entschlossen und mit starrem Gesicht fort, «muß ich meinem Sohn gegenüber meine Mißbilligung dieser Partie (oder soll man Mesalliance sagen) zum Ausdruck bringen. Sally ist keine Frau für ihn. Sie ist *höchst* unpassend. Zum einen ist sie ihrer Karriere ergeben. Malen wird für sie immer das Wichtigste sein. Logischerweise wird sie sich dann nicht in sein Leben in Clonloughlin einfügen, ein Leben, das vom Herrenhaus, den Adeligen der Gegend und ihren Vergnügungen in der freien Natur bestimmt ist. Er macht einen schrecklichen Fehler, den er sein Leben lang bereuen wird. Und deshalb habe ich vor, diesem Verhältnis sofort ein Ende zu machen.»

Wie ist es bloß möglich, daß ich je so eine dickköpfige Närrin geboren habe? Emma stand auf und sagte sehr entschieden und endgültig: «Ich muß jetzt gehen. Shane wird jede Minute dasein. Aber bevor ich gehe, möchte ich dir zwei Dinge sagen, hör bitte gut zu. Das erste betrifft Sally. Du kannst ihr nichts am Zeug flicken, sie ist über jeden Vorwurf erhaben, ihr Ruf ist untadelig. Was ihre Karriere betrifft, kann sie doch ebensogut in Clonloughlin malen wie hier. Außerdem möchte ich dich darauf hinweisen, du alberner Snob, daß Sally nicht nur von jenen lächerlichen Schwachköpfen der sogenannten High Society, bei denen du dich ständig anzubiedern suchst, *akzeptiert*, sondern auch eifrig von ihnen *hofiert* wird. Gott sei Dank ist *sie* vernünftiger als du und fällt auf diesen wertlosen, hochtrabenden Klimbim nicht herein.»

«Wie immer mußt du ausfallend werden, Mutter», schnauzte Edwina.

Emma schüttelte ungläubig ihr silbergraues Haupt und spitzte die Lippen. Edwina torpedierte todsicher jede ernsthafte Unterhaltung, weil sie sich ständig gekränkt glaubte. Mit einem knappen, sehr kalten Lächeln sagte sie: «Alte Leute nehmen sich das Recht heraus, genau das zu sagen, was sie denken, ohne sich darum zu kümmern, ob irgendwer gekränkt sein könnte. Ich nehme bestimmt kein Blatt mehr vor den Mund, Edwina, und ich sage dir die Wahrheit. Und das werde ich tun bis zu meinem Tod. Alles andere ist Zeitverschwendung. Aber zurück zu Sally – denk daran, daß sie eine renommierte Künstlerin ist. Und, falls du das vergessen haben solltest, *auch* eine Erbin, da mein Bruder Winston seinen Enkeln ein großes Vermögen hinterlassen hat. Verstehst du, ich lasse dir schon Gerechtigkeit widerfahren, ich weiß, daß weder du noch Anthony Geld besonders interessant finden. Aber das ändert ja nichts an den Tatsachen, und du machst dich einfach lächerlich, wenn du sagst, sie sei ‹unpassend›. Blödsinn! Sally ist ideal für ihn. Und vergiß nicht die Gefühle der beiden. Sie lieben sich, Edwina. Und das ist doch das Allerwichtigste.»

«Liebe? Du meinst wohl Sex», fing Edwina an und hielt dann inne, als sie die Mißbilligung in Emmas Gesicht sah. «Nun, in einem hast du recht, Mutter, Geld ist nicht wichtig bei den Dunvales», sagte sie dann und sah dabei aus, als habe sie soeben etwas Verfaultes gerochen.

Emma gab mit kühler Autorität zurück: «Anthony weiß, was er will, und das freut mich sehr. *Er wird tun, was er für richtig hält.* Und wenn diese Beziehung ein Fehler sein sollte, wird es sein eigener Fehler sein. Weder der deinige noch der meinige. Anthony ist ein Mann von 33 Jahren, kein rotznäsiger Junge mit kurzen Hosen. Du solltest aufhören, ihn als solchen zu behandeln.»

Sie sprang auf und ging zum Sekretär vor dem Fenster. Sie nahm dahinter Aufstellung und fixierte ihre Tochter. «Deshalb, meine liebe

Edwina, kann ich dir nur empfehlen, dich auf mütterliche Worte der Liebe und der Sorge für sein Wohlergehen zu beschränken, solltest du mit Anthony reden. Ich möchte, daß du dich zurückhältst, wenn er Sally erwähnt, was er zweifellos tun wird. Ich glaube nicht, daß er irgendeine Kritik an ihr oder seinen Zukunftsplänen dulden wird.»

Vor dem Fenster dröhnte eine Autohupe, so daß beide Frauen zusammenfuhren. Emma blickte über die Schulter und sah Shane aus seinem knallroten Ferrari aussteigen. Sie drehte sich zu Edwina um, hob das Adressenverzeichnis hoch und schwenkte es durch die Luft. «Da findest du Randolphs Nummer. Anthony wohnt in Allington Hall. Ich kann dir nur raten, ihn anzurufen und dich wieder mit ihm zu vertragen.» Emma hielt inne und sagte dann nachdrücklich: «Bevor es zu spät ist.»

Edwina verharrte reglos in ihrem Sessel, kein Wort entwich dem bleichen, zitternden Mund.

Emma warf ihr nur noch im Vorübergehen einen flüchtigen Blick zu, nahm Jacke und Abendtäschchen an sich und verließ die Bibliothek. Leise schloß sie die Tür hinter sich und sagte sich beruhigend, daß sie ihr Bestes getan hatte, um diese unangenehme Familienkrise zu entschärfen und sich gleichzeitig mit Edwina zu versöhnen. Aber sie und Edwina waren nicht so wichtig. Sie würden weiter mit ihrem Waffenstillstandsabkommen leben, so wie immer. Es ging nur um Anthony und Sally.

Emma nahm die Schultern zurück und reckte sich zu voller Größe, als sie durch die Eingangshalle zur Tür schritt. Und wider besseres Wissen hoffte sie, daß Edwina zur Vernunft kommen und Anthony ihren Segen geben würde.

8

Blackie O'Neill hatte ein Projekt.

Mit diesem Projekt amüsierte er sich wunderbar, wann immer er daran dachte – und das geschah oft in den letzten Tagen. Er freute sich hauptsächlich deshalb so darüber, weil ihm in seinem ganzen Leben noch nie ein Projekt eingefallen war.

Stets war es Emma gewesen, die mit Projekten kam. Als sie noch ein winzig kleines Mädchen war mit geflickten Kleidern und abgetragenen Knöpfstiefeln, gab es schon ihr PROJEKT, groß geschrieben. Und das war so großartig, daß Zweifel darin keinen Platz hatten, und als sie es schließlich in die Tat umsetzte, trug es sie von Fairley fort und hinaus in die weite Welt, und es brachte ihr Ruhm und Reichtum.

Ja, seine Emma hatte immer mit diesem oder jenem Projekt gelebt, seit er sie kannte, und jedes war in ihrer unnachahmlichen Weise entschlossen durchgesetzt und vollendet ausgeführt worden. Bei jedem Erfolg zeigte sie ihm ein winziges, kaltes und triumphierendes Lächeln und bemerkte: «Ich habe dir ja gesagt, daß es klappen würde.» Dann warf er den Kopf zurück und lachte dröhnend, gratulierte ihr und bestand darauf, daß sie beide es feierten, und ihr Gesicht wurde weich, und er wußte, daß sie ganz schwindlig war vor Freude, wenn sie es auch nicht zugeben wollte.

Aber *er* hatte noch nie ein Projekt gehabt.

Tatsächlich war fast alles, was Blackie O'Neill in seinem langen Leben passiert war, rein zufällig passiert.

Als er von Irland herübergekommen war, noch als ganz junger Spund, um mit seinem Onkel Pat beim Kanalbau in Leeds zu arbeiten, hatte er sich in seinen kühnsten Träumen nicht vorgestellt, daß er eines Tages vielfacher Millionär sein würde. Oh, er hatte vor der jungen Emma angegeben, daß er eines Tages ein feiner Pinkel sein würde – damals war sie Dienstmagd in Fairley Hall –, aber das war gänzlich unwahrscheinlich gewesen. Leere Prahlerei, und heimlich hatte er über sich gelacht. Aber schließlich war seine Prahlerei doch nicht so leer gewesen.

Natürlich war er damals schlau genug, *seine* Chance zu erkennen, als sie sich ihm bot und hatte geschwind zugegriffen und jede Gelegenheit genutzt, die ihm günstig war. Auf diese Weise hatte er genau wie Emma ein Imperium und seine eigene Dynastie begründet.

Dies ging Blackie durch den Kopf, als er sich zum Dinner ankleidete, und manchmal lachte er sich hinein beim Gedanken an *sein* erstes PROJEKT, auch groß geschrieben. Kein Wunder, daß Emma darin vorkam, da er so viel Zeit mit ihr verbrachte. *Er wollte sie mit auf eine Weltreise nehmen.* Als er ihr dies vor ein paar Wochen vorgeschlagen hatte, hatte sie ihn scheel von der Seite angesehen, sich über seine Idee lustig gemacht und gesagt, sie sei viel zu sehr von ihren Geschäften in Anspruch genommen, als daß sie sich in fernen Ländern verlustieren könnte. Und seine glattzüngige irische Überredungskunst hatte offenbar keinen Eindruck auf sie gemacht. Trotzdem war er fest entschlossen, seinen Kopf durchzusetzen. Nachdem er lange nachgebrütet und im Zimmer auf und ab gewandert war, hatte er sich ein neues Projekt ausgedacht – und der Schlüssel dazu hieß Australien. Blackie wußte, daß Emma sich heimlich danach sehnte, nach Sydney zu fahren und ihren Enkel Philip McGill Amory zu besuchen, der den großen McGill-Besitz später übernehmen sollte. Er hatte auch bemerkt, daß Emma vor dieser langen, anstrengenden Reise auf die andere Seite der Welt zurückschreckte und noch immer unschlüssig war, ob sie fahren sollte.

Also würde er sie mitnehmen, und sie würden sehr stilvoll reisen, soviel war sicher.

Natürlich würde sie seine Einladung nicht ablehnen können, wenn er ihr erzählte, wie bequem, luxuriös, gemütlich und mühelos ihre Reise sein würde. Zuerst würden sie nach New York fliegen und eine Woche dort bleiben, bevor sie eine weitere in San Francisco verbringen würden. Wenn sie sich erst einmal erfrischt und ausgeruht hatten, würden sie einen Abstecher nach Hongkong und in den Fernen Osten machen und sich dann langsam, in gemächlichen Etappen, ihrem eigentlichen Ziel nähern.

Er würde dafür Sorge tragen, daß sie bei ihrer gemeinsamen Reise auch ein bißchen Spaß hatte. Blackie wußte nicht mehr, wie oft er sich schon gefragt hatte, ob Emma in ihrem Leben eigentlich schon einmal richtigen Spaß gehabt hatte. Vielleicht war es ihre Art von Spaß, eine der reichsten Frauen der Welt zu werden. Aber er war nicht sicher, wieviel Vergnügen sie wirklich aus diesem anstrengenden, substanzraubenden Bemühen gezogen hatte. Auf jeden Fall hatte er alle möglichen amüsanten Unterhaltungseinlagen geplant, und der junge Philip war der Leckerbissen, den er vor ihrer Nase hin- und herschwenken wollte; wenn ihn nicht alles täuschte, würde sie nicht nein sagen können.

Blackie band seine blaue Seidenkrawatte und trat ein wenig vom Spiegel zurück, um sich kritisch zu betrachten.

Na, das ist diskret genug, murmelte er, denn er wußte, daß Emma eine sarkastische Bemerkung machen würde, wenn er eines seiner bunteren Exemplare trüge. Vor langer Zeit war es Laura wenigstens bis zu einem gewissen Grad gelungen, seine exotische Vorliebe für bunte Brokatwesten, raffiniert taillierte Anzüge und protzigen Schmuck zu zügeln – Emma hatte sie ihm dann ganz abgewöhnt. Na ja, fast ganz. Hin und wieder konnte Blackie der Versuchung nicht widerstehen, sich ein paar knallige Seidenkrawatten, Taschentücher und auffällig gemusterte Plastrons in Leuchtfarben zu genehmigen, aber er achtete darauf, sie nie zu tragen, wenn er mit Emma verabredet war. Er griff nach seiner dunkelblauen Jacke und zog sie über, glättete die Kanten seines blütenweißen Kragens und nickte seinem Spiegelbild zu. Kann schon sein, daß ich ein alter Knacker bin, aber ich fühl mich heut abend wie ein junger Spund, dachte er und gluckste in sich hinein.

Wenngleich er schon schneeweiße Haare hatte, waren Blackies Augen noch so lustig und übermütig wie die eines jungen Mannes, und seine kräftige Figur hatte auch das Alter nicht verändert. Er war bemerkenswert gesund und sah eher wie ein Mann in den Siebzigern aus als wie einer, der schon 83 Jahre alt war. Sein Geist war rege, wach und intakt, und genau wie für Emma war «senil» ein Fremdwort für ihn.

Mitten im Schlafzimmer blieb er stehen und dachte über den bevorstehenden Abend nach, die geschäftliche Angelegenheit, die er mit Emma besprechen wollte. Er war froh, daß Shane und er zu dem Entschluß gelangt waren, ihr die Sache vorzutragen. Sowie das über die Bühne war und sie unter sich waren, würde er die Unterhaltung geschickt auf die Reise lenken. Wird nicht einfach sein, sagte er sich. Du weißt ja, daß sie ein Dickkopf ist. Als er Emma kennenlernte, war ihm sofort klargeworden, daß sie den stärksten Willen besaß, mit dem er je das Unglück hatte, konfrontiert zu werden, und im Laufe der Jahre war er eher noch unbeugsamer geworden.

Eine Szene stieg vor ihm auf und trug ihn in die Vergangenheit zurück: 1906. Ein bitterkalter Tag im Januar. Emma saß neben ihm in der Straßenbahn nach Armley und sah unglaublich schön aus mit ihrem neuen schwarzen Wollmantel, dem schwarz und grün gestreiften Schal und der Schottenmütze, die er ihr zu Weihnachten geschenkt hatte. Die Grüntöne der Karos brachten die grünen Tiefen ihrer Augen stärker zur Geltung, das Schwarz betonte die Makellosigkeit ihrer alabasternen Haut.

Wie blaß ihr Gesicht an jenem Sonntag war. Trotzdem zerstörte dies ihren Liebreiz nicht, sann er und sah jede Einzelheit dieses Nachmittags so plastisch vor sich. Sie war damals sechzehn und mit Edwina schwanger, und wie starrsinnig war sie gewesen! Es hatte all seiner Überredungskünste bedurft, um sie in die Straßenbahn hineinzumanövrieren. Sie hatte nicht nach Armley fahren und auch nicht seine liebe Freundin Laura Spencer kennenlernen wollen. Aber als die beiden Mädchen zusammenkamen, hatten sie einander sogleich liebgewonnen und waren die besten Freundinnen gewesen bis zu dem Tag, an dem die arme Laura starb. Ja, Emmas schreckliche Last wurde leichter, sowie sie in Lauras gemütliches Häuschen gezogen war, und es hatte ihn ungemein erleichtert zu wissen, daß Laura sie bemuttern und auf sie achtgeben würde. Damals hatte er gesiegt, und er hatte auch jetzt die Absicht, sie zu besiegen, 63 Jahre danach.

Er zog die oberste Schublade der Kommode auf, die an der gegenüberliegenden Wand des Zimmers stand, nahm ein kleines schwarzledernes Schmuckkästchen heraus, betrachtete es nachdenklich und ließ es dann in seine Jackentasche gleiten. Ein Liedchen summend verließ er darauf den Raum und ging nach unten.

Blackie durchquerte die Eingangshalle und betrat das Gesellschaftszimmer. Im Adam-Kamin knatterte ein Feuer, und die seidenbeschirmten Lampen ließen Strahlen wärmenden Lichts auf die kühlen grünen Wände und die Sofas und Sessel fallen, die mit einer etwas dunkleren Seide bezogen waren. Wundervolle Bilder und alte Sheraton- und Hepplewhite-Möbel trugen zur Anmut dieses Zimmers bei, in dem sich Blackies Stil-, Farb- und Raumgefühl im Design und in den Möbeln ausdrückte.

Er machte sich mit dem Champagner im silbernen Weinkühler zu schaffen, drehte den Kühler mehrmals, um das Eis zu verteilen; dann nahm er eine Zigarre aus der Tabatiere, setzte sich in seinen Lieblingssessel und wartete. Kaum hatte er die Zigarre abgeschnitten und angezündet, als er sie schon im Eingang hörte. Er legte die Zigarre in den Aschenbecher und stand auf.

«Da bist du ja, mein Liebling», rief er und eilte Emma entgegen, die gerade eintrat. Ein breites Lächeln verschönte sein rotbäckiges Gesicht, als er rief: «Du bringst Sonne in dieses Haus!» Er preßte sie fest an seine breite Brust, hielt sie dann ein Stückchen von sich weg und sah auf sie herunter. Wieder lächelte er, und seine Augen glänzten anerkennend: «Du bist doch mein hübsches Püppchen heut abend.»

Von herzlicher Zuneigung überwältigt, erwiderte Emma sein Lächeln. «Danke, mein lieber Blackie. Und ich muß auch sagen, daß du selbst ziemlich gut aussiehst. Das ist ja ein eleganter Anzug.» Fröhlich leuchteten ihre Augen, als sie eine erfahrene Hand über seinen Arm laufen ließ. «Mm. Sehr schönes Tuch. Fühlt sich an wie mein bester Kammgarnstoff.»

«Ist es ja auch, ist es ja auch», sagte Blackie und zwinkerte Shane zu, der hinter Emma stand. «Würde ich heute abend etwas anderes anziehen? Aber komm her, mein Liebling, und setz dich zu mir, ich will dir ein Glas Champagner einschenken.»

Emma ließ sich von ihm durchs Zimmer zum Sofa geleiten. Sie nahm Platz, zog eine Augenbraue hoch: «Feiern wir irgend etwas?»

«Nein, nein, nicht direkt. Bloß, daß wir unser großartiges Alter erreicht haben und noch so lebendig sind.» Er tätschelte ihr die Schulter und sagte: «Ja, ich weiß, daß du lieber Wein magst als die harten Sachen.» Er sah zu Shane herüber. «Möchtest du mal die Honneurs machen, mein Junge? Und bring mir einen Tropfen von meinem guten Irischen.»

«Sofort, Großvater.»

Blackie nahm gegenüber von Emma Platz, ergriff seine Zigarre, paffte nachdenklich und sagte dann: «Du hast wohl wieder einen anstrengenden Tag gehabt. Ich frag mich, ob du wohl je aufhören wirst . . . womit du ja immer drohst.»

«Glaub ich kaum», lachte Emma. «Du weißt ganz genau, daß ich in den Sielen sterben will.»

Blackie warf ihr einen strafenden Blick zu. «Erzähl *mir* nichts vom Sterben. Das habe ich noch lange nicht vor.» Er lachte leise vor sich hin. «Hab noch viel mehr Unheil anzurichten.» Emma und Shane, der ihnen gerade die Drinks brachte, stimmten in sein Lachen ein. Sie stießen an und prosteten sich zu. Shane nahm einen Schluck von seinem Scotch und sagte dann: «Würdet ihr mich kurz entschuldigen. Ich muß Winston noch anrufen.»

«Da hast du hoffentlich mehr Glück als ich», bemerkte Emma. «Vorhin hab ich eine Ewigkeit lang versucht, ihn zu erreichen. Zuerst war besetzt, dann ging niemand dran.»

Shane runzelte die Stirn. «Vielleicht ist er kurz ins Dorf gefahren. Soll ich ihm was ausrichten, Tante Emma?»

«Sag ihm, daß wir leider . . .» Aber sie überlegte es sich anders und schüttelte den Kopf. «Nein, laß nur, Shane. Ist nicht so wichtig. Ich werde ihn ja morgen sehen, und wir werden sicher eine Gelegenheit finden, ein bißchen zu reden.»

Als sie allein waren, ergriff Blackie Emmas Hand und sah ihr tief in die Augen. «Ich freue mich so, dich zu sehen, Liebling. Ich hab dich vermißt.»

Emmas Augen tanzten. «Übertreib nicht so, du närrischer alter Bursche. Du hast mich doch erst vorgestern gesehen.» Sie zog ein amüsiertes Gesicht. «Erzähl mir nicht, du hättest unser Abendessen in Pennistone vergessen.»

«Natürlich nicht. Aber mir kommt das schon so lange her vor, so lieb, wie ich dich habe.» Er lehnte sich im Stuhl zurück und betrachtete sie zärtlich. «Und ich meinte es ernst vorhin, Emma, als ich gesagt habe, du sähest sehr schön aus. Du bist umwerfend in diesem Kleid, es steht dir prima, mein liebes Mädchen.»

«Schönes Mädchen! Aber es freut mich trotzdem, daß es dir gefällt», sagte sie und lächelte zufrieden. «Meine Freundin Ginette Spanier von Balmain hat es letzte Woche für mich ausgesucht und mir von Paris hergeschickt. Aber stell dir vor, Edwina war vorhin ziemlich beleidigend. Sie sagte, es sei zu jugendlich für mich – die Farbe, verstehst du.»

Sein Gesichtsausdruck wechselte schlagartig. «Sie war bloß wieder gehässig, Emma. Edwina ist immer total geladen, sie wird sich nie ändern.» Er sah, wie ein schmerzlicher Zug in Emmas Gesicht trat, und runzelte besorgt die Brauen, wobei er ihre Tochter im stillen verfluchte. Edwina war immer ein Quertreiber gewesen. Aber das traf auf die meisten anderen genauso zu, und es gab da ein paar von Emmas Kindern, die er freudig mit den bloßen Händen hätte erwürgen können. Erregt rief er: «Aber sie hat dir doch wohl keine Schwierigkeiten gemacht!»

«Nein, kann man nicht sagen.»

Emma hörte sich ungewöhnlich matt an. Blackie bemerkte das sofort. Gereizt schüttelte er sein mächtiges weißes Löwenhaupt. «Ich verstehe Jim nicht. Ich verstehe nicht, wie er auf den Gedanken gekommen ist, sie einzuladen. Das war eine Dummheit, wenn du mich fragst.»

«Ja, Paula hat sich auch darüber aufgeregt, aber ich hab mich entschlossen, nichts dagegen zu unternehmen. Es hätte kleinlich gewirkt, finde ich. Aber . . .» Emma zuckte die Achseln und erzählte ihm dann von ihrer Unterhaltung mit Edwina und ihren Bemühungen, sie zur Vernunft zu bringen.

Blackie hörte ihr konzentriert zu, nickte ab und zu, und als sie fertig war, sagte er leise: «Nun, ich freue mich für Sally, wenn es das ist, was sie gewollt hat. Sie ist ein reizendes Mädchen und Anthony ein feiner Kerl. Nüchtern und kein bißchen eingebildet, was mehr ist, als ich von seiner Mutter sagen kann.» Er schwieg. Erinnerungen suchten ihn heim. Schließlich sagte er langsam: «Sie war sehr merkwürdig, als sie heranwuchs, und nie sehr freundlich zu dir, Emma. Hat dich immer geringschätzig behandelt, wenn ich mich recht entsinne. Und das tue ich. Ich habe nicht vergessen, wie sie sich immer an Joe Lowther herangemacht hat, und das so demonstrativ! Sie war ein verdammtes kleines Weibsstück und hat sich nicht verändert. Versprich mir bitte, daß du dich aus dieser Geschichte mit Anthony heraushältst. Ich will nicht, daß du dich wegen Edwina aufregst. Sie ist es nicht wert.»

«Ja, du hast recht, ich versprech's dir.» Sie lächelte ein wenig. «Genug von Edwina. Wohin führst du mich denn aus? Shane tat so geheimnisvoll, als wir hierhergefahren sind.»

«Tatsächlich, mein Liebling?» Blackie grinste übers ganze Gesicht.

«Nun, um ehrlich zu sein, Emma: Mir ist kein richtig schönes Restaurant eingefallen, und so habe ich Mrs. Padgett gebeten, hier für uns ein Dinner zu bereiten. Ich weiß ja, daß du ihre traditionelle Kochkunst schätzt, und sie hat ein schönes Stück Frühlingslamm besorgt. Ich habe sie auch gebeten, neue Kartoffeln, Rosenkohl und Yorkshire-Pudding zu machen – dein Lieblingsessen. Was sagst du dazu, meine Süße?»

«Ach, das ist schön, ich bin froh, daß wir nicht weggehen. Hier ist es viel gemütlicher, und ich bin wirklich ein bißchen erschöpft.»

Während er sie musterte, verengten sich seine schwarzen Augen unter den buschigen Brauen. «Aha», sagte er leise, «also gibst du es plötzlich zu. Ich wünschte wirklich, du würdest dich nicht immer so hetzen. Es ist doch gar nicht mehr nötig.»

Emma beugte sich näher zu ihm und tat seine Worte mit einem beiläufigen Lächeln ab. Nun konnte sie ihre Neugierde nicht länger bezwingen und fragte gespannt: «Und wozu wolltest du meinen Rat haben? Heut morgen am Telefon hast du einen so ausweichenden Eindruck gemacht.»

«War nicht meine Absicht, Liebling.» Er schlürfte seinen Whisky, stieß etwas Rauch durch die Nase und sagte dann: «Aber ich möchte lieber warten, bis Shane zurückgekommen ist, wenn es dir nichts ausmacht, denn die Sache geht ihn an.»

«Was geht mich an?» fragte Shane von der Tür. Er kam in den Raum geschlendert, seinen Drink in der Hand.

«Das Geschäft, das ich mit Emma besprechen will.»

«Das kann man wohl sagen, daß es mich etwas angeht», rief Shane. «Schließlich war es meine Idee.» Er setzte sich neben Emma aufs Sofa, lehnte sich in die Kissen und schlug die Beine übereinander. Dann wandte er sich ihr zu: «Es tut Winston leid, daß er deinen Anruf verpaßt hat. Er war zuvor draußen im Garten und hat sich Sorgen gemacht, daß der Bach über die Ufer treten könnte. Offenbar ist es gefährlich nahe daran.» Er sah zu seinem Großvater hinüber: «Ich habe eben Derek angerufen und ihn gebeten, ein paar unserer Arbeiter morgen nach Beck House zu schicken, um sich die Sache anzusehen.»

«Ja, das ist eine gute Idee. Aber sie müssen die Ufer schon ein ganzes Stück besser befestigen, als sie das letztes Jahr gemacht haben», sagte Blackie anzüglich. «Wenn ihr auf mich gehört hättet, wäre es gleich richtig gemacht worden. Ich muß dir ein paar Sachen erklären.» Und das tat er dann sogleich, ohne Shane die Möglichkeit zum Widerspruch zu geben. In den nächsten zehn Minuten besprachen sie verschiedene Methoden zur Uferbefestigung, wobei sie sich wie zwei Baumeister anhörten, die sich ein größeres Projekt vorgenommen haben. Blackie trug seine Ansichten sehr lautstark vor, was Emma zutiefst amüsierte. Im Herzen war er immer noch ein Maurer.

Aber dann verlor sie das Interesse an ihrer ziemlich in technische Details gehenden Unterhaltung. Plötzlich war sie sich Shanes Gegenwart neben ihr sehr bewußt. Sein kräftiger Körper füllte das Sofa nicht bloß aus, er beherrschte es. Zum erstenmal seit langer Zeit sah sie ihn mit neu geschärftem, unparteiischem Blick, nicht als langjährige Freundin der Familie, sondern wie eine jüngere Frau – wie eine Fremde. Wie gut sah er heute abend aus in seinem makellos sitzenden grauen Anzug, blaßblauen Voilehemd und dem silbergrauen Seidenschlips. Er hatte den großen, kräftigen Körper seines Großvaters mit dessen breitem, mächtigem Rücken und den kräftigen Schultern geerbt, dazu Blackies schwarze Locken und seine munteren, jettschwarzen Augen. Sein Teint war ebenfalls dunkel, aber bei *ihm* kam die mahagonifarbene Bräune von der Sonne, auf den Skihängen der Schweiz oder an mußevollen karibischen Stränden erworben, nicht weil er als Streckenarbeiter stundenlang unter freiem Himmel gearbeitet hatte wie einst sein Großvater.

Er sah fast so aus wie Blackie in seinem Alter. Aber das Gesicht ist anders, dachte sie und warf ihm wieder einen verstohlenen Blick zu. Er hat allerdings Blackies gespaltenes Kinn und dieselben Grübchen, wenn er lächelt. Und diese lange Oberlippe verrät seine keltischen Wurzeln. Sicher hat er schon eine Menge Herzen gebrochen, dachte sie amüsiert. Aber Sarah tat ihr leid. Leicht zu verstehen, daß das Mädchen einen Narren an ihm gefressen hatte. Er war ein prachtvoller junger Mann, der Kraft und Männlichkeit ausströmte, und außerdem war da eine einzigartige Güte und Zärtlichkeit an ihm. Die verheerendste Kombination; sie selbst konnte ein Lied singen von Männern wie Shane O'Neill. Sie hatte selbst einmal einen solchen Mann geliebt, der ihr das Herz gebrochen hatte, als sie jung und verletzlich und sehr verliebt war. Aber er hatte ihr gebrochenes Herz auch wieder geheilt, ihr schließlich unermeßliches Glück und Erfüllung geschenkt. Ja, Paul McGill hatte dieselbe Kraft und den verhängnisvollen Charme gehabt, den Shane O'Neill in solchem Übermaß besaß.

Blackie sagte: «Träumst du, meine liebe Emma?»

Sie rückte auf dem Sofa und lächelte sanft. «Nein, ich warte nur geduldig, daß ihr beide mit dem verdammten Bach zu Ende kommt, damit wir endlich das Geschäft angehen können, zu dem du meine Meinung hören willst.»

«Ja, natürlich, wir verschwenden hier Zeit», gab er zu. Er platzte direkt aus den Nähten vor Fröhlichkeit heute abend und strahlte erst Emma, dann Shane an. «Nun, mein Junge», sagte er. «Gieß Emmas Glas doch mit einem Tropfen dieses Sprudelwassers auf und schenke mir auch noch einen nach, und dann setzen wir uns zu einem netten kleinen Plausch zusammen.»

Und das taten sie, sobald Shane sich um die Getränke gekümmert hatte.

Shane war es, der anfing. Er konzentrierte sich ganz auf Emma, und sein Ton war nüchtern. Er sprach schnell und genau, wie er es bei Geschäftsangelegenheiten immer zu tun pflegte, und hielt sich nicht mit Vorreden auf. Emma schätzte diese Direktheit und war ihrerseits ganz Ohr.

Shane sagte: «Schon seit ein paar Jahren wollen wir in New York ein Hotel bauen oder kaufen. Dad und ich haben eine Menge Zeit damit verbracht, nach Möglichkeiten Ausschau zu halten. Vor kurzem haben wir das ideale Haus gefunden. Es ist ein Nobelhotel in den East Sixties. Natürlich altmodisch, und innen muß eine Menge renoviert und umgebaut werden. Das werden wir höchstwahrscheinlich tun. Verstehst du, wir haben ein Angebot gemacht, man hat es angenommen, und nun kaufen wir es. Gerade wird der Vertrag ausgearbeitet.»

«Da gratuliere ich dir, Shane, und dir auch, Blackie!» Emma sah von einem zum anderen, ehrliche Freude im Gesicht. «Aber wobei kann ich euch dann noch helfen? Warum mußtet ihr mit mir reden? Ich habe kein bißchen Ahnung von Hotels, ich merke bloß, ob sie gemütlich sind und einen guten Service haben.»

«Aber du hast Ahnung von New York, Emma», entgegnete Blackie und beugte sich gespannt vor. «Und deshalb brauchen wir dich.»

«Ich verstehe nicht ganz . . .»

«Wir brauchen dich, um uns mit den richtigen Leuten bekannt zu machen», griff Shane ein, der zur Sache kommen wollte. Er fixierte sie mit seinen leuchtenden schwarzen Augen. «Mir scheint, du hast dir diese Stadt in mancher Hinsicht unterworfen, so daß du wissen mußt, wie sie funktioniert. Oder wie das Geschäftsleben und der Handel dort funktionieren.» Sein geschwungener Mund bog sich zum allerfrechsten Lachen. «Wir möchten deine Verbindungen ausnutzen», schloß er und betrachtete sie aufmerksam, wobei das Verschmitzte nur langsam aus seinem Gesicht verschwand.

Emmas Augen strahlten belustigt. Shanes Art, seine Direktheit, seine jungenhafte Unverschämtheit, hatten ihr immer gefallen. Sie erstickte ein Lachen und sagte: «Ich verstehe. Bitte fahr fort.»

«Also», sagte Shane wieder vollkommen ernst, «wir sind eine ausländische Firma, und meiner Meinung nach ist die Stadt ziemlich abgeriegelt; wir können nicht einfach dort ankommen und loslegen . . . na ja, könnten wir sicher, aber dann wäre es ziemlich hart für uns. Ich bin sicher, daß man uns Schwierigkeiten machen würde. Wir brauchen Berater – die richtigen – und ein paar gute Verbindungen. Politische Verbindungen zum Beispiel. Und bei den Gewerkschaften bräuchten wir Hilfe, ach, bei allen möglichen Sachen. Ich bin sicher, daß du mich bestens verstehst, Tante Emma. Wohin müssen wir uns wenden? An wen müssen wir uns wenden?»

Emmas Gehirn arbeitete so schnell und genau wie immer, und sie sah ein, daß Shane recht hatte. Er hatte die Lage sehr klug eingeschätzt. Das sagte sie ihm auch und fuhr dann ohne Zögern fort: «Ja, es wäre sehr unklug, wenn ihr ohne einflußreiche Hintermänner und Beistand in New York anfingt. Ihr braucht alle auf eurer Seite, und die einzige Möglichkeit, das hinzukriegen, ist über Freunde. Gute Freunde mit Macht. Ich glaube, ich kann euch da helfen.»

«Das wußte ich – wenn das jemand kann, bist du es. Danke, Tante Emma», sagte Shane, und sie sah, wie er sich sichtbar entspannte.

«Ja, wir sind dir sehr dankbar, mein Liebling», fügte Blackie hinzu und schob sich aus dem Sessel hoch. Er setzte seinen Whisky auf das Tischchen hinter dem Sofa, ließ noch etwas Eis hineinplumpsen, goß ein paar Tropfen Wasser nach und sagte: «Mach bitte weiter, Shane, ganz, wie Emma dich gebeten hat.» Leicht und liebevoll berührte er ihre Schultern. Emma sah sich fragend um. Blackie gluckste: «Ja, ja, es kommt noch mehr.» Er schlenderte zu seinem Platz am Kamin zurück.

Shane sagte: «Wir haben eine solide, gutgehende Anwaltspraxis, die uns bei dem Hotelkauf vertritt – sie sind auf Grundstücke spezialisiert. Trotzdem habe ich das Gefühl, wir müßten noch andere Anwälte bemühen, wenn wir dort weitere Geschäfte machen wollen. Ich möchte eine wirklich renommierte Kanzlei haben, die politisches Fingerspitzengefühl und ein paar hochkarätige Verbindungen hat. Kennst du da jemanden?»

Eine nachdenkliche Pause entstand, bis Emma schließlich sagte: «Ja, natürlich. Ich könnte dich zu meinen Rechtsanwälten und einer ganzen Reihe von Leuten schicken, die dir nützlich sein würden. Aber ich hab scharf nachgedacht, während ich dir zuhörte, und ich glaube, da gibt es eine Person, die dir besser helfen kann als ich und meine Rechtsanwälte und meine Freunde zusammengenommen. Sie heißt Ross Nelson. Er ist Bankier – Chef einer Privatbank. Er hat die allerbesten Verbindungen in New York, überhaupt im ganzen Staat. Ich bin sicher, daß er dir die Anwaltssozietät empfehlen kann, die für dich am besten geeignet ist und dir auch bei vielen anderen Dingen hilfreich zur Seite stehen wird.»

«Aber wird er das tun?» fragte Shane, und Zweifel schwang in seiner Frage mit.

«Er wird es tun, wenn *ich* ihn darum bitte», sagte sie und schenkte ihm ein beruhigendes Lächeln. «Ich werde ihn am Montag anrufen und ihm alles erklären. Ich hoffe, ich kann uns dann gleich seiner Hilfe versichern. Möchtest du, daß ich das tue?»

«Ja, natürlich. Natürlich möchten wir das.» Er sah auf Blackie: «Nicht wahr, Großvater?»

«Wie du meinst, mein Junge. Dies ist dein Geschäft.» Blackie streifte seine Asche ab und sah Emma an. «Nelson, der Name erinnert mich an irgendwas. Hab ich ihn mal getroffen?»

«Ja, ich glaube ja, Blackie. Vor ein paar Jahren. Ross war in England mit seinem Großonkel Daniel P. Nelson. Dan war ein guter Freund und Teilhaber von Paul, weißt du. Er ist der Mann gewesen, der wollte, daß ich Daisy während des Krieges in die Staaten schicken sollte, zu ihm und seiner Frau Alicia. Aber ich wollte nie, daß Daisy evakuiert wird. Nun, jedenfalls hatten die Nelsons nur einen Sohn, Richard. Der Junge ist im Pazifik gefallen. Dan war nie wieder ganz der alte seitdem. Er setzte Ross zu seinem Erben ein, nach seiner Frau, versteht sich. Ross erbte die maßgebliche Beteiligung an der Wall Street Bank, als Dan starb, und alles mögliche andere. Nicht Millionen, sondern Milliarden, glaube ich. Daniel P. Nelson war einer der reichsten Männer Amerikas und hatte enorme Macht.»

Davon war Shane tief beeindruckt, man sah es ihm an. Schnell fragte er: «Und wie alt ist dieser Ross Nelson?»

«Nun, er wird wohl Ende Dreißig, Anfang Vierzig sein, nicht viel älter.»

«Und bist du sicher, daß es ihm nichts ausmachen würde, uns zu helfen? Ich fände es gräßlich, wenn er deine Bitte als Zumutung empfinden würde. So was kann ja sehr unangenehme Folgen haben», bemerkte Shane. Er war fasziniert von Nelson und wollte mehr über ihn wissen. Er griff nach seinem Drink und nahm einen Schluck, wobei er Emma aus den Augenwinkeln betrachtete.

Emma lachte leise. «Er schuldet mir den einen oder anderen Gefallen. Und er wird mich nicht aufdringlich finden, keine Sorge.» Durch ihre zusammengekniffenen grünen Augen warf sie Shane einen schlauen Blick zu. «Denk dran, ich kenne Ross, er wird schon eine Gegenleistung erwarten. In irgendeiner geschäftlichen Sache. Ja, du könntest dir eigentlich überlegen, ob du nicht einen Teil deiner Kapitalanlagen mit ihm abwickeln und seiner Bank deine Angelegenheiten jenseits des Atlantiks übertragen möchtest. Da könntest du dümmere Sachen tun.» Ihre Stimme klang ein wenig zynisch, als sie abschließend sagte: «Zwei Dinge darfst du nie vergessen, Shane . . . zum einen, daß stets eine Hand die andere wäscht. Und zum anderen, daß es nie etwas umsonst gibt. Und schon gar nicht bei geschäftlichen Dingen.»

Shane hielt ihrem kühlen, konzentrierten Blick stand. «Verstehe», sagte er leise. «Und vor langer Zeit habe ich gelernt, daß etwas, das umsonst ist, meist nichts taugt. Was nun Ross Nelson betrifft, so werde ich mich erkenntlich zu zeigen wissen. Keine Sorge.»

Blackie, der dieser Unterhaltung interessiert gefolgt war, schlug sich auf die Schenkel und brüllte vor Lachen. «Ach, Emma, da hab ich mir doch einen Gerissenen rangezogen.» Er schüttelte den Kopf, und in seinem gütigen Lächeln lag stolze Liebe. «Dir kann keiner, mein Junge, und das freut mich. Ich möchte dich nicht missen.» Dann wurde sein Gesicht traurig, das Lachen verschwand. «Ich weiß, daß es wichtig ist, nötig ist, aber ich laß dich ungern weggehen, und schon so bald. Das macht mir wirklich Kummer, weißt du.»

Emma stellte ihr Glas hin und sah Shane scharf an. «Wann gehst du denn wieder weg, Shane?»

«Montag früh fliege ich nach New York. Ich werde gute sechs Monate dableiben, vielleicht länger. Ich werde den Umbau des Hotels in Manhattan beaufsichtigen und alle paar Wochen in der Karibik nach dem Rechten sehen, bei unseren Hotels auf den Inseln.»

«Sechs Monate», sagte sie überrascht. «Das ist aber lange. Wir werden dich vermissen.» Aber vielleicht ist es ganz gut, wenn er eine Zeitlang nicht hier ist, dachte sie und sah dabei ihre Enkelin Sarah Lowther vor sich. Aus den Augen, aus dem Sinn. Das hoffte sie jedenfalls.

Shane unterbrach ihre Gedankengänge. «Ich werde dich auch vermissen, Tante Emma, und Großvater auch . . . euch alle eigentlich. Aber ich werde in Null Komma nichts wieder hier sein.» Er beugte sich zu Emma hinüber und drückte ihren Arm. «Und paß gut auf diesen lieben alten Gauner hier auf. Er ist mir sehr ans Herz gewachsen.»

«Mir auch, Shane. Natürlich werde ich mich um ihn kümmern.»

«Ach, und wie wir uns um einander kümmern werden», rief Blackie und klang plötzlich sehr zufrieden mit sich, weil er an sein PROJEKT, groß geschrieben, dachte. «Na ja, wir haben das allerdings schon ein halbes Jahrhundert oder sogar länger gemacht, und so eine Gewohnheit wird man schwer wieder los, das kannst du mir glauben.»

«Das tu ich», lachte Shane und staunte über die beiden. Was waren sie doch für ein ungewöhnliches Paar. Um die Liebe und Freundschaft, die sie verband, mußte man sie einfach beneiden. Verstohlen seufzend griff er nach seinem Scotch und sah nachdenklich in die bernsteinfarbene Flüssigkeit. Er nahm einen Schluck und sah dann Emma an: «Und dieser Ross Nelson, was ist er für ein Typ?»

«Ein ziemlich ungewöhnlicher, in mancher Hinsicht», sagte Emma langsam und sah ins Leere, als wolle sie sich im Geiste Ross Nelsons vergegenwärtigen. «Ross täuscht. Er hat einen gewissen Charme und macht einen sehr freundlichen Eindruck. Nach außen hin. Ich habe mir immer gedacht, daß in ihm eine innere Kälte ist, eine merkwürdig berechnende Art, als stünde er neben sich und beobachte, wie er auf andere Leute wirke. Er hat ein unglaubliches Ego, besonders was Frauen anbetrifft. Ross ist ein bißchen ein Frauenheld und gerade zum zweitenmal geschieden. Nicht daß das viel sagen würde. Aber ich habe mir oft gedacht, daß er vielleicht skrupellos ist . . . in seinem Privatleben.»

Sie schwieg und blickte Shane an. «Aber das braucht dich oder mich nicht zu tangieren. Was das Geschäftliche angeht, halte ich Ross für vertrauenswürdig. Da mußt du dir keine Sorgen machen. Aber sei vorsichtig, er ist clever, sehr hart und *muß* seinen Willen kriegen – dieses monumentale Ego tritt ständig auf den Plan.»

«Na, das ist ja eine schöne Bescherung, Tante Emma. Da muß ich wohl meine fünf Sinne gut beieinander haben.»

«Das ist immer gut, Shane, egal, mit wem du es zu tun hast.» Sie lächelte leicht. «Außerdem gehst du zu Ross, um seinen Rat einzuholen, nicht als Gegner in einer geschäftlichen Auseinandersetzung. Du wirst schon mit ihm umgehen können. Ich glaube beinahe, ihr werdet gut miteinander auskommen. Vergiß nicht, daß er mir noch einige Gefälligkeiten schuldet – er wird sich ein Bein ausreißen, um dir zu raten und zu helfen.»

«Ich weiß, daß du immer recht hast», erwiderte Shane. Er stand auf, ging um das Sofa herum, um sich einen neuen Drink zu mixen und überdachte dabei die genaue Charakterskizze, die sie ihm soeben hingeworfen hatte. Er war begierig darauf, diesen Mann kennenzulernen. Nelson würde ganz unersetzlich sein. Und es drängte ihn, mit dem New Yorker Hotel anfangen zu können. Er wollte sich in die Geschäfte stürzen, um sich von seinen quälenden persönlichen Problemen abzulenken. Vielleicht war Ross Nelson privat sehr unangenehm, aber wen gingen seine Liebesaffären etwas an. Solange er smart, schlau, vertrauenswürdig und hilfsbereit war, genügte das vollauf.

Blackie sah flüchtig seinen Enkel an und konzentrierte sich dann auf Emma: «Ich bin nicht so sicher, ob ich diesen Ross Nelson mag», fing er an.

Emma schnitt ihm lachend das Wort ab. «Ich habe auf Shane gesetzt. Er ist ein großer Junge, der recht gut auf sich aufzupassen weiß. Und zwar sehr gut, Blackie. Ich würde sogar so weit gehen, Ross und Shane als ebenbürtig zu bezeichnen.» Dieser Gedanke schien sie zu belustigen, und sie lachte wieder. Shane grinste, sagte aber nichts.

Er freute sich sehr darauf, Mr. Ross Nelson kennenzulernen. Der Bankier würde dem New Yorker Wagnis einen zusätzlichen Reiz verleihen.

9

Sie saßen vor dem lodernden Kaminfeuer in der Bibliothek – nur sie beide.

Blackie trank bedächtig ein Gläschen alten französischen Cognac, und Emma nippte Zitronentee. Er hatte ihr einen kleinen «Bonnie Prince Charlie» eingeschenkt, ihren bevorzugten Drambuie-Likör, aber sie ließ ihn unberührt auf dem Sheraton-Tisch neben sich stehen.

Sie ruhten sich nach Mrs. Padgetts exzellentem Dinner aus und überließen sich schweigend ihren Gedanken. Shane war gegangen, und obgleich sie ihn jeder auf seine Weise liebhatten, waren sie es doch zufrieden, sich jetzt ungestört einander widmen zu können.

Der Feuerschein tanzte flackernd über die mit heller Kiefer getäfelten Wände, die unter dem warmen rosenfarbenen Licht, das vom Kamin her strahlte, in warmes Bernstein getaucht schienen. Draußen im Garten, jenseits der Glastüren, knarrte die riesige alte Eiche und rauschte und bog sich im Wind, der in der letzten Stunde zu einem brüllenden Sturm angewachsen war. Türen und Fenster klapperten, und der Regen peitschte unablässig im Stakkato gegen die Scheibe, so daß man kaum etwas sehen konnte durch diesen Wasservorhang hindurch. Aber in dem schönen alten Raum war es warm, gemütlich und bequem. Ab und an knisterten die Holzscheite, zischten und sprühten Funken, und die alte Großvateruhr, ein schäbiger Wachtposten in der Ecke, tickte als Begleitmusik vor sich hin.

Er sah sie schon eine ganze Weile an. Entspannt, so wie jetzt, war Emmas Gesicht sanft; bei dieser schmeichelnden Beleuchtung sahen die festen Kinnbacken, das entschlossene Kinn und der strenge Mund weicher und weniger abweisend aus. Ihr Haar war von reinstem Silberglanz; sie kam ihm vor wie ein reizendes, zartes Püppchen, so ruhig, makellos gepflegt und gut angezogen wie immer saß sie da, so elegant und kultiviert war jede Linie ihres schlanken Körpers.

Sie hatte sich eigentlich nicht verändert.

Oh, er war sich durchaus im klaren darüber, daß er die Falten, die hängenden Augenlider und die schwachen braunen Altersflecke auf ihren Händen sehen würde, wenn die Flammen heller loderten. Aber in seinem Herzen wußte er, daß sie im tiefsten Innern dasselbe Mädchen geblieben war.

Sie würde immer sein wildes junges Heidemädchen sein, jenes kleine, halbverhungerte Geschöpf, das er eines frühen Morgens im Jahre 1904 getroffen hatte, als sie so tapfer zum Herrenhaus von Fairley wanderte, um mit Schrubben und Saubermachen ein paar klägliche Kupfermünzen zu verdienen, mit denen sie ihrer verarmten Familie helfen konnte. Er hatte dasselbe Ziel gehabt, denn der Landjunker Adam Fairley hatte ihn angestellt, um Maurerarbeiten am Herrenhaus zu machen . . . dann hatte er sich dummerweise im Nebel verirrt, zwischen diesen öden, leeren, gottverlassenen Hügeln . . . schon so lange war das her, aber nicht für ihn. Er hatte diesen Tag nie vergessen.

Blackie sah Emma an.

Er hatte diese Frau vom ersten Augenblick an geliebt, da er sie getroffen hatte, und jeden Tag seines Lebens danach. Damals in der einsamen Heide war er achtzehn Jahre alt gewesen und sie ein vierzehnjähriges verlassenes Kind, nur Haut und Knochen und riesige smaragdgrüne Augen, und sie hatte ihn angerührt wie niemand vorher und nachher und ihn auf ewig an sich gebunden, ohne sich auch nur anstrengen zu müssen.

Einmal hatte er sie gebeten, ihn zu heiraten.

Und sie, die glaubte, es sei aus Mitleid, Freundschaft und Herzensgüte, wies ihn ab. Sie hatte ihm rührend gedankt, das Gesicht tränenüberströmt, und ihm erklärt, daß sie und das Kind, das sie trug und das von einem anderen Mann war, nur eine Last für ihn sein würde. Und solch schreckliche Last wollte sie ihrem besten Freund Blackie nicht aufbürden, sagte sie.

So hatte er schließlich Laura Spencer geheiratet und sie ehrlich und wahrhaftig geliebt. Dennoch hatte seine Liebe zu seinem schönen Herzchen nie aufgehört, obwohl es ihn manchmal hart ankam, sich selbst diese einzigartige Liebe einzugestehen oder sie ihr oder sonst jemandem zu erklären.

Einmal hatte er fest geglaubt, sie würde David Kallinski heiraten, aber wieder hatte sie einen prächtigen, aufrechten jungen Mann abgewiesen. Später hatte sie ihm auch erzählt warum. Sie hatte David nicht von seiner Familie entzweien wollen, die Juden waren. Obwohl Mrs. Kallinski wie eine Mutter zu ihr war, sagte Emma, sie sei sich lange darüber im klaren gewesen, daß Janessa Kallinski sie als Schwiegertochter nicht akzeptieren würde, denn die war orthodox und wollte, daß ihr Sohn eine gläubige Jüdin heiratete.

Eines Tages kam dann Joe Lowther sozusagen angeritten, und zu Blackies Erstaunen und beträchtlichem Schrecken stürzte Emma sich mit Joe in die Ehe. Ihre Beziehung hatte er nie ganz verstehen können. In seinen Augen war es schwierig, wenn nicht sogar unmöglich, einen Vollblüter zusammen mit einem Wagenpferd einzuspannen. Nun, Joe war ein gütiger Mann gewesen, wenn auch schwerfällig, stumpf und weder besonders anziehend noch begabt. Trotzdem waren Blackie und er ganz gut miteinander ausgekommen und dann sogar gemeinsam in den Krieg gezogen. Und er hatte Joe Lowther in den schlammigen Gräben der blutigen, von Gefechten verwüsteten Somme fallen gesehen und ehrliche Tränen um ihn geweint, denn Joe war zu jung zum Sterben gewesen. Und er konnte nie über Joes entsetzlichen Tod sprechen, ihr erzählen, wie er Zeuge gewesen war, als Joe in Fetzen gerissen wurde. Jahre danach erfuhr er von Emma, daß sie Joe (der sie anbetete) nur deshalb geheiratet hatte, um sich und ihre kleine Tochter Edwina vor den Fairleys zu schützen, nachdem Gerald Fairley sie eines Nachts in ihrem kleinen Geschäft in Armley zu vergewaltigen versucht hatte. «Es war nicht so berechnend, wie es vielleicht klingen mag», hatte sie gesagt, «ich mochte Joe, achtete ihn, und es war mir auch eine Pflicht, ihm eine gute Frau zu sein, weil er ein guter Mann war.» Und das war sie gewesen, er wußte das.

Das zweite Mal, als er Emma heiraten wollte, war er sicher gewesen, diesmal zur rechten Zeit zu kommen, und steckte voller hochfliegender Hoffnungen und Vorfreude. Das war kurz nach dem Ersten Weltkrieg, als sie beide verwitwet waren. Schließlich war er aber doch unsicher gewesen, wußte nicht, wie sie wirklich zu ihm stand, und plötzlich, durch Emmas erstaunlichen Erfolg im Vergleich zu seinem eigenen irritiert, war ihm der Mut weggeblieben, und er hatte nichts gesagt. Bedauerlicherweise. Und sie war aus heiterem Himmel losgezogen und hatte Arthur Ainsley geheiratet, einen Mann, der es nicht wert war, ihr die Füße zu küssen, ihr aber unsägliche Schmerzen und Demütigungen bereitete. Als er dann in den zwanziger Jahren wieder einmal den richtigen Augenblick abwarten wollte, kam Paul McGill nach England zurück, um sie schließlich doch zu der Seinen zu erklären.

Und wieder war Blackies Chance verstrichen.

Nun war es zu spät für eine Heirat. Trotzdem führten sie ja beinahe so etwas wie eine Ehe, etwas, das seiner Meinung nach ebensogut war ... diese Freundschaft, diese Nähe, dieses vollkommene Verständnis. Ja, das alles war von unschätzbarem Wert. Emma und er waren im Abenddämmer ihrer Tage perfekt aufeinander eingestellt, und was hatte denn sonst schon noch etwas zu bedeuten auf dieser Lebensstufe?

Aber er besaß immer noch den Ring ...

Auch er selbst war erstaunt, daß er den Verlobungsring, den er vor langer Zeit für Emma gekauft hatte, immer aufbewahrt hatte. Da war nie eine andere gewesen, der er ihn hätte geben können, zumindest keine, für die er ebenso empfunden hätte, und aus ihm selbst unerklärlichen Gründen hatte er den Ring auch nie verkaufen wollen.

Heute brannte er ihm während der Cocktails und des Dinners in der Tasche, ebenso wie sein PROJEKT, groß geschrieben, ihm im Kopf brannte. Er setzte sein Glas hin, beugte sich über den Kamin, ergriff den Feuerhaken und schob die Holzscheite auf dem Rost hin und her. Ob jetzt der rechte Augenblick gekommen war, ihr den Ring zu geben? Warum eigentlich nicht?

Er hörte das Rascheln von Seide und einen fast lautlosen Seufzer.

«Hab ich dich erschreckt, Emma?»

«Nein, Blackie.»

«Ich hab was für dich.»

«Ja? Was ist es denn?»

Er griff in seine Tasche und holte das Schächtelchen heraus, hielt es in seinen großen Händen.

Emma fragte neugierig: «Ist das mein Geburtstagsgeschenk?» und warf ihm ein warmes, kleines, vergnügtes Lächeln zu. Ihre Augen strahlten.

«Nein, nein, das nicht. Das werd ich dir an deinem Geburtstag geben bei der ...» Er bremste sich. Die erlesene Geburtstagsparty, die er und Daisy vorbereiteten, war streng geheim und sollte eine große Überraschung für Emma sein. «Dein Geburtstagsgeschenk kriegst du am Ende des Monats, am Tag, an dem du 80 Jahre alt wirst», improvisierte er geschickt. «Nein, dies ist etwas, was ich für dich gekauft habe . . .» Er mußte lachen, als er fortfuhr: «Vor 50 Jahren, ob du es glaubst oder nicht.»

Sie warf ihm einen überraschten Blick zu. «Vor 50 Jahren! Aber warum hast du es mir denn nicht eher gegeben?»

«Ach Emma, das ist eine lange Geschichte», sagte er und schwieg, als ihn unversehens wieder die Erinnerung überfiel.

Wie schön sie an jenem Abend ausgesehen hatte, das rote Haar in einer raffinierten Flechtfrisur auf dem Kopf getürmt, in jenem wundervollen weißen Samtkleid, tief ausgeschnitten und schulterfrei. An einem der schmalen Träger steckte die Smaragdschleife, die er zu ihrem dreißigsten Geburtstag hatte anfertigen lassen, eine exquisite Replik der billigen kleinen grünen Glasbrosche, die er ihr geschenkt hatte, als sie fünfzehn war. Sie zeigte sich erfreut und gerührt darüber, daß er sein altes Versprechen nicht vergessen hatte, das er ihr einst in der Küche von Farley Hall gegeben hatte. Aber an jenem Weihnachtsabend erschien ihm angesichts ihrer eleganten Aufmachung und McGills prachtvollen Smaragden, die an ihren Ohren funkelten, seine Smaragdschleife plötzlich wie kitschiger Tand, obwohl sie sehr teuer gewesen war . . .

Emma, die langsam ungeduldig wurde, runzelte die Stirn und rief: «Was ist, erzählst du es mir nun oder nicht?»

Er schob das Vergangene beiseite und lachte sie an: «Erinnerst du dich noch an die erste Party, die ich hier gegeben habe? Es war Weihnachten . . .»

«Am zweiten Weihnachtsfeiertag!» rief Emma und ihr Gesicht leuchtete auf. «Du hattest eben das Haus fertig renoviert und es mit all den schönen Sheraton- und Hepplewhite-Möbeln eingerichtet, die du im ganzen Land zusammengesucht hast. Und du warst so stolz darauf, daß du all das ganz allein gemacht hast. Natürlich erinnere ich mich noch daran, sehr gut sogar: 1919 war es.»

Blackie nickte, betrachtete das Schächtelchen und fingerte daran herum. Er hob den Kopf. Ehrliche Liebe lag auf seinem zerklüfteten, faltigen Gesicht und ließ es jünger aussehen. «Damals hatte ich dir dies hier ein paar Tage vor Weihnachten gekauft. Bin nach London gefahren, um es auszusuchen – beim besten Juwelier. Es war in der Tasche meines Smokings, und ich wollte es dir bei der Party überreichen.»

«Aber du hast es nie gemacht. Warum denn nicht? Warum hast du es dir anders überlegt, Blackie?»

Überrascht sah sie ihn an, Unglauben lag in ihren Augen.

«Ich entschloß mich dazu, erst mit Winston zu reden. Ich machte mir nämlich große Sorgen um dich, Emma, war beunruhigt, weil du dich so in den Rohstoffmarkt gestürzt hattest, und, wie ich fand, zu waghalsig. Ich war besorgt, weil du deine Kaufhauskette im Norden so schnell ausbautest und immer weiter ausbautest, andere Firmen aufkauftest. Ich dachte, du würdest dich übernehmen, alles aufs Spiel setzen . . .»

«Ich bin immer eine Spielerin gewesen», murmelte sie. «Darin liegt gewissermaßen auch das Geheimnis meines Erfolgs . . . etwas riskieren . . .» Sie brach ab. Aber er wußte, was sie meinte.

«Ja», stimmte er zu, «das ist vielleicht richtig. Nun, Winston hat mir dann erklärt, daß du mit dem Rohstoffgeschäft Schluß gemacht hast, nachdem du beim Spekulieren ein Vermögen gewonnen hättest, und er sagte, du seist keineswegs bis über die Ohren drin. Ganz im Gegenteil. Er sagte, du seist Millionärin geworden. Und als er so stolz von dir erzählte, begriff ich langsam, daß du viel, viel größeren Erfolg hattest, als ich es mir je hätte träumen lassen, daß du mich überholt und David Kallinski längst hinter dir gelassen hattest, was das Geschäftliche anbetraf. Plötzlich schienst du mir weit außerhalb meiner Reichweite zu sein. Und deshalb habe ich dir nie diesen Ring gegeben . . . verstehst du, Emma, an jenem Abend wollte ich dich fragen, ob du mich heiraten würdest.»

«Ach, Blackie, Blackie, mein Liebling!» Mehr brachte sie nicht heraus, so betäubt war sie. In ihren Augen brannten Tränen, und alle möglichen Gefühle stürmten auf sie ein. Liebe und Freundschaft für ihn stiegen in ihr auf und mischten sich mit Trauer und Bedauern, als sie sich vorstellte, wie sehr er gelitten haben mußte, auch später. Er hatte sie gewollt und nie ein Wort davon gesagt. Darin lag seine Tragik. Bei jener Feier im Jahre 1919 hatte sie geglaubt, Paul McGill auf ewig verloren zu haben. Wie verletzlich und empfänglich wäre sie für ihren wahren Freund Blackie gewesen in ihrem Schmerz, ihrer Einsamkeit und Verzweiflung. Wäre er mutiger gewesen, wie anders hätte sich ihr Leben entwickelt. Unablässig liefen ihre Gedanken hin und her. Warum hatte sie denn nie gemerkt, daß er so zu ihr stand ... daß er an Heirat dachte? Sie war wohl blind oder schwer von Begriff oder zu sehr in ihre Geschäfte verstrickt gewesen.

Die Stille zwischen ihnen wuchs. Blackie saß reglos im Sessel, starrte in die Flammen, sagte kein einziges Wort und gab sich ganz seinen Erinnerungen hin. Wie merkwürdig ist es doch, dachte er plötzlich, daß Dinge, die mir zugestoßen sind, als ich noch ein junger Mann war, jetzt so außerordentlich lebendig vor mir stehen. Lebendiger als die Ereignisse der letzten Woche oder gar die von gestern. Das ist wohl ein Teil des Altwerdens.

Emma fing sich als erste wieder.

Mit leiser Stimme sagte sie: «Und wolltest du mir vor ein paar Minuten erzählen, daß mein *Erfolg* dich *zurückgestoßen* hat? Dich davon abgehalten hat, mir einen Antrag zu machen?» Mit unendlichem Mitgefühl betrachtete sie Blackies liebes, vertrautes Gesicht und dachte an die Jahre, die er vergeudet, das Glück, das er zwischen den Fingern hatte zerrinnen lassen. Und alles wegen seiner Liebe zu ihr. Einer nie erklärten Liebe.

Blackie nickte. «Ja, ich glaube schon, mein Liebling. Damals dachte ich, du könntest nie von deinen Geschäften losgeeist werden, weil das so sehr Teil von dir war, ja du selbst warst. Jedenfalls habe ich den Mut verloren. Schließlich war ich nicht halb so wohlhabend und erfolgreich damals. Ich dachte, du würdest mich nicht nehmen. Mir war die Courage abhanden gekommen. Ja, so war es.»

Emma entrang sich ein tiefer Seufzer, sie schüttelte langsam den Kopf. «Ach, wie warst du dumm, mein liebster, bester Freund.»

Blackie starrte sie an, der Mund stand ihm vor Überraschung offen. «Willst du damit sagen, daß du mich geheiratet hättest, Emma Harte?» fragte er und konnte den Schock und die Ungläubigkeit in seiner Stimme nicht verbergen.

«Ja, das hätte ich wohl getan, Blackie O'Neill.»

Nun war es an Blackie, den Kopf zu schütteln. Staunend versuchte er, den Sinn ihrer Worte zu erfassen. Ein paar Minuten lang konnte er nicht sprechen, da ihn die alten Gefühle mit Macht überwältigten.

Schließlich sagte er: «Es tut mir wohl, das zu hören, auch nach all den Jahren.» Seine Stimme zitterte ein wenig, als er fortfuhr: «Vielleicht ist es aber auch gut, daß wir nicht geheiratet haben, Emma. Ich hätte das Nachsehen gehabt, wenn mir nicht das Herz gebrochen wäre damals, als Paul dich wieder schwach hat werden lassen.»

«Wie kannst du so etwas sagen! Für was für eine Art Frau hältst du mich denn!» rief sie, und die Empörung flammte in ihr auf, als sie sich im Sessel hochzog und ihn so böse anstarrte, daß er zusammenzuckte. «*Dich* hätte ich nie verletzt! Ich habe dich immer geliebt, du hast mir immer am Herzen gelegen, das weißt du auch. Entschuldige dich sofort», sprudelte sie wütend und fügte hinzu: «Sonst rede ich nie wieder mit dir!»

Er war so aus der Fassung gebracht von ihrer Vehemenz, daß er erst gar nichts zu sagen wußte. Scham breitete sich auf seinem Gesicht aus. Im allerzärtlichsten, beschwichtigendsten Ton sagte er dann: «Tut mir leid, Emma, wirklich. Ich nehme das zurück. Ich glaube nicht, daß du mich wegen Paul verlassen hättest. Und das sag ich nicht, weil ich so eingebildet bin. Ich kenne dich . . . besser als irgendwer sonst. Nein, du hättest mich nicht betrogen, du hättest ihn nicht mal angesehen, wenn du mit mir verheiratet gewesen wärst. Du bist nicht grausam zu jemandem, der dich liebt – und dann deine Anständigkeit und Treue und Güte und dein Verantwortungsgefühl. Nein, das alles hätte zu meinen Gunsten gewirkt. Und außerdem . . .» Er wandte ihr ein jungenhaftes Grinsen zu, bei dem man seine Grübchen sehen konnte. «Außerdem hätte ich dich glücklich gemacht.»

«Ja, Blackie, das glaube ich auch.»

Sie sagte das schnell und beugte sich mit einer gewissen Dringlichkeit vor, darauf bedacht, die Vergangenheit zu bereinigen und ihm begreiflich zu machen, was sie und Paul bewegt hatte, ganz abgesehen von ihrer großen Liebe. «Du darfst nicht vergessen, daß meine Ehe mit Arthur Ainsley schon zerrüttet war, lange bevor Paul McGill hierher zurückkam», begann sie mit der Absicht, sein Gedächtnis aufzufrischen. «Als Paul auftauchte, war ich kurz davor, mich scheiden zu lassen. Und noch was, Blackie, und das ist das Wichtigste: Paul hätte sich nicht eingeschaltet, hätte mich nicht erwählt, wenn ich glücklich verheiratet gewesen wäre. Er stand bloß deshalb vor meiner Tür, weil Frank ihm erzählt hatte, daß es mir schlecht ging und ich von Ainsley getrennt lebte.»

Sie hielt inne, lehnte sich im Sessel zurück und verschränkte fest die Hände im Schoß. «Ich weiß ganz genau, daß ich Paul nie wiedergesehen hätte, wenn mein Leben harmonisch verlaufen wäre. Er hat mir das selbst gesagt. Er hat mich aufgesucht, weil er wußte, daß ich unglücklich war – und frei. Das hätte er sicher nicht getan, wenn ich mit dir verheiratet gewesen wäre. Hast du denn vergessen, wie sehr er dich achtete und mochte?»

«Nein. Und du hast recht . . . ja, Paul war ein anständiger, ein prachtvoller Mann, ich hab ihn immer gemocht.»

Nun stand Blackie auf.

«Na», sagte er, «das sind alles nur Stromschnellen unter einer alten, baufälligen Brücke, mein Mädchen. Es kommt wohl nicht viel dabei heraus, unsere Sorgen von vor einem halben Jahrhundert noch einmal aufzuwärmen. Vielleicht sollte es so sein . . .» Er hob kurz die Hände und zuckte mit den Achseln. «Aber ich möchte, daß du den Ring nimmst. Er ist immer dein gewesen, weißt du.»

Er beugte sich über sie. Sie sah ihn an und dann das schwarze Lederetui in seinen Händen. Er öffnete es und gab es ihr.

Emma holte tief Luft.

Der Ring war wundervoll, ließ funkelnde Lichtprismen erstrahlen und hob sich feurig und lebendig vom schwarzen Samt ab. Der Diamant in der Mitte war rund, vielfach facettiert und sehr groß, mindestens zwanzig Karat. Um ihn herum waren kleinere Steine angeordnet, die genauso schön und herrlich geschnitten waren und am Grunde der Einfassung einen Kreis bildeten.

Sogar Emma, die an prächtige Juwelen gewöhnt war, hatte es die Sprache verschlagen; sie war ganz betäubt von der Schönheit und Größe des Steins. «Das ist umwerfend, Blackie», sagte sie atemlos, «einer der schönsten Ringe, die ich je gesehen habe.»

Er freute sich sichtlich über ihre Worte. «Es ist natürlich eine alte Fassung, vielleicht schon ein bißchen altmodisch, aber ich wollte ihn nicht neu machen lassen. Hier, streif ihn über, mein Liebling.»

Sie schüttelte den Kopf. «Nein, das sollst du tun, mein prächtiger schwarzer Ire.» Sie hielt ihm die linke Hand hin. «Steck ihn auf den Mittelfinger, neben meinen Ehering.»

Das tat er.

Emma hielt ihre kleine, kräftige Hand vor sich, neigte den Kopf und bewunderte den Ring, der so hell im Feuerglanz erstrahlte. «Sind wir nun verlobt?» neckte sie ihn mit koketter Stimme.

Blackie lachte vergnügt. Er beugte sich zu ihr hinüber und küßte ihre Wange. «Nun – ich würde sagen, wir haben uns verlobt, um ... einander die liebsten und besten Freunde und Gefährten zu sein, die wir auf dieser Erde haben.»

«O Blackie, das hast du aber schön gesagt, und danke für den wunderbaren Ring.» Sie ergriff seine Hand, hielt sie fest und preßte sie, dann lächelte sie jenes unvergleichliche Lächeln, das ihr Gesicht mit strahlendem Glanz erfüllte. «Mein lieber, guter Freund, du bist mir so kostbar», sagte sie.

«Du mir auch, meine Emma.»

Er trat von ihrem Sessel zurück, als ob er zu seinem eigenen hingehen wollte; dann hielt er inne und wiegte sein weißes Haupt. «Ich hoffe, du wirst diesen Ring auch tragen», sagte er lässig, sah sie aber unverwandt an. «Tu ihn bloß nicht in deinen Safe.»

«Aber wo denkst du hin! Wie könnte ich das. Nie werde ich ihn ablegen – nie.»

Er streichelte ihre Schulter und ging lächelnd zu seinem Sessel zurück. «Wie ich mich freue, daß ich dir den Ring gegeben habe, mein Liebling. So oft wollte ich das machen, und ich habe viel darüber nachgedacht, was du wohl sagen würdest. Ich weiß, daß ich dir immer vorgeworfen habe, du würdest auf deine alten Tage sentimental werden, aber ich glaube, das ist mir nun selbst passiert.»

«Aber sag mir doch, Blackie O'Neill, was so falsch daran ist? Es ist eine Schande, daß es auf dieser Welt nicht mehr Gefühl gibt», sagte sie und hatte sogar feuchte Augen. «Dann könnte man es hier besser aushalten.»

«Ja», sagte er bloß.

Eine Pause trat ein, dann räusperte Blackie sich: «Und wie stehst du nun zu meinem kleinen Vorschlag, Emma? Heute morgen hast du gesagt, du wüßtest nicht, ob es klappen würde, aber da bin ich anderer Meinung.»

«Weißt du was», rief sie enthusiastisch, «heute nachmittag habe ich noch daran gedacht. Emily ist zu mir gezogen, und plötzlich fiel mir ein, daß ich nur dann ein bißchen Ruhe und Frieden kriege, wenn ich deine großzügige Einladung annehme.»

«Du kommst also mit! Ach, mein Schatz, das wärmt mein altes Herz, das tut es wirklich.» Freude und Erregung durchfluteten ihn, er sah sie strahlend an. Hoch schwenkte er sein Brandyglas. «Los, nimm auch einen Schluck Bonnie Prince Charlie, Emma. Darauf müssen wir nun aber anstoßen.»

Abwehrend hob sie die Hand. «Warte! Ich habe noch nicht direkt ja gesagt. Ich kann noch nicht – zumindest nicht sofort. Ich ziehe unsere Reise ernsthaft in Erwägung, aber du mußt mir noch ein paar Wochen Zeit lassen, alles zu regeln und mich an den Gedanken zu gewöhnen, daß ich mehrere Monate fort sein werde.»

Er schluckte seine Enttäuschung hinunter und sagte: «Gut, ich werde geduldig sein. Trotzdem will ich bald mit den Vorbereitungen anfangen, also schieb deine Antwort nicht zu lange auf.»

«Ich sag's dir so schnell ich kann. Bestimmt.»

Er nippte an seinem Cognac, ließ ihn auf der Zunge zergehen. Ein schlaues Glimmen trat in seine Augen. Kurz war er noch in Nachdenken gehüllt, dann sagte er: «Übrigens, Emma – ich habe ein Projekt entworfen, was dich sicher wundern wird. Ich betrachte es als mein PROJEKT, groß geschrieben, da es das erste ist, das ich mir je vorgenommen habe.» Nun konnte er nicht länger an sich halten, kehliges Lachen entfuhr ihm, und seine Augen blitzten lustig und übermütig. «Denkst du noch an *dein* erstes Projekt?»

«Du meine Güte, das hab ich ganz vergessen.»

«Ich nicht, nie. Und ich erinnere mich sogar noch an den Tag, an dem du mir davon erzählt hast. So ein kleines, dünnes Ding warst du, und ich war zutiefst beeindruckt. Aber wenn du ein paar Minuten Zeit hast, will ich dir von meinem Projekt erzählen. Es ist ein ganz hervorragendes Projekt, mein Herz, auch wenn *ich* das jetzt sage. Und ich wette mein letztes Hemd, daß es dich reizen wird – todsicher.»

Belustigt verzog sie den Mund. «Schieß los, Blackie, mein Liebling.»

Er lehnte sich zurück und nickte vor sich hin. «Also, es verhält sich folgendermaßen. Ich kenne da so eine Frau, und sie ist das dickköpfigste Geschöpf, das ich mein Lebtag gesehen habe. Nun hat es sich so ergeben, daß diese störrische, widerborstige, enervierende, aber ziemlich reizende Frau einen Enkel hat, der in Australien wohnt. Ich weiß, daß sie hinfahren und ihn besuchen möchte, und ich dachte, es würde doch ganz wundervoll für sie sein, wenn ich sie dorthin brächte und ihn auch besuchen würde. Und deshalb habe ich ein ganz besonderes Projekt entwickelt . . .»

Emily war auf einem der ausladenden Sofas im oberen Salon eingeschlafen.

Emma, die sich über sie beugte, kam sie klein vor, schutzlos und unschuldig, wie sie da in einen weißen Bademantel gewickelt und in einem Haufen von Kissen eng zusammengerollt lag. Unendliche Zärtlichkeit wollte Emma überkommen. Sie bückte sich, wischte sanft eine hellblonde Haarsträhne von Emilys Augen fort und fuhr mit den Lippen über die glatte junge Wange des Mädchens. Danach richtete sie sich wieder auf und überlegte, ob sie sie wecken solle, entschloß sich aber dann, sich erst einmal selbst bettfertig zu machen, und ging auf Zehenspitzen ins Badezimmer nebenan.

Emma hängte das Zobeljäckchen auf, nahm das Perlenkollier und die dazu passenden Ohrringe ab und legte sie auf den Frisiertisch. Sie legte ihre Uhr und den McGill-Smaragd ab, zog versuchsweise an Blackies Ring und hielt dann inne. Sie sah ihn an. Dieser Ring hatte im Safe gelegen und 50 Jahre lang auf sie gewartet, und sie hatte doch Blackie versprochen, ihn nie abzunehmen. Sie schob ihn auf den Finger zurück, neben Pauls Platinehering, und zog sich aus. Als sie gerade das Nachthemd übergestreift hatte, klopfte es leise und Emilys lächelndes Gesicht erschien.

«Da bist du ja, Grandy. Ich hab auf dich gewartet.»

«Hab ich gemerkt, Schätzchen. Aber das wäre nicht nötig gewesen.»

«Aber ich wollte ja, Gran. Ehrlich, daß du *so* spät kommen würdest! Es ist schon *halb eins*!»

«Dessen bin ich mir vollauf bewußt, Emily. Und sieh mal, wenn du hier bei mir wohnen willst, darfst du nicht mein Kommen und Gehen überwachen. Bemuttert werden muß ich auch nicht. Das tut schon Paula im Kaufhaus», sagte Emma kühl, legte ihren seidenen Morgenmantel an und verknotete den Gürtel.

Emily kicherte und kam ins Zimmer gehüpft, offensichtlich hellwach und von ihrer charakteristischen *joie de vivre* übersprudelnd. «Dies hier sind keine vertauschten Rollen, falls du das meinst. Ich will dich nicht bemuttern. Ich hab bloß festgestellt, wie spät es ist.»

«Du hast ja gehört, was ich gesagt habe.»

«Ja, Großmutter.» Emily machte sich in der Nähe des Frisiertisches zu schaffen. Sie sah den Schmuck, der darauf verteilt war, und ihr Blick schnellte auf Emmas Hand. Sofort bemerkte sie den Diamanten, der leuchtend hell im Lampenlicht erstrahlte. «Willst du mir nicht Blackies Ring zeigen?» fragte sie.

Emma zog die Augenbrauen hoch. «Woher weißt *du* denn von Blackies Ring?» Kaum hatte sie das gesagt, fragte sie sich, wieso Emily, ausgerechnet Emily, sie so etwas fragte.

«Merry und ich waren Blackies Mitverschwörerinnen», erklärte Emily. «Vor ungefähr zwei Wochen bat er sie, mich darum zu bitten, deine Ringgröße zu messen. Er meinte, deine Finger könnten etwas zusammengeschrumpft sein.»

«Was! Ich werd ihn mir mal zur Brust nehmen morgen. Denkt er etwa, ich sei ein vertrocknetes altes Weib geworden!» rief Emma scharf.

Emily konnte sich kaum das Lachen verbeißen. «Keiner denkt so was von dir, Gran, und Blackie schon gar nicht. Du bist immer noch schön.»

«Nein, bin ich nicht. Ich bin eine alte Frau», sagte Emma nüchtern. «Trotzdem nett von dir, Emily.» Sie lachte. «Natürlich weiß jeder, daß *du* voreingenommen bist.» Sie streckte die linke Hand aus. «Nun, wie gefällt er dir?»

Emily nahm Emmas Hand zwischen die ihren, und ihre leuchtendgrünen Augen wurden rund und groß wie Teetassen. Ihr bewegliches, ausdrucksvolles Gesicht spiegelte ihr Entzücken wider. «Du meine Güte, Gran, ich ahnte ja nicht, daß er so groß und schön sein würde! Er ist toll!» Sie untersuchte den Ring noch eingehender, hob dann den Kopf und nickte mit Kennermiene. «Er ist perfekt, Gran. Hat bestimmt ein Vermögen gekostet . . .» Sie zögerte erst und fragte dann unsicher: «Heißt das nun, daß Blackie und du heiraten?»

Emma prustete vor Lachen und zog ihre Hand zurück. «Natürlich nicht, du albernes Ding. Was bildest du dir wohl als nächstes ein?» Zärtlich streichelte sie Emilys Gesicht. «Du bist so ein romantisches Mädchen», murmelte sie und seufzte leise. «Nein, das wäre unpassend. Nicht in unserem Alter. Wie Blackie schon sagte – wir sind verlobt, um für den Rest unseres Lebens die allerbesten Freunde zu sein.»

Nun bemerkte Emma das Interesse und die unverhüllte Neugierde in Emilys Gesicht, und bevor sie sich bremsen konnte, sagte sie: «Ich will dir gern die Geschichte des Rings erzählen, wenn du magst.»

«O ja, Grandy, bitte. Aber laß uns in den Salon gehen. Ich habe eine Thermosflasche mit heißer Schokolade für dich. Komm.» Sie ergriff ihre Großmutter beim Arm und bugsierte sie nach nebenan, ohne zu merken, daß sie sich wie eine Glucke aufführte. Emma lächelte bloß und ließ sich heimlich belustigt herumkommandieren.

Nachdem sie zwei Becher mit heißer Schokolade gefüllt und einen Emma gegeben hatte, rollte Emily sich auf dem Sofa zusammen, das sie eben erst verlassen hatte, zog die Füße unter sich und kuschelte sich in die Kissen. Dann hob sie ihren Becher, nahm einen Schluck und kicherte vergnügt: «Es ist toll, wie damals im Internat bei Mitternachtsfeten.»

Emmas Mund zuckte. «Nun gerate mal nicht ins Schwärmen, Emily», lachte sie. «Wir werden das nicht jede Nacht machen. Normalerweise bin ich um diese Zeit längst im Bett. Überhaupt ist es ziemlich spät. Ich werde dir schnell die Geschichte erzählen, daß wir zu Bett kommen. Morgen ist wieder ein anstrengender Tag.»

«Ja, Gran.» Emily hing an ihren Lippen.

Als Emma geendet hatte, meinte Emily nur: «Ach, Großmutter, das ist so schön und rührend und auch ein bißchen traurig. Stell dir vor, wie er die ganzen Jahre über den Ring aufbewahrt hat. Das ist wahre Liebe.» Ein melancholischer Zug lag über ihrem zarten, hübschen Gesicht, und sie schüttelte den Kopf. «Und du zweifelst an unerwiderter Liebe! Das hier sollte dich doch eines Besseren belehren.»

Emma lächelte nachsichtig und gab keinen Kommentar ab.

Emily wurde lebhafter und fuhr mit atemloser Stimme fort: «Stell dir vor, du hättest Blackie an Stelle von Arthur dem Schrecklichen geheiratet – dann wären deine Kinder ganz anders. Alles eine Frage der Gene, verstehst du. Ich frag mich, ob sie dann netter wären?» Emily neigte den Kopf und spitzte abwesend den Mund. Ihre Gedanken überschlugen sich. Mehrere Sachen fielen ihr gleichzeitig ein, und dann platzte sie heraus: «Und was wär mit deinen Enkeln? Paula zum Beispiel. Und *ich*. Ach du meine Güte, Grandy, ich wär vielleicht gar nicht ich. Ich wär vielleicht jemand ganz anderes . . .»

Emma unterbrach sie: «Aber dann würde ich dich genauso liebhaben, und Paula auch.»

«Ja, natürlich, das glaub ich dir. Aber deine Familie wäre dann sehr . . .»

«Nun verlierst du dich in Dingen, die wir nie wissen werden. Und das ist mir alles viel zu kompliziert, besonders um diese Uhrzeit», sagte Emma abschließend, lächelte jedoch freundlich. «Aber wo du gerade die Familie erwähnst – was war denn hier heute abend los? Wie war die Dinnerparty?»

Sofort wandelte sich Emilys Gesicht; sie wurde ernst, setzte sich auf, schwang die Füße auf den Boden und beugte sich dichter zu Emma hinüber. Vertraulich sagte sie: «Du wirst es nicht glauben, aber Edwina hat sich ganz ungewöhnlich aufgeführt ...»

«Wieso?» fragte Emma scharf und befürchtete schon das Schlimmste.

Aber als sie das besorgte Gesicht ihrer Großmutter sah, schüttelte Emily nachdrücklich den Kopf. «Sieh mich nicht so an. Es war alles in Ordnung. Edwina war nett ... so nett, daß ich's gar nicht fassen konnte und Paula auch nicht. Die verwitwete Gräfin war der Charme in Person – na ja, ganz stimmt das nicht. Ich übertreibe immer leicht.» Emily krauste die Nase und sagte: «Sie war ... na, *vorsichtig* mit Paula und mir. Sie mag uns im Grunde nicht. Aber sie war höflich und nett zu allen anderen. Ich weiß ja nicht, was du ihr vorher gesagt hast, Großmutter, aber es hat ganz offensichtlich einen starken Eindruck auf sie gemacht.» Emily sah Emma neugierig an und sondierte: «Du mußt ihr schrecklich die Leviten gelesen haben. Nicht wahr?» Forschend zog sie eine blonde Braue hoch.

Emma sagte gar nichts.

Emily probierte weiter: «Ich glaub, Tante Edwina hatte geweint, bevor sie zu den Cocktails hinunterkam. Ihre Augen waren rot und geschwollen und ihre Nase auch. Sie wollte keinen Drink. Sie hat mich um Aspirin und ein Glas Wasser gebeten. Wir waren kaum ein paar Minuten allein, als schon Paula und Jim mit Tante Daisy und Onkel David ankamen. Sofort hat Edwina sich an Daisy gehängt – komisch, sie scheint an ihr einen Narren gefressen zu haben. Mit den anderen hat sie während der Cocktails kaum geredet, auch nicht mit Jim.» Emily zuckte lässig die Achseln. «Ich fand sie sehr zahm, und abstinent war sie auch. Du weißt ja, wie unverbesserlich sie und Mummy immer sind, können das Picheln nicht lassen. Sie wissen nie, wann sie genug haben. Edwina hat aber den ganzen Abend keinen Tropfen angerührt, nicht mal Wein zum Essen.» Sie ließ sich in die Kissen fallen und drängelte: «Was hast du denn bloß zu ihr gesagt, Gran?»

«Also, Emily, nun sei mal nicht so neugierig. Das betrifft nur Edwina und mich. Es ist auch nicht so wichtig. Was zählt, ist, daß meine Worte Gehör gefunden haben. Vielleicht hab ich sie nun doch noch zur Vernunft gebracht.»

«Bestimmt», pflichtete Emily ihr bei. «Und noch was: bestimmt rätst du nie, was sie gemacht hat, bevor wir uns zum Essen setzten.»

«Nein, bestimmt nicht. Also erzähle es mir ruhig, Emily.»

«Sie hat Tante Daisy gefragt, ob sie nachher Anthony zum Kaffee hinüberbitten könne. Dann hat sie ihn bei Onkel Randolph angerufen.»

Emma erstarrte und runzelte die Stirn: «Ist er gekommen?»

«O ja», grinste Emily. «Mit Cousine Sally. Sie sind so verliebt und toll miteinander, Gran.»

«Sally war mit! Und wie hat Edwina sich ihr gegenüber verhalten?»

«Sehr herzlich. Mir traten die Augen aus dem Kopf, das kannst du mir glauben, und ich hätte um keinen Preis diese kleine Szene missen mögen. Natürlich hat Edwina sich Anthonys wegen beinahe umgebracht. Sie war ein bißchen *zu* unterwürfig, wenn du mich fragst, aber sie hat sich ja immer sehr bei ihrem Sohn eingeschmeichelt.» Emily grinste Emma an: «Kurz gesagt, Grandy, das Essen war ein absoluter Erfolg.»

Emma war überwältigt, es hatte ihr einen Moment lang die Sprache verschlagen. «Na», sagte sie schließlich, «das ist mal ein Erfolg. Ich hätte nie gedacht, daß Edwina so die Fronten wechseln würde.» Im stillen gratulierte sie sich. Offenbar hatten ihre dringenden Ermahnungen Edwina dazu gebracht, sich wie ein normaler Mensch aufzuführen. Das ist wirklich ein Sieg, dachte sie und hoffte, daß ihre Tochter nicht wieder rückfällig werden würde. Edwina war unberechenbar. Niemand konnte voraussagen, was sie in einem Augenblick der Gereiztheit zu tun imstande wäre. Na, beschrei's nicht, ermahnte Emma sich. Sieh's nicht so verbissen.

Strahlend lächelnd und außerordentlich erleichtert sprang sie auf. «Nach dieser ziemlich überraschenden, wenn auch frohen Botschaft geh ich zu Bett, meine Kleine.» Sie beugte sich vor und küßte Emily. «Es sieht ja ganz so aus, als würden sich morgen alle anständig benehmen. Na, hoffen wir's. Gute Nacht, Emily.»

Emily erhob sich und nahm sie in den Arm. «Ich hab dich so lieb,

Gran. Gute Nacht, schlaf gut.» Sie ergriff das Tablett. «Ich werde jetzt auch schlafen gehen. Morgen muß ich die Zwillinge vom Harrogate College abholen, und ich hab *tausend* Sachen am Hals.» Sie hielt die Luft an. «Puh!» sagte sie. «Ich hab wohl nie 'ne Minute Zeit.»

Emma verkniff sich ein Lächeln und verschwand in ihrem Schlafzimmer, bevor Emily auf die Idee kommen konnte, sie mit den tausend Sachen zu unterhalten, die sie am nächsten Morgen vorhatte.

«Ach, Grandy», rief Emily ihr nach, «ich bin ja so froh, daß du dich nicht über diese Sache mit *Aire Communications* ärgerst.»

Emma kam zur Tür zurück. «Ich würde sagen, das ist deren Verlust und unser Gewinn.»

«Ja, hat Paula auch gesagt, als sie mir davon erzählte.» Emily glitt zur Tür und murmelte ein wenig kurz angebunden: «Sebastian Cross ist einfach schrecklich. Ich dachte, Jonathan würde bei ihm vorankommen. Aber offenbar klappte das nicht. Und wenn Jonathan es nicht geschafft hat, schafft es niemand.»

Emma stand ganz still da und sagte sehr langsam: «Was plapperst du da, Emily?»

Emily hielt an und drehte sich zu Emma um. «Von den *Aire*-Verhandlungen. Du hast doch Jonathan gebeten, mit Sebastian zu sprechen, nicht?»

«Nein», erwiderte Emma mit der ruhigsten Stimme der Welt.

«Oh», sagte Emily und sah ganz verwirrt aus.

«Wie kommst du denn darauf, daß ich Jonathan in diese Verhandlungen eingeschaltet habe?» Emma lehnte sich haltsuchend gegen den Türknopf; ihre scharfen Augen glommen dunkel. Unverwandt sah sie ihre Enkelin an. All ihre Sinne waren angespannt, und sie sagte kurz: «Denn offenbar hat irgend *etwas* dich darauf gebracht.»

«Äh, ja», fing Emily stirnrunzelnd an. «Am Dienstag, als ich mit Daddy in London essen war, sah ich die beiden in der Bar *Les Ambassadeurs*, als wir hinausgingen. Wir haben ziemlich früh gegessen und Daddy war sehr nervös, weil er fürchtete, zu spät zu einer geschäftlichen Verabredung zu kommen. Er hatte es so eilig, daß ich keine Gelegenheit fand, rüberzugehen und Jonathan zu begrüßen.»

«Verstehe.» Emma dachte einen Augenblick lang nach und fragte dann: «Und warum meintest du, Jonathan könne den jungen Cross beeinflussen?»

«Wegen ihrer alten Freundschaft . . . sie waren zusammen in Eton. Aber das weißt du ja, Gran. Du hast mich einmal mitgenommen, als du Jonathan in den Semesterferien besuchen wolltest. Weißt du noch?»

«Ja. Natürlich weiß ich, daß Jonathan in Eton war. Aber mir war nicht klar, daß Cross auch dort gewesen ist und daß sie miteinander befreundet waren. Ich dachte . . .»

«Sie sind noch immer Freunde, glaub ich», unterbrach Emily sie.

Bei dieser Neuigkeit überfiel Emma eine schreckliche Kälte, aber sie versuchte zu lächeln. «Vielleicht wollte er mich überraschen. Ihm war vielleicht klar, daß die Verhandlungen schwierig werden würden, und er hat versucht, für Paula ein bißchen den Weg zu ebnen», sagte sie und versuchte es sich selbst einzureden. Aber ihr Instinkt sagte ihr, daß dies nicht die Wahrheit war. Emma griff etwas fester nach dem Türknauf und sagte dann betont beiläufig: «Hat Jonathan dich bemerkt im *Les Ambassadeurs*, Emily?»

Emily schüttelte den Kopf. «Er war ganz in die Unterhaltung mit Cross vertieft.» Sie dachte nach und fragte dann schnell: «Warum? Ist das wichtig?»

«Nein, nicht sehr. Hast du Paula davon erzählt?»

«Ich hab keine Gelegenheit dazu gehabt. Sie hatte eben angefangen, mir vom ‹*Aire*-Fiasko› zu berichten, wie sie es nannte, und davon, wie scheußlich Cross zu ihr gewesen sei, als Hilda zum Abendessen rief.» Emily biß sich auf die Lippen und begann sich zu fragen, was genau ihre Großmutter mit ihren Fragen bezweckte.

Emma nickte kurz wie zu sich selbst und sagte dann in genauso beiläufigem Ton: «Weißt du, ich fände es prima, wenn du Paula nichts davon sagtest. Ich möchte nicht, daß sie denkt, er habe sich eingemischt oder wolle ihr einen Strich durch die Rechnung machen. Unabsichtlich, versteht sich. Und sag auch nichts zu Jonathan. Ich werd mit ihm reden und herauszufinden suchen, was seine Absicht gewesen ist, wenn da überhaupt eine bestand. Vielleicht war es auch bloß ein geselliges Beisammensein, weißt du, ein Abend unter Freunden.»

«Klar, Grandy, ganz wie du möchtest.»

Emily stand wie angewurzelt da und sah ihre Großmutter scharf an. Etwas warnte sie. Emma war blaß geworden während ihres Gesprächs, die Fröhlichkeit war aus ihren Augen verschwunden.

Jetzt sahen sie trüb, ja leblos aus. Schnell stellte Emily das Tablett ab und sauste quer durchs Zimmer. Sie ergriff Emma beim Arm und rief besorgt: «Fühlst du dich nicht wohl, liebe Gran?»

Emma gab keine Antwort. Ihr Gehirn arbeitete mit der rasierklingenscharfen Präzision und lebhaften Intelligenz, die ihr großes Genie ausmachten. Und während sie die Dinge so durchdachte, wurde ihr alles plötzlich erschreckend klar. Den Bruchteil einer Sekunde lang wollte sie die Wahrheit nicht wahrhaben. Ich bilde mir das nur ein, dachte sie, aber dann erinnerte ihr eingefleischter Pragmatismus sie daran, daß sie sich selten irrte. Die Wahrheit sah ihr direkt ins Gesicht.

Sie bemerkte nun, daß Emily ihren Arm umklammert hielt und sie ängstlich und besorgt aussah. Emma riß sich von ihren trüben Gedanken los. Sie tätschelte Emilys Hand und zwang sich ein Lächeln ab, das sicher, überzeugend und tröstlich wirkte.

«Ich bin bloß müde», sagte sie mit beherrschter Stimme und lächelte wieder. Aber es kam ihr vor, als habe etwas Kaltes ihr Herz berührt.

10

Die mittelalterliche Kirche auf der Spitze des Hügels im Dorf Fairley war berstend voll.

In den ersten Reihen saßen die Familienangehörigen und ihre Freunde, dahinter drängten sich die Dorfbewohner, die vollständig erschienen waren, um Emma Harte bei der Taufe ihrer Urenkel die Ehre zu geben. Nach der kirchlichen Zeremonie würden sie die Straße entlang zum Gemeindesaal marschieren, um bei der besonders feierlichen Teestunde dabeizusein, die Emma durch Alexander ausrichten ließ.

Inmitten der alten grauen Steinmauern war alles heiter und friedvoll. Die Sonne, die durch die Buntglasfenster schien, ließ regenbogenfarbige Bögen tanzenden, juwelenbesetzten Lichts auf den düsteren Steinfußboden und die dunklen Holzbänke fallen. Frühlingsblumen türmten sich rund um den Altar und auf den Altarstufen. Die Luft war vom Duft der Hyazinthen, Narzissen, Freesien, importierten Mimosen und des Flieders erfüllt; der charakteristische, etwas muffige Kirchengeruch nach Schimmel, Staub und altem Holz war fast verschwunden. Es war der Geruch des Alten, den Emma schon seit ihrer Kinderzeit verabscheut hatte, und wie selbstverständlich hatte sie für dieses Ereignis stark duftende Blumen gewählt, um ihn zu bekämpfen.

Sie saß stolz und würdevoll in der ersten Reihe, in einem mitternachtsblauen Wollkreppkleid und einem weiten, dazu passenden Mantel. Keck balancierte eine kleine Samtbaskenmütze von demselben tiefen Blau auf ihrem untadelig frisierten Silberhaar, dazu trug sie die McGill-Smaragde und eine lange, erlesene Perlenkette. Blackie saß zu ihrer Linken, elegant im dunklen Anzug, während Daisy mit ihrem Mann David Amory zu Emmas Rechten saß. Edwina war zwischen David und Sarah Lowther gezwängt und saß steif da, wie gewöhnlich mit einer recht affektierten Miene.

Emma war etwas überrascht gewesen darüber, daß Sarah auf der Treppe stand, als sie ankamen. Niemand hatte sie, die ja angeblich so stark erkältet war, dort erwartet. Sie hatten nur kurz miteinander geredet, bevor sie in der Kirche ihre Plätze einnahmen, und Emma verwunderte sich sogleich über das gute Aussehen ihrer Enkeltochter. Sarah hatte sich entweder über Nacht wundersam erholt, oder sie war überhaupt nicht krank gewesen, fand Emma. Wahrscheinlich hatte sie mit der Idee gespielt, nicht zu kommen, um Shane aus dem Weg zu gehen. Emma nahm ihr das nicht übel. Sie konnte sich gut vorstellen, wie es Sarah wohl zumute war. Aber eines muß ich ihr zugute halten, dachte sie. Sarah hat Nerven. Sie hatte mit keiner Wimper gezuckt, sich nicht die geringste Spur von Befangenheit anmerken lassen, als Shane sie kurz zuvor begrüßt hatte.

Emma sah heimlich zu ihm hin.

Er saß mit seinen Eltern in einer Bank quer zum Mittelschiff, sein Gesicht war im Profil zu sehen. Plötzlich, als wüßte er, daß man ihn beobachte, wandte er den Kopf etwas nach rechts und fing Emmas Blick auf, lächelte und zwinkerte ihr dann verschwörerisch zu. Emma erwiderte sein Lächeln und sah wieder zum Altar hin.

Paula und Jim standen am gemeißelten Taufstein, der aus dem Jahre 1574 stammte. Um sie herum standen die Paten der Kinder, sechs an der Zahl. Der Pfarrer Ehrwürden Geoffrey Huntley hatte soeben den Knaben Lorne McGill Harte Fairley getauft und schickte sich an, dasselbe mit dem Mädchen zu tun, das Tessa heißen sollte. Sie würde dieselben Mittelnamen wie ihr Zwillingsbruder tragen.

Emily, eine von Tessas Patinnen, hielt das Baby im Arm. Zu Emilys Linken standen Anthony und Vivienne Harte, die anderen Paten. Viviennes ältere Schwester Sally war Lornes Patin und wiegte ihn auf dem Arm, flankiert von seinen übrigen Paten Alexander und Winston.

Was ist das für eine gutaussehende Schar junger Leute, sagte Emma sich, und ihre Augen strahlten vor Freude. Vor ihrem geistigen Auge sah sie eine Sekunde lang die Vorfahren stehen . . . ihre eigenen Eltern, ihren Bruder Winston, Arthur Ainsley, Paul McGill, Adele und Adam Fairley. Wie erstaunlich war es, daß sie und Blackie noch am Leben und in der Lage waren, heute diesem Ereignis beizuwohnen, an der allgemeinen Freude teilzuhaben.

Sie sah zu Paula und Jim hinüber.

Gut sehen sie aus zusammen, dachte sie. Er so hochgewachsen, kräftig und hell, das lebendige Ebenbild seines Urgroßvaters Adam; Paula so schlank, biegsam und dunkel, frappierend mit ihren lebhaften McGill-Farben. Paulas angeborene Eleganz sprach schon aus der Art, wie sie sich hielt und kleidete. Sie hatte ein tailliertes Wollkostüm in Tiefviolett und dazu eine etwas hellere Satinbluse mit einem passenden kleinen Satinhütchen an. Der Violetton glich der Farbe ihrer Augen. Sie ist immer noch zu dünn, dachte Emma, aber heute nachmittag hat sie eine besondere Ausstrahlung.

Emma war ganz von Liebe und Stolz auf ihre Enkelin erfüllt, und ihr Gesicht entspannte sich, wurde weicher, während sie Paula betrachtete. Die junge Frau, die dort vorn am Taufbecken stand, hatte ihr nur Freude gemacht, seit sie geboren war, ebenso wie ihre Mutter Daisy. Emma schloß die Augen. Paul wäre ebenso stolz auf Paula gewesen wie sie, denn das Mädchen besaß alle Eigenschaften, die er so schätzte: Ehrgefühl, Integrität, Anständigkeit, Fairness und eine Intelligenz, deren Brillanz oft überraschte. Obwohl sie eine sanfte Art hatte und zur Schüchternheit neigte, besaß Paula eine gewisse kühle Haltung. Auch hatte sie den enormen Sinn für Humor von ihrem Großvater geerbt, genauso wie Daisy. Ja, sie ist eine wirkliche McGill, dachte Emma. Aber eine Harte ist sie auch. Gott sei Dank hat sie meine Zähigkeit, Schläue, Unbeugsamkeit und mein Durchhaltevermögen. All das wird sie brauchen in den kommenden Jahren, bei dem, was ich ihr hinterlasse, bei dem, was sie von ihrem Großvater geerbt hat. Ich hoffe, daß ihr Erbe ihr nie als schreckliche Last erscheinen wird. Es ist eine enorme Verantwortung, sicher . . .

Baby Tessa fing zu schreien an, ihr durchdringendes Kreischen hallte durch die ganze Kirche. Emma öffnete die Augen und blinzelte. Dann beugte sie sich vor und sah zum Taufstein hin. Alle machten ein besorgtes Gesicht. Der Pfarrer hielt soeben das Baby hoch und sprengte ihm Weihwasser auf die Stirn, wobei er es im Namen des Vaters, des Sohnes und des Heiligen Geistes taufte. Als er fertig war, gab er Emily das Kleine zurück, offensichtlich mit einiger Erleichterung. Emily wiegte es nun und versuchte vergebens, das Kind zu trösten und zu beruhigen.

Emma lachte leise vor sich hin, denn sie wußte ja, daß es der Schreck über das kalte Wasser auf ihrer Stirn gewesen war, der Tessa zum Weinen gebracht hatte. Das Kind protestierte – und das lautstark. Ich sehe schon, dachte Emma, die kleine Tessa McGill Harte Fairley wird die Rebellin in *der* Familie sein.

Daisy, die auch lächelte, nahm den Arm ihrer Mutter und drückte ihn. Sie flüsterte: «Das klingt ja ganz so, als sei Tessa nicht weit vom Stamm gefallen, Mummy.»

Emma wandte den Kopf und sah in die großen blauen Augen ihrer Tochter. «Ja», flüsterte sie zurück, «sie scheint die Munterere von beiden zu sein. Noch ein Einzelgänger im Wurf?» Beredt zog sie eine silberne Augenbraue hoch. Daisy nickte bloß, ihre schönen Augen leuchteten glücklich und ein wenig belustigt.

Im Nu war die Zeremonie vorüber, und sie gingen langsam im Gänsemarsch durch das Seitenschiff. Emma, die sich bei Blackie eingehakt hatte, lächelte und nickte freundlich, hielt aber nicht an, um mit irgend jemandem zu sprechen.

Bald war die ganze Familie samt Freunden und Dorfbewohnern auf dem Vorplatz versammelt, wo man den Eltern gratulierte und sich unterhielt.

Ein paar Dorfbewohner gingen zu Emma hinüber und plauderten ein bißchen mit ihr, aber schon nach kurzer Zeit entschuldigte sie sich und zog Blackie aus der Menge fort. Sie sagte: «Ich verdrück mich jetzt und bin gleich wieder da, bevor es auffällt. Dann können wir nach Pennistone Royal fahren.»

«In Ordnung, Emma. Bist du sicher, daß ich dich nicht begleiten soll?»

«Nein. Aber danke dir, Blackie. Bin gleich zurück.»

Als Emma sich vom wimmelnden Vorplatz hinwegstahl, eilte Milson, Blackies Chauffeur, auf sie zu, einen Blumenkorb im Arm. Sie nahm ihn entgegen, lächelte und murmelte einen Dank.

Dann ging sie durch das überdachte Tor, das zum Friedhof neben der Kirche führte.

Ihre Füße kannten den Weg auswendig und geleiteten sie den steingefliesten Pfad entlang in die äußerste Ecke, in der es abgeschieden und grün war und eine alte Ulme, die neben der moosüberwucherten Steinmauer wuchs, ihren Schatten warf. In dieser Ecke, unter dem Grabstein, den sie vor Jahren selbst ausgesucht hatte, lagen ihre Eltern John und Elizabeth Harte begraben. Daneben war das Grab ihrer beiden Brüder Winston und Frank. Sie nahm Blumensträuße aus dem Korb und legte auf jedes der vier Gräber einen.

Dann richtete sie sich auf, ließ ihre Hand auf dem Grabstein ihrer Mutter ruhen und starrte in die öde Heide hinüber, die sich als verwischte dunkle Linie vom Himmel abhob, der so blau war wie die Blüten des Immergrün und auf dem weiße Wolken trieben. Ab und zu kam die Sonne heraus. Es war ein wundervoller Tag, erstaunlich warm, sogar mild, und das nach den gestrigen Stürmen. Emmas Augen glitten von Grabstein zu Grabstein, von Name zu Name. Ich habe euch alle mein Leben lang im Herzen getragen, sagte sie lautlos. Ich habe keinen von euch je vergessen. Unvermittelt durchfuhr sie der allerseltsamste Gedanke: sie würde nie wieder hierherkommen und diese Gräber besuchen.

Schließlich wandte sie sich ab.

Ihre Schritte trugen sie auf demselben steingefliesten Pfad zurück, der sich durch den Friedhof wand, und sie blieb erst stehen, als sie eine große Fläche erreicht hatte, die auf der anderen Seite lag, im dunklen Schatten der Kirche. Ein eisernes Geländer umgab diese große Grabfläche und bedeutete jedem, daß dies etwas Exklusives, Besonderes war. Sie stieß das schmale Türchen auf und stand zwischen Generationen von Fairleys. Emma sah über die Gräber hin und schließlich ruhte ihr Blick auf Adam Fairleys Grabstein aus weißem Marmor. Neben ihr lagen seine beiden Frauen – Adele, die erste, und Olivia, die zweite. Die beiden schönen Schwestern, die denselben Mann geliebt und geheiratet hatten und auf ihre Art gut zu ihr gewesen waren, als sie noch ein junges Mädchen war. Sie hatte ihre Güte gegen sie nie vergessen, aber länger sah sie zum mittleren Grab hin.

Na, Adam Fairley, dachte sie, ich habe gewonnen. Schließlich war ich es, die triumphieren konnte. Nichts im Dorf gehört mehr deiner Familie, nur das Stückchen Land hier, auf dem du beerdigt bist. Alles andere besitze ich, und sogar die Kirche lebt überwiegend von meiner Großzügigkeit. Deine Urenkel sind eben getauft worden und tragen unser beider Namen, aber *ich* werde es sein, von der sie einst Reichtum, Macht und Stellung erben werden. Sie dachte all das nicht verbittert, sondern ganz nüchtern, denn ihr ganzer Haß gegen die Fairleys war verflogen, und es war nicht ihre Art, schadenfroh zu sein, schon gar nicht, wenn sie an jemandes letzter Ruhestätte stand.

Langsam ging sie zur Kirche zurück, ein sanftes, friedvolles Lächeln im gelassenen Gesicht.

Als sie durchs Friedhofstor trat, sah Emma Blackie etwas abseits von der Menschenmenge stehen und mit ihren jüngsten Enkelinnen Amanda und Francesca reden.

Blackie gluckste, als sie neben ihm stehenblieb. «Darauf kannst du wetten, daß diese beiden deinen Zaubertrick mit dem Verschwinden bemerkt haben! Ich mußte sie mit Gewalt daran hindern, dir hinterherzulaufen. Na ja, fast mit Gewalt.»

«Wir wollten die Gräber auch sehen, Grandy», erklärte Amanda, «wir finden Friedhöfe toll.»

Emma betrachtete sie mit gespieltem Entsetzen. «Das ist ja krankhaft.»

«Nein, ist es nicht – es ist interessant», zirpte Francesca. «Wir mögen gern die Grabinschriften lesen und uns vorstellen, was das wohl für Menschen gewesen sind, wie sie wohl gelebt haben. Es ist, als ob man ein Buch liest.»

«Tatsächlich», lachte Emma und sah die Fünfzehnjährigen liebevoll an. «Wir sollten wohl zum Haus fahren jetzt. Hat Emily euch gesagt, daß es heute nachmittag einen Sektempfang gibt?»

«Ja, aber sie meinte, wir bekämen keinen Sekt. Kriegen wir aber doch, nicht wahr, Gran?» fragte Amanda.

«Aber jede nur ein Glas, ich will nicht, daß ihr beschwipst werdet.»

«O danke, Gran», sagte Amanda, und Francesca hakte Emma ein und verkündete: «Wir fahren mit dir. Onkel Blackies Auto ist viel schöner als Emilys alter Jaguar.»

«Das ist aber keine sehr nette Art, Francesca. Ihr seid mit Emily gekommen, ihr werdet auch wieder mit ihr zurückfahren. Onkel Blackie und ich haben noch etwas zu besprechen.»

Aber es gab eigentlich gar nichts Besonderes zu besprechen. Emma hatte bloß den Wunsch gehabt, mit ihrem guten alten Freund allein zu sein und sich vor dem Empfang etwas entspannen zu können, bevor ihr großer, unorthodoxer Clan sie wieder überfiel.

Während der Fahrt sah Blackie sie an und sagte: «Es war eine herrliche Taufe. Sehr schön. Aber du hast so seltsam dreingeschaut, als der Pfarrer Lorne taufte, daß ich mich fragte, was dir wohl durch den Kopf gehen mochte.»

Emma drehte sich halb um und sah ihm ins Gesicht. «Ich dachte an eine andere Taufe . . . an die, die du vollzogen hast, als du Edwina in Armley mit Leitungswasser getauft hast, über Lauras Spülbecken.» Ihr Blick ruhte lange in dem seinen. «Ich mußte dauernd über die Vergangenheit nachdenken. Du weißt ja, man hätte Edwin Fairley nicht erlaubt, mich zu heiraten, als ich schwanger war, auch wenn er es gewollt hätte, und deshalb hätte Edwina nie hier in Fairley getauft werden können. Das wurde mir heute erst richtig klar.»

«Ja», sagte er zustimmend, «man hätte ihr das um jeden Preis verweigert.»

Emma nickte. «Und als ich so über alles nachdachte, was in meinem langen Leben passiert ist, fiel mir plötzlich auf, daß diese Taufe heute ein Paradebeispiel für die Ironie des Schicksals ist. Und daß Adam Fairley die geradezu poetische Gerechtigkeit daran zu schätzen gewußt hätte, mehr als irgend jemand sonst.»

Sie schwieg und lächelte sanft. «Ganz schlug das Schicksalsrad den Kreis. Wirklich.»

11

Jim Fairley, der mit zehn Jahren Waise wurde und von seinem verwitweten Großvater aufgezogen wurde, war als Kind immer einsam gewesen.

Deshalb genoß er es jetzt immer, Teil von Emma Hartes riesiger Familie zu sein, zu der er gehörte, seit er Paula 1968 geheiratet hatte. Es war etwas ganz Neues für ihn gewesen, kopfüber in diesen ungewöhnlichen Clan geworfen zu werden. Da ihm bis jetzt noch niemand ein Haar gekrümmt hatte, stand er den einzelnen Familienmitgliedern aufgeschlossen gegenüber und hatte noch nie versucht, ihre guten und schlechten Eigenschaften gegeneinander aufzurechnen. Er hielt sich heraus aus den komplexen Feindschaften und Bündnissen, Fehden und Allianzen, die rund um Emma gediehen.

Weil Jim selten schlecht von jemandem dachte, überraschte es ihn immer wieder, wenn Paula jemand aus der Verwandtschaft hart anpackte, und manchmal fragte er sich sogar, ob sie nicht übertrieb, wenn sie die Unzulänglichkeiten und schrecklichen Vergehen eines Familienmitglieds gegen ihre Großmutter aufzählte. Nun, sie pflegte ihre geliebte Großmutter immer leidenschaftlich zu verteidigen. Im stillen amüsierte Jim sich über seine Frau, denn er fand, daß niemand besser imstande war, auf sich achtzugeben, als Emma Harte.

Vor einiger Zeit hatte Jim entschieden, daß Paulas Warnungen vor der verwitweten Gräfin von Dunvale Unsinn seien. Bis jetzt hatte Edwina sich untadelig aufgeführt – genau wie er es erwartet hatte. Wenn sie auch gegenüber Paula etwas reserviert auftrat, war sie doch zumindest höflich, und es war ihm sogar gelungen, Edwina auf dem Heimweg von der Kirche zum Lachen zu bringen. Sie war noch immer gut gelaunt, das konnte er sehen.

Seine Tante saß dicht am Kamin und plauderte mit ihrem Sohn Anthony und Sally Harte. Ihr sonst so starrer, verbitterter Gesichtsausdruck war wie weggewischt. Endlich einmal machte sie einen recht entspannten Eindruck. Die Arme, sie ist doch gar nicht so schrecklich, dachte er gutmütig wie stets und betrachtete das Bild, das links neben Edwina über dem weißen Marmorkamin hing, eines seiner Lieblingsbilder.

Jim stand in der Tür zum pfirsichfarbenen Salon. Pennistone Royal, in dem sich die Modestile der Renaissance und der Zeit Jakobs I. anmutig vermischten, konnte zwei Empfangsräume vorweisen. Paula hatte diesen für das Tauffest gewählt.

Darüber freute er sich sehr.

Er fand, daß er mit seinen cremefarbenen Tönen und den erlesenen Bildern der schönste Platz im ganzen Haus war. Wenngleich Emma ihre berühmte Impressionisten-Sammlung im letzten Jahr durch Verkäufe dezimiert hatte, hatte sie doch die beiden Monets und die drei Sisleys behalten, die die Wände im Salon zierten. Jim fand, daß es die Kunstwerke waren, die diesem stillen, eleganten Regencyzimmer seine große Schönheit verliehen.

Jim betrachtete den Sisley noch ein paar Sekunden länger, bewunderte ihn von einem anderen Standpunkt aus. In seinem Leben hatte er nie etwas Materielles begehrt, aber es verlangte ihn danach, dieses Bild zu besitzen. Was natürlich nie der Fall sein würde. Es würde immer in diesem Haus hängen, wie Emma es testamentarisch verfügt hatte. Eines Tages würde es Paula gehören, und so würde er es nie entbehren müssen und konnte die Landschaft betrachten, wann immer er Lust dazu hatte. Deshalb war er immer überrascht von seinem dringenden Bedürfnis, es selbst zu besitzen. Nie hatte er etwas so sehnlich begehrt, außer vielleicht seine Frau. Vergeblich versuchte er, Paula zu entdecken. In den letzten zehn Minuten, als er mit dem Fotografen weg gewesen war, der seine Ausrüstung im grauen Salon aufbaute, hatte sich der Raum mit Menschen gefüllt. Vielleicht stand bloß jemand vor ihr.

Schnell trat er ein.

Mit seinen 1,85 Metern und seinem wohlgestalten, schlanken und langbeinigen Körperbau machte James Arthur Fairley einen imposanten Eindruck; überdies war er etwas dandyhaft und immer makellos gekleidet bis hinunter zu seinen handgenähten Schuhen. Wie auch sein Urgroßvater hatte er eine Schwäche für elegante Kleidung, die er sehr leger trug. Er hatte einen hellen Teint, hellbraunes Haar, ein angenehmes, recht sensibles Gesicht und seelenvolle graublaue

Augen. Als natürlicher Gentleman verfügte er über eine angeborene Selbstsicherheit und benahm sich in jeder Situation gewandt und ungezwungen. Er hatte einen gewissen ruhigen Charme und für jeden ein freundliches Lächeln übrig.

Das ließ er nun spielen, als er sich mitten ins Zimmer stellte und nach Paula Ausschau hielt.

Da er sie nicht entdecken konnte, besorgte er sich bei einem vorübergehenden Kellner ein Glas Sekt und ging auf seinen Schwiegervater zu. Edwina entdeckte ihn und beeilte sich, ihm den Weg abzuschneiden, bevor er bei David Amory angelangt war. Sofort begann sie, sich rhapsodisch über die kirchliche Feier auszulassen; dann verwickelte sie ihn in eine Unterhaltung über das Dorf Fairley. Während er ihr geduldig lauschte, erkannte Jim wieder einmal – wobei er sich wunderte wie beim erstenmal –, daß es ihr ungeheuer wichtig war, eine Fairley zu sein. Seit sie miteinander bekannt geworden waren, hatte sie ihm ständig mit Fragen zugesetzt nach seinem Großvater, seiner Großmutter und ihrem Vater, dem langverstorbenen Herzog von Carlesmoor, und wollte auch viel von seinen Eltern wissen, die bei einem Flugzeugabsturz im Jahre 1948 auf tragische Weise ums Leben gekommen waren.

Wann immer er mit seiner halben Großtante, denn das war sie, zusammengetroffen war, hatte er eine gewisse Verlegenheit an ihr bemerkt, die von ihrer unehelichen Geburt herrührte, und deshalb hatte sie ihm immer ein wenig leid getan. Das war einer der Gründe, warum er versuchte, freundlich zu ihr zu sein und sie in Familienfeiern, bei denen er etwas zu sagen hatte, mit einzubeziehen. Seine Schwiegermutter ging freundlich mit Edwina um, aber darüber hinaus merkte Jim, daß sich Edwina auch zu Daisy hingezogen fühlte, weil sie beide auf der falschen Seite der Decke geboren waren. Emmas erstes Kind erklärte sich mit ihrem letzten solidarisch, weil die Umstände ihrer Geburt ähnlich waren. Aber ihre Unehelichkeit war das einzige, was sie miteinander gemein hatten. Ansonsten waren die beiden Frauen vollkommen gegensätzlich. Seine Schwiegermutter war die Sanfmut in Person, eine mitfühlende, rücksichtsvolle Frau und eine Dame im wahrsten Sinn des Wortes. Es gab keine Allüren an Daisy Amory, und er mochte sie wegen der umgänglichen Art und Weise, in der sie das Leben meisterte, wegen ihrer Fröhlichkeit und ihrem Sinn für Humor. Wie traurig, daß seine

Tante Edwina wenig anpassungsfähig und säuerlich, hochmütig und verspannt war, ein ausgemachter Snob, deren Wertsystem ihm völlig fremd war. Dennoch war etwas Undefinierbares an ihr, das ihn anrührte und ihm ein merkwürdiges Mitleid für sie einflößte. Vielleicht, weil sie aus einem Blut waren? Paula behauptete zwar immer, Blut sei *nicht* dicker als Wasser, aber er war da anderer Meinung. Eines war klar: sein Verhältnis zu Edwina, es mochte noch so flüchtig und oberflächlich sein, reizte Paula bis aufs Blut. Jim fand das sehr unvernünftig und wünschte sich, daß sie ihrer Tante gegenüber unvoreingenommener gewesen wäre. In seinen Augen war Edwina eine harmlose alte Dame.

«Tut mir leid, Tante Edwina, aber ich habe das eben nicht ganz mitbekommen», sagte Jim mit einem entschuldigenden Lächeln und wandte ihr wieder seine volle Aufmerksamkeit zu.

«Ich sagte gerade, es sei schade, daß meine Mutter Fairley Hall hat abreißen lassen.» Edwina sah ihn bedeutungsvoll aus ihren zusammengekniffenen silbrigen Augen an. «Das Haus war sehr alt, und von Rechts wegen hätte es als Wahrzeichen von Yorkshire bewahrt werden sollen. Denk doch nur, wenn es noch stünde, könntest du mit Paula dort wohnen.»

Jim entging die versteckte Kritik an ihrer Mutter, die in diesen Worten mitschwang. Er lachte und schüttelte den Kopf: «Nein, das glaube ich kaum. Fairley Hall gefiel mir nicht besonders nach den Fotos, die ich davon gesehen habe. Großvater sagte, es sei ein Durcheinander von Baustilen gewesen und ziemlich scheußlich. Er mochte es nie, und ich glaube, Grandy hat das richtig gemacht.»

Daisy, die sich in der Nähe aufhielt, hatte die letzten Sätze mitgehört und rief: «Finde ich auch, Jim. Außerdem hat Mutter das Grundstück, auf dem es stand, einem guten Zweck überantwortet – jetzt ist es ein Park für die Dorfbewohner. In der warmen Jahreszeit haben sie da ein reizendes Fleckchen. Das war sehr großzügig von ihr.» Sie sah zum Pfarrer von Fairley herüber, der gerade mit ihrem Mann sprach, und bemerkte: «Und Ehrwürden Huntley strahlt so, weil Mutter ihm einen großen Scheck für den Restaurierungsfond gegeben hat. Sie hilft dem Dorf auf manche Weise.»

Nachdem sie Edwina so die Stirn geboten und ihr elegant den Wind aus den Segeln genommen hatte, schenkte Daisy ihrer Halbschwester ein herzliches Lächeln. «Ich habe dir noch gar nicht gesagt, wie gut du heute aussiehst, liebe Edwina, und was du da für ein schickes Kostüm trägst.»

«Oh», sagte Edwina, durch diese Schmeicheleien etwas aus der Fassung gebracht. Sie bekam sehr selten Komplimente. Sie zupfte etwas an sich herum, ein Funke trat in ihre blassen Augen, und sie streckte unwillkürlich die Hand aus, um ihr Haar zu glätten. Dann fiel ihr ihre gute Erziehung wieder ein, und sie sagte hastig: «Vielen Dank, Daisy. Du siehst auch sehr schön aus, aber das tust du ja immer. Und mein Kostüm ist von Hardy Amies. Ich war mir nicht sicher, ob es das richtige ist, aber er hat mich überredet.»

Die beiden Frauen sprachen kurz über Kleider, bis Daisy rief: «Jetzt mußt du mich leider entschuldigen. Ich sehe gerade, daß Mutter nach mir Ausschau hält.»

Wieder allein mit Jim, begann Edwina, die Vorzüge ihres Hauses in Irland aufzuzählen. «Wenn du nur Clonloughlin zu dieser Jahreszeit sehen könntest, Jim. Es ist einfach herrlich. Alles so grün. Warum kommst du mit Paula nicht einmal auf ein Wochenende herüber? Ihr habt es noch nie gesehen, und wir würden uns sehr freuen. Es ist bloß ein Katzensprung mit deinem Flugzeug.»

«Danke, Edwina, machen wir vielleicht mal.» Aber Jim wußte, daß Paula niemals einverstanden sein würde. Vorsichtig fügte er hinzu: «Aber ich glaube, es wird mir kaum gelingen, Paula in nächster Zeit von den Babies loszueisen.»

«Ja, das verstehe ich gut», murmelte Edwina und fragte sich im stillen, ob das eine verkappte Absage sein sollte. Sie verbarg ihre Verwirrung hinter einem Redeschwall.

Jim, der ihr höflich und bemüht lauschte, sann auf Flucht. Er überragte die kleine Edwina bei weitem, und nun blickte er suchend über ihren silberblonden Kopf hinweg und fragte sich, wo bloß Paula steckte. Die meisten ihrer Gäste waren angekommen. *Sie* glänzte durch Abwesenheit.

Sarah Lowther war gerade am Arm ihres Cousins Jonathan Ainsley eingetreten. Bryan und Geraldine O'Neill unterhielten sich mit Alexander Barkstone und dessen Freundin. Blackie stand am Fenster, in eine lebhafte Unterhaltung mit Randolph Harte vertieft. Er schien freudig erregt und winkte seiner Enkelin zu. Miranda, wie eine Vision in einem ihrer verrückten Kostüme, flog zu ihnen hinüber, das sommersprossige Gesicht voller Heiterkeit, ihr glänzendes kastanienbraunes Haar leuchtete wie ein Kupferhelm in der Sonne, die durch die hohen Fenster einfiel.

Jim trat von einem Fuß auf den anderen und sah sich im Raum um. Emma saß auf einer Sofalehne und hörte aufmerksam den Witwen ihrer Brüder zu, Charlotte und Natalie. Die beiden feinen alten Damen machten einen zerbrechlichen, hochbetagten Eindruck – ganz im Gegensatz zu Emma, die Vitalität und Fröhlichkeit ausstrahlte. Forschend sah Jim sie einen Augenblick lang an. In all den Jahren, die er für sie gearbeitet hatte, hatte er diese bemerkenswerte Frau geachtet und verehrt, aber seit er mit ihrer Enkelin verheiratet war, hatte er sie noch von einer anderen Seite kennen- und liebengelernt. Emma war so verständnisvoll, gütig und großzügig, kurz, der fairste Mensch, den er je gesehen hatte. Was für ein Narr war doch sein Großvater gewesen, sie laufenzulassen. Aber damals war es wohl schwierig gewesen. Diese albernen Klassenunterschiede, dachte er mit einem leisen Seufzer. Plötzlich wünschte er sich, daß Edwin Fairley diesen Tag erlebt hätte . . . die Fairleys und die Hartes schließlich doch in einer Ehe vereint! Nun hatte sich ihr Blut vermischt. Er und Paula hatten eine neue Linie begründet.

Jetzt bemerkte er, daß Edwinas endloser Redeschwall abgebrochen war und sie zu ihm emporschaute. Er sagte schnell: «Laß mich dein Glas auffüllen, Tante Edwina; und dann werde ich besser mal nach Paula sehen. Ich habe keine Ahnung, wo sie steckt.»

«Kein Sekt mehr, ich danke dir, Jim», sagte Edwina mit der Andeutung eines Lächelns. Sie war fest entschlossen, heute nachmittag kühl und ruhig zu bleiben und einen klaren Kopf zu bchalten. Zuviel Sekt hatte den gegenteiligen Effekt, würde sie um ihre Selbstbeherrschung bringen. Das konnte sie sich nicht leisten. Sie sagte: «Und bevor du weggehst, möchte ich dich noch etwas fragen. Ich möchte wissen, ob du so freundlich sein könntest, mich einmal in dein Haus in Harrogate einzuladen. Ich weiß, daß es deinem Großvater gehört hat.» Sie zögerte, räusperte sich nervös und sagte dann: «Ich würde zu gern sehen, wo er . . . wo mein Vater einen so großen Teil seines Lebens verbracht hat.»

«Natürlich mußt du mal auf einen Cocktail hinüberkommen», sagte Jim, der dieses Bedürfnis verstand. Er hoffte nur, Paula würde nicht wieder einen Wutanfall bekommen, wenn er ihr erzählte, daß er diesem Wunsch seiner Tante stattgegeben hatte. Gerade wollte er sich diskret davonmachen, als Emily auf sie zukam, Amanda und Francesca im Schlepptau, und ihm den Fluchtweg abschnitt.

Mit strahlendem Lächeln ergriff Emily ihn beim Arm, sah Edwina an und rief: «Hallo, ihr beiden. Ist das nicht 'ne tolle Teeparty? Ich finde es super.»

Jim lächelte nachsichtig. Er mochte die kleine Emily sehr gern. «Hast du vielleicht meine Frau irgendwo gesehen?» fragte er.

«Sie ist mit dem Kindermädchen und den Babies nach oben gegangen und murmelte was von Windeln wechseln. Sie haben sich wohl sehr gründlich naß gemacht.» Emily kicherte und rollte übertrieben mit den Augen. «Sei bloß froh, daß sie deinen eleganten Kilgour & French-Anzug nicht mit ihrem Pi . . .»

«Also wirkich, Emily», rümpfte Edwina vorwurfsvoll die Nase, «sei doch nicht so ordinär.» Sie warf ihrer Nichte einen kalten, mißbilligenden Blick zu.

Emily kicherte munter und unbekümmert. «Babies machen das nun mal. Sie sind wie junge Welpen – können ihre Blase nicht beherrschen. Und ich war nicht ordinär, Tante Edwina, ich hab nur eine Tatsache erwähnt.» Jim konnte sich das Lachen nicht verkneifen, da er sah, daß Emily sie absichtlich provozierte. Er warf ihr einen warnenden Blick zu und sah dann zu seiner Tante hinüber in der Hoffnung, sie würde sich nicht auf Emily stürzen.

Edwina war offensichtlich gereizt. Glücklicherweise kam Winston in Sicht, bevor ihr eine genügend eisige Antwort einfiel, steuerte schnurstracks auf sie zu, begrüßte alle und stellte sich zwischen Emily und Amanda.

Er wandte sich an Jim: «Tut mir leid, daß ich bei so einem festlichen Anlaß mit Geschäftskram dazwischenkommen muß, aber leider geht es nicht anders. Ich möchte dich gleich am Montagmorgen sehen, um eine Reihe von Dingen mit dir durchzusprechen. Meinst du, daß es gehen wird?»

«Natürlich», sagte Jim und warf Winston einen ratlosen Blick zu. Seine Augen sahen plötzlich besorgt drein, und er runzelte die Stirn. «Ist es etwas Wichtiges?»

«Nein, nein, ich hab's dir nur jetzt gesagt, damit du eine Stunde Zeit für mich freihältst. Ich muß an dem Tag nach Doncaster und Sheffield fahren, und in der übrigen Woche geht es auch nicht. Ich bin wirklich unter Druck.»

«Dann laß uns doch eine genaue Zeit abmachen. Wie ist es mit halb elf? Dann ist die erste Ausgabe raus.»

«Das wäre prima», sagte Winston.

Edwina schwieg. Sie leerte den letzten Tropfen Sekt aus ihrem Glas und bedachte Winston mit einem verstohlenen Seitenblick. Sie mochte ihn nicht besonders. Aber sie hatte für die Hartes noch nie viel übrig gehabt. Die hatten bloß Berge von Geld und sahen gut aus. Sie wollte es nicht abstreiten, daß sie eine attraktive Familie waren – jeder einzelne von ihnen. Plötzlich und mit leichtem Erschrecken bemerkte sie, wie sehr Winston ihrer Mutter ähnelte. Sie hatte immer schon gesehen, daß ihnen bestimmte Züge gemeinsam waren, aber das Ausmaß dieser Ähnlichkeit war ihr nie klargewesen. Winston Harte ist ihre jüngere, männliche Variante, sagte sie sich, mehr als irgendein anderes ihrer Kinder und Enkel. Die gleichen, klaren Gesichtszüge, die wie gemeißelt wirkten, das rote, von goldenen Strähnen durchzogene Haar, diese schnellen, intelligenten, unnatürlich grünen Augen. Sogar seine kleinen Hände, die das Glas halten, sind *ihre*. Mein Gott, ist das unheimlich, dachte Edwina, und sah schnell weg, wobei sie sich fragte, warum diese Entdeckung sie so beunruhigte.

Jim, der Winston interessiert zugehört hatte, unterbrach ihn und rief: «Da ist Paula ja endlich.» Sein Gesicht hellte sich auf vor Freude, und er winkte ihr zu. «Bis später.» Beruhigend drückte er Edwinas Arm und eilte durch den Raum.

Paula sah ihn auf sich zukommen, und ein frohes, erwartungsvolles Lächeln spielte um ihren Mund. Ihr Herz schlug schneller. Sie liebte Jim sehr und war so glücklich darüber, ihn gefunden zu haben. Er war der liebste, reizendste Mann, den sie sich vorstellen konnte, und ein prächtiger, anständiger, guter dazu. Sie mußte sich wirklich mehr Mühe geben mit Edwina . . . Sie wollte ihren Mann so gern zufriedenstellen.

Jim ergriff Paulas Hände und blieb neben ihr stehen. Er lächelte auf sie hinab. «Du warst ja so lange fort», sagte er. «Ich hab dich vermißt.»

«Die Babies, Liebling, sie brauchten mich.» Ihre strahlend hellen Augen ruhten zärtlich auf ihm. «Ich hoffe, du wirst dich nicht zu einem dieser eifersüchtigen Väter entwickeln, von denen man immer hört.»

«Nie im Leben. Ich bin vernarrt in diese kleinen Püppchen.» Er lehnte sich dicht an sie, umarmte sie und senkte seine Stimme zu einem heiseren Flüstern. «Aber ich bin auch in *dich* vernarrt. Hör zu, Liebling, laß uns heute abend verschwinden und in Ruhe miteinander essen. Nur wir zwei. Deine Eltern werden nichts dagegen haben. Sie können mit Emma essen.»

«Also . . .»

«Ich werde kein Nein akzeptieren, mein Schatz.» Er beugte sich über sie und flüsterte ihr ins Ohr, wobei er ihre Hände fester ergriff.

Paula errötete bei seinen Worten und stieß dann ihr anmutiges, leichtes Lachen aus. «Du bist wirklich schlimm. Ein richtiger Teufel.» Sie sah ihn schelmisch an und sagte kokett: «Ich bin eine verheiratete Frau, mein Herr. Was Sie da vorschlagen, ist höchst unschicklich. Unanständig, möchte ich fast meinen.»

«Meinst du das wirklich?» Er lachte und zwinkerte ihr zu. «Ich finde meinen Vorschlag sehr *aufregend*.»

«Mummy kommt zu uns», sagte Paula lachend und wechselte geschickt das Thema. «Und sie sieht wild entschlossen aus.»

«Sag ja», forderte Jim. «Zu allem.»

«Ja. Ja. Ja.»

Daisy sah liebevoll von einem zum anderen und schüttelte den Kopf. «Tut mir leid, daß ich euch zwei Liebesvögel unterbrechen muß, aber Mutter wird schon ganz unruhig. Sie möchte die Fotografiererei so schnell wie möglich hinter sich haben. Ich stelle jetzt alle auf. Also kommt bitte mit, wir versammeln uns im grauen Salon. Ach, und noch eines, lieber Jim: ich habe vorgeschlagen, daß Edwina bei einem der kleinen Familienbilder mit dabei ist, und meine Mutter war einverstanden.»

«Das ist unglaublich nett von dir, Daisy», rief Jim erfreut aus. Wie typisch es war, daß sie sich so rücksichtsvoll und anteilnehmend zeigte, was die Gefühle anderer betraf. Und daß Daisy Edwina soviel Rücksicht entgegengebracht hatte, war doppelt lobenswert.

Emma Harte war noch nie in ihrem achtzigjährigen Leben ein Manöver entgangen.

Auch dieser Nachmittag bildete da keine Ausnahme. Ihre Augen waren überall, und von ihrem Platz neben dem Kamin konnte sie den Raum und alle Anwesenden ausgezeichnet überblicken. Fast genauso, wie sich Jim Fairley etwas abgesondert hatte und alles registrierte, spielte Emma in der letzten Zeit meist den Beobachter.

Aber im Gegensatz zu Jim, der nur die Oberfläche der Dinge sah, und das auch noch für bare Münze nahm, beobachtete Emma mit einer beinahe erschreckenden Klarsicht, die jede Fassade durchdrang und das, was dahinterlag, erfaßte. Sie wußte, daß nichts so war, wie es zuerst den Anschein hatte, und deshalb war sie sich deutlich der verborgenen Strömungen bewußt, die in diesem Raum verliefen – der Rivalitäten, Konflikte und Animositäten, die zwischen manchen der Anwesenden herrschten.

Ein sardonisches Lächeln spielte um ihre Lippen. Wie immer hatten sich Cliquen gebildet. Es war leicht zu sehen, wer mit wem verbündet war. Und sie las in ihnen wie in einem offenen Buch.

Edwina überraschte sie am meisten von allen: Offenbar hatte sie die Vernunft besessen, das Unvermeidliche hinzunehmen. Emmas älteste Tochter strömte reine Herzlichkeit aus, wie sie da auf einem Sofa am Fenster saß und mit Sally plauderte. Aber andererseits hatte Emma bemerkt, daß sie peinlich darauf bedacht war, jeden wirklichen Kontakt zu den übrigen Hartes im Salon zu vermeiden.

Randolph, Sallys Vater, und seine beiden anderen Kinder Vivienne und Winston waren offensichtlich *persona non grata* für Edwina; kaum verbarg sich ihre heftige Abneigung hinter dem steifen kalten Lächeln, mit dem sie sie begrüßt hatte. Auch Blackie zeigte sie die kalte Schulter – aber das war nichts Neues. Im letzten Jahr hatte Edwina ihn einmal den «Grandseigneur» genannt, wobei ihre Stimme von Sarkasmus widerhallte, denn sie meinte es abschätzig.

Emma lächelte vor sich hin. Sie hatte den Spitznamen gut gefunden und tat das immer noch. Er paßte.

Blackie führte sich wirklich wie ein großer Patrizier auf, stolzierte umher, als könne er territoriale Ansprüche geltend machen, wobei er etwas sehr Besitzergreifendes hatte und liebenswürdig und charmant den freundlichen Gastgeber spielte. Aber warum auch nicht? Er war schließlich ihr bester Freund und Gefährte, dies war ihr Haus, und sie war heute die Gastgeberin. Er hatte während der Toasts und dem Anschneiden der Tauftorte neben ihr gestanden, und nachdem Randolph seine Rede beendet hatte, war er mit einem eigenen Toast angekommen. Einem auf sie. Er hatte sie als jüngste und schönste Urgroßmutter der Welt bezeichnet. Nun stand er bei Paula, die sich mit den Babies zu schaffen machte. Daisy trat zu ihnen, und ihre Heiterkeit, Ehrlichkeit und Güte waren wie ein Leuchtfeuer in diesem Raum.

Emma blickte in die gegenüberliegende Ecke und hielt bei ihrem Enkel Alexander inne.

Reserviert wie stets, schien Alexander dies besonders Jonathan und Sarah gegenüber zu sein, denen er nur kurz zugenickt hatte, als er kam. Seitdem hatte er sie sorgfältig ignoriert. Zu Beginn des Empfangs hatte er sich zu Bryan und Geraldine O'Neill gesellt und sich auch wieder zu ihnen gesetzt, nachdem die Fotos gemacht worden waren. Sie begriff nicht, warum er so kühl und abweisend zu Sarah und Jonathan war. Ob sie Streit gehabt hatten? Oder langweilte er sich bloß mit Cousin und Cousine, seinen Arbeitskollegen bei der Harte-Unternehmensgruppe? Sie wog diese Möglichkeiten gegeneinander ab und verwarf sie dann. Sie würde es noch früh genug erfahren, falls die drei wirkliche Probleme hatten. Sie wünschte, Alexander würde sich endlich für die nette Marguerite Reynolds entscheiden. Er hatte das arme Mädchen schon so lange im ungewissen gelassen. Wo steckte sie überhaupt?

Emma blickte scharf im Raum umher. Ach ja, da, neben der Tür, und lachte mit Merry O'Neill und Amanda. Du liebe Zeit, trank das Kind etwa schon wieder ein Glas Sekt? Ihr *drittes*? Emily soll auf ihre Schwestern aufpassen, und sie ist nicht einmal im Zimmer, dachte Emma und tat einen Schritt auf Amanda zu, blieb dann aber wieder stehen. Emily war gerade mit Winston und Shane zurückgekehrt, hatte Amanda erblickt und wollte mit ihrer kleinen Schwester schimpfen, die ein schuldbewußtes Gesicht machte. Emma nickte, belustigt über die kleine Szene, die dort aufgeführt wurde. Wenngleich Emily jung und lustig war, konnte sie doch sehr streng sein.

Shane hatte sich von Winston und Emily entfernt und strich ruhelos durch den Raum. Emmas Blick folgte ihm. Bei David hielt er an, zog Paulas Vater beiseite und verwickelte ihn in ein langes Gespräch. Shane ist heute nicht er selbst, fand Emma. Er hat so einen abwesenden Gesichtsausdruck. Sie überlegte, ob er sich wohl bei ihrem Familienfest langweilte oder ob er mit seiner bevorstehenden New York-Reise beschäftigt war.

Und was Sarah betraf, so schien ihre kastanienbraune Enkelin ein ostentatives Desinteresse für Shane an den Tag zu legen. Ob Emily wohl übertrieb? Nein, bestimmt nicht. Sarah, die sich an Jonathan geheftet hatte wie eine Muschel an einen Schiffsrumpf, verriet Emma durch ihr Benehmen, daß sie doch viel für ihn übrig hatte. Wenn Shane ihr nicht mehr wichtig wäre, würde sie sich nicht in eine Ecke verdrücken und ihm aus dem Weg gehen. War Jonathan eine bequeme Ersatzlösung? Oder hatten er und Sarah sich in letzter Zeit zu einem besonderen Bund zusammengefunden? Wenn ja, warum? Früher waren sie nie besonders eng befreundet gewesen.

Emma sah Jonathan lange und scharf an, studierte sein glattes, lächelndes Gesicht, registrierte sein unbekümmertes Gehabe. Sehr gewinnend konnte er sein. Er ist schlau, dachte sie, aber nicht ganz so schlau, wie er meint. Er kann sich gut verstellen, wahrscheinlich hat er das von mir. Und weil ich mich besser verstellen kann als er, führt er mich kein bißchen an der Nase herum. Ich habe zwar keinen Beweis für seinen Verrat, nichts Konkretes, womit ich ihn erwischen kann, aber ich weiß, daß er irgendwas im Schilde führt.

Als Emma bei der Kirche von Fairley ankam, war Jonathan zu ihr hinübergeeilt und hatte gesagt, er würde sie am Montagmorgen sehen und ihr seine neue Analyse des *Aire Communications*-Gebäudes bringen. Sie hatte bloß mit undurchsichtigem Gesicht genickt. Aber sie hatte sich gleich gefragt, wieso er plötzlich glaubte, die Analyse über den Wert des Gebäudes sei nicht länger dringend und könne nun bis Montag warten. Denn sie hatte ihn mehrmals auf die Dringlichkeit aufmerksam gemacht. Emma mußte aber nicht lange nachdenken, um die richtige Antwort zu finden. Jonathan wußte, daß die Analyse nicht mehr eilte, weil ihm klar war, daß die Verhandlungen mit *Aire* gescheitert waren. Weder sie noch Paula hatten aber vom Scheitern der Verhandlungen geredet, so daß er seine Information bloß von Sebastian Cross haben konnte, und zwar innerhalb der letzten 24 Stunden.

Diese Unterhaltung bei der Kirche hatte Emma – zusammen mit Emilys Enthüllungen am Abend zuvor – davon überzeugt, daß Jonathan irgendwie mit den Cross verbündet war, mit ihnen unter einer Decke steckte. Aber zu welchem Zweck?

Sie wußte es nicht. Aber sie würde es bald herausbekommen. Sie dachte gar nicht daran, Jonathan am Montag zur Rede zu stellen. Es war nicht ihre Art, die Hand zu zeigen, wenn diese Hand noch mehr Seil geben konnte, aus dem sich dann eine Schlinge formte. Nein, sie würde nächste Woche nach London fahren und sondieren. Sehr diskret. Jonathans Benehmen heute hatte sie nur im bohrenden Verdacht bestärkt, daß er nicht vertrauenswürdig sei, ein Gefühl, das sie schon seit Wochen hatte. Ohne es zu merken, hatte er sie noch mehr gewarnt. Wenn er wirklich schlau wäre, hätte er so getan, als gäbe es das *Aire*-Projekt noch. Er hatte einen kleinen Fehler gemacht – aber einen tödlichen in ihren Augen.

In diesem Moment drehte Jonathan sich zufällig um. Ihre Blicke trafen sich. Er lächelte breit und kam durch den Raum auf sie zu.

«Meine Güte, Grandy, wieso stehst du denn da so ganz allein?» fragte er und zeigte sich besorgt. Ohne ihre Entgegnung abzuwarten, fuhr er fort: «Möchtest du irgend etwas? Ein Glas Sekt oder vielleicht eine Tasse Tee? Komm und setz dich doch. Du mußt erschöpft sein.» Liebevoll nahm er ihren Arm, die Besorgtheit selbst.

«Ich möchte nichts, danke», sagte Emma. «Und ich bin kein bißchen erschöpft. Tatsächlich hab ich mich nie so gut gefühlt.» Sie gab ihm sein heuchlerisch süßes Lächeln zurück. Sanft machte sie sich los und sagte: «Ich amüsiere mich großartig – so dastehn und alle beobachten. Ist erstaunlich, wie Leute sich so decouvrieren, wenn sie sich unbeobachtet glauben.» Ihre Augen fixierten ihn.

Sie wartete.

Er wand sich unter ihrem unnachgiebigen Blick, suchte ihm aber standzuhalten. Es gelang ihm, weiter offen und freimütig dreinzuschauen. Aber er lachte zu schnell und zu laut: «Du bist mir doch eine Pokerspielerin, Grandy.»

Und du bist vielleicht der Joker im Kartensatz, dachte Emma kalt. Sie sagte: «Was ist eigentlich mit Sarah los? Sie ist heute so distanziert mit allen, außer mit dir, versteht sich.»

«Ihr geht es nicht gut», antwortete er schnell. «Sie hat eine starke Erkältung.»

«Ich finde, sie sieht prima aus», bemerkte Emma trocken und warf einen raschen Blick in Sarahs Richtung.

Dann trat sie abrupt einen Schritt zurück, etwas von Jonathan fort, und sah ihn direkt an.

«Seid ihr zusammen hierhergekommen? Und wann wart ihr in Yorkshire?»

«Nein, getrennt, Sarah gestern abend mit dem Zug. Und ich bin heute morgen hierhergefahren.» Er sagte das ruhig genug und lächelte auf sie herunter.

Doch Emma erkannte den winzigen Funken Lüge in seinen hellen Augen. Prüfend betrachtete sie sein Gesicht. Arthur Ainsleys schwacher Mund, dachte sie. «Schön, daß Sarah jemanden hat, der sich um sie kümmern kann, Jonathan. Das ist unglaublich nett von dir.»

Er sagte dazu nichts, sondern wechselte das Thema: «Willst du dich wirklich nicht setzen, Großmutter?»

«Ach ja, das wäre doch ganz gut.»

Er geleitete sie durch das Zimmer auf Charlotte und Natalie zu, und Emma mußte sich ein Lachen verkneifen. Also er glaubt, dort gehörte ich hin, zu den alten Damen, dachte sie ein wenig bitter.

Er achtete darauf, daß sie es bequem hatte, sprach ein paar Worte zu seinen Großtanten und verschwand dann, ging wieder zurück zu Sarah.

Emma sah ihm mit einem Gefühl von Trauer und Enttäuschung nach. Schade, das mit Jonathan, dachte sie resigniert. Offenbar merkt er es nicht, aber er ist so durchsichtig wie Wasser. Genau wie sein Vater. Sie hatte Robin immer durchschaut und war ihm immer ein paar Schritte voraus gewesen, sehr zu seinem Ärger und Mißvergnügen. Seufzend schob Emma sich in die Kissen und nahm eine Tasse Tee von der Bedienung entgegen, worauf sie sich ihren Schwägerinnen zuwandte. Natalie, Franks Witwe, war an diesem Nachmittag ungewöhnlich streitsüchtig und bestimmte bald die Unterhaltung mit einem endlosen Monolog über ihr einziges Kind, Rosamund, die mit ihrem Diplomatengatten in Italien lebte. Charlotte und Emma hörten ihr zu und wechselten ab und zu amüsierte Blicke, aber Emmas Interesse ließ bald nach. Sie vertiefte sich wieder in ihre zahllosen Gedanken.

Nie würde sie herausbekommen, was sie plötzlich dazu bewegt hatte, ihren Tee hinzustellen, aufzustehen und sich in jenem besonderen Augenblick umzudrehen. Und später, als sie darüber in Ruhe nachdachte, sollte sie wünschen, sie wäre sitzen geblieben.

Aber sie tat, was sie tat, und erblickte Shane O'Neill. Er bemerkte sie nicht. Er stand ganz allein da, gegen die Wand gelehnt im Schatten, den eine hohe Regencyvitrine warf. Und in seinem schönen Gesicht lag ein Ausdruck von solch echter Liebe und schmerzvoller Sehnsucht, daß Emma vor Überraschung der Atem stockte. Sein Gesicht war nackt, gänzlich ausgeliefert, und es enthüllte die stärksten, zwingendsten Gefühle, die ein Mann für eine Frau empfinden konnte.

Es war Paula, die Shane mit solch inniger Sehnsucht ansah.

Um Gottes willen, dachte Emma. Eine Welle der Niedergeschlagenheit erfaßte sie. Ihr Herz ließ einen Schlag aus. Wie gut kannte sie diesen Blick in den Augen eines Mannes. Er stand für Leidenschaft und Begehren, den überwältigenden Drang zu besitzen. Völlig und auf immer.

Aber ihre Enkelin nahm ihn gar nicht wahr. Sie beugte sich über das Kindermädchen, das ihre Tochter auf dem Arm wiegte, rückte der Kleinen das Taufkleid zurecht und gurrte ihr zu. Paulas Gesicht war zärtlich vor Mutterliebe, sie war ganz in das Baby vertieft.

Emma war zu schockiert von dem, was sie sah, als daß sie sich bewegen konnte. Wie festgenagelt saß sie da, starrte ihn reglos an, konnte gar nicht wieder wegsehen, und Shane glaubte sich zweifellos geschützt vor neugierigen Blicken. Emma griff haltsuchend nach der Sofalehne, von einem schrecklichen Gefühl durchbebt.

Zu ihrer großen Erleichterung schwand der Ausdruck aus Shanes Gesicht, war fort, wurde von jener nonchalanten Miene ersetzt, die sie so gut kannte. Er trat aus dem Schatten heraus, ohne sie zu bemerken, und mischte sich wieder unter die Menge. Von fern hörte sie sein klangvolles Lachen und dann die Stimme Randolphs, der ihm auf irgend etwas antwortete.

Im Bemühen, Ordnung in ihre Gedanken zu bringen, änderte Emma ihre Haltung und drehte sich so, daß sie den ganzen Raum im Blick hatte. Ob sonst noch jemand diesen zutiefst intimen Moment miterlebt hatte? Wo steckte Jim? Emmas schnelle, wachsame Augen schossen hierhin und dorthin und blieben schließlich an Emily haften, die reglos ein paar Schritte entfernt stand und entsetzt ihren Blick erwiderte. Angst verdunkelte ihr hübsches junges Gesicht.

Emma runzelte die Stirn. Sie warf Emily einen bedeutungsvollen Blick zu und machte dann eine Kopfbewegung auf die Tür zu. Darauf verließ sie langsam den Salon. Kummer erfüllte sie, und Shane O'Neill tat ihr sehr leid. Als sie die Stone Hall durchschritt, wurde ihr alles klar, und ihr Schmerz verstärkte sich noch.

Sowie Emma die Bibliothek betreten hatte, ließ sie sich auf den nächsten Stuhl fallen. Es erstaunte sie, daß ihre Füße sie so weit getragen hatten. Ihre Knie waren weich.

Emily kam kurz darauf, schloß fest die Tür hinter sich und lehnte sich sprachlos dagegen.

Emma fand, daß sie aussah, als habe sie einen Geist gesehen. Sie war unnatürlich blaß, ihr Gesicht angespannt.

Emma sagte: «Du hast es also gesehen? Wie Shane Paula angesehen hat?»

«Ja», flüsterte Emily.

«Er ist sehr in sie verliebt», sagte Emma mit heiserer Stimme. Ihre Kehle wurde eng. Sie hielt inne, nahm sich zusammen. «Aber du hast das vorher schon gewußt, Emily. Gestern wär es dir beinahe herausgerutscht. Du hast dich gerade noch im Zaum gehalten. Das stimmt doch, oder?»

«Ja, Gran.»

«Nun schau nicht so ängstlich drein, Emily. Komm her und setz dich zu mir. Ich muß mit dir darüber sprechen. Das ist höchst besorgniserregend.»

Emily eilte durchs Zimmer und nahm neben Emma Platz. Ernst sah sie ihrer Großmutter ins sorgenvolle Gesicht, das plötzlich merkwürdig erschöpft und müde wirkte. «Es tut mir wirklich leid, daß du es erfahren mußtest. Ich wollte es dir nicht sagen, Grandma. Ich wußte, daß es dir weh tun würde.»

«Ja, das ist wahr, sehr wahr. Aber ich weiß es nun und möchte dich ein paar Dinge fragen. Zuerst einmal – wie bist du überhaupt darauf gekommen, daß Shane in Paula verliebt ist?»

«Weil ich ihn schon öfter so gesehen hab. Bei Paulas Hochzeit in London letztes Jahr . . . als er sich unbeobachtet glaubte. Es war eine ähnliche Situation wie heute. Er hatte sich in einer Ecke verschanzt, bei dem Empfang im *Claridge's*, und ließ sie nie aus den Augen. Und dann seine Art . . . das mußt du doch zugeben, Grandy, daß er zu Paula schon lange seltsam und eisig ist. Er meidet sie. Offenbar kann er es nicht aushalten in ihrer Nähe, weil er weiß, daß sie mit jemand anderem verheiratet ist.»

Nervös biß Emily sich auf die Lippen. «Ich schätze, das ist auch einer der Gründe, warum er so oft im Ausland ist. Ich weiß, daß er wegen der Hotelkette viel reisen muß, aber Merry sagte grad neulich zu mir, daß Shane unter dem seichtesten Vorwand ins erstbeste Flugzeug steigen würde. Ihm brennt der Boden unter den Füßen, meint sie.»

«Verstehe», sagte Emma. «Also Shane hat sich dir nie anvertraut?»

«Um Gottes willen, nein. Würd er nie. Er ist viel zu stolz.»

«Ja», sagte Emma. «Ich weiß, was du meinst.» Sie überlegte kurz und sagte dann wie zu sich selbst: «Das scheint in dieser Familie gang und gäbe zu sein. Und falsch ist der Stolz auch. Was ist das für eine Zeitverschwendung. Sehr dumm, auf lange Sicht. Dabei kommt nie was Gutes heraus.» Dann blickte sie weg, starrte geistesabwesend ins Leere und sah so vieles, verstand so vieles.

Auf ihre altmodisch-mütterliche Art tätschelte Emily ihr die Hand und sagte eindringlich: «Sorge dich nicht, Gran. Ich weiß, daß du Shane wie einen deiner eigenen Enkel liebst, aber du kannst in diesem Fall nichts tun.»

«Das weiß ich, Liebling. Aber was ich noch zu diesem Vorfall im Salon sagen wollte: Glaubst du, daß es außer uns noch jemand gesehen hat? Jim etwa?»

«Jim war grad ein paar Minuten hinausgegangen, Gran. Ich hab mit ihm geredet, als er hinter Anthony und Sally auf die Terrasse ging. Dann kamen noch Miranda und die Zwillinge dazu.» Wieder biß Emily sich auf die Unterlippe. «*Sarah.* Sie hat Shane den ganzen Abend schon verstohlene Blicke zugeworfen. Vielleicht hat sie's gesehen, ich bin nicht sicher.»

«Hoffentlich nicht!» rief Emma besorgt.

«Ja, das hoff ich auch.» Emily atmete tief durch und sagte dann leise: «Aber einen gab's, der hat es gesehen . . .»

«Wer?» Emma sah sie scharf an.

«Winston.»

«Na, das geht ja noch. Gut, daß es niemand anders war. Lauf und bring ihn her, Emily, und sag ihm noch nichts. Nicht da drinnen. Zu viele Klatschbasen.»

«Ja, Großmutter.» Und Emily sauste aus dem Zimmer.

Dann stand Emma auf und ging zum Fenster, blickte in ihre schönen Gärten hinaus. Wie friedlich alles im strahlenden Sonnenschein aussah . . . und nebenan im Salon war ein junger Mann, der alles besaß, nur nicht die Frau, die er liebte, und deshalb vielleicht in seinem ganzen Leben keine Ruhe mehr finden würde. Außer wenn seine Liebe zu Paula aufhörte. Aber Emma bezweifelte, daß dies je geschehen würde. Eine Liebe wie diese, die sie auf seinem Gesicht eingraviert gesehen hatte, währte ewig. Ihre Tiefe und Intensität ließen sie bis ins Mark erschauern. Sie war ganz sicher, daß sich ein Mann wie Shane O'Neill nicht damit zufriedengeben würde, aus der Ferne zu schmachten. Seine Gefühle konnten ihn leicht zum Handeln bewegen. Vielleicht würde er eines Tages um Paula kämpfen. Und selbst wenn die sich nicht für Shane interessierte, würde das Ganze doch sehr unbehaglich werden, fand Emma. Dreiecke waren nicht nur ungemütlich, sie waren auch äußerst explosiv.

Emma seufzte leise. Auch sie wußte keine Antwort, keine Lösung, und Herumspekulieren war bloße Zeitverschwendung.

Sie konzentrierte sich auf Paula. Hoffentlich würde ihre Enkelin für den Rest ihres Lebens mit Jim Fairley glücklich sein. Falls nicht, würde Shane sich womöglich doch durchsetzen. Das erste Ehejahr war idyllisch gewesen, dennoch hatte sie einige Dinge bemerkt, die sie nachdenklich machten und sie Jim mit anderen Augen sehen ließen. Intuitiv wußte sie, daß er, was Charakterstärke betraf, nicht Paulas Format hatte. Paula war ungewöhnlich hartnäckig und hatte einen eisernen Willen. Sie war auch viel intelligenter als Jim – in jeder Hinsicht.

Was seinen Beruf anging, hielt Emma viel von ihm – er war ein exzellenter Journalist. Sie mochte ihn auch gern – es war schwer, Jim nicht zu mögen. Aber Emma hatte schon vor einiger Zeit festgestellt, daß es mit seinem Urteilsvermögen auf vielen Gebieten nicht zum besten bestellt war. Er war nicht kritisch genug. Er mochte jeden, und darüber hinaus wollte er, daß alle immer glücklich sein sollten, nichts weniger. Streit und Aufregung verabscheute er und tat sein möglichstes, um Einvernehmen herzustellen – oft zu seinem eigenen Nachteil. Emma fand, daß einer seiner größten Fehler dieses überwältigende Bedürfnis war, beliebt zu sein, von jedem in der Familie, von seinen Freunden und Arbeitskollegen gemocht zu werden. Das bedrückte und reizte Emma. An der Spitze war man immer einsam. Überdies war es ziemlich unklug, mit seinen Angestellten allzu vertraulich umzugehen; so etwas brachte leicht Ärger. Wenn sie es sich auch ungern eingestand: Jim hatte einfach nicht Paulas Format. Würde er sich über die Jahre bewähren? Jede Ehe hatte ihre Krisen, Probleme, Gefühlsstürme. Falls Jim wegen seines Mangels an Zähigkeit und Durchhaltevermögen zusammenbrach, was würde dann aus dieser Ehe werden? Aus Paula? Den Kindern? Aber sie sah nicht gern so düster in die Zukunft; deshalb schob sie die negativen Gedanken schnell wieder beiseite. Sie liebten einander sehr, und vielleicht würde ihre Liebe alle Probleme überwinden.

Winston trat ein: «Du wolltest mich sprechen, Tante Emma?» Er klang nervös und besorgt.

«Ja», sagte Emma und drehte sich um. Sie ging zu einer Sitzgruppe hinüber und bedeutete Winston und Emily, ihr zu folgen.

Wartend saßen sie ihr gegenüber.

Winston war vollkommen überrascht gewesen, als Emily ihn aus dem Salon zog und ihm zuflüsterte, daß Emma ihn sprechen wollte. Sofort war ihm das besorgte Verhalten des Mädchens aufgefallen, und er hatte gewußt, daß etwas nicht in Ordnung war. Nun verstärkte sich seine Unruhe. Er zog hastig an seiner Zigarette. Aus den Augenwinkeln heraus sah er, daß Emilys Gesicht über dem gelben Kostüm starr war, die knochige Blässe betonter als sonst.

Emma kam sofort zur Sache: «Vor ein paar Minuten sah ich, wie Shane Paula so anschaute, daß mir seine Gefühle für sie überdeutlich wurden. Emily meint, du hättest das auch gesehen.»

«Ja, hab ich», sagte Winston sofort, da er begriff, daß es keinen Sinn hatte, es abzustreiten oder zu lügen. Er nahm sich zusammen und fragte sich, was sie wohl als nächstes sagen würde. Ihr Gesicht war streng und ernst.

«Shane liebt Paula», verkündete Emma knapp.

«Ja, und zwar sehr», erwiderte Winston und schüttelte den Kopf. Er hatte sich schon lange gefragt, wann es herauskommen würde, und nun, da es passiert war, entschloß er sich, vollkommen offen mit Emma zu sein. In gewisser Weise war er erleichtert, daß sie es endlich wußte. Für ihn allein war es eine schwere Last gewesen.

Sehr, dachte Emma für sich. Ihr Herz wurde schwer. Winston bestätigte ihre schlimmsten Ahnungen. Langsam sagte sie: «Hat Shane mit dir über seine Gefühle gesprochen, Winston?»

«Nein, Tante Emma. Er ist ein sehr diskreter, verschlossener Mensch. Aber ich habe ein paar Dinge bemerkt in letzter Zeit, und ich weiß schon länger, daß er Paula verfallen ist . . . einfach durch Beobachtung. Wir haben schließlich das Haus zusammen am Wochenende. Ich glaube auch, daß er weiß, daß ich es weiß, aber er hat nie die Rede darauf gebracht. Wie ich schon gesagt habe, er ist äußerst diskret.»

Emma lehnte sich zurück und schürzte die Lippen; sie sah noch nachdenklicher aus als zuvor. Nach einer kurzen Pause sagte sie: «Sie sind immer unzertrennlich gewesen, Winston. Wie konnte er sie sich nur durch die Finger schlüpfen lassen.»

«Da kann ich auch nur Vermutungen anstellen», murmelte Winston und sah sie scharf an. Er drückte mit einer zornig wirkenden Bewegung seine Zigarette aus. «Eben weil sie zusammen aufgewachsen sind . . . ich meine, er konnte wohl den Wald vor lauter Bäumen nicht sehen. Ich bin sicher, daß Shane das ganze Ausmaß seiner Gefühle für sie erst erkannt hat, als sie sich mit Jim verlobte. Und die haben so schnell geheiratet, daß Shane kaum Zeit hatte, sich zu fassen. Oder zu handeln. Es ging alles so schnell, das weißt du ja.»

Winston zuckte resigniert die Achseln und sah fort. In letzter Zeit war es mit Shane schlimmer und niederdrückender geworden – und offensichtlicher. Er war froh darüber, daß Shane in die Staaten ging. Er wandte sich wieder Emma zu und schloß: «So sehe ich den Stand der Dinge, Tante Emma. Ich bin ganz sicher, daß erst ein anderer Mann auf die Bühne treten mußte, bis Shane begriff, wie sehr er Paula liebte.»

«Ja, ich denke, du hast recht, Winston», sagte Emma.

«Glaubst du, daß Paula je wußte oder weiß, daß er so zu ihr steht?» fragte Emily Winston leise, berührte ihn leicht am Arm und sah zu ihm empor.

«Das weiß ich wirklich nicht, Emily. Aber ich . . .»

Emma unterbrach ihn sehr entschieden. «Ich bin sicher, daß sie es nicht weiß, daß sie keine Ahnung davon hat, Schätzchen.» Sie räusperte sich und fuhr dann genauso entschieden fort: «Das ist alles sehr traurig für Shane, aber niemand kann irgend etwas daran ändern, schon gar nicht ich. Nicht mehr. Und es geht mich eigentlich auch nichts an – niemanden geht es was an. Aber ich möchte wirklich nicht, daß Shane oder Paula Opfer des Familienklatsches werden, und wir wissen ja alle, daß es hier ein paar Leute gibt, die gern tratschen und die Sache vielleicht aufblähen. Ich habe volles Vertrauen in eure Diskretion und Loyalität. Dennoch bitte ich euch, mir zu versprechen, daß ihr niemandem erzählt, was ihr heute nachmittag gesehen habt. Ist das klar?»

«Natürlich verspreche ich dir das, Großmutter», rief Emily gekränkt und sah Emma entgeistert an. «Du mußt doch wissen, daß ich nie über Paula tratschen oder sie verletzen würde. Und genauso denk ich über Shane.»

«Ich habe dich nicht verdächtigt, Emily. Ich wollte nur betonen, wie wichtig eure Verschwiegenheit in dieser Angelegenheit ist.» Sie sah Winston an.

Auch er sagte: «Ich versprech's dir, Tante Emma. Ich mag Paula und Shane genauso gern wie Emily. Ich stimme dir zu, was den Familienklatsch betrifft. Da sind viele neidisch auf Paula. Und auch auf Shane. Sie sind sehr ungewöhnliche Menschen, und deshalb werden sie immer Zielscheiben sein. Ich werde schweigen wie ein Grab, Tante Emma. Sei unbesorgt.»

«Danke», sagte Emma und merkte sich Winstons scharfsinnige Formulierungen. Sie lächelte knapp. «Ich möchte auch, daß wir dies Thema nie wieder anschneiden. Das beste ist wohl, wir vergessen es. Shane geht für sechs Monate fort. Hoffen wir, daß er Paula vergißt . . .»

«Er wird nie von ihr lassen!» unterbrach Winston sie erregt. «Es ist nicht seine Art . . .» Zornig biß er sich auf die Lippen und bereute, daß er gesprochen hatte.

Aber er hatte genug gesagt, um Emma ein klares Bild zu vermitteln. Ja, dachte sie, genau dasselbe befürchte ich auch. So ruhig wie möglich sagte sie: «Vielleicht wird er immer etwas für sie übrig haben, Winston. Aber er ist jung und sehr männlich. Er hat normale Wünsche und Triebe, da bin ich sicher. Laßt uns hoffen, daß er schließlich jemanden findet, der seine Bedürfnisse befriedigt und seinen Ansprüchen genügt, eine Frau, die ihm hilft, Paula zu vergessen. Ich wünsche mir sehnlich, daß er sich ein zufriedenstellendes Leben aufbaut, Erfüllung und Glück findet.»

«Das weiß ich nicht so recht», murmelte Winston, der es sich wieder anders überlegt hatte. Er sollte ehrlich zu Emma sein. Das war er ihr schließlich schuldig. Er warf seiner Tante einen düsteren Blick zu. Und dann, weil er ihr immer alles ohne das kleinste bißchen Verlegenheit hatte sagen können, fügte er schonungslos hinzu: «Er wird sicher weiterhin seine kurzen Affärchen haben, seine sexuellen Verstrickungen. Dem kann er nicht entkommen, so wie die Frauen hinter ihm her sind. Shane ist kein Heiliger, mußt du wissen, und er ist auch kein Typ fürs mönchische Leben. Schließlich muß man eine Frau nicht lieben, um mit ihr zu schlafen, Tante Emma.»

«Ja, das stimmt», sagte Emma, zog eine Braue hoch und warf Emily einen Seitenblick zu.

Winston bemerkte das, aber Emily war doch ein großes Mädchen. Sie wußte Bescheid. Unbeirrt fuhr er fort: «Du wirst das vermutlich nicht gern hören, aber ich will es doch sagen. Meiner Meinung nach wird Shane O'Neill nie eine andere als Paula lieben. Vor ein paar Minuten hast du gesagt, das sei eine tragische Sache für Shane. Ist es auch. Aber es ist auch tragisch für Paula, finde ich. Sie wäre viel besser dran, und glücklicher zudem, wenn sie Shane hätte anstatt Jim Fairley.»

Winstons rauher Ton, ganz abgesehen von seinen mißbilligenden Worten, ließ Emma zusammenzucken. Bestürzt sah sie ihn an, sah den zornigen Zug um den Mund, das zornige Licht in seinen Augen. Er hat was gegen Jim, dachte sie, deshalb seine unterdrückte Wut, sein Groll. Winston ist gegen Jim Fairley, weil er Paula bekommen und Shane ausgestochen hat.

Emma nickte, gab aber keinen Kommentar ab.

Emilys Gesicht zog sich zusammen. Leise sagte sie: «Der arme Shane, das ist so ungerecht.»

«Aber Schätzchen, du siehst das nur von Shanes Seite», sagte Emma ein wenig vorwurfsvoll. «Vielleicht findet Paula das Leben nicht ungerecht. Ich bin sicher, daß sie glücklich ist mit Jim. Ich weiß, daß sie ihn liebt. Und wer hat dir denn gesagt, daß das Leben gerecht ist, Emily? Es ist sehr ungerecht, und immer verdammt hart gewesen – das ist zumindest meine Erfahrung. Wie wir mit dem Leben fertig werden, unseren Schwierigkeiten und unserem Leid begegnen und sie überwinden – das zählt wirklich. Wir müssen alle stark sein, aus unseren Krisen lernen, daran wachsen. Wir dürfen uns von Widrigkeiten nie unterkriegen lassen, Emily. Und nun laßt uns diese Unterhaltung beenden. Geht jetzt, ihr beiden. Ich möchte ein paar Minuten allein sein.»

Winston trat zu ihr und küßte sie. Emily tat es ihm nach. Schweigend verließen sie gemeinsam den Raum.

Emma saß einen Augenblick lang still da.

Sie war müde, zu Tode erschöpft. Sie hatte das Gefühl, ein Problem gelöst zu haben, nur um das nächste zu entdecken. Aber es war ja nie anders gewesen. Lieber, lieber Shane, murmelte sie. Ich fühle mit dir. Das Leben hat dir da ein schlechtes Blatt ausgeteilt. Aber du wirst es überleben. Tun wir alle.

Ganz plötzlich traten ihr Tränen in die Augen und liefen die

Wangen hinab. Sie suchte in ihren Taschen nach einem Taschentuch und tupfte in ihrem runzligen alten Gesicht herum. Sie hatte Lust, hemmungslos zu weinen. Aber das war nicht ihre Art, einfach so nachzugeben. Und Tränen brachten ihr gar nichts. Sie schnupfte sich aus, steckte das Taschentuch wieder ein und stand auf, wobei sie ihr Kleid glattstrich.

Dann schritt sie zurück an die Fenster, holte ein paarmal tief Luft und griff auf ihre enorme Kraft, ihren Willen zurück. Langsam gewann sie die Fassung wieder. Ihre Gedanken kehrten zu Shane zurück. Vielleicht hatte Winston recht. Vielleicht hatte Shane erst eingesehen, wie er wirklich für Paula empfand, als es zu spät war. Vielleicht hatte er angenommen, alle Zeit der Welt zu haben, um sie zu erwählen. Wir denken alle, daß die Zeit ewig währt, wenn wir jung sind, seufzte sie. Die Zukunft scheint sich endlos und ewig vor einem zu erstrecken. Aber das ist nicht wahr . . . sie verschwindet im Nu, im Augenblick. Blackie kam ihr in den Sinn. Sie fragte sich, was er wohl zu dieser Sache sagen würde. Sofort beschloß sie, ihm nichts davon zu erzählen. Es würde ihn aufregen, ihm zuviel Kummer machen.

Gestern abend hatte Blackie gesagt, das Leben sei zu kurz, um lange zu zögern. Da war was Wahres dran, besonders, wenn es sich um ein paar alte Kämpen wie sie beide handelte. Emma traf noch eine rasche Entscheidung. Sie würde Blackies Einladung zur Weltreise nun doch annehmen. Kein Zaudern mehr.

Sie wandte sich vom Fenster ab, ging schnell durch den Raum und verließ die Bibliothek. Zielstrebig schritt sie in den Salon und suchte nach Blackie, wobei sie sich sein Gesicht vorstellte, wenn sie ihm befahl, sein PROJEKT, groß geschrieben, sofort in die Tat umzusetzen. Und das würde sie tun, sobald sie ihn in dem überfüllten Raum entdeckt hatte.

12

Glaubst du, daß alle Familien so wie unsere sind?»

«Wie meinst du das denn?» fragte Winston und sah Emily an.

«Bei uns spielt sich immer dies oder jenes Drama ab. Mir kommt es vor, als hätte es noch nie eine Minute Frieden gegeben, solange ich mich erinnern kann. Wenn nicht die gräßlichen Onkel und Tanten ekelhafte Szenen aufführen und jedem die Augen auskratzen, dann streitet sich unsere Generation und macht den größten Aufstand. Ehrlich, ich hab das Gefühl, als stünde ich die halbe Zeit auf dem Schlachtfeld, und ich glaub, ich bin keine sehr gute Kämpferin.»

Winston lachte in sich hinein ob des klagenden Tons, der so zu ihrem vergrämten Gesicht paßte.

«Du hältst dich ganz gut, Emily. Du bist ein tüchtiger kleiner Schläger, das hab ich gesehen.»

Die beiden saßen auf einer alten Steinbank an der tiefsten Stelle des sanft gewellten Rasens, der sich von der breiten Terrasse gegenüber dem pfirsichfarbenen Salon erstreckte. Hinter ihnen erhob sich Pennistone Royal vor einem tiefblauen Himmel, ehrfurchtgebietend in seiner Würde und majestätischen Schönheit. Die vielen Fenster leuchteten in der Spätnachmittagssonne.

Winston sagte nachdenklich: «Aber um auf deine Frage zurückzukommen – ich glaube nicht, daß andere Familien genauso sind wie unsere. Wie viele haben schließlich eine Emma Harte als Matriarchin?»

Emily rückte ein bißchen von ihm ab und sah zu ihm empor, eine kleine Falte auf ihrer glatten Stirn. Ihr Blick war ernst auf ihn gerichtet: «Nun mach nicht Großmutter für das Theater verantwortlich, das sich hier immer abspielt. Ich glaube, sie ist nur eine unschuldige Beobachterin, die Arme. Ich werd wirklich wütend, wenn ich an den Kummer denk, den manche in der Familie ihr machen.»

«Ich wollte sie nicht kritisieren, wenn du das denkst», sagte

Winston. «Oder auch nur im geringsten unterstellen, sie sei für diese Verhältnisse verantwortlich. Ich bin ganz deiner Meinung – es ist nicht ihre Schuld. Was ich sagen wollte, ist nur, daß sie, die bemerkenswerteste Frau unserer Zeit, ein Original, notwendigerweise von stürmischen Krisen umgeben sein muß. Sieh mal, sie hat ein sehr aufregendes, sehr kompliziertes Leben geführt, und sie hat es voll ausgelebt. Sie hat doch Rudel von Kindern und Enkelkindern, und wenn du uns Hartes noch mit dazurechnest – und das mußt du –, ist ihre Familie einfach riesig. Größer als die meisten anderen. Und vergiß nicht, wie eng sie noch mit anderen verbunden ist – mit dem O'Neill- und dem Kallinski-Clan. Zähl das bloß mal zusammen, das ist eine ganze Armee.»

«Alles was du sagst, stimmt, Winston. Trotzdem hab ich die Nase voll von all den Streitereien und dem Gezänk. Ich wünschte einfach, wir könnten friedlich leben und vorankommen, verdammt noch mal.»

«Ja . . . aber da ist noch etwas, das du bedenken mußt, Emily. Großer Reichtum und Macht sind ihr und ihrer Familie übertragen worden, und deshalb gibt es natürlich Neid, Konkurrenzkampf und alle möglichen Intrigen. Das ist unvermeidlich, wenn man den Charakter mancher Leute bedenkt . . . sie können niederträchtig sein, Emily. Selbstsüchtig, gierig, nur auf den eigenen Vorteil bedacht und rücksichtslos. Ich habe festgestellt, daß manche Leute vor nichts zurückschrecken, wenn es um ihre Interessen geht.»

«Du sagst es.» Emily starrte in die trüben Tiefen des Teiches hinab. Schließlich hob sie den Kopf und sah Winston an. «Als ich eben von Dramen sprach, meinte ich natürlich Shane. Aber ich muß zugeben, daß ich noch andere Sachen gespürt hab heute nachmittag – so Unterströmungen, weißt du. Wie immer waren alle in Lager zerfallen, und es haben sich zahlreiche Manöver abgespielt.»

«Und wer machte was mit wem?» fragte Winston, dessen Neugierde geweckt war, munter.

«Jonathan und Sarah zum Beispiel klebten wie Pech und Schwefel zusammen. Das ist eigenartig, denn ich weiß, daß sie ihn nie gemocht hat. Ich kann zwar nichts beweisen, hab aber das Gefühl, daß sie was zusammen aushecken. Und Alexander traut wohl diesem neuen Bündnis nicht. Hast du nicht bemerkt, wie er ihnen aus dem Weg gegangen ist?»

«Ja – wo du das jetzt sagst. Ich für mein Teil habe nie etwas für Jonathan Ainsley übrig gehabt. Er war brutal als Kind, und wie alle brutalen Typen ist er im Grunde ein Feigling. Jetzt strömt er ja eine Menge Charme aus, aber ich glaube nicht, daß er sich mit den Jahren sehr verändert hat – nicht wirklich. Ich habe noch nicht vergessen, wie er mir mal einen Kricketschläger über den Kopf gezogen hat. Der ekelhafte kleine Schweinehund. Er hätte mich ernsthaft verletzen können.»

«Ja, bestimmt, und er war auch immer scheußlich zu mir, als wir klein waren. Ich glaube immer noch, daß es der junge Herr Jonathan gewesen ist, der die Schläuche an dem Fahrrad durchgeschnitten hat, das Grandy mir geschenkt hat, als ich zehn wurde, obwohl er das damals abstritt, als sie ihn zur Rede stellte. Er hatte damals ein recht plausibles Alibi für den besagten Tag, aber ich weiß, daß es eine glatte Lüge war.» Emily runzelte die Stirn. «Und Sarah, nun . . . sie ist immer eine Einzelgängerin gewesen, sehr verschlossen.»

«Du kennst doch das Sprichwort: ‹Stille Wasser sind tief, und ganz unten sitzt der Teufel›», sagte Winston.

Er bückte sich, hob einen Kieselstein auf und warf ihn in den Teich, beobachtete dann, wie sich die Wellen kreisförmig von der Mitte her ausbreiteten. «Es hat aber mal eine Zeit gegeben, da dachte ich, Sarah wäre scharf auf Shane.»

Emily fuhr überrascht zusammen. «Da bist du nicht der einzige», gab sie zu. «Na, da stehen ihre Chancen aber herzlich schlecht . . .» Sie brach ab und sagte dann schnell: «Das war gemein, ich wollte nicht gehässig sein, Winston. Ich habe nichts gegen Sarah. Sie kann sehr lieb sein, und sie tut mir wirklich leid. Für einen Mann wie Shane O'Neill zu schwärmen muß schrecklich sein. Vielleicht sogar herzzerreißend. Sie und ich sind nie so intim miteinander gewesen, aber . . . na ja, ich dachte immer, sie sei ihm völlig ergeben – bis heute. Nun bin ich mir da nicht mehr so sicher.»

«Vielleicht hat sie Jonathan bloß als Schirm benutzt, und das ist alles. Es war offensichtlich, daß sie am liebsten hinter der Vertäfelung verschwunden wäre, weil Shane da war.»

«Vielleicht hast du recht.» Emily wechselte das Thema: «Es sieht ja so aus, als sei Jim sehr begeistert von Edwina und Anthony. Er ist unserem jungen Grafen in der letzten Stunde gar nicht von der Seite gewichen. Vielleicht machen Titel ihm Eindruck. Aber wie findest du es denn, daß Anthony und Sally nun zusammen sind?»

«Anthony ist ja ganz in Ordnung, aber mein Vater ist nicht sehr erbaut darüber, vor allem wegen Edwina. Wenn Sally ihn heiratet, haben wir dieses alte Schlachtbeil mitten unter uns. Aus irgendeinem Grund scheint sie die Hartes nicht ausstehen zu können.»

«Weil Oma eine Harte ist!» rief Emily. «Edwina hat immer auf ihre Mutter herabgesehen. Wie dumm sie doch ist. Ich kann sie wirklich nicht ausstehen.» Emily sah in die Ferne und grübelte. Nach kurzem Schweigen sagte sie: «Du magst Jim Fairley nicht, wie?»

Winston schüttelte energisch den Kopf. «Nein, nein, das hast du falsch verstanden. Ich mag ihn, und ich habe eine hohe Meinung von seinen beruflichen Qualitäten. Es ist bloß . . .» Winston zuckte die Achseln und verzog das Gesicht. «Also ich kenne Paula besser als die meisten anderen Leute. Trotz ihres stillen Aussehens ist sie sehr stark, weißt du. Sie ist auch ehrgeizig, engagiert, ein Arbeitspferd und eine brillante Geschäftsfrau zudem. Für ihr Alter ist sie ziemlich ungewöhnlich, und je älter sie wird, desto mehr wird sie Emma ähneln, glaub mir. Sie ist ja so aufgewachsen und erzogen worden, um genau das zu sein – die nächste Emma Harte. Und zwar von Emma Harte selbst. Deshalb, und weil sie als Menschen so unterschiedlich sind, mein ich immer, daß sie und Jim nicht gut zusammen passen. Aber ich bin wohl auch voreingenommen – für Shane. Er ist mein bester Freund und ein toller Mann. Jedoch . . .»

Emily schnitt ihm mit Bestimmtheit das Wort ab. «Ich will dir mal was sagen, Winston. Ich glaub, Jim hat mehr Tiefe und Kraft, als manche Leute meinen. Paula hat mir erzählt, er hätte immer eine quälende, schreckliche Angst vorm Fliegen gehabt, weil seine Eltern bei einem Flugzeugabsturz ums Leben gekommen sind, als er noch ein kleiner Junge war. Und deshalb fing er selbst an zu fliegen und kaufte sich ein Flugzeug. Er wurde Pilot, um seine Angst zu überwinden. Ich weiß, daß Gran es haßt, wenn er in seinem kleinen ‹Blechvogel› herumschwirrt, wie sie es nennt, aber es ist offenbar wichtig für ihn, vielleicht sogar unerläßlich für sein Wohlbefinden.»

Winston machte ein erstauntes Gesicht. «Dann muß ich ihm Abbitte leisten; man braucht Mut und Nerven, um so eine lähmende Furcht zu bezwingen. Ich bin froh, daß du mir das erzählt hast, Emily. Aber ich wollte sowieso schon sagen, daß ich mich auch irren kann, was Paula und Jim betrifft. Ich bin nicht unfehlbar. Vielleicht kriegen die beiden es zusammen hin. Ich will Paula, die ich sehr gern mag, ganz gewiß kein Unglück an den Hals wünschen, und Jim auch nicht.»

Er warf Emily ein freches Lächeln zu. «Außerdem weiß niemand, was zwischen zwei Leuten wirklich vor sich geht oder was hinter der geschlossenen Schlafzimmertür geschieht. Vielleicht hat Jim verborgene Reize.» Anzüglich zwinkerte er ihr zu.

Emily mußte lachen. «Du bist ein ganz Schlimmer, Winston.» Ihre Augen funkelten übermütig. «Du hättest mal auf Grandys Gesicht achten sollen, als du dich über Shane und seine Affärchen und sexuellen Verstrickungen verbreitet hast. Das war ein Bild für die Götter. Und sie hat mir immer heimlich so besorgte Blicke zugeworfen, als dürfte ich nichts von Sex wissen.»

«Ja, du bist natürlich eine erfahrene Frau, was, du kleine Krabbe?»

Emily setzte eine hochmütige Miene auf und reckte sich zu voller Größe. «Hast du vergessen, daß ich 22 Lenze zähle? Ich weiß ganz genau, wo's langgeht.»

Sie grinsten sich an. Emily bemerkte, daß Winston sich großartig amüsierte.

Sie fuhr fort: «Weißt du was, du hast mich schon lange nicht mehr ‹kleine Krabbe› genannt.»

«Das warst du wirklich. Das winzigste Kleinkind deines Alters.»

«Aber plötzlich bin ich aufgeschossen. Nehmen Sie zur Kenntnis, Winston Harte, daß ich jetzt 165 Zentimeter groß bin!»

«Und eine sehr erwachsene junge Frau, möchte ich wetten», neckte er sie. «Wir hatten Spaß als Kinder, nicht wahr, Krabbe? Erinnerst du dich noch an den Tag, als wir es den alten Britanniern nachmachten und ich dich zur Königin Boadicea ernannte?»

«Das werd ich nie vergessen!» juchzte Emily. Ihr Gesicht rötete sich vor Lachen. «Du hast mich blau angemalt. *Von Kopf bis Fuß*.»

«Nicht ganz, denn da hast darauf bestanden, deine Schlüpfer und dein Leibchen anzubehalten. Du warst wirklich ein verschämtes kleines Ding.»

«War ich nicht! Es war mitten im Winter und eiskalt in Grandys Garage. Und warum sollte ich damals prüde gewesen sein? An mir gab's nichts zu verstecken, als ich fünf Jahre alt war.»

Winston betrachtete sie nachdenklich – mit den Augen eines erwachsenen Mannes. «Aber jetzt . . .» Er verschluckte den Rest des Satzes und war plötzlich befangen. Mit einemmal war er sich stark ihrer Nähe bewußt, während er den Blütenduft ihres Parfums und den zitronigen Geruch ihres frischgewaschenen Haares einatmete. Ihr Gesicht, das sie jetzt zu ihm emporgewandt hatte, war offen und nicht mehr so blaß wie vorher. Sie sah wieder so aus wie immer, so hübsch, zart und süß wie eine Sommerrose, tauig, frisch und unschuldig.

Winston räusperte sich und konnte sich nicht enthalten, sie dichter an sich zu ziehen, er brauchte, wollte diese Nähe. Zärtlich, mit einer neuen Weichheit in der Stimme, sagte er: «Es ist gut, daß du ein verschämtes Kind gewesen bist, Emily. Wenn du nicht etwas Zeug anbehalten hättest, hätte ich dich zur Gänze angemalt und womöglich umgebracht.»

«Wie sollten wir in unserem Alter auch wissen, daß die Haut durch Farbe hindurch nicht atmen kann. Es war wirklich nicht deine Schuld, Winston. Ich war genauso schlimm, und schließlich hab ich ja auch dich angemalt.» Emily lehnte sich entspannt an ihn. Sie war sich Winstons Gegenwart genauso bewußt wie er sich ihrer und sehnte sich danach, diesen unerwarteten und ungeplanten Augenblick körperlicher Nähe zu verlängern.

Er lachte tief in sich hinein. «Nie werde ich Tante Emmas Wut vergessen, als sie uns in der Garage erwischte. Ich bekam die Tracht Prügel meines Lebens. Weißt du was, immer wenn ich Terpentin rieche, denke ich an jenen Tag, an diese gräßlichen Terpentinbäder, die Hilda uns verabreichte. Ich kann's beschwören, daß sie mich doppelt so hart schrubbte wie dich. Eine Extrastrafe für mich natürlich, den verantwortungslosen Zehnjährigen, der es besser hätte wissen sollen. Ich war noch tagelang wund.»

Emily drückte seinen Arm. «Wir haben immer Ärger bekommen, nicht? Du warst der Anführer, ich deine Anhängerin, die dir getreulich folgte und tat, was du sagtest. Ich habe dich so angebetet, Winston.»

Er nickte und sah in ein Paar strahlende Augen hinab, die bemerkenswert seinen eigenen glichen.

Winston hielt den Atem an. In jenen grünen Tiefen sah er etwas aufleuchten, ein intensives Gefühl, dieselbe Anbetung, die sie ihm als Kind damals entgegengebracht hatte. Unerwartet begann sein Herz zu pochen, und bevor er sich zügeln konnte, hatte er sich vorgebeugt und sie auf den Mund geküßt.

Sofort schlossen sich Emilys Arme um seinen Hals. Sie erwiderte seinen Kuß so inbrünstig, daß er richtig verblüfft war. Er hielt sie fester und küßte sie immer wieder, immer leidenschaftlicher. Er fühlte, wie ihn das Verlangen nach ihr durchströmte und ihn überwältigte. Mein Gott, er war plötzlich so erregt. Er wollte Emily. Sein ganzer Körper verlangte pochend nach ihr, und er war wie betäubt von dieser Entdeckung.

Schließlich lösten sie sich atemlos voneinander.

Sie starrten sich verblüfft an.

Emilys Gesicht war erhitzt, ihre Augen strahlten, und mit plötzlicher Klarheit erkannte Winston die Liebe in ihnen. Die Liebe zu ihm. Er berührte ihre Wange und fand sie ganz heiß unter seiner Liebkosung, so brennend wie ihre Augen. Ungeduldig zog er sie wieder in seine Arme. Hart suchte sein Mund den ihren. Sie küßten sich mit wachsender Glut. Ihre Zungen berührten sich aufreizend. Er drang forschend in ihren Mund, verschlang ihn. Sie preßten sich enger aneinander, ihre Körper zitterten. In den Tiefen seines verwirrten Hirns entsann sich Winston, schwach und verschwommen, wie er als Kind immer das Bedürfnis gehabt hatte, sie zu entkleiden. Ihm fielen die lang vergessenen Spiele auf dem Dachboden wieder ein . . . heimliche, intime, aufregende Spiele, bei denen er seine ersten Erektionen gehabt hatte. Wie seine ungeschickten Knabenhände ihren kleinen Mädchenkörper erforscht hatten . . . nun wollte er ihn wieder erforschen, jetzt aber mit den sicheren Händen eines erfahrenen Mannes: sie überall berühren, in sie eintauchen, sie vollkommen besitzen. Er hatte eine enorme Erektion und glaubte zu explodieren. Mühsam suchte er sich zu beherrschen; er wußte, daß er sofort mit dem Liebesspiel aufhören sollte, aber er konnte sie nicht aus den Armen lassen. Er gab seinem Gefühl nach und küßte ihr Gesicht, ihren Hals, ihr Haar, berührte ihre Brüste, die so straff unter der dünnen Seidenbluse bebten.

Emily brach schließlich den Bann, der sie aneinander fesselte. Sanft entzog sie sich seiner machtvollen Umarmung, sanft und widerstrebend. Sie sah geistesabwesend zu ihm empor.

«Oh, Winston», flüsterte sie und streckte die Hand aus, um seinen sinnlichen, zitternden Mund mit zwei Fingern zu berühren. Sie ließ sie einen Augenblick dort ruhen, wie um ihn zu besänftigen.

Winston war sprachlos.

Er saß starr auf der Bank und wartete, daß seine Erregung abklänge, Emily saß still neben ihm und sah in sein Gesicht.

Schließlich brachte er mit vor Erregung belegter Stimme mühsam heraus: «Emily, ich . . .»

«Bitte», flüsterte sie zitternd, «sag nichts. Nicht jetzt.» Sie sah weg und biß sich auf die Lippen, ließ ihm ein wenig Zeit, sich wieder zu sammeln und seine Haltung zurückzugewinnen. Dann stand sie auf und streckte ihm die Hand hin: «Komm jetzt», sagte sie, «wir gehen besser hinein. Es wird spät.»

Statt zu antworten, stand er auf, und dann gingen sie schweigend die Stufen hinauf, einander fest an den Händen haltend, jeder sich des anderen bewußt und doch in sich selbst versunken.

Emily war voller überschwenglicher Gefühle.

Er ist wieder auf mich aufmerksam geworden, dachte sie, und ihr Herz schlug höher. Endlich. Seit ich sechzehn war, hab ich darauf gewartet, daß er in mir die Frau erkennen würde. Ich will ihn haben. Ich hab nie aufgehört, ihn besitzen zu wollen, seit wir Kinder waren. Winston, bitte wolle das auch. Nimm mich zu dir. Ich hab immer zu dir gehört. Du hast dafür Sorge getragen, als ich noch ein Kind war.

Winston dagegen wurde von allen möglichen widerstreitenden Empfindungen und wilden Gefühlen überflutet.

Er war nicht nur über sich selbst verblüfft, sondern auch über Emily – wirklich erschüttert. Vor ein paar Minuten waren sie sich mit solch glühender Leidenschaft in die Arme gefallen, daß sie sich bestimmt geliebt hätten, wären die Umstände geeigneter gewesen. Nichts hätte sie halten können. Und dabei hatten sie sich ohne den geringsten Vorsatz gefunden.

Er geriet ins Grübeln und war ziemlich ernüchtert. Wieder ganz bei sich, verstand er nicht mehr, wie dies hatte passieren können. Schließlich war sie seine Cousine. Na ja, dritten Grades. Und er kannte sie schon ewig, obwohl er ihr in den letzten zehn Jahren wenig Beachtung geschenkt hatte. Auch mußte er sich schließlich fragen, wieso er so leidenschaftlich für Emily empfinden konnte, wenn er doch Allison Ridley liebte.

Diese Gedanken nagten an ihm, während sie die endlosen Stufen emporstiegen. Aber als sie auf die ringförmige Einfahrt kamen, verscheuchte er die Grübeleien, denn er sah Shanes roten Ferrari um die Ecke sausen. Mit kreischenden Bremsen kam er zum Halten.

Shane kurbelte das Fenster herab, streckte den Kopf heraus und grinste ihnen zu. «Wo habt ihr zwei denn gesteckt?» fragte er. «Ich hab überall nach euch gesucht, weil ich mich von euch verabschieden wollte.»

«Emily fühlte sich etwas unwohl in diesem stickigen Raum, und deshalb haben wir ein bißchen frische Luft geschnappt», improvisierte Winston gewandt. «Wo willst du denn so brandeilig hin, und so früh?»

«Mir wurde es auch zu stickig da drinnen. Ich wollte mal 'ne kleine Fahrt machen. Nach Harrogate. Ich muß mich noch von ein paar Leuten verabschieden . . .»

Winstons Augen zogen sich unmerklich zusammen. Er fährt zu Dorothea Mallet, dachte er. Schöne Geschichte. «Komm nicht zu spät zu Allisons Dinner. Punkt acht», sagte er.

«Ich bin rechtzeitig da, keine Sorge.»

«Bist du morgen noch hier, Shane?» fragte Emily.

«Glaub ich kaum, Emily.» Er öffnete die Autotür und stieg aus. Dann nahm er sie fest in den Arm. «Ich werd dich erst in sechs Monaten wiedersehen. Außer, wenn du inzwischen nach New York kommst.» Herzlich lächelte er sie an. «Tante Emma hat mir vorhin erzählt, daß du für *Genret* arbeiten wirst. Gratuliere, Kleine.»

«Danke, Shane. Ich bin auch ganz aufgeregt.»

Sie stellte sich auf die Zehenspitzen und küßte ihn auf die Wange. «Vielleicht komm ich rüber in die Staaten, wenn ich für *Genret* reise. Dann mußt du mir aber die Stadt zeigen!»

«Todsicher», lachte er. «Paß gut auf dich auf, Emily.»

«Du auch, Shane.»

«Bis nachher, Winston», sagte Shane und kletterte wieder ins Auto.

«Ja», antwortete Winston lakonisch. Er warf Emily einen seltsamen Blick zu, als Shane wegfuhr. «Du hast mir ja gar nichts von *Genret* erzählt.» Es klang vorwurfsvoll, und ihm war plötzlich so düster zumute, daß er sich über sich selbst wunderte.

«Ich hatte keine Gelegenheit dazu, Winston.»

«Heißt das, daß du eine Menge herumreisen mußt?» fragte er forschend und sah sie mit gerunzelter Stirn an.

«Vielleicht. Warum?» Fragend zog Emily eine Braue hoch; heimlich freute sie sich über seine Reaktion.

«Ach, nur so», murmelte er. Erschrocken merkte er, daß es ihm nicht gefiele, wenn sie auf ihren Einkaufsreisen für *Genret* allein in der Weltgeschichte herumzigeunern würde.

Sie schwiegen wieder, als sie den Weg zum Haus entlanggingen, aber bevor sie eintraten, traute Emily sich zögernd zu fragen: «Ist es was Ernstes? Mit dir und Allison, meine ich.»

«Nein, natürlich nicht», rief Winston schnell und fragte sich sogleich, warum er ihr so eine faustdicke Lüge aufgetischt hatte. Schließlich war er kurz davor, Allison einen Antrag zu machen.

Emilys Gesicht hellte sich auf. Sie sagte: «Schade, daß du heut abend schon was vorhast. Ich hatte gehofft, du würdest hierbleiben und mit uns essen.»

«Leider bin ich schon festgelegt.» Winston schnitt eine Grimasse und stellte zu seiner neuerlichen Überraschung fest, daß er sich nicht mehr auf die Dinnerparty freute. Er lächelte ein wenig gequält, dann ergriff er Emilys Arm, als sie gerade die Tür öffnen wollte, und drehte sie zu sich um. «Was hast du morgen vor?»

«Ich muß die Mädchen am Sonntag nach dem Mittagessen zum Harrogate College zurückfahren. Abends bin ich frei», sagte sie bereitwillig und erwiderte seinen direkten Blick, ohne mit der Wimper zu zucken. Ihr Gesicht strahlte erwartungsvoll.

«Hättest du nicht Lust, einem einsamen Junggesellen das Abendessen zu bereiten? Ich könnte in deine Wohnung nach Headingley kommen, Emily», schlug er vor.

Das Lächeln verschwand aus ihrem Gesicht; sie schüttelte den Kopf. «Das geht nicht, Winston. Ich bin soeben zu Grandy gezogen. Das heißt, gestern. Ich löse die Wohnung auf. Sonst hätt ich gern für dich gekocht.»

Winston stand da und sah auf sie herab. Seine Hände lagen auf ihren Schultern. Wirre Gefühle bedrängten ihn. Er war sicher, daß sie ihn ebenso begehrte wie er sie. Sehnlichst. Allison stand drohend zwischen ihnen. Ach, verdammt, dachte er und fällte eine Entscheidung, die er, wie er hoffte, hinterher nicht bereuen würde.

Er hob ihr Kinn empor und küßte sie sacht auf den Mund. Mit einem breiten Grinsen bemerkte er: «Dann sind wir ja Nachbarn. Komm morgen abend nach Beck House herüber, dann koche *ich* für dich. Wir machen uns einen schönen Abend, das versprech ich dir. Wie findest du das?»

«Ich find's super, Winston», sagte sie, und Aufregung übermannte sie. «Wann denn?»

«Sobald du kannst, Liebling.»

13

Es war ganz dunkel im Zimmer.

Kein Lichtstrahl drang durch die fest zugezogenen Vorhänge, und die Lampen waren gelöscht. Er brauchte das Dunkel. Es war wie Balsam für ihn. Das Dunkel machte alles anonym. So mochte er es gern. Er konnte es nicht mehr ertragen, im Hellen Liebe zu machen.

Er lag flach auf dem Rücken, ganz still und mit geschlossenen Augen. Seine langen Beine waren ausgestreckt, die Arme lagen schlaff an seiner Seite. Seine Schultern berührten die ihren kaum. Er konnte sie leise im Takt mit ihm atmen hören.

Es klappte nicht mit ihnen.

Und es würde auch nicht klappen – das wußte er, und er fragte sich, warum er überhaupt hier war. Er sollte wirklich besser gehen. Taktvoll verschwinden. Sofort. Er schluckte und kämpfte die Übelkeit nieder, wünschte, er hätte nicht noch zwei Glas Whisky nach all diesem Sekt getrunken. Sein Kopf dröhnte, ihm war schwindlig, aber er war nicht betrunken. Und beinahe bedauerte er das.

Leise sagte sie seinen Namen, hinschmelzend, bittend, immer wieder, und ihre Finger liefen seinen Arm entlang.

Er rührte sich nicht und schwieg, versuchte Kraft zu sammeln, so daß er aufstehen, sich anziehen und gehen konnte. Er fühlte sich abgespannt und lethargisch. Der gräßliche Nachmittag mit seinen gewaltigen Spannungen und schmerzlichen Augenblicken plus der Anstrengung, die es ihn gekostet hatte, seine Gefühle zu verbergen, hatte ihn gelähmt und sein Durchhaltevermögen untergraben.

Er spürte jetzt eine kaum merkliche Bewegung neben sich, öffnete aber trotzdem nicht die Augen.

Sie berührte eine seiner Brustwarzen, erst versuchsweise, dann nachdrücklicher, kniff sie leicht mit den Fingerspitzen. Gleichgültig schob er ihre Hand weg und machte sich nicht die Mühe, ihr zu erklären, daß seine Brustwarzen keineswegs so empfindlich waren, wie sie glaubte. Aber er hatte ihr das doch schon einmal gesagt, oder? Ihre Hand blieb kurz auf seiner Brust liegen und glitt dann über seinen Bauch, wobei sie sanft kreisende Bewegungen machte und sich auf sein Geschlecht zubewegte. Er wußte, was sie wollte, was sie nun tun würde, aber er hatte nicht die Kraft, sie aufzuhalten oder ihr zu sagen, daß er gleich gehen würde.

Sie begann ihn zu streicheln. Er achtete kaum darauf, überließ sich seinen Gedanken. Vage hörte er das Bettlaken rascheln. Sie war ein Stück heruntergerutscht und kauerte nun über ihm. Ihr langes Haar berührte seine Schenkel, und dann umgaben ihn ihre warmen Lippen, umschlossen ihn gänzlich. Sie war eine geschickte Liebhaberin. Ungeachtet seines dröhnenden Kopfes, seines revoltierenden Magens und seines Desinteresses an ihr gelang es ihr, ihn langsam, gleichmäßig, sorgsam und entschlossen zu erregen. Er war selbst überrascht. Als sie schließlich den Kopf hob und den Mund höher über seinen Bauch und über seine Brust gleiten und auf seinem Mund ruhen ließ, reagierte er automatisch. Mit wachsendem Verlangen erwiderte er ihre leidenschaftlichen Küsse.

Unvermittelt hielt er inne, preßte sie fest gegen sich und rollte sie um, so daß er jetzt auf ihr lag. Seine Händen fuhren in die Wolke dunklen Haares, und er hielt ihren Kopf in den Händen, küßte sie tiefer und intensiver, ihre Zungen berührten einander. Er kniff fest die Augen zu, um nicht ihr Gesicht sehen zu müssen, das so dicht an ihm war. Seine Finger verließen ihr Haar und wanderten abwärts, um ihre vollen, sinnlichen Brüste zu streicheln, ihre hart werdenden Brustwarzen. Dann legte er ihr die Hände unter die Schulterblätter und die Hinterbacken, hob ihren Körper hoch und paßte ihn dem Bogen seines eigenen an. Er war jetzt hart genug, um schnell, leicht und geschickt in sie einzudringen. Sie stimmten sich aufeinander ein, ihre Bewegungen wurden schneller, erregter, wuchtiger. Sie kreuzte die Beine hoch über seinem Rücken, so daß er immer tiefer in ihre Wärme stoßen konnte.

Das Dunkel . . . die Schwärze . . . sie hießen ihn willkommen, umgaben ihn. Er fiel . . . fiel in jenen endlosen, grundlosen, samtigen Abgrund. Paula. Paula. Paula. Ich liebe dich. Nimm mich. Nimm mich ganz, mein ganzes Wesen. Schneidend klare Bilder ihres schönen Gesichts blitzten hinter seinen Augen auf, waren unter seinen Lidern gefangen. Paula, mein Liebling, rief er stumm, o Paula . . .

«Shane! Du tust mir weh!»

Er vernahm ihre Stimme wie von weit her, und es war wie ein Messer, das seine Eingeweide aufschlitzte.

Das brachte ihn herunter, zurück in dieses Zimmer. Zurück zu ihr. Und es tötete die Stimmung, die er so sorgsam aufgebaut hatte, ganz für sich allein. Seine Phantasien zersprangen.

Er fiel gegen ihren Körper und lag still. Er war ausgehöhlt, schlaff, seiner Kraft beraubt.

Schließlich murmelte er leise: «Tut mir leid, wenn ich dir weh getan hab, Dorothea. Ich bin mir wohl meiner Kraft nicht bewußt.» Vielleicht doch, dachte er sarkastisch. Oder eher deines Mangels daran. Und sofort machte ihn seine mangelnde Ausdauer verlegen, seine Unfähigkeit, den Liebesakt zum richtigen Abschluß zu bringen. Geschlechtsakt meinst du wohl, fügte er hinzu und erschauerte. Ein Widerwille gegen sich und gegen sie überrieselte ihn, obwohl sie ja ganz unschuldig daran war.

«Dein Armband hat mir in den Rücken geschnitten», sagte Dorothea. «Aber vielleicht hätte ich nichts sagen sollen . . . du warst ja kurz davor, davor, zu . . .»

Sanft, aber fest legte er ihr die Hand auf den Mund, um sie zum Verstummen zu bringen. Er wollte ihre Entschuldigungen nicht hören. Er sagte kein einziges Wort, sondern lag nur eine Ewigkeit lang neben ihr. Sein Herz schlug dröhnend gegen seine Rippen, in der Kehle verspürte er ein beengendes, würgendes Gefühl. Gott sei Dank war sie jetzt auch still. Schließlich erhob er sich, berührte sie leicht an der Schulter und verließ das zerwühlte Bett.

Shane ging ins Badezimmer, schloß die Tür ab und lehnte sich ungeheuer erleichtert dagegen. Dann tastete er nach dem Lichtschalter, drückte ihn und blinzelte in der plötzlichen Helligkeit. Der Raum verschwamm vor ihm, und die weißen Fußbodenkacheln schienen sich emporzuneigen, um ihm zwischen die Augen zu schlagen. Schwindel und Übelkeit kehrten zurück.

Er taumelte zum Waschbecken, beugte sich darüber und erbrach sich. Blindlings suchte er mit der einen Hand nach dem Wasserhahn und drehte ihn auf, um die Würgegeräusche zu übertönen. Er übergab sich, bis er glaubte, nichts mehr im Magen zu haben. Als die Übelkeit gnädig verebbte, wischte er sich den Mund ab und trank mehrere Gläser kaltes Wasser, wobei er sich am Becken abstützte und die Augen geschlossen hielt.

Schließlich hob Shane den Kopf und sah sich im Spiegel. Der Anblick tat ihm gar nicht gut. Er hatte rotgeränderte, blutunterlaufene Augen, sein Gesicht war verschwollen und gerötet, und sein schwarzes Haar stand ihm wirr vom Kopf ab. Er entdeckte ein bißchen hellroten Lippenstift in den Mundwinkeln, nahm das feuchte Handtuch und rubbelte wild darauf herum. Doch seine Wut richtete sich allein gegen ihn selbst. Sie hatte nichts mit Dorothea zu tun. Dies war nicht ihre Schuld, sondern seine.

Weder sie noch irgendeine andere Frau konnte er noch sexuell befriedigen. Immer passierte etwas, das ihn in die Wirklichkeit zurückversetzte, und wenn er sah, daß er nicht Paula in den Armen hielt, wie er es sich vorgestellt hatte, fiel er in sich zusammen und konnte nicht zum Höhepunkt kommen. Manchmal, wenn er vom Alkohol betäubt und sein Blick und seine Sinne getrübt waren, schaffte er es irgendwie, aber sogar diese seltenen Male wurden immer seltener.

Er starrte sich im Spiegel an und wurde plötzlich von Angst, ja von Panik ergriffen.

Was, wenn es nun immer so bliebe? Bis an sein Lebensende? Würde er nie wieder eine glückliche sexuelle Beziehung haben können? War er dazu verurteilt, ohne Frau eine unfruchtbare Existenz zu führen? Würde er sich aufs Zölibat verlegen müssen, um sein Gesicht zu wahren? Um jenen Augenblick der tödlichen Verlegenheit abzuwenden, wie er sich gerade in Dorotheas Bett ereignet hatte?

Er war nicht impotent. Er wußte, daß dies nicht das Problem war. Es war wirklich ganz einfach: Wenn seine Partnerin sich in seine Gedanken drängte, ihre Gegenwart spüren ließ, nicht länger anonym blieb, verließ ihn die Erregung. Dann konnte er machen, was er wollte, er konnte seine Erektion nicht lange genug aufrechterhalten, um die Frau oder gar sich selbst zu befriedigen. Die Frau, die er vergötterte, schob sich immer dazwischen, stellte sich zwischen sie, machte ihn schwach und kraftlos, ihn, der immer ein guter Liebhaber gewesen war. Was um Gottes willen sollte er nur tun? Wie sollte er sich heilen? Gab es überhaupt ein Heilmittel? Sollte er einen Arzt aufsuchen?

Das Schweigen im Raum bedrückte ihn. Er fand keinen Ausweg aus seiner mißlichen Lage.

Dann flammte Zorn in ihm auf. Verdammt! Verdammt noch mal!

fluchte er im stillen, und Tränen der Hilflosigkeit, Ohnmacht und Wut traten ihm in die Augen. Er war bestürzt und genierte sich wegen seiner peinlichen Unbeherrschtheit. Den Bruchteil einer Sekunde lang verlangte es ihn danach, seine Faust in diesen Spiegel zu schlagen, das verweinte Abbild seines Selbst zu zerschmettern, das ihm da höhnisch entgegensah. Er wollte diese subtilen, kristallinen Bilder von Paula zerschlagen. Zum Teufel mit ihr. Die unauslöschlichen Abdrücke von ihr zerstören, die so tief in seinem zerquälten, schmerzenden Hirn saßen, daß sie sein Leben zu bestimmen und alles, was er tat, zu beeinflussen schienen. Manchmal fühlte er sich als hilfloses Opfer der schwankenden Vision ihres Gesichts, ihres Lachens und ihrer sanften Stimme, die unablässig in seinem Kopf widerhallte. Aber alles war so fest in seinem Inneren verschlossen, daß er es nicht auslöschen konnte, wie verzweifelt er es auch versuchen mochte.

Er rührte sich nicht. Er hielt die Hände an den Seiten, die Fäuste geballt, so daß die Knöchel weiß wurden und scharf vorstanden. Dann schloß er zuckend die Augen, konnte sich in diesem Augenblick der Schwäche nicht länger ansehen. Er lehnte sich gegen die Wand, um sich zu fangen, stand reglos da, bis er schließlich ruhiger wurde und sich wieder in die Gewalt bekam. Dann drehte er sich um, stieg in die Duschkabine, drehte die Hähne auf und ließ sich das Wasser über den Kopf laufen. Und langsam, aber mit eisernem Willen, leerte er sein Herz und seinen Kopf, schleuderte den letzten Rest von Emotion, von Gefühl fort.

Kurze Zeit darauf stieg er aus der dampfenden Duschkabine, nahm ein Badelaken und rubbelte sich kräftig ab. Er fand ein frisches Handtuch, das er um die Hüften schlang, dann suchte er im Schrank unter dem Waschbecken nach seinem Reisenecessaire, das er vor ein paar Wochen dort gelassen hatte. Er putzte sich die Zähne und ging mit dem Elektrorasierer über sein Kinn, um den schwachen Fünf-Uhr-Schatten zu entfernen; sprühte sich Eau de Toilette ins Gesicht und kämmte sein feuchtes Haar. Er war erfrischt und sah sich wieder ähnlich . . . kühl war er nun und beherrscht; er hatte wieder alles gut im Griff. Kurz betrachtete er noch sein Spiegelbild und wunderte sich darüber. Er war ein strammer, gesunder junger Mann von 27 Jahren mit einem muskulösen, kräftigen Körper. Genauso kraftvoll war der Verstand, der zu diesem prächtigen Körper gehörte.

Und doch war er so schwach in Wirklichkeit. Der Geist ist ein seltsames Ding, dachte er, er hält ein so empfindliches Gleichgewicht. Und wer kann die Logik des Herzens verstehen?

Er drehte sich um, holte tief Luft und wappnete sich für den unvermeidlichen Streit mit Dorothea. Heute war er zu ihr gekommen, fast gegen seinen Willen – und nun konnte er es kaum erwarten, sie zu verlassen.

Er öffnete die Badezimmertür und blinzelte, als er in das verschattete Schlafzimmer trat, damit sich seine Augen an die Dunkelheit gewöhnen konnten. Es war still im Zimmer, und er fragte sich, ob sie wohl eingeschlafen war. Hoffentlich. Er tastete auf dem Stuhl nach seinen Kleidungsstücken, zog Unterhose und Socken an und legte das Handtuch beiseite. Dann streifte er das Hemd über, knöpfte es schnell zu, zog seine Hose an und schloß sie.

In diesem Augenblick wurde die Bettlampe angeknipst, und der Raum war in grelles Licht getaucht.

«Du gehst doch wohl nicht weg!» explodierte Dorothea. Sie klang entgeistert und wütend.

Er wandte sich ab. Ansehen konnte er sie jetzt nicht. Unfähig, ihrem Blick standzuhalten, der verletzt und zornig sein mußte, sah er auf die gegenüberliegende Wand.

«Ich muß weg», sagte er nach kurzem Schweigen. Er setzte sich und zog die Schuhe an. Er konnte ihren Blick geradezu körperlich spüren.

«Das ist doch eine Unverschämtheit!» rief sie und setzte sich ungestüm auf, so daß der Kopfteil des Bettes wackelte. Mit einer wütenden Bewegung zog sie das Laken um ihren Körper. «Du kommst hier ohne Vorwarnung an, bedienst dich an meinem Whisky, steigst zu mir ins Bett, fummelst da herum und läßt mich das Nachsehen haben, während du ’ne halbe Stunde im Badezimmer verschwindest.» Sie sah ihn zornig an und fuhr genauso hart und anklagend fort: «Dann kommst du hier wieder reingeschlichen und ziehst dich einfach im Dunkeln an, als ob du mir gar nichts schuldig wärst. Offenbar wolltest du einfach zu deiner verdammten Dinnerparty abhauen!»

Er wand sich. Leise seufzend stand er auf und ging zum Bett hinüber. Er setzte sich auf den Rand, nahm ihre Hand und wollte nett sein, sich freundlich von ihr verabschieden. Sie aber zog ihre

Hand weg und preßte sie auf ihren zitternden Mund, versuchte der Tränen Herr zu werden, die in ihren dunklen Augen glänzten.

Shane sagte im sanftesten Ton: «Nun, nun, reg dich nicht auf. Ich hab dir schon letzte Woche wegen des Dinners heute abend Bescheid gesagt. Und ich hab dich gleich heute nachmittag daran erinnert. Vor ein paar Stunden schien dich das nicht zu stören, du warst sehr herzlich.»

«Aber jetzt stört es mich», stieß sie hervor. «Ich habe nicht geglaubt, daß du mich allein lassen würdest, nicht an deinem letzten Abend in Yorkshire. Und nachdem wir ein paar Stunden zusammen im Bett verbracht haben. Ich dachte, wir würden zusammen essen – das tun wir doch meistens –, und daß du dann hier schlafen würdest, Shane.»

Er schwieg und sah voller Unbehagen zur Seite.

Sie deutete seine Zurückhaltung falsch. «Tut mir leid, daß ich es dir verdorben habe, Shane. Im letzten Augenblick», flüsterte sie mit weicherer Stimme und suchte ihn zu besänftigen. Ihre Stimme klang jetzt gewinnend, versöhnlich. «Bitte sag, daß du mir verzeihst. Ich liebe dich so. Ich kann es nicht ertragen, wenn du böse bist.»

«Ich bin nicht böse, und es gibt nichts zu verzeihen», murmelte er und bemühte sich um Geduld, weil er doch bloß weg wollte. «Nun zermartere dir nicht das Hirn und spiel nicht die Büßerin. Es ist egal, wirklich – völlig egal, Dorothea.»

Sie hörte etwas heraus aus seiner Stimme; sie wußte zwar nicht genau, was es war, aber es brachte sie in Zorn. «Mir ist es nicht egal», sagte sie scharf, all ihre Sanftheit war von ihr abgefallen. Als er sich dazu nicht äußerte, rief sie erregt: «Dieser Nachmittag beweist es schließlich.»

«Beweist was?» fragte er anscheinend gelangweilt.

«Daß du mit mir nicht kannst – weil da eine andere Frau ist. Du liebst eine andere, Shane, und ich finde, du bist ein Schwein, mich so auszunutzen.»

Bestürzt darüber, daß sie, ohne es zu wissen, den Nagel auf den Kopf getroffen hatte, und bestrebt, dies zu verbergen, erhob er sich mit einer abrupten Bewegung. Er schob sich vom Bett fort: «Ich habe dich nicht ausgenutzt», protestierte er, wobei sein Mund schmaler wurde. Verstohlen sah er zur Tür.

«Ich habe dich nicht ausgenutzt», äffte sie ihn höhnisch nach.

«Natürlich hast du das. Und außerdem finde ich, daß dein Freund Winston genauso ein Schwein ist wie du, weil er mich nicht zur Dinnerparty eingeladen hat.»

«Er gibt sie doch nicht, Allison Ridley tut das, und weder kennt sie dich noch weiß sie etwas von unserer Beziehung. Wir beide hatten uns doch dazu entschlossen, jeder unser eigenes Leben zu führen, mit jeweils eigenen Freunden, und nicht ein Paar zu werden wie alle anderen», rief er mit lauterer Stimme. «Es hat nie irgendwelche Verpflichtungen gegeben . . . und so hast *du* das gewollt, wenn ich nicht irre.» Shane holte tief Luft und bezwang seine steigende Gereiztheit. «Außerdem hast du noch nie Interesse an meinen Freunden gezeigt», erinnerte er sie kühl und leidenschaftslos, wobei er wünschte, sie würde nicht immer alles so emotional sehen.

«Aber ich hab's mir anders überlegt. Bitte nimm mich doch mit, Shane. Ich möchte hingehen. Wirklich. Dies ist dein letzter Abend hier. Liebling, bitte», bettelte sie und zeigte ihm ein sanftes, trauriges Lächeln, das aber angesichts seiner eisigen Miene und seiner starren Pose erstarb.

«Du weißt doch, daß das nicht geht, so spät, wie es schon ist. Und außerdem ist die Sitzordnung schon festgelegt. Nun fang nicht an, mir eine Büßerrolle zuzuschieben.» Des Ganzen überdrüssig, ging er zur Tür.

«Ihr wollt mich wohl nicht in eurem erlesenen kleinen Kreis haben!» schrie sie und verlor ganz die Beherrschung. «Mein Gott, ihr seid zum Kotzen . . . die O'Neills, die Hartes, die Kallinskis . . . was seid ihr doch bloß für ein hochnäsiger Verein. Keine Außenseiter in eurem exklusiven Club zugelassen, keiner darf zu eurem wundervollen Zirkel vordringen. Kein Platz für uns einfache Leute in eurem arroganten Haufen. Man sollte denken, ihr wäret adelig, so wie ihr euch aufführt . . . mit eurem effekthascherischen Getue. Und eurem stinkenden Geld», schäumte sie höhnisch, das Gesicht vor Bitterkeit verzerrt. «Ihr seid bloß ein Haufen mieser Snobs – alle miteinander. Und verdammt inzestuös ist das, wenn ihr mich fragt, wie ihr in der erhabenen Luft eurer schicken Landsitze zusammengluckt und den Rest der Welt aussperrt. Zum Kotzen ist das!»

Verblüfft über ihren Zorn sah er sie eisig und verächtlich an. Er war entsetzt über ihre bösen Worte, nahm sich aber sofort zusammen und beschloß, sich nicht zu einer Entgegnung hinreißen zu lassen.

Ein unangenehmes Schweigen entstand.

«Ich muß jetzt gehen. Ich bin schon zu spät dran.» Er sagte das zwar gleichmütig, kochte aber innerlich vor Wut. Dann schritt er durchs Zimmer, grimmig über ihre Beleidigungen, schlang seinen Schlips um, nahm die Jacke und warf sie sich über die Schulter.

«Tut mir leid, daß wir uns so trennen müssen», sagte er und sah sie verachtungsvoll an, «aber es gibt hier wohl nichts mehr zu sagen.» Er zuckte die Achseln. «Ich hatte gehofft, wir könnten Freunde bleiben – zumindest das.»

«Freunde!» echote sie schrill, rasend vor Zorn. «Du bist wohl übergeschnappt. Los geh – hau ab! Geh zu deiner Angebeteten! *Sie* wird zweifellos bei eurem vornehmen Essen dabeisein!» Sie lachte hysterisch durch ihren Tränenschleier hindurch, wischte sich dann die Augen und versuchte vergebens, ihr letztes bißchen Selbstachtung zu retten. Ihr Schluchzen unterdrückend, schrie sie: «Aber ich muß sagen, eines macht mich doch neugierig! Wieso kommst du immer in mein Bett gekrochen, aufgeregt und total scharf, wenn dein Herz doch einer anderen gehört? Ist sie die Kronprinzessin von einem der Clans? Eine so vornehme junge Dame – so keusch und jungfräulich –, daß es dir nicht einfallen würde, sie zu besudeln? Was ist los, Shane, hast du nicht den Mumm, mit ihr zu schlafen, ehe du artig verheiratet bist und den Segen eurer Familien hast? Oder sollte sie sich etwa nicht für dich interessieren? Versagt dein unglaublicher Charme bei ihr? Bist du nicht unwiderstehlich . . .» Sie verschluckte das Ende ihres Satzes, als sie die Qual sah, die sich auf seinem Gesicht abzeichnete, und wußte, daß sie irgendwie ins Schwarze getroffen hatte, wenn auch unabsichtlich.

«Shane, es tut mir leid», entschuldigte sie sich hastig, nun ganz zerknirscht. Sie hatte jetzt wirklich Angst, zu weit gegangen zu sein.

Sie sprang aus dem Bett und zwängte sich in ihren Bademantel. «Shane, bitte verzeih mir! Ich hab's nicht so gemeint, ich wollte nicht grausam sein, dich nicht verletzen. Ich liebe dich, Shane. Seit ich dich zum erstenmal gesehen habe. Bitte, bitte verzeih mir. Vergiß, was ich eben gesagt hab.» Sie begann zu weinen.

Er antwortete ihr nicht und sah sie auch nicht mehr an.

Statt dessen ging er. Endgültig fiel die Tür hinter ihm ins Schloß. Er eilte über den Flur, verließ ihre Wohnung und rannte in halsbrecherischem Tempo die Treppe hinab. Sein Kopf dröhnte, und der Magen hob sich ihm in erneuter Übelkeit.

Er lief über den Rasen, riß die Autotür auf und sprang hinein. Donnernd raste er davon, die Hände fest um das Lenkrad geklammert und das Gesicht grimmig verzogen; an seiner Schläfe zuckte ein Muskel.

Als er beim Stray – einer luftigen Parkfläche im Zentrum von Harrogate – angekommen war, bremste er scharf und hielt. Er zündete sich eine Zigarette an und suchte sich zu sammeln, seine strapazierten Nerven zu beruhigen. Seine unsteten schwarzen Augen wirkten abwesend. Ungeduldig drückte er die Zigarette aus; plötzlich ekelte ihn der Nikotingeruch. Sein Kopf, in dem noch Dorothea Mallets Schimpfworte widerhallten, schmerzte. Sie war ja ganz außer sich und ungerecht gewesen, aber das war typisch. Sie hatte sich auch schon früher eifersüchtig aufgeführt, er sollte sich inzwischen an ihre Auftritte und Temperamentsausbrüche gewöhnt haben.

Unverhofft fiel ihm ein, daß er gar keinen Grund dazu hatte, sich wegen seines Verhältnisses zu ihr Vorwürfe zu machen. Er war immer freundlich und rücksichtsvoll zu Dorothea gewesen. Er war ein anständiger Mann und besaß Integrität und Ehrgefühl; nie würde er ihr oder einer anderen Frau absichtlich weh tun.

Er dachte über die Gemeinheiten nach, die sie gesagt hatte. Besonders diese Bemerkung über eine andere in seinem Leben war ein Schlag gewesen. Aber sie hatte wohl nur im dunkeln getappt, hatte geraten, denn sie konnte nicht wissen, daß er Paula liebte. Niemand wußte das. Es war sein Geheimnis.

Shanes Herz zog sich zusammen, als ihm die Wirklichkeit mit voller Kraft ins Bewußtsein drang. Es gab nicht die geringste Chance, daß Paula jemals sein werden würde. Offenbar liebte sie Jim Fairley sehr. So hatte es ein paar Stunden zuvor auf ihrem Gesicht geschrieben gestanden. Und nicht nur das, sie war jetzt Mutter . . . *sie waren eine Familie*. Zwar hatte sie sich sichtlich gefreut, ihn bei der Taufe zu sehen, war aber trotz ihrer Wärme und Zuneigung völlig von ihrem Mann und ihren Babies in Anspruch genommen gewesen.

Er preßte die Augen fest zu, und sein Gesicht verzerrte sich in innerer Qual. Seine Liebe zu ihr war hoffnungslos und hatte keine Zukunft. Es gab kein Heil. Das hatte er schon lange gewußt, und doch hatte die leise Erwartung in ihm bestanden, daß etwas geschehen, etwas sich ändern würde. Aber natürlich würde nichts geschehen. Er mußte sich Paula Fairley aus dem Kopf schlagen, sie aus seinem Bewußtsein löschen, wie er es sich gestern in der Heide vorgenommen hatte. Es würde nicht leicht sein, das war ihm klar. Andererseits mußte er sich dazu durchringen, seine innersten Kraftreserven angreifen. Der Aufenthalt in New York sollte ein neuer Anfang werden . . . seine Chance, sich ein lebenswertes Leben zu schaffen. Sein Entschluß wurde fester.

Schließlich machte Shane die Augen auf, drehte sich um, sah aus dem Fenster und schüttelte die Erinnerungen an Paula ab. Seine große Liebe. Und eine verheiratete Frau jetzt, eine Mutter, erinnerte er sich.

Langsam kam ihm seine Umgebung wieder zu Bewußtsein.

Er sah die jüngst aufgesprossenen Narzissen sich im leichten Wind biegen – große Flecken grellen Gelbs, die sich vom jungfräulichen Grün des Grases abhoben. Ich hätte Allison Blumen kaufen sollen, dachte er geistesabwesend, denn ihm war die Dinnerparty wieder eingefallen. Er sah zur Uhr am Armaturenbrett. Halb acht. Die Geschäfte hatten geschlossen . . . und er würde zu spät kommen. Aber wenn er ordentlich Gas gab, konnte er es in einer halben Stunde schaffen.

Er machte das Radio an und suchte den Klassiksender der BBC. Die Tonfolgen von Pachelbels Kanon erfüllten das Auto, als er auf die Hauptstraße abbog.

Minuten später raste der Ferrari der alten Stadt Ripon entgegen, wo Allison Ridley wohnte.

Am nächsten Morgen verließ Shane O'Neill Yorkshire. Das Auto brauste die engen, gewundenen Landstraßen entlang, vorbei am großen Eisentor von Pennistone Royal, durch das gleichnamige Dorf und hinaus auf die Hauptstraße. Die vertrauten Hinweisschilder flogen an ihm vorüber . . . South Stainley, Ripley, Harrogate, Alwoodley.

Er drosselte das Tempo, als er dröhnend in Leeds einfuhr, obwohl dort gar kein Verkehr war, niemand unterwegs, alles war verlassen um diese Stunde und ohne ein Zeichen von Leben. Graues, schmutziges, kraftvolles Leeds, die große Industriestadt des Nordens und der Sitz von Emmas Macht, der seines Großvaters und der von David Kallinskis Familie.

Er umrundete den City Square, auf dem sich das Standbild des Schwarzen Prinzen reckte, fuhr am Postamt und am Hotel *Queen's* vorüber und weiter ging's, den Hügel am Bahnhof hinunter in Richtung auf die M 1, jene Schnellstraße, die südwärts nach London führte. Sowie er die Autobahn erreicht hatte, legte er Tempo zu und drosselte es erst wieder, als er das Auto über die Grenzen der Grafschaft hinausgesteuert hatte ... und Yorkshire hinter ihm zurückblieb.

14

Der Garten war ihr verwunschenes Paradies.

Immer kam Paula mit einem Gefühl von dort wieder, etwas geschafft zu haben, zufrieden zu sein, und er hatte einen therapeutischen Effekt auf sie, wenn sie niedergeschlagen war oder eine Erholung vom beruflichen Stress brauchte. Wenn sie einen Garten anlegen wollte, ob klein oder groß, ließ sie ihrer Phantasie freien Lauf, und jedes Stück Erde, das in ihre geschickten, talentierten Hände fiel, verwandelte sich auf wundersame Weise und legte faszinierend von ihrem instinktiven Naturverständnis Zeugnis ab.

Sie war eine begnadete Gärtnerin. Blumen, Bäume und Sträucher verwob sie zu einem Gobelin in lebendigen Farben und Mustern, der durch seine überwältigende Schönheit blendete. Aber trotz sorgfältiger Planung machte keiner ihrer Gärten auch nur im mindesten einen künstlichen Eindruck.

Ganz im Gegenteil lag über ihnen ein Hauch der alten Welt, denn sie verwandte eine Fülle von altmodischen, typisch englischen Blumen und Sträuchern. Dieser Garten, den sie nun ihr eigen nannte und an dem sie beinahe ein Jahr lang gearbeitet hatte, gewann allmählich auch diese besondere Atmosphäre.

Aber heute nahm sie ihn kaum wahr.

Sie stand unschlüssig am Rand der Terrasse und sah über die weite grüne Rasenfläche hin, doch sie sah sie nicht wirklich, ihr Blick war abwesend. Sie dachte an Jim. Ihr Streit in der letzten Nacht war schrecklich gewesen, und obwohl sie sich am Ende wieder vertragen hatten – im Bett, wo sie stets ihren Zorn vergaßen –, nahm es sie doch noch immer mit. Sie hatten sich wegen Edwina gestritten. Schon wieder. Und er hatte schließlich gesiegt, da sie hoffnungslos nachgiebig wurde, wenn es um ihn ging, so sehr liebte sie ihn. Am Ende hatte sie sich bereit erklärt, Edwina heute abend zu Gast zu haben, ihr das Haus und das Gelände zu zeigen und ihr einen

Cocktail anzubieten, bevor sie gemeinsam essen gingen. Aber nun wünschte Paula, sie wäre härter gewesen gegen ihn. In den frühen Morgenstunden, nachdem sie sich geliebt hatten, hatte er ihr geschmeichelt, sie geneckt und zum Lachen gebracht und schließlich auch auf seine Seite gezogen. Er hatte sie geschickt um den Finger gewickelt, und plötzlich nahm sie ihm das übel.

Sie seufzte, ging dann zielstrebig zu dem Steingarten, den sie gerade anlegte, und versuchte, den Nachhall der heftigen Auseinandersetzungen loszuwerden. Ich will keinen Groll hegen, sagte sie sich fest. Ich muß meinen Zorn loswerden, bevor er heute abend nach Hause kommt. Sie kniete sich hin und setzte ihre Arbeit fort, eisern entschlossen, Ordnung in den widerspenstigen Steinhaufen zu bringen, und vom heißen Wunsch beseelt, diesen Garten genauso schön zu machen wie den von Grandy im Haus an der See.

Wie immer war Paula bald vollkommen in ihrer Gartenarbeit versunken und ließ sich vom Frieden der Natur überfluten, bis sie von deren tröstlicher Sanftheit ganz umgeben und mit sich selbst im Einklang war.

Von allen Gärten, die Paula angelegt hatte, war ihr der in Emmas Haus an der See, beim «Reihernest», immer der liebste geblieben.

Heute nachmittag mußte sie daran denken. Siebzehn Jahre war das nun schon her. Sie stand auf und reckte sich. Dann streifte sie ihre Gartenhandschuhe ab, legte sie auf die Schubkarre und trat einen Schritt zurück, um den Steingarten zu begutachten.

Nun nimmt er doch endlich Form an, dachte sie. Edwin Fairleys Garten schön umzugestalten machte ihr soviel Freude wie damals ihr erster Garten.

Nach Edwin Fairleys Tod hatte Jim dessen Haus in Harrogate geerbt, Long Meadow. Hier war vor fast einem Jahr Paula als seine Braut eingezogen. Obwohl das Haus in gutem Zustand war, harrten seiner eine ganze Menge Umbauten und Renovierungsarbeiten. Merkwürdigerweise hatte Edwin Fairley stets darauf geachtet, daß die Gärten mit einer fast religiösen Hingabe gepflegt wurden. Trotzdem mangelte es auch ihnen an Farbigkeit, da man wenig Blumen und blühende Sträucher ersetzt hatte, wenn sie eingegangen waren. Diese Mängel hatte Paula schon beim Einzug gesehen, und es hatte ihr in den Fingern gekribbelt, sie abzustellen. Doch ging das Haus vor, wenn sie es auch irgendwie fertigbrachte, beide gleichzeitig in

Angriff zu nehmen und beiden ganz neue Aspekte, ganz neue Dimensionen abzugewinnen.

Sie blickte zu den Staudenrabatten hinüber und fand, daß ihre mühevolle Arbeit der vergangenen elf Monate nicht umsonst gewesen war. Der Garten war ihre Intimsphäre, hier fand sie Zuflucht und seelische Bereicherung, und ihre beruflichen und persönlichen Probleme traten zurück.

Für kurze Zeit. In der letzten Stunde hatte sie überhaupt nicht mehr an den Streit von gestern nacht gedacht. Nun drängte sich die Erinnerung an ihren erregten Wortwechsel wieder auf. Jim konnte so starrsinnig sein. Aber sie auch, und oft ärgerte sie sich darüber. Wir müssen beide nachgiebiger werden, dachte sie, sonst werden wir uns bei bestimmten Dingen immer in den Haaren liegen. Merkwürdig war es, daß sie sich vor ihrer Ehe kaum gestritten und keine ernsthaften Zerwürfnisse gehabt hatten, bis das Problem mit Edwina auftrat. Ihretwegen waren sie ernstlich aneinandergeraten. Sie haßte ihre Tante; Jim war sehr angetan von ihr. Darin lag das Problem.

Ganz unvermittelt erinnerte Paula sich an das, was ihre Großmutter ihr vor einem Jahr gesagt hatte, liebevolle Worte, unmittelbar vor ihrer Hochzeit. Kristallklar hörte sie sie jetzt wieder. «Liebe ist eine Handvoll Saat, die Ehe ist der Garten», hatte Emma leise gesagt. «Und so wie deine Gärten erfordert die Ehe völlige Hingabe, Paula, harte Arbeit und viel Liebe und Pflege. Sei unnachsichtig mit dem Unkraut. Reiß es aus, bevor es sich festsetzt. Widme dich deiner Ehe mit derselben Sorgfalt wie deinen Gärten, und alles wird gutgehen. Denk daran, daß auch eine Ehe immer wieder nachgepflanzt werden muß, wenn sie gedeihen soll . . .»

Weise Worte, dachte Paula und grübelte darüber nach. Sie schloß die Augen. Ihr Streit war ein Unkraut, nicht wahr? Also mußte sie es ausreißen. Sofort. Ja, sie mußte es vertilgen, bevor es sich festsetzen konnte. Und das ging nur, wenn sie ihre Differenzen um Edwina beilegten.

Paula öffnete die Augen wieder und lächelte vor sich hin. Sie zog die matschigen Gummistiefel aus, stieg in ihre Schuhe und ging zum Haus. Sie liebte Jim. Auch er liebte sie. Und das allein zählte. Ihr war leichter ums Herz, als sie die Treppen zum Kinderzimmer und ihren gemeinsamen Babies hinauflief.

15

Da der Wintergarten direkt von der Eingangshalle mit dem Marmorfußboden abging, hörte Paula Jims Schritte, sowie er das Haus betrat. Sie stand gerade neben der verblassenden Hortensie und hielt ein farbloses Blatt in der Hand. Jetzt drehte sie sich um, und Erwartung und Liebe überfluteten ihr Gesicht.

«Hallo, Liebling», sagte sie, als er die beiden Treppenstufen herabgeschritten kam, und ging schnell auf ihn zu, sichtlich froh, ihn zu sehen.

«Hallo», sagte er.

Sie trafen sich mitten im Zimmer. Er gab ihr einen flüchtigen Kuß und ließ sich dann in einen Sessel fallen, ohne ein Wort zu sagen.

Paula stand da und starrte ratlos zu ihm herab. Er hörte sich so apathisch an, und der Kuß war so vage gewesen, daß es ihm nicht gutgehen konnte. Sofort fragte sie: «Ist irgend etwas passiert, Jim?»

Er schüttelte den Kopf. «Bin bloß müde», sagte er und lächelte jenes glatte, alles wegwischende Lächeln, das sie inzwischen so gut kannte. «Auf der Straße nach Harrogate war ein Unfall, im Nu gab es einen Riesenstau, und der Verkehr brach zusammen. Wir haben uns kilometerlang dahingeschleppt. Es war anstrengend . . . ich bin richtig erledigt davon.»

«Wie furchtbar. Das tut mir leid. So was hat dir gerade noch gefehlt. Ich werd dir schnell einen Drink mixen», schlug sie vor. Seine Erklärung hatte sie zwar nicht zufriedengestellt, dennoch beschloß sie, jetzt nicht weiter in ihn zu dringen.

«Das ist eine gute Idee», sagte er energischer. «Danke, du – ein Gin & Tonic wäre jetzt gerade das Richtige.»

«Ich hol eben nur ein bißchen Eis», sagte sie und wollte hinausgehen.

«Läute doch nach Meg. Sie kann welches bringen.» Er runzelte die Stirn. «Die Klingel ist doch nicht etwa schon wieder kaputt?»

«Nein, aber es geht schneller, wenn ich es hole», sagte Paula über ihre Schulter hinweg, schon mit einem Fuß über die Schwelle.

«Manchmal frag ich mich, wozu wir überhaupt Hausangestellte haben», sagte er eine Spur gereizt und richtete seine hellen graublauen Augen auf sie.

Sie erwiderte seinen Blick und war sich der Kritik bewußt, sagte aber ruhig: «Sie hat momentan schrecklich viel zu tun, und außerdem hat Grandy uns dazu erzogen, nicht allzu abhängig von Dienstboten zu sein, das hab ich dir ja schon oft erzählt.» Ohne eine Antwort abzuwarten, eilte sie hinaus, aber sie hörte noch seinen entnervten Seufzer, als sie durch die Eingangshalle ging. Vielleicht ist er wirklich nur müde, ein harter Tag bei der Zeitung, die anstrengende Heimfahrt und dann auch noch das hektische Wochenende, dachte Paula und versuchte sich einzureden, daß dies der wahre Grund für seine merkwürdige Laune war. Er war nicht oft launisch, zumindest nicht so. Als sie die Küchentür aufstieß, bemerkte sie, daß sie noch immer das Blatt in der Hand hielt. Sie hatte es zerfetzt. Entspanne dich, befahl sie sich, seine Laune hat nichts zu bedeuten. Nach einem Drink wird er wieder wie sonst sein.

Meg fragte: «Meinen Sie, daß es genug belegte Brot sind, Mrs. Fairley?» Sie wies auf ein Silbertablett und hielt in ihrer Arbeit inne.

«Ja, das ist reichlich, Meg, und es sieht köstlich aus. Prima. Und könnten Sie bitte den Eiskübel nachfüllen?» Während sich die Hausangestellte am Kühlschrank zu schaffen machte, warf Paula das Blatt in den Mülleimer und wusch sich die Hände am Ausguß.

Jim war in ihrer Abwesenheit aufgestanden und sah in die Gartenanlagen hinaus, als Paula mit dem Eis in den Wintergarten trat. Sein Gesicht war im Profil zu sehen, trotzdem entging ihr der verdrießliche Zug um seinen Mund nicht. Als er sich umdrehte, war sein Blick verschwommen.

Eine Frage lag ihr auf der Zunge, aber sie unterdrückte sie und eilte zum Seitentisch, auf dem Flaschen und ein Tablett mit Gläsern standen. Sie schenkte ihm seinen Gin & Tonic ein und bemerkte, ohne sich umzudrehen: «Ich denke, wir trinken ihn hier, oder möchtest du lieber in den Salon?»

«Wie du willst», sagte er gleichgültig.

Immer noch um eine normale Unterhaltung bemüht, fuhr sie ruhig fort: «Hast du nun doch im *Granby* einen Tisch für uns bekommen, Jim?»

«Ja. Um halb neun. Anthony hat vorhin noch angerufen und gesagt, sie würden nicht vor Viertel nach sieben hier sein können. Dann haben wir noch eine Stunde zum Entspannen.»

«Ja.» Angst stieg in ihr auf. Er benahm sich wirklich eigenartig, da gab es keinen Zweifel, und sie fragte sich, ob ihr Streit von gestern abend noch in ihm schwelte. Aber warum sollte er? Er hatte ja gesiegt, und außerdem war er beim Frühstück noch freundlich und gesprächig gewesen. Aber sie wollte nun dem Problem auf den Grund gehen, was immer es auch sein mochte. Sie entschied sich für einen Wodka & Tonic, obwohl sie sonst kaum harte Sachen trank.

Jim wirkte sichtbar aufgeheitert, als er seinen Drink schlürfte. Er zündete sich eine Zigarette an und fragte beiläufig: «Heute was von irgend jemandem gehört?»

«Von Emily. Von Merry O'Neill. Und natürlich von Grandy. Kurz nachdem du wegwarst heute morgen, hat sie mich angerufen und mir gesagt, daß sie für ein paar Tage nach London fährt.»

Paula sah ihm in die Augen und holte tief Luft. «Warum machen wir Smalltalk, Jim, wenn du Sorgen hast? Ich weiß, daß irgend etwas los ist. Bitte, sag es mir, Liebling.»

Er schwieg.

Sie beugte sich eindringlich vor, ihre Augen hielten die seinen fest in ihrem Bann: «Sieh mal, ich möchte doch wissen, was dir Sorgen macht», beharrte sie.

Jim seufzte schwer. «Ich schätze, es lohnt sich nicht, darum herum zu reden . . . ich hatte ein bißchen Krach mit Winston heute, und . . .»

Paula lachte erleichtert. «Wenn das alles ist! Na, du hast schon früher manchmal Differenzen mit ihm gehabt, und das hat sich immer wieder eingerenkt. Und dies wird es auch . . .»

«Ich bin zurückgetreten», sagte Jim lakonisch.

Sie sah ihn verständnislos an, es hatte ihr die Sprache verschlagen. Langsam stellte sie ihr Glas hin. Ihre dunklen Augenbrauen zogen sich zusammen. *«Zurückgetreten?»*

«Als geschäftsführendes Vorstandsmitglied», fügte er schnell hinzu, «mit sofortiger Wirkung.»

Entgeistert starrte sie ihn an. Dann fand sie die Sprache wieder, und mit etwas erhobener Stimme fragte sie: «Aber warum denn? Und warum hast du mir nichts davon gesagt, warum hast du mir nicht erzählt, was du vorhast? Ich verstehe einfach nicht . . .» Sie beendete ihren Satz nicht und saß verspannt im Sessel.

«Es gab nichts zu diskutieren. Verstehst du, ich wußte nicht, daß ich zurücktreten würde – bis ich es tat.»

«Jim, das ist doch vollkommen lachhaft», sagte sie und versuchte zu lachen. «Nur weil du einen kleinen Auftritt mit Winston hattest, heißt das doch nicht, daß du etwas derart Drastisches tun mußt . . . schließlich hat Grandy das letzte Wort, das weißt du doch. Sie hat dir den Job übertragen, sie wird dich sofort wieder einsetzen. Sie wird Winston den Kopf zurechtrücken, mit ihm reden. Sieh mal, ich spreche morgen mit ihr, ich rufe sie gleich morgen früh an.» Sie warf ihm ein aufmunterndes Lächeln zu, das aber sofort schwand, als er eine abrupte Handbewegung machte, die gar nicht typisch für ihn war.

«Ich fürchte, du mißverstehst mich. Winston hat mich nicht dazu gezwungen, zurückzutreten oder so, wenn du das denkst. Ich habe es von mir aus getan. Ich wollte es, und zwar sehr, obwohl ich ehrlich zugeben muß, daß ich mir nicht darüber im klaren gewesen bin, bis sich diese Gelegenheit ergab. Ich möchte also gar nicht wieder eingesetzt werden.»

«Aber warum denn nicht, um Himmels willen?» rief sie, wobei ihre Verwirrung und Sorge zunahmen und ihr Gesicht sich bewölkte.

«Weil ich den Job nicht mag. Ich habe ihn nie gemocht. Winston kam zu mir heute morgen und fragte mich ganz direkt, ob ich weiter geschäftsführendes Vorstandsmitglied sein wollte, und während er noch redete, wußte ich – wußte es wirklich –, daß ich es nicht wollte. Ich bin nie besonders gut bei Verwaltungsarbeiten gewesen, es hat mich auch nicht interessiert, und das hab ich Winston gesagt, und er meinte, er hätte das schon eine ganze Weile geahnt. Er wies darauf hin, daß es vielleicht besser wäre, wenn ich beim Journalismus bliebe und die Zeitungen, aber nicht die Gesellschaft führte. Ich stimme ihm vollkommen zu, deshalb bin ich zurückgetreten. Mehr ist dazu eigentlich nicht zu sagen», versetzte er achselzuckend und lächelte schwach.

«Mehr ist dazu eigentlich nicht zu sagen», wiederholte sie ungläubig. Sie war entgeistert über das, was er getan hatte, und über seine Haltung dazu. «Ich kann es nicht glauben, daß du so etwas sagst. Du

tust so, als sei es nicht wichtig, als sei es nicht ernst, wo es doch schrecklich ernst ist. Und du sagst das so ungeniert und beiläufig, ich bin einfach sprachlos.»

«Nun sei mal nicht so erregt, weißt du: Ich bin wirklich erleichtert.»

«Deine Erleichterung sollte das letzte sein, woran du denkst», sagte sie mit leiser, trauriger Stimme. «Und wo bleibt die Pflicht? Die Verantwortung? Grandy hat eine Menge Vertrauen in dich gesetzt, als sie dich im letzten Jahr zum geschäftsführenden Vorstandsmitglied ernannte. Ich finde, du hast sie sitzenlassen, und auf ziemlich schlimme Weise!»

«Es tut mir leid, daß du so empfindest, Paula, weil ich dir da widersprechen muß. Ich habe Grandy nicht sitzenlassen», protestierte er. «Ich werde auch weiterhin Chefredakteur der beiden wichtigsten Blätter in der Vereinigten Zeitschriftengruppe sein. Ich werde das tun, was ich am besten kann – Zeitungen machen, und das verdammt gut.» Er lehnte sich zurück, schlug die Beine über und erwiderte ihren durchdringenden Blick, ohne mit der Wimper zu zucken. Er sah unbeugsam aus.

«Und wer wird jetzt die Firma leiten, wo du abgesprungen bist?»

«Winston natürlich.»

«Du weißt doch ganz genau, daß er diesen Job nicht will.»

«Ich will ihn auch nicht.»

Paula preßte ärgerlich die Lippen zusammen. Noch etwas fiel ihr ein, und sie rief erzürnt: «Ich hoffe, daß deine so plötzliche und unerwartete Entscheidung nicht dazu führen wird, daß Grandy ihre Reise mit Blackie absagen muß. Sie braucht diesen Urlaub wirklich. Was hat sie denn gesagt? Sicher hast du es ihr schon erzählt.»

«Natürlich hab ich es ihr erzählt. Winston und ich sind mittags zum Kaufhaus hinübergegangen, um sie zu sehen. Deine Großmutter hat meinen Rücktritt angenommen, und Winston hat den Job akzeptiert, was ihn nicht besonders aufgeregt zu haben schien. Grandy wird ihre Reise nicht absagen – du brauchst dir keine Sorgen zu machen.» Er beugte sich vor und umschloß ihre Hände mit seinen. «Nun sei nicht so steif. Du bist die Aufgeregteste von allen. Grandy und Winston akzeptieren meine Entscheidung. Sie haben keine Ausflüchte gemacht. Wir haben nicht lange diskutiert . . . es war alles ziemlich klar entschieden.»

«Du hast sie einfach mißverstanden», murmelte sie niedergeschlagen.

Jim lachte. «Nun werd mal nicht albern, Paula. Ich kenne sie beide ziemlich gut, und ich versichere dir, alles ist in Ordnung.»

Dazu wollte Paula nichts mehr einfallen. Sie war erstaunt über seinen mangelnden Scharfblick; seine Behauptung, daß alles prima sei, bewies ein stark getrübtes Urteilsvermögen. Jim hatte offenbar keine Ahnung davon, was in ihrer Großmutter und in Winston vorging. Ihr war sofort klar, daß diese die Situation nur deshalb hingenommen hatten, weil es keine Alternative gab. Sie würden jetzt ihre vereinten Kräfte daransetzen, damit die Firma reibungslos weiterlaufen konnte. So machen *wir* das, dachte sie. Wir tun unsere Pflicht und übernehmen die Verantwortung, auch wenn es schwer ist. Nichts war *in Ordnung*, wie er es so leichtfertig behauptet hatte.

Jim beobachtete sie und versuchte ihre Gedanken zu erraten, aber ihre violetten Augen waren verschleiert und unergründlich. Er sagte unruhig: «Versuch doch bitte einmal, dich in meine Lage hineinzuversetzen und meine Gefühle zu verstehen. Deine Großmutter und Winston tun das. Laß uns doch nicht über meinen Rücktritt streiten. Er ist ein *fait accompli*, jede Streiterei daher ohnedies überflüssig, meinst du nicht?»

Paula schwieg. Sie lehnte sich in ihrem Sessel zurück und streckte ruhig die Hand nach ihrem Drink aus. Sie nahm einen schnellen Schluck. Nach langem Schweigen sagte sie: «Jim, ich wünschte, du würdest es dir noch einmal überlegen . . . das tangiert nämlich noch ein paar andere Dinge. Grandy wollte dir das Folgende noch diese Woche sagen, aber ich weiß, daß sie nichts dagegen haben wird, wenn ich es jetzt tue. Sie will ihr Testament ändern. Zur Zeit sind ihre Anteile an der Zeitschriftenguppe Teil des Vermögens der Harte-Unternehmensgruppe, das meine Cousins erben werden, wie du sicher weißt. Aber nun hat sie sich dazu entschlossen, die Zeitungsaktien den Zwillingen zu hinterlassen – unseren Kindern –, und deshalb weiß ich, daß ihr dein vollkommenes Engagement für die Zeitschriftengruppe auf jeder Ebene sehr wichtig ist. Es ist mir egal, was sie dir heute morgen gesagt hat; ich bin sicher, daß sie im Innersten tief enttäuscht darüber ist, daß du dich der Verwaltungsebene entzogen hast.»

Ein kurzes Auflachen von Jim unterbrach sie. Forschend sah sie ihn an und fragte sich, ob sie sich die Schärfe, die in jenem Lachen lag, nur eingebildet hatte.

Geduldig und mit sanfter Stimme sagte er nun: «Paula, ob ich nun geschäftsführendes Vorstandsmitglied, Chefredakteur, beides oder keines von beidem bin, deine Großmutter wird trotzdem ihr Testament ändern. Sie wird unseren Kindern diese Anteile hinterlassen, und zwar aus mehreren guten Gründen.»

«Was für Gründen?»

«Zum einen sind sie Fairleys, zum anderen ist da ihr Schuldgefühl.»

Paula blinzelte, eine Sekunde lang begriff sie nicht, worauf er hinauswollte. Dann kam ihr plötzlich die Erleuchtung, und sie starrte ihn wie gebannt an. Hoffentlich hatte sie die Bedeutung seiner Worte mißverstanden. Sie holte tief Luft, um sich zu fassen, und fragte dann sehr langsam: «Schuldgefühl in welcher Hinsicht?»

«Darüber, daß sie meinem Großvater die *Yorkshire Morning Gazette* entrissen und dann die Herrschaft über die Firma an sich gebracht hat», sagte er lässig.

«Das klingt ja so, als hätte sie sie gestohlen!» rief Paula scharf. «Du weißt doch ganz genau, daß dein Großvater diese Zeitung ruiniert hat, das hatte doch wohl nichts mit Grandy zu tun. Du hast oft genug gesagt, daß er ein brillanter Anwalt, aber ein kläglicher Geschäftsmann gewesen ist. Und ich muß dich doch nicht daran erinnern, daß die anderen Aktionäre Grandy gebeten haben, die Firma zu übernehmen. So hat sie sie gerettet, und deinen Großvater dazu. Er hat eine Menge Geld an seinen Aktien verdient.»

«Ja, da hast du recht – besonders, was sein Mißmanagement betrifft –, aber ich denke doch, er hätte sich so durchgeschlagen und wäre irgendwie klargekommen und an der Macht geblieben, wenn deine Großmutter nicht gekommen wäre und sie ihm weggeschnappt hätte.» Er nahm einen großen Schluck von seinem Drink und zog an seiner Zigarette.

«Die Zeitung hätte Bankrott gemacht! Und wo wäre dein Großvater dann geblieben?» Sie funkelte ihn wild an. «In der Tinte!»

«Also Paula, reg dich doch nicht so auf. Ich erinnere dich nur an die Tatsachen. Wir wissen doch beide, daß Grandy die Fairleys zugrunde gerichtet hat.» Er warf ihr ein launiges schräges Lächeln zu. «Wir sind doch über achtzehn, es wäre doch wirklich albern, alles unter den Teppich zu kehren, nur weil du und ich verheiratet sind. Was geschehen ist, ist geschehen. Weder du noch ich werden es ändern, und es ist wirklich albern, wenn wir uns jetzt über Sachen streiten, die schon so lange vorbei sind.»

Paula starrte ihn erschrocken an. Ihr Magen schmerzte, und sie zitterte am ganzen Körper. Während seine Worte noch in ihr widerhallten, riß ihr die Geduld, die Anspannung der letzten Wochen trat hervor, und etwas brach unvermittelt in ihr entzwei. «Sie hat die Fairleys nicht mehr ruiniert als ich! Zufällig haben Adam Fairley und sein ältester Sohn Gerald das ganz allein besorgt! Ob es dir gefällt oder nicht, dein Urgroßvater und dein Großonkel waren nachlässige, dumme, bequeme und recht erbärmliche Geschäftsleute. Außerdem: selbst wenn sie sie ruiniert hätte, ich könnte es ihr nicht verdenken. Ich würde ihr sogar Beifall klatschen dafür, daß sie nun mit ihm quitt ist. Die Fairleys haben meine Großmutter abscheulich behandelt. Und dein verehrter Großvater – was er ihr angetan hat, war . . . war unbeschreiblich!» stieß sie atemlos hervor. «Skrupellos, hörst du! Ein feiner, aufrechter junger Mann war dieser Edwin, nicht wahr? Eine Sechzehnjährige zu schwängern und sie dann sich selbst zu überlassen. Er hat keinen Finger krumm gemacht, um ihr zu helfen. Und was . . .»

«Das weiß ich doch alles . . .» fing Jim an, der sich zu fragen begann, wie er sie beruhigen und diesen Strom zorniger Worte stoppen konnte.

Gebieterisch schnitt sie ihm das Wort ab. «Was du vielleicht noch nicht weißt, ist, daß dein Großonkel Gerald versucht hat, sie zu vergewaltigen, und das kannst du mir glauben: keine Frau vergißt je den Mann, der sie vergewaltigen wollte! Also halte hier keine Ehrenrettung der Fairleys ab. Und was unterstehst du dich, meine Großmutter anzugreifen, nach allem, was sie für dich getan hat! Versuchst du etwa, so deine Pflichtvergessenheit ihr gegenüber zu bemänteln? . . .» Paula bremste sich und schwieg. Stürmische Gefühle durchzogen sie; sie war so zornig, daß sie wie Espenlaub zitterte.

Eine plötzliche Kühle legte sich über den Raum.

Sie starrten einander an. Beide waren entsetzt. Paulas Gesicht war so weiß, daß ihre dunkelblauen Augen auffallender denn je wirkten, und Jims Gesicht war starr vor Schreck.

Einen Augenblick lang hatte es ihm die Sprache verschlagen. Ihr

Ausbruch entsetzte ihn, er war bestürzt darüber, daß sie seine Worte – die er beiläufig, ja fahrlässig fallengelassen hatte, wie er nun zugeben mußte, so mißdeuten konnte.

Schließlich rief er leidenschaftlich: «Paula, bitte glaube mir, ich habe nicht für die Fairleys gesprochen oder Emma angegriffen. Wie kannst du so was von mir denken? Ich habe sie immer respektiert und geachtet, seit dem ersten Tag, da ich für sie arbeitete. Und ich habe sie liebgewonnen, seit wir verheiratet sind. Sie ist eine wundervolle Frau, und ich bin der letzte, der nicht anerkennt, was sie alles für mich getan hat.»

«Das hört man gern.»

Jim hielt den Atem an und krümmte sich unter ihrem Sarkasmus. «Bitte, Paula, sieh mich nicht so an. Du hast mich vollkommen mißverstanden.»

Sie antwortete ihm nicht, wandte das Gesicht ab und starrte in das Pflanzengewirr an den Glaswänden des Wintergartens.

Jim sprang auf. Er griff nach ihren Händen, zog sie vom Sessel hoch und nahm sie in seine Arme. «Liebling, bitte hör mich an. Ich liebe dich. Die Vergangenheit ist egal. Grandy findet das auch. Ich hätte gar nicht erst davon anfangen sollen. Was *sie* einander vor einem halben Jahrhundert angetan haben, hat nichts mit *uns* zu tun. Irgendwie haben wir uns über diesem Thema erhitzt . . . beim Streit über meinen Rücktritt. Sturm im Wasserglas. Du regst dich allzu sehr über eine Kleinigkeit auf. Bitte, bitte beruhige dich.» Während er sprach, geleitete er sie zu einem Doppelsessel und ließ sie sich setzen, nahm neben ihr Platz und ergriff ihre Hand, wobei er sie eindringlich ansah.

«Schau mal, Paula – ich bin ja ganz deiner Meinung: Was mein Großvater getan hat, war unbeschreiblich. Er wußte das auch. Die Schuld hat ihn für den Rest seines Lebens bedrückt. In mancher Hinsicht hat das, was er als junger Mann getan hat, sein späteres Leben zerstört. Er hat mir das anvertraut, bevor er starb. Ihm hat es immer leid getan, daß er Emma und ihr gemeinsames Kind verloren hatte . . . er hat auch nie aufgehört, sie zu lieben, und am Ende wollte er bloß noch, daß deine Großmutter ihm verzeihen sollte. Als er starb, beschwor er mich, zu Emma zu gehen und sie für alles, was die Fairleys ihr angetan hatten, besonders er selbst, um Verzeihung zu bitten. Weißt du das nicht mehr? Ich habe dir doch erzählt, daß ich am Abend, als sie unsere Verlobung bekanntgab, mit Grandy darüber gesprochen habe.»

«Ja», sagte Paula.

«Ich habe Grandy alles treulich wiedergegeben – seine letzten Worte, bevor er einschlief. Er sagte: ‹Jim, ich werde keine Ruhe im Grab finden, wenn Emma mir nicht verzeiht. Bitte sie inständig darum, Jim, damit meine gequälte Seele in Frieden ruhen kann.› Als Emma das hörte, brach sie in Tränen aus und sagte: ‹Vielleicht hat dein Großvater mehr gelitten als ich.› Paula, sie hat ihm verziehen. Sie hat allen Fairleys verziehen. Warum kannst du das nicht?»

Abrupt hob sie den Kopf, von der Frage überrascht. «O Jim, ich . . .» Sie hielt kurz inne, ehe sie weiterredete. «Ich habe nichts zu verzeihen. Ich glaube, du hast mich mißverstanden.»

«Ja, vielleicht. Aber du warst so wütend, hast mich angebrüllt und bist über die Fairleys hergefallen . . .»

«Ja, ich habe die Beherrschung verloren, aber du hast mich so wütend gemacht, als du gesagt hast, Grandy hätte Schuldgefühle. Ich kenne sie, und zwar viel besser als du, Jim, und ich bin sicher, daß sie sich in keiner Hinsicht schuldig fühlt.»

«Dann habe ich mich wohl geirrt», sagte er mit einem matten Lächeln. «Tut mir leid.» Er war erleichtert, daß sie sich etwas beruhigt zu haben schien.

«Und du irrst dich bei noch einer anderen Sache.»

«Wobei denn?»

«Bei der Vergangenheit. Du hast vorhin gesagt, die Vergangenheit sei egal, aber ich finde das nicht. Die Vergangenheit kehrt immer wieder und sucht uns heim, und wir können ihr nie entfliehen. Sie macht uns alle zu Gefangenen. Vielleicht sagt Grandy manchmal so dahin, die Vergangenheit sei egal, aber das glaubt sie nicht wirklich. Sie hat oft gesagt, die Vergangenheit sei unwandelbar, und das ist auch meine Meinung.»

«Die Sünden ihrer Väter und so was? Meinst du das?» fragte er ruhig.

«Ja.»

Jim seufzte und schüttelte den Kopf.

Paula sah ihn aufmerksam an. «Ich möchte dich etwas fragen. Vielleicht wird es dir unangenehm sein, aber ich muß es dich fragen.» Sie wartete und sah ihn immer noch an.

Jim erwiderte ihren Blick. «Paula, ich bin dein Mann, und ich liebe dich, und zwischen uns sollte nie etwas anderes als vollkommene Offenheit und Ehrlichkeit sein. Natürlich kannst du mich alles fragen. Was ist es denn?»

Sie holte tief Luft und legte dann los: «Hast du etwas gegen Grandy? Ich meine, weil *sie* die Besitzerin der *Gazette* ist und nicht du? Wenn dein Großvater seine Macht bewahrt hätte, wäre die Zeitung dein.»

Jim sperrte überrascht den Mund auf und starrte sie an, dann lachte er. «Wenn ich irgendeinen Groll gegen sie hegte, Neid oder Bitterkeit, dann würde ich doch wohl kaum als geschäftsführendes Vorstandsmitglied zurücktreten. Dann würde ich herumintrigieren, um die Zeitung für mich zu kriegen – oder um zumindest soviel Macht wie nur möglich zu ergattern. Und ich hätte dir schon lange eingeflüstert, daß du Grandy dazu bringen solltest, unseren Kindern die Zeitungsaktien zu hinterlassen . . . so daß ich durch ihre Anteile die ausschließliche Macht bekäme. Mit solch einem fetten Bissen wäre ich nach Emmas Tod der Alleinherrscher in der Firma – sie würde praktisch mir gehören, da ich ja die geschäftlichen Aufgaben meiner Kinder übernehmen würde, bis sie volljährig wären.» Er schüttelte noch immer lachend den Kopf. «Hätte ich das nicht getan?»

«Ja, da hast du wohl recht», gab Paula erschöpft nach.

«Paula, du hast sicher inzwischen gemerkt, daß ich weder geldgierig noch besonders machthungrig bin. Es macht mir Spaß, das Blatt zu führen, Chefredakteur zu sein – das will ich gern zugeben –, aber ich möchte nichts mit Management und Verwaltungskram zu tun haben.»

«Nicht einmal, wenn du weißt, daß die Zeitschriftengruppe einmal deinen Kindern gehören wird?»

«Ich habe Vertrauen zu Winston. Er wird es gut machen. Schließlich hat er eine Menge zu sagen, wenn man bedenkt, daß ihm und den Hartes die halbe Firma gehört. Er besitzt 48 Prozent der Anteile, mußt du wissen.»

Paula begriff, daß es sinnlos war, noch länger mit Jim über seinen Rücktritt zu sprechen – zumindest jetzt. Sie erhob sich. «Ich glaube, ich muß mal rausgehen . . . ein bißchen frische Luft schnappen.»

Jim stand ebenfalls auf und sah sie besorgt an. «Fühlst du dich nicht wohl? Du bist so blaß.»

«Wirklich? Also, warum gehst du nicht ein bißchen zu den Kleinen hinauf, bevor du dich umziehst? Ich komme gleich nach, ich will bloß eben einen Rundgang durch den Garten machen.»

Er nahm sie beim Arm, als sie auf die Tür zuging, und drehte sie zu sich herum. «Ist alles wieder gut, Liebling?» fragte er leise. «Ja, natürlich», beruhigte sie ihn; doch sie bemerkte die Angst in seinen Augen und das Flehentliche in seiner Stimme.

Langsam wanderte Paula durch den Garten, machte einen Bogen um die Baumpflanzung und schlug den engen Pfad ein, der zum zweiten Rasen führte, der sich mit leichtem Gefälle auf den Goldregenhain und den Teich zu erstreckte.

Der Streit hatte sie angegriffen, ihr war schwindlig. Erleichtert darüber, allein zu sein, setzte sie sich auf die Stufen des weißgestrichenen Gartenhäuschens und suchte ihr Gleichgewicht wiederzufinden. Es tat ihr leid, daß sie die Beherrschung verloren und einen Wutanfall bekommen hatte, was nur durch die unerhörte Provokation zu entschuldigen war. Jims Bemerkung, ihre Großmutter sei von Schuldgefühlen den Fairleys gegenüber geplagt, hatte sie unglaublich in Rage gebracht. Eine lachhafte Idee. Genauso absurd wie sein Rücktritt.

Wenn seine plötzliche, unverantwortliche Entscheidung sie auch sehr bedrückte, war ihr Schmerz darüber doch von der Wucht ihres Zusammenstoßes verdrängt worden. Dieser Streit war viel ernsthafter als ihre Querelen über Edwina. Er tastete das Fundament jeder Ehe an: Vertrauen. Und in ihr waren Fragen aufgeworfen worden, über Jim, sein wirkliches Verhältnis zu ihrer Großmutter, seine Loyalität zu Emma. Die Fragen überschlugen sich in ihrem Kopf. Hegte er wirklich einen Groll gegen Emma Harte, weil sie nun alles besaß, was einst den Fairleys gehört hatte? Vielleicht im Unterbewußtsein, ohne sich darüber im klaren zu sein? Schmerzhaft kam ihr der Gedanke, daß dies nicht völlig ausgeschlossen war. Schließlich hatte *er* doch eine Rede über die Vergangenheit vom Stapel gelassen, nicht sie; und wenn die Vergangenheit nichts zählte, warum hatte er dann überhaupt damit angefangen?

Steckten doch Bitterkeit und Ressentiments dahinter? Dieser Gedanke ließ sie erschauern. Denn das waren die gefährlichsten Gefühle überhaupt, sie fraßen wie Krebs an einem Menschen, zerstörten alles und bestimmten all seine Handlungen. Aber als sie Jim ganz direkt gefragt hatte, ob er Grandy nicht möge, war er offensichtlich erstaunt gewesen, und seine Antwort war schnell, offen und ohne jede Verstellung gekommen. Er war ehrlich gewesen – das hatte sie sofort gespürt. Sie hatte Jim immer leicht durchschauen können. Er war kein verschlagener Mensch, eher das Gegenteil – es war ihm nicht gegeben, sich zu verstellen.

Paula lehnte sich ans Geländer und schloß die Augen, ihr Gehirn lief auf Hochtouren. Sie war stets davon überzeugt gewesen, daß sie Jim durch und durch kannte. Aber war das wirklich der Fall? Vielleicht war es arrogant von ihr, wenn sie glaubte, daß sie so gut in ihn hineinschauen konnte. Wie gut kannte man überhaupt irgend jemanden? Es hatte Momente gegeben, da erschienen ihr selbst sehr vertraute Menschen, mit denen sie aufgewachsen war, schwer oder gar nicht verständlich. Wenn nun schon Familienmitglieder und allerbeste Freunde oft rätselhaft waren, wie konnte sie da einen Mann verstehen, den sie nur zwei kurze Jahre kannte, einen Mann, den man gut einen Fremden nennen konnte, wenn er auch ihr Ehemann war? Sie hatte gelernt, daß man Leute nicht immer für bare Münze nehmen durfte . . . die meisten Menschen waren äußerst vielschichtig. Manchmal wußten sie selbst nicht, was sie zu ihren Handlungen bewegt hatte. Wie gut kannte denn James Arthur Fairley sich selbst? Und, wenn sie schon so weit war: wie gut kannte er *sie*?

Diese Fragen lasteten in der Luft. Schließlich ließ sie seufzend von ihnen ab, denn ihr war klar, daß sie keine bequemen Antworten parat hatte. Sie öffnete die Augen und blickte auf ihre Hände hinab, die ganz gelöst im Schoß lagen. Die Anspannung war verflogen, und nun, da ihr Zorn fast gänzlich verraucht war, konnte sie kühl und objektiv nachdenken. Sie gab zu, daß sie zu impulsiv reagiert hatte. Ohne Zweifel hatte er sie bis zum Äußersten gereizt, aber sicher unabsichtlich. Sie hatten beide Schuld, und wenn er ein paar Unzulänglichkeiten besaß, so traf das ebenso auf sie selbst zu. Sie beide waren menschlich. Und während er sich gegen ihre verbalen Attacken verteidigte, hatte sie die Ernsthaftigkeit und den guten Willen dahinter vernommen, echte Liebe in seinem Gesicht gesehen. Plötzlich erschien es ihr unvorstellbar, daß Jim irgendwelche Haßgefühle gegen ihre Großmutter hegen könne. Darüber hinaus war sie es ihrem Mann schuldig, ihm so etwas gar nicht zu unterstellen. Ja, sie mußte ihm vertrauen, im Zweifelsfall auf seiner Seite stehen. Wenn sie das nicht konnte, war ihre Beziehung bedroht. Außerdem hatte er ein zwingendes Argument vorgebracht, das sie nicht ignorieren konnte. Er sagte, er würde wohl kaum als geschäftsführendes Vorstandsmitglied zurücktreten, wenn er Ressentiments hätte und der Meinung sei, die *Gazette* müsse ihm gehören, sondern sich statt dessen so viel Macht nehmen, wie er könne. Das konnte sie nicht entkräften. Niemand, der von Mißgunst getrieben war, würde die Arena verlassen. Er würde den *coup-de-grâce* planen.

Wieder fiel ihr sein Rücktritt ein, aber sie verscheuchte den Gedanken sofort wieder. Klug beschloß sie, dieses neuralgische Thema erst einmal auf Eis zu legen. Jetzt, wo ihre Gäste bald kommen würden, war kaum der geeignete Augenblick, Jim wieder damit zu konfrontieren, zumal Edwina unter ihnen war. Paula hatte nicht im geringsten die Absicht, ausgerechnet *sie* einen Spalt in ihrer Rüstung sehen zu lassen.

Jim stand am Fenster, von wo aus er Paula auf den Stufen des Gartenhäuschens sitzen sehen konnte. Sein Blick ruhte unverwandt auf ihr, und er wünschte, sie würde wieder hineinkommen. Er mußte die Sache wieder einrenken.

Er hatte es nicht böse gemeint, als er die alte, abgedroschene Geschichte von Emma Harte und den Fairleys angeschnitten hatte. Aber es war taktlos gewesen, ganz sicher, und idiotisch von ihm, nicht zu begreifen, daß Paula darauf sehr heftig reagieren würde. Jim seufzte. Andererseits hatte sie überzogen reagiert; schließlich waren das alles Tatsachen, an denen man nicht rütteln konnte. Aber wenn es um ihre Großmutter ging, war sie nie gerecht, so wie sie sie vergötterte. Sie ging auf jeden los, der auch nur anzudeuten wagte, Emma könnte vielleicht nicht vollkommen sein. Nicht daß er sonst je etwas gegen sie sagte . . . er hatte keinen Grund, Emma Harte zu kritisieren oder zu verurteilen. Ganz im Gegenteil.

Wieder fiel ihm ein, was Paula über Gerald Fairley und die versuchte Vergewaltigung gesagt hatte. Sicher stimmte das, und die bloße Idee war schon so abstoßend, daß er unwillkürlich erschauerte. Bei den seltenen Malen, wo Geralds Name im Gespräch fiel, hatte er im Gesicht seines Großvaters einen Ausdruck unglaublichen Ekels, unglaublicher Verachtung bemerkt. Nun verstand er warum. Nachdenklich schüttelte Jim den Kopf über die Erkenntnis, wie sehr doch das Leben der Fairleys mit dem der Hartes um die Jahrhundertwende verwoben gewesen war. Dennoch war er an den Taten seiner Vorfahren weder schuld noch dafür verantwortlich. Er hatte keinen von ihnen gekannt, abgesehen von seinem Großvater; sie waren alle nur Schemen für ihn. Im übrigen war die Gegenwart das einzige, was zählte.

Wieder blickte er aus dem Fenster, wobei er leicht die Gardine bewegte. Paula saß reglos auf den Stufen des alten Gartenhäuschens, ihren Gedanken hingegeben. Wenn sie erst ins Schlafzimmer kam, um sich umzuziehen, würde er sie sich hinsetzen lassen, mit ihr sprechen und alles Erdenkliche tun, um sich mit ihr zu versöhnen, sich sogar noch einmal entschuldigen. Er begann diese Streitigkeiten, die in der letzten Zeit so häufig auftraten, zu verabscheuen.

Abwesend fuhr er sich durch das helle Haar, und ein nachdenklicher Zug lag auf seinem feingeschnittenen Gesicht. Vielleicht hatte Paula recht, vielleicht hatte Emma wirklich keine Gewissensbisse, was ihr Verhalten in der Vergangenheit betraf. Nun, wo er kühl darüber nachdachte, fiel ihm plötzlich ein, daß Emma eine viel zu praktische Frau war, um sich wegen irgend etwas Sorgen zu machen, das man nicht ändern konnte. Und doch konnte er die Schuldgefühle, die er manchmal an ihr bemerkt hatte, nicht übersehen. Vielleicht betrafen sie bloß ihn und nicht jene längst toten Fairleys. Es stand außer Frage, daß Emma sich um ihn Sorgen machte. Deshalb hatte es ihn auch gar nicht überrascht, als Paula von dem Testament erzählt hatte. Er hatte immer von Emma erwartet, daß sie es zugunsten seiner Kinder ändern würde. Er wollte die Anteile nicht für sich haben – außerdem konnte Emma sie ihm auch kaum vermachen, ohne ein Familiendrama heraufzubeschwören. Und deshalb hatte sie, die so fair und gewissenhaft war, ihr möglichstes getan, alles wiedergutzumachen, es so in Ordnung zu bringen, wie sie es konnte. Sie gab Lorne und Tessa das Geburtsrecht, jenes Erbe, das er selbst seinen Kindern gegeben hätte, wenn seine Familie die Macht über die Zeitung behalten hätte.

Jim war vollkommen sicher, daß Emma sich von aufrichtigen Gefühlen leiten ließ. Sie hatte einst seinen Großvater geliebt, und deshalb war auch er ihr sehr lieb. Er zweifelte kein bißchen daran, daß es sich so verhielt. Ja, er hätte sogar ihr Enkel sein können, wenn die Umstände ein wenig anders gewesen wären.

Grandy hatte auf verschiedenste Weise ihre wahren Gefühle für ihn gezeigt – dafür hatte er Beweise. Er ging sie alle im Geiste durch: Sie hatte ihm den Job des Chefredakteurs übertragen, obwohl es andere, ebenso qualifizierte Bewerber gab; sie hatte ihren Rachefeldzug gegen die Fairleys seinetwegen eingestellt; sie hatte seiner Ehe mit ihrer Lieblingsenkelin ihren Segen gegeben. Tatsächlich tat Emma Harte ihr möglichstes, damit er glücklich war. Sie stand auf seiner Seite – das war mehr als bewiesen durch ihre Haltung. Grandy hatte Paula dazu überredet, hier in Long Meadow zu wohnen, weil er es wünschte. Sie hatte eingewilligt, daß die Zwillinge in der Kirche von Fairley getauft würden, und sie hatte auch nichts dagegen gehabt, daß er Edwina einlud. Bloß Paula machte so ein Theater wegen dieser unglücklichen Frau, die nie jemandem etwas zuleide getan hatte.

Ungeduldig veränderte Jim seine Stellung und fragte sich, wie lange Paula wohl noch da draußen zu sitzen gedachte. Er sah gereizt auf die Uhr. Wenn sie nicht in den nächsten Minuten kam, würde er hinausgehen und im Garten mit ihr sprechen. Er wollte eines klarstellen: Emma war nicht von ihm enttäuscht. Heute morgen, als er ihr seine Rücktrittspläne angekündigt hatte, hatte Grandy zugestimmt und gesagt, daß sie seine Ehrlichkeit schätze. «Wenn du das willst, dann mußt du es auch tun», hatte Emma mit einem kleinen Lächeln gemeint. «Ich wäre die letzte, die dich aufhielte.» Emma war menschlich und hatte Mitgefühl, und sie hatte ihn auf ihre Weise lieb. Er war ihr ergeben, loyal. Es gab eine besondere Verbundenheit zwischen ihnen. Nie wurde darüber gesprochen, aber gleichwohl gab es sie.

Zu seiner großen Erleichterung sah Jim Paula nun den Pfad hinaufkommen. Gott sei Dank kam sie ins Haus zurück. Seine Angespanntheit ließ nach, obwohl es von hier oben unmöglich war zu erraten, wie es um ihre Gemütsverfassung stand oder wie sie sich verhalten würde. Aber das konnte er nie gut voraussagen. Es kam ihm vor, als ließe sie ihn stets im ungewissen. Sie war launisch, manchmal auch recht schwierig, doch keine Frau fesselte ihn so, hielt ihn so gefangen wie sie. Und sie hatte sich keine Mühe geben müssen. Eine mächtige Alchimie bestimmte ihr Verhältnis, und die sexuelle Anziehungskraft zwischen ihnen war überwältigend. Paula war so lebhaft, zugleich aber ernst und tiefsinnig, daß er oft verwirrt war und ins Schwimmen kam. Dennoch mochte er ihre Ernsthaftigkeit. Und ihre Leidenschaft, ihr Verlangen nach ihm im Bett begeisterte ihn geradezu. Seine früheren Freundinnen hatten sich oft über seine sexuellen Bedürfnisse beschwert. Sie fanden ihn anomal, konnten nicht mithalten, mußten vor seiner Ausdauer kapitulieren. Bei Paula war das anders . . . sie beklagte sich nie, hieß ihn immer mit offenen Armen willkommen und war genauso begierig wie er, sich dem Liebesspiel zu überlassen. Er konnte nie genug von ihr bekommen. Und ihr ging es ebenso, das wußte er.

Als Paula ins Schlafzimmer trat, sah Jim, daß sie ruhiger geworden war und daß sich ihre Gesichtsfarbe normalisiert hatte. Er ging zu ihr hin und nahm ihre Hände zwischen die seinen: «Ich kann diese schrecklichen Auftritte nicht ertragen», sagte er.

«Ich auch nicht.»

Ohne weiterzusprechen nahm er ihr Gesicht in seine Hände und küßte sie. Sinnlich arbeitete sein Mund auf dem ihren. Seine Leidenschaft flammte auf. Er war erregt. Seine Arme schlossen sich um sie, und er preßte sie dichter an sich, so daß sie sich der Biegung seines Körpers anpaßte. Seine Hände glitten ihren Rücken hinab zur Rundung ihres Hinterns. Er drückte sie ungeduldig an sich. Sie mußte seine starke Erregung einfach verstehen, mußte verstehen, daß er sie sofort in Besitz nehmen wollte.

Paula nahm seine Küsse hin und stieß ihn dann schnell und sanft zurück. «Jim, bitte. Sie werden in ein paar Minuten hier sein. Wir haben keine Zeit . . .»

Mit einem weiteren Kuß brachte er sie zum Schweigen, dann ließ er kurz von ihr ab, um sie zum Bett zu führen. Er drückte sie darauf nieder, legte sich neben sie und schlang seine langen Beine um sie. Mit vor Verlangen belegter Stimme hauchte er in ihren Nacken: «Ich muß dich haben. *Jetzt.* Schnell, bevor sie kommen. Wir haben Zeit. Und du weißt, daß wir uns immer wieder vertragen, wenn wir uns geliebt haben. Mach schon, Liebling, zieh dich für mich aus.»

Paula wollte protestierten; sie wollte das jetzt nicht – er würde sie wieder manipulieren. Aber er machte sich schon an den Knöpfen ihrer Bluse zu schaffen, und sie verschluckte, was sie hatte sagen wollen. Es war alles viel einfacher, wenn sie sich willfährig zeigte, wie sie es im letzten Jahr so schnell gelernt hatte. Jim glaubte, Sex würde all ihre Probleme lösen. Aber das stimmte natürlich nicht.

16

Um 6 Uhr 30 am nächsten Morgen fuhr Paula von Long Meadow ins Büro, elegant anzusehen in einem schicken taillierten schwarzen Leinenkostüm mit frischer weißer Seidenbluse.

Nach einer unruhig verbrachten Nacht, in der sie sich herumgewälzt und gegrübelt hatte, war sie früher als sonst aufgestanden. Nur Nora war schon um diese Stunde zugange und bereitete die Flaschen für die Babies vor. Paula hatte erst geduscht und sich angekleidet und danach eine stille Viertelstunde mit ihr und den Zwillingen im Kinderzimmer verbracht, bevor sie nach unten in die Küche ging. Während sie schnell eine Tasse Tee trank, schrieb sie Jim ein Zettelchen, daß sie einen anstrengenden Tag im Geschäft vor sich habe und früh anfangen wolle.

Doch das stimmte nur zum Teil. Paula hatte das dringende Bedürfnis, ihre wirren Gedanken zu ordnen und über einiges mit sich ins reine zu kommen. Das konnte sie nur, wenn sie allein war – und sie war nur dann nicht von Leuten umgeben, wenn sie gärtnerte oder Auto fuhr.

Während sie den Wagen die kiesbestreute Einfahrt entlangsteuerte, merkte sie, daß es sie erleichterte, dem Haus zu entrinnen. Heute kam es ihr dort bedrückender denn je vor. Obwohl sie das Gebäude und den Wintergarten gern hatte, würde Long Meadow nie einer ihrer Lieblingsplätze werden, obgleich ihre Mutter und sie es schon viel attraktiver gestaltet hatten. Grandy hatte ja gesagt: «Ihr habt euer Bestes getan, aber man kann eben aus einem Schweineohr kein seidenes Portemonnaie machen.»

Und ob Jim es glaubte oder nicht, das Haus *war* bedrückend. Ihre Großmutter empfand genauso wie sie und kam selten dorthin, ihr war es lieber, sie besuchten sie in Pennistone Royal. Von der Atmosphäre einmal abgesehen, war das Haus auch schwierig zu bewirtschaften. Man hatte es schlecht geplant, und so besaß es endlose

Treppen, verwinkelte Korridore und dunkle Treppenabsätze. Meg und die täglich kommende Raumpflegerin jammerten ständig, und sogar die junge Nora beklagte sich in der letzten Zeit über schmerzende Beine. Jim tat alle Klagen ab. Er liebte Long Meadow, und sie wußte, daß ein Umzug für ihn nicht in Frage käme. Es war also sinnlos, von einem anderen, praktischeren und mehr auf ihre Bedürfnisse zugeschnittenen Haus zu träumen.

Jim war selbstsüchtig.

Dieser neue Gedanke machte Paula derart zu schaffen, daß sie sich steif machte und das Lenkrad fester umklammerte. Sie sah vor sich auf die Straße, die Augen sorgenvoll verschleiert. Wie kannst du so was Unfreundliches denken, schalt sie sich. Aber so sehr sie auch versuchte, Jim anders zu sehen, es gelang ihr nicht. Denn es war die Wahrheit. Seit Monaten war sie bemüht, diesen unerfreulichen Charakterzug an ihm zu ignorieren, und entschuldigte ihn ständig. Plötzlich funktionierte das nicht mehr. Sie mußte aufhören, sich etwas vorzumachen, mußte den Tatsachen ins Auge sehen und akzeptieren, daß er stets nur das tat, was *er* wollte. Seine Liebenswürdigkeit unter Kollegen und Freunden, besonders wenn es um Kleinigkeiten ging, täuschte. Bei solchen Gelegenheiten riß er sich fast ein Bein aus, um jemandem zu Willen zu sein. Aber wenn es um Wichtiges ging, biß er sich fest und kämpfte darum, sich durchzusetzen, egal, was irgend jemand sonst wollte. So widersprüchlich war also sein Charakter, und das machte ihr langsam Sorgen.

Paula seufzte. Hartnäckig waren sie beide, aber sie war zumindest nicht unnachgiebig. Mit Bestürzung erkannte Paula, daß Jim stur war. Schon seit Monaten war ihr dieser Charakterzug ins Auge gesprungen, aber sie hatte ihn nicht wahrhaben wollen.

Nun überdachte sie ihr gemeinsames Leben im vergangenen Jahr und merkte, daß es unzählige Beispiele für seinen eingefleischten Starrsinn gab. Wie er ein neues Flugzeug von Grandy glattweg abgelehnt hatte, ganz zu schweigen von dem Theater bei ihren Hochzeitsvorbereitungen. Er blieb unbeugsam, als ihre Großmutter ihn bat, seinen klapprigen alten Viersitzer abzuschaffen und ihm vorschlug, auf ihre Kosten eine neuere Maschine zu kaufen. Grandy hatte an seinen Stolz gedacht und diplomatisch gesagt, sie hätte gern ein Firmenflugzeug zu ihrer Verfügung, und wer könne besser etwas Passendes ausfindig machen und kaufen als er? Aber Jim wich keinen

Deut von seiner Position ab, und Emma war ganz außer sich gewesen über seinen Eigensinn.

Unmittelbar darauf hatte er ihren Eltern und Grandy gesagt, er wolle in der Kirche von Fairley getraut werden. Alle waren ganz entgeistert gewesen darüber, auch sie selbst. Abgesehen davon, daß die kleine Dorfkirche unmöglich an die 300 Gäste fassen konnte, wollten ihre Eltern und Emma die Hochzeit gern in London gefeiert sehen und danach einen Empfang bei *Claridge's* veranstalten. Besonders ihrer Großmutter war es wichtig, daß Paula eine schöne, elegante und prachtvolle Hochzeit haben sollte. Ihre Mutter hatte Jim dann diese Idee ausgeredet, indem sie darauf bestand, die Heiratsvorbereitungen seien nicht seine Sache, sondern von jeher Vorrecht der Brauteltern gewesen. Diese gerissene Daisy. Sie hatte gesiegt, indem sie einfach nur auf die Etikette hinwies, die Wahrung der Form. Da konnte er nur klein beigeben.

Aber er erholte sich schnell wieder, und die nächste Schlacht ging um Long Meadow. Jim verließ das Schlachtfeld zwar als Sieger, doch hatte man ihm nicht wirklich Widerstand geleistet. Paula hatte lediglich um des lieben Friedens willen nachgegeben, nicht zuletzt auf den Rat ihrer Großmutter hin. «Hier geht es um Jims Ego und seine Männlichkeit», hatte Emma gesagt. «Sicher ist das Haus scheußlich, aber er hat das dringende Bedürfnis, dein Ernährer zu sein und dir ein Heim nach seinem Geschmack einzurichten. Du solltest das erst mal akzeptieren.»

Aus demselben Grund hatten Grandy und sie seinem Wunsch entsprochen, die Zwillinge in der Kirche von Fairley taufen zu lassen, auch wenn Emma sich zuerst gesperrt hatte und nicht besonders begeistert davon gewesen war, den ganzen Weg nach Fairley hinauszufahren – ausgerechnet nach Fairley. Sie pflegte sehr selten dort hinzukommen.

Paula bremste und hielt an einer Ampel an. Noch immer grübelte sie über das erste Jahr ihrer Ehe nach. Man sagte ja, es sei das schwierigste, und vielleicht mußte es so sein, daß man dabei ein paar unangenehme Entdeckungen machte. Sie sauste den Hügel hoch, fuhr am Stray vorbei und bog in die Hauptstraße nach Leeds ein. Vielleicht sollte ich mich besser damit abfinden, daß die Flitterwochen vorbei sind, murmelte sie vor sich hin und lachte dann ironisch. Auch in ihren Flitterwochen war er eigensinnig gewesen und hatte sie zum Lake District geschleppt statt ins sonnige Südfrankreich. Da sie ihm zu Willen sein wollte, ihn liebte und in euphorischer Stimmung war, hatte sie sich seiner Entscheidung gefügt, obwohl Frankreich sie mehr gereizt hatte. Bei ihrer Ankunft in Windermere wurden sie von unfreundlichem Wetter und Wolkenbrüchen begrüßt und verbrachten die Woche damit, in ihrer Suite fröstelnd vor dem Kamin zu sitzen oder im Bett zu liegen und sich zu lieben.

Das brachte sie auf ihr Liebesleben. Sie begehrte Jim, hatte normale Wünsche und eine gesunde Einstellung zu ihrer Sexualität. Aber in letzter Zeit war ihr immer klarer geworden, daß Jim den Sex viel zu wichtig nahm. Seine Marathons wurden langsam ermüdend und lästig. Es gab auch noch andere Dinge in einer Ehe. Jim war unersättlich, und endloser, geistloser Sex befriedigte sie nicht besonders. Manchmal ertappte sie sich dabei, wie sie wünschte, er hätte mehr Finesse, mehr Gefühl für den Körper einer Frau – für *ihren* Körper, *ihre* Bedürfnisse. Obwohl sie es ungern zugab, wußte sie im Grunde, daß Jim im Bett genauso egoistisch war wie anderswo, immer nur an seinen Spaß dachte, doch selten an ihren. Es fiel ihr immer schwerer, seinem ständigen Bedürfnis nach Sex gerecht zu werden. Ihre Arbeit war anstrengend, und sie sehnte sich nach Schlaf, aber er war unermüdlich.

Wut flammte in Paula auf, als sie daran dachte, wie er Sex nach ihren Zerwürfnissen als Alleskleber benutzte. Das brachte sie um so mehr auf, als er sie damit manipulierte. Seine Vorstellung, all ihre Probleme würden sich verflüchtigen, sowie sie eng umschlungen dalagen, erschien ihr unfaßbar. Selbstverständlich war das nicht der Fall, denn danach waren die Probleme immer noch da. Und blieben ungelöst, versteht sich. O Gott, wenn er bloß mit mir *spräche*, dachte Paula. Sich mir mitteilte. Statt dessen zieht er sich hinter seinen Charme und seine Witze zurück, und immer, wenn ich ihm meine Gefühle erklären will, tut er sie lachend ab. Ja, Jim neigte dazu, so zu tun, als gäbe es gar keine Differenzen. Es gelang ihr nie, in ihn vorzudringen, da konnte sie machen, was sie wollte. Nun war sie wohl an einem toten Punkt angelangt, dachte sie. An einem Wendepunkt in ihrer Ehe. Und das nach erst einem Jahr, sagte sie sich staunend. Ob sie einen schrecklichen Fehler gemacht hatte? Gab es nur noch die Scheidung?

Entsetzen durchrieselte sie beim bloßen Gedanken an eine Trennung, Panik überkam sie. Schweißtropfen standen auf ihrer Stirn, und sie begann innerlich zu zittern. Sie fuhr jetzt ganz langsam, bog die erstbeste Seitenstraße ein und hielt. Dann beugte sie sich vor, legte den Kopf aufs Lenkrad und schloß die Augen. Eine Scheidung kam gar nicht in Frage. Es erschreckte sie, daß sie eine solche Möglichkeit überhaupt erwogen hatte. Sie liebte ihn . . . liebte ihn wirklich. Und trotz ihrer Probleme paßten sie in so vielen anderen, wichtigen Dingen gut zusammen. Dann waren da noch die Zwillinge . . . Lorne und Tessa brauchten einen Vater, sie brauchten Jim so sehr wie sie.

Sofort hatte sie das Gefühl, unfair gegen ihren Mann gewesen zu sein und in seiner Abwesenheit, wo er sich nicht verteidigen konnte, seine Unzulänglichkeiten und eine Reihe von Vorwürfen gegen ihn aufgelistet zu haben. Er war ein netter Mann, ein guter Mann, und er hatte so viele reizende Eigenschaften. Sie war ihm jetzt schuldig, wenigstens seine vielen guten Seiten ehrlich zu würdigen.

Im Geiste zählte sie: Er hatte Verständnis für ihre Arbeit. Er unterstützte sie in ihrem Wunsch, außer Haus tätig zu sein. Ganz sicher behinderte er ihre Karriere nicht, murrte nicht, daß sie so mit den Kaufhäusern beschäftigt war, und beschwerte sich nicht, wenn sie abends spät nach Hause kam. In dieser Hinsicht ist er ein moderner Mann – er gesteht mir mein eigenes Leben zu. Auch bedroht scheint er sich von mir nicht zu fühlen. Offenbar ist er ein wunderbarer Vater, das kann man jetzt schon sehen. Es war gar keine Frage, daß er sie anbetete, ihr ergeben war. Jim würde nie ein Casanova sein, der sich mit anderen Frauen herumtrieb. Er war für *eine* Frau bestimmt und legte Wert auf seine Familie und sein Familienleben. Dafür war sie sehr dankbar.

Paula richtete sich wieder auf und strich ihr Haar glatt. Ich muß unser Verhältnis geradebiegen, dachte sie. Es ist ungemein wichtig für mich, und ich weiß, daß es auch wichtig für Jim ist. Sie erinnerte sich an einen Ausspruch ihrer Großmutter . . . daß es immer die Frau sei, die das Gelingen einer Ehe bestimme. Paula glaubte das. Ihre Großmutter war weise und erfahren, sie hatte viel erlebt, vieles gesehen. Niemand verstand mehr von Ehen als Emma Harte.

Paula beschloß, so viel Verständnis für Jim aufzubringen wie nur möglich. Sie würde mehr Zeit und Mühe auf ihre Beziehung verwenden. Sie würde liebevoll und tolerant sein – es wäre unreif und kindisch, das nicht zu tun. Schließlich hatte jeder seine Fehler, und man hörte nicht allein deshalb auf, einen Mann zu lieben, weil er ein paar Unzulänglichkeiten hatte. Man liebte ihn trotzdem.

Sie drehte den Zündschlüssel um, startete und fuhr rückwärts aus der Seitenstraße heraus. Ihre Gedanken kreisten um Jim und ihre Großmutter, während sie die Straße nach Alwoodley entlangfuhr. Obwohl sie sicher war, daß Jim Emmas Reaktion auf seinen Rücktritt vollkommen mißverstanden hatte, hoffte sie doch, daß ihre Großmutter nicht böse mit ihm war. Sie wollte nicht, daß Grandy schlecht von Jim dachte.

Eine knappe halbe Stunde später saß Paula im Büro hinter ihrem Schreibtisch bei *Hartes* in Leeds und telefonierte mit ihrer Großmutter, die sie in der Wohnung am Belgrave Square erreicht hatte. «Tut mir leid, wenn ich dich geweckt habe», entschuldigte Paula sich, obwohl sie vermutete, daß dem nicht so war.

Emmas warme, klangvolle Stimme kam durch den Draht und bestätigte ihre Annahme: «Ich habe gerade meinen Morgentee getrunken und auf deinen Anruf gewartet. Du willst bestimmt mit mir über Jim reden, über seinen Rücktritt, nicht?»

«Ja, Gran. Ich war ziemlich fertig gestern abend, als er es mir erzählte, und habe mich auch aufgeregt. Ich finde, er hat dich im Stich gelassen, und das im unpassendsten Augenblick, wo du doch gerade wegfahren willst. Ich bin sicher, daß du sehr enttäuscht von ihm bist.»

«Ein bißchen», sagte Emma. «Trotzdem habe ich mich entschlossen, ihn nicht davon abzuhalten . . . nicht unter den gegebenen Umständen. Er ist nicht mit ganzem Herzen dabei, Paula, und das ist nicht gut. Es ist besser, wenn er zurücktritt.»

«Ja», stimmte Paula ihr ruhig zu. «Und was ist mit Winston? Ist er sehr ärgerlich?»

«Ja, zu Anfang war er das, und ich dachte erst, er würde platzen, als ich ihm sagte, er müsse den Job jetzt übernehmen. Aber er hat fast sofort ja gesagt. Da ist ja auch kein anderer, das weißt du ja.»

«Mir ist das gräßlich unangenehm, Grandy. Und ich kann nur sagen, daß es mir leid tut. Jim hätte das nicht machen sollen, finde ich. Es ist unverantwortlich. Natürlich sieht *er* das anders.»

Es entstand eine kurze Pause, dann fuhr Paula fort: «Ich will ihn nicht entschuldigen, Gran, aber ich habe eingesehen, daß Jim nicht wie wir ist, weißt du, was Pflichtgefühl angeht. Wir haben alle schon ungeliebte Arbeiten erledigt, in den Jahren, die wir für dich gearbeitet haben. Es hat uns nie geschadet, und wir haben eine Menge dabei gelernt.»

«Das stimmt», pflichtete Emma ihr bei, sagte dann aber freundlicher: «Du mußt nicht zu streng mit Jim sein, liebe Paula. Menschen haben nun einmal ihre Schwächen, und denke immer daran, er ist nicht genauso erzogen worden wie du oder deine Cousins. Laß uns lieber für seine Fähigkeiten als Chefredakteur dankbar sein. Er ist hervorragend, der beste weit und breit, und deshalb habe ich ihm vor einem Jahr auch den Job gegeben. Wenn er von *dem* Posten zurückgetreten wäre, säßen wir wirklich in der Klemme.»

«Ja, das meine ich auch. Er ist vernarrt in die Zeitung, deshalb ist er auch so ein erfolgreicher Journalist.» Paula wurde es leichter zumute, und sie fuhr fort: «In einer Sache muß ich ein gutes Wort für ihn einlegen . . . er ist ehrlich zu dir gewesen, und das müssen wir ihm hoch anrechnen. Er ist grundehrlich, Grandy.»

«Das weiß ich, Paula. Jim ist nicht hinterhältig, und ich habe ihm gestern morgen auch gesagt, daß ich seine Offenheit zu schätzen weiß. Halbherzige, lustlose Führungskräfte sind etwas Verheerendes.»

«Also bist du nicht böse mit ihm?» fragte Paula, wobei sie den Hörer umklammerte und den Atem anhielt.

«Ach, das war nur so eine Stimmung gestern, die schnell wieder verflogen ist», sagte Emma. «Bei geschäftlichen Dingen dürfen wir uns nicht von unseren Gefühlen leiten lassen, sondern allein von unserem Intellekt; aber das habe ich dir ja schon so oft gesagt, verzeih, wenn ich mich wiederhole.»

«Ach was, Großmutter – ich muß dir sagen, daß es mich sehr erleichtert, wie du die Sache siehst. Er würde dich nie *mit Absicht* kränken oder aufregen.»

Emma überhörte diese letzte Bemerkung und sagte: «Bitte nimm es gelassen, Paula. Es ist nicht dein Problem. Außerdem haben wir alles im Griff. Als ich mit Winston über das Problem sprach, nachdem Jim gegangen war, ging mir auf, daß sich eigentlich nicht viel ändern wird in der Zeitschriftengruppe. Winston saß da und beschwerte sich, lamentierte endlos, wie überarbeitet er sei, erzählte mir, was er alles zu tun habe und wollte wissen, wie er das alles schaffen sollte. Und als er so redete und redete, wurde mir klar, daß er schon länger die Verwaltungsarbeit und das Management bei der Gruppe erledigt hat. Er war geschäftsführendes Vorstandsmitglied, ohne es zu wissen. Das habe ich ihm dann auch gesagt und hinzugefügt, daß er nun auch den Titel zu seiner enormen Verantwortung dazubekommen würde. Sowie eine beträchtliche Gehaltserhöhung. Du weißt ja, daß Winston einen ausgeprägten Sinn für Humor hat, und er fing an zu lachen. Er sagte: ‹Verdammt noch mal, Tante Emma, nun haben wir uns doch immer für so unglaublich gerissen gehalten, wieso ist es uns dann nicht eher aufgegangen, wie brillant ich bin.› Also, Liebling, du brauchst dir weder um mich noch um die Gruppe oder Winston Gedanken zu machen.»

«Das erleichtert mich aber, Grandy. Sag mal – da ist noch was. Es geht um die Anteile an der Gruppe. Warum willst du eigentlich dein Testament ändern und deinen Teil den Zwillingen hinterlassen?»

«Was für eine seltsame Frage. Ich dachte, ich hätte dir das bereits erklärt und du hättest es verstanden. Ich vermache meine Anteile an der Zeitschriftengruppe den Zwillingen, weil sie *deine* Kinder sind, Paula. Was sollte es sonst für einen Grund geben?»

«Gar keinen – ich meine ja bloß», sagte Paula. «Weißt du, neulich kam mir einmal die Idee, daß dein Entschluß irgend etwas mit Jim zu tun haben könne. Weil er ein Fairley ist. Ich meine: wenn sein Großvater die *Gazette* behalten hätte, würde sie heute ihm gehören, nicht wahr?»

Emma brach in Gelächter aus. «Das bezweifle ich», stieß sie atemlos hervor. Aber sie hatte sich gleich wieder in der Gewalt und sagte: «Edwin Fairley hätte die Zeitung sowieso verloren, das habe ich dir schon mal gesagt. Außerdem gehörte den Fairleys bloß die *Morning Gazette*, keine der anderen Zeitungen in der Gruppe. Du weißt, daß ich sie mit Hilfe meiner Brüder erworben habe.» Ihr ungläubiges Lachen erklang durch den Draht. «Du glaubst doch wohl nicht, daß ich ein schlechtes Gewissen habe wegen der Fairleys», sprudelte sie hervor und war offenbar sehr belustigt.

«Natürlich nicht», rief Paula eilig und wünschte, sie hätte das Thema gar nicht erst angeschnitten. Also hatte sie doch recht gehabt, und Jim irrte sich.

«Das will ich auch nicht hoffen, mein liebes Mädchen», sagte

Emma und bezwang ihre Heiterkeit. «Ich habe nie verhehlt, daß ich den Fairleys auf ihrem Weg nach unten – den sie freiwillig dahintändelten – ein paar Knüffe versetzt habe, und zwar kräftige. Aber ich kann dir versichern, daß ich deshalb nie schlaflose Nächte verbracht habe. Ich habe nur zu gern den Spieß umgedreht und dann als Siegerin dagestanden. Aber glaub nicht, daß ich irgendwelche Schuldkomplexe wegen eines Haufens toter Fairleys habe oder gar wegen Jim. Und wenn er dir so was einreden will, dann kannst du ihm bestellen, daß er sich irrt, gewaltig irrt.»

«Nein, nein, er hat nicht davon angefangen», log Paula geschickt, denn sie wußte, daß sich ihre Großmutter über ein solches Eingeständnis sehr ärgern würde. «Es war nur so ein Gedanke, der mir in den Kopf kam.»

Emma lachte in sich hinein, als sie Paulas hastige Entgegnung vernahm. Ob das wohl stimmte? «Hoffentlich ist dir jetzt leichter zumute, nachdem wir die Atmosphäre bereinigt haben», sagte sie.

«Ja, Gran, du verhilfst mir immer dazu, alles im rechten Licht zu sehen.»

17

Zehn Tage danach war es Emma unerfindlich, wie sie all das geschafft hatte, seit sie in London war. Aber sie hatte Wunder gewirkt und in jener kurzen Zeitspanne mehr erreicht als in den vergangenen sechs Monaten. Zumindest hatte sie heute nachmittag den Eindruck, als sie ihre Agenda auf dem großen gelben Notizblock ansah.

Sie hatte ihre verschiedenen Unternehmen begutachtet, um sicherzustellen, daß alles in bester Ordnung war und sie beruhigt sein konnte, daß während ihrer langen Abwesenheit keine Probleme auftauchen würden. Mehrmals hatte sie sich mit ihren Anwälten und ihrem Bankier Henry Rossiter getroffen; sie und Henry hatten ein paar nette Abende verbracht. Es hatte lange Sitzungen mit Winston und Alexander gegeben, sie hatte sich mit Sarah beraten, die Entwürfe für die Frühjahrskollektion der Lady Hamilton-Kleider abgezeichnet und mit ihr über die neue Werbekampagne gesprochen. Und während sie abends im Kaufhaus Überstunden machte, tagsüber hierhin und dorthin flitzte, sich innerlich von einem Meeting aufs nächste umstellte, hatte sie auch noch die Zeit gefunden, ihre so wichtige Garderobe für die Weltreise mit Blackie zusammenzustellen.

Alles in allem war Emma beruhigt – abgesehen von Jonathan. Er war tatsächlich ihr Feind. Sie wußte nicht weshalb und konnte es auch nicht beweisen. Trotzdem war sie immer mehr davon überzeugt, daß er das einzige Enkelkind war, dem sie nicht trauen konnte.

Sie öffnete die Mappe auf ihrem Schreibtisch und ließ ihre Augen über den Bericht schweifen, den eine private Detektei in ihrem Auftrag über Jonathans geschäftliche Aktivitäten und sein Privatleben angefertigt hatte. Nichts Ungünstiges war bisher dabei herausgekommen, aber das überzeugte sie nicht von seiner Unschuld.

Graves & Saunderson würden tiefer schürfen, sich noch mehr umsehen müssen. Sie war sicher, daß es da irgendwo etwas gab.

Ihr ganzes Leben lang hatte Emma Harte jeden durchschaut, die Gedanken ihrer Familienmitglieder, Freunde und Feinde gleichermaßen erraten können. Als hätte ein Teufelchen ihr all das eingeflüstert. Auch besaß sie jene hochsensible, eingebaute Antenne, mit der die geborenen Sieger meist ausgerüstet sind, eine Art sechsten Sinn, der sie befähigte, Schwingungen aufzufangen – gute und schlechte, aber besonders schlechte. Dann war da natürlich noch ihr Instinkt, dem zu vertrauen sie gelernt hatte und auf den sie sich in der Gewißheit, daß er sie nie irreleiten würde, ohne Zögern verließ. Nun war sie schon eine ganze Zeitlang von all ihren Sinnen gewarnt worden, aber noch hatte sie nichts Konkretes gefunden. Trotzdem war es da, als schwebte es im Dunkel, immer knapp außerhalb ihrer Reichweite.

Sie las die paar kurzen Absätze über Sebastian Cross. Sie waren gute Freunde, er und Jonathan, sogar sehr gute Freunde, aber das war es auch schon. Als sie zum erstenmal von ihrer engen Freundschaft gehört hatte, die auf die Schulzeit in Eton zurückging, hatte sie noch überlegt, ob es sich um eine homosexuelle Beziehung handelte, aber das war wohl nicht der Fall – ganz im Gegenteil, wenn man Mr. Graves glauben durfte. Mit einem resoluten Knall schlug sie die Mappe zu. Es war zwecklos, das alles noch einmal zu lesen, reine Zeitverschwendung. Außerdem hatte sie es schon genau durchgekämmt und nach einem Tip, einer kleinen Spur gesucht – vergeblich. Emma legte die Mappe in den Schreibtisch, schloß ab und verbannte den Gedanken an einen möglichen Verrat aus ihrem Kopf.

Ein unangenehmes Gefühl stieg in ihr auf. Es war schmerzlich und traurig für sie gewesen, zu solch unerfreulichen Methoden greifen zu müssen – Detektive auf ihr eigen Fleisch und Blut anzusetzen. Aber sie hatte sich nicht anders zu helfen gewußt. Erst ein einziges Mal hatte sie so etwas bis jetzt getan, und damals wie heute war es ihr zuwider gewesen und gegen den Strich gegangen. Vor gut 40 Jahren hatte sie es für angebracht gehalten, die Aktivitäten ihres zweiten Mannes beobachten zu lassen – um sich und ihre Kinder zu schützen. Die bittere Ironie des Ganzen ging ihr plötzlich auf. Ihr zweiter Mann Arthur Ainsley war Jonathans Großvater gewesen.

Emma lehnte sich in ihrem Stuhl zurück und überdachte ein weiteres akutes Problem. Sollte sie Alexander und Paula ins Vertrauen ziehen, was ihren Verdacht auf Jonathan betraf? Vielleicht wäre es das klügste. Was, wenn irgend etwas passierte, solange sie im Ausland war? Wenn sie krank würde? Oder stürbe? Sie hielt zwar keines von beiden für möglich, denn sie war gesund und fühlte sich kräftig und munterer denn je. Andererseits würde sie in ein paar Tagen 80 Jahre alt werden. Vielleicht sollte sie es den beiden sagen, nur um auf Nummer Sicher zu gehen. Sie waren ihre Haupterben. Ihr Imperium würde eines Tages von ihnen beherrscht werden . . .

Es klopfte, und als sie «Herein!» sagte, erschien Gaye Sloanes Gesicht. «Brauchen Sie noch etwas, Mrs. Harte?» fragte ihre Privatsekretärin.

Emma schüttelte den Kopf. «Nein, Gaye, vielen Dank. Ich warte auf Paula, wir gehen heute abend essen. Aber Sie brauchen nicht dazubleiben, Sie können ruhig nach Hause gehen.»

«Danke, Mrs. Harte, das werd ich machen. Bis morgen dann, und noch einen schönen Abend.»

«Danke gleichfalls, meine liebe Gaye.»

Zehn Minuten später trat Paula ein. Emma sah von den Papieren auf ihrem Schreibtisch auf, ihre Züge wurden sanft, dann kniff sie die Augen zusammen. «Paula, du siehst ja schrecklich müde aus!» rief sie besorgt. «Du hast Ringe um die Augen und bist so blaß – fühlst du dich nicht gut?»

«Doch, doch», beruhigte Paula sie und lächelte ein wenig bedrückt, während sie sich ihr gegenüber auf einen Stuhl fallen ließ. «Einer dieser Tage, weißt du. Viel Ärger mit der ‹Französischen Woche›, die wir für Juli planen.»

«Was für Ärger?» fragte Emma und richtete sich hoch auf. Dann beugte sie sich über den Tisch und stützte das Kinn in die Hände.

«Überwiegend mit Leuten. Das kennst du ja – Launen, verletzte Eitelkeiten und beleidigtes Getue. Aber ich hab's geschafft, alles wieder einzurenken. Ich vermisse Emily doch sehr, Grandy. Sie konnte unsere Sonderveranstaltungen immer so gut organisieren, und sie hatte so einen beruhigenden Einfluß auf alle.»

«Das ist ihre Stärke, finde ich. Die leitenden Angestellten hatten zwar immer Manschetten vor ihr, im großen und ganzen hat sie sie aber doch immer becirct; sie fraßen ihr aus der Hand. Vielleicht solltest du dir eine Assistentin besorgen als Ersatz für Emily.» Emma zog die Augenbrauen hoch: «Warum eigentlich nicht?»

«Ach, ich weiß nicht –» Paula zuckte die Achseln. «Ich komme schon zurecht. Ach, wir wollen uns darüber jetzt keine Sorgen machen. Die ‹Französische Woche› haben wir im Griff, da werden wohl keine größeren Probleme mehr auftreten. Hoffentlich nicht! Aber hast du inzwischen Zeit gehabt, dir die Boutique-Pläne anzusehen? Und hast du mit Merry geredet?»

«Ja, heute nachmittag. Ich habe eine Stunde daran gesessen, sie dann angerufen und ihr gesagt, daß ihr meinen Segen dazu habt. Du hattest recht, Paula, der Plan ist ausgezeichnet, und wir müßten viel Erfolg damit haben.»

«Wie schön, daß du einverstanden bist, Grandy.» Paulas Gesicht hellte sich auf. «Merry hat so hart gearbeitet, *ihr* gebührt aller Verdienst, nicht mir. Zufällig habe ich Emily von unserem neuen Projekt erzählt. Da sie Anfang nächsten Monats nach Hongkong fährt, dachte ich, sie könnte sich schon mal ein bißchen nach besonderen Artikeln für die Boutiquen umschauen – Strohhüte und Taschen, weißt du, und Sandalen, hübsche Schals, Sommerschmuck, eben alles, was für Ferien- und Freizeitkleidung in Frage kommt.»

Emma nickte. «Eine sehr gute Idee, und Emily hat ja auch eine Spürnase für Mode.» Sie schwieg, legte ein paar Unterlagen in einen blauen Ordner und sah dann auf, wobei sie ihre Enkeltochter eindringlich musterte. «Hat Emily dir etwas gesagt, ich meine, etwas anvertraut?»

Paula lachte. «Du spielst wohl auf ihren neuen Freund an. Also da ist sie ziemlich diskret, was sonst gar nicht ihre Art ist. Wir hatten nie Geheimnisse voreinander, das weißt du ja. Aber das einzige, was sie über ihre neue Liebe hat fallenlassen, ist, daß er toll und was ganz Besonderes ist. Sie nennt ihn ihren geheimnisvollen, nein, geheimen Liebhaber. Aber verstehst du, ich bin sicher, daß er nicht wirklich ihr Liebhaber ist», beeilte Paula sich hinzuzufügen. Sie wollte nicht, daß ihre Großmutter einen falschen Eindruck vom Lebenswandel des jungen Mädchens bekam. «Du weißt ja, daß sie immer übertreibt.»

Emma verkniff sich ein Lächeln und sagte verständnisvoll: «Du brauchst Emily nicht zu verteidigen, meine liebe Paula. Ich weiß, daß sie nicht wahllos zugreift . . . sie tritt nicht in die Fußstapfen ihrer Mutter, da bin ich sicher. Trotzdem *ist* er ihr Liebhaber.»

Paula fragte ganz überrascht: «Woher weißt du das denn?»

«Na, ich hab's aus erster Hand», verkündete Emma. Sie lehnte sich zurück und grinste Paula an.

«Du siehst wie die Katze aus, die den Kanarienvogel gefressen hat, Grandy», lachte Paula. «Woher denn?»

«Von Emily. Sie hat mir alles erzählt. Und der sogenannte geheime Liebhaber ist nicht länger geheim, und besonders geheimnisvoll ist er auch nicht.» Emmas Mund zuckte vor Vergnügen, als sie Paulas verdutztes Gesicht sah.

«Oh», brachte die nur heraus.

Emmas helles Lachen ertönte. «Vorgestern abend kam Emily zu mir, und sie war ziemlich direkt – so wie immer. Sie sagte: ‹Gran, ich bin schrecklich verliebt, und es ist was Ernstes. Ich schlafe mit ihm, aber du brauchst dir keine Sorgen zu machen. Ich werde nicht schwanger. Ich nehm die Pille.› *Das* hat mich nicht gewundert, denn sie war ja immer schon ein praktisches Mädchen . . . Emily ist schon richtig, genau wie du. Also von euch beiden könnte Elizabeth noch eine Menge lernen. Na ja, selbstverständlich war ich überrascht, das gebe ich zu, aber nicht schockiert, obwohl ich glaube, daß Emily das erwartet hatte. Manchmal frage ich mich, ob das Mädchen mich für die heilige Jungfrau Maria hält. Aber sie war sehr offen, entwaffnend offen.» Emma hielt inne und lächelte dann ihr besonderes, strahlendes Lächeln. «Unsere kleine Emily ist momentan im siebten Himmel. Sie ist wirklich verliebt. Und zwar sehr.»

«Aber wer ist es denn?» fragte Paula beharrlich. «Du hast gesagt, er sei nicht geheimnisvoll, also muß ich ihn ja kennen.»

«In der Tat», gluckste Emma, und ihre Augen strahlten. Es machte ihr Spaß, sie genoß es, Paula zu necken und war froh, von der unerfreulichen Sache mit Jonathan loszukommen, die sie so bedrückte.

«Nun sag schon, sei nicht so gemein», rief Paula, die, von der Fröhlichkeit ihrer Großmutter angesteckt, nun auch lächelte. «Sag, wie er heißt. Ich muß es wissen!»

«Winston.»

«Winston!» Paula riß ihre violetten Augen auf. «Das kann doch nicht wahr sein!»

«Es ist aber wahr, wirklich wahr. Und schau nicht so entsetzt drein, Liebling. Winston ist eine sehr gute Partie und hat viel

Charme, das mußt du zugeben. Es spricht eine Menge für ihn. Er sieht ziemlich gut aus. Ist mir sehr ähnlich, weißt du.»

Paula amüsierte sich köstlich über die Eitelkeit, die ihre Großmutter da zur Schau stellte. «Ja, Großmutter, mir ist diese Ähnlichkeit schon öfter aufgefallen», sagte sie in gespieltem Ernst. Dann fuhr sie fort: «Ich bin bloß so überrascht, weil es für mich sehr unerwartet kommt. Aufsehenerregend ist das – Winston und Emily! Wann hat denn ihre romantische Liaison begonnen? Wann fing das alles an?» Paulas schwarze Brauen zogen sich plötzlich zusammen. «Ach du meine Güte, und was ist nun mit dieser sympathischen Allison Ridley?»

«Ja, die sympathische Allison Ridley. Das ist der traurige Teil – ich hab diese junge Frau immer gemocht. Aber ich fürchte, sie ist jetzt abgemeldet. Winston hat gestern mit mir über Allison geredet und gesagt, er sei zu ihr gegangen und habe ihr so freundlich und sanft wie möglich beigebracht, daß es mit ihnen aus sei. Und was die erste Hälfte deiner Frage betrifft, so glaube ich, daß Emily und Winston am Tag der Taufe gemerkt haben, wie stark ihre Gefühle füreinander sind. Winston fragte mich, ob ich etwas gegen seine Beziehung zu Emily habe, und ich sagte ihm, ganz im Gegenteil.» Emma lehnte sich wieder über den Schreibtisch, ihr Gesicht sah sehr glücklich aus, und sie gestand: «Heute morgen hatte ich eine geschäftliche Unterredung mit Winston, und nachdem wir fertig waren, zeigte er mir den Ring, den er für Emily gekauft hat. Es ist ein Smaragd.» Emma hielt inne, dann sagte sie: «Winston hat mich um Erlaubnis gebeten, Emily zu heiraten. Ich gab sie ihm, und nun werden sie ihre Verlobung noch in dieser Woche bekanntgeben, bevor ich nach New York fliege.»

«O Gran, das ist doch aber ein bißchen hastig, meinst du nicht?» fragte Paula leise mit besorgtem Blick und sah Emma an.

«Das würde ich nicht sagen, Liebe», sagte Emma. «Sie sind doch keine Fremden. Sie sind zusammen groß geworden, und man sollte meinen, daß sie sich inzwischen ziemlich gut kennen. Es stehen ihnen kaum unangenehme Entdeckungen bevor, wenn sie verheiratet sind. Natürlich kann die Hochzeit wegen meiner Australien-Reise und ihren Reisen erst im nächsten Sommer stattfinden. Aber ganz ehrlich, ich bin erleichtert, daß Emily nun jemanden hat, der sich um sie kümmert . . . ich werd nicht ewig dasein, weißt du. Ja, ich bin sehr zufrieden, daß die beiden zusammengefunden haben, wirklich sehr zufrieden. Mir ist da angenehm und warm zumute.» Immer noch lächelnd klopfte sie sich auf die Brust.

«Wenn du glücklich bist, und Emily glücklich ist, dann bin ich es auch», sagte Paula. «Wenn ich so darüber nachdenke, passen sie doch prima zusammen. Soll ich sie nicht anrufen und ihr gratulieren, Gran?» Paula wollte aufstehen und nach dem Telefon auf Emmas Schreibtisch greifen.

Emma sagte: «Ich bezweifle, daß du sie im Belgrave Square erreichen wirst. Sie wollte mit Winston ins Theater, und wahrscheinlich ist sie jetzt schon weg.» Emma sah auf ihre Armbanduhr und nickte. «Ja, es ist schon sieben. Du mußt sie heute abend spät anrufen. Aber ich habe wirklich das Gefühl, daß ich nun mal rausgehen sollte. Ich bin seit heute morgen acht Uhr hier, und ich habe genug. Du siehst übrigens auch aus, als hättest du genug.» Emma stand auf und sah Paula, die sich ebenfalls erhoben hatte, stirnrunzelnd an. «Bist du sicher, daß es dir gutgeht?»

Paula zwang sich ein Lächeln ab. «Mir geht's prima, Gran», schwindelte sie, da sie ihre Großmutter nicht aufregen wollte.

Im stillen fand Emma, daß Paula sehr erschöpft aussah, ganz zermürbt. Sie hatte das Mädchen noch nie so gesehen, und es machte ihr Sorgen. Aber sie sagte nichts mehr, wandte sich ab und ergriff ihre Handtasche. Unmerklich preßte sie die Lippen zusammen. Sie hatte den leisen Verdacht, daß Jim Fairley bei all seiner natürlichen, netten Art, seinem fröhlichen Charme und seiner Jungenhaftigkeit ein schwieriger Mann war. Aber sie war nicht neugierig und versuchte auch nicht, ihrer Enkelin die Probleme abzunehmen.

Als sie das Büro verließen, sagte Emma: «Ich habe einen Tisch bei *Cunningham's* reservieren lassen – ich hoffe, du magst Fisch.»

«Doch, doch. Ich habe sowieso keinen großen Hunger.»

Später, als sie in dem Fisch- und Austernrestaurant in Mayfair saßen, besserte sich Paulas Aussehen zu Emmas Zufriedenheit. Ihr alabasterner Teint nahm einen weichen, muschelrosa Ton an, und sie entspannte sich sichtlich. Beim Kaffee war Paula schon wieder fast so wie sonst, und Emma beschloß, sie ins Vertrauen zu ziehen. Bevor sie das Restaurant heute verließen, wollte sie ihr von ihrem Verdacht gegen Jonathan erzählen. Beiläufig und am Rande. Sie fand es notwendig, Paula zu warnen; andererseits wollte sie sie auch nicht unnötig beunruhigen. Und morgen, wenn sie mit Alexander zu Abend aß, würde sie *ihn* über die Lage informieren. In gewisser Weise war es nämlich wichtiger, daß er gewarnt und auf der Hut war, denn Jonathan Ainsley arbeitete für die Harte-Unternehmensgruppe.

18

Es war der 30. April, und heute wurde sie 80 Jahre alt.

Sie erwachte so zeitig wie immer, und während sie in ihrem Bett lag und das letzte bißchen Müdigkeit abschüttelte, dachte sie: Heute ist ein besonderer Tag, oder? Und sofort fiel ihr ein, warum dieser Tag anders war als andere. *Es war ihr Geburtstag.*

Emma hatte eine Abneigung dagegen, im Bett liegen zu bleiben, wenn sie erst einmal wach war, und so erhob sie sich und ließ ihre Füße auf den Boden gleiten. Ein leichtes Lächeln lag auf ihrem Gesicht, als sie über den Teppich zum Fenster ging. *Sie hatte es geschafft.* Nie hätte sie geglaubt, daß sie so lange leben würde. Sie war sogar elf Jahre älter als das Jahrhundert. 1889 hatte ihre Mutter Elizabeth Harte sie in jenem kleinen Bauernhaus in Top Fold im Dorf Fairley zur Welt gebracht.

Sie zog die Vorhänge auf und lugte hinaus. Ihr Lächeln wurde breiter. Es war ein prachtvoller Tag voller Sonnenschein und Licht. Der Himmel war wolkenlos und von einem kristallinen Blau, die Bäume unter ihr auf dem Belgrave Square waren vollerblüht und strahlend grün, ihre schwerbeladenen Äste wogten schimmernd im leichten Wind. An einem Tag wie diesem wurde sie geboren, an einem milden Frühlingstag – so hatte ihre Mutter es ihr erzählt –, an einem Tag, der ungewöhnlich warm war für die Jahreszeit, besonders für das kühle nördliche Klima von Yorkshire.

Emma reckte sich. Sie war munter und frisch nach einer guten Nacht Schlaf und so kraftvoll wie eh und je. Lebendfrisch, dachte sie, und sofort stand das Bild ihres Bruders Winston vor ihr. Das war sein Lieblingsausdruck für sie gewesen, wenn sie in Hochform war und vor Begeisterung, Energie und Tatkraft überschäumte. Sie wünschte, er wäre noch am Leben. Und ihr jüngerer Bruder Frank auch. Ein kurzer, plötzlicher Schmerz durchzuckte sie. Aber heute war nicht der Tag, an dem man sich selbst leid tun oder jene vermissen sollte, die man so sehr geliebt hatte und die von dieser Welt gegangen waren. Heute war ein schöner Tag. Ein Tag zum Feiern. Ein Tag, um in die Zukunft zu blicken, an die jüngere Generation zu denken . . . an ihre Enkelkinder.

Wenngleich all ihre Kinder bis auf Daisy für sie verloren waren, hatte sie doch die immense Genugtuung zu wissen, daß deren Kinder ihr leuchtendes Banner vorwärts tragen und die große Dynastie fortsetzen würden, die sie gegründet hatte.

Abrupt hielt sie auf ihrer Wanderung durchs Zimmer inne und fragte sich, ob nicht eine unmäßige persönliche Eitelkeit in ihr für die Existenz dieser Dynastie verantwortlich war. *Etwa das Verlangen nach Unsterblichkeit?* Sie war sich nicht sicher. Aber eines war klar: um eine Dynastie zu gründen, so wie sie es getan hatte, war Ehrgeiz absolut unerläßlich, die vorrangige Triebfeder.

Emma lachte laut heraus. Möglich, daß sie sich immer als überlebensgroß, als anders als die anderen und als so unbezwinglich betrachtet hatte, daß sie in ihren eigenen Augen zu den Sterblichen zu zählen schien. Eigendünkel, dachte sie, und wieder klang ihr perlendes Lachen durchs stille Schlafzimmer. Ihre Feinde hatten sie oft als vollkommene Egoistin bezeichnet. Aber warum auch nicht? Es war die Wahrheit, ja wirklich. Und ohne ihr enormes Ego hätte sie nie das getan, was sie getan hatte, oder all das erreicht, was sie erreicht hatte. Jenes Ego und der Glaube an sich selbst hatten ihr Mut und Selbstvertrauen gegeben, sie vorwärts und nach oben getrieben. Zum glitzernden Gipfel des Erfolgs.

Nun, heute morgen hatte sie keine Zeit zu verschwenden, indem sie über ihre Motive nachdachte und die Triebkräfte analysierte, die sie zeit ihres Lebens bewegt hatten. Sie hatte das getan, was sie für nötig gehalten hatte, ganz einfach. Energisch schritt sie ins Badezimmer, um sich für den vor ihr liegenden Tag zu rüsten, und schob diese Gedanken, die ihr unwichtig erschienen, beiseite.

Eine Stunde später, nachdem sie gebadet, sich angezogen und gefrühstückt hatte, eilte Emma treppab zur zweiten Etage ihrer Maisonettewohnung. Sie sah frisch und überaus munter aus in einem engtaillierten, ritterspornblauen Kleid aus leichter Wolle. Dazu hatte sie wundervollen Schmuck angelegt – Saphirohrringe und eine dazu passende Brosche, die an ihre Schulter geheftet war, eine doppelreihige Perlenkette, Pauls Ehering und Blackies großen Diamanten.

Kein Härchen ihres untadeligen, schimmernden Silberhauptes war verrutscht, ihr Make-up war vollkommen, und ihrem Schritt merkte man ihr hohes Alter nicht an.

Emma wohnte noch immer am Belgrave Square in dem eleganten, wunderschön eingerichteten Haus, das Paul McGill im Spätsommer 1925 für sie erworben hatte, kurz nachdem Daisy zur Welt gekommen war. Er hatte damals Emmas Angst vor bösartigem Klatsch Rechnung getragen, ihrer Abneigung, diese Beziehung zur Schau zu stellen, und ihrem starken Bedürfnis nach Diskretion und Vorsicht. Deshalb hatte er das Haus zu zwei Wohnungen umbauen lassen und dabei an nichts gespart. Der bekannte Architekt, der die Aufgabe übernahm, hatte für Paul im Erdgeschoß eine kleine Junggesellenwohnung eingerichtet, die drei Stockwerke darüber wurden zu einem luxuriösen Dreierappartement für Emma, Daisy, das Kindermädchen und das übrige Hauspersonal umgebaut. Von außen schienen die Junggesellenwohnung und das große, geräumige Appartement vollkommen voneinander abgetrennt zu sein, zwei einzelne, abgeschlossene Wohnungen mit separaten Eingängen. Aber sie waren genial durch einen versteckten Lift verbunden, der zwischen dem kleinen Flur in Pauls Junggesellenquartier und Emmas größerem, elegantem Foyer im Stockwerk darüber verlief. Wegen dieses Fahrstuhls ließen sich diese beiden Wohnungen in Wahrheit wie eine einzige bewohnen.

Während der Kriegsjahre, unmittelbar nach Pauls Verkrüppelung und seinem tragischen Selbstmord in Australien 1939, hatte Emma seine Wohnung abgeschlossen. Da sie dort nicht eintreten konnte, ohne vor Schmerz und brennender Verzweiflung zusammenzubrechen, kehrte sie den Räumen den Rücken und ließ sie nur regelmäßig saubermachen. 1948, als sie sich schließlich imstande fühlte, sich mit der Vergangenheit zu konfrontieren, hatte sie einige Zimmer renovieren lassen. Seitdem benutzte sie die kleine Wohnung unten für Freunde oder Enkel, die zu Besuch kamen.

Parker, der Butler, sortierte gerade die morgendliche Post, als Emma in ihr Arbeitszimmer trat. Es war ein angenehmer, luftiger, mittelgroßer Raum, der behaglich mit rustikalen alten Möbeln ausgestattet war.

«Herzlichen Glückwunsch zum Geburtstag, Mrs. Harte», sagte Parker und sah lächelnd auf. «Recht üppige Post heute morgen, Madam.»

«Ach du meine Güte, ich verstehe, wie Sie's meinen», rief Emma. Der Butler hatte einen schwindelerregenden Briefstapel auf dem mit Chintz bezogenen Sofa aufgetürmt und öffnete methodisch weitere Briefe mit dem Papiermesser, wobei er die Geburtstagskarten herausnahm und die Umschläge wegwarf.

Emma half ihm bei der Arbeit, aber sie mußte bald innehalten, um das Telefon abzunehmen. Dann, kurz danach, fing es an zu klingeln; Blumen und Geschenke wurden in einem nicht abreißen wollenden Strom geliefert. Parker und Mrs. Ramsay, die Haushälterin, hatten alle Hände voll zu tun, und Emma mußte allein mit der Post fertig werden.

Ungefähr um halb zwölf, als die Betriebsamkeit ihren Höhepunkt erreicht hatte, kam Daisy McGill Amory unerwartet und ungemeldet.

Emmas jüngste Tochter wurde im Mai 44 Jahre alt, aber sie sah nicht danach aus. Sie war schlank, sanftgelocktes schwarzes Haar umgab ihr ruhiges, faltenloses Gesicht, und sie hatte leuchtende blaue Augen, die ihre angenehme Gemütsart und ihr sanftes Wesen widerspiegelten. Anders als ihre Tochter Paula, die eine rasante, extrem modische Garderobe trug, bevorzugte Daisy ähnliche Kleider wie Emma. Sie wählte immer fließende, recht weibliche Kreationen, und heute morgen trug sie ein einfaches fliederfarbenes Wollkostüm und eine dazu passende Bluse mit gekräuseltem Spitzeneinsatz, der die Front herablief, Goldschmuck, schwarze Lackleder-pumps und -handschuhe.

«Herzliche, herzliche Glückwünsche zum Geburtstag, Mutter», sagte Daisy von der Tür aus mit liebevollem Blick, die Augen feucht vor Zärtlichkeit.

Emma sah vom Berg der Briefumschläge auf und lächelte zurück. Sie freute sich, Daisy zu sehen.

«Das hier ist von uns . . . David und ich hoffen, daß es dir gefällt, Mummy.» Sie lachte. «Es ist immer schwer, für dich etwas zu finden. Du hast ja alles.» Sie hielt Emma ein Päckchen hin.

«Danke, Daisy. Aber da du den besten Geschmack der Welt hast, bin ich sicher, daß es etwas sehr Schönes sein wird.»

Sie ließ sich aufs Sofa sinken und fing an, Daisys Geschenk auszupacken. «All dieser Wirbel! Und in meinem Alter!»

Daisy wußte genau, daß ihre Mutter den Wirbel durchaus genoß, ungeachtet ihrer gegenteiligen Beteuerungen. Sie setzte sich zu ihr aufs Sofa und sagte: «Aber, Mummy, gerade deshalb. Dies ist ein wichtiger Tag . . . du mußt dich zurücklehnen, entspannen und jede Minute davon auskosten.»

«Vielleicht hast du recht. Aber es sieht wirklich so aus, als käme ich heute morgen überhaupt nicht mehr ins Büro.»

Daisy starrte sie mit ihren strahlendblauen Augen entsetzt an. «Du kannst doch heute morgen nicht zur Arbeit gehen, Liebe, das . . .»

«Wieso denn nicht?» unterbrach Emma sie. «Ich gehe *immer* zur Arbeit.»

«Aber heute nicht! Es wäre unpassend.» Energisch schüttelte Daisy den Kopf. «Und außerdem –» sie sah auf ihre Armbanduhr – «außerdem werde ich dich gleich mit zum Essen nehmen.»

«Aber ich . . .»

«Kein Aber, liebe Mummy», sagte Daisy amüsiert, aber unbeugsam. «Ich bin nicht umsonst deine und Paul McGills Tochter. Ich kann genauso zäh sein, wie er war und wie du bist, wenn ich es will. Und heute ist einer der Tage, an denen ich ein Machtwort spreche. Ja. Wir haben schon eine Ewigkeit nicht mehr miteinander gegessen, und in ein paar Tagen fliegst du mit Onkel Blackie weg – du wirst monatelang fort sein, soweit ich weiß. Bitte, enttäusche mich nicht, ich habe mich so darauf gefreut, und ich habe auch schon einen Tisch im *Mirabelle* bestellt.»

Emma lächelte ihren Liebling, ihr meistgeliebtes Kind an. Es war ihr immer schwergefallen, ihr etwas abzuschlagen. «Nun gut», sagte sie nachgiebig. «Wir essen zusammen, und dann gehe ich heute nachmittag ins Büro. O Daisy, das ist ja himmlisch!» rief Emma und sah auf die goldene, handgearbeitete Abendtasche in ihren Händen. «Süße, das ist ja wunderschön!» Mit offensichtlichem Vergnügen drehte sie die Tasche um, öffnete sie, sah hinein und schloß sie wieder. Nach einem versonnenen Augenblick der Betrachtung legte sie sie in das schützende schwarze Lederetui zurück, beugte sich vor und küßte ihre Tochter. «Ich danke dir, Daisy, sie ist umwerfend. Und ideal für meine Reise, da sie zu meiner gesamten Abendgarderobe paßt.»

Daisy nickte erleichtert, froh darüber, daß ihr Geschenk angekommen war. «Das haben David und ich auch gedacht, und wir haben uns wirklich das Hirn zermartert, um ein ungewöhnliches

Geschenk zu finden. Bist du sicher, daß dir dieses Modell gefällt? Sonst werden *Asprey's* liebend gern eine Verkäuferin mit zwei oder drei anderen herüberschicken, die du dir ansehen kannst.»

«Nein, nein, ich will gar nichts anderes sehen. Ich mag diese», beruhigte Emma sie. «Ich werde sie heute abend tragen.»

Das Telefon klingelte. «Soll ich, Mummy?»

«Ja, bitte, Liebling.»

Daisy ergriff den Hörer und meldete sich forsch. Nach einem kurzen Austausch von Nettigkeiten sagte sie: «Ich werd mal nachschauen, ob sie ans Telefon kommen kann. Es ist hier heute morgen ein bißchen hektisch. Einen Augenblick bitte.» Daisy drückte den Knopf und sah ihre Mutter an. «Es ist Elizabeth. Sie ist wieder in London. Möchtest du mit ihr reden? Ich denke, du solltest es tun.»

«Natürlich werde ich mit ihr reden.» Emma ging zum Schreibtisch. Falls sie überrascht war, zeigte sie es nicht, sondern sagte gefaßt: «Hallo, Elizabeth.» Sie setzte sich, lehnte sich im Sessel zurück und hielt den Hörer mit ihrer Schulter, während sie mit dem Füllfederhalter vom Schreibset aus Onyx herumspielte.

«Danke», sagte sie kurz, «ja, es ist ein hohes Alter, aber ich komme mir gar nicht vor wie achtzig. Eher wie achtundfünfzig. Und ich bin quietschvergnügt.» Eine kleine Pause trat ein. Emma richtete ihren Blick auf die gegenüberliegende Wand. Sie kniff leicht die Augen zusammen und sagte dann entschieden: «Ich glaube, Winston war bloß höflich, als er um meine Erlaubnis bat. Es war im Grunde unnötig. Ich muß dich ja nicht erst daran erinnern, daß Emily volljährig ist. Sie kann machen, was sie will. Nein, ich habe nicht mit Tony geredet. Ich fand, es sei Emilys Sache, ihrem Vater diese Neuigkeit mitzuteilen.»

Emma verstummte, als ihre mittlere Tochter vom anderen Ende der Leitung auf sie einzureden begann. Sie warf Daisy einen Blick zu und verzog das Gesicht, die Augen himmelwärts gerollt. Ihre Geduld nahm rapide ab, und schließlich griff sie wieder ein: «Ich dachte, du riefest an, um mir zum Geburtstag zu gratulieren, Elizabeth, und nicht, um dich über Emilys Verlobung zu beklagen.»

Ein ironisches Lächeln glitt über Emmas Gesicht, während sie Elizabeths Beteuerungen lauschte, sie habe sich keineswegs beklagt.

«Freut mich, das zu hören», sagte Emma in die Muschel, «denn das wäre ja auch Zeitverschwendung. Und wie war denn deine Reise nach Haiti? Und was macht dein neuer Freund – Marc Deboyne?»

Elizabeth redete Emma noch ein paar Minuten lang ekstatisch die Ohren voll. Schließlich beendete Emma das Gespräch mit einem frischen: «Na, das freut mich, daß du glücklich bist, danke für deinen Anruf und für dein Geschenk. Sicher wird es jede Minute hier eintreffen. Auf Wiedersehen, Elizabeth.» Sie hing ein.

«Regt sie sich über Emily und Winston auf?» fragte Daisy.

Emma lachte mit einer gewissen Schärfe. «Natürlich nicht. Sie schlägt nur ein bißchen Krach, weil sie nicht als erste – das heißt vor mir – davon erfahren hat. Du kennst Elizabeth so gut wie ich, sie ist eben sehr eigensinnig. Aber es war nett von ihr, an meinem Geburtstag anzurufen.» Emma ging zur Couch zurück und setzte sich. Sie warf Daisy einen merkwürdigen Blick zu und zuckte die Achseln. «Edwina hat vorhin angerufen, und Robin und Kit auch . . . also ich muß schon sagen, es hat mich sehr überrascht, was von meinen Söhnen zu hören. Nach dem Debakel wegen des Testaments letztes Jahr haben sie keinen Pieps mehr von sich gegeben. Und heute sind sie ganz reizend und erzählen mir, von ihnen seien auch Geschenke unterwegs. Ist es denn möglich?»

«Vielleicht tut es ihnen leid, Mutter, und sie bereuen ihre Intrigen.»

«Das bezweifle ich», rief Emma gedämpft. «Ich bin viel zu zynisch, um bei denen an einen Sinneswandel zu glauben. Nein, sicher stecken ihre Frauen dahinter. June und Valerie sind immer anständige Frauen gewesen. Ich begreife nicht, wie sie es all die Jahre mit meinen Söhnen ausgehalten haben. Kit intrigiert, und Robin schmiedet Komplotte. Ach . . .» Emma ergriff Daisys Hand. «Da ist noch etwas, das ich dich immer fragen wollte, Liebling. Und zwar betrifft es dieses Haus . . . bist du sicher, daß du's nicht möchtest?»

Daisy war bestürzt und sagte voller Überraschung: «Aber du hast dieses Haus doch Sarah vermacht, oder?»

«Ja. Aber ich habe es ihr bloß deshalb vermacht, weil du angedeutet hast, du seiest nicht so daran interessiert, als wir letztes Jahr darüber geredet haben. Schließlich hat dein Vater es für uns gekauft.»

«Ich weiß, und ich habe es immer geliebt. Es hängen so viele Erinnerungen daran . . . an meine Kinderzeit, an Daddy und dich, an all das Schöne, das wir drei dort erlebt haben. Aber es ist ein bißchen groß, und ...»

Emma hob beschwörend die Hand. «Nicht wenn du eher zwei Wohnungen als ein Haus darin siehst. Er hat das so für mich entworfen, weißt du. Ich wollte so gern den Schein wahren ...» Emma brach ab und fing an zu lachen. «Du meine Güte, Daisy, wie sich die Zeiten geändert haben. Heute findet niemand etwas dabei, ganz offen zusammen zu leben. Aber um auf das Haus zurückzukommen – vielleicht möchtest du es dir noch einmal überlegen. Du hast jetzt Enkelkinder. Philip wird eines Tages heiraten, das ist gar nicht mal so lange hin, schätze ich. Er wird Kinder haben, vielleicht möchte er sie sogar nach England in die Schule schicken. Diese beiden abgeschlossenen Wohnungen unter einem Dach sind enorm praktisch.»

«Ich bin mir noch nicht ganz sicher, Mutter. Obwohl deine Argumente sehr überzeugend sind.»

«Denk darüber nach. Ich kann mein Testament immer noch ändern.»

«Aber du hast mir schon soviel gegeben – mehr, als ich je brauche. Es sieht so gierig aus, wenn ich dies Haus annehme.»

«Blödsinn, Daisy. Es steht dir rechtmäßig zu. Wenn du nicht willst, gebe ich es vielleicht lieber Paula oder Philip.»

«Und was ist mit Sarah?»

«Sie ist keine McGill.»

Daisy schob nachdenklich den Mund vor. «Gut, ich werde tun, was du mir rätst – es mir noch mal überlegen. Verstehst du, Mutter, ich weiß ja, daß eine Frau mit deinem enormen Besitz immer ihre Angelegenheiten geordnet haben muß, aber um ehrlich zu sein, hasse ich diese Gespräche über dein Testament und deinen Tod. Es dreht mir den Magen um. Ich kann es nicht ertragen, über deinen Tod nachzudenken, und schon gar nicht, so beiläufig darüber zu ratschlagen. Es regt mich enorm auf.»

Emma sah Daisy an und schwieg. Sie drückte ihre Hand, lehnte sich zurück und betrachtete sie weiter sehr aufmerksam.

Daisy holte tief Luft, atmete aus und zwang sich ein mattes Lächeln ab. «Tut mir leid, ich wollte nicht so grob sein. Aber ausgerechnet heute finde ich es besonders gräßlich, über solche Dinge zu reden. Es ist doch dein Geburtstag.»

«Ich verstehe dich.» Eine kleine Pause trat ein, dann sagte Emma sehr leise: «Ich bin dir doch eine gute Mutter gewesen, Daisy, mein Liebling, oder nicht?»

«Wie kannst du das je bezweifeln!» rief Daisy, das Gesicht besorgt zusammengezogen. Ihre großen kornblumenblauen Augen waren weit geöffnet, und es glänzten Tränen darin. «Du bist die wundervollste Mutter gewesen, die man sich hätte wünschen können, immer so zärtlich und verständnisvoll.» Fest erwiderte Daisy den langen Blick ihrer Mutter, und während sie ernst in Emmas runzliges Gesicht sah, zog sich ihr Herz in tiefer Liebe zu dieser bemerkenswerten Frau zusammen, die sie geboren hatte. Sie wußte, daß die abweisende Art und das stets strenge Gesicht ihrer Mutter nur eine Maske waren, die Tarnung für eine Fülle von Emotionen und Mitgefühl. Emma Harte war eine komplizierte, vielschichtige Frau, und obwohl viele Leute das nicht glaubten, war sie viel verletzlicher und sensibler als die meisten Menschen.

Daisys sanftes Gesicht wandelte sich, während Treuegefühl und Hochachtung für ihre Mutter in ihr aufwallten. «Du bist so einzigartig, Mummy.» Daisy hielt inne und ließ ihren Blick über Emmas Gesicht gleiten. Dann schüttelte sie erstaunt den Kopf. «Du bist der anständigste und liebevollste Mensch, den ich je kennengelernt habe. Was für ein Glück, dich all die Jahre zu haben. Ein Segen.»

Emma war sehr gerührt. «Dank dir, Daisy, für all diese wundervollen Worte.» Sie sah in die Ferne und murmelte dann mit trauriger Stimme: «Ich habe bei deinen Halbgeschwistern kläglich versagt. Es wäre unerträglich, wenn ich auch bei dir versagt und dir nicht immer meine ganze Liebe gegeben hätte.»

«Du hast mir doch alles gegeben . . . es ist unmöglich, all das aufzuzählen, was ich dir verdanke. Und ich glaube nicht, daß du bei den anderen versagt hast. Absolut nicht. Hat mein Vater nicht immer gesagt, daß jeder Herr seines eigenen Lebens ist? Daß wir für das, was wir sind, die Verantwortung tragen? Für die Dinge, die wir tun, die guten wie die schlechten?»

«Ja, das hat er gesagt.»

«Dann glaub es doch auch, Mutter. Es ist wahr.»

«Wenn du das so sagst, Liebling.»

Emma fiel in längeres Schweigen und dachte über die Worte ihrer Tochter nach. Sie war stolz auf Daisy. Trotz all ihrer Sanftheit, ihrer verbindlichen Umgangsformen und ihres natürlichen Charmes besaß Daisy einen starken, sogar zähen inneren Kern, enorme Kraft und viel Durchhaltevermögen.

«Du siehst so abwesend aus, Mutter. Träumst du? Woran denkst du denn?» Daisy beugte sich zu Emma hinüber, sah sie an und berührte leicht ihre Wangen.

«Ach, an nichts Besonderes.» Emma unterbrach ihre Betrachtungen und warf Daisys Garderobe einen anerkennenden Blick zu. «Vielleicht sollte ich mich umziehen, bevor wir ins *Mirabelle* essen gehen.»

«Das brauchst du nicht, Liebe. Müh dich nur nicht in etwas Neues hinein.»

«Gut, dann lasse ich es. Aber wie ist es mit heute abend? Blackie hat mir gesagt, er trüge einen Smoking. Glaubst du, er möchte, daß ich etwas Langes anziehe? Schließlich werden wir doch nur acht Leute sein.»

Du meine Güte, dachte Daisy, wenn sie nur wüßte, daß es eher sechzig werden. Sie fragte sich, ob ihre Mutter ihnen böse sein würde wegen der Überraschungsparty. Sie räusperte sich, hoffte, daß es unverfänglich klang und sagte: «Aber Onkel Blackie möchte, daß es heute ein ganz besonderer, ganz feierlicher Abend wird. Neulich hat er noch zu mir gesagt: ‹Wie oft wird deine Mutter 80 Jahre alt?› Also sind wir übereingekommen, daß wir uns sehr festlich anziehen. Aber es muß ja nicht pompös werden, wenn du ein langes Kleid anziehst, finde ich. Ich habe mich für ein pfauenblaues Taftcocktailkleid entschieden. Weißt du was, an deiner Stelle würde ich eines deiner hübschen Chiffonkleider anziehen.»

«Das erleichtert mich! Ich habe ja das grüne Chiffonkleid, das reicht. Mein Gott, schon wieder klingelt es! Hoffentlich sind es nicht noch mehr Blumen. Es sieht hier bald aus wie in einem Bestattungsinstitut.»

«Mutter! Was für ein schrecklicher Vergleich!»

Daisy sprang auf, ging schnell durchs Zimmer und rief über die Schulter: «Vielleicht sind es die Geschenke von Elizabeth oder die von Kit und Robin. Ich werd mal nachsehen und Parker fragen.»

Bevor Emma auch nur zwinkern konnte, war Daisy wieder da. «Es *ist* ein Geschenk, Mutter.» Sie sah zur Eingangshalle hin, nickte und stellte sich dann neben den Kamin, unter das Ölporträt von Paul McGill.

Emma, wachsam wie immer, sah sie mißtrauisch an. «Was ist denn los? Du siehst genauso aus wie dein Vater, wenn er etwas im Schilde führte.» Ihr Blick schweifte zu Pauls Bild und dann wieder zurück zu Daisy. Ganz klar, wessen Tochter sie war. Ihre Ähnlichkeit mit ihm war heute stärker denn je . . . die gleichen strahlendblauen Augen, das schwarze Haar, das Grübchen im Kinn. «Nun sag schon, was hast du vor?»

Daisy sah erwartungsvoll zur Tür und winkte. Wie gerufen traten Amanda und Francesca ein, sichtlich bemüht, einen gesetzten und erwachsenen Eindruck zu machen. Mitten im Raum blieben sie stehen und blickten Emma an.

«Happy birthday, dear Grandma, happy birthday to you!» sangen sie begeistert, wenn auch ein wenig falsch.

Sarah, Emily und Paula waren nach ihnen ins Arbeitszimmer getreten und standen nun hinter ihren jungen Cousinen. «Happy birthday, Grandma», echoten sie und sahen sie liebevoll an.

«Du liebe Zeit, was ist das denn!» rief Emma überrascht. Sie starrte ihre Enkelinnen an, wandte sich dann an die Zwillinge und fragte: «Und was macht ihr beiden hier? Jetzt sind doch keine Schulferien, oder?»

Daisy intervenierte: «Ich hab sie für ein paar Tage aus der Schule genommen. Sie wohnen bei David und mir. Schließlich ist es dein Geburtstag.»

«Ich wußte doch, daß da irgendwas im Busch war», sagte Emma und warf Daisy einen durchdringenden Blick zu. «Um ehrlich zu sein, vermutete ich, daß du mit Blackie zusammen etwas aushecktest. Ich dachte, ihr hättet euch eine Feier für heut abend ausgedacht.»

Daisy gelang es, ein unverfängliches Gesicht zu machen. Aber bevor sie etwas sagen konnte, trat Emily energisch vor. Sie überreichte Francesca ein wunderschön eingewickeltes Päckchen und berührte Amanda sanft an der Schulter. «Du hast doch deine Rede nicht vergessen, oder?»

«Natürlich nicht», gab Amanda gekränkt zurück, nahm Francescas Hand, gab ihrer Schwester einen kleinen Schubs und trat dann gemeinsam mit ihr vor Emma hin.

Die Fünfzehnjährige holte tief Luft und sagte langsam, jedes Wort deutlich akzentuierend: «Grandy, dies Geschenk ist von all deinen Enkelkindern – von Philip, Anthony, Alexander, Jonathan, Paula,

Sarah, Emily, Francesca und mir. Jeder von uns hat etwas dazu beigetragen, so daß wir dir heute an deinem 80. Geburtstag etwas Besonderes überreichen können. Mit der herzlichsten Liebe.»

Amanda trat zu Emma, machte einen Knicks und gab ihr dann das Geschenk.

«Danke, Mädchen», sagte Emma zu den Zwillingen. «Und deine kleine Rede war sehr hübsch vorgetragen. Sehr gut.» Sie sah auf Amandas Schwester und die Cousinen. «Mein Dank an euch alle.»

Dann saß Emma einen Moment lang reglos da und hielt das Geschenk auf dem Schoß. Sie ließ ihren Blick auf den älteren Enkelinnen ruhen, lächelte jeder zu, nickte und dachte bei sich, wie hübsch und reizend sie doch alle aussahen. Plötzlich kamen ihr die Tränen, sie blinzelte heftig, sah dann auf das Päckchen herab und versuchte ihre Rührung über diese unerwartete Familienszene zu verbergen. Überrascht stellt sie fest, daß ihr die Hände zitterten, als sie die lila Schleife aufknüpfte und den Gegenstand aus seinem Karton herausnahm.

Es war eine Uhr in Form eines Eis, aus der durchsichtigsten Emaille, die sie je gesehen hatte. Oben auf dem Ei thronte ein winziger Hahn, der ebenfalls emailliert und sorgfältig mit einer Fülle von Diamanten, Rubinen und Saphiren verziert war. Emma staunte über die Idee und die exquisite Ausführung und erkannte, daß die Uhr ein seltenes Kunstwerk war.

«Es ist doch von Fabergé, nicht wahr?» brachte sie schließlich heraus.

«Ja», sagte Emily. «Es ist ein kaiserliches Osterei, das Fabergé für die russische Zarin Marija Fjodorowna anfertigte. Ihr Sohn Nikolai II., der letzte Zar, bestellte es für sie.»

«Wie habt ihr bloß so etwas Seltenes und Wertvolles gefunden?» fragte Emma tief beeindruckt. Als kritischer Kunstsammlerin war ihr klar, daß solche Stücke von Fabergé zunehmend seltener wurden.

«Paula hat über Henry Rossiter von der Uhr gehört», sagte Emily. «Er hatte erfahren, daß sie letzte Woche bei *Sotheby's* versteigert werden sollte.»

«Und Henry ist dann für euch zur Auktion gegangen?»

«Nein, Grandy. Wir sind alle hingegangen, bloß die Zwillinge nicht, die natürlich in der Schule waren. Aber Henry hat uns begleitet. Paula rief alle an, und wir hielten eine kleine Sitzung ab. Sofort kamen wir überein, die Uhr für dich zu ersteigern – als Gemeinschaftsgeschenk. Es war so aufregend! Wir haben sie ein paarmal beinahe verloren, aber immer wieder weitergemacht und die anderen überboten. Und plötzlich war sie unser. Wir waren so glücklich und aufgeregt, Großmutter!»

«Das bin ich auch, ihr Lieben.»

Plötzlich tauchte, ebenfalls von Daisy herbeigezwinkert, Parker auf und servierte perlenden Champagner. Sie scharten sich mit ihren Gläsern um Emma, wünschten ihr noch einmal alles Gute zum Geburtstag und ließen sie hochleben.

Nachdem sich die Szene ein wenig beruhigt hatte, wandte Emma sich zu Daisy um und sagte: «Gehen wir wirklich im *Mirabelle* essen? Oder war das bloß ein Trick, damit ich nicht ins Geschäft fahren sollte?»

Daisy grinste: «Natürlich gehen wir essen – alle, die hier sind. Anthony, Alexander, Jonathan und David kommen auch mit. Heute wird's nichts mehr mit dem Arbeiten, Mutter.»

Es dämmerte.

Emma ging durch die Eingangshalle, die zu dieser Stunde so schattig und still war, und betrat leichtfüßig ihr Arbeitszimmer.

Sie hatte sich schon für die Dinnerparty angezogen, die Blackie im *Ritz* gab, und trug ein einfach geschnittenes langes Kleid aus unzähligen Schichten von blaß- und dunkelgrünem Chiffon mit fließenden Mandarinärmeln. Die wundervollen McGill-Smaragde, die an ihrem Hals, ihren Ohren, Armen und Händen aufleuchteten, hoben sich faszinierend von den Grüntönen des zarten Stoffes ab; ihr Feuer, ihre strahlende Tiefe verstärkte sich durch das Echo ihrer Farbe.

Ja, das war eine gute Wahl, befand Emma, als sie am einzigen Spiegel im Zimmer vorüberging und einen flüchtigen Blick von sich erhaschte. Sie blieb aber nicht stehen, sondern ging vorüber.

Von dem Wandtischchen, auf dem einige ihrer vielen Geburtstagsgeschenke aufgetürmt lagen, nahm sie das kaiserliche Osterei und trug es zurück in den Salon.

Dort legte sie es auf ein antikes Beistelltischchen dicht am Kamin und trat voller Bewunderung etwas zurück. Es war unzweifelhaft eines der hübschesten Dinge, die sie je bekommen hatte; sie konnte es kaum abwarten, bis sie es Blackie zeigen durfte.

Das scharfe Läuten der Glocke ließ sie zusammenzucken, und dann hörte sie Parkers schnelle Schritte in der Eingangshalle, das Zuschlagen der Vordertür und gedämpfte Stimmen.

Kurz darauf kam Blackie ins Zimmer stolziert, prächtig ausstaffiert mit seinem hervorragend geschnittenen Smoking. Sein breites Grinsen wetteiferte mit dem Funkeln in seinen Augen – offensichtlich war er in euphorischer Stimmung.

«Herzlichen Glückwunsch, mein Liebling», dröhnte er, blieb stehen und nahm sie in die Arme. Dann lockerte er seinen Griff, trat zurück und hielt ihre Hände. Er sah auf ihr Gesicht herab und wiederholte Gesten, die sie seit Jahren kannte. «Du siehst heute abend noch hübscher aus als sonst, Emma», sagte er strahlend und bückte sich, um sie zu küssen.

«Danke, Blackie.» Emma erwiderte sein Lächeln und ging zum Sofa. «Hast du Parker gesagt, was für einen Drink du möchtest?»

«Aber klar. So wie immer.» Er ließ sich ihr gegenüber in einen Sessel fallen, den sein massiver Körper vollkommen ausfüllte. «Denk nicht, daß ich mit leeren Händen gekommen bin – dein Geburtstagsgeschenk ist draußen. Ich geh und hol es . . .»

Er wurde vom diskreten Klopfen des Butlers unterbrochen. Parker trat mit einem Becher einfachen irischen Whiskeys für Blackie und einem Kelchglas Weißwein für Emma ein.

Sobald sie wieder allein waren, erhob Blackie sein Glas: «Auf dein Wohl, mein Mädchen. Auf daß wir noch viele, viele Geburtstage miteinander feiern können.»

«Bestimmt», lachte Emma. «Und auf unsere Reise, lieber Blackie.»

«Auf die Reise.» Schon nach dem ersten Schluck sprang er auf. «Beweg dich nicht», befahl er, «und wenn ich sage ‹Augen zu›, dann tust du genau das – Schummeln gilt nicht.»

Sie saß da und wartete, vermutete, daß er Parker um Hilfe gebeten hatte, als sie das leise Murmeln des Butlers vernahm, dann Blackies Entgegnung und schließlich das Geräusch von zerreißendem Papier.

«Mach die Augen zu», befahl Blackie nach einigen Sekunden von der Tür aus. «Und denk an das, was ich gesagt habe, Emma, geschummelt wird nicht!»

«Keine Sorge», beruhigte sie ihn lachend. Sie saß ganz still, die Hände im Schoß gefaltet, und plötzlich kam sie sich wieder wie ein junges Mädchen vor, das kleine, magere Mädchen, das sein erstes richtiges Geschenk bekam, in Silberpapier eingewickelt und mit einer silbernen Schleife. Das war von ihm gewesen – jene billige kleine grüne Glasbrosche, die sie immer aufbewahrt hatte. Jetzt lag sie in ihrem Schmuckkästchen, neben ihrer feinen smaragdenen Doppelgängerin, die er später hatte anfertigen lassen. Aber einst, vor langer Zeit, war das Stückchen grünes Glas ihr kostbarster und wichtigster Besitz gewesen.

«Jetzt!» rief Blackie.

Langsam machte Emma die Augen auf, und als sie das Bild ansah, das er vor sie hingestellt hatte, erkannte sie sofort ein Werk ihrer Großnichte Sally Harte. Emma hielt vor Freude und Überraschung die Luft an, und dann überkam sie mit plötzlichem, stechendem Schmerz ein starkes nostalgisches Gefühl. Erinnerungen stiegen in ihr auf. Ein Kloß saß ihr in der Kehle. Sie kniff die Augen zusammen, sah auf jede Einzelheit, jeden Pinselstrich und konnte doch nur die Assoziationen erweckende Schönheit des Bildes empfinden. Sie brachte kein Wort heraus.

«O Blackie», sagte sie schließlich, «es ist wunderschön . . . die Heide über Fairley. Meine Heide, wo wir uns zuerst getroffen haben.»

«Schau noch ein bißchen genauer hin, mein Liebling.»

«Das brauche ich nicht, ich seh auch so, daß es das *‹Dach der Welt›* ist.» Sie sah auf und schüttelte staunend den Kopf. «Was für ein bedeutsames Geschenk ist das, mein lieber alter Freund. Wie außergewöhnlich! Es ist, als bräuchte ich nur die Hand auszustrecken, um einen Strauß Heide zu pflücken, wie ich es immer für meine Mutter getan habe.» Sie legte leicht den Finger auf die Leinwand, berührte sie kaum. «Ich kann das Plätschern dieses kleinen Baches hören, hier in der Ecke, und den Klang, mit dem das kristallklare Wasser über die glatten Steine fließt. Es ist so . . . so real, man riecht förmlich den Duft von Blaubeeren, Farnkraut und Heide. O Blackie, mein Lieber . . .»

Emma sah zu ihm empor und lächelte ihr unvergleichliches Lächeln, dann blickte sie wieder auf das Bild. «Es ist doch ein richtiger Yorkshire-Himmel, nicht wahr? So klar und durchscheinend. Was hat das Mädchen für ein unerhörtes Talent – nur Turner und van Gogh waren jemals imstande, die Beschaffenheit des Lichts so auf der Leinwand festzuhalten. Sally hat sich da selbst übertroffen.»

Zufriedenheit lag auf seinem zerfurchten, ausdrucksvollen Gesicht. «Ich habe Sally dorthin geführt und ihr die Stelle gezeigt. Sie ist öfter mal wieder hingegangen. Sie wollte das Vollkommene für dich, Emma, genau wie ich, und ich glaube, sie hat es schließlich auch geschafft.»

«Ganz sicher. Danke, danke für dein außergewöhnliches Geschenk.»

Blackie sagte leise: «Ich habe sie das hier auf die Rückseite schreiben lassen. Mit Ölfarbe.» Er drehte das Bild um und wies auf die säuberlichen Druckbuchstaben. «Du wirst es ohne deine Brille wohl nicht lesen können, also werd ich's dir vorlesen: Für Emma Harte zu ihrem 80. Geburtstag, in Liebe von ihrem lebenslangen Freund Blackie O'Neill. Und darunter steht das Datum.»

Zum zweitenmal an diesem Tag war Emma zutiefst gerührt. Sie konnte nichts sagen und wandte sich schnell ab, damit er ihre feuchten Augen nicht sehen konnte. Sie setzte sich, nippte an ihrem Drink, fing sich langsam wieder und murmelte schließlich: «Das ist wunderschön, wunderschön, mein Liebling.»

Er stellte das Bild gegen ein Tischchen und vergewisserte sich, daß es in ihrer Blickrichtung stand. Dann ging er zu seinem Sessel zurück und erhob sein Glas: «Und es ist schon eine Lebenszeit, Emma. Genau 66 Jahre.» Er nickte zum Bild hin. «Ja, ja, das *‹Dach der Welt›*, wie deine Mutter die Ramsden Crags immer nannte. Ich werde nie den Tag vergessen, als du mich fandest, wie ich mich in der Heide verlaufen hatte, und wir aus dem Ghyll aufstiegen und ich die Crags zum erstenmal sah.»

Emma folgte seinem Blick. Sechs Dekaden fielen von ihr ab: sie sah sich als Vierzehnjährige. Als armes kleines Dienstmädchen stapfte sie in der Dämmerung in ihren zerlöcherten Knöpfstiefeln und dem alten, geflickten Mantel, den Cook ihr gegeben hatte, durch die Heide. Der Mantel war ein wertvolles Besitzstück gewesen, wenn er auch klein, zu eng und schäbig war. Er schützte sie kaum vor dem Regen, dem Schnee und dem bitterkalten Nordwind.

Sie sah Blackie an und verglich ihn mit damals, als er noch grobe graue Arbeitskleidung trug und seine billige Stoffmütze ihm so frech auf dem Kopf saß. Den Werkzeugbeutel hatte er über die Schulter geworfen. «Schändlich» hatte Cook die schmutzige alte Sacktuchtasche genannt, die seine wertvollste Habe enthielt – seine Hämmer und Maurerkellen, das Mörtelbrett.

Emma sagte langsam: «Wer hätte je gedacht, daß wir beide so ein hohes Alter erreichen würden . . . ungeheure Macht, unschätzbaren Reichtum . . . daß wir das werden würden, was wir heute sind.»

Blackie warf ihr einen schrägen Blick zu und gluckste dann über das Erstaunen, das aus ihrer Stimme sprach. «Ich für meinen Teil hab nie an meinen rosigen Zukunftsaussichten gezweifelt», verkündete er fröhlich. «Ich habe dir doch gesagt, daß ich ein feiner Pinkel, ein richtiger Millionär werden würde, und du eine große Dame. Aber Liebling, das geb ich zu, ich hätte nie gedacht, daß du *so* eine große Dame werden würdest.»

Beide lächelten. Sie waren sich ihrer Liebe und Freundschaft sicher und genossen die Gewißheit, daß sie sich so gut verstanden wie niemand sonst von den noch Lebenden. So viele Jahre . . . so viele geteilte Erfahrungen verbanden sie. Die Bande waren stark wie Stahl und unzerbrechlich.

Stille schwebte im Raum.

Schließlich wurde sie von Blackie durchbrochen: «Nun, mein Mädchen, erzähl mir doch mal was von deinem hektischen Tag.»

«Eines hat mich überrascht, Blackie. *Sie* haben angerufen. *Die Verschwörer.* Es hat mich überrascht, von meinen Söhnen und von Elizabeth zu hören, das sag ich dir ganz offen. Sie ist natürlich wieder zurück in London, zweifellos mit ihrem französischen Freund. Edwina hat mich heute morgen angerufen und war sehr nett. Vielleicht hat sie sich doch endlich besonnen. Und ich habe noch zwei ganz wunderschöne Anrufe bekommen, die mich wirklich gerührt haben.» Ihre Augen leuchteten auf. «Philip rief aus Sydney an, und dein Shane aus New York. War das nicht nett?» Er nickte lächelnd, und sie fuhr fort: «Offenbar haben dein Enkel und meiner Geburtstagsparties für mich geplant, wenn wir bei ihnen ankommen, also sei bereit. Und was meinen Tag betrifft, sieh selbst, was er mir beschert hat.» Emma machte eine Handbewegung und ließ ihren Blick über das Zimmer gleiten. «Blumen, Glückwunschkarten und so viele Geschenke. Und ich habe mit Daisy, David und meinen Enkelkindern im *Mirabelle* gegessen!»

Emma stand auf, ergriff das kaiserliche Osterei und sagte: «Das hier haben mir meine Enkelkinder geschenkt, und wie dein Bild ist es ein sehr bedeutsames Geschenk. Ich werde diese beiden Dinge immer in Ehren halten.»

«Also war's ein schöner Tag – das freut mich. So sollte es immer sein.» Blackie stand auf. «Komm, wir sollten uns jetzt auf den Weg machen. Wir treffen uns vor dem Abendessen in Bryans Suite im *Ritz* auf einen Tropfen Schampus.»

Als sie zehn Minuten später beim Hotel *Ritz* in Piccadilly angelangt waren, geleitete Blackie sie die Eingangsstufen hinauf. Er trat kurz an den Empfang und bat den jungen Mann dort, seinem Sohn, Mr. Bryan O'Neill, seine Ankunft zu melden.

«Selbstverständlich, Mr. O'Neill.» Der junge Assistent des Empfangschefs lächelte Emma zu. «Guten Abend, Mrs. Harte.»

Freundlich erwiderte Emma seinen Gruß, und nachdem Blackie sich bedankt hatte, schritten sie durch das Vestibül, ohne sich ihrer auffallenden Erscheinung und der Köpfe, die sich nach ihnen umdrehten, bewußt zu sein.

Emma schwieg, während sie im Lift hinauffuhren, und Blackie warf ihr ein paar verstohlene Seitenblicke zu, wobei er sich fragte, ob sie etwas von der Party ahnte, die mit solch Heimlichkeit vorbereitet worden war. Er wußte es nicht. Ihr Gesicht war so undurchdringlich wie immer. Er bezweifelte, daß sie böse sein würde, obwohl Daisy gemeint hatte, sie könne leicht ärgerlich reagieren. Er kannte seine Emma und wußte, daß sie manchmal wie ein Kind war. Sie genoß Überraschungen, Geschenke und festliche Ereignisse, besonders wenn sie etwas mit ihr zu tun hatten.

Das ist so, weil sie in ihrer Jugend so vieles entbehren mußte, sagte er sich. Damals hatte sie nichts besessen, nichts von wirklichem Wert. Nein, das stimmte so nicht. Ihr bestechendes Aussehen, ihren Verstand, ihre Zähigkeit, ihre außergewöhnliche Gesundheit und ihren enormen Mut hatte sie damals schon besessen.

Schließlich hielten sie vor der Tür zur Suite. Blackie lächelte in sich hinein. Sein Anruf vom Empfang war das Warnsignal für Bryan und Daisy gewesen, die Gäste mucksmäuschenstill sein zu lassen. offenbar hatte das hervorragend geklappt. In der Stille, die den Flur beherrschte, hätte eine fallende Stecknadel wie ein Kanonenschuß gewirkt.

Er warf Emma schnell noch einen Blick zu, hob dann die Hand und klopfte. Fast im gleichen Moment machte Daisy die Tür auf. «Da seid ihr ja, Mutter, Onkel Blackie. Wir haben auf euch gewartet. Kommt herein.»

Blackie schob Emma vor sich her und trat nach ihr ein.

«Happy birthday!» riefen 58 Stimmen im Chor. Emma war fassungslos. Sie starrte in die Menge von Freunden und Bekannten, die sich zusammengefunden hatten, um ihren Geburtstag zu feiern; ihr Blick war entgeistert, Röte stieg von ihrem Hals auf und überzog schließlich ihr Gesicht. Sie warf Blackie einen Seitenblick zu und flüsterte: «Du Teufel! Warum hast du mir nichts gesagt oder mich wenigstens ein bißchen gewarnt?»

Er grinste, zufrieden darüber, daß ihr Geheimnis wohl bewahrt worden war. «Ich habe mich nicht getraut. Daisy sagte, sie würde mich umbringen. Und nun versuch bloß nicht, wütend zu tun, ich sehe dir an, daß du es gar nicht bist!»

«Das stimmt», gab sie zu und erlaubte sich schließlich ein Lächeln. Sie sah sich im vollbesetzten Raum um und stand noch immer wie angewurzelt da. Das zaghafte Lächeln wurde immer breiter, als sie all die vertrauten Gesichter erblickte.

Ihre beiden Söhne Kit Lowther und Robin Ainsley waren mit ihren Frauen June und Valerie da; ihre Töchter Edwina und Elizabeth hatten einen distinguiert aussehenden Mann zwischen sich, der geradezu unverschämt attraktiv war. Emma vermutete, daß dies der berüchtigte Marc Deboyne war: Internationales Pack, wie Emily ihn so prägnant charakterisiert hatte. Aber er hatte etwas Glamouröses und ein ziemlich bestrickendes Lächeln. Elizabeth suchte sich immer ganz Hübsche, klar. Na ja, wer im Glashaus sitzt . . . die Männer, die in Emmas Leben eine Rolle spielten, sahen auch nicht gerade schlecht aus.

Daisy war durchs Zimmer geschlüpft und stand nun da, hatte David eingehakt. Der wiederum stand neben ihren Schwägerinnen, den beiden alten, aber piekfein gekleideten und mit Juwelen behängten Damen Charlotte und Natalie. Daneben Paula und Jim. Winston eskortierte Emily, Amanda und Francesca und genoß seine Beschützerrolle sichtlich. Emma sah automatisch auf Emilys linke Hand und zwinkerte ihrer Enkelin zu, als sie den glitzernden smaragdenen Verlobungsring daran erblickte.

Sie sah an ihnen vorüber, in das sich anschließende Zimmer hinein, sah Sarah, Jonathan, Alexander und seine Freundin Maggie Reynolds, die sich im Eingang drängten. Links von ihnen stand die komplette Kallinski-Familie, daneben hatten sich Bryan, Geraldine und Merry O'Neill gezwängt. Neben Merry stand der Rest des Harte-Clans. Randolph strahlte zu ihr hinüber, er war eben noch sichtbar über den Schultern seiner beiden Töchter Vivienne und Sally. Ihr Enkel Anthony lächelte ihr von Sallys Seite her zu.

Henry Rossiter lehnte am Kamin, ganz hinten in der zweiten Suite. Er sieht blendend aus, dachte Emma und beäugte seine derzeitige Freundin, das bekannte Fotomodell Jennifer Glenn. Sie war mindestens 40 Jahre jünger als er. Der sichere Weg zum Herzinfarkt, mein lieber Henry, dachte Emma. Gaye Sloane, ihre Privatsekretärin, zierte seine Rechte, und die übrigen Gäste waren alte Freunde und Geschäftsfreunde wie Len Harvey, der *Genret* leitete, und seine Frau Monica.

In ein paar Minuten, die sie reglos dagestanden und die Versammlung angeschaut hatte, hatte Emma die Fassung zurückgewonnen. Stolz, würdevoll und ungemein elegant anzusehen tat sie nun einen Schritt vorwärts und senkte den Kopf. «Na», rief sie aus und ihre kräftige, klare Stimme hallte in der Stille wider, «ich hätte ja nie gedacht, daß ich so viele Leute kenne, die ein Geheimnis bewahren können. Und dann noch vor *mir*.» Inmitten schallenden Gelächters trat sie unter sie und nahm ihre Glückwünsche mit großer Anmut entgegen.

Blackie schlängelte sich zu Daisy herüber und beobachtete, wie Emma die Runde machte und ihren unnachahmlichen Charme verströmte. Kellenweise, murmelte er vor sich hin. Ein breites Grinsen trat auf sein Gesicht, und seine Augen verschwanden hinter Lachfältchen. Zu Daisy gewandt, rief er aus: «Und du hast dir solche Sorgen gemacht und dachtest, sie würde böse sein! Sieh sie dir nur an . . . sie ist ganz in ihrem Element, eine Königin!»

19

Eine Stunde danach, es war acht Uhr, begleitete Blackie Emma in den privaten Speisesaal am Ende des Korridors, wo das Geburtstagsessen stattfand.

Er neigte sich zu ihr und flüsterte: «Daisy wollte niemanden kränken und sich auch nicht dem Vorwurf der Günstlingswirtschaft aussetzen, und deshalb wird keines deiner Kinder und Enkelkinder an unserem Tisch sitzen.»

«Das ist ja raffiniert von ihr», murmelte Emma. Um ihre Mundwinkel zuckte es. Daisy war wirklich die Diplomatin in der Familie, überdies war es Emma klar, daß ihre Söhne sich nicht darum reißen würden, bei ihr zu sitzen. Es überraschte Emma immer noch, daß sie überhaupt gekommen waren. Über Elizabeths Anwesenheit wunderte sie sich nicht. Ihre Tochter wollte sich wohl wieder lieb Kind machen, sie behielt immer den eigenen Vorteil im Auge. Zweifellos dachte sie, sich wieder einschmeicheln zu können, womöglich in der Hoffnung auf noch mehr Geld. Weitere Motive mochten das Verlangen sein, ihre Kinder wiederzusehen und mit ihrem neuen Freund anzugeben. Was Edwina betraf, so tat sie es Anthony zu Gefallen, der ihr böse gewesen wäre, wenn sie die Einladung abgelehnt hätte.

Gemächlich schritten Blackie und sie zum großen Tisch, an dessen Seiten je zwei kleinere standen. Die Tische waren im Halbkreis um die kleine Tanzfläche herum angeordnet, und auf der anderen Seite dieses glänzenden Parkettgevierts spielte eine Band Unterhaltungsmusik.

Emmas scharfer Blick nahm das alles auf. In dem flackernden Kerzenlicht, das von den fünf runden Tischen ausging, ähnelte der Raum mit all den Blumen und kleinen bunten Tischbuketts einem reizenden Gartenrestaurant. Auf den muschelrosa Tischdecken leuchtete Kristall, Silber und feinstes Porzellan.

Emma nickte befriedigt und wandte sich dann mit fröhlichem

Lächeln Blackie zu: «Was für eine reizende Umgebung Daisy geschaffen hat . . . so schön feierlich.»

Blackie strahlte. «Ja, sie hat eifrig mit dem Veranstaltungsmanager zusammengearbeitet und alles selbst beaufsichtigt.» Er zog einen Stuhl für sie heran, blieb aber selbst stehen.

Emma nahm Platz und warf einen Blick auf die Tischkarten neben sich. «Ich sehe, daß du zu meiner Rechten und Henry zu meiner Linken sitzt, aber wer ist denn noch mit von der Partie?»

«Charlotte und Natalie, Len und Monica Harvey und Henrys Freundin Jennifer. Dazu Mark und Ronnie Kallinski nebst Gattinnen, das macht zwölf.»

«Schön, daß auch ein paar Kallinskis bei uns sitzen. Ich muß heute abend immer an David denken und habe mir gewünscht, er wäre hier. Obwohl Ronnie David nicht so ähnlich sieht wie Mark, erinnert er mich doch an seinen Vater. Er ist ihm sehr ähnlich. Findest du nicht auch?»

«Doch, mein Liebling. Ach, hier kommt Randolph mit Mutter und Tante.»

Emma wandte sich um und hieß Charlotte und Natalie willkommen, Blackie spielte das übliche Theater und geleitete ihre Schwägerinnen mit altväterlicher Galanterie zu ihren Plätzen.

Randolph, so gutmütig-derb und herzlich wie stets, drückte Emmas Schulter und dröhnte: «Ich sitze bei Bryan da drüben. Aber ich komme wieder, Tante Emma.» Er zwinkerte ihr zu. «Ich werde dich mindestens einmal zum Tanz auffordern.»

Lachend erwiderte Emma: «Aber nur einen Foxtrott, Randolph, nichts Anstrengenderes.»

«Abgemacht.»

Seine Mutter beugte sich zu Emma hinüber und gestand: «Emily ist die beste Frau, die mein Enkel finden konnte. Ich könnte nicht glücklicher sein über diese Verlobung.»

«Das ist bei mir genauso, Charlotte, und ich finde es wirklich reizend von dir, daß du Emily diese Perlenkette zur Verlobung geschenkt hast. Ich erinnere mich noch daran, wie Winston sie dir schenkte.»

Charlotte strahlte: «Ja, als wir uns 1919 verlobten. Aber was diese Hochzeit betrifft, Emma: Ich hoffe doch, daß sie in Yorkshire gefeiert wird. Ich sprach vorhin mit Elizabeth darüber, und sie schien der Ansicht zu sein, die Hochzeit würde in London stattfinden.»

«Tatsächlich?» sagte Emma trocken. «Ach, ich würde das nicht weiter beachten. Elizabeth hat immer Rosinen im Kopf, und meistens möchte sie die auch selbst noch ernten. Meiner Ansicht nach sollten Emily und Winston das entscheiden, und sie haben mir gegenüber angedeutet, daß sie in der Kathedrale von Ripon getraut werden wollen. Ich finde, das ist eine schöne Idee, denn dann können wir den Empfang in meinem Haus abhalten.»

Die drei Frauen plauderten über Emilys Hochzeit, machten Pläne für den nächsten Sommer, und dann fing Emma an, ihnen von ihrer bevorstehenden Reise mit Blackie zu erzählen, von den Städten, die sie auf ihrer Fahrt nach Australien besichtigen würden.

Blackie regelte weiterhin den Verkehr, und schon nach kurzer Zeit hatte sich der Raum gefüllt, alle saßen, die Kellner gingen von Tisch zu Tisch und füllten die Gläser mit Weißwein. Fröhliche Geselligkeit lag in der Luft. Lachen erklang, die Vielzahl der Stimmen schwoll zu einem Crescendo an, und der Lärm wurde von den Klängen leichter Musik aus dem Hintergrund untermalt.

Emma, die ihre Augen überall hatte, stellte fest, daß Familienmitglieder und Freunde sich prächtig zu amüsieren schienen. Nach dem ersten Gang schwangen einige der jungen Gäste gleich das Tanzbein, Emma beobachtete sie voller Stolz. Wie gut sie aussahen . . . die Mädchen in ihren hübschen Kleidern, die jungen Männer in ihren flotten Smokings. Sie drehten sich auf der Tanzfläche, die jungen, klaren Gesichter strahlend vor Glück, die Augen voller Hoffnung und grenzenloser Erwartungen an die Zukunft – ihr Leben lag ja noch vor ihnen und versprach so vieles.

Jonathans glattes, lächelndes Gesicht geriet in ihr Blickfeld, als er die junge Amanda herumschwenkte, und den Bruchteil einer Sekunde lang fragte sie sich, ob sie ihm nicht doch vielleicht Unrecht tat. Dann verscheuchte sie diesen Gedanken, weil sie heute nicht über Probleme nachdenken wollte, und sah zu seinem Vater herüber. Robin tanzte mit seiner Halbschwester Daisy und verströmte seinen Charme nur so. Der dunkle, exotisch aussehende Robin, einst ihr Lieblingssohn, der flotte Parlamentsabgeordnete, zur Zeit politisch abgesichert, nachdem es ein paar Krisenzeiten gegeben hatte. Klug und gerissen, was seine Karriere betraf, war er schon immer der geborene Politiker gewesen, der vollendete Taktiker. Er war beliebt in der Labour Party, ganz zu schweigen von seinem Wahlkreis in Leeds.

Blackie unterbrach ihre Betrachtungen, indem er sie leicht am Arm berührte, seinen Stuhl zurückschob und sagte: «Nun komm, Emma, du schuldest mir den ersten Tanz.»

Stolz führte er sie aufs Parkett, nahm sie in die Arme, und sie schwebten im Takt eines Cole Porter-Medleys dahin.

Blackie, der sie überragte, war sich im klaren über das eindrucksvolle Bild, das sie abgaben, und wußte sich im Zentrum der Aufmerksamkeit. Alle sahen ihnen zu. Er bemerkte, daß Kit sie kritisch betrachtete, und lächelte ihm mit geneigtem Kopf zu. Dann hielt er nach Robin Ausschau. Da war er ja, schwang Daisy herum und sah so elegant, so glänzend aus, so . . . aalglatt. Blackie verachtete Emmas Söhne wegen der gescheiterten Verschwörung, und er fragte sich jetzt, ob auch nur einer von ihnen Verstand genug besaß zu begreifen, wie töricht es gewesen war, sich mit dieser brillanten Frau anlegen, sie übertölpeln zu wollen. Das war doch von vornherein aussichtslos. Natürlich hatte sie mühelos gesiegt. Sie siegte immer.

Emma flüsterte an seiner Brust: «Sie sehen uns alle an und reden über uns, Blackie.»

«Dann hat sich ja nicht viel geändert.»

Emma lächelte bloß, und sie beendeten schweigend ihren Tanz.

Der Abend verlief reibungslos. Man dinierte köstlich, trank erlesenen Wein, redete, lachte, war albern und tanzte – so unbekümmert, daß Emma sich wunderte. Es schien ihr, als gäbe es einmal keine Unterströmungen, als sei ein unausgesprochener Waffenstillstand zwischen den verschiedenen Splittergruppen eingetreten, als hätte man Feindschaften, Rivalitäten, Haß und Eifersuchtsgefühle für eine begrenzte Zeit ausgesetzt. Morgen würden sie sich vielleicht schon wieder an die Kehle gehen, aber heute abend waren sie freundlich und fühlten sich offenbar miteinander wohl. Vielleicht sah das nur so aus, aber trotzdem befriedigte sie es, sich alle so anständig aufführen zu sehen, wie es der Anlaß erforderte.

Auch Emma hatte ihren Spaß, aber während die Stunden vergingen, merkte sie, daß dieser Abend gemischte Gefühle in ihr wachrief. Ungebeten kamen die Erinnerungen . . . Erinnerungen, die zugleich schön und herzzerreißend waren. Ereignisse ihres Lebens traten wieder vor ihr geistiges Auge, und plötzlich wurde ihr auch der Ort bedeutungsvoll. Das *Ritz* war so eng verknüpft mit Paul und ihrer ersten gemeinsamen Zeit, denn hier hatten sie ein wenig Glück gefunden, bevor er in die Gräben an der Somme zurückgegangen war.

Blackie, dem ihr periodisches Schweigen schon aufgefallen war, verwickelte sie in ein Gespräch und brachte sie bald wieder zum Lachen. Plötzlich unterbrach er sich mitten in einer Geschichte und rief: «Nun gib acht, meine Süße, hier kommt Randolph und fordert seinen Tanz!»

«Dann werde ich tanzen», sagte Emma und ließ sich von ihrem strahlenden Neffen entführen. Sie hatten kaum einmal die Tanzfläche umrundet, als Jonathan ihn abklatschte, der dann seinerseits schon nach ein paar Minuten Winston weichen mußte. Anthony raubte sich als nächster seine Großmutter, und bald klopfte Alexander seinem Cousin auf die Schulter, um den Walzer mit ihr zu Ende zu tanzen.

Als die Musik verstummte, ließ Alexander sie nicht los, sondern blieb mitten auf der Tanzfläche stehen und blickte zu ihr herab, einen unergründlichen Ausdruck in den Augen.

Verwundert sah Emma ihm ins Gesicht. «Was ist denn, Sandy? Du siehst so aus, als wolltest du gleich etwas Wichtiges sagen.»

«Werde ich auch, Grandy.» Er beugte sich näher heran und flüsterte etwas.

«Natürlich», lachte Emma. Sie flüsterte zurück, als er sie zum Tisch geleitete.

Emma nahm Platz und fächelte sich mit der Hand Luft zu: «Puh! Das war ja ein *Marathon*. Ehrlich, ich glaube, ich bin langsam zu alt dazu, auf Tanzböden herumzuwirbeln.»

«Was, so ein junges Hühnchen wie du! Niemals. Außerdem siehst du aus, als würde dir das alles einen Riesenspaß machen», lachte Blackie.

«Tut es auch, Liebling. Es ist ein wunderbares Fest, und alle sind so nett zueinander.»

Plötzlich verebbte der Lärm, und alle sahen auf, als die Wandkandelaber und Kronleuchter dunkler wurden. Ein ohrenbetäubender Trommelwirbel ertönte. Dann kam ein Kellner mit einem Servierwagen hereingefahren, auf dem sich eine enorme Geburtstagstorte mit 80 Kerzen befand, die hell im Dämmerlicht flackerten. Sowie der

Wagen die Mitte der Tanzfläche erreicht hatte, stimmte die Band den «Happy birthday»-Refrain an, und die meisten Gäste folgten Blackies Beispiel und sangen übermütig mit. Als die Musik verklungen war, half Blackie Emma auf, ging mit ihr zur Torte hinüber, und gemeinsam bliesen sie die Kerzen aus. Emma nahm das Messer und schnitt den Kuchen an. Lächelnd schritt sie mit Blackie zum Tisch zurück.

Champagner wurde eingeschenkt, die Kellner reichten den Kuchen herum, und nachdem alle bedient worden waren, stand Daisy auf und klopfte mit dem Löffel ans Glas. «Darf ich um eure Aufmerksamkeit bitten!» Die Unterhaltung verstummte, und alle Augen richteten sich auf sie.

«Danke», sagte Daisy, «und ich danke auch euch allen, daß ihr heute abend hierhergekommen seid, um den Geburtstag meiner Mutter zu feiern. Blackie und ich freuen uns sehr, daß es euch gelungen ist, das Geheimnis nicht zu verraten. An Mutters Gesicht haben wir gemerkt, daß sie wirklich überrascht war.»

Daisy lächelte herzlich und fuhr fort: «In den letzten Wochen sind an Blackie und mich verschiedene Familienmitglieder und Freunde herangetreten, die gern einige Worte gesprochen hätten, um Emma Harte an diesem Abend ihre Hochachtung zu bezeigen. Das war schwierig für uns – wen sollten wir uns aussuchen? Außerdem war uns klar, daß unsere große Dame, die wir ehren wollten, sehr bald ungeduldig werden würde, wenn man ihr eine Unmenge von Reden vortrüge. Besonders, wenn sie selbst das Thema wäre. Doch schließlich hatte Blackie die rettende Idee. Ich möchte nun den ersten Redner vorstellen – Mr. Ronald Kallinski.»

Ronnie erhob sich. Er war eine eindrucksvolle Erscheinung, groß, schlank, mit einem düsteren Gesicht und schwarzen, leicht angegrauten Locken. Er hatte die blitzblauen Augen seines Vaters und seiner Großmutter Janessa Kallinski geerbt, die in seinem braunen Gesicht um so überraschender wirkten.

«Daisy, Emma, Blackie, meine sehr verehrten Damen und Herren», fing er an, wobei sein offenes Lächeln strahlend weiße Zähne enthüllte. Ronnie verfügte über beträchtlichen Charme und *savoir faire*, überdies war er als Aufsichtsratsvorsitzender der *Kallinski Industries* an öffentliches Sprechen gewöhnt. «Heute abend sind viele von Emmas Freunden und Geschäftspartnern zugegen; trotzdem

bin ich sicher, daß niemand beleidigt sein wird, wenn ich diesen Abend ein Treffen der Clans nenne. Und zwar von drei Clans: den Hartes, den O'Neills und den Kallinskis. Vor gut einem halben Jahrhundert wurden drei junge Leute Freunde fürs Leben – Emma, Blackie und mein Vater David. Soweit ich gehört habe, fanden viele Leute diese Freundschaft seltsam, sogar eigenartig, und konnten nicht verstehen, was ein Heide, ein irischer Katholik und ein Jude überhaupt gemein haben konnten. Aber diese drei jungen Leute wußten es. Sie sahen sich selbst im anderen und erkannten ihre gemeinsamen Bande. Sie waren warm, freundlich, aufgeschlossen und voller Hoffnung. Sie besaßen Ehrgeiz, Tatkraft und die Entschlossenheit, um jeden Preis zu siegen, ohne allerdings ihr Ehrgefühl, ihren Anstand und ihre Integrität zu opfern. Und sie glaubten alle an Nächstenliebe. Sie waren einander in Liebe und Achtung verbunden, und ihr Leben lang blieben sie einander treu und ergeben, bis mein Großvater vor einigen Jahren starb.»

Ronnie wechselte das Standbein und holte tief Luft. «Einigen von euch ist das vielleicht neu», bemerkte er nach einem Augenblick, «aber das Trio nannte sich ‹Die drei Musketiere›, und als Blackie mich darum bat, heute abend zu sprechen, um Emma zu huldigen, meinte er, ich würde für den dritten Musketier einspringen, der nicht mehr unter uns weilt. Meinen Vater.»

Er trank einen Schluck Wasser und sah dann zum Mitteltisch hinüber. «Emma Harte ist eine sehr bemerkenswerte Frau, und ihre Tugenden sind zahlreich. Folglich ist es schwer, wenn nicht ganz und gar unmöglich, diejenige auszuwählen, die ihre größte ist. Aber wenn David Kallinksi heute abend hier wäre, weiß ich, daß er euch vom außergewöhnlichen *Mut* Emma Hartes erzählen würde. Die Kallinski-Familie lernte diese Eigenschaft zum erstenmal 1905 kennen, als Emma sechzehn war. Ich will euch davon berichten. Eines Tages, als sie durch den North Street-Bezirk von Leeds ging und Arbeit suchte, traf sie auf einen Haufen Rowdies, die einen Mann in mittleren Jahren angriffen. Er benötigte Hilfe, da er hingefallen war, dicht an einer Mauer lag und sich gegen ihre unausgesetzten Tritte zu verteidigen suchte. Ohne auch nur einen Gedanken an ihren Zustand zu verwenden – Emma erwartete damals ein Kind –, kam ihm dieses junge Mädchen auf der einsamen Straße sofort zur Hilfe. Furchtlos vertrieb sie die Angreifer. Nachdem sie dem Mann aufgeholfen und nachgeschaut hatte, ob er verletzt war, suchte sie seine verstreuten Habseligkeiten zusammen und bestand darauf, ihn nach Hause in die Leylands zu begleiten. Der Mann hieß Abraham Kallinski. Er war mein Großvater. Als Emma ihn in die Sicherheit seiner einfachen Behausung geleitete, fragte sie ihn, warum ihn die Rowdies geschlagen hätten. Abraham sagte: ‹*Weil ich ein Jude bin.*› Die junge Emma hörte das mit Erstaunen, und Abraham begann ihr zu erklären, daß man die Juden in Leeds verfolgte, weil ihre Religion, Speisegesetze und Sitten den Ortsansässigen befremdlich erschienen. Abraham erzählte ihr von den schrecklichen Mißhandlungen der Juden durch Banden marodierender Rowdies, die in die Leylands, ein Getto, eindrangen und sie und ihre Häuser heimsuchten. Emma war aufgebracht und zornig.»

Ronnie Kallinski nickte, dann sah er zu Emma hinüber, und Liebe und Bewunderung für sie standen ihm ins Gesicht geschrieben. Langsam sagte er: «Seit damals und bis auf den heutigen Tag hat diese außergewöhnliche Frau gegen Dummheit, Ignoranz und jede Form von Ungerechtigkeit angekämpft, ist immer gegen das Böse angegangen, das sie schon in so jungen Jahren erkannt hat. Sie hat zeit ihres Lebens jegliche Vorurteile verabscheut. Sie ist ihrem Glauben an Wahrheit, Gerechtigkeit und Fairness immer treu geblieben.»

Henry Rossiter begann zu klatschen, und andere taten es ihm nach, so daß Ronnie schließlich um Ruhe bitten mußte. «Mein Vater hat mir einmal gesagt, daß Emma, Blackie und er dazu beigetragen hätten, einer Stadt zur Größe zu verhelfen, als sie sich aus der bedrückenden Armut ihrer Jugend emporarbeiteten, aber daß es vor allem Emma gewesen sei, die der Stadt Leeds ihr unauslöschliches Siegel aufgedrückt hätte. Er hat in der Tat die Wahrheit gesagt, denn ihr Beitrag zur Industrie, ihre Stiftungen sind berühmt. Trotzdem möchte ich noch von mir aus hinzufügen, daß Emma auch auf jedem von uns ihr unverwechselbares Signum hinterlassen hat . . . nicht nur auf jedem Mitglied der drei engverwobenen Clans, sondern auch auf ihren Freunden und Geschäftspartnern. Darauf müssen wir stolz sein. Weil wir sie kennen und zu ihrem Kreis gehören, sind wir bessere Menschen geworden. Emma Harte adelt uns mit ihrer treuen Freundschaft, ihrer Liebe und ihrem tiefen Verständnis. Und heute abend tut sie uns mit ihrer Gegenwart die größte Ehre an. Im Namen meines verstorbenen Vaters und im Namen aller ab- und anwesenden

Kallinksis rufe ich euch dazu auf, eure Gläser für Emma Harte zu erheben. Für eine Frau von außergewöhnlichem Mut, die unbezwingbar ist, die sich nie geschlagen gab und immer Größe besessen hat . . . sie überragt uns alle.»

Ronnie hob sein Glas: «Auf Emma Harte.»

Nachdem der Toast wiederholt worden war, sagte Ronnie: «Und nun möchte Blackie zu euch sprechen.»

Blackie erhob sich. «Ronnie, ich danke dir. David hätte es nicht besser sagen können, und deine Huldigung Emmas war sehr bewegend. Wie Daisy schon bemerkt hat, war uns klar, daß Emma lange Lobesreden nicht überstehen würde, ohne ungeduldig zu werden. Ich weiß, daß sie die allerkürzeste Rede noch überflüssig findet, also werde ich mich kurz fassen.» Blackie gluckste. «Na, so kurz wie möglich. Logischerweise habe ich an diesem besonderen Tag, Emmas 80. Geburtstag, das Bedürfnis, ein paar nette Worte über sie zu sagen.»

Als Blackie eine lange Rede vom Stapel zu lassen begann, lehnte Emma sich zurück. Sie hörte nur halb hin. Schon während Ronnies Rede hatte sie über ihre ersten Anfänge nachgedacht. An den Ort, an dem alles begonnen hatte, den weiten Weg, den sie gegangen war. Sie wunderte sich über sich selbst, fragte sich, wie sie das alles geschafft hatte, und das meiste ganz allein.

Aber bald merkte sie, daß viele Augenpaare auf sie und Blackie gerichtet waren, und riß sich aus ihren Grübeleien. Ihr alter Freund hatte die vergangenen Zeiten nun abgeschlossen und sprach von der Gegenwart.

Nun, dachte Emma, wie mein Leben auch immer verlaufen sein mag, meine Enkelkinder sind der sichtbare Beweis, daß es sich gelohnt hat. Ganz unerwartet, ganz plötzlich wurde ihr alles klar. So klar, daß sie einen Augenblick lang ganz fassungslos war. Und sie wußte, was sie heute abend tun mußte, was ihre Aufgabe war.

Blackie kam langsam zum Ende. «Es ist die größte Ehre meines Lebens gewesen, ihr Freund zu sein. Also bringt bitte mit mir den Toast auf Emma aus, der mir aus dem Herzen kommt.» Blackie beugte sich vor und griff nach seinem Glas.

Dann hob er es hoch und lächelte auf sie herab. «Emma, du bist wirklich eine Frau aus Gold, im besten Sinne dieses Wortes. Auf daß du noch lange unter uns bist. Prost, Emma!»

Emma spürte, wie ihr das Blut ins Gesicht schoß, als der ganze Saal voller lächelnder Freunde und Verwandter ihr zuprostete. Vor Rührung schnürte sich ihr die Kehle zusammen.

Sobald alle wieder saßen, sagte Blackie, der stehengeblieben war: «Nun ist die Reihe an unserem Ehrengast, Emma Harte.»

Emma erhob sich, ging um ihren Stuhl herum und schob ihn unter den Tisch. Dann stand sie da, die Arme auf dem Rücken, und ließ ihren Blick langsam über den Raum gleiten.

Schließlich sagte sie: «Euch allen vielen Dank, daß ihr euch an meinem Geburtstag hier versammelt habt, und auch für die hübschen Geschenke und Blumen. Ich bin sehr gerührt. Auch Blackie und Daisy möchte ich für dieses Fest Dank sagen, und dafür, daß sie solch wundervolle Gastgeber sind.»

Dann sah sie Ronnie Kallinski an, ihre Augen strahlten, und etwas Feuchtigkeit glitzerte unter den runzligen Lidern. «Ich bin so froh darüber, daß du mit deiner Familie heute abend hier bist, Ronnie. Danke für deine eloquente Rede als Vertreter deines Vaters. David vermisse ich schmerzlich.» Dann wandte sie ihre Aufmerksamkeit Blackie zu: «Auch du hast ein paar sehr schöne Dinge über mich gesagt . . . dank dir, Blackie.»

Etwas forscher fuhr sie fort: «Wie ja die meisten von euch wissen, werden Emily und Winston nächstes Jahr heiraten. Trotzdem wollten sie, daß ich heute abend feierlich ihre Verlobung bekanntgebe. Offenbar schwebt Cupido momentan über dem Harte-Clan, denn Alexander hat mich ebenfalls gebeten, seine Verlobung mit Marguerite Reynolds bekanntzugeben. Also laßt uns auf das künftige Glück dieser vier jungen Leute anstoßen.»

Der Toast wurde unter leisen Ausrufen und aufgeregtem Geflüster ausgebracht. Emma stand abwartend da und hielt die Stuhllehne fester als zuvor umklammert. Ihre Miene war gütig, aber ihre zusammengekniffenen Augen sahen wachsam drein. Sie wußte ganz genau, was sie sagen wollte, obwohl ihr die Idee dazu erst vor zehn Minuten gekommen war. Paula, die Emma scharf beobachtete, nahm den freundlichen Gesichtsausdruck zur Kenntnis. Aber ihre Großmutter konnte sie keine Sekunde lang täuschen. Sie hatte das unerbittliche Glimmen in ihren Augen gesehen. Das hatte etwas zu bedeuten . . . Emma würde gleich wieder eine ihrer Bomben zünden. Gespannt überlegte Paula, was es sein mochte. Sie hatte nicht die geringste

Ahnung. Wie großartig Grandy jetzt aussieht, dachte sie, so stolz und aufrecht, und wie fest sie sich und die Zuhörerschaft im Griff hat.

Emma machte eine leise Bewegung, und im weichen Licht der vielen Kerzen glänzten die Smaragde noch heller. Es lag ein Schimmern, ein Leuchten über Emma in diesem Augenblick. Macht ist es, dachte Paula, meine Großmutter strahlt eine ungeheure Macht aus.

Stille hatte sich über die Anwesenden gesenkt.

Schließlich sprach Emma weiter. Laut, fest und eindringlich hallte ihre Stimme durch den Raum. «Für jeden kommt einmal die Zeit in seinem Leben, wo er beiseite treten und Jüngeren den Vortritt lassen, größeren Ideen weichen muß. *Und heute ist meine Zeit gekommen.*» Emma hielt inne und ließ ihre Worte wirken.

Alle holten tief Luft.

«Ich gehe. Und ich gehe gern. Heute abend kam mir der Gedanke, daß ich nun schließlich das Recht habe, diese müden alten Knochen ruhen zu lassen, ihnen das erste Mal Entspannung zu schenken, und wer weiß, vielleicht schaffe ich es sogar noch, mich ein bißchen zu amüsieren.»

Ihr leichtes Lachen erklang, während sie sich umsah. Unverhohlene Überraschung ringsum. «Wie erstaunt schaut ihr alle drein», sagte sie beinahe lässig. «Na, womöglich bin ich auch selbst ein bißchen überrascht. Aber ich habe diesen Entschluß während der Festreden gefaßt. Als ich so dasaß und zuhörte, wie man mein Leben Stück für Stück neu erstehen ließ, dachte ich plötzlich, daß nun der richtige Augenblick wäre, um würdevoll in den Ruhestand zu gehen. Ihr alle wißt, daß Blackie und ich bald eine Weltreise machen. Ich freue mich, euch heute sagen zu können, daß ich fest entschlossen bin, meine restliche Zeit auf Erden mit meinem ältesten, liebsten und treuesten Freund zu verbringen.»

Emma wandte sich halb um und legte Blackie leicht ihre Hand auf die Schulter. Vertraulicher sagte sie: «Blackie meinte gestern: ‹Werd mit mir alt, das Beste kommt erst noch›, und das ist vielleicht richtig, wißt ihr.»

Niemand rührte sich oder sagte etwas. Alle sahen sie aufmerksam an und wußten, daß diese schlanke Frau mit dem silbernen Haar, die solche enorme Macht hatte, ihnen noch etwas anderes sagen wollte.

Emma trat von ihrem Stuhl zurück und ging geschwind zu einem der anderen Tische hinüber. Neben Alexander, der sofort aufsprang, blieb sie stehen. Seine Augen leuchteten. Sie sah, daß auch er noch mit der Bestürzung kämpfte, und berührte ihn leicht am Arm, wie um ihn zu beruhigen.

Emma blickte kurz auf die erwartungsvollen Gesichter in der Runde und sagte dann lebhaft: «Mein Enkel Alexander ist soeben Leiter der Harte-Unternehmensgruppe geworden.» Sie streckte ihm die Hand hin. Er ergriff sie, starrte sie fassungslos an. «Herzlichen Glückwunsch, Alexander.» Er stammelte seinen Dank.

Würdig schritt Emma dann zum Tisch schräg gegenüber; Spannung und versteckte Aufregung lagen in der Luft. Sie hielt neben Paula an. Diese stieß ihren Stuhl zurück und war ebenso schnell aufgesprungen wie Alexander.

Emma nahm die Hand der jungen Frau und hielt sie fest. Wie eiskalt ist dies Händchen, dachte sie abwesend und drückte es, versuchte der zitternden Paula etwas von ihrer enormen Kraft zu geben.

Wieder glitt Emmas durchdringender Blick durch den ganzen Saal. «Die Harte-Kaufhauskette wird ab heute abend von meiner Enkeltochter Paula McGill Amory Fairley geleitet.»

Sie schwang herum und sah Paula lange und tief in die Augen. Dann ließ ihr unvergleichliches Lächeln ihr Gesicht aufleuchten.

«Ich möchte, daß du meinen Traum bewahrst», sagte Emma.

II

Die Erbin

Leidenschaft knüpft unsre Netze:
Betrogen werden wir von der
Falschheit des Herzens.

George Meredith

Nicht schaffen oder vernichten mich
die Dinge, die mir zustoßen, sondern
meine Taten, die ihnen folgen. Dies
allein bekümmert Gott.

St. Juan de la Cruz

20

Sie war zwei Wochen lang allein gewesen und hatte Kraft und ein Gefühl der Erneuerung aus ihrer Einsamkeit mitgebracht.

Aber an diesem warmen, angenehmen Sonntag empfand Paula unversehens Vergnügen beim Gedanken, daß sie Emily sehen würde. Ihre Cousine würde zum Tee von Pennistone Royal herüberfahren, und sie freute sich sehr auf ihre Gesellschaft.

Nachdem sie den schmiedeeisernen Tisch auf der Terrasse gedeckt hatte, eilte Paula die Treppen hinab zum Rasen, um nach den Zwillingen zu sehen. Lorne und Tessa lagen im Zweier-Kinderwagen und schlummerten ruhig im Schatten. Sie sahen so zufrieden aus, daß Paula unwillkürlich lächeln mußte, bevor sie sich abwandte und wieder auf die Terrasse ging.

Es war einer dieser Nachmittage im September, der mit den schönsten Hochsommertagen mithalten konnte. Das Rund des Himmels war von einem hellen, klaren und strahlenden Blau, wie die Blüten des Immergrüns, und ein paar verstreute Wattewölkchen drifteten manchmal vor der Sonne vorbei, die seit dem späten Vormittag herabglühte. Die Gärten von Long Meadow prangten in allen Farben, und die warme Luft war vom starken Duft der Blumen und Sträucher erfüllt.

Paula streckte sich auf der Gartenliege aus und badete im goldenen Licht, dachte an nichts Besonderes und entspannte sich. Die Stille besänftigte sie, war Balsam nach dieser besonders hektischen Woche, in der sie keine einzige Verschnaufpause gehabt hatte. Fünf Tage lang hatten sie ihre jährliche Herbstmodewoche veranstaltet; Modelle waren zur Mittagszeit durch den «Vogelkäfig» paradiert und hatten die neuesten Prêt-à-porter-Winterkreationen vorgestellt, und jeden Nachmittag um drei hatte es eine Haute Couture-Vorführung gegeben. Außer Mode gab es noch andere Extras bei *Hartes*: zum Beispiel die Eröffnung einer Kochschule im Kellergeschoß, tägliche

Auftritte einer Make-up-Künstlerin in der Kosmetikabteilung und am Donnerstagabend eine Cocktailparty zur Einweihung der neuen Kunstgalerie im Kaufhaus sowie zu Sally Hartes Ausstellung von Ölbildern und Aquarellen. Die Vernissage war ein großer Erfolg gewesen; die meisten Bilder von den Yorkshire Dales und dem Lake District waren schon verkauft. Neben diesen Aktivitäten hatte Paula sich auch noch ihren sonstigen Aufgaben widmen müssen, und nun erschien es ihr, als hätte jede Abteilung allein ihre volle Aufmerksamkeit beansprucht. Zu ihrem großen Kummer hatten zwei Einkäufer am Dienstag gekündigt, was eine Kette von Vorstellungsgesprächen nach sich gezogen hatte, außerdem hatte sie am Freitagnachmittag den Schmuckeinkäufer wegen Unfähigkeit entlassen müssen, und es hatte einen wenig angenehmen Auftritt gegeben. Aber unausgesetzte tägliche Probleme wie diese gehörten dazu, waren Teil der täglichen Routine in einem großen, erfolgreichen Kaufhaus wie dem ihren. Trotzdem war Paula sich bewußt, daß sie härter denn je gearbeitet hatte, seit Jim weg war, daß sie morgens um fünf aufgestanden war, damit sie um halb sieben im Büro sein und nachmittags früher weggehen konnte, um zu Hause die Babies zu baden.

Jeden Abend hatte sie allein gegessen und gar nichts unternommen; außer Sally Harte hatte sie nur ihre Hausangestellten, Geschäftspartner und ein paar Freunde bei der Eröffnung der Kunstgalerie gesehen. In diesen beiden Wochen des Alleinseins war Paula klargeworden, wie wichtig es für sie war, am Ende eines hektischen Tages diese Perioden absoluter Ruhe und Erholung zu haben. Es laugte sie oft völlig aus, in einem Beruf, der ihre volle Aufmerksamkeit forderte, so angestrengt zu arbeiten. Für ihr Wohlbefinden war es unerläßlich, Zeiten des Alleinseins zu haben, in denen sie ihre Kräfte wieder erneuern konnte. Sie mußte nachdenken, ihre Pläne revidieren und sich etwas Neues ausdenken können, wenn sie sich im Garten zu schaffen machte, mit den Babies spielte, las oder einfach im kühlen Grün des Wintergartens klassischer Musik lauschte.

Mit einem ironischen Lächeln gestand Paula sich ein, daß, auch wenn sie Lust gehabt hätte, sich zu amüsieren, während Jim in Kanada war, niemand zur Verfügung gestanden hatte. Winston war vor einer Woche zu Jim nach Toronto geflogen, um mit ihm an einer Weltkonferenz von Zeitungsjournalisten, -herausgebern und -besitzern teilzunehmen. Der wahre Grund für Winstons Reise war es aber gewesen, Verhandlungen mit einer kanadischen Papierfabrik aufzunehmen, die zum Verkauf stand. Er wollte sie gern für die Vereinigte Zeitschriftengruppe von Yorkshire erwerben. Miranda O'Neill weilte anläßlich der Eröffnung ihres neuen Hotels und um die Harte-Boutique zu lancieren in Barbados. Sarah war als Modeberaterin mit ihr gereist und beaufsichtigte die Innendekorationen und die Schaufenstergestaltung. Alexander machte mit Maggie Reynolds in Südfrankreich Urlaub, wo sie in Emmas Haus in Cap Martin wohnten. Und bis gestern abend war Emily in Paris gewesen, um für *Genret* einzukaufen.

Jonathan war eigentlich der einzige in der Familie, der nicht irgendwo herumreiste, aber ihre Pfade kreuzten sich nur selten. Deshalb war Paula auch so überrascht gewesen, als er am Mittwoch bei ihr hereingeschaut hatte. Bevor sich ihr überhaupt die Gelegenheit dazu bot, ihn zu fragen, was er in Yorkshire machte, sagte er schon von sich aus, und ziemlich entschuldigend, wie es ihr schien, er habe in Leeds Grundstücksangelegenheiten für die Harte-Unternehmensgruppe zu besorgen. Eine ganze Stunde ihrer kostbaren Zeit hatte er dann mit leerem Gerede vertan, obwohl er sie inmitten all des Geplauders mehrmals gefragt hatte, wann Grandy aus Australien zurückkommen würde. Sie hatte gesagt, daß sie keine Ahnung habe, was ja auch die Wahrheit war. Ansonsten blieb sie unverbindlich. Paula, die von Natur aus vorsichtig war, hatte nie viel für Jonathan Ainsley übrig gehabt und ihm immer mißtraut. Und das hatte sich noch verstärkt, seit Emma sie vor ihm gewarnt und ihr von dem Verdacht erzählt hatte, den sie gegen ihn hegte.

Nachdem ihre Großmutter so unerwartet in Ruhestand gegangen war und – vor nun beinahe fünf Monaten – ihre Weltreise angetreten hatte, hatten Alexander und sie sich in London verabredet, um die allgemeine Lage zu besprechen. Sie waren übereingekommen, sich von jetzt ab einmal im Monat zu treffen und über den Stand der Dinge in ihren jeweiligen Imperien zu beratschlagen, die Meinung des anderen dazu zu hören.

Bei ihrem ersten Treffen beschlossen sie, auch Emily vom Verdacht gegen Jonathan zu erzählen. Am Tag darauf luden sie sie zum Essen ein, zogen sie ins Vertrauen und schlugen vor, daß sie bei ihrem monatlichen Brainstorming dabeisein sollte. Alle drei wollten

Jonathan fortan mit Argusaugen überwachen. Auch beschlossen sie, Sarah von ihren vertraulichen Treffs auszuschließen, weil sie deren plötzliche Nähe zu Sebastian verdächtig fanden. So waren Paula, Emily und Alexander zum selbsternannten Triumvirat geworden, das entschlossen war, Emmas Unternehmen in ihrem Geiste weiterzuführen und ihr Vermächtnis zu bewahren.

Die große Glastür zum Salon stand offen, und aus dem Hintergrund hörte Paula die Großvateruhr in der Eingangshalle leise vier schlagen. Sie raffte sich auf, ging hinein und eilte in die Küche. Sie stellte die Flaschen für die Kinder in einen Wassertopf, um sie später aufzuwärmen, belud das Tablett mit Teesandwiches, Keksen, Erdbeermarmelade und einer Sahnetorte, und ging dann zum Schrank, um die Teedose zu holen. Zehn Minuten später, als sie mit allem fertig war, hörte sie ein Auto die Auffahrt entlangkommen und sah durchs Fenster, wie Emily aus ihrem zerbeulten weißen Jaguar ausstieg.

Sie kam mit der ihr eigenen Energie in die Küche gesprungen, ein breites Grinsen im Gesicht. Sie rannte auf Paula zu und nahm sie in den Arm. «Tut mir leid, daß ich zu spät komme», sagte Emily, als sie sie losließ, «aber die alte Schrottkarre hat den ganzen Weg von Pennistone Royal hierher verrückt gespielt. Ich glaub wirklich, ich sollte mal verschwenderisch sein und mir einen neuen kaufen.»

Paula lachte. «Du bist nicht zu spät, und was den Jaguar betrifft, stimme ich dir zu. Er hat schon bessere Tage gesehen. Aber sei willkommen zu Hause, Emily.»

«Ach, es ist toll, wieder hierzusein, obwohl Paris mir Spaß gemacht hat. Es ist immer noch meine Lieblingsstadt.» Emily hockte sich auf die Kante des Küchenstuhls, während Paula sich am Herd zu schaffen machte. «Hast du was Neues gehört? Von Grandy zum Beispiel?»

«Ja.» Paula drehte sich zu ihr um, den Kessel in der Hand. «Donnerstag abend hat sie mich angerufen. Sie wollte etwas über die Vernissage hören und wie die Eröffnung der Kunstgalerie verlaufen ist – das ist ja ihr Lieblingsprojekt gewesen im letzten Jahr. Sie sagte, Blackie und sie würden für vier oder fünf Tage nach Coonamble fahren. Liebe Grüße läßt sie dir ausrichten.»

«Also langsam glaube ich, daß sie nie wiederkommt. Hat sie gesagt, was sie vorhat?»

«Ja, das hat sie. Blackie und sie werden Sydney Mitte Oktober verlassen und dann in Richtung New York fahren, bevor sie irgendwann Ende November hierher zurückkommen. Sie hat mir versprochen, spätestens Weihnachten wieder in Pennistone zu sein.»

«Meine Güte, das ist ja noch ewig hin! Ich kann's gar nicht mehr erwarten. Ohne Großmutter ist es nicht dasselbe, findest du nicht auch?»

«Ja.» Paula sah Emily an und runzelte die Stirn. «Du schaust ja so sauertöpfisch drein, Emily. Hast du Probleme bei *Genret*?»

Emily schüttelte den Kopf. «Nein, nein, alles ist prima. Ich vermisse sie bloß, denn auch wenn sie im Ruhestand ist, fand ich's doch unglaublich beruhigend, sie noch im Hintergrund zu wissen. Und jetzt ist sie so weit weg, auf der anderen Seite der Welt.»

«Ja, ich verstehe dich», sagte Paula langsam, denn auch sie hatte Emma sehr vermißt. Ihr graute bei der Vorstellung, wie sie zurechtkommen würden, wenn ihre Großmutter einmal nicht mehr da war. Schnell verdrängte sie diese unangenehmen Gedanken und zwang sich ein strahlendes Lächeln ab. «Nun komme, Emily, laß uns auf die Terrasse gehen. Ich finde, wir sollten unseren Tee im Garten trinken, es ist so ein wunderschöner Tag. Nora wollte gern ihren freien Tag anders legen, und Meg ist sonntags nie da, also habe ich mir heute allein geholfen. Es hat richtig Spaß gemacht.»

Emily folgte ihr nach draußen. Sie lief die Stufen zum Kinderwagen hinab. «Beide sind hellwach», rief sie über die Schulter. Sie schnitt den Zwillingen Gesichter, beugte sich über sie und streichelte die flaumigen Wangen.

«Wupps», murmelte Paula und nahm Lorne hoch, «Zeit fürs Fläschchen, junger Mann.»

Emily nahm Tessa auf den Arm, und dann gingen die beiden jungen Frauen zur Terrasse zurück und setzten sich an den Tisch. Eine halbe Stunde danach, als die Kinder gemächlich gefüttert worden waren, artig ihr Bäuerchen gemacht hatten und wieder im Kinderwagen lagen, ging Paula hinein. Kurz darauf kam sie mit dem Teetablett zurück.

Beim Einschenken fragte sie: «Und was gibt's Neues von Winston?»

«Er hat gestern abend angerufen. Nun ist er nach Vancouver geflogen. Die Verhandlungen mit den Direktoren der Papierfabrik sind schon im Gange, und er glaubt, er wird es schaffen. Es gibt noch ein paar Sachen zu regeln, aber er meint, daß sie in ein paar Tagen fertig sind. Er war sehr optimistisch, und die Fabrik ist ein wundervoller Neuerwerb für die Vereinigte. Jedenfalls wird er in New York ein paar Tage Station machen und Shane besuchen. Offenbar hält der sich zur Zeit in Barbados auf wegen der Neueröffnung des Hotels und wird vor Mitte der kommenden Woche nicht zurück sein.»

«Das freut mich aber, daß die Verhandlungen glattgehen», rief Paula. «Als ich vor ein paar Tagen mit Jim darüber redete, war er sich nicht so sicher, und sagte, Winston sei niedergeschlagen. Entweder irrte er sich, oder die Lage hat sich über Nacht geändert.» Sie nippte an ihrem Tee und sagte dann: «Apropos Barbados . . . Sarah ist vor zehn Tagen dorthin geflogen, um mit Merry das Auspacken der Lady Hamilton-Kleider zu überwachen und die Ware aufzuhängen. Bestimmt haben sie eine Menge Spaß . . .»

«Sarah ist nach Barbados geflogen?» rief Emily. «Wozu war das denn nötig?» Sie stellte die Tasse mit einem so zornigen Knall ab, daß Paula zusammenfuhr.

Sie warf Emily einen verdutzten Blick zu. «Du meine Güte, wie wütend du bist! Sarah meinte, es sei ihre Pflicht. Sie war ganz versessen darauf. Und da sie unsere Modeabteilung leitet und in den Boutiquen überwiegend Lady Hamilton-Strandkleidung und Freizeitmode angeboten werden soll, ist da ja auch was dran. Außerdem konnte ich mich schlecht einmischen. Sie hat mir nicht zu gehorchen . . . bloß deinem Bruder. Und du weißt ja, daß Sarah sich als ihre eigene Herrin betrachtet.»

«Ja, ja.» Emily zuckte die Achseln und versuchte so zu tun, als ginge Sarah sie gar nichts an. Aber ihr flinkes Gehirn rotierte, und plötzlich ergaben zwei und zwei vier. Sie war sicher, daß der einzige Reiz, den Barbados und die Harte-Boutique für Sarah besaßen, in Shane O'Neill bestand. Sie hatte wohl von Miranda gehört, daß er zur Hoteleröffnung in die Karibik reisen würde. Vielleicht machte sie sich dort gerade zum Narren und warf sich Shane an den Hals.

Emily wechselte rasch das Thema und sagte traurig lächelnd: «Der arme Alexander. Gestern, bevor ich aus Paris wegfuhr, hab ich ihn angerufen und dabei erfahren, daß Mummy sich ihm samt Marc Deboyne in den Pelz gesetzt hat. Sie hat sie alle in Grandys Villa einquartiert und behauptet, sie hätte ein Recht darauf. Sandy sagt, sie sei total nervig und würde alle herumkommandieren. Amanda und Francesca wollen bestimmt gern wieder nach Hause. Sie machen sich nichts aus Mummy, schon lange nicht mehr.»

«Ach, wie schade, daß er sich in seinen Ferien mit Problemen herumschlagen muß, er hat sich so darauf gefreut. Aber müssen deine kleinen Schwestern nicht sowieso bald wieder hier sein?»

«Doch. Das Harrogate College fängt am letzten Tag dieses Monats wieder an. Ich bin froh, daß Gran ihnen erlaubt hat, noch ein Semester hierzubleiben, bevor sie in die Schweiz verfrachtet werden. Ich glaub kaum, daß die beiden sich besonders drüber freuen, so weit weg von ihr zu sein, und . . .» Emily hielt inne, neigte ihr hellblondes Haupt zur Seite und lauschte. «War das nicht das Telefon?»

«Ja. Bin gleich wieder zurück.» Paula flitzte durch den Salon in die Eingangshalle und nahm den Hörer ab.

Ehe sie noch ein Wort sagen konnte, rief die Anruferin: «*Jim?* Bist du es?»

«Ach, hallo, Tante Edwina», sagte sie überrascht. «Ich bin's, Paula. Jim ist nicht hier. Er hat geschäftlich in Kanada zu tun.»

«Kanada. O Gott.»

Paula bemerkte sofort die Angst in der etwas schrillen Stimme und fragte: «Ist etwas passiert?»

Darauf begann Edwina so hysterisch draufloszureden, daß Paula kaum etwas verstand. Edwina war ganz offensichtlich völlig durcheinander. Paula hörte ihr noch ein paar Sekunden lang zu, wobei sie immer besorgter wurde. Schließlich unterbrach sie Edwina: «Bitte, ich versteh kein Wort von dem, was du sagst. Bitte rede ein bißchen klarer und langsamer.»

Paula hörte, wie Edwina den Atem anhielt. Eine kurze Pause trat ein.

«Es geht um die arme Min», keuchte Edwina schließlich. «Anthonys Frau . . . sie . . . sie ist . . . *tot.* Man hat sie gefunden . . . ertrunken . . .» Obwohl Edwina an diesen Worten fast zu ersticken schien, gelang es ihr doch, noch hinzuzufügen: «Im See bei Clonloughlin. Und . . . und –» Edwina brachte nichts mehr heraus und fing an zu weinen.

Paula wurde es am ganzen Körper kalt. Unzählige Fragen stürzten auf sie ein. Wie war sie ertrunken? Unfall? Selbstmord? Und wieso war Min überhaupt in Clonloughlin, wo sie und Anthony doch getrennt lebten? Plötzlich merkte sie, daß das Schluchzen ihrer Tante ein wenig nachgelassen hatte, und sagte mitfühlend: «Das tut mir leid, so leid. Es muß ein schrecklicher Schock für dich sein.»

Edwina stieß mühsam hervor: «Es ist nicht nur Min! Auch der arme Anthony. Paula – die Polizei ist hier. Sie verhören Anthony. Ach, mein armer Junge! Ich weiß nicht mehr, was ich machen soll! Wenn ich nur mit Jim reden könnte. Daß auch Mutter nicht in England ist! Sie wüßte, was man in diesem gräßlichen Durcheinander zu tun hätte! Ach Gott, was soll ich bloß machen?»

Paula erstarrte. Ihr Gehirn arbeitete geschwind und suchte das zu verstehen, was Edwina nur andeutete. «Wie meinst du das mit der Polizei? Du willst doch nicht sagen, daß sie glauben, Anthony hätte etwas mit Mins Tod zu tun, oder?»

Am anderen Ende war es schrecklich still. Edwina flüsterte angstvoll: «Doch.»

Paula ließ sich schwer auf den Stuhl fallen. Sie fühlte, wie sie eine Gänsehaut an den Armen bekam und ihr Herz gegen die Rippen schlug. Entsetzen durchschauerte sie, aber sofort wandelte es sich in Zorn. «Wie lächerlich! Eure Ortspolizei muß verrückt geworden sein. Anthony unter M. . .» Paula verschluckte den Rest des Wortes, wollte es nicht aussprechen. Sie sagte noch einmal: «Das ist doch *lachhaft*.»

«Sie denken, er hat sie u. . .» stotterte Edwina, genau wie Paula außerstande, das Undenkbare zu sagen.

Paula versuchte sich zusammenzunehmen und sagte so bestimmt sie konnte: «Tante Edwina, bitte fang von vorn an und erzähl mir alles. Grandy und Jim sind zwar nicht hier, aber ich bin da, und ich will alles tun, was ich kann, um dir zu helfen, nur mußt du ganz offen mit mir sein, damit ich die richtigen Entscheidungen treffen kann.»

«Ja. Ja. Also gut.» Edwina wirkte nun etwas ruhiger, und obwohl sie ein paarmal steckenblieb, konnte sie Paula die nötigen Details erzählen. Wie man frühmorgens Mins Leiche gefunden hatte, die Ankunft der Polizei (von Anthony geholt), wie sie wieder weggefahren waren und zwei Stunden später wiederkamen. Nachdem sie auf dem Grundstück herumgestöbert hatten, schlossen sie sich mit Anthony in der Bibliothek ein, und dort waren sie noch immer mit ihm.

Als Edwina geendet hatte, sagte Paula: «Das klingt doch aber alles sehr routinemäßig. Min hatte ganz offensichtlich einen Unfall.» Sie zögerte. «Sieh mal», fuhr sie fort, «das ist doch nur eine Formalität . . . daß die Polizei noch einmal wiedergekommen ist.»

«Nein! Nein!» rief Edwina. «Ist es nicht. Min hat in der letzten Zeit Schwierigkeiten gemacht. Sie hat es sich vor ein paar Wochen anders überlegt – mit der Scheidung. Sie wollte sich nicht mehr damit einverstanden erklären. Und noch andere Sachen sind passiert, schreckliche Sachen.» Dann sagte Edwina schnell und so leise, daß Paula sich anstrengen mußte, um sie zu verstehen: «Deshalb ist die Polizei hier.»

«Du solltest mir lieber alles erzählen», sagte Paula, so ruhig sie konnte, obwohl ihre Besorgnis von Minute zu Minute zunahm.

Edwina schluckte schwer. «Ja, das ist wohl besser. Also, der Ärger fing vor einem Monat an. Min kam hierher – sie wohnte in Waterford – und fing an, allen lästig zu fallen und schreckliche Szenen zu machen. Manchmal betrank sie sich so, daß sie sich nicht mehr auf den Beinen halten konnte. Sie und Anthony haben sich heftig gestritten; es gab auch ein paar unangenehme Szenen vor den Augen des Hauspersonals und der Gutsarbeiter. Eines Nachmittags gab es sogar einen scheußlichen Auftritt im Dorf, wo sie Anthony aufgelauert hatte. All dieser Streit und die Gewalttätigkeiten haben natürlich dazu geführt, daß die Leute geredet haben, und daß Sally Harte Anfang des Sommers hier war, hat es natürlich auch nicht besser gemacht. Du weißt ja, Paula, wie die Leute auf dem Dorf so sind – Klatsch ist ihr ganzes Leben. Na, und es hat eine Menge Gerede und böses Blut über *die andere Frau* gegeben.»

Paula stöhnte leise. «Warte mal eben. Was hast du mit *Gewalttätigkeiten* gemeint?»

«Handgreiflichkeiten. Min schrie und kreischte immer, aber auch Anthony geriet in Wut, als sie am letzten Sonnabend hereinschneite. Zur Essenszeit. Er hatte Gäste. Ich war auch da. Es gab Streit, ein Wortgefecht, und sie schlug Anthony mit einem Golfschläger. Er stieß sie von sich, was ja eine normale Reaktion ist, denke ich, und sie fiel in der Eingangshalle hin. Sie hatte sich zwar nichts getan, tat aber so. Machte ein Riesentheater und schrie irgendwas, daß Anthony sie . . .»

«Bitte sprich weiter, Tante Edwina», ermunterte Paula sie sanft, als die Stille anhielt.

Ein stoßhaftes Atmen war zu hören, bevor Edwina schluchzend

gestand: «Min schrie irgendwas, daß Anthony sie tot sehen wollte und daß es sie nicht überraschen würde, wenn man sie ermordet auffände. Und zwar bald. Mehrere Leute haben sie das sagen hören. Ich auch.»

«Um Gottes willen.» Paulas Mut sank, aus ihrer Besorgnis wurde nun wirkliche Furcht. Sie glaubte zwar keineswegs, daß ihr Cousin seine Frau umgebracht hatte, dennoch war ihr nun klar, wieso die Polizei Anthony verdächtigte. Einen Augenblick lang war sie völlig durcheinander, dann aber riß sie sich zusammen und sagte sich, daß sie dieses Dilemma in den Griff bekommen mußte. Aber wo sollte sie anfangen? Wen sollte sie heranziehen?

Mit kräftiger, ruhiger Stimme, die ihre Nervosität Lügen strafte, sagte Paula: «All das Geklatsche und die Szenen sind letztendlich bedeutungslos. Die Polizei braucht Beweise, bevor sie irgendwas tun kann – Anthony einsperren oder ihn des Mordes bezichtigen. Wann ist sie ertrunken? Wie sieht es mit einem Alibi aus? Anthony hat doch sicher eines.»

«Man ist sich noch nicht über die genaue Todeszeit im klaren – das sagen sie jedenfalls. Sie werden wohl eine Autopsie veranlassen», sagte Edwina kläglich. «Und das Alibi – das ist ja gerade das schreckliche: Anthony hat keines.»

«Wo war er denn gestern? *Gestern nacht?* Das sind doch sicher die entscheidenden Stunden.»

«Gestern nacht», wiederholte Edwina verwirrt. Dann sagte sie schnell: «Ja, ja, ich verstehe, wie du es meinst. Min kam gestern so um fünf Uhr nachmittags an. Von meinem Schlafzimmerfenster im Dower House aus sah ich sie die Auffahrt hochkommen. Ich habe Anthony gerufen, um ihn zu warnen. Er wurde wütend. Er sagte, er wollte seinen alten Landrover nehmen und zum See hinausfahren, um ihr aus dem Weg zu gehen.»

«Und das hat er gemacht? Ist er zum See rausgefahren?» fragte Paula.

«Ja. Aber sie muß gesehen haben, daß er in diese Richtung davonfuhr, oder sie hat es einfach geraten. Es war ja einer seiner Lieblingsplätze. Sie fuhr ihm nach, und . . .»

«Sie haben sich am See gestritten?» unterbrach Paula sie.

«Ach nein. Er hat nicht mal mit ihr gesprochen!» rief Edwina. «Verstehst du, er hat ihren Mini von weitem gesehen – die Gegend ist sehr flach am anderen Ufer. Also, Anthony stieg einfach wieder in sein Auto und wollte auf einem Umweg zum Haus zurückfahren. Aber er war noch nicht sehr weit gekommen, als der Landrover den Geist aufgab. Anthony ließ ihn stehen und machte sich zu Fuß auf den Heimweg. Er wollte Min aus dem Weg gehen, verstehst du.»

«Ja, ja. Und er hat den Landrover am See stehengelassen, wolltest du sagen?» fragte Paula und überlegte, inwieweit das belastend sein könnte.

«Natürlich hat er ihn dagelassen. Er wollte ja nicht anspringen . . .» sagte Edwina, und ihre hohe Stimme zitterte ein wenig.

«Bitte fang nicht an zu weinen, Tante Edwina», bat Paula. «Du mußt dich beherrschen. *Bitte.*»

«Ja. Ja. Ich will's versuchen», schniefte sie.

Paula hörte, wie sie sich ausschneuzte und dann fortfuhr: «Du kennst Clonloughlin nicht, es ist riesig. Anthony brauchte eine Stunde, bis er wieder zu Hause war. Er mußte den Berg hinaufgehen, durch den Wald und über mehrere Felder, um zur Straße zu kommen, die unseren Besitz durchtrennt und ins Dorf führt. Er . . .»

«Straße!» rief Paula und stürzte sich gleich auf diesen Tatbestand. «Hat er denn niemanden gesehen?»

«Nein. Zumindest hat er nichts davon gesagt. Jedenfalls war er um halb sieben wieder da. Er rief mich an und erzählte mir, daß der Landrover stehengeblieben war. Dann sagte er, er würde sich nun zum Dinner umziehen. Ich ging um sieben hin. Wir nahmen Cocktails und aßen, aber Anthony war sehr nervös, anders als sonst. Verstehst du, er dachte, Min würde wieder auftauchen und irgendwelche Szenen machen.»

«Aber sie kam nicht?»

«Nein, wir waren den ganzen Abend allein. Wie ich schon sagte war Anthony komisch, und dann hat er mich so um halb zehn zum Dower House zurückbegleitet, vielleicht war's auch Viertel vor zehn, und ist dann wieder nach Clonloughlin zurückgegangen.»

«Und wer hat Mins Leiche gefunden?»

«Der Gutsverwalter. Sehr früh heute morgen fuhr er am See vorbei und sah den Landrover und den Mini auch. Und dann fand er . . .» Edwina brach ab und schluchzte herzzerreißend.

Paula versuchte, ihre Tante zu trösten, sie zu beruhigen, und sagte:

«Bitte, Tante Edwina, sei tapfer. Ich bin sicher, daß alles wieder gut wird.» Inbrünstig hoffte sie, daß sie recht behalten würde.

«Aber ich habe Angst um ihn», murmelte Edwina mit tränenerstickter Stimme, «wirklich Angst . . .»

«Nun hör mir zu und tu bitte, was ich dir sage», wies Paula sie gebieterisch an und übernahm die Führung. «Telefoniere jetzt nicht mehr, und wenn dich jemand anruft, mach es so kurz wie möglich. Ich möchte, daß diese Leitung frei bleibt. Ich ruf dich gleich wieder an – du bist doch im Dower House, oder?»

«Ja.» Edwina zögerte und fragte dann: «Aber was hast du denn vor?»

«Ich glaube, ich will lieber meine Mutter zu dir schicken für die nächsten paar Tage. In einer solchen Situation solltest du nicht allein sein. Es wird doch sicher eine gerichtliche Untersuchung stattfinden. Die Hauptsache ist, daß du dir keine Sorgen machst. Dabei kommt gar nichts heraus. Ich weiß, daß es nicht leicht sein wird, aber du mußt es versuchen. Spätestens in einer Stunde rufe ich dich wieder an.»

«Da-danke, P-P-Paula», stotterte Edwina.

Sie verabschiedeten sich und legten auf. Paula rief sofort in der Londoner Wohnung ihrer Eltern an. Dort war besetzt. Ungeduldig knallte sie den Hörer auf die Gabel und sprang auf; ihr war eingefallen, daß sie besser erst mit Emily darüber sprechen sollte.

Als Paula durch den Salon eilte, fiel sie beinahe über ein Beistelltischchen. Sie richtete es wieder auf, stolperte auf die Terrasse hinaus und blinzelte im grellen Sonnenlicht.

Emily, die das Krachen gehört hatte, drehte sich grinsend um: «Du bist doch ein Tram –» Sie hielt inne und riß die Augen auf: «Was ist denn passiert?» fragte sie besorgt. «Du bist ja leichenblaß.»

Paula lehnte sich gegen einen Stuhl. «Wir haben Schwierigkeiten, ernsthafte Schwierigkeiten, Emily. Ich muß jetzt damit fertig werden – und du mußt mir dabei helfen. Bitte komm mit rein, ich muß meine Mutter anrufen. Wir sparen Zeit, wenn du zuhörst, während ich ihr alles erkläre.»

21

Du glaubst nicht, daß er es getan haben könnte, oder?»

Paula sah abrupt auf. «Natürlich nicht!» Sie starrte Emily an, die ihr gegenüber auf dem Sofa im Wintergarten saß. Ihr Blick wurde stechend, und sie runzelte die Stirn. «Denkst du das etwa?»

Ohne zu zögern rief Emily: «Nein. Ich glaube nicht, daß er dazu fähig wäre.» Eine Pause trat ein, und Emily biß sich auf die Lippen. Hastig fügte sie hinzu: «Aber du hast doch einmal gesagt . . .»

«Ich? Was soll das heißen? Wann?»

«Ach, nicht heute, Paula, vor ein paar Monaten, als Alexander und du mich zum Essen abholten, kurz nachdem Grandy abgereist war. Du weißt doch, als wir über Jonathan sprachen. Und über Sarah. Du hast eine interessante Bemerkung fallengelassen, die mir nicht mehr aus dem Kopf geht. Du hast gesagt, wir würden andere Menschen nie völlig durchschauen, nicht einmal die, die uns am nächsten stünden, und daß wir sehr wenig über das Privatleben von Leuten wüßten. Damals hat mich die Wahrheit, die in diesen Worten steckte, sehr beeindruckt – und seien wir doch mal ehrlich: Wir kennen Anthony doch nicht besonders gut. Wir sind nie lange mit ihm zusammen gewesen.»

«Ja, da hast du recht. Aber ich muß mich hier auf mein Gefühl verlassen, Emily. Ich weiß einfach, daß er nichts mit Mins Tod zu tun hat. Zugegeben, es klingt alles sehr merkwürdig – aber nein . . .» Paula schüttelte energisch den Kopf. «Ich glaube nicht, daß er sie getötet hat. Ich bin sicher, daß es ein Unfall gewesen ist. Oder Selbstmord. Überleg doch mal, Emily: Grandy ist der klügste Mensch, den wir kennen, und sie kann Leute unglaublich gut durchschauen und Charakterfehler erkennen. Sie hält eine Menge von Anthony und . . .»

«Aber auch der netteste Mensch kann einen Mord begehen», unterbrach Emily sie ruhig. «Wenn man ihn unter Druck setzt, ihn nur hart genug tritt. Wie ist es mit Verbrechen im Affekt zum Beispiel!»

«Wir müssen von Anthonys Unschuld ausgehen. Schließlich ist es so – man ist unschuldig, solange man nicht der Schuld überführt wird.»

«Aber glaub doch bitte nicht, ich wäre der Meinung, er *hätte* sie umgebracht, das habe ich nicht gemeint. Ich hab bloß eine Hypothese aufgestellt. Ehrlich, ich glaube wie du, daß es Selbstmord war. Dennoch hoffe ich, daß sie sich nicht umgebracht hat. Überleg doch nur, wie schwer das für Sally und Anthony wäre – mit dem Bewußtsein leben zu müssen, daß Min sich ihretwegen umgebracht hat.»

«Ja, das ging mir vorhin auch durch den Kopf. Es wäre fatal für die beiden», sagte Paula, die Augen dunkel vor Unruhe. Sie sah zur Uhr. «Ich wünschte, meine Mutter würde zurückrufen. Hoffentlich hat sie keine Schwierigkeiten, einen Flug nach Irland zu bekommen.»

Auch Emily sah auf ihre Armbanduhr. «Sie hatte erst eine Viertelstunde Zeit, Paula. Gib ihr eine Chance. Inzwischen sollten wir unsere Liste noch einmal durchgehen und unseren Plan überprüfen.»

«Ja, richtig», sagte Paula, die wußte, daß Aktivität gut war, um die bohrende Angst zu bewältigen. Sie hob ihren Notizblock hoch, überflog ihn und sagte: «Erstens: Wir schaffen Mummy so schnell wie möglich nach Irland, damit sie die Stellung hält. Sie ist schon instruiert, also . . .» Paula zückte den Schreiber und hakte diesen Punkt ab. «Zweitens: Mein Vater muß versuchen, Philip zwischen neun und zehn Uhr heute abend zu erreichen, um ihn zu warnen. Daß Grandy diese Geschichte nicht erst aus der Zeitung erfährt! Daddy weiß, daß er sich darum kümmern muß, sobald Mummy im Flugzeug sitzt.» Auch dies wurde abgehakt, und laut las sie weiter vor: «Drittens: Die Sache unter Verschluß halten, was die Medien anbetrifft. Ich werde Sam Fellowes von der *Yorkshire Morning Gazette* und Pete Smythe von unserer Abendzeitung anrufen. Im Grunde müßte ich alle Zeitungen anrufen, die zu unserer Gesellschaft gehören. Ich kann nicht die gesamte Landespresse zensieren, aber ich kann dafür Sorge tragen, daß unsere Zeitungen den Vorfall mit keinem Wort erwähnen. Viertens: Mit Henry Rossiter über die juristischen Aspekte sprechen. Vielleicht müssen wir John Crawford hinschicken. Als Familienanwalt könnte er Anthony im schlimmsten

Fall verteidigen. Fünftens: Winston erwischen oder Jim, oder beide, und sie unterrichten.» Sie sah auf. «Vielleicht könntest *du* diesen Anruf erledigen, Emily, aber erst, wenn wir alles im Griff haben. Ich möchte nicht, daß einer von den beiden extra deswegen zurückkommen muß. Sechstens: Edwina anrufen, sie beruhigen, mit Anthony sprechen und ihn über unsere Aktivitäten informieren. Siebtens: Sally Harte zu erreichen suchen. Das kannst du auch noch machen.»

«Okay.» Emily sah durch die Glastür des Wintergartens in die Eingangshalle, wo das Telefon stand. «Arbeite du ruhig hier am Schreibtisch, ich werde das Telefon draußen benutzen. So können wir uns sehen und auch während der Telefonate leicht miteinander sprechen.»

«Gute Idee. Weißt du, ich will jetzt Fellowes anrufen und die Sache hinter mich bringen.»

«Ja, und ich mache mich auf die Suche nach Sally. Hat sie dir am Donnerstag gesagt, wo im Lake District sie sich aufhalten würde?»

«Nein, und ich habe auch nicht daran gedacht, sie zu fragen, aber Onkel Randolph weiß es sicher. Und sag noch nichts von dieser Geschichte», warnte Paula sie.

«Verlaß dich drauf. Er würde sonst durchdrehen.» Emily sprang auf. «Wenn es auf der anderen Leitung klingelt, während du mit Fellowes redest, nehme ich ab. Es wird dann wohl deine Mutter sein.»

Als Emily hinauseilte, nahm Paula den Hörer auf und wählte die Nummer des Chefredakteurs der *Yorkshire Morning Gazette*. Schon nach dem zweiten Läuten meldete er sich, und Paula schenkte sich die üblichen Höflichkeitsfloskeln. «Sam, ich rufe wegen einer Familienangelegenheit an. Meinem Cousin, dem Grafen von Dunvale, ist etwas Schreckliches passiert. Seine Frau ist im See auf seinem Besitz in Irland ertrunken.»

«Das ist wirklich schrecklich», sagte Fellowes. «Ich werde sofort einen meiner besten Journalisten mit dem Nachruf beauftragen.»

«Nein, nein, Sam. Ich rufe an, um Ihnen zu sagen, daß ich nichts davon in der Zeitung haben will. Sicher wird heute abend oder morgen der Rundfunk darüber berichten. Aber ich will, daß die Geschichte nicht gebracht wird, und auch kein Nachruf.»

«Aber wieso denn nicht?» fragte er. «Wenn es im Rundfunk ist, ist es doch auch in der überregionalen Presse. Es sieht komisch aus, wenn wir es nicht bringen . . .»

«Sam», unterbrach Paula ihn ruhig, «Sie sollten doch inzwischen wissen, daß Emma Harte nichts, aber auch gar nichts, über *ihre* Familie in *ihren* Zeitungen lesen will.»

«Das weiß ich», bellte er, «aber dies ist doch was anderes. Wie sieht das denn aus, wenn es in jeder Zeitung steht, bloß in unserer nicht? Was sind wir denn für eine Zeitung? Ich halte nichts von Pressezensur, wissen Sie.»

«Dann arbeiten Sie vielleicht bei der falschen Zeitung, Sam. Denn glauben Sie mir, Emma Harte hat hier zu bestimmen, und daran sollten Sie sich tunlichst halten.»

«Ich werde Jim und Winston in Kanada anrufen. *Die* leiten die Zeitungen, und es müßte doch deren Entscheidung sein, was wir drucken und was nicht.»

«In ihrer Abwesenheit und in der Abwesenheit meiner Großmutter ist es allein meine Entscheidung. *Ich* habe Ihnen gesagt, was gemacht wird. *Keinen* Bericht. *Keinen* Nachruf.»

«Wenn Sie meinen», sagte er mit kaum verhohlener Wut.

«Das meine ich. Danke, Sam, auf Wiederhören.»

Paula legte zornig auf. Dann nahm sie ihr Adreßbuch und suchte Pete Smythes Privatnummer, da die Abendzeitung am Sonntag nicht besetzt war. Sie hoffte, daß es mit ihm nicht ebenso ging. Als sie gerade wählen wollte, kam Emily die Treppe heruntergelaufen, und sie drehte sich im Sessel um. «War es meine Mutter?»

«Ja, das heißt Onkel David. Air Lingus fliegt am frühen Abend, aber er glaubt nicht, daß Tante Daisy es noch schaffen wird, und deshalb hat er für sie einen privaten Flug arrangiert. Er ruft jetzt Edwina an und sagt ihr, daß Tante Daisy praktisch schon unterwegs ist. Deine Mutter packte gerade. Sie wird anrufen, bevor sie wegfährt.»

«Das ist gut. Hast du mit Onkel Randolph gesprochen?»

«Nein, er war nicht zu Hause. Aber Vivienne hat mir gesagt, daß Sally bald wieder in Middleham sein wird. Es regnet im Lake District, und deshalb hat sie ihre Malutensilien eingepackt und befindet sich auf der Heimfahrt. Ich hab Vivienne gesagt, daß Sally anrufen soll, sobald sie wieder zurück ist.»

«War sie neugierig?»

«Nicht direkt. Ich sagte, du wolltest mit Sally reden, und dann hab ich schnell aufgelegt.»

«Mir graut ja davor, ihr das zu erzählen . . .» murmelte Paula bedrückt.

«Ja, es wird schrecklich für sie sein, aber sie muß es erfahren. Auf direktem Wege, meinst du nicht?»

«Doch, sicher. Aber laß uns keine Zeit verlieren, Emily, wir müssen weitermachen.»

«Was soll ich als nächstes tun?»

«Könntest du die Babies ins Haus bringen? Du kannst den Kinderwagen erst mal hier hinstellen. Ich muß noch die anderen Chefredakteure anrufen.»

«Ja, mach das doch, ich bin gleich wieder da.»

Paula erreichte Pete Smythe, den Chefredakteur des *Yorkshire Evening Standard*, in seinem Haus in Knaresborough. Sie sagte ihm das gleiche wie Sam Fellowes. Er drückte ihr sein Mitgefühl wegen des Unfalls aus und beugte sich dann ihrer Entscheidung, ohne mit ihr zu streiten.

«Ich hätte sowieso nicht darüber geschrieben, Paula», sagte Pete zu ihr. «Ich weiß, wie Mrs. Harte darüber denkt. Sie würde mich umbringen, wenn auch nur eine einzige Zeile über einen von euch erschiene, egal aus welchem Anlaß.»

«Sam Fellowes war ein bißchen schwierig», wagte Paula zu sagen. «Hoffentlich treffe ich bei unseren anderen Chefredakteuren nicht auf ebensoviel Widerstand.»

«Bestimmt nicht. Sam ist ein besonderer Typ. Ziemlich schwierig. Wenn Sie möchten, übernehme ich die Telefonate mit unseren Zeitungen in Doncaster, Sheffield, Bradford und Darlington.»

«Wirklich, Pete? Das wäre unglaublich nett. Ich freue mich über Ihre Hilfe. Vielen Dank.»

Sowie Paula aufgelegt hatte, klingelte es wieder. Es war ihre Mutter.

«Hallo, Liebling», sagte Daisy ruhig. «Ich werde gleich losfahren, ein Taxi zum Flughafen nehmen, so daß dein Vater hier in der Wohnung bleiben kann, falls du ihn brauchst. Er hat soeben mit Edwina gesprochen. Sie ist froh, daß ich bald da bin. Er sagte, sie hätte ein wenig beruhigter geklungen. Die Polizei ist wieder weg. Anthony ist bei ihr. Sie erwarten deinen Anruf.»

«Das weiß ich, ich werde sie gleich anrufen. Danke, daß du nach Irland fährst, Mutter. Du bist die einzige, die mit dieser Geschichte umgehen kann. Edwina vertraut dir, und du wirst mit allen diplomatisch umgehen, was mehr ist, als sie könnte.»

«Du meine Güte, Paula, es macht mir doch nichts aus. Wir sind eine Familie und müssen zusammenhalten. Aber wie gräßlich das ist! Aber ich muß mich beeilen. Auf Wiedersehen, Liebe.»

«Auf Wiedersehen, Mummy, gute Reise. Wir telefonieren morgen miteinander.»

Emily schob gerade den Kinderwagen die zwei niedrigen Stufen zum Wintergarten hinab, als Paula von ihrem Notizblock aufsah. «Ich werde schnell mal Henry anrufen, und dann spreche ich mit Irland.» Während sie Henrys Nummer wählte, berichtete Paula Emily kurz von ihrer Unterhaltung mit Pete Smythe und ihrer Mutter.

In Henrys Haus in Gloucestershire war nur die Haushälterin am Telefon. Paula redete kurz mit ihr und legte dann auf. Zu Emily sagte sie: «Ich habe ihn knapp verpaßt. Er fährt nach London zurück. So gegen halb neun soll er eintreffen. Meinst du, ich sollte Grans Anwälte anrufen oder erst mit Henry sprechen?»

«Hm . . . was, meinst du, würde Grandy tun?» Emily beantwortete sich die Frage gleich selbst: «Sie würde erst mit Henry sprechen.»

«Das denke ich auch», stimmte Paula ihr zu, die Hand auf dem Hörer. Sie holte tief Luft und bereitete sich darauf vor, mit Edwina in Clonloughlin zu sprechen. Nachdem sie schon den Hörer abgenommen hatte, legte sie ihn schnell wieder auf die Gabel und wirbelte herum. «Sally kann jede Minute anrufen. Du mußt mit ihr sprechen, Emily, also überleg dir, was du sagen willst.»

Besorgt schauten sich die beiden jungen Frauen an.

Schließlich meinte Paula: «Ich glaube, daß es das klügste wäre, ihr zu sagen, *ich* hätte ein Problem, ich wollte sie sehen und mit ihr sprechen, und ob sie nicht sofort herfahren könnte.»

«Aber sie wird gleich wissen wollen, was los ist», rief Emily mit flackerndem Blick. «Ich weiß, daß ich gesagt habe: auf direktem Wege, aber nun bin ich um eine Erklärung verlegen.»

«Du wirst es schon schaffen. Winde dich raus, sag nichts Konkretes. Du kannst doch sehr geschickt und ausweichend sein, Emily.»

«Ich?» Emily sah Paula zweifelnd an. «Na, wenn du meinst.» Sie zuckte die Achseln, dann lief sie zum Kinderwagen hinüber, in dem Tessa soeben zu kreischen begann.

Paula sprang auf und folgte ihrer Cousine. «Wahrscheinlich sind sie beide naß und müssen neu gewickelt werden. Wir wollen sie lieber nach oben bringen, und vielleicht kannst du ihnen schon mal die Flaschen vorbereiten.»

«Nora hat heute frei, nicht?» stöhnte Emily.

«So ist es immer», murmelte Paula und wiegte ihr kleines Töchterchen im Arm, wobei sie sanft und beruhigend vor sich hin summte.

«Dower House, Clonloughlin», sagte eine ruhige Männerstimme, als Paula fünfzehn Minuten später in Irland anrief.

Sie sagte ihren Namen, bat dann, mit dem Grafen sprechen zu können, und sofort war Anthony am Telefon.

«*Paula* . . . hallo. Danke, daß du alles in die Hand genommen hast. Ich bin dir sehr dankbar. Meine Mutter war vorhin in Panik, und sie hatte einen Zusammenbruch, als die Polizei wiederkam.»

«Ja, das schien mir auch so. Aber du brauchst mir nicht zu danken. Ich bin froh, wenn ich euch irgendwie helfen kann. Wie geht es dir?»

«Gut. Sehr gut», behauptete er. «Ich bin noch ziemlich fit, wenn man die Umstände bedenkt. All das ist natürlich außerordentlich unangenehm, aber es wird schon gutgehen.»

«Ja», sagte Paula, die fand, daß er sich gar nicht so gut anhörte. Ganz und gar nicht. Seine Stimme wirkte müde und erschöpft. Sie hoffte, zuversichtlicher zu erscheinen, als ihr zumute war, und sagte: «Alles wird innerhalb der nächsten 24 Stunden vorbei und erledigt sein, du wirst sehen. Mach dir keine Gedanken. Ich würde gern wissen, was es Neues gibt, aber zuerst muß ich dir erzählen, daß Emily vor ein paar Minuten mit Sally gesprochen hat. Sie wird zu uns kommen. Sie glaubt, *ich* stecke in irgendeiner Krise. Wir dachten, es sei klüger, ihr die ganze Geschichte nicht am Telefon zu erzählen.»

«Das erleichtert mich aber, Paula, daß du mit ihr geredet hast. Ich habe mir schon Sorgen um Sally gemacht. Ich wußte nicht, wie ich sie im Lake District erreichen sollte. Als wir am Freitag miteinander telefonierten, sagte sie, sie würde mich Montag oder Dienstag anrufen. Vielleicht könntest du sie bitten, mich anzurufen, wenn du ihr erst diese gräßliche Geschichte erzählt hast.»

«Natürlich. Wie steht es denn? Ich weiß von meiner Mutter, daß die Polizei wieder weg ist . . . also sie haben dich nicht verdächtigt . . .»

«Wie könnten sie auch!» unterbrach er sie erregt. «Ich habe nichts Böses getan, Paula! Ich habe mit Mins Tod nichts zu tun . . .» Seine Stimme brach, und es entstand eine Pause, in der er sich um Beherrschung bemühte. Nach einer Weile sprach er gefaßter weiter und entschuldigte sich. «Tut mir leid, daß ich schlapp gemacht habe. Es ist so ein fürchterlicher Schock gewesen. Min und ich hatten heftige Auseinandersetzungen, und sie hat sich ganz unmöglich benommen, aber so was habe ich nicht gewollt.» Er fiel in Schweigen.

Paula hörte ihn schwer atmen, während er sich erneut zu beruhigen suchte. Sanft sagte sie: «Du mußt stark bleiben. Wir werden dich sicher durch all das hindurchbringen, das verspreche ich dir, Anthony.»

Schließlich sagte er: «Du bist so gut gewesen, Paula, so hilfreich. Ach», seufzte er, und dann fügte er erschöpft hinzu: «Sie haben jetzt die Todeszeit ermittelt. Der Arzt hier hat sie untersucht. Er glaubt, es sei zwischen halb elf und Mitternacht gewesen.»

Paulas Mund wurde trocken. Nach dem, was Edwina gesagt hatte, war Anthony mit ihr ungefähr um Viertel vor zehn zum Dower House zurückgegangen und hatte sich dann nach Hause begeben. Falls das stimmte, hatte er höchstwahrscheinlich kein Alibi für diese entscheidenden Stunden. Aber sie sagte nichts, weil sie ihn nicht noch mehr aufregen wollte. «Deine Mutter hat etwas von einer Autopsie gesagt.»

«Ach ja. Die wird hoffentlich morgen stattfinden. Die gerichtliche Untersuchung wird am Mittwoch oder Donnerstag sein. Alles geht so unglaublich langsam hier.» Er seufzte noch einmal tief, dann gestand er mit leiser Stimme: «Es ist der verdammte Landrover. Ich habe meine Zweifel, ob die Polizei mir glauben wird, daß er am Nachmittag dort stehengeblieben ist.»

«Ja», stimmte Paula zu. «Aber bist du denn sicher, daß niemand den Landrover dort draußen gesehen hat? Vielleicht einer der Gutsarbeiter? Das würde der Polizei beweisen, daß du die Wahrheit sprichst.»

«Niemand läuft da herum, es ist sehr einsam in dem Teil des Gutsgeländes, meilenweit weg vom Haus. Ich glaube nicht, daß jemand da war. Nun, es gibt aber auch eine gute Nachricht. Der Polizei ist etwas zur Kenntnis gekommen, das mich entlasten könnte. Sie haben hier in den vergangenen Stunden alle verhört . . .

das Hauspersonal, die Gutsarbeiter . . . und Bridget, meine Haushälterin, hat ihnen erzählt, sie hätte mich zwischen elf und Mitternacht im Haus gesehen.»

«Warum hast du das denn nicht gleich gesagt! Dann hast du also ein Alibi.» Paula war unglaublich erleichtert.

«Ja, das habe ich. Ich hoffe nur, daß die Polizei ihr glaubt.»

«Wieso denn nicht?» fragte sie angespannt.

«Versteh mich nicht falsch, Paula, ich habe eigentlich keinen Anlaß, das zu denken, aber Bridget hat ihr Leben lang in Clonloughlin gearbeitet, schon ihre Mutter war dort Haushälterin. Und sie und ich . . . wir sind so gut wie Geschwister. Ich hoffe inständig, daß die Polizei nicht auf die Idee kommt, sie würde lügen, um mich zu decken. Verstehst du, sie bleibt fest bei ihrer Geschichte.»

Ratlos geworden, fragte Paula nervös: «Und warum hast du das nicht schon der Polizei gesagt? Wenn du nach dem Weggang deiner Mutter mit ihr zusammengewesen bist, dann . . .»

«Ich war nicht mit ihr zusammen», unterbrach Anthony sie. «Ich habe sie nicht einmal gesehen. Bridget hat oft Migräne, und offenbar hatte sie gestern abend einen Anfall. Nach dem Essen säuberte sie die Küche, und da wurden ihre Schmerzen unerträglich. Auf dem Weg zu ihrem Zimmer in Obergeschoß ging sie an der Bibliothek vorbei. Das Licht war an, die Tür offen, und sie sah mich lesen. Aber wegen ihrer starken Kopfschmerzen hat sie nichts gesagt. Sie lief die Treppen hinauf, fand ihre Tabletten und ging in die Küche zurück. Dort machte sie sich eine Kanne Tee, ruhte sich eine halbe Stunde im Sessel aus, brachte ihre Arbeit zu Ende, deckte den Tisch fürs Frühstück im Eßzimmer und ging kurz nach Mitternacht ins Bett. Wieder warf sie einen Blick durch die offene Tür der Bibliothek. Da saß ich gerade an der Buchhaltung, und weil sie mich nicht stören wollte, ging sie einfach nach oben und sagte nicht mal gute Nacht. Und heute hatte sie ihren freien Tag – sie war nicht da, als die Polizei das erste Mal kam.»

«O Anthony, das ist das Beste, was ich heute gehört habe!»

«Das kann man wohl sagen. Aber trotzdem ist sie die einzige, die mich in den entscheidenden Stunden gesehen hat. Die beiden Mädchen, die hier arbeiten, waren schon zurück ins Dorf gegangen – sie kommen jeden Tag her. Es . . . es gibt absolut niemanden, der Bridgets Geschichte bestätigen kann, und man weiß hier ziemlich gut, daß sie mir sehr ergeben ist und ungewöhnlich loyal zu unserer Familie steht. Die Polizei wird vielleicht – und ich sage nur vielleicht – ihre Aussage in Frage stellen und meinen, sie und ich hätten uns ein Alibi ausgeheckt.»

Paulas Herz setzte fast aus; die Erleichterung von eben löste sich in Luft auf. «O Gott, sag doch so was nicht.»

«Man muß auf alles gefaßt sein und die Dinge sehen, wie sie sind», sagte Anthony. «Andererseits sehe ich auch nicht, wie die Polizei über ihre Aussagen hinweggehen und behaupten könnte, sie löge, ohne wirklich sicher zu sein, daß sie es sich ausgedacht hat. Und ich weiß, daß sie dabei bleiben wird.»

Paula richtete sich mühsam im Sessel auf und sagte langsam: «Ja, das stimmt. Aber wenn ich mich nachher mit Henry Rossiter über den rechtlichen Beistand berate, werde ich ihn bitten, einen Strafrechtsexperten hinzuzuziehen.»

«Warte!» rief Anthony. «Das wäre doch voreilig, oder?» Er klang ganz entsetzt. «Ich habe doch nichts Unrechtes getan, Paula, das habe ich dir doch erzählt. *Strafrechtsexperte!* So stehe ich ja gleich schuldig da!»

«Absolut nicht!» konterte Paula scharf, fest entschlossen, sich durchzusetzen. «Wir warten aber erst einmal ab, was Henry dazu sagt. Ich vertraue seinem Urteil, genau wie Grandy es seit vielen Jahren tut. Er wird uns keinen falschen Weg weisen. Bitte, Anthony, triff keine übereilten Entscheidungen.»

«Also gut, dann hole Henrys Rat ein», sagte er ein wenig widerwillig.

Nach diesem Gespräch saß Paula am Schreibtisch im Wintergarten. Sie strich sich mit der Hand übers Haar, rieb sich die Augen und reckte sich. Dann betrachtete sie den Notizblock, der vor ihr lag, und zwang ihre Gedanken zurück zu der Liste. Drei Leute mußten noch angerufen werden – Jim, Winston und Henry Rossiter. Sie blickte auf die Uhr und sah, daß es jetzt halb acht war. Henry würde in frühestens einer Stunde erreichbar sein, und Emily hatte natürlich noch keine Gelegenheit dazu gehabt, Jim und Winston in Kanada zu erreichen, da sie die Flaschen im Kinderzimmer vorbereitete. Paula ging ihr helfen.

Sobald sie bequem dasaßen und jede ein Kind in den Armen wiegte, erzählte Paula ihr von ihrer Unterhaltung mit Anthony.

Emily hörte ihr aufmerksam zu, während sie die Flasche zurechtrückte, und warf Paula einen gelegentlichen Blick zu, wobei sie verständnisvoll nickte.

«Also das ist das Fazit: Bridget hat Anthony ein Alibi verschafft.»

Schweigen trat ein, sie konzentrierten sich auf die Babies. Dann sagte Paula ganz ruhig, aber mit stählerner Stimme: «Kein Enkel von Emma Harte wird wegen Mordes vor Gericht stehen. *Darauf kannst du dich verlassen.*»

22

Hoffentlich verstehst du auch, Sally, warum wir dich anschwindeln mußten», sagte Paula sanft.

«Ja. Und das war auch gut so.» Sally Harte schluckte und räusperte sich nervös. Ihre Stimme bebte, als sie sagte: «Ich glaube nicht, daß ich ohne Unfall hierhergekommen wäre, wenn ihr mir gleich am Telefon die Wahrheit gesagt hättet.»

Paula nickte und sah ihre Cousine aufmerksam und voller Sorge an. In der letzten Viertelstunde, wärend Paula die Ereignisse in Irland dargestellt hatte, war es Sally gelungen, beherrscht zu bleiben. Paula fand es großartig, wie gefaßt sie die schreckliche Nachricht aufgenommen hatte. Ich hätte wissen sollen, daß sie tapfer sein würde, dachte Paula. Sie war immer schon ein stoischer Typ, auch als Kind. Das Hartesche Rückgrat, wie ihre Großmutter es immer nannte. Doch obwohl Sally nach außen hin außergewöhnliche Kraft verströmte, wußte Paula, daß sie niedergeschmettert war. Sie sah bestürzt drein, und ihr schönes Gesicht war starr vor Schreck.

Paula beugte sich vor und ergriff ihre Hand. Sie war eiskalt: «Sally, du bist ja ganz erfroren! Ich werde dir einen Brandy holen oder eine Tasse Tee machen. Du brauchst was zum Aufwärmen!»

«Nein, nein, laß nur.» Sally versuchte vergeblich zu lächeln, und während sie Paulas besorgtem Blick standzuhalten versuchte, füllten sich ihre Augen plötzlich mit Tränen. «Anthony muß unter schrecklichem Stress stehen», begann sie zögernd und schwieg dann. Die Tränen kamen ihr und liefen aus ihren großen blauen Augen über die aschfahlen Wangen hinab. Aber sie rührte sich immer noch nicht und gab auch keinen Laut von sich.

Paula stand auf, kniete vor Sally hin und nahm sie in die Arme. «Liebling, alles wird gut werden», murmelte sie sanft und mitfühlend. «Laß den Tränen nur freien Lauf. Es ist so erleichternd zu weinen, wirklich, den Schmerz hinauszulassen.»

Sally klammerte sich an Paula, von stillem, herzzerreißendem Schluchzen geschüttelt. Paula streichelte ihr schwarzes Haar und beruhigte sie, bis das schreckliche, stille Zittern aufhörte. Dann erhob Sally sich und rieb sich mit den kräftigen Malerinnenhänden über das tränenfeuchte Gesicht. «Es tut mit leid», stieß sie mit erstickter Stimme hervor. Sie mühte sich um Beherrschung und blinzelte die Tränen fort. «Ich liebe ihn so, Paula. Ich kann es kaum ertragen zu wissen, was er da jetzt auszustehen hat . . . er ist so *allein* dort. Tante Edwina ist ihm sicher keine Hilfe. Womöglich macht sie mich für alles verantwortlich.» Verzweifelt schüttelte sie den Kopf. «O Gott!» Sie schlug die Hände vor das angstverzerrte Gesicht. «Er braucht mich . . .»

Paula, die zu ihrem Stuhl zurückgekehrt war, erstarrte. Sie hielt die Luft an und zwang sich zur Ruhe. Sie wußte, was nun gesagt werden mußte, aber es war ihr auch klar, daß es klüger und gütiger war zu warten, bis Sally sich beruhigt hatte.

Emily, die in der Tür des Salons stand, warf Paula einen warnenden Blick zu und schüttelte nachdrücklich den Kopf. Stumm formte sie die Worte: *Laß sie nicht hinfahren.*

Paula nickte und bedeutete Emily einzutreten. Emily ließ sich auf den nächsten Stuhl fallen. Dann flüsterte sie Paula halblaut zu: «Leider Pech gehabt. Weder von Jim noch von Winston ist irgendwas gekommen. Ich hab ihnen Nachricht hinterlassen, daß sie bei ihrer Rückkehr ins Hotel umgehend hier anrufen sollen.»

Obgleich Emily leise gewesen war, hatte Sally sie verstanden, und als der Name ihres Bruders fiel, nahm sie die Hände vom Gesicht. Sie wandte abrupt den Kopf und sah Emily an. «Ich wünschte, Winston wäre hier. Ich komme mir so . . . *hilflos* vor . . .»

«Ich wünschte auch, er wäre hier», erwiderte Emily und streichelte Sally mütterlich den Arm. «Aber du bist nicht hilflos, du hast doch uns. Es wird alles wieder gut werden, bestimmt. Paula hat ihre Sache prima gemacht und hat alles im Griff. Mach dir nicht so viele Sorgen.»

«Ich werd's versuchen.» Sally sah Paula an. «Ich habe mich noch gar nicht bei dir bedankt – du warst wunderbar. Und du auch, Emily, ich bin euch beiden sehr dankbar.»

Paula bemerkte, daß Sally sich wieder etwas gefangen hatte und sagte: «Eines muß ich dir sagen – bitte fahr nicht nach Irland, um bei

Anthony zu sein. Ich weiß, daß du todunglücklich bist und dir große Sorgen um ihn machst, aber du darfst jetzt nicht dorthin fahren. Du könntest doch nichts Konstruktives tun, und deine Anwesenheit da würde alles nur noch schlimmer machen.»

Sally war überrascht. «Ich habe nicht die Absicht, nach Clonloughlin zu fahren! Ich weiß, daß es eine Menge ekelhaften Klatsch gegeben hat. Anthony hat es mir vor ein paar Wochen erzählt – er erzählt mir alles. Logischerweise will ich nicht noch Öl auf die Flammen gießen. Aber ich finde, ich sollte nach Irland gehen, Paula, nach Waterford oder besser noch nach Dublin. Morgen. Ich kann morgens einen Flug von Manchester kriegen, und dann bin ich in ein paar Stunden da. Zumindest bin ich ihm dann näher als hier in Yorkshire . . .»

«Nein!» rief Paula mit ungewohnter Schärfe. «Du wirst nicht fliegen. Du bleibst hier – und wenn ich dich einschließen muß.»

«Aber ich . . .»

«Ich erlaube dir nicht, nach Irland zu fahren!» Paula warf ihrer Cousine einen strengen Blick zu, und ihr Mund verzog sich energisch.

Trotzig starrte Sally sie an, die klaren blauen Augen verdunkelten sich störrisch. Dann sagte sie ebenso entschlossen: «Ich verstehe deinen Standpunkt. Andererseits liegt doch keine Gefahr darin, wenn ich in Dublin bin?» Als Paula schwieg, fuhr Sally fort: «Von dort ist es noch weit bis Clonloughlin.» Sie machte wieder eine Pause und runzelte die Stirn. «Wenn ich in Dublin bin, weiß Anthony zumindest, daß er mich erreichen kann, und wir können zusammenkommen, sowie die Totenschau vorbei ist», schloß sie etwas vage und nicht mehr so selbstsicher. Sie fing wieder an zu zittern und verkrampfte ihre Hände im Schoß, um dem Einhalt zu gebieten, dann traten ihr wieder Tränen in die Augen. «Er braucht mich, Paula. Verstehst du das denn nicht? Verstehst du nicht, daß ich bei ihm sein muß?»

«Nun hör mir mal gut zu», befahl Paula. «Du kannst Anthony überhaupt nicht helfen. Ganz im Gegenteil könntest du ihm nicht wiedergutzumachenden Schaden zufügen, wenn du dich in Irland zeigtest. Wenn man Anthony des Mordes verdächtigen würde, wärst du das ideale Motiv. In Grandys Abwesenheit trage ich die Verantwortung für die Familie, und du mußt einsehen, daß ich hier zu bestimmen habe. Deshalb bestehe ich darauf, daß du hierbleibst, Sally.»

Sally hatte sich, durch Paulas heftige Worte etwas aus der Fassung gebracht, in ihrem Sessel klein gemacht. Sie hatte gar nicht geahnt, daß ihre Cousine so autoritär sein konnte.

Paula und Emily beobachteten Sally und wechselten verschwörerische Blicke. Emily war es, die das Schweigen brach. Sie berührte Sally am Arm und sagte: «Bitte folge doch Paulas Rat, Sal.»

Von ihrem Gefühl her hatte Sally den dringenden Wunsch, bei Anthony zu sein, weil sie glaubte, daß er sie in dieser schrecklichen Situation brauchte. Aber ihr Verstand sagte ihr, daß es falsch wäre, zu ihm zu fahren. Paula hatte recht. Folge deinem Verstand und nicht deinem Herzen, ermahnte sie sich.

«Ich werde hierbleiben», flüsterte sie schließlich, lehnte sich im Sessel zurück und fuhr mit der Hand über ihre schmerzenden Gesichtsmuskeln.

Paula seufzte erleichtert. «Gott sei Dank. Und meinst du, daß du jetzt Anthony anrufen kannst? Er möchte dich unbedingt sprechen, und du würdest ihn beruhigen, wenn er wüßte, wie gut du damit fertig wirst.»

Sally sprang auf. «Ja, ja, ich muß sofort mit ihm reden.»

«Warum gehst du nicht in mein Schlafzimmer hinauf, wo es ruhig ist und du ungestört bist», schlug Paula ihr freundlich vor.

«Danke, das werde ich tun.» An der Tür blieb Sally stehen und sah sich um. «Niemand kann einen so einschüchtern wie du», sagte sie zu Paula und verschwand in der Eingangshalle.

Paula starrte ihr nach und sah dann sprachlos zu Emily hin.

«Das würd ich als Kompliment betrachten, wenn ich du wäre», meinte Emily. «Ich schlage vor, daß du dich nun auch ans Telefon begibst – du wolltest doch Henry Rossiter anrufen. Es ist schon nach halb neun, weißt du.»

23

Gemeinsam saßen sie auf der Terrasse und genossen die sanfte Stille des Gartens. Über ihnen erstreckte sich ein dunkelblauer Himmel, in dem hellfunkelnde Sterne verstreut blinkten. Es war eine klare, wolkenlose Nacht, und das silbrige Rund des Vollmonds war schwach über den fernen Baumgipfeln zu sehen, die sich raschelnd im leichten Abendwind wiegten.

«Ich weiß nicht, wie du dich fühlst, aber ich bin total fertig», brach Emily schließlich das lange Schweigen und sah in dem Dämmerlicht zu Paula hinüber.

Paula wandte den Kopf, und plötzlich lag ihr Gesicht im hellen Licht der Lampen aus dem Salon direkt hinter ihnen. Sofort bemerkte Emily, daß alle Strenge daraus verschwunden war und einer schöne Milde Platz gemacht hatte.

Schließlich antwortete Paula: «Ja, ich bin auch ein wenig erschöpft, das gebe ich zu. Aber zumindest haben wir die wichtigen Anrufe hinter uns.» Sie hob ihr Glas und trank einen tiefen Schluck Weißwein. «Wirklich eine gute Idee von dir, Emily. Dort herumzusitzen und auf Jims oder Winstons Anruf zu warten, wäre schrecklich anstrengend und ermüdend.»

«Find ich auch. Ich frage mich, ob dein Vater Philip schon erreicht hat. Es muß inzwischen bald halb zehn sein.»

Mit zusammengekniffenen Augen sah Paula auf die Uhr und nickte. «Beinahe. Wir müssen ihm etwas Zeit lassen, nach Australien durchzukommen. Er wird sich sicher bald melden.» Paula räusperte sich und fuhr fort: «Ich wünschte, Sally wäre noch etwas hiergeblieben. Glaubst du, daß sie wieder okay war, als sie wegging?»

«Sie war ruhiger, als sie die Treppe hinunterkam, aber sehr still.»

«Na ja, das ist ja auch verständlich.»

Emily antwortete nicht. Sie rutschte auf dem Stuhl hin und her und trank ein wenig von ihrem Wein. «Sag mal, ist dir eine Veränderung an Sally aufgefallen?» Sie zögerte ein bißchen und fügte dann hinzu: «Ich meine nicht, als sie wegging, sondern im allgemeinen.»

«Sie hat zugenommen.»

Emilys Finger schlossen sich fester ums Glas, und dann flüsterte sie: «Ich habe einen schrecklichen Verdacht . . . ich sollte wohl besser gleich sagen: Ich glaube, daß Sally schwanger ist.»

Paula seufzte. Ihre schlimmsten Befürchtungen hatten sich bestätigt. «Ja, ich habe geahnt, daß du das sagen würdest. Ich glaube das nämlich auch.»

«Oh, verdammt!» explodierte Emily, und ihre Stimme schwoll an. «Das hat uns ja gerade noch gefehlt! Ich wundere mich, daß du ihren Zustand nicht schon bei der Vernissage bemerkt hast – oder hast du es?»

«Nein. Du weißt doch, daß sie so ein lockeres, zeltartiges Kleid angehabt hat. Und ich war sowieso nervös und von Leuten umzingelt. Aber als sie heute abend hereinkam, fiel mir sofort ihre Fülligkeit auf, besonders um die Brust herum. Aber ich habe mir solche Sorgen gemacht, daß ich mich um ihre Figur nicht weiter gekümmert habe. Als sie am Kamin stand, kurz bevor sie wegging, fiel ihr Zustand allerdings ziemlich deutlich ins Auge.»

«Ja, da ist es mir auch aufgefallen. Ach, Paula, wenn Onkel Randolph das erfährt! Das wird ein Theater geben!» stöhnte Emily laut. «Wenn bloß Gran hier wäre.»

«Das wünsche ich mir auch, aber sie ist eben nicht hier, und ich möchte nicht, daß man sie unnötigerweise zurückholt. Wir müssen eben so gut es geht damit fertig werden.»

Paula rieb sich das Gesicht und atmete schwer aus. «Meine Güte, was für eine scheußliche Angelegenheit, und die arme Sally . . .» Betrübt schüttelte sie den Kopf. «Sie tut mir so leid . . .» Paula beendete den Satz nicht; sie saß nur da, starrte in den Schatten und wurde von schlimmen Vorahnungen heimgesucht.

Plötzlich sagte Emily: «Na, wenn sie schwanger ist, macht es ja nichts. Zumindest können sie jetzt heiraten, wo . . .»

«Emily!» Paula wirbelte herum und starrte ihre Cousine entsetzt an. «Sprich es nicht aus», warnte sie.

«Tut mir leid», entschuldigte Emily sich umgehend, konnte es aber nicht lassen, unverblümt hinzuzufügen: «Aber es ist doch wahr.»

Paula warf ihr einen vernichtenden Blick zu.

Emily nahm die Weinflasche aus dem Eiskübel, schenkte ihnen nach und bemerkte: «Vielleicht sollte ich besser Winston darauf aufmerksam machen, daß Sally eventuell schwanger ist.»

«Untersteh dich! Wir werden niemandem etwas davon sagen, nicht einmal Grandy. Ich will nicht, daß sie sich deswegen Sorgen machen muß. Und was die übrige Familie angeht, so weißt du ja, wie klatschsüchtig sie alle sind. Die bloße Andeutung, Sally könnte schwanger sein, hieße, Öl aufs Feuer zu gießen. Außerdem wissen wir doch gar nicht genau, ob sie wirklich schwanger ist, Emily. Vielleicht hat sie auch bloß zugenommen in der letzten Zeit.»

«Ja», meinte Emily, «das ist möglich, und wir wollen gewissen Leuten keinen Anlaß zum Tratschen geben.» Dann verstummte sie, lehnte sich im Stuhl zurück und blickte in den Garten hinaus. Über dem Rasen lag jetzt eine magische, fast ätherische Atmosphäre, und die Bäume im Schein des Mondes, der alles in sein seltsam klares Licht tauchte, waren zu schimmerndem Silber geworden. «Es ist so friedlich, so schön», murmelte Emily. «Ich könnte ewig hier sitzen. Aber vielleicht sollte ich besser nach Pennistone Royal fahren und meine Sachen fürs Büro holen, wenn ich heute nacht hier bei dir bleiben will. Ich hab Hilda schon gesagt, was sie für mich packen soll, und mein Koffer wird fertig sein, es wird nicht lange dauern.»

Paula riß sich aus ihren Träumereien. «Ja, tu das, aber nimm mein Auto, Emily. Der Jaguar ist reif für den Schrottplatz, und ich will nicht, daß du irgendwo da draußen liegenbleibst.» Sie erhob sich. «Ich seh mal eben nach den Kleinen, und dann werde ich Abendessen machen. Willst du wirklich Gemüseeintopf mit Rindfleisch haben?» fragte sie, griff nach dem Eiskübel und ging in den Salon.

«Ja, es ist so *tröstlich*. Dann denk ich wieder an die Sommer im ‹Reihernest›. Sonntag abends bei Gran gab's immer Gemüse mit Rindfleisch, als wir noch klein waren. Ach, damals! Und außerdem kannst du so deine Gemüsereste aufbrauchen. Ich bin halb verhungert.»

Paula drehte sich nach ihr um und schüttelte ratlos den Kopf. «Gibt es denn nichts, was deinen Appetit dämpfen kann, Apfelklößchen?»

Emily, die ihr nach drinnen gefolgt war, grinste etwas befangen. «Wohl nicht, Bohnenstange», gab sie zurück, indem sie sich Paulas kindlichen Spitznamens bediente. «Aber ich will mich beeilen. Bin so schnell wie möglich wieder hier, und wenn Winston anrufen sollte, grüß ihn schön von mir.»

Wie an jedem Sonntagabend war Harrogate wie ausgestorben, es herrschte kaum Verkehr. Nach ein paar Minuten war Emily schon auf der Schnellstraße nach Ripon und fuhr zügig in Richtung Pennistone Royal.

Da Paula gesagt hatte, sie könne einen der Wagen in der Garage nehmen, hatte sich Emily für Jims Aston Martin entschieden. Erst konzentrierte sie sich etwas darauf, ein Gefühl für die kraftvolle Maschine unter ihren Händen zu bekommen und genoß die Leichtigkeit und Geborgenheit, die sie in dem ebenso soliden wie schnittigen Auto empfand. Es war ganz bestimmt eine angenehme Abwechslung nach ihrem lärmenden Jaguar, der so altersschwach, praktisch verwendungsunfähig und womöglich gefährlich war.

Aber Emily hing sentimental an der alten Kiste, weil sie einmal Winston gehört hatte. Er hatte ihr das Auto vor vier Jahren verkauft, und schon bevor ihr geschwisterliches Verhältnis zur Liebesaffäre gedieh, hatte sie sich ihm immer nahe gefühlt, wenn sie darin saß. Aber das war ja nun unwichtig, denn Winston gehörte ihr jetzt ganz. Und der Jaguar war ein einziges Ärgernis, weil er bei den unmöglichsten Gelegenheiten liegenzubleiben pflegte. Grandy hatte ihr schon lange zugeredet, sich doch von ihm zu trennen, und nun beschloß sie, das nächste Woche auch zu tun. Was für ein Auto sollte sie sich kaufen? Vielleicht einen Aston Martin? Warum eigentlich nicht. Es war ein solider Wagen, konstruiert wie ein Panzer. Emily sann noch ein bißchen über Autotypen nach, aber dann kehrten ihre Gedanken zu dem Drama in Irland zurück.

Verdammtes Pech für Anthony, daß ihm der Landrover stehengeblieben war, überlegte sie. Ohne das wäre er aus dem Schneider. Dann wär's ein klarer Fall. Zu dumm, daß er ihn nicht vor dem Dinner zurückgeholt hatte, aber er wollte wohl Min aus dem Weg gehen. Die Arme . . . so zu sterben . . . Ertrinken ist der schlimmste Tod . . . entsetzlich.

Emily erschauerte unwillkürlich, während sie über den Unfall nachdachte, und suchte die Vorstellung zu verdrängen, wie das kalte schwarze Wasser Min in seine schlammigen Tiefen hinabzog. Emily schluckte und hielt das Steuer fest umklammert. Sie hatte die Angst ihrer Großmutter vor dem Wasser geerbt; wie Emma war sie eine miserable Schwimmerin und ging bewußt Schiffen, dem Meer, Seen und sogar den harmlosesten Swimmingpools aus dem Weg. Das alles machte ihr angst.

Angestrengt bemüht, die lebhafte Vision von Min Standishs Tod zu vertreiben, schaltete sie das Autoradio ein, drehte am Knopf herum, konnte aber ihren Lieblingssender nicht finden und schaltete es sofort wieder aus. Durchs Fenster bemerkte sie ein Hinweisschild, daß sie sich Ripon näherte und drosselte das Tempo, als sie durch das kleine Dorf fuhr. Dann legte sie wieder etwas zu und fuhr in Richtung South Stainley.

Plötzlich kam ihr ein ganz schrecklicher Gedanke. Vor Entsetzen ließ sie einen Augenblick die Straße aus den Augen. Doch sofort brachte sie den Wagen wieder auf Kurs und ermahnte sich, daß sie einen Unfall bauen würde, wenn sie sich nicht konzentrierte.

Trotzdem wollte der Gedanke nicht weichen. Es war eher eine Frage, die beständig in ihr bohrte. Emily fragte sich, wieso ihr das nicht gleich eingefallen war. Schließlich stellte sie sich dem Problem: Was hatte Min am See bloß fast fünf Stunden lang gemacht, bevor sie ertrank?

In all den Sommern im «Reihernest» hatte Emma Harte ihren Enkelkindern vieles beigebracht. Das wichtigste war vielleicht, daß man ein Problem immer bis ins kleinste analysieren und sich jedes Detail genau ansehen sollte. Nun ließ Emily ihren Verstand so geschwind arbeiten, wie Emma es ihr beigebracht hatte.

Eine mögliche Antwort fiel ihr sofort ein – Min hatte keine fünf Stunden am See verbracht, weil sie am Nachmittag nicht dagewesen war. Sie war erst spätnachts dorthin gegangen. O Gott, dachte Emily, und ein Zittern überkam sie, dann hätte Anthony ja gelogen. Das kann nicht sein, und sogar *wenn* er an ihrem Tod schuld wäre, wieso hatte er dann nicht den Landrover weggeschafft? Warum ließ er ihn am See stehen?

Fang von vorne an, ermahnte Emily sich. Analysiere die Sache ganz logisch, und geh zuerst einmal von der Annahme aus, daß er vielleicht lügt. Sie rekonstruierte einen möglichen Tathergang.

Anthony ißt mit Edwina zu Abend. Dann bringt er sie zum Dower House. So um zehn ist er wieder in Clonloughlin. Bald darauf kommt unerwartet Min. Sie streiten sich. Er läuft hinaus, springt in den Landrover und fährt weg. Min folgt ihm und stellt ihn am See. Sie streiten sich wieder, Min wird handgreiflich, wie auch schon Wochen zuvor. Er wehrt sich. Sie kämpfen. Aus Versehen tötet er sie. Er läßt die Leiche in den See fallen, damit es wie ein Unfall aussieht. Dann springt der Landrover nicht an oder gibt den Geist auf. Es bleibt Anthony nichts anderes übrig, als zu Fuß nach Hause zu gehen.

So könnte es gewesen sein, sagte Emily sich widerstrebend. Aber *wenn* es so war, wieso ist er dann nicht später zum See gegangen, um den Landrover zu holen. Bestimmt hätte er ihn dann nicht dort gelassen.

In rasender Eile nahm sie ihren ersten Gedanken wieder auf und brachte ihn zu Ende.

Anthony ist es zu riskant, den Landrover allein und tief in der Nacht abzuschleppen. Er beschließt, das frühmorgens zu machen. Aber der Gutsverwalter ist schon bei Tagesanbruch unterwegs und findet ihn als erster. Anthony heckt mit Edwina die plausible Geschichte aus, daß Min schon am Nachmittag angekommen sei und behauptet, der Landrover sei zu dieser Zeit liegengeblieben. Clever blufft er sich soweit durch und rechnet darauf, daß jeder, auch ich, der Meinung ist, bloß ein Unschuldiger würde dergleichen Belastungsmaterial am Tatort zurücklassen. Andererseits hat Anthony ein Alibi für die späten Nachtstunden. Die Haushälterin hat ihn gesehen. Aber kann man Bridget Glauben schenken?

War Anthonys Version eine glatte Lüge? Ein unglaublich gewagter, brillanter Bluff?

Während Emily durch Pennistone fuhr und auf den Besitz ihrer Großmutter einbog, sagte sie sich, daß ein Mensch ungemein kaltblütig und abgebrüht sein und stählerne Nerven haben müsse, um so einen Betrug erfolgreich über die Bühne zu bringen. War Anthony ein solcher Mensch? Nein. Und woher weißt du das, Emily Barkstone? Noch vor ein paar Stunden hast du Paula gesagt, keiner von euch würde ihn *so* gut kennen. Diese Überlegungen flößten Emily Furcht ein. Sie tat ihr Bestes, um sie zu verdrängen, während sie den Wagen parkte und ausstieg. Dann betrat sie das Haus.

Hilda, die Haushälterin ihrer Großmutter, stand in der Tür, die zur Küche und den Dienstbotenunterkünften an der Rückseite des Hauses führten.

Als sie Emilys ansichtig wurde, trat ein breites Lächeln auf ihr

Gesicht. «Da sind Sie ja, Miss Emily», sagte sie und spähte besorgt durch ihre Brillengläser. «Sie sehen ja gar nicht gut aus», gluckte sie, «Sie sollten mal in die Küche kommen und eine Tasse Tee trinken.»

«Danke, Hilda, aber ich muß sofort zu Miss Paula zurückfahren. Mir geht's ausgezeichnet, wirklich, bin nur ein bißchen müde.» Es gelang ihr, zu lächeln; forschend blickte sie sich nach ihrem Koffer um.

«Ihre Reisetasche ist hier», sagte Hilda und holte sie hinter einem der schweren Tudorstühle aus der Eingangshalle hervor. Sie trug sie herbei und sagte: «Was 'ne schreckliche Nachricht. Hat mir 'nen Schock versetzt, ist wahr. Ich mußte mich setzen und 'nen Brandy nehmen nach Ihrem Anruf. Ach, der arme gnädige Herr ... mein Gott, was für eine Tragödie für ihn. Aber das Leben kann man nicht voraussehen, nicht wahr.» Sie nickte traurig und ergriff dann herzlich Emilys Arm. Während sie sie durch die Halle begleitete, sagte sie: «Weiß denn Mrs. Harte schon davon? Haben Sie mit ihr gesprochen?»

«Nein, Hilda, Mr. David bemüht sich, Mr. Philip in Australien zu erreichen. Machen Sie sich keine Sorgen, Großmutter wird es schon erfahren.»

«Oh, ganz sicher, ganz sicher, Miss Emily. Aber es ist so unfair. Grad wenn sie mal ein wenig Ruhe hat, ein bißchen Urlaub macht, muß so was Schreckliches passieren wie dieser Unfall. Das Leben Ihrer armen Großmutter ist immer voller Sorgen gewesen ... ich hätte ihr so gewünscht, daß sie nun mal davon frei sein könnte.»

«Ja, Hilda, ich auch. Aber Sie haben es ja selbst gesagt – Dinge passieren unverhofft, und wir können das Leben nicht planen. Machen Sie sich keine Sorgen, Hilda, Gran wird es schon schaffen. Und danke, daß Sie meine Tasche gepackt haben.»

«Nichts zu danken, Miss Emily, und fahren Sie bloß vorsichtig, hören Sie.»

Nachdem sie sich von Hilda verabschiedet hatte, lief Emily zu ihrem Aston Martin, warf die Tasche auf den Rücksitz, hatte in Sekundenschnelle gewendet und sauste die Auffahrt hinunter, den gleichen Weg zurück.

Auf der Fahrt nach Harrogate sagte sie sich immer wieder, daß Anthony die Wahrheit gesprochen habe und Mins Tod ein Unfall gewesen sei.

Emily hatte sich eine solche Gehirnwäsche verabreicht, daß sie außerordentlich gut gelaunt in die Garage von Long Meadow fuhr. Obwohl sie die Fahrt nach Pennistone Royal in Rekordzeit zurückgelegt hatte, war doch eine gute Stunde verstrichen, und ihr war inzwischen ganz schwach vor Hunger. Sie freute sich schon auf ein schönes Abendessen, und das Wasser lief ihr im Mund zusammen, als sie an den Gemüseeintopf mit Rindfleisch und ein Glas eisgekühlten Weißwein dachte.

Aber diese Gedanken vergingen ihr, sobald sie die Küche betreten hatte. Gleich fiel ihr die Unordnung auf. Achtlos lagen Nahrungsmittel auf den Arbeitsflächen verstreut, der Gemüseeintopf war auf dem Herd im Topf erstarrt und die Schranktüren standen offen.

Paula saß reglos am Küchentisch und sah so niedergeschlagen aus, daß Emilys Befürchtungen sofort wieder wach wurden. «Was ist denn passiert?» rief sie noch in der Tür. «Ist in Clonloughlin etwas Schreckliches geschehen? Sie haben doch nicht . . .»

«Nein, nein, gar nichts», beruhigte Paula sie und sah auf. «Ich habe keinen Mucks von ihnen gehört.»

«Aber was ist denn los?» fragte Emily und setzte sich zu ihr, sah in ihr sorgenvolles Gesicht.

Paula seufzte und schwieg.

Emily war sicher, daß ihre Cousine geweint hatte. Sie beugte sich vor, ergriff Paulas schlanke, zarte Hand und streichelte sie. «Bitte erzähl mir alles», sagte sie.

«Ich habe einen schrecklichen Streit mit Jim gehabt. Er rief vor kurzem an und war so wütend auf mich, daß ich es einfach nicht glauben kann.»

«Aber wieso denn?»

«*Sam Fellowes.* Er hat meine Warnungen ignoriert und Jim angerufen. Er hat drei dringende Nachrichten im Hotel in Toronto hinterlassen. Als Jim kam, rief er ihn sofort zurück, und Fellowes erzählte ihm von dem Unfall und meiner Anweisung, weder einen Bericht noch einen Nachruf drucken zu lassen. Fellowes sagte, ich sei unhöflich und arrogant zu ihm gewesen und hätte ihm sogar mit der Entlassung gedroht. Jim war außer sich und hat mich angebrüllt. Er fand, ich hätte alles ganz undiplomatisch angestellt und sagte, er habe zwanzig Minuten gebraucht, ehe er Fellowes wieder beruhigt und davon abgebracht hätte zu kündigen.» Paula griff nach ihrem Taschentuch und schnupfte sich aus.

«Das kann doch wohl nicht wahr sein!» Emily war entsetzt. «Aber Jim hat sich doch bestimmt entschuldigt, als du ihm erklärtest, daß man Anthony verdächtigt.»

«Ja, er sich ein bißchen abgeregt», sagte Paula verdrießlich, «aber er war sauer. Nein, er hat sich nicht entschuldigt. Das Problem, ob er für morgen einen Platz nach Irland bekommen würde, beschäftigte ihn mehr. Er meint, er müsse bei Edwina und Anthony sein und ihnen moralischen Beistand leisten.»

Emily zog ein Gesicht. «Tatsächlich?» Sie schüttelte den Kopf. «Was ist denn los mit Jim? Hat er Grandys Anweisung vergessen, daß die Familie nicht in unseren Zeitungen erwähnt werden soll?»

«Nein. Zu Beginn unserer Unterhaltung sagte er, dies sei etwas anderes, denn die Nachricht von Mins Tod würde wahrscheinlich in den überregionalen Zeitungen stehen, und es würde albern aussehen, wenn wir keine Todesanzeige drin hätten. Als er dann Bescheid wußte, beruhigte er sich etwas, war aber immer noch der Meinung, ich hätte Fellowes falsch behandelt.»

«Was zum Teufel hättest du denn tun sollen?»

Paula lächelte matt. «Er meinte, ich hätte Fellowes sagen sollen, daß er es aus den ersten Auflagen heraushalten, aber den Nachruf fertig haben und ihn festhalten sollte, bis man ihn oder Winston erreicht habe. Er sagte, es sei seine Entscheidung – seine und Winstons – und nicht meine.»

Emilys Kinnlade fiel in starrer Verwunderung herunter. «Weiß er denn nicht, daß du von Grandy – und auch von Winston – Vollmacht hast, in dringenden Fällen an ihrer Statt zu handeln?»

«Ich fand es unnötig, ihm das zu sagen, bevor er abreiste», murmelte Paula. «Ich wollte ihn nicht kränken. Dann hätte ich ihm ja auch sagen müssen, daß *ich* – gemeinsam mit Winston und Alexander – die Geschäftsanteile unserer Kinder an der Firmengruppe treuhänderisch verwalte und nicht *er*.» Als Emily schwieg, beteuerte ihre Cousine: «Wie hätte ich ihm das sagen sollen, Emily?»

«Du hättest es ihm sagen *müssen*», erwiderte Emily schroff.

«Vielleicht», gab Paula zu und nahm keine Notiz von ihrem Tonfall.

Hat sie ihm bestimmt immer noch nicht gesagt, dachte Emily, sagte aber: «Will Jim wirklich nach Irland fahren?»

«Ich bin nicht sicher. Er wollte unbedingt mit Winston sprechen.

Er hatte versucht, ihn in Vancouver zu erreichen, bevor er hier anrief.»

«Willst du damit sagen, daß wir die letzten auf seiner Liste waren, nach all den dringenden Nachrichten, die ich ihm bestellen ließ?» Emily war entgeistert.

Paula nickte. Dann wechselten die beiden Cousinen einen langen, wissenden Blick und entsannen sich des strengsten Gesetzes ihrer Großmutter, das man ihnen eingebleut hatte. Emma hatte ihnen geraten, bei jeder Krise zumindest ein weiteres Familienmitglied zu Rate ziehen, bevor sie zur Tat schritten; nicht mit Fremden darüber zu reden, einander zu helfen und, was das Allerwichtigste war: nach außen hin dichtzuhalten, um die Familie zu schützen.

Paula sagte zögernd: «Er hat wohl gedacht, da sei ein Problem bei der Zeitung . . .»

«Er ist vielleicht nicht von Grandy erzogen worden, aber er kennt doch verdammt noch mal die Regeln!» explodierte Emily. «Er hätte uns als erstes anrufen sollen, dann wären ihm die Vorgänge bekannt gewesen. Und ihr beide hättet zumindest keinen Streit bekommen.» Gereizt lehnte sie sich zurück, ihre Wut auf Jim zu verhehlen.

«Ja, das stimmt. Ach, Emily, ärgere dich nicht, es ist egal. Übrigens, das hätte ich dir wohl gleich sagen sollen, Winston hat auch angerufen.» Paula warf ihr ein Lächeln zu, eisern entschlossen, Jims unvernünftiges Benehmen zu vergessen.

«Wann?» fragte Emily begierig, fügte dann aber spitz hinzu: «Bestimmt hat *er* nicht erst lange Dialoge mit Gott und der Welt geführt!»

Paula lachte zum erstenmal seit Stunden. «Stimmt genau, meine Liebe. Er rief an, sowie ich mich von Jim verabschiedet hatte.»

«Erzähl mir alles, was Winston gesagt hat, und laß bitte kein Wort aus.»

Paula sah Emily liebevoll und nachsichtig an. «Winston hatte mit dem Vorstandsvorsitzenden der Papierfabrik in dessen Haus zu Mittag gegessen. Als er schließlich am späten Nachmittag kanadischer Zeit ins Hotel zurückkam, fand er einen Berg von Nachrichten vor. Sam Fellowes hatte angerufen – klar – und ebenso Sally, Jim und du. Da du diese Telefonnummer angegeben hattest und Fellowes sagte, es sei dringend, dachte Winston, es sei irgendeine Krise bei der Zeitung. Und natürlich wollte er erst mit mir oder dir reden vor irgend jemandem sonst. Keiner von *uns* vergißt so leicht Grandys goldene Regel. Winston war wirklich erschüttert, als ich ihm sagte, Min sei tot, und er machte sich große Sorgen um Sally. ‹Halt meine Schwester so weit von Clonloughlin fort, wie du kannst›, sagte er mehrmals. Ich beruhigte ihn natürlich, und er war sehr erleichtert darüber, daß ich streng zu ihr gewesen war. Dann stellte er mir eine Menge sachlicher Fragen. Er war froh darüber, daß du heute nacht hierbleibst.»

«Will er nach Hause fliegen?» fragte Emily.

«Nein, nur wenn sich in Clonloughlin etwas ändert – zum Schlechten. Er sagte mir, wir seien alle im selben Lager vom selben General gedrillt worden, und betonte, er könne nicht mehr unternehmen als du oder ich, und deshalb wolle er sich ganz normal weiter seinen Geschäften widmen.»

«Da hat er natürlich recht.» Emily zögerte kurz und fragte dann: «Hast du ihm von dem Streit erzählt – wie Jim sich dir gegenüber benommen hat?»

«Nur flüchtig, Emily. Ich wollte kein großes Aufhebens davon machen, aber ich fürchte, Winston hat sich sehr darüber geärgert. Er schimpfte über Jim. Und er sagte, Fellowes sei ein Idiot und schon lange auf der Abschußliste. Er fragte sich, wieso Jim nicht erst mit mir gesprochen hatte, bevor er Fellowes zurückrief.» Paula zuckte die Achseln. «Ich sagte ihm, das wüßte ich auch nicht. Jedenfalls wird er mit Jim über Fellowes reden, und auch darüber, ob er nach Irland fahren soll. Er meint, Jim solle in Kanada bleiben, aber ich denke, er wird ihn nicht davon abhalten können, wenn er unbedingt morgen nach Dublin fliegen will. Das war eigentlich alles; natürlich hat er nach dir gefragt und läßt dich herzlich grüßen.»

«Schade, daß ich ihn verpaßt hab. Ich wollte so gern mit ihm reden», sagte Emily ein bißchen wehmütig.

«Das kannst du doch noch machen, irgendwann nach Mitternacht – unserer Zeit, meine ich», schlug Paula sofort vor. «Winston geht heute abend nicht weg. Er sagte mir, daß er sich Essen aufs Zimmer bringen lassen würde und meinte, er wolle Sally und Jim anrufen, aber ich habe auch so das Gefühl, daß er es Sam Fellowes gehörig geben wird.»

«Bestimmt. Na, dann werd ich ihn später anrufen.» Emily erhob sich, schlüpfte aus ihrer Strickjacke und hängte sie über die Stuhllehne. «Und was ist mit deinem Vater? Hat er Philip erreicht?»

«Ja, vor einer Stunde, bloß ein paar Minuten, nachdem du zu Grandys Haus gefahren bist. In Dunoon war Frühstückszeit, und Grandy war auf, trank ihren Morgentee und aß mit Philip Toast. Sie weiß Bescheid. Daddy hat auch mit ihr geredet.» Paula sah Emily scharf an. «Wetten, daß wir bald von ihr hören werden?»

Emily lachte. «Wetten. Grandy wird uns anrufen, sowie sie Zeit hatte, sich ein paar bohrende Fragen auszudenken, die uns aus dem Hinterhalt treffen.»

Nun mußte auch Paula lachen. «Das ist aber ungezogen.»

«Na, du weißt ja ebensogut wie ich, daß Emma Harte immer nachprüft, ob ihre Enkel auch aufpassen. Und wieso sollte das heut abend anders sein?»

Paula warf ihr einen nachdenklichen Blick zu und sagte: «Nein, das ist wohl richtig, und wir sollten dankbar sein, daß sie uns so erzogen hat. Zumindest sind wir in der Lage, mit Krisensituationen fertig zu werden.»

«Ja», stimmte Emily zu. «Und in der Zwischenzeit werde ich den Gemüseeintopf wiederauferstehen lassen und uns ein schönes Abendessen machen.»

24

«Tut mir leid, daß ich etwas zu spät komme», entschuldigte Paula sich, als sie am Mittwochnachmittag um fünf vor drei ins Büro des Kaufhauses in Knightsbridge eilte.

«Wie war denn Ihre Unterredung mit Henry Rossiter?» fragte Gaye, erhob sich und folgte Paula in das palastartige Büro im King George-Stil, das Emmas unverwechselbares Zeichen trug.

«Alles ging reibungslos. Die meiste Zeit haben wir mit den anderen Holdinggesellschaften Grandys zugebracht; wir haben kaum über die irische Bescherung gesprochen, bloß ein paar Minuten nach den geschäftlichen Fragen – beim Essen. Gibt es denn was Neues von dort?» Paula warf ihre Handtasche auf einen Stuhl und nahm hinter dem riesigen Doppelschreibtisch Platz, der einst ihrer Großmutter gehört hatte.

«Ja. Ihre Mutter hat noch einmal angerufen. Sie wollte Ihnen mitteilen, daß sie nach der Totenschau in Cork morgen nicht dableiben würde, wie sie es ursprünglich geplant hatte. Sie wird sofort nach London zurückfliegen», erklärte Gaye und setzte sich Paula gegenüber.

«Ich bin froh, daß sie es sich anders überlegt hat. Wenn erst diese Totenschau vorbei ist, können wir alle freier atmen . . . zumindest hoffe ich das.»

«Da die Polizei keine weiteren Schritte unternommen hat, bin ich fast sicher, daß dieser Gerichtstermin ziemlich routinemäßig verlaufen wird», meinte Gaye ruhig.

«Hoffentlich.» Paula lächelte versuchsweise, bemerkte dann aber Gayes düstere Miene und sagte: «Sie sehen ja nicht sehr glücklich aus. Was ist denn hier passiert, seit ich um elf das Büro verlassen habe?»

Gaye räusperte sich. «Leider muß ich Sie mit lauter Problemen konfrontieren heute nachmittag, Paula.»

«So ist es nun mal diese Woche. Also dann schießen Sie mal los mit den schlechten Nachrichten, Gaye.»

«Ich werd mit dem Wichtigsten anfangen», sagte Gaye und blickte auf. «Dale Stevens hat vor zwanzig Minuten angerufen. Aber nicht aus Texas. Er ist in New York. Im *Pierre*. Er klang merkwürdig, sehr besorgt, fand ich. Nicht so quicklebendig wie sonst.»

Ärger bei *Sitex*, dachte Paula. Sie unterdrückte ihre Besorgnis und fragte: «Hat er irgendwas gesagt, wieso er mich sprechen will?»

Gaye schüttelte den Kopf. «Aber er hat gefragt, wann Sie bei *Hartes* in New York sein würden. Ich meinte, vermutlich nicht vor November, und darüber hat er sich sehr aufgeregt. Er unterdrückte einen Fluch und fragte, ob ich mir da sicher sei. Ich sagte ja, es sei denn, irgendwas Dringendes träte ein und man bräuchte Sie. Dann machte ich eine Pause, er sprang aber nicht drauf an.»

Paula griff nach dem Hörer: «Dann rufe ich ihn wohl besser gleich an.»

Gaye erwiderte: «Er ist nicht da. Er hat eine Sitzung. Sie sollen ihn um sechs Uhr Ortszeit zurückrufen.»

«Und mehr hat er nicht gesagt?»

«Nein. War sehr verschlossen, unser Mr. Stevens. Ich sehe Ihnen an, daß Sie sich Sorgen machen und mit dem Schlimmsten rechnen. Sie denken wohl, daß etwas bei *Sitex Oil* passiert ist? Das glaube ich auch. Er klang sehr angespannt, niedergeschlagen sogar.»

«Ja, das ist sehr ungewöhnlich. Dale ist sonst immer so locker und vergnügt. Aber es hat wenig Sinn, Spekulationen anzustellen. Also gut. *Sitex* um sechs. Und was gab's noch?»

«Winston hat in der Mittagspause aus Vancouver angerufen. Er war auch sehr besorgt. Es gibt unerwartete Probleme mit der kanadischen Papierfabrik. Sie traten erst gestern abend auf, nachdem er schon mit Ihnen telefoniert hatte. Die Verhandlungen sind steckengeblieben. Er wird heute sein Angebot zurückziehen, das hatten Sie beide ja verabredet für den Fall, daß Schwierigkeiten auftauchen sollten. Er wird ihnen 24 Stunden Bedenkzeit geben, und wenn dann nicht alles wieder in Ordnung ist, wird er am Freitag nach New York zurückfliegen. Er meint, Sie bräuchten nicht zurückrufen, er würde Sie auf dem laufenden halten, ganz gleich, was geschähe. Aber er hat nicht sehr viel Hoffnung. Er glaubt, die Verhandlungen seien gestorben.»

«Verdammt, das ist aber ärgerlich! Und es wäre so ein schöner Neuerwerb für die Zeitschriftengruppe gewesen. Hoffentlich kann er es wieder einrenken. Und was weiter, Gaye?»

«Sally Harte ist verschwunden», murmelte Gaye und warf Paula einen mitfühlenden Blick zu.

«Die kleine Närrin! Die dumme kleine Närrin!» rief Paula und setzte sich kerzengerade auf. «Ich habe ihr gesagt, sie solle nicht nach Irland gehen, und wahrscheinlich hat sie genau das gemacht. Wer hat angerufen? Onkel Randolph?»

«Nein. Emily. Ihr Onkel Randolph hat vor ein paar Stunden mit ihr gesprochen. Sie war gerade am Weggehen, als das Telefon klingelte. Und nun ist sie in die Stadt gefahren. Sie wissen ja, sie hat morgen einen Termin im Londoner Büro von *Genret*. Also offenbar ist Ihr Onkel Randolph fürchterlich wütend, wenn Emily auch sagt, sie habe ihr Bestes getan, ihn wieder zu beruhigen. Emily meint, Vivienne verberge etwas und wüßte, wo Sally ist, wolle aber nicht sprechen. Sie meint, Sie sollten sich Vivienne vornehmen, wenn Sie ein bißchen Zeit hätten.»

Paula stöhnte auf. «Reizend. Warum zum Teufel hat sie nicht selbst mit Vivienne geredet, solange sie in Yorkshire war? Ach, das hat mir heute gerade noch gefehlt!»

«Ich habe Emily gebeten, noch kurz mit Vivienne zu reden, bevor sie wegführe, aber sie hatte Bedenken und meinte, es hätte keinen Sinn. ‹Sagen Sie Paula, ich könne die Leute nicht so leicht einschüchtern wie sie›, meinte sie und legte auf, bevor ich noch etwas sagen konnte.»

«Verstehe.» Die beiden Frauen wechselten einen besorgten Blick. Paula sah weg, starrte nachdenklich in den Kamin, dann erschien eine strenge, entschlossene Linie auf ihrem Mund, und ihre Augen verengten sich.

Gaye, die sie genau beobachtete, konnte nicht umhin zu bemerken, wie sehr Paula in diesem Augenblick ihrer Großmutter ähnelte, und dachte: Ich hoffe wirklich, daß sie genauso stark ist wie Emma Harte.

Paula richtete den Blick wieder auf ihre Assistentin. «Ich werde mich nachher um Vivienne kümmern. Wo Sally auch sein mag, ich kann sie nicht gut mit Gewalt da wegholen und sie zwingen, das zu tun, was ich sage. Jetzt kommt erst mal das Geschäftliche. Gibt es sonst noch etwas?»

«John Cross hat angerufen. Er ist in London. Er hat um einen Termin gebeten. Morgen früh, wenn es geht.»

«Oh!» rief Paula, aber sie war nicht so überrascht, wie es den Anschein hatte. Schon seit Wochen wartete sie darauf, daß sich der Chef der *Aire Communications* melden würde. Sie war ebenso wie ihre Großmutter der Meinung, daß er am Ende zurückgekrochen kommen würde.

Gaye starrte sie an und versuchte ihren vollkommen unergründlichen Gesichtsausdruck zu deuten. «Cross hat seine Nummer dagelassen, Paula», sagte sie schließlich und brach das Schweigen. «Was wollen Sie machen? Ihr Terminkalender für morgen ist schon ziemlich voll.»

Paula schob den Mund vor und schüttelte den Kopf, dann gab sie zu: «Also ehrlich, ich bin mir nicht so ganz sicher . . . es hat wohl nicht viel Sinn, ihn zu treffen. Vor Feierabend sage ich Ihnen Bescheid.»

«Ihre Cousine Sarah ist von Barbados zurück und möchte Sie sehen. Heute um vier. Sie sagte, sie müsse sowieso zum Kaufhaus kommen, um den Prêt-à-Porter-Einkäufer zu treffen, und würde kurz hineinschauen. Sie war ziemlich hartnäckig.»

«Sie ist ja eher wieder da, als ich dachte. Ja, ich sollte sie wohl lieber kommen lassen. Es kann nichts Wichtiges sein und wird nicht lange dauern. Sarah will mir wahrscheinlich von der Eröffnung der Boutique und der Einweihung des neuen Hotels am letzten Wochenende erzählen. Ist das nun alles, Gaye?»

«Das reicht doch, oder?» erwiderte Gaye mürrisch.

Paula lehnte sich zurück und musterte sie prüfend. «Macht es Ihnen wirklich Spaß, meine Assistentin zu sein? Oder wäre Ihnen als Sekretärin wohler zumute? Ich kann Sie zurückversetzen, Gaye, wenn Sie es möchten. Ich will alle zufriedenstellen», scherzte Paula und mußte trotz ihrer vielen Sorgen lachen.

Gaye lachte bereitwillig mit. «Tut mir leid, wenn es sich verdrossen angehört hat. Mir macht der neue Job Spaß, wirklich. Außerdem wäre Sheila gekränkt und beleidigt, wenn sie nun wieder zur reinen Schreibkraft degradiert werden würde. Sie ist so stolz darauf, für Sie arbeiten zu dürfen. Sie ist doch auch sehr tüchtig, oder?»

«Ja, dank Ihres beharrlichen Trainings in den letzten Jahren.»

Das Telefon klingelte. Paula warf dem Apparat einen bösen Blick zu und schüttelte den Kopf.

Gaye nahm ab und sagte forsch: «Büro Mrs. Fairley.» Nach einer kleinen Pause fügte sie hinzu: «Ja, sie sitzt mir gegenüber.» Sie gab Paula den Hörer und murmelte: «In Ordnung. Ist bloß Alexander.» Dann ging sie eilig aus dem Zimmer.

«Na, wie gefällt's dir wieder in der alten Tretmühle?» sagte Paula ins Telefon.

«Verdammt gräßlich nach zwei Wochen Sonnenschein und Nichtstun in Südfrankreich. Aber eins ist eine Erleichterung – hier muß ich mich nicht mit meiner Mutter abplagen», bemerkte Alexander sarkastisch und sagte dann schnell: «Kannst du vielleicht mit mir essen gehen heute abend? Es gibt da ein paar Dinge, die ich gern mit dir besprechen würde.»

«Ist es was Ernstes?»

«Nein, aber was Interessantes.»

«Und warum erzählst du es mir nicht jetzt?» drängelte Paula, deren Neugierde angestachelt war.

«Zu kompliziert. Außerdem muß ich in genau zehn Minuten eine Sitzung eröffnen. Und da wir beide hier und allein sind, dachte ich, es sei eine gute Gelegenheit, etwas gemeinsam zu unternehmen. Hast du Lust, im *White Elephant* zu essen?»

«Das klingt nach einer netten Abwechslung. Danke für die Einladung. Ich will dich gern treffen, vorausgesetzt, wir sagen so um neun. Ich muß heute Überstunden machen.»

«Wer muß das nicht? Neun ist prima. Ich hol dich vom Belgrave Square ab, in Ordnung? So um halb neun?»

«Wunderbar. Ach, und Sandy, du solltest besser drei Plätze reservieren lassen. Deine Schwester ist auf dem Weg nach London, und ich bin sicher, daß Emily unbedingt dabeisein möchte.»

«Ach ja. Fräulein Schnüffelnase muß immer dabeisein», sagte er und lachte trocken. «Also bis später.»

Paula stand auf und stellte sich mit dem Rücken zum Kamin. Es war kalt geworden in den letzten Tagen, und sobald eine Andeutung von Herbstfrost in der Luft lag, wurde automatisch jeden Morgen das Feuer angezündet wie schon seit eh und je. Paula war froh darüber, daß Emmas lange Tradition unverändert bestand. Plötzlich fror sie bis in die Knochen. Doch das helle Feuer wärmte und gab dem hübschen Zimmer einen fröhlichen Anstrich.

Sie runzelte die Stirn: ihre Gedanken kreisten um den Anruf von

Dale Stevens. Anrufe von ihm waren nichts Ungewöhnliches, da sie ja ihre Großmutter bei *Sitex* vertrat. Emma, die 42 Prozent der Aktien besaß, war die wichtigste Einzelaktionärin, seit jeher ein Machtfaktor in der Ölgesellschaft und Mitglied des Aufsichtsrats. Nun, da Paula diese Stellung innehatte, beriet sich Dale mehrmals im Monat mit ihr. Andererseits war der Anruf heute nachmittag offenbar kein Routinegespräch gewesen. Gaye hatte bemerkt, daß er Sorgen hatte, und Paula vertraute Gayes Urteil. Schließlich war es die unerschrockene Gaye Sloane gewesen, die letztes Jahr die Verschwörung gegen Grandy entdeckt hatte. Dale wird wohl Ärger mit Harry Marriotts Clique im Aufsichtsrat haben, dachte Paula plötzlich. Marriott war der Partner ihres Großvaters gewesen, als Paul McGill *Sydney Texas Oil* in den vierziger Jahren gründete, und seit jeher ein schwieriger Mensch. Emma hatte es geschafft, ihn im Januar 1968 zum Aufsichtsratsvorsitzenden zu machen, um dann den Aufsichtsrat nach ihrem Gutdünken zu dirigieren. Man hatte mit ihr gestimmt und Dale Stevens, Emmas Protegé, zum neuen Präsidenten gewählt. Trotzdem waren einige der Mitglieder, alte Freunde von Marriott, gegen Dale, und Paula vermutete, daß sie ihn in eine verzwickte Lage gebracht hatten.

Verdammt, fluchte sie. Ich wünschte, ich könnte ihn vor sechs erreichen. Sie sah auf die Uhr. Es war halb vier. Zweieinhalb Stunden Wartezeit. Na, wenigstens hatte sie dann Zeit, Briefe abzuzeichnen, die Hauspost, die sich auf ihrem Schreibtisch ablagerte, kurz zu überfliegen und mit Vivienne Harte zu reden, bevor Sarah Lowther kam.

Paula kehrte an ihren Schreibtisch zurück und betrachtete die Merkblätter, stellte fest, daß in einigen verzwickte Fragen aufgeworfen wurden, die man nicht so schnell abtun konnte, und legte diese beiseite. Dann unterschrieb sie die Morgenpost und ließ sich nach Allington Hall in Middleham durchstellen. «Hallo, Vivienne», sagte Paula, als ihre Cousine sich meldete, «wie geht es dir?»

«Ach, Paula! Hallo. Ganz gut, und dir?»

«Ich mach mir Sorgen, Vivienne. Eben hab . . .»

«Wenn du wegen Sally anrufst, werd ich dir nicht sagen, wo sie ist. Das habe ich ihr *versprochen*. Daddy kriegt es nicht aus mir heraus und du auch nicht.»

Paula sagte bestimmt: «Also, Vivienne, ich bin sicher, daß Sally sich nicht aufregen würde, wenn du es mir sagtest. Ich bin die . . .»

«Würde sie sehr wohl», unterbrach Vivienne sie hitzig. «Sie will nicht, daß irgend jemand weiß, wo sie ist. Auch du nicht. Also bedräng mich bitte nicht und bring mich nicht in diese unangenehme Lage.»

«Du *kannst* es mir sagen – hör zu, ich werd es weder deinem Vater noch irgend jemanden sonst verraten, nicht mal Winston, wenn er mich nachher anruft. Du weißt doch, daß ich meine Versprechen halte.»

«Nein, das weiß ich nicht. Und außerdem erwartest du von mir, daß ich meines breche», schoß Vivienne zurück. «Meine arme Schwester ist wie ein verletzter Vogel, sie ist völlig erschöpft, und sie braucht ein bißchen Ruhe und Frieden. Seit Sonntag abend hat Daddy nicht aufgehört, mit ihr herumzuschimpfen.»

«Das tut mir sehr leid. Schau mal, du brauchst mir nicht zu sagen, wo sie ist, aber würdest du mir sagen, wo sie *nicht* ist?»

«Wie meinst du das?» fragte Vivienne wachsam.

«Wenn ich einen Ort sage, an dem Sally *nicht* ist, wirst du's mir dann sagen? Du brauchst bloß ‹Nein› zu sagen.»

Vivienne lachte höhnisch. «Du willst mich hereinlegen, Paula. Wenn ich bei einem bestimmten Ort nichts sage, dann weißt du sofort, daß sie da ist.» Vivienne lachte wieder, und ihr Mißtrauen war deutlich herauszuhören. «Glaubst du, ich bin blöd? Oder naiv? Ich bin doch nicht unreif vom Bananenfrachter gefallen, weißt du.»

«Ich muß wissen, wo sich deine Schwester versteckt», fauchte Paula, der nun auch die Geduld riß, «und zwar aus mehreren Gründen, die ich hier nicht mit dir erörtern möchte.»

«Behandle mich nicht wie ein kleines Kind, ich bin neunzehn», rief Vivienne voller Wut.

Paula seufzte. «Ich will nicht mit dir streiten, Viv, und ich kann dazu nur eines sagen . . . wenn Sally nach Irland gefahren ist, dann ist sie dümmer, als ich gedacht habe, weil sie sich und Anthony alles nur noch schwerer macht damit.»

«Sally ist *nicht* dumm! Natürlich war sie nicht so dumm, nach Irland . . .»

Vivienne brach ab.

Treffer, dachte Paula und lächelte. Ihr Trick hatte gezogen. Sie sagte: «Falls Sally anrufen sollte, sag ihr, ich bin mit Alexander und Emily im *White Elephant* essen. Falls sie auch mitmöchte.»

«Ich muß weg, Paula», sagte Vivienne nach einer kleinen Pause eilig. «Daddy ruft mich. Auf Wiedersehen.»

«Sag Sally, sie soll sich mit mir in Verbindung setzen, wenn sie irgend etwas braucht. Auf Wiedersehen, Kleine.»

Paula sah noch eine Weile das Telefon an und dachte über die Unterhaltung nach. Nun, Sally war also nicht in Irland. In London würde sie auch kaum sein, da sie die Stadt nicht besonders mochte. Ob sie wohl noch in Yorkshire war? Und wenn ja, wo? Eine Formulierung Viviennes kam ihr wieder in den Sinn. Sie hatte ihre Schwester als «verletzten Vogel» bezeichnet. Bloß eine Redewendung oder eine Beschreibung von Sallys Zustand? Oder ob das eine unbewußte Assoziation gewesen war? Verletzte Vögel versuchten immer zu ihren Nestern zurückzukommen . . . «Reihernest»? *Natürlich.* Sally liebte Scarborough, und viele ihrer Bilder stellten die Plätze dar, an denen sie als Kinder so oft gewesen waren. Dort würde *ich* hingehen, wenn ich mich verstecken wollte, sagte Paula sich. Es ist erreichbar, gemütlich, die Speisekammer ist immer voll, und die alte Mrs. Bonnyface hat die Schlüssel.

Paula nahm den Hörer ab und wollte schon im «Reihernest» anrufen, überlegte es sich dann aber doch anders. Es war viel vernünftiger, Sally fürs erste in Ruhe zu lassen. Ob sie sich in Scarborough aufhielt oder nicht, zählte eigentlich kaum. Es zählte nur, daß sie nicht in der Nähe von Clonloughlin war, und diese Gewißheit minderte die Angst, die Paula um Sally hatte.

«Paula?»

«Ja, Gaye?» fragte Paula und beugte sich über die Sprechanlage.

«Sarah ist da.»

«Dann lassen Sie sie doch bitte hereinkommen, Gaye.»

Kurz darauf betrat Sarah Lowther den Raum. Sie trug ein wunderbar geschneidertes flaschengrünes Gabardinekostüm, das an ihrer ziemlich fülligen Figur Wunder wirkte. Auch die Farbe war ein schmeichelnder Kontrast zu ihrem rotbraunen Haar, das üppig gelockt ihr Gesicht umrahmte und ihre kräftigen, aber nicht unattraktiven Züge weicher erscheinen ließ.

«Hallo, Paula», sagte sie forsch und blieb mitten im Zimmer stehen. «Du siehst gut aus. Schlanker denn je. Ich weiß nicht, wie du das machst . . . ich muß mich schon abmühen, um auch nur ein paar Gramm loszuwerden.»

Paula lächelte ein wenig und sagte: «Willkommen daheim, Sarah.» Sie ging um den Schreibtisch herum und küßte ihre Cousine auf die Wange. «Laß uns doch am Kamin sitzen», fuhr sie fort. «Möchtest du einen Tee haben?»

«Nein. Aber hab trotzdem Dank.» Forsch drehte Sarah sich auf ihren hohen Absätzen um und steuerte aufs Sofa zu. Sie nahm dicht am Kamin Platz, lehnte sich mit übergeschlagenen Beinen zurück und strich ihren Rock glatt. Dann ließ sie ihren Blick über Paula gleiten und nahm anerkennend die schlichte Eleganz des dunkelvioletten Wollkleides zur Kenntnis. Es war umwerfend, und als Chefin der Modeabteilung der Harte-Unternehmensgruppe wußte Sarah, daß es von Yves Saint-Laurent war. Sie unterdrückte das Kompliment, das ihr auf der Zunge lag, und sagte: «Jonathan hat mir erzählt, daß sich die irischen Vettern dort drüben gegenseitig umbringen . . . es wundert mich, daß Großmutter nicht flugs zurückgekommen ist.»

«Das ist aber keine sehr nette Bemerkung über Anthony, Sarah», tadelte Paula sanft, nahm Platz und runzelte die Stirn. «Mins Tod war ein Unfall, und warum sollte Gran deshalb zurückkommen? Morgen um diese Zeit wird die ganze Sache erledigt sein.»

Sarah warf Paula einen merkwürdigen Blick zu und zog eine rostfarbene Braue hoch. «Hoffentlich hast du recht.»

«Erzähl mir doch von der Hoteleröffnung und von eurer Boutique», wechselte Paula geschickt das Thema.

Sarah blieb stumm.

«Nun erzähl doch, ich bin ganz gespannt», sagte Paula beharrlich.

«Gut ging es», meinte Sarah schließlich. «Aber wie hätte es auch anders sein sollen? Ich habe monatelang hart darauf hingearbeitet. Ehrlich, die ganze Reise war eine einzige Plackerei. Ich war 24 Stunden täglich auf den Beinen. Miranda hatte alle Hände voll mit dem Hotel zu tun, also habe ich mich an die Arbeit gemacht, das Auspacken und Bügeln der Kleider beaufsichtigt und für die Fensterdekorationen und eine attraktive Innenausstattung gesorgt», murrte sie. «Aber die Waren, die ich ausgesucht habe, waren perfekt – selbst wenn *ich* das jetzt sage. Allen haben meine Lady Hamilton-Kleider und die Freizeitsachen gefallen. Jeder meinte, die Farben seien phantastisch, die Stoffe toll, die Schnitte hinreißend. Am ersten Tag waren wir total überlaufen, und ich denke, wir werden die ganze Saison hindurch ein Rekordgeschäft machen.»

«Das freut mich ja sehr», sagte Paula begeistert, fest entschlossen, Sarahs Bemerkungen über ihren Beitrag an der Boutique – der in Wirklichkeit kaum erwähnenswert war – zu ignorieren. «Und wie geht es Merry?» fragte sie.

«Gut, denke ich. Ich habe sie nur selten gesehen. Die O'Neills haben ein Flugzeug voller VIPs eingeladen zum Galaeröffnungswochenende des Hotels, und da war sie damit beschäftigt, sich bei den Berühmtheiten einzuschmeicheln.»

Paula wollte aus der Haut fahren, angesichts dieser häßlichen und ungerechten Bemerkung, beherrschte sich aber klug. «Ist Shane von New York herübergekommen?»

«Ja.»

«Und?»

«Und *was*?» fragte Sarah trotzig. Ihre Züge waren eisig; sie warf Paula einen bösen Blick zu.

Überrascht vom Ausmaß der Abneigung, die sie in Sarahs Gesicht sah, schrak Paula zurück. Trotz ihrer Verwunderung brachte sie noch heraus: «Du hast Shane und Onkel Bryan doch sicher gesehen? Vielleicht war Merry als Chefin der PR-Abteilung sehr beschäftigt, aber du willst doch nicht sagen, daß dich die O'Neills ignoriert hätten. Schließlich gehören sie zur Familie, und sie machen so was nicht.»

«Ja, ja, ich war zu den Galaabenden eingeladen. Aber meist war ich zu erschöpft, um mich zu amüsieren.»

Sarah sah ins Feuer und entsann sich ihres peinlichen Wochenendes voller Demütigungen und schmerzlicher Enttäuschungen. Shane hatte sie die meiste Zeit links liegengelassen. Und als er sie zu bemerken geruhte, war er kurz angebunden gewesen und hatte sich aus ihren weiblichen Reizen ganz offensichtlich nichts gemacht. Paula hätte er nie so mies behandelt, dachte sie bekümmert. Sein Gesicht, wie es von unglaublicher Leidenschaft und Liebe gezeichnet war, entstand vor ihrem geistigen Auge. Sie blinzelte und wollte die Vision vertreiben. So hatte er nicht sie, sondern Paula angesehen . . . an jenem schrecklichen Tag bei der Taufe . . . nie würde sie diesen Blick vergessen. Erst da hatte sie voller Schrecken begriffen, daß Shane O'Neill Paula Fairley liebte. Und deshalb hat er nichts für mich übrig, sagte sie lautlos. Zum Teufel mit Paula! Ich hasse sie! Überwältigende Eifersucht stieg unversehens in ihr auf, so daß sie ihr Gesicht abwenden mußte. Ihr war schwindlig und übel.

«Tut mir leid, daß du so wenig Spaß hattest», murmelte Paula liebenswürdig und fragte sich dabei, was sie getan hatte, um sich Sarahs Feindschaft zuzuziehen. Sie lehnte sich zurück und kniff nachdenklich die Augen zusammen. Es gab eigentlich keinen Grund zu der Annahme, daß Sarahs Bericht vom Galawochenende nicht der Wahrheit entsprach, dennoch wollte sie ihr nicht so recht glauben. Sie dachte an Sarahs Eigenlob und an den selbstzufriedenen Ton, in dem sie von ihrer harten Arbeit gesprochen hatte. Wie sie übertrieb!

Paula konnte es nicht lassen, hinzuzufügen: «Also war es eine Plackerei – aber so ist das eben im Einzelhandel, Sarah. Und, das mußt du doch zugeben, es war deine Idee, nach Barbados zu fahren. Wenn ich . . .»

«Die Idee war doch auch prima, oder etwa nicht?» rief Sarah herrisch, wandte sich vom Feuer ab und starrte Paula unbeherrscht an. «Irgend jemand mußte sich ja schließlich um die Organisation kümmern. Es wäre eine schöne Bescherung geworden, wenn wir uns auf Merry verlassen hätten, so wie sie ihre Pflichten vernachlässigt hat. Oder wenn wir alles dem Zufall überlassen hätten, wie du es wolltest.»

Die Kritik und die Streitsucht, die aus Sarahs Bemerkungen sprachen, überraschten Paula noch mehr. So viel wollte sie Sarah nicht durchgehen lassen, und so sagte sie mit einiger Schärfe: «Das ist überaus ungerecht von dir. Ich hatte nicht die Absicht, irgend etwas dem Zufall zu überlassen. Ich wäre selbst dorthin geflogen, wenn du nicht so ein Theater aufgeführt hättest, weil du unbedingt hinwolltest. Übrigens brauchst du dir wegen der anderen Boutiquen keine Sorgen zu machen. Ich habe Melanie Redfern von Harvey Nichols engagiert. Sie fängt nächste Woche an. Sie wird die *Harte*-Geschäfte in sämtlichen *O'Neill*-Hotels leiten und intensiv mit mir zusammenarbeiten. Und natürlich mit Merry.»

«Ich verstehe.» Sarah setzte sich anders hin und räusperte sich. «Also, eigentlich bin ich heute zu dir gekommen, weil ich dir ein Angebot machen wollte.»

«Ein Angebot?» erwiderte Paula und überlegte, was Sarah wohl nun aus dem Hut zaubern würde.

«Ja. Ich möchte die Boutiquen für meine Abteilung kaufen. Geld ist kein Problem. Wir haben genug. Verstehst du, da ich schon soviel mit den Boutiquen zu tun habe, möchte ich sie gern ganz unter meine Fittiche nehmen und sie mit in die Lady Hamilton-Kette einbauen. Nenn mir deinen Preis – ich werde ihn zahlen.»

Obwohl Sarahs lächerliches Ansinnen Paula aus der Fassung gebracht hatte, sagte sie schnell: «Auch wenn ich das wollte, könnte ich es nicht, das weißt du ja. Die Boutiquen gehören zur *Harte*-Kaufhauskette.»

«Na und. Ich biete dir hier eine bequeme Gelegenheit, schnell viel Geld zu verdienen. Das sollte dir doch gefallen, wo dein Blick stets auf die Bilanzen gerichtet ist.»

«Darf ich dich daran erinnern, daß die *Harte*-Kette eine Aktiengesellschaft ist?» rief Paula, die allmählich glaubte, ihre Cousine habe den Verstand verloren. «Ich habe Aktionäre und einen Aufsichtsrat, dem ich Rechenschaft ablegen muß, falls dir das entfallen sein sollte.»

Sarah lächelte dünn. «Erzähl mir nichts vom Aufsichtsrat bei *Hartes*. Das kennen wir doch, meine Liebe. Er besteht aus Großmutter, dir, deinen Eltern, Alexander und einer Handvoll alter Knacker, die alles tun, was du ihnen sagst. Wenn du wolltest, könntest du leicht an mich verkaufen. Es ist deine Entscheidung. Erzähl mir nichts. Der Aufsichtsrat wird sich all deinen Wünschen fügen, genau wie früher bei Großmutter. Sie hatte sie in der Tasche, genau wie du.»

Paula richtete einen enorm kalten Blick auf ihre Cousine, und ihre Stimme war ebenso eisig: «*Harte* hat eine Menge Geld in die Boutiquen investiert, und ich selbst habe auf das Projekt ungeheuer viel Zeit und Kraft verwandt, monatelang. Deshalb habe ich nicht die Absicht, sie dir oder sonst jemandem zu verkaufen, auch nicht, wenn der Aufsichtsrat einem Verkauf zustimmen würde, was er nicht täte – das kannst du mir glauben –, zumindest nicht jetzt. Verstehst du, Sarah, ich möchte die Boutiquen behalten. Sie gehören zu unserem Expansions- und Wachstumsprogramm. Außerdem . . .»

«Deine Kraft!» rief Sarah und stürzte sich auf diesen Punkt. «Das ist lächerlich. Ich habe viel härter gearbeitet als du, und ich habe alle Waren ausgesucht. Unter den gegebenen Umständen ist es bloß fair, wenn . . .»

«Nun mach aber mal einen Punkt!» warnte Paula, deren Gesicht man die zunehmende Gereiztheit und Ungeduld ansehen konnte. «Ich will mir nicht länger diesen Unsinn anhören, Sarah; was du da redest, ist ja völlig absurd. Du kommst hier an, kritisierst mich und versuchst dann, dir den gesamten Verdienst um die Boutiquen in Barbados zuzuschreiben. Was *deine* Kraft anbetrifft, hast du wirklich Nerven! Zufällig hat Emily viel mehr für uns gearbeitet als du. Sie hat jedes einzelne Accessoire besorgt, was keine Kleinigkeit war, und ich entsinne mich, die ganze Strandmode ausgesucht zu haben. Und darüber hinaus haben Merry und ich die Sachen von deiner Firma ausgewählt – nicht *du*. Ich will dir zugestehen, daß du uns die besten Reihen der Lady Hamilton-Kollektion zur Verfügung gestellt und die spezielle Abendgarderobe entworfen hast, und vielleicht hast du die letzten zehn Tage gewissenhaft gearbeitet. Trotzdem ist dein Anteil am Erfolg der ersten Boutique eher gering gewesen, und zwar äußerst gering.»

Paula erhob sich, ging zu ihrem Schreibtisch und nahm dahinter Platz. Ruhig und abschließend sagte sie: «Und was den Verkauf der Boutiquen angeht . . .» Ratlos schüttelte sie den Kopf. «Ich kann nur sagen, daß das die albernste Idee ist, die ich je gehört habe, und besonders von dir, wo du doch genau weißt, wie Grandy alles geplant hat. Weißt du, wenn du ein neues Projekt miterarbeiten willst, vielleicht können wir uns da zusammensetzen . . .» Paula brach ab, schon tat ihr diese versöhnliche Geste wieder leid. Sarahs Kälte war deutlicher zu spüren denn je zuvor.

Sarah erhob sich schweigend, ging schnurstracks auf den Schreibtisch zu und sah Paula an.

Mit leiser und ungewöhnlich ruhiger Stimme sagte sie: «Vielleicht denkt Großmutter anders über die Boutiquen. Vielleicht hat sie Lust dazu, sie mir zu verkaufen. Hast du daran mal gedacht?»

Sie gab Paula keine Gelegenheit, zu antworten und fuhr seltsam ruhig fort: «Grandy ist noch nicht tot, und so, wie ich sie kenne, hat sie ihre 70 Prozent Geschäftsanteile an *Hartes* noch nicht auf dich überschrieben. O nein, die wird sie noch festhalten, da bin ich ganz sicher, so gerissen, wie sie ist. Und deshalb ist *sie* für mich hier noch immer die Chefin. Sei dir über eines im klaren . . . ich werde die Sache nicht einfach auf sich beruhen lassen. Ganz und gar nicht. Ich bin entschlossen, Grandy ein Telex zu schicken. *Heute*, Paula. Ich werde sie von unserem Treffen, meinem Angebot und deiner Ablehnung in Kenntnis setzen. Dann werden wir ja sehen, wer die *Harte*-Gruppe wirklich leitet.»

Paula sah sie mitleidig an. «Mach das doch. Schick zehn Telexe, wenn du möchtest. Du wirst nichts erreichen damit . . .»

«Du bist nicht die einzige Enkelin von Emma Harte», fiel Sarah ihr schneidend ins Wort. «Obwohl man das annehmen könnte, so wie du dich aufführst.»

«Sarah, wir wollen uns hier nicht streiten. Du benimmst dich albern, du weißt doch, daß *Hartes* eine Aktien . . .» Der Satz verhallte im leeren Raum. Sarah war gegangen. Leise schloß sich die Tür hinter ihr.

Paula starrte ihr nach und schüttelte wieder den Kopf. Noch immer hatte sie sich nicht so ganz von ihrer Überraschung über Sarahs unvernünftiges Benehmen erholt. Sie seufzte leise. Erst vor zwei Wochen hatte sie zu Emily gesagt, daß seit der Abreise ihrer Großmutter im Mai fast allzu himmlische Ruhe geherrscht hätte.

Zu früh gefreut, dachte Paula jetzt, und es wurde ihr klar, daß das Bedrückendste an diesem Zusammentreffen Sarahs unverhohlene Abneigung gegen sie war. Sie grübelte über die unerwartete Feindschaft von seiten ihrer Cousine nach und fragte sich, ob hiermit nun offen der Krieg zwischen ihnen erklärt worden war.

25

Emily war beeindruckt.

«Sieh dir bloß mal dies Abendkleid an. Es ist einfach umwerfend», flüsterte sie und nahm das Gewand aus der großen, üppig mit Seidenpapier ausgeschlagenen Schachtel.

Alexander, der sich auf dem Bett eines der Gästezimmer in Emmas Wohnung am Belgrave Square aalte, nickte zustimmend. «Es sieht auch sehr gut erhalten aus.» Ein zärtliches Lächeln umspielte seinen Mund, als Emily in die Mitte des Zimmers wirbelte und sich das Kleid sorgsam anhielt.

Es war eine lange, schmale Hülle aus türkisfarbener Seide, mit tausend kleinen Glasperlen überzogen, die blaßblau und smaragdgrün schimmerten. Als Emily sich sacht bewegte, liefen Wellenlinien über das Kleid, und die Perlen änderten ihre Farbe, wenn das Licht auf sie traf. Die Wirkung war enorm.

Mit schräggeneigtem Kopf sah Alexander seine Schwester an und sagte: «Weißt du, darin sind alle Farben des sommerlichen Meeres in Südfrankreich enthalten, und es paßt auch zu deinen Augen, Emily. Wie schade, daß du es nicht behalten kannst. Es ist kein bißchen altmodisch.»

«Das weiß ich, und ich hätte es zu gern, aber es ist wirklich viel zu kostbar. Außerdem könnte ich Paula das nicht antun. Sie braucht das Kleid für ihre Modeausstellung im nächsten Januar.»

«Hat sie schon einen Namen dafür?»

«Sie überlegt, ob sie es ‹Mode-Phantasien› nennen soll, mit dem Untertitel: ‹Fünfzig Jahre Stil und Eleganz›. Ganz gut, oder?»

«Ja.» Er sah zu, wie sie das Kleid geschickt zusammenlegte und mit Seidenpapier bedeckte. «Irre, daß Gran dieses Kleid all die Jahre aufbewahrt hat. Es ist mindestens 45 Jahre alt und stinkt richtig nach Mottenpulver.» Angewidert rümpfte er die Nase und sagte dann: «Aber sicher hat unsere Gran umwerfend darin ausgesehen, mit ihrem rotgoldenen Haar und den grünen Augen.»

Emily hob den blonden Kopf. «Ganz sicher. Und was das Alter angeht, so hast du recht. Kurz bevor Gran wegfuhr, sagte sie noch, wir würden es in einem der Zedernholzschränke im Obergeschoß finden, bei den anderen Kleidern. Sie meinte, sie hätte es zum erstenmal bei Onkel Franks und Tante Natalies Verlobung angehabt.» Emily setzte den Deckel wieder auf die Schachtel und sah ihren Bruder an. «Weißt du, daß sogar smaragdgrüne Satinslipper von Pinet dazu da sind, und auch die sehen wie neu aus, als wären sie bloß ein-, zweimal getragen worden.»

«Ja, alles wird hier sorgsam aufbewahrt», bemerkte Alexander und dachte an die schon legendäre Sparsamkeit seiner umsichtigen Großmutter. Er sprang vom Bett, ging zu dem metallenen Kleiderständer, der am Fenster stand, und strich mit der Hand darüber, wobei er die Etiketten all der Kostüme, Kleider und Abendkleider betrachtete: «Chanel, Vionnet, Balenciaga, Molyneux . . . und alle tadellos erhalten, Emily, obwohl sie aus den zwanziger und dreißiger Jahren stammen.»

«Ja, und deshalb sind sie so wichtig für die Ausstellung. Noch ein paar andere für ihre Eleganz berühmte Frauen – Damen von der ‹Bestangezogenen-Liste› – leihen Paula ähnliche Haute Couture-Modelle, und alle haben ihre Einladung zur Cocktailparty am Abend der Ausstellungseröffnung angenommen.»

Emily ging zur Frisierkommode, nahm ein maschinenbeschriebenes Blatt auf, notierte etwas, legte das Blatt in einem Aktenordner ab und sagte: «Danke, daß du mir Gesellschaft geleistet hast, Sandy, während ich alles abgehakt hab. Nun laß uns mal hinuntergehen, mehr schaffe ich heute abend doch nicht. Ich habe Paula versprochen, ihr am Wochenende beim Sortieren der restlichen Kleider zu helfen, da sie zur Zeit in Arbeit erstickt.»

«Wo steckt sie überhaupt?» fragte Alexander und folgte Emily hinaus auf den Flur des zweiten Stocks. «Sag nicht, daß sie noch im Büro ist.»

«Nein, nein, sie ist hier», rief Emily über die Schulter und lief die Treppe hinab. «Nachdem wir die Kleider ausgepackt und aufgehängt hatten, um eventuelle kleine Schäden nachzusehen, wollte sie sich umziehen. Vielleicht ist sie im alten Kinderzimmer.»

Alexander öffnete Emily die Schiebetür des Salons und trat nach ihr ein. «Sind die Babies auch da?» fragte er.

«Ja, mit Nora. Paula hat sie Montag nachmittag mit in die Stadt genommen. Ach, schau mal, Sandy, der gute alte Parker hat uns eine Flasche Weißwein hingestellt. Wollen wir nicht ein Gläschen trinken?» Sie eilte zum Wandtisch.

«Ja, warum nicht. Danke, Emily.» Er nahm dicht beim Kamin Platz, schlug die langen Beine übereinander, zündete sich eine Zigarette an und sah seiner Schwester zu, wie sie den Wein einschenkte. Obwohl sie mittelgroß war, kam sie ihm immer klein vor, vielleicht, weil sie so zart war, so fein proportioniert. Er nickte vor sich hin. In den letzten Jahren hatte Emily sich zu einer sehr hübschen jungen Frau entwickelt. Wie gemein waren doch er und seine Cousins immer zu der kleinen Emily gewesen: ständig hatten sie sie wegen ihres enormen Appetits und ihres kugelrunden Körpers verspottet und sie Apfelklößchen genannt. Aber sie sah nicht mehr so aus. Heute abend ähnelte sie in ihrem schicken rosa Wollkleid einer kecken Porzellanpuppe. Eine schöne Porzellanpuppe, dachte er ironisch und hatte ihre ungeheure physische und psychische Energie vor Augen, wobei er sich wie schon so oft fragte, woher sie die bloß hatte. Von ihrer Großmutter? Bestimmt nicht von ihren Eltern. Ihre Mutter war eine faule, verwöhnte, gelangweilte Schickeriadame, die keinen vernünftigen Gedanken im Kopf hatte. Ihr Vater einer, der es nie so ganz geschafft hatte – ein ewiger Versager. Der arme Dad, dachte er, zweifellos der netteste, gütigste Mensch, den ich kenne. Alexander nahm sich vor, ihn morgen anzurufen und sich mit ihm zum Mittag- oder Abendessen zu verabreden. In letzter Zeit sahen sie einander zu selten.

«Meine Güte, Sandy, ich hab deine tolle Bräune ja noch gar nicht so richtig bewundert», sagte Emily, die mit dem Glas vor ihm stand und ihn prüfend betrachtete. Sie ließ sich ihm gegenüber in den Sessel fallen. «Du siehst prima aus. Du solltest öfter in die Sonne gehen.»

«Wie? Und die *Harte*-Unternehmensgruppe einfach vor die Hunde gehen lassen? Nie im Leben.» Er hob sein Glas. *«Santé.»*

«Prost», erwiderte Emily, nahm einen Schluck und fragte: «Wo ist denn die gute Meg?»

«Sie ist heute morgen nach Schottland gefahren, um sich eine

Jagdhütte anzusehen, die zum Verkauf steht. Der Besitzer will, daß sich der Grundstücksmakler, für den sie arbeitet, darum kümmert, also hat Meg einen Urlaub umsonst bekommen. Wenn sie ihr gefällt, werden sie den Auftrag übernehmen. Weiß der Himmel, wer so was kaufen soll. Wer will denn heutzutage eine Jagdhütte haben, frage ich mich.»

«Vielleicht ein reicher Amerikaner», schlug Emily vor. «Und hast du schon einen Termin für die Hochzeit festgesetzt?»

«Juni, glaube ich.»

«Das ist nicht fair!» jammerte Emily, und ihre Augen blitzten. «Du weißt doch, daß Winston und ich im Juni heiraten. Sorg nur dafür, daß Maggie sich mit mir abspricht, bevor ihr es festlegt.»

«Wir können ja eine Doppelhochzeit feiern», sagte er und brach in Lachen aus, als er ihr Gesicht sah. «Warum siehst du mich so an?»

«Wenn du es nicht weißt, werd ich's dir auch nicht sagen», erwiderte sie gekränkt. «Aber andererseits sollte ich vielleicht doch . . .»

«Vergiß es. Ich hab auch bloß Spaß gemacht.»

«Hast du nicht, und ich werd's dir doch sagen», verkündete Emily. «Drei gute Gründe gibt es: Erstens. Jede Braut möchte an ihrem Tag die ganze Aufmerksamkeit für sich haben, und das kann sie natürlich nicht, wenn da noch eine zweite Braut herumsteht. Zweitens. Gran würde einen Anfall bekommen, weil sie es für schlechten Stil hielte. Drittens. Wir dürfen unsere Großmutter nicht enttäuschen, die sich darauf freut, im nächsten Sommer zwei große Hochzeiten mit allem Drum und Dran zu feiern.»

«Du hast mich überzeugt, Emily. Eine Doppelhochzeit kommt also nicht in Frage», sagte er scherzend. Aber bald wurde er wieder ernst und nahm noch einen letzten Zug von seiner Zigarette, bevor er sie ausdrückte. Seine Bewegungen wirkten plötzlich nervös.

Emily, wie stets eine scharfe Beobachterin, rief: «Ist irgend etwas nicht in Ordnung?»

«Paula ist es vielleicht gelungen, einen Skandal im Keim zu ersticken – drüben in Irland –, aber ich fürchte, uns steht ein neuer ins Haus. Es ist . . .»

«Skandal», wiederholte Paula leise, als sie das Zimmer betrat. Dann schloß sie die Tür hinter sich und musterte Alexander und Emily mit besorgten Blicken.

«Paula», sagte Alexander, der sich erhoben hatte und sie nun herzlich begrüßte. «Laß mich dir ein Glas Wein einschenken, und dann halten wir kurz noch Kriegsrat, bevor wir in den *White Elephant* gehen.»

Paula nahm auf dem Sofa Platz. «Was denn für ein Skandal, Sandy?» fragte sie stirnrunzelnd.

Er reichte ihr das Glas und setzte sich. «Wieder einmal Mutter. Tut mir leid, daß ich euch mit so was behelligen muß.» Sein besorgter Blick schweifte von Paula zu Emily. «Sie hat mich heute morgen aus Paris angerufen und klang ziemlich hysterisch. Offenbar hat Gianni Ravioli . . .»

«Sei nicht so gemein», tadelte Emily ihn. «Wie oft muß ich dir noch sagen, daß er de Ravello heißt und sehr nett ist.»

«. . . die Scheidung eingereicht», fuhr Alexander etwas lauter fort, nachdem er Emily strafend angesehen hatte. «Sie stünde am Rande eines Nervenzusammenbruchs, sagt sie . . .»

«Was zum Teufel hat sie denn erwartet?» fiel Emily ihm wieder ins Wort. «*Sie* hat sich doch einen Seitensprung mit diesem widerlichen Franzosen geleistet.»

«Wenn du mich ewig unterbrichst, werden wir nie ins Restaurant kommen», sagte Alexander. «Jedenfalls ist unsere Mutter betrübt über Giannis Halsstarrigkeit. Verstehst du, obwohl sie ihm zur Genüge Beweise geliefert hat, will er Marc Deboyne nicht als Scheidungsgrund nennen.»

«Wieso denn?» fragte Emily voller Neugierde.

Paula fragte: «Wen will er denn angeben? Das ist doch sicher der Kern von Elizabeths Besorgnis.»

Alexander warf ihr einen scharfen Blick zu. «Kluges Mädchen. Genau das ist es.»

Er machte eine kleine Pause und sagte dann sehr ruhig: «Es hat den Anschein, als wolle er einige – Minister der Krone angeben. Unsere liebe Mutti muß im ganzen Kabinett herumgegangen sein.»

«Du machst wohl Witze», rief Paula und starrte ihn entgeistert an.

«Schön wär's», sagte Alexander, dem immer trüber zumute wurde, als er sich die Folgen des Ehebruchs seiner Mutter auszumalen begann. Wie peinlich würde das für die ganze Familie werden und besonders für seine Großmutter. *Emma wäre zutiefst verletzt.*

Emily war ganz Ohr gewesen. Sie riß die Augen auf und kreischte: «Die Kumpel von Onkel Robin, wetten?» Dann stöhnte sie melodramatisch und rollte die Augen zur Decke. «Ich seh schon die fette Schlagzeile im *Daily Mirror* vor mir: ‹Italienischer Graf gibt ganze englische Regierung bei Society-Scheidung an›. Oder in *News of the World*: ‹Prominente legt der Regierung Eier ins Nest›. Oh, die Zeitungen werden ihren großen Tag haben!» Sie warf lüsterne Blicke in die Runde.

Um Paulas Mund zuckte es unwillkürlich. Sie konnte sich das Lachen nicht verbeißen, obwohl sie sich sehr über ihre Tante ärgerte und obwohl die Situation ernst war. «Hör auf, Emily, du bist einfach unmöglich.»

Alexander, der das gar nicht lustig fand, starrte die Frauen böse an. «Das ist nicht so witzig, wißt ihr . . .» Plötzlich fehlten ihm die Worte, und er schüttelte den Kopf. Seit ihn seine Mutter am Morgen angerufen hatte, kochte er vor Wut. Ihr unmögliches Betragen war ihm und Emma ein ständiges Ärgernis; zudem war er konservativ und fand ihren Lebenswandel anstößig.

«Ich möchte ja zu gern wissen, wer Mummys Liebhaber sind», sprudelte Emily heraus. Nachdenklich zog sie die Nase kraus.

«Robin wird einen Schlaganfall kriegen. Und vergeßt nicht unseren charmanten Onkel, Parlamentsabgeordneten für Leeds-Südost. Er rechnet damit, Finanzminister zu werden, wißt ihr, falls Labour die nächsten Wahlen gewinnt. Meine Güte, Sandy, du hast recht, es wird einen Riesenskandal geben . . . wir werden das niemals im Keim ersticken können.»

«Ich habe nicht die Absicht, mir um Onkel Robins kostbare Karriere Sorgen zu machen», erwiderte Alexander scharf. «Nein, ganz und gar nicht. Außerdem ist er so ein Opportunist, daß er daraus mühelos noch Nutzen ziehen wird, wenn ich mich nicht sehr irre. Vielleicht ist es überhaupt seine Schuld. Du bringst mich darauf, Emily – sicher hat Mutter die fraglichen Herren durch ihn kennengelernt. Sie ist ja immer zu seinen schicken Parties am Eaton Square gerannt.» Er warf Paula einen besorgten Blick zu. «Sobald die Scheidungsklage beim Gericht vorliegt, wird sich die Presse darüber hermachen, und Emily liegt wohl gar nicht so schief mit diesen Schlagzeilen.»

Paula dachte eine Weile nach und sagte schließlich: «Wieviel? Um ihm den Mund zu stopfen.»

«Weiß ich nicht», sagte Alexander.

«Also ich glaube nicht, daß er Geld will», rief Emily.

Paula fixierte ihre Cousine mit einem kühlen, wissenden Blick: «Ich wundere mich über deine Naivität, Emily. Wir sind von einer Frau aufgezogen worden, die uns eingebleut hat, daß jeder seinen Preis hat; die Frage ist bloß, wieviel. Natürlich will er Geld. Und dann wird er sich wie ein Gentleman benehmen und Marc Deboyne angeben.»

Heftig widersprach Emily ihr: «Ich kenne ihn besser als ihr beide, und ich glaub nicht, daß er so ein Typ ist.»

«Gran pflegte auch immer zu sagen, daß der Preis nicht notwendigerweise in Geld besteht», erinnerte Alexander sie schnell. «Und wo ich jetzt darüber nachdenke, neige ich eher deiner Ansicht zu, Emily. Ich glaube kaum, daß er 'ne Menge Geld will. Aber etwas will er. Rache. Ich bin sicher, daß er unsere Mutter noch immer liebt – obwohl Gott allein weiß warum, so wie sie ihn behandelt hat – und daß er sehr gekränkt ist. Also möchte er zurückschlagen, sie seinerseits verletzen, und der einzige Weg, den er sieht, ist, sie öffentlich zu demütigen.»

«Möglich», gab Paula zu, der Alexanders Theorie einleuchtete. «Offenbar hat er wohl soviel Beweismaterial, wie er braucht?» fragte sie zögernd.

«O ja», sagte Alexander. «Mutter hat mir sehr deutlich gemacht, daß er sie in der Hand hat. Das sind keine leeren Drohungen.»

«Und du bist sicher, daß sie dir nicht gesagt hat, welche Minister es sind?» bohrte Emily wißbegierig nach.

Alexander betrachtete sie mitleidig. «Also weißt du – sie ist vielleicht töricht und fehlgeleitet, aber im Grunde doch eine ziemlich gerissene Frau. Natürlich hat sie keine Namen genannt.»

«Hat denn deine Mutter gesagt, was du ihrer Meinung nach tun sollst, Sandy?» erkundigte sich Paula.

«Ja. Sie möchte, daß ich zu Gianni gehe und ihn überrede, Marc Deboyne anzugeben. Offenbar glaubt sie, ich könne ihn beeinflussen, aber da täuscht sie sich gewaltig – ich kenne ihn nicht sehr gut, und überhaupt mag er Emily am liebsten.»

«O nein!» kreischte Emily. «Nicht ich!»

Alexander und Paula wechselten einen verschwörerischen Blick, und Paula sagte: «Vielleicht kannst du am besten mit ihm umgehen, Liebe.» Emily stöhnte und ließ sich im Sessel zurückfallen. Die

Vorstellung, mit Gianni über die Untreue ihrer Mutter sprechen zu müssen, war ihr ziemlich unangenehm. Auf der anderen Seite mochte sie den Mann, und Alexander würde vielleicht taktlos zu ihm sein. Sie richtete sich auf und sagte entschlossen: «Aber ich werd ihm auf gar keinen Fall Geld anbieten!»

«Und wie willst du dann vorgehen?» fragte Alexander, sichtlich erleichtert, daß sie diese unerfreuliche Aufgabe nun offenbar übernehmen wollte.

«Ich werde . . .» Emily dachte scharf nach, dann hellte sich ihr Gesicht auf. «Also ich werd an sein besseres Ich appellieren und ihm sagen, daß er damit Amanda und Francesca mehr schadet als Mummy. Er hängt ja so an den Mädchen. Das würd er bestimmt nicht wollen.»

Paula stimmte ein wenig zögernd zu: «Sehr gut, ja, mach das doch so . . . Aber du solltest lieber noch etwas in petto haben, falls ihn sein besseres Ich im Stich läßt.»

«Manchmal bist du wirklich zynisch», sagte Emily und schob vorwurfsvoll die Unterlippe vor. «Ich werd diesen armen, betrogenen Mann doch nicht damit beleidigen, daß ich ihm Geld anbiete.»

Paula ignorierte Emilys Entrüstung achselzuckend und sagte: «Du kannst ihm immer noch einen Job anbieten, wenn er hart bleibt und die halbe Regierung angeben will.»

«Einen Job? Wo? Bei wem?»

«Bei *Hartes*, Emily. Ich suche schon länger nach jemanden, der *Trade Winds* leitet, das neue Antiquitätengeschäft, das ich bald eröffnen möchte. Und da Gianni auf diesem Gebiet Experte ist, möchte er vielleicht lieber für die Familie arbeiten als für diesen Antiquitäten-Importeur, bei dem er zur Zeit angestellt ist. So würden wir mehrere Fliegen mit einer Klappe schlagen – sicherstellen, daß er auf unserer Seite ist, wenn auch nicht gerade auf der Seite eurer Mutter, und er wäre auch nicht direkt unter unserer Knute, weil er viel reisen muß. Ich möchte einen guten Mann für *Trade Winds* bekommen. Bei *Hartes* würde er auch bestimmt mehr verdienen.»

«Was für eine ausgezeichnete Idee!» rief Alexander, dem sofort wohler zumute war, und er entspannte sich in seinem Sessel.

Emily biß sich auf die Lippen. «Ich werd den Job bei *Hartes* bloß erwähnen, wenn er Schwierigkeiten macht», warnte sie, in der festen Überzeugung, daß Gianni kein Opportunist war. Schnell sagte sie: «Er wird es nicht tun, er wird sich richtig verhalten. Das weiß ich.»

«Wir werden ja sehen», murmelte Paula.

Alexander erhob sich und ging durchs Zimmer. «Da wir uns nun mit Mutters Liebesleben beschäftigt haben, muß ich jetzt noch etwas anderes zur Sprache bringen.» An der Tür hielt er inne. «Gleich wieder da . . . hab meinen Aktenkoffer in der Eingangshalle gelassen, als ich kam.»

In seiner Abwesenheit wandte sich Emily vertraulich ihrer Cousine zu: «Gianni ist wirklich ein sehr netter Mensch. Du kennst ihn bloß nicht.»

«Das will ich gern glauben – unter normalen Umständen. Aber es ist klüger, aufs Schlimmste gefaßt zu sein.»

Emily schwieg, und bald war auch Alexander zurück, nahm einen Ordner aus seinem Aktenköfferchen und gab ihn Paula.

«Was ist denn das?» fragte sie und griff danach.

«Ein Bericht von Mr. Graves, von der Firma *Graves & Saunderson*. Aber du brauchst das nicht jetzt zu lesen.»

«Ist es über Jonathan?» wagte Paula zu fragen und drehte den Ordner herum, wobei sie vor Aufregung die Luft anhielt.

«Nein. Der Bericht ist über Sebastian Cross.»

«Oh.» Paula fuhr sich mit der Hand an den Mund, dachte an jenen Tag im Sitzungssaal von *Aire* und wunderte sich, daß sie plötzlich von bösen Vorahnungen erfüllt war.

Alexander erklärte: «Es geht wohl schneller, wenn ich es euch kurz erzähle. Der Bericht ist ziemlich lang, teilweise zähflüssig, ihr solltet das in Ruhe lesen.»

«Na, dann mach schon, Sandy, und erzähl es uns», befahl Emily. «Wir müssen in ein paar Minuten los. Ich bin halb verhungert.»

«Mr. Graves hat monatelang herumgesucht und sich bemüht, etwas über Sebastian herauszufinden, das wißt ihr ja. Zuerst hat er sich auf Geschäftliches beschränkt, wie Grandy es ihm gesagt hat. Aber als er wieder mit leeren Händen dastand, hat er sich mal Sebastians Privatleben angeschaut. Nach einer Reihe von falschen Fährten und nachdem er mit mehreren Leuten in London gesprochen hatte, fuhr er nach Yorkshire. Und dort stieß er auf ein paar ziemlich unangenehme Sachen, das kann ich euch sagen. Er wußte, daß einige Angestellte von *Aire Communications* sich in Leeds in

Pollys Bar treffen, und hat sich dort des öfteren aufgehalten. Eines Mittags kam er mit einem jungen Mann ins Gespräch, der mal bei *Aire* gearbeitet hat. Graves und dieser Typ wurden dicke Freunde und haben sich in den nächsten Wochen regelmäßig auf einen Drink getroffen. Und eines Abends hat Tommy Charwood – so heißt der junge Mann – Graves erzählt, daß Sebastian ein widerlicher Typ sei, den er gern mal nachts in einer dunklen Straße abpassen und gehörig durchwalken würde.»

Alexander hielt inne und zündete sich seine Zigarette an. «Als Graves ihn fragte, wieso, sagte Tommy Charwood, er sei mit einer Frau befreundet gewesen, die auch für *Aire* gearbeitet habe, und Sebastian habe sie ihm weggeschnappt. Nun sieht es so aus, als sei diese Alice Peele –»

«Ich kenne sie», unterbrach Paula ihn schnell, und ihr Gesicht leuchtete interessiert auf. «Sie macht PR, und einmal kam sie wegen eines Jobs bei *Hartes* zu mir.»

«Und was ist sie für ein Typ?» fragte Alexander neugierig.

«Gut auf ihrem Gebiet, angenehm. Ich kann mich noch gut an sie erinnern, weil sie so elegant angezogen war und recht eindrucksvoll wirkte. Groß, dunkel, ein ungewöhnlich hübsches Gesicht.»

Alexander räusperte sich und heftete seinen ernsten Blick auf Paula. «Ich weiß nicht, ob sie immer noch so ist. Nach Tommy Charwoods Worten hat Sebastian Cross sie ein paarmal zusammengeschlagen. Das letzte Mal so schwer, daß sie sich einer Gesichtsoperation unterziehen mußte. Sie wäre ihr Leben lang entstellt geblieben, sagte Charwood, hätte sie nicht im Krankenhaus von Leeds sofort eine Notbehandlung bekommen. Versteht ihr, Cross hat ihr den Kiefer und einen Backenknochen gebrochen, und ihr Gesicht war ein blutiger Brei.»

«O Gott!» rief Paula. «Wie furchtbar!»

Auch Emily war blaß geworden. Erschauernd sah sie Paula an und flüsterte: «Du hattest recht mit deinen Ahnungen hinsichtlich Sebastian Cross.» Emily schluckte und drehte sich zu ihrem Bruder um. «Hat das Mädchen ihn denn nicht angezeigt? Hat sie keine gerichtlichen Schritte unternommen?»

«Nein, offenbar nicht. Charwood sagte Graves, sie habe Angst vor Cross. Ihr Vater hatte zur Polizei gehen wollen, aber Alice flehte ihn an, es nicht zu tun und sagte, das würde alles nur noch schlimmer machen. Mr. Peele vertraute sich daraufhin Tommy an, mit dem er noch in freundschaftlichem Kontakt stand. Tommy versuchte, Peele zur Kriminalpolizei von Leeds zu bringen – er kennt ein paar Leute dort –, aber Peele zögerte. Schließlich wollte er dann doch nicht. Einen Monat nachdem sie so fürchterlich zugerichtet worden war, erschien John Cross bei den Peeles und bot Mr. Peele Geld an. Peele, der offenbar ein grundanständiger Kerl ist, warf John Cross das Geld ins Gesicht. Und sobald Alice einigermaßen wiederhergestellt war, schickte er sie per Schiff zu ihrem Bruder, der in Gibraltar verheiratet ist. Der Bruder ist in der Navy, bei den Helikoptern, glaub ich, und dort auf Dauer stationiert. Tommy Charwood meint, Alice sei immer noch da.»

«Was für eine entsetzliche Geschichte», sagte Paula, die immer noch zitterte. «Es wundert mich nicht, daß Alice Peele Angst vor Cross hat . . .» Dann hielt sie inne und wandte das Gesicht ab. Der Ekel vor diesem Mann überwältigte sie.

«Er muß verrückt sein!» stieß Emily keuchend hervor. «Die Familie des Mädchens hätte ihn anzeigen sollen, egal, was sie dazu meinte . . .»

Alexander nickte, in seinem Gesicht malte sich der gleiche Abscheu ab wie in Paulas. Hart sagte er: «Und das ist noch nicht alles. Charwood hat Graves noch mehr erzählt, nachdem sich unser gerissener Sherlock Holmes weiter eingeschmeichelt hat. Charwood ist todsicher, daß Sebastian drogensüchtig ist, außerdem schwerer Trinker und ein leidenschaftlicher, überall verschuldeter Spieler.»

«Und das ist der beste Freund von Jonathan Ainsley», sagte Paula. «Das ist ja schrecklich.»

«Kann man wohl sagen», stimmte Alexander zu. «Und obwohl wir mit diesen Neuigkeiten über Cross wohl nicht viel anfangen können, werfen sie ein schlechtes Licht auf Jonathan, wenn das sein Busenfreund ist. Oder was meint ihr?»

Paula nickte.

Emily sah von Paula zu ihrem Bruder hinüber. «Glaubst du, daß Jonathan auch drogensüchtig ist? Daß er spielt?»

«Das würde ich ihm nicht empfehlen», schnauzte Alexander. «Nicht wenn er auch in Zukunft die Immobilienabteilung der *Harte*-Unternehmensgruppe leiten will. Schließlich geht er da mit viel Geld um und muß auch manchmal sehr wichtige Entscheidungen fällen.» Alexander stand auf, ging zum Wandtischchen und schenkte sich noch ein Glas Wein ein, wobei er murmelte: «Von jetzt an muß ich alles überwachen, was er macht – ihn noch genauer beobachten als vorher. Ich kann's einfach nicht erlauben, daß er irgendwelche Fehler macht. Und was das Spielen angeht –» Alexander schüttelte den Kopf – «keine Ahnung. Vielleicht spielt er, und das wäre ein weiterer Grund, mich intensiver um die Immobilienabteilung zu kümmern. Wie ich schon sagte, läuft da sehr viel Geld durch.»

«Du hast doch wohl Mr. Graves gesagt, er solle am Ball bleiben, Sandy, und weitersuchen?» fragte Paula.

«Klar.»

«Eigenartig», meinte Paula nachdenklich, «aber heute nachmittag hat John Cross im Büro angerufen. Er wollte einen Termin.»

«Und wirst du ihn treffen?» fragte Alexander und kehrte zu seinem Stuhl zurück.

«Ich weiß nicht – wahrscheinlich nicht. Gaye hat versucht, ihn am späten Nachmittag in seinem Hotel zu erreichen, aber er war nicht da. Wird wohl morgen früh wieder anrufen.»

«Also einerseits bin ich neugierig, was er zu sagen hat. Er glaubt doch wohl nicht, daß wir noch an *Aire* Interesse haben. Nicht jetzt, nachdem er das Gebäude verkauft hat, was der wichtigste Besitz der Firma war.»

Paula zuckte die Achseln und wechselte sofort das Thema. «Heute nachmittag war Sarah bei mir.» Sie erzählte von ihrer Begegnung und ließ kein Detail aus. Als sie zu Ende war, lehnte sie sich zurück und wartete, was die anderen dazu sagen würden.

Emily hatte ganz gespannt zugehört. «Da möcht ich ja gern mal Mirandas Version von dem Wochenende hören und überhaupt von den zehn Tagen, die Sarah in Barbados verbracht hat. Ich schätze, das wird weit auseinanderklaffen. Sarah hat immer schon gewußt, wie man sich mit fremden Federn schmückt.»

«Ja, das weiß ich.» Paula dachte an ihre Kindertage im «Reihernest». Schon damals wußten sie und Emily, wie gerissen Sarah war. Ewig hatte ihre Cousine versucht, sich bei ihrer Großmutter einzuschmeicheln und sich ins beste Licht zu rücken, oft auf Kosten der anderen.

Alexander räusperte sich: «Sarah ist nicht dumm. Sie weiß, daß du die Boutiquen nicht verkaufen kannst, ohne erst den Aufsichtsrat zu fragen. Ihr ist auch klar, daß sie das Geld der Modeabteilung nicht einfach ohne meine Erlaubnis nach Gutdünken ausgeben kann. Da hat sie es sich wohl in den Kopf gesetzt, uns zu übergehen und sich direkt an Grandy zu wenden. Sicher wird sie das Telex schicken, das sie angedroht hat.»

«Glaub ich auch», murmelte Emily und verwünschte Sarah heimlich. Paula hatte schon genug Probleme, so daß sie noch die von Sarah brauchte.

Paula lächelte dünn: «Ich will mich nicht mit euch streiten. Trotzdem bin ich sicher, daß dieses Telex im Papierkorb landen wird. Sarah weiß bestimmt nicht, daß Grandy auf die Boutiquen geschworen hat, bevor sie im Mai weggefahren ist. In der letzten Sekunde fand sie plötzlich, sie seien ein gutes Feld für eine Expansion und würden uns wenig Probleme machen. Sie meinte, die Boutiquen würden den Wert der *Harte*-Aktien steigern, und deshalb hat sie ebensowenig wie ich die Absicht, sie zu verkaufen.»

Alexander schüttelte den Kopf. «Sarahs Besuch heute nachmittag ist vielleicht bloß eine unangenehme kleine Kostprobe gewesen – speziell darauf angelegt, dich aufzuregen, Paula, und dich aus der Fassung zu bringen.» Während er noch sprach, kam ihm eine Idee. «Wißt ihr was – ob das wohl der Beginn des Guerillakrieges war, den wir erwartet haben?»

«Das hab ich mir vorhin auch schon überlegt», sagte Paula.

«Wenn ja, was soll Sarah sich dann für Chancen ausrechnen, Sandy?» fragte Emily.

«Die Befriedigung zu wissen, daß Paula Sorgen hat und unter noch mehr Druck steht. Außerdem benimmt sich jemand, den man verunsichert hat, nicht immer kühl und bedacht.» Er warf ihnen einen bedeutungsvollen Blick zu. «Sarah ist schon länger mit Jonathan ein Herz und eine Seele. Sie muß genauso überwacht werden wie er.»

Paula stand auf. «Und nun genug von diesen beiden, zumindest für heute abend. Laßt uns essen gehen», sagte sie abschließend. «Heute war ein anstrengender Tag, von der vergangenen Woche gar nicht zu reden.» Sie seufzte erschöpft. «Ich will euch nicht mit meinen Problemen bei *Sitex Oil* belasten, aber damit hatte ich heute auch noch zu tun. Ich bin einfach erledigt und brauche ein bißchen was Entspannendes, wie zum Beispiel einen amüsanten Abend im *White Elephant*.»

«Gibt es da ernsthafte Schwierigkeiten?» fragte Alexander, während die drei in die Eingangshalle hinaustraten, um ihre Mäntel zu holen. Liebevoll drückte er Paulas Schulter. «Kann ich dir helfen?»

Paula schenkte ihm ein dankbares Lächeln. «Wirklich, Sandy, nett von dir, aber . . . ich hab die Sache schon im Griff . . .» Sie zögerte kurz und sagte dann: «Dale Stevens wollte heute seinen Vorsitz niederlegen. Ich habe über eine Stunde mit ihm telefoniert, um ihn zum Bleiben zu überreden. Er hat ein paar Feinde im Aufsichtsrat, eingefleischte Querulanten, die ihm dauernd Steine in den Weg legen.» Traurig schüttelte sie den Kopf. «Was ich eben hätte sagen sollen, ist, daß er sich bereit erklärt hat, bis zum Ende des Jahres seinen Vorsitz zu behalten. Ich hab mir im Grunde nur etwas Aufschub erbettelt.«

26

John Crawford hat sich erboten, uns den Ablauf der gerichtlichen Totenschau zu erklären», sagte Daisy und sah von Edwina zu Anthony. «Er meint, daß wir dann beim Termin gelassener sein würden.»

«Ganz sicher, Tante Daisy», sagte Anthony und stand auf. «Dann geh ich und hole Bridget. Ich finde, sie sollte auch hören, was unser Familienanwalt zu sagen hat. Entschuldigt mich bitte einen Moment.»

Als er die Bibliothek verlassen hatte, erhob Daisy sich und setzte sich zu Edwina aufs Sofa. Sie ergriff die Hand ihrer Halbschwester und drückte sie. «Mach dir doch nicht solche Sorgen, Edwina. In ein paar Stunden haben wir dieses Drama hinter uns.»

«Ja, Daisy, danke für dein Verständnis. Es geht schon wieder», murmelte Edwina erschöpft. Die letzten Tage in Angst und Anspannung hatten ihren Tribut gefordert: sie sah erschöpft aus, dem Zusammenbruch nahe. Ihr schmuckloses schwarzes Kleid trug auch nicht gerade vorteilhaft zu ihrem Aussehen bei, sondern schien das letzte bißchen Farbe aus ihrem Gesicht herauszuziehen und ihre Blässe mehr denn je zu betonen. Sie sah krank aus, und ihr Alter fiel heute morgen sehr ins Auge.

Dankbarkeit leuchtete in Edwinas silbergrauen Augen auf, während sie fortfuhr: «Ich weiß nicht, was ich ohne dich und Jim gemacht hätte. Wo ist er überhaupt, Daisy?»

«Momentan telefoniert er mit Paula, und ich glaube, er hat noch ein paar Anrufe mit Leuten von der Zeitung zu erledigen. Aber sobald er fertig ist, wird er wieder herkommen. Er muß ja auch nicht unbedingt instruiert werden – er weiß ja, wie es beim Untersuchungsrichter zugeht, weil er in seiner Anfangszeit als Reporter auch über gerichtliche Totenschauen schreiben mußte.»

«Ja, ja, natürlich, er versteht etwas von solchen Dingen.» Edwina ließ ihren Blick zu der Uhr am Kaminsims auf der anderen Seite des getäfelten Zimmers schweifen. «Es ist beinahe halb neun. Wir müssen uns bald nach Cork aufmachen. Es dauert über eine Stunde, vielleicht anderthalb, weißt du.»

Daisy bemerkte die aufsteigende Panik in Edwinas Stimme und sagte beruhigend: «Wir haben noch reichlich Zeit. Der Gerichtstermin ist um elf angesetzt, und unser Treffen mit John wird nicht sehr lange dauern. Er meint, er könne die wichtigen Punkte in ungefähr zehn Minuten abhandeln. Danach können wir uns ganz gemütlich auf den Weg machen. Werd nicht nervös, meine Liebe.»

«Mir geht es ganz gut, wirklich. Ich bin bloß ein bißchen müde; ich habe nicht sehr gut geschlafen.»

«Das hat wohl niemand von uns», sagte Daisy und lächelte sanft. «Ich möchte noch eine Tasse Kaffee. Du auch?»

«Nein, danke, Daisy.» Edwina saß starr auf dem Sofa und verkrampfte die Hände im Schoß. Seit vier Tagen und Nächten hatte sie mit dieser schrecklichen Angst um ihren Sohn gelebt. Sie konnte es nicht erwarten, zum Gerichtshof der Grafschaft zu fahren und die Totenschau hinter sich zu haben, damit die Wolke, die ihn umgab, sich endlich auflöste. Erst dann konnte sie sich entspannen. Gern hätte sie ihr Leben für Anthony hingegeben. Er war der einzige Mensch, der ihr etwas bedeutete, und wenn erst die Untersuchung von Mins Todesursache vorüber war, wollte sie ihn in allem unterstützen, auch wenn sie dann Sally Harte würde akzeptieren müssen, von der sie nichts hielt. Bis ans Ende ihrer Tage würde sie ihre Passivität angesichts des Zerwürfnisses zwischen Min und Anthony in den letzten Wochen bereuen. Anthony hatte sie gebeten zu vermitteln, mit Min zu reden, und darauf bestanden, sie allein könne seine von ihm getrennt lebende Frau dazu bewegen, sich wie verabredet mit der Scheidung einverstanden zu erklären. Vielleicht hätte sie das vermocht, aber nun würde sie es nie erfahren, denn sie hatte abgelehnt. Jetzt war die arme Min tot. Sie wäre noch am Leben, wenn ich mit ihr geredet hätte, dachte Edwina zum hundertstenmal. Ihr Herz verkrampfte sich. Das Schuldbewußtsein erdrückte sie.

In diesem Augenblick kehrte Anthony mit Bridget O'Donnell, der Haushälterin von Clonloughlin, zurück. «M'Lady, Mrs. Amory», sagte Bridget, neigte den Kopf und setzte sich auf den von Anthony bezeichneten Stuhl.

Daisy, höflich wie immer, lächelte ihr zu: «Sie kennen sicherlich Mr. Crawford, unseren Anwalt, der aus London gekommen ist, um uns bei allem behilflich zu sein. Lord Dunvale hatte Ihnen sicher schon gesagt, Bridget, daß man uns einiges erklären wird. Aber ich möchte noch einmal betonen, daß kein Grund zur Besorgnis vorliegt.»

«Ach, ich mach mir gar keine Sorgen, Mrs. Amory», sagte Bridget schnell. Ohne mit der Wimper zu zucken hielt sie Daisys Blick stand. «Es ist ja einfach, die Wahrheit zu sagen, und nur das hab ich vor.»

Ein knappes, selbstzufriedenes Lächeln spielte um ihren schmalen, blassen Mund. Sie lehnte sich zurück und schlug die Beine übereinander. Ihr rotes Haar leuchtete in der Sonne.

In Daisy verstärkte sich die Überzeugung, daß Bridget O'Donnell ein berechnendes, selbstsicheres und ganz ausgekochtes Weibsstück war. Sie mochte diese Frau nicht.

Daisy wandte sich nun zu Anthony um, doch bevor sie irgend etwas sagen konnte, öffnete sich die Tür für John Crawford, den Sohn von Emmas altem Rechtsberater und nun Seniorpartner in der Sozietät *Crawford, Creighton, Phipps & Crawford.* Er war von mittlerer Statur und Größe und hielt sich kerzengerade, was ihm zusammen mit seiner starken Persönlichkeit eine geradezu militärisch straffe Ausstrahlung verlieh. Er war 46 Jahre alt, hatte rotblondes, leicht angegrautes Haar und wache braune Augen in einem angenehmen Gesicht, das merkwürdig sanft wirkte und nicht das geringste von seinem messerscharfen, brillanten Juristenhirn ahnen ließ.

«Guten Morgen. Entschuldigen Sie, daß ich Sie habe warten lassen», sagte er flott und trat zu ihnen an die Fensterseite des länglichen, mit Büchern vollgestopften Raumes. Daisy bot ihm einen Kaffee an, den er aber dankend ablehnte. Er blieb hinter einem Stuhl stehen, die Arme leicht auf die Lehne gestützt. So wirkte er vollkommen entspannt und unbeschwert, und wie stets gelang es ihm, seinen Klienten beruhigendes Vertrauen einzuflößen, wie auch immer seine privaten Gedanken und Ansichten beschaffen sein mochten.

«Mir ist klar, daß Sie alle den heute morgen auf Sie zukommenden Vorgang als recht unangenehm empfinden, und deshalb dachte ich, es sei vielleicht gut, wenn ich Ihnen kurz etwas darüber erzählte.

Wenn Ihnen der Ablauf nicht mehr so fremd ist, löst sich hoffentlich auch Ihre Anspannung.» Er sah die vier der Reihe nach an. «Fragen Sie bitte, was Sie möchten. Da noch niemand von Ihnen bei einer Totenschau war, möchte ich zuerst einmal bemerken, daß es bei diesem Gericht ziemlich informell zugeht. Trotzdem –» er hielt inne und sah sie scharf an, worauf er betont langsam weitersprach – «trotzdem muß ich sagen, daß dies keineswegs die *Bedeutung* dieses Vorgangs schmälert. Es ist eines der *höchsten* Gerichte dieses Landes und entscheidet wie alle anderen nach Beweislage. Fragen dazu?» Er zog eine rotblonde Braue hoch. «Gut, dann zum nächsten . . .»

«Verzeihen Sie, John», sagte Daisy, «aber könnten Sie erklären, was Sie mit ‹informell› meinen? Das verstehe ich nicht so ganz.»

«Ja, natürlich. Mit informell meinte ich, daß zum Beispiel der Vorsitzende keine Robe trägt. Er hat einen normalen Anzug an. Und es wird auch nicht so förmlich gesprochen wie bei den anderen Gerichten. Der Vorsitzende unterhält sich ganz zwanglos mit den einzelnen Parteien, bevor den Zeugen der Eid abgenommen wird und die Beweisaufnahme beginnt.»

«Danke, John. Und noch eine Frage: Der Vorsitzende ist doch meist ein Anwalt oder ein Arzt mit juristischer Zusatzausbildung, nicht wahr?»

«Das ist richtig, Daisy. Der Vorsitzende ist kein Richter, obwohl er *de facto* Recht spricht. Sein Ermessensspielraum ist auch sehr groß. Wenn nun keine weiteren Fragen mehr sind, möchte ich fortfahren. Es gibt da noch einen sehr wichtigen Punkt: und zwar wird bei diesem Gericht das *Hörensagen* mit berücksichtigt, das normalerweise nach englischem Recht als *nicht statthaftes* Beweismaterial gilt.»

Anthony beugte sich vor: «Was soll das heißen?» Er schüttelte den Kopf. «Ich verstehe nicht, was das bedeuten soll», rief er. Seine Stimme klang höher als sonst.

«Ja, so ist das, Lord Dunvale. Der Vorsitzende hört sich an, was jemand gehört hat, ohne zu wissen, ob es stimmt . . . Tratsch, Gerüchte, wenn Sie so wollen.»

«Verstehe», sagte Anthony gefaßter, obwohl Angst in ihm aufstieg, wenn er an all den Klatsch dachte, der im Dorf seit Wochen grassierte.

Edwina und Daisy sahen einander besorgt an. Niemand sprach ein Wort.

John Crawford, der ihre Nervosität bemerkte, räusperte sich und fuhr fort: «Ich möchte etwas genauer erklären, wie das ‹Hörensagen› in diesem Gericht behandelt wird. Hörensagen kann hier zum Beispiel das sein, was die Verstorbene kurz vor ihrem Tod zu einem Familienmitglied, Freund, dem Arzt oder Anwalt gesagt hat. Ein Zeuge kann etwa angeben, die Verstorbene habe einmal oder mehrmals gedroht, Selbstmord zu begehen. Oder jemand könnte sagen: Die Verstorbene war depressiv. Der Vorsitzende wird all dies zur Kenntnis nehmen. Vielleicht noch ein Beispiel: Ein Polizist darf zum Vorsitzenden auf Grund der ihm bekannten Beweismittel sagen, er glaube, daß die Verstorbene Selbstmord verübt habe. Oder der Meinung sein, es handle sich um einen Unfall. Der Vorsitzende läßt so etwas in seine Entscheidung einfließen. Ich möchte auch noch sagen, daß diese Art von Materialsammlung in der Tat Einfluß auf den Fall hat und auf die Fragen, die der Vorsitzende stellen wird.»

«Wird auch die Polizei einzelne Zeugen verhören?» fragte Anthony.

«Nein, nie. Das ist bei einer Totenschau nicht gestattet. Nur der Vorsitzende hat das Recht, Fragen zu stellen.» Crawford wandte sich um, als die Tür aufging.

Michael Lamont, der Gutsverwalter von Clonloughlin, trat hastig ein und schloß die Tür hinter sich. Er war groß und kräftig, hatte üppige dunkle Locken und ein vergnügtes, wettergegerbtes Gesicht, das zu seiner fröhlichen Art paßte. Er eilte durchs Zimmer und entschuldigte sich wortreich.

Anthony sagte schnell: «Ich erkläre Ihnen alles nachher, Michael. John erläutert uns eben die Prozedur . . . den Verlauf einer Totenschau.»

Lamont nickte und nahm neben Edwina auf dem Sofa Platz, wobei er den anderen Frauen schnell zulächelte. Dann sagte er: «Ich war schon einmal bei einer Totenschau, mir ist das einigermaßen vertraut.»

«Gut, gut», rief Crawford und nickte kurz. «Dann lassen Sie mich fortfahren. Es kann, muß aber nicht sein, daß da eine Jury von sechs oder acht Leuten sitzt. In jedem Fall geschieht der Wille des Vorsitzenden, und wenn er die Jury zu seinem Urteil bekehren muß. Er entscheidet und spricht das Urteil – Unglücksfall, Selbstmord, Tod durch Unfall, durch natürliche Ursache oder . . .» Er machte eine Pause und sagte dann ruhig: «Mord.»

Es wurde totenstill.

Schließlich brach Anthony das Schweigen. «Und was ist, wenn der Vorsitzende sich nicht sicher ist? Wenn er nicht entscheiden kann, ob es Selbstmord, ein Unfall oder Mord war?»

«Hm, in so einem Fall gäbe es einen offenen Urteilsspruch . . . der Vorsitzende könnte sagen, daß ein oder mehrere unbekannte Menschen für den Tod der Verstorbenen verantwortlich seien und später der Gerichtsbarkeit überführt werden müßten.»

Edwina, die ihren Sohn gespannt angesehen hatte, holte tief Luft und wurde aschfahl im Gesicht. Michael Lamont ergriff ihre Hand und flüsterte ihr etwas zu.

Crawford warf ihnen einen kurzen Blick zu und wandte sich dann wieder an Anthony. «Das Gutachten des Pathologen, das Ergebnis der Autopsie stellt im allgemeinen die Todesursache sicher fest.»

«Verstehe», sagte Anthony leise.

«Nun habe ich wohl die wichtigsten Punkte erwähnt», versetzte John Crawford. «Ich möchte Ihnen außerdem versichern, daß ich von einem ganz normalen und routinemäßigen Verlauf der Totenschau überzeugt bin.» Er sah Michael Lamont an. «Sie werden wahrscheinlich der erste Zeuge sein, da Sie Lady Dunvales Leiche gefunden haben. Der Polizist von Clonloughlin wird nach Ihnen dran sein. Dann kommen die medizinischen Gutachten – vom Arzt des Ortes, der die erste Untersuchung, und vom Pathologen, der die zweite Untersuchung und die Autopsie gemacht hat. Werden noch weitere Erklärungen gewünscht?»

«Ja», sagte Anthony. «Ein paar Kleinigkeiten noch. Ich werde wahrscheinlich verhört werden. Aber wie ist es mit meiner Mutter? Und mit Bridget?»

«Ich sehe keinen Grund, warum man die verwitwete Gräfin in den Zeugenstand rufen sollte, da sie eigentlich nichts zu dem Fall beizutragen hat. Aber Sie werden eine Aussage machen müssen und höchstwahrscheinlich auch Miss O'Donnell. Der Vorsitzende wird wohl mit Ihnen allen ein bißchen plaudern, bevor die Hauptzeugen aufgerufen werden, wie ich ja auch schon gesagt habe. Kein Grund zur Besorgnis.» Crawford sah zur Uhr. «Wir sollten in spätestens zehn Minuten losfahren.» Er wandte sich an Daisy, die sich gerade erhoben hatte: «Wo ist Jim denn? Vielleicht sollten Sie ihm Bescheid sagen, daß wir gleich losfahren müssen.»

«Ja», sagte Daisy, «das werd ich machen. Ich muß eben noch meine Sachen von oben holen.»

Eine Viertelstunde später verließ die kleine Schar Clonloughlin House.

Edwina, Anthony, Bridget O'Donnell und Michael Lamont fuhren im ersten Auto, das von Michael gelenkt wurde.

Jim Fairley folgte ihnen im zweiten Wagen. Bei ihm saßen Daisy und John Crawford. Anfangs sagte niemand von ihnen etwas. Schließlich meinte Jim: «Es war eine gute Idee, John, die allgemeinen Formalitäten zu erläutern.» Aus den Augenwinkeln warf er Crawford, der neben ihm auf dem Vordersitz saß, einen Blick zu, sah dann wieder auf die Straße und sagte: «Das hat meiner Tante bestimmt sehr geholfen. Sie ist das reinste Nervenbündel. Anthony wirkt ja einigermaßen ruhig. Ziemlich verschlossen und sehr beherrscht. Aber er sieht elend aus. Diese scheußliche Geschichte hat ihn um Jahre altern lassen.»

«Ja», erwiderte Crawford lakonisch. Dann rollte er das Fenster herab und sah über die Schulter Daisy an: «Macht es Ihnen etwas aus, wenn ich rauche?»

«Ganz und gar nicht.» Daisy beugte sich vor, legte die Hand auf die Lehne des Vordersitzes und fragte Jim: «Und wie geht es Paula?»

«Gut, sie läßt herzlich grüßen.»

Jim umschloß das Steuer fester, während er überlegte, ob er Paulas Schlußworte wiederholen sollte, die so voller Angst gewesen waren, daß sie auch ihn angesteckt hatten. Unentschlossen sagte er: «Sie hat immer wieder darauf gedrängt, daß wir sie anrufen sollen, sobald die Totenschau vorüber ist – als würden wir das nicht ohnehin tun.»

«Sie wird sofort mit Mutter telefonieren wollen», murmelte Daisy. Sie rückte wieder in ihre Ecke, strich den Rock ihres vornehmen dunkelgrauen Kostüms glatt und dachte an Emma, die gespannt auf einer Schaffarm in Australien saß und sich um den Ausgang des Ganzen und um ihren Enkel Anthony sorgte. Daß ihre Mutter in die Sache hineingezogen worden war, bekümmerte Daisy. Schließlich war Emma 80 Jahre alt. Aber sie beruhigte sich damit, daß Emma Harte nicht so leicht aus der Fassung geriet und dies mühelos bewältigen würde, wie sie am Telefon mehrmals betont hatte. Daisy ließ sich entspannt in die Polster sinken. Nach einer Weile sagte sie: «Und weißt du nun, was du machen willst, Jim?»

«Ja. Ich werde bis zur Beerdigung morgen hierbleiben. Sie können etwas Beistand gut gebrauchen, und es ist das wenigste, was ich tun kann. Am Samstag fliege ich zurück. Hoffentlich kann ich Anthony dazu überreden, mitzukommen. Er muß sich mal ein bißchen von diesem Ort entfernen.»

«Natürlich», meinte Daisy. «Und bestimmt wird er auch Sally sehen wollen.» Sie wandte sich an John Crawford: «Die Gerichtsverhandlung ist doch bestimmt in ein paar Stunden vorüber . . . David hat das Privatflugzeug eines Freundes gechartert, das ab zwölf Uhr auf dem Flughafen von Cork auf uns warten wird. Sie fliegen doch mit mir nach London zurück, John, nicht wahr?»

«Ja, herzlichen Dank. Und ich glaube auch, daß wir in ein paar Stunden fertig sind, wenn alles gutgeht.»

«Es gibt doch keinen Grund für die Annahme, es würde nicht routinemäßig ablaufen, oder?» fragte Jim.

«Nein, nicht direkt», erwiderte Crawford, aber ein merkwürdiges Zögern lag in seiner Stimme.

Jim ging sofort darauf ein. «Sie klingen nicht mehr so zuversichtlich wie gestern abend, John. Gibt es irgend etwas, das Daisy und ich wissen müßten?»

«Nein, nein, natürlich nicht», murmelte Crawford.

Das überzeugte Jim nicht. Er beschloß, offen zu sein und von Emilys Befürchtungen zu erzählen, die ihm Paula vorhin am Telefon mitgeteilt hatte. «Paula ist ein bißchen nervös, weil Emily eine Idee gekommen ist . . . offenbar hat sie Paula nachts angerufen und ihr gesagt, daß sie sich seit Sonntag über diese fünf oder sechs Stunden den Kopf zerbricht, die Min vor ihrem Tod am See zugebracht hat.»

«Ich verstehe nicht, wieso diese Stunden wichtig sind», unterbrach Daisy ihn.

John Crawford dachte eine Sekunde nach, entschloß sich dann, ebenfalls offen zu sprechen, und drehte sich zu Daisy um. «Ich muß zugeben, daß ich mir wegen derselben Sache Sorgen gemacht habe, meine Liebe. Und wenn *ich* diese Zeitspanne merkwürdig finde – ganz zu schweigen von der jungen Emily –, meinen Sie dann nicht, daß sich auch ein erfahrener Vorsitzender fragen wird, was die Verstorbene dort so erstaunlich lange gemacht hat?»

«Ja.» Daisy runzelte die Stirn. «Aber *wieso* sind diese Stunden wichtig? Vielleicht ist sie weggegangen und später wiedergekommen.»

«Vielleicht war sie am Nachmittag überhaupt nicht in Clonloughlin», sagte Crawford sanft. «Der Vorsitzende kann leicht auf diesen Gedanken kommen, so leicht wie ich und die junge Emily. Verstehen Sie, Daisy, diese im dunkeln liegenden Stunden geben zu Zweifeln Anlaß . . . Zweifeln an der Geschichte von Lord Dunvale, wann seine Frau gekommen sein soll – eine Geschichte, die, was ich hinzufügen möchte, lediglich von seiner Mutter bestätigt wird.»

«Sie meinen, der Vorsitzende könnte denken, Anthony habe gelogen – und Min sei in Wahrheit erst spätnachts dorthin gekommen.» Daisy hielt den Atem an. «O Gott, jetzt verstehe ich! Und so könnte der Vorsitzende auch folgern, daß Anthony ebenfalls spätnachts am See war . . .» Sie brach ab und begann zu zittern; zum erstenmal seit ihrer Ankunft in Irland war sie nervös.

«Möglich. Aber, meine liebe Daisy, ich sage *möglich*. Ich wäre ungemein erleichtert, wenn es einen Zeugen gäbe, der die verstorbene Gräfin am Nachmittag auf dem Gelände von Clonloughlin oder von dort wegfahren gesehen hätte. Unglücklicherweise gibt es offenbar solch Zeugen nicht.»

Crawford warf Daisy einen teilnahmsvollen Blick zu. «Bitte, machen Sie sich nicht unnötig Sorgen, meine Liebe. Ich habe Ihnen meine Gedanken bislang vorenthalten, weil ich genau wußte, daß Sie sich dann aufregen würden.»

Er warf ihr ein zuversichtliches, beruhigendes Lächeln zu und sagte: «Normalerweise ist bei solchen Gelegenheiten die Autopsie das Wichtigste. Dadurch wird die Todesursache eindeutig bewiesen.» Crawford sah Jim scharf an. «Ich bin ziemlich sicher, daß der Pathologe den Fall als Tod durch Ertrinken definieren wird.» Falls er Wasser in der Lunge findet, dachte Crawford. Denn falls dem nicht so war, wären sie in Schwierigkeiten, in allergrößten Schwierigkeiten. Wenn kein Wasser in der Lunge gefunden wurde, hieß das, daß sie schon vor der Berührung mit dem Wasser tot gewesen sein mußte. Und dann würde Mordanklage gegen Anthony erhoben werden . . . oder gegen Unbekannt.

Jim, der begriffen hatte, daß John Daisy beschwichtigen wollte, sagte ruhig und bestimmt: «Ich stimme Ihnen völlig zu, John.

Bestimmt war Mins Tod ein Unfall. Und nun bleib gefaßt, Daisy, so wie du dich bisher in dieser Geschichte gezeigt hast. Edwina bricht zusammen, wenn sie dir auch nur die geringste Sorge anmerkt.»

«Es ist schon gut», erwiderte Daisy. «Du brauchst dich nicht zu beunruhigen. Und ich finde auch, daß wir drei uns so zuversichtlich wie möglich geben sollten. Für Anthony und Edwina wird die Verhandlung, ganz gleich, wie sie abläuft, eine schreckliche Qual werden, und wir müssen sie mit gelassener Zuversicht unterstützen.»

Wieder lehnte Daisy McGill Amory sich in ihrem Sitz zurück und verfiel für den Rest der Fahrt nach Cork in Schweigen.

Mr. Liam O'Connor, ein Rechtsanwalt aus dem Ort, war Vorsitzender der gerichtlichen Kommission, die die Todesursache von Minerva Gwendolyn Standish, der verstorbenen Gräfin von Dunvale, feststellen sollte.

Eine sechsköpfige Jury saß zu O'Connors Rechten. Ihre Mitglieder waren ortsansässige Bürger, die morgens am Gerichtsgebäude vorübergegangen und von einem Gerichtsdiener zusammengeholt worden waren. So war es bei Totenschauen nach englischem Recht üblich. Was auch immer diese Leute vorgehabt hatten, es blieb ihnen nichts anderes übrig, als sich zu fügen und sich als Geschworene vereidigen zu lassen.

Der Vorsitzende sagte: «Und nun, Lord Dunvale, könnten Sie uns vielleicht ein bißchen von der seelischen Verfassung der Verstorbenen kurz vor ihrem tragischen Tod erzählen, bevor wir die Aussagen von Sergeant McNamara, dem Pathologen und noch einigen anderen hören. Sie können von Ihrem Platz aus sprechen und brauchen noch nicht in den Zeugenstand zu treten.»

Anthony erwiderte mit klarer und bemerkenswert fester Stimme: «Meine Frau und ich lebten getrennt und standen kurz vor der Scheidung. Deshalb war sie aus dem Herrenhaus von Clonloughlin ausgezogen und wohnte in Waterford. In letzter Zeit kam sie jedoch häufiger nach Clonloughlin, und seit einem Monat etwa fiel mir auf, daß sie sehr verändert war. Sie benahm sich sehr eigenartig und neigte zu verbaler und physischer Gewalttätigkeit. Ich machte mir immer mehr Sorgen um ihre psychische Stabilität.»

Der Vorsitzende nickte. «Hat die Verstorbene je von Selbstmord geredet? Hat sie je damit gedroht, sich das Leben zu nehmen?»

«Nein», sagte Anthony noch ruhiger. «Außerdem möchte ich betonen, daß ich nicht an einen Selbstmord glaube, egal, in was für einer Verfassung sie war. Sie neigte nicht zum Suizid. Ich bin sicher, daß es ein Unfall gewesen ist.»

Der Vorsitzende stellte noch ein paar Fragen zum Verhalten der Toten, und während Anthony ihm antwortete, musterte Daisy den Vorsitzenden sehr genau. Liam O'Connor war ein kleiner, lebhafter Mann mit einem runzligen Gesicht. Er blickte ein wenig mürrisch drein, aber sie bemerkte, daß er weise, gütige Augen hatte und sehr umgänglich war, und all das erleichterte sie ein bißchen. Sie war sicher, daß Liam O'Connor keinen Unfug in seinem Gericht dulden und sich genauestens an den Buchstaben des Gesetzes halten würde, aber sie ahnte auch, daß er Gerechtigkeit walten lassen würde.

«Danke, Lord Dunvale», sagte der Vorsitzende, «und nun möchte ich Sie fragen, Lady Dunvale, ob Sie noch etwas beizutragen haben, was etwas Licht auf das ungewöhnliche Verhalten Ihrer Schwiegertochter vor ihrem Tod werfen könnte?»

Edwina war offenbar sehr überrascht darüber, daß sie angesprochen wurde. Sie schrak zusammen, riß den Mund auf und starrte den Vorsitzenden wortlos an. Ein Zittern überkam sie.

Daisy nahm ihre Hand und flüsterte: «Edwina, hab keine Angst und gib dem Vorsitzenden Antwort, Liebe.»

Edwina räusperte sich mehrmals und sagte dann mit leiser, zitternder Stimme: «Min . . . meine Schwiegertochter, meine ich, war . . . war in den letzten Wochen sehr unglücklich. Ja.» Sie brach unvermittelt ab, brachte nichts mehr heraus, und ihre Augen füllten sich mit Tränen, als sie an die tote junge Frau dachte, die sie wie eine Tochter geliebt hatte. Es entstand eine lange, quälende Pause, bevor Edwina flüsterte: «Ich fürchte, sie hat . . . hat in der letzten Zeit stark getrunken. Zumindest kam sie im letzten Monat sehr oft betrunken in Clonloughlin an. Bridget, äh . . . äh . . . Miss O'Donnell, meines Sohnes . . . Lord Dunvales Haushälterin . . .» Edwina hielt wieder inne, sah zu Bridget hinüber und schloß dann: «Erst kürzlich mußte Miss O'Donnell meine Schwiegertochter in einem der Gästezimmer zu Bett bringen. Ich erinnere mich sehr gut daran. Miss O'Donnell sagte mir, sie habe befürchtet, Lady Dunvale könne einen Unfall haben, wenn sie in ihrem . . . geschwächten Zustand nach Waterford führe.»

Edwina schluckte. Ihr Mund war trocken; sie konnte nicht weitersprechen. Auch hatte sie die Anstrengung, zusammenhängend zu reden und den Anschein von Gefaßtheit aufrechterhalten zu müssen, sehr entkräftet. Sie fiel in ihren Stuhl zurück, das Gesicht kreideweiß und schweißüberströmt.

«Danke, Lady Dunvale», sagte der Vorsitzende, und Daisy meinte, aus seinem Tonfall Mitgefühl herauszuhören. Er setzte seine Brille auf, zog kurz seine Unterlagen zu Rate, setzte die Brille wieder ab und ließ seinen Blick über die Versammlung schweifen. «Miss O'Donnell, könnten Sie mir bitte noch ein paar Einzelheiten über den Vorfall erzählen, den Gräfin Dunvale soeben erwähnt hat?»

«Ja, Sir, sicher.» Bridget beugte sich ein wenig vor und bestätigte dann in knappen Worten Edwinas Darstellung und auch die Auftritte, die Anthony bereits geschildert hatte.

Daisy lauschte ihrem Vortrag und hatte das Gefühl, noch nie eine bessere Zeugin gehört zu haben. Diese Frau leistete Erstaunliches, besonders was Detailtreue betraf. Offenbar verfügte sie über ein bemerkenswertes, nahezu fotografisches Gedächtnis.

«Hat die Verstorbene Ihnen gegenüber jemals angedeutet, Miss O'Donnell, daß sie sich etwas antun könnte?» Der Vorsitzende legte die Hände ineinander und sah über sie hinweg auf die Haushälterin.

Offenbar mußte Bridget O'Donnell nicht zweimal über diese Frage nachdenken. «Ja, Sir. Sie hat nicht nur einmal, sondern öfter davon gesprochen.»

Alle hielten überrascht die Luft an. Anthony rief: «Das kann nicht stimmen . . .» und wollte aufstehen, bekam aber von John Crawford Zeichen, ruhig zu sein, da der strenge Blick des Vorsitzenden auf ihm ruhte.

Der Vorsitzende bat um Ruhe, und das aufgeregte Flüstern verstummte. «Bitte, erzählen Sie uns von diesen Begebenheiten, Miss O'Donnell», befahl er.

«Gern, Sir», sagte sie ohne zu zögern, warf aber Anthony einen schnellen Blick zu, bevor sie weiterredete.

Daisy, die Bridget nicht aus den Augen gelassen hatte, kam es vor, als ob sie sich stumm bei ihm entschuldigte, aber sie war sich nicht sicher.

Bridget O'Donnell wandte sich wieder an den Vorsitzenden. «Die verstorbene Gräfin war in den letzten Wochen ihres Lebens verändert, wie Seine Lordschaft schon gesagt hat. Ich wurde mehrmals Zeuge ihrer hysterischen Anfälle, und unter vier Augen vertraute sie mir an, sie hätte nichts, wofür es sich zu leben lohnte, und wünschte, sie wäre tot. Ungefähr eine Woche vor ihrem Tod drohte sie wieder einmal, sich das Leben zu nehmen. Eines Nachmittags kam sie in Clonloughlin an, aber ich war die einzige, die sie sah. Seine Lordschaft war mit Mr. Lamont irgendwo draußen auf dem Grundbesitz, und die Gräfin Dunvale war in Dublin. Jedenfalls war Ihre Ladyschaft sehr verzweifelt und sagte immer wieder, sie wolle der Trübsal und der Misere ihres Lebens durch . . . durch den Tod entfliehen. Sie weinte hemmungslos, und obwohl ich versuchte, sie zu beruhigen und ihr mein Mitgefühl zu zeigen, war ihr da wohl schon nicht mehr zu helfen. Als ich ihr tröstend den Arm um die Schultern legen wollte, schlug sie mich ins Gesicht. Im selben Augenblick schien sie sich aber zu besinnen und entschuldigte sich mehrmals. Ich machte dann eine Kanne Tee, und wir saßen in der Küche und redeten ein bißchen. In dieser Situation vertraute mir Ihre Ladyschaft noch etwas anderes an. Sie sagte, das größte Unglück ihres Lebens habe darin bestanden, daß sie keine Kinder gehabt hätte.» Bridget hielt inne, schöpfte Atem und sagte dann abschließend: «Danach fing Lady Dunvale wieder an zu weinen, aber still und voller Verzweiflung. Schließlich sagte sie, sie sei unfruchtbar und könne keine Kinder bekommen. Wieder versuchte ich, sie zu trösten. Ich redete ihr zu, sie sei eine junge Frau, es gäbe doch viele Dinge, für die es sich zu leben lohne, und sie könne jederzeit ein neues Leben beginnen. Da wurde sie ruhiger, und als sie kurz darauf ging, dachte ich, sie hätte ein bißchen Hoffnung geschöpft.»

Bridget lehnte sich zurück. Sie sah auf ihre Hände herab. Dann blickte sie den Vorsitzenden an und verkündete mit klarer Stimme: «Ich glaube, daß Ihre Ladyschaft sich das Leben genommen hat, Sir, weil ihre Ehe gescheitert war und sie wußte, daß sie nie Kinder bekommen würde.»

Der Vorsitzende senkte den Kopf und vertiefte sich wieder in die Papiere, die vor ihm lagen.

Es herrschte Totenstille im Saal. Nichts rührte sich, kein Flüstern war zu vernehmen.

Daisy warf einen diskreten Blick in die Runde und bemerkte, daß die Geschworenen sehr nachdenklich dreinschauten. Zweifellos waren alle betroffen über Bridget O'Donnells Geschichte. Es war nun nicht mehr schwer, sich vorzustellen, wie es der Verstorbenen zumute gewesen war, welches Ausmaß ihre Verzweiflung angenommen hatte. Sie betrachtete Anthony aus den Augenwinkeln und erschrak über seine Blässe und die Heftigkeit, mit der die Ader an seiner Schläfe klopfte. Seine Züge waren eingefallen.

Dann durchbrach der Vorsitzende die Stille. Er sah Michael Lamont kurz an und sagte: «Da Sie Lord Dunvales Gutsverwalter sind, Mr. Lamont, haben wohl auch Sie in den letzten Wochen Kontakt mit der Verstorbenen gehabt. Möchten Sie Miss O'Donnells Ausführungen noch etwas hinzufügen?»

Lamont räusperte sich und sagte dann leise: «Eigentlich nicht, Sir. Ich habe Ihre Ladyschaft nie von Selbstmord reden hören, und ich würde auch eher Lord Dunvale zustimmen, daß sie nicht der Typ war, der sich etwas antun würde. Allerdings –» er zögerte kurz – «kann ich bestätigen, daß Ihre Ladyschaft sehr mutlos war. Etwa zwei Wochen vor ihrem Tod habe ich einmal mit ihr geredet, und dabei machte sie einen sehr deprimierten Eindruck.» Er räusperte sich nervös. «Sie hatte auch getrunken, und zwar ziemlich viel, wie es mir schien. Was mir am meisten auffiel war ihre Apathie. Sie schien sehr niedergedrückt zu sein. Aber mehr weiß ich nicht. Weder hat Lady Dunvale mir die Ursachen für ihr Leiden anvertraut noch habe ich sie danach gefragt.» Er machte wieder eine Pause und schloß dann leise: «Ich hatte nicht das Gefühl, mich in die Privatangelegenheiten Ihrer Ladyschaft einmischen zu dürfen. Ich bin ja Lord Dunvales Angestellter, und es wäre aufdringlich gewesen.»

«Danke, Mr. Lamont.» Der Vorsitzende wandte sich dem Polizeibeamten zu. «Sergeant McNamara, können Sie etwas Erhellendes zur Gemütsverfassung von Lady Dunvale beitragen?»

«Nun, Euer Ehren, ich kann Ihnen da leider nichts erzählen», fing McNamara an, rieb sich das Kinn und schüttelte melancholisch den Kopf. «Ich hatte keine Gelegenheit, in den letzten Wochen persönlich mit Ihrer Ladyschaft zu sprechen. Aber verstehen Sie, Euer Ehren, ich wußte natürlich, daß sie in Clonloughlin gewesen war. O ja. Ich habe ihr kleines rotes Auto durchs Dorf flitzen sehen. Es hat auch Klatsch gegeben über ihr merkwürdiges Verhalten, der gewissermaßen das bestätigt, was Miss O'Donnell und Lord Dunvale hinsichtlich ihres gestörten seelischen Gleichgewichts gesagt haben.»

«Und haben Sie sich eine Meinung über die Todesursache gebildet?» fragte der Vorsitzende.

«Nun ja, Euer Ehren, eigentlich mehrere», sagte McNamara und reckte sich ein bißchen wichtigtuerisch. «Zuerst glaubte ich, der Tod Ihrer Ladyschaft sei ein Unfall. Später habe ich, ehrlich gesagt, an Selbstmord gedacht. Ich habe mich auch gefragt, ob nicht etwas Unrechtes im Spiel war, wo Ihre Ladyschaft doch unter mysteriösen Umständen gestorben ist.» McNamara zog ein Notizbuch aus der Tasche und schlug es auf.

«Sie können gleich im Zeugenstand Ihre Ergebnisse im Detail vortragen, Sergeant McNamara», sagte der Vorsitzende.

«Ja, Sir», erwiderte der Beamte und schlug das Notizbuch mit lautem Knall wieder zu.

Der Vorsitzende lehnte sich zurück, faltete die Hände und sprach nun die ganze Versammlung an: «Es ist die Pflicht und Obliegenheit dieses Gerichtshofs, Art, Anlaß und Umstände des Todes von Minerva Gwendolyn Standish, der Gräfin von Dunvale, festzustellen. Nachdem die Zeugen gehört worden sind, muß das Gericht entscheiden, ob der Tod natürliche oder unnatürliche Ursachen hatte, ob es ein Unfall, Selbstmord oder ein von bekannten oder unbekannten Personen verübter Mord gewesen ist.»

Nun wurde Anthony in den Zeugenstand gerufen und aufgefordert, die Ereignisse des letzten Samstags so ausführlich wie möglich zu rekapitulieren. Ruhig erklärte Anthony dem Gericht: «Am späten Nachmittag rief mich meine Mutter aus dem Dower House an. Sie hatte meine Frau auf das Grundstück fahren und vor dem Herrenhaus halten sehen. In Anbetracht der zahlreichen unangenehmen Auftritte zwischen meiner Frau und mir entschloß ich mich dazu, Clonloughlin House zu verlassen. Ich nahm an, daß sie wieder wegfahren würde, sobald sie bemerkte, daß ich nicht da war und daß wir so weitere Unannehmlichkeiten und Szenen vermeiden könnten. Ich fuhr mit meinem Landrover zum See. Ich war noch nicht sehr lange dort, als ich den roten Mini meiner Frau in der Ferne auftauchen sah. Ich stand nah am See unter einem Baum und ging zum Landrover zurück, wollte wegfahren. Aber das Auto sprang nicht an, die Batterie war wohl leer, also machte ich mich zu Fuß auf den Rückweg nach Clonloughlin, wobei ich den langen Weg rund ums Gelände einschlug, um meiner Frau auszuweichen. Sowie ich zu

Hause war, telefonierte ich mit meiner Mutter, die kurz darauf kam und mit mir zu Abend aß. So um halb zehn begleitete ich meine Mutter zum Dower House, ging zurück und habe dann noch ein paar Stunden über den Geschäftsbüchern des Gutes in der Bibliothek gesessen. Schließlich ging ich ins Bett. Ich wußte gar nicht, daß meine Frau noch auf dem Grund und Boden von Clonloughlin geblieben war, bis ich am nächsten Morgen von Mr. Lamont geweckt wurde, der mir mitteilte, er habe die ... die ...» Anthonys Stimme zitterte: «Leiche meiner Frau im See gefunden.» Er hielt wieder inne, holte dann tief Luft und sagte mit tränenfeuchten Augen: «Ich hätte dort am See warten und mit ihr reden sollen. Dann wäre sie vielleicht noch am Leben.»

Der Vorsitzende dankte ihm, rief Bridget O'Donnell in den Zeugenstand und ließ sie vereidigen. Dann fragte er sie, was sie am Tag von Mins Tod gemacht hätte.

«Nein, Sir, ich habe Lady Dunvales Wagen am Nachmittag nicht gesehen, und ich wußte auch nicht, daß Seine Lordschaft das Haus verlassen hatte», sagte Bridget. «Ich bereitete in der Küche das Abendessen zu. Später servierte ich Seiner Lordschaft und der verwitweten Gräfin. Danach räumte ich eine halbe Stunde lang die Küche und das Eßzimmer auf.»

Sie erwähnte dann ihre Migräne, erzählte, wie sie um elf an der Bibliothek vorübergegangen war, um ihre Tabletten zu holen, und den Grafen am Schreibtisch hatte sitzen sehen, und dann um Mitternacht noch einmal, als sie zu Bett ging.

«Am Sonntagmorgen bin ich sehr früh aufgestanden, Sir», fuhr Bridget O'Donnell fort. «Nachdem ich in der Küche eine Tasse Tee getrunken hatte, fuhr ich nach Waterford, um mit meiner Schwester zur Frühmesse zu gehen. Zum Mittagessen blieb ich in Waterford, und nachmittags bin ich ins Dorf Clonloughlin gefahren und habe meine Mutter besucht. Erst da erfuhr ich vom Tod Ihrer Ladyschaft, und natürlich fuhr ich gleich zurück aufs Gut, wo Sergeant McNamara mich befragt hat.»

Der nächste Zeuge war der Gutsverwalter. Auch Michael Lamont sagte, er habe Lady Dunvale am Samstagnachmittag nicht gesehen und erklärte dann, was am nächsten Morgen geschehen war. «Ich war auch ziemlich früh wach und unterwegs zu meinem Büro im Clonloughlin House, um einige Papiere zu holen, die ich zum Arbeiten brauchte. Ich sah den Landrover Seiner Lordschaft am See stehen und stieg aus, um nachzusehen, was da los war.» Lamont schluckte. «Ich dachte, Lord Dunvale sei in der Nähe. Aber das war nicht der Fall, und ich wollte gerade wieder in meinen Jeep steigen, als ich das Auto Ihrer Ladyschaft am gegenüberliegenden Seeufer sah. Bevor ich noch den Austin Mini erreicht hatte, erblickte ich einen im Wasser treibenden Körper.» Lamont schien plötzlich aus der Fassung gebracht zu sein und biß sich sichtlich erregt auf die Unterlippe. Schnell hatte er sich aber wieder in der Hand und fuhr fort: «Ich sprang aus dem Jeep, um genauer nachzusehen. Der Körper beziehungsweise ein Stück der Kleidung war an einem großen Baumstamm dicht am Ufer hängengeblieben. Sofort sah ich, daß es Lady Dunvale war. Ich fuhr dann direkt zum Clonloughlin House, um dem Grafen Bescheid zu sagen.»

«Und nachdem Sie Lord Dunvale informiert hatten, riefen Sie die Polizei an?»

«Genau, Sir, Sergeant McNamara kam sofort, und dann haben wir, das heißt Lord Dunvale und ich, den Sergeant zum See geführt.»

Der Vorsitzende bat nun Sergeant McNamara, seine Ergebnisse mitzuteilen. Dieser bestätigte, was Lamont gesagt hatte, und ließ sich dann detailliert über die Untersuchung aus, die er am Sonntagmorgen nach der Entdeckung der Leiche durchgeführt hatte.

«Mr. Lamont und ich holten den Körper heraus, da Seine Lordschaft zu bekümmert war, um uns zu helfen. Ich brachte die Verstorbene in die Praxis von Dr. Brennan im Dorf, damit er sie untersuchen und die ungefähre Todeszeit ermitteln konnte. Von dort rief ich die Gerichtsmedizin in Cork an, da ich wußte, daß in diesem Fall eine Autopsie vonnöten war, und schließlich veranlaßte ich, daß die Leiche umgehend ins gerichtsmedizinische Labor nach Cork gebracht wurde. Dann ging ich zurück nach Clonloughlin House, wo ich Seine Lordschaft, die verwitwete Gräfin und Mr. Lamont befragte. Danach untersuchte ich das Terrain rund um den See und auch Lady Dunvales Austin. Darin fand ich eine silberne Taschenflasche, leer, aber nach Whisky riechend. Ihre Handtasche lag auf dem Sitz und war offenbar nicht angerührt worden. Im Portemonnaie befand sich eine beträchtliche Geldsumme. Am Nachmittag entschloß ich mich, lieber noch einmal aufs Gutsgelände zu fahren. Verstehen Sie, Euer Gnaden, es war so . . . ich fand einige Dinge ziemlich merkwürdig. Dr. Brennan hatte mir gesagt, der Tod sei seiner Meinung nach um halb zwölf herum eingetreten. Und ich konnte einfach nicht einsehen, was Ihre Ladyschaft fünf Stunden lang oder noch länger allein am See gemacht haben sollte. Und noch etwas: Ich konnte auch nicht begreifen, wie jemand aus Versehen in den See *fallen* konnte. Es gibt keine Bodenerhebungen, das Gelände ist ziemlich flach, und um in den See zu gelangen, müßte man schon hineinwaten. Und bei dieser zweiten Suche fand ich eine leere Whsikyflasche, die jemand ins Gebüsch geworfen hatte. Das machte mich nun wirklich nachdenklich, Euer Gnaden. Ich fragte mich, ob es wirklich ein Unfall gewesen war, wie jedermann dachte. Und je mehr ich überlegte, desto mehr war ich davon überzeugt, daß es sich auch um Selbstmord, vielleicht sogar um Mord handeln konnte. Ich muß gestehen, daß ich mich gefragt habe, ob Ihre Ladyschaft nicht Opfer eines Verbrechens geworden ist.»

«Und wer sollte das begangen haben, Sergeant McNamara?» Der Vorsitzende starrte den Polizisten noch trübseliger an.

«Irgendein Unbekannter, Euer Gnaden. Vielleicht irgendein Fremder, der Böses im Schilde führte und Ihre Ladyschaft an dem einsamen, verlassenen Ort überrascht hat. Aber es gab keine Anzeichen für einen Kampf, ein Handgemenge. Keine zertretenen Büsche, keine Spuren im Ufergras wie zum Beispiel von einem Körper, den man dorthin geschleift hätte. Nichts dergleichen, Euer Ehren. Der Mini war ganz normal geparkt, und wie ich schon sagte, lag ihre Handtasche auf dem Sitz.»

McNamara rieb sich die große rote Nase. «Ich will nicht etwa unterstellen, Lord Dunvale habe etwas mit dem Tod seiner Frau zu tun. Miss O'Donnells Aussage, daß er zum Zeitpunkt des Todes in der Bibliothek saß, spricht ihn von jedem Verdacht frei. Ich mußte ihn am Sonntagnachmittag noch einmal befragen, Euer Ehren, aber das war meine Pflicht.» McNamara warf Anthony einen besorgten Blick zu, als wolle er sich bei ihm entschuldigen. «Aber es geht um diese fünf oder sechs Stunden. Es ist mir ein Rätsel, was Ihre Ladyschaft dort die ganze Zeit gemacht hat, Euer Ehren.»

Der Vorsitzende überlegte und sagte dann nachdenklich: «Nun, Sergeant McNamara – Lady Dunvale könnte nach Waterford zurückgefahren und später am Abend noch einmal nach Clonloughlin gekommen sein, vielleicht in der Hoffnung, diesmal den Grafen anzutreffen.»

«Ja, Euer Ehren, das ist wahr. Sehr wahr. *Aber das hat sie nicht gemacht*. Ich habe im Dorf nachforschen lassen, und keine Menschenseele hat sie in diesen mysteriösen fünf Stunden gesehen. Sie hätte ja durchs Dorf fahren müssen, um auf die Hauptstraße nach Waterford zu gelangen.»

Daisy, die ganz still gesessen hatte, wagte kaum zu atmen. Ängstlich sah sie zu John Crawford hinüber, der ihr beruhigend zulächelte. Aber sie ahnte, daß er sich in diesem Augenblick ebensolche Sorgen machte wie sie. Zum Teufel mit Sergeant McNamara, dachte sie.

«Danke, Sergeant McNamara.» Der Vorsitzende verabschiedete ihn mit einem Kopfnicken und rief dann den Dorfarzt Patrick Brennan in den Zeugenstand.

Dr. Brennans Aussage war kurz: «Ich habe die Verstorbene am späten Sonntagvormittag untersucht, nachdem Sergeant McNamara mich angerufen und mir die Leiche in die Praxis geschickt hatte. Sofort stellte ich die vollkommene Leichenstarre fest. Ich nehme an, daß der Tod zwischen halb zwölf und Mitternacht eingetreten ist.»

«Gab es sichtbare Verletzungen?» fragte der Vorsitzende.

«Nur einen Bluterguß auf der linken Wange der Verstorbenen, der aber von dem Baumstamm stammen könnte, den Mr. Lamont erwähnt hat.»

Der Vorsitzende dankte dem Arzt und rief dann den Pathologen aus Cork auf, Dr. Stephen Kenmarr.

Daisy rutschte auf die Stuhlkante vor und sah den Arzt gespannt an. Seine Aussage war die wichtigste, wie sie und der Rest der Familie genau wußten. Die Spannung im Saal war fast mit den Händen greifbar. Wieder war es so still, daß Daisy ihr Herz klopfen hörte.

Dr. Stephen Kenmarr war ein ebenso akkurater Zeuge wie Miss O'Donnell. Gleich kam er auf den Kernpunkt zu sprechen. «Ich stimme mit Dr. Brennan überein, was die Abschürfung an der linken Wange der Verstorbenen betrifft. Sie könnte von einem Gegenstand im See herrühren, mit dem die Verstorbene zusammenstieß, als sie ins Wasser ging, wahrscheinlich der schon erwähnte Baumstamm. Auf Lady Dunvales linker Wange befand sich eine Ekchymose, das heißt eine dunkle, rötlichblaue Stelle, und zwar eine frische, keine alte Verletzung, was man an der Farbe erkennen kann. Für die Laien unter Ihnen möchte ich erklärend hinzufügen, daß ein Bluterguß sich langsam verfärbt und von Rötlichblau oder Dunkelviolett zu Braun übergeht, dann hellbraun wird und vor dem Abheilen gelbgrün und gelb ist. An der dunklen Farbe konnte man also sehen, daß es eine frische Abschürfung war. Ansonsten lagen keine Verletzungen im Gesichts- und Schädelbereich vor. Auch der übrige Körper trug keine äußerlich sichtbaren Verletzungen, kein Zeichen eines Kampfes oder irgendein anderes Merkmal, das darauf hindeutete, daß die Verstorbene angegriffen und getötet worden wäre, bevor der Körper das Wasser berührte. Nach der äußerlichen Untersuchung nahm ich eine Autopsie vor.»

Kenmarr hielt inne und betrachtete seine Aufzeichnungen. Dann sagte er: «Im Blut der Verstorbenen ließ sich eine hohe Dosis Alkohol und Barbiturate nachweisen. In der Lunge befand sich Wasser. Daraus schließe ich, daß der Tod durch Ertrinken eintrat, und zwar gegen dreiundzwanzig Uhr vierzig.»

«Danke, Dr. Kenmarr», sagte der Vorsitzende. Dann setzte er seine Brille auf und sah auf seine Papiere. Nach einigen Minuten lehnte er sich auf dem Stuhl zurück und wandte sich dann nach rechts an die sechs Geschworenen.

«Nach den Aussagen, die wir heute hier gehört haben, müssen wir der traurigen Tatsache eingedenk sein, daß die Verstorbene eine gequälte Frau war, die unter erheblichem psychischem Druck stand und auf Grund des Scheiterns ihrer Ehe und ihrer Unfähigkeit, Kinder zu bekommen, an akuten Depressionen litt.» Er beugte sich vor. «Ich verlasse mich sehr auf die Aussage von Miss Bridget O'Donnell, einer ruhigen, logisch argumentierenden und leidenschaftslosen Zeugin, die vielleicht sehr viel besser dazu imstande war, sich ein objektives Bild von der Verstorbenen zu machen, als der Ehemann. Miss O'Donnell hat sehr überzeugend gesprochen, und ich vertraue ihrem Urteilsvermögen, wenn sie sagt, die Verstorbene sei einige Tage vor ihrem Tod in einer Verfassung gewesen, daß sie sich sehr wohl etwas habe antun können. Wir haben die Aussage von Dr. Kenmarr, dem Pathologen, gehört. Er hat uns gesagt, es gäbe keine Anzeichen für einen Kampf, auch keine Verletzungen am Körper der Toten, abgesehen von besagter Abschürfung. Wir haben seinen toxikologischen Befund gehört und sein abschließendes Statement, dem zufolge der Tod durch Ertrinken zweifelsfrei nachgewiesen ist. Sergeant McNamara hat unsere Aufmerksamkeit auf jene merkwürdige Zeitspanne zwischen der Ankunft der Verstorbenen am See und ihrem Tod rund fünf Stunden später gelenkt. Sergeant McNamara meinte, es seien *mysteriöse* fünf Stunden – aber sind sie es wirklich? Wir wollen nun versuchen, diese in Frage stehenden Stunden zu rekonstruieren, in denen die Verstorbene allein am See war – und nehmen wir einmal an, daß sie dort auch blieb, da niemand sie das Gutsgelände verlassen oder durchs Dorf hat fahren sehen. Nun also die Verstorbene selbst: eine verstörte, depressive Frau, die sich in einer sicherlich vom Alkohol verstärkten kritischen Verfassung befand. Vielleicht hat sie schon vor ihrer Ankunft getrunken, aber sicherlich trank sie am See sehr viel. Das ließ sich in ihrem Blut feststellen, und Sergeant McNamara hat ja auch gesagt, daß er nicht nur eine Flasche gefunden hat, die nach Whisky roch, sondern noch eine zweite im Gebüsch. Die Verstorbene muß man sich also am See sitzend vorstellen, wo sie trinkt und vielleicht hofft, ja erwartet, daß ihr Mann bald zurückkehrt. Wir dürfen ja nicht vergessen, daß sein Landrover am anderen Ufer stand, den sie gut sehen konnte. Ist es also nicht möglich, daß sie in der Tat dort blieb, um auf ihn zu warten? Ich stelle mir das folgendermaßen vor: Stunden vergehen . . . es wird dunkel . . . sie sitzt da, und vielleicht hat der Alkohol ihr Zeitgefühl durcheinandergebracht. Oder sie ist eingeschlafen. Lange erwartet sie, daß ihr Mann zurückkommen und den Landrover abholen wird. Aber als sie schließlich begreift, daß ihre Hoffnungen vergebens sind, kann sie da nicht einen schrecklichen, tragischen Entschluß gefaßt haben? Den Entschluß, ihr Leben zu beenden? Wir haben gehört – und zwar von *zwei* Zeugen –, daß sie außerordentlich verzweifelt gewesen ist, daß ihre Zukunft ihr hoffnungslos erschien. Ich kann es mir gut vorstellen, daß die Verstorbene in jenem schrecklichen Moment Barbiturate genommen hat, entweder, um vergeblich ihre Angst zu beschwichtigen, oder vielleicht auch, um sich zu betäuben, bevor sie ins Wasser ging. Ja, so könnte ich es mir vorstellen. Es gibt keine andere plausible Erklärung. Die medizinischen Gutachten schließen die Möglichkeit eines Verbrechens – eines Mordes aus. Sergeant McNamara hat festgestellt, daß es schwierig ist, aus Versehen in den See von Clonloughlin zu fallen, sogar wenn man sehr vom Alkohol benebelt ist, weil es keine hohen Ufer gibt.» Er machte eine kurze Pause und kam dann zum Schluß. «Und deshalb muß ich, nachdem ich alle Zeugenaussagen sorgfältig in Betracht gezogen habe, zu dem Schluß kommen, daß es sich hierbei um einen offensichtlichen Selbstmord handelt.» Der Vorsitzende ließ noch ein letztes Mal den Blick über die Geschworenen gleiten. «Gibt es noch Fragen?»

Die Geschworenen wandten sich nun einander zu, sprachen ein Weilchen leise miteinander, bis schließlich ein adretter junger Mann mit sichtlicher Zustimmung der anderen das Wort an den Vorsitzenden richtete. «Wir pflichten Ihnen alle bei, Sir. Auch wir glauben, daß es so gewesen ist, wie Sie sagen.»

Der Vorsitzende richtete sich nun in seinem Stuhl zu seiner vollen Größe auf und wandte sich an die im Saal Versammelten: «Als Vorsitzender dieser Kommission verkünde ich hiermit, daß Minverva Gwendolyn Standish, die Gräfin von Dunvale, im Zustand der geistigen Verwirrung und unter dem Einfluß von Alkohol und Barbituraten von eigener Hand starb.»

Einen Augenblick lang herrschte absolute Stille, dann erhob sich ein Stimmengewirr, das durch die ganze Versammlung brandete. Daisy streichelte Edwinas Hand, beugte sich vor und sah John Crawford an, der lächelte und nickte. Anthony saß reglos wie eine Statue. Er sah bestürzt und ungläubig aus. Daisy empfand Mitleid mit ihm. Er hatte so gehofft, daß Mins Tod als Unfall eingestuft werden würde.

Schließlich stand Daisy auf, half der weinenden Edwina auf die Beine und geleitete sie in den Korridor. Bridget O'Donnell holte sie ein.

«Es tut mir leid, Eure Ladyschaft», murmelte sie.

Edwina drehte sich um, starrte sie an und schüttelte dann heftig den Kopf, ohne zu antworten.

Bridget fuhr fort: «Ich mußte das über Lady Dunvale sagen . . .» Sie zögerte kurz und fügte dann mürrisch hinzu: «Weil es die Wahrheit war.»

Daisy, die sie beobachtete, dachte: O nein, war es nicht. Von sich selbst überrascht, fragte sie sich, wie sie dazu kam, so etwas anzunehmen, und verdrängte dann kurzerhand die seltsame Idee, Bridget O'Donnell könnte gelogen haben. Aber der Gedanke sollte noch oft zurückkehren und Daisy lange Zeit bedrücken.

Edwina schwankte gegen sie. Daisy wandte ihr ihre gesamte Aufmerksamkeit zu. «Nun komm, Edwina, und setz dich», murmelte sie ganz sanft und führte zu zu einer Bank.

Bridget eilte ihr zu Hilfe. «Ich werde Ihnen ein Glas Wasser holen, Eure Ladyschaft.»

«Nein!» rief Edwina. «Von Ihnen will ich nichts haben.» Bridget trat unsicher einen Schritt zurück. «Aber . . . Eure Ladyschaft . . .» fing sie an und stockte.

Edwina nahm keine Notiz von ihr, öffnete ihre Handtasche und zog ihre Puderdose heraus, dann betupfte sie sich die rote Nase und das tränenverschmierte Gesicht. Bridget starrte Edwina noch eine Zeitlang erstaunt an, dann wich sie zur Tür zurück, die zum Gerichtssaal führte. Als sie Michael Lamont herauskommen sah, eilte sie zu ihm.

«Geht es dir jetzt besser, Edwina?» fragte Daisy und beugte sich besorgt über sie.

Edwina antwortete nicht. Daisy schien es, als habe sich in den letzten Minuten ein erstaunlicher Wandel in Edwina vollzogen. Ein Schleier der Würde war über ihr Gesicht gefallen, und ihre Haltung wirkte plötzlich imposant, beinahe herrisch.

Schließlich begann Edwina zu sprechen, und ihre Stimme war klar und ungewohnt kräftig: «Ich habe mich soeben daran erinnert, wer ich bin. Ich bin Emma Hartes Tochter, und mein Sohn ist ihr Enkel, und deshalb sind wir aus härterem Holz geschnitzt, als die meisten Leute glauben. Es ist an der Zeit, daß ich das allgemein bekannt mache, und ich glaube auch, daß es Zeit ist, endlich mit dem Selbstmitleid aufzuhören.»

Ein herzliches Lächeln trat in Daisys erstauntes Gesicht. Sie streckte die Hand aus und ergriff Edwinas Arm. «Willkommen in der Familie», sagte sie.

27

Paula saß in ihrem Büro und war in ihrer Arbeit versunken, als Agnes um halb sieben den Kopf durch die Tür steckte.

«Wie lange werden wir heute abend hier sein, Mrs. Fairley?»

Paula sah auf, legte ihren Schreiber hin und lehnte sich im Stuhl zurück. «Kommen Sie doch herein, Agnes.» Sie rieb sich ihr schmerzendes Gesicht, nahm einen Schluck Tee, stellte fest, daß er schon seit Stunden kalt war, und schob ihn mit einer Grimasse von sich. «Ich werde wohl noch eine halbe Stunde hierbleiben, aber Sie können gehen, wenn Sie möchten.»

«Nein, nein», meinte Agnes. Sie bemerkte Paulas angespanntes blasses Gesicht, sah auf die Tasse und meinte: «Ich werde Ihnen eine schöne Tasse heißen Tee machen, Mrs. Fairley. Sie sehen ganz erledigt aus.»

«Ja, vielen Dank, Agnes. Aber nein, warten Sie . . . lassen Sie uns doch lieber einen Drink nehmen. Ich könnte heute abend einen gebrauchen, und Sie bestimmt auch.»

«Ja, schön, Mrs. Fairley. Aber was haben wir denn da?»

Paula mußte zum erstenmal an diesem Tag herzlich lachen. «Tut mir leid», entschuldigte sie sich, als sie das erstaunte, beleidigte Gesicht ihrer Sekretärin bemerkte. «Aber das klang eben so witzig. Und Sie haben ja recht, was haben wir schon da . . . ziemlich wenig, was trinkbar ist, schätze ich. Da war eine Flasche Sherry im Kleiderschrank. Sehen Sie doch bitte nach, ob sie noch da ist.»

Agnes eilte zum großen Schrank, während Paula ihre Papiere aufräumte, einzelne Seiten in die verschiedenfarbigen Mappen sortierte, die vor ihr lagen, und schnell ihren Schreibtisch in Ordnung hatte.

Eine Sekunde später war Agnes wieder da und lächelte triumphierend. «Bristol Cream, Mrs. Fairley.» Sie hielt die Flasche hoch.

«Oh, prima, lassen Sie uns ein Gläschen trinken und gleich zwei

Fliegen mit einer Klappe schlagen, indem wir ein paar Dinge besprechen, denn morgen ist ja Samstag. Ich habe beschlossen, nicht zu kommen, Agnes. Ich möchte den Tag mit meinen Kleinen verbringen. Und Sie brauchen auch nicht zu kommen, wissen Sie.»

«Danke, Mrs. Fairley», strahlte Agnes.

Paula wies auf den Stapel Ordner, die zu Agnes' Füßen am Boden lagen.

«Diese drei können Sie Gaye Sloane nach London schicken. Der blaue Ordner enthält alle endgültigen Details für die Boutique mit erlesener Damenkleidung. In diesem roten Ordner ist alles für die Modenschau im Januar und in dem grünen hier sind meine Aufzeichnungen für *Trade Winds* und eine Liste der Händler, von denen wir in Hongkong, Indien und Japan kaufen. Haben Sie Ihren Notizblock da?» Paula nickte, als Agnes ihn hochhob. «Bitte, schreiben Sie Gaye ein paar Zeilen und bitten sie, Duplikate der Listen anfertigen zu lassen. Und schicken Sie auch . . .»

Das Privattelefon auf Paulas Schreibtisch klingelte; Agnes stand auf und nahm ab. «Ja, einen Moment bitte», sagte sie und reichte Paula den Hörer.

«Mr. Stevens aus Odessa, Texas.»

«Hallo, Dale», sagte Paula, «wie geht es . . .»

Er unterbrach sie sofort: «Paula, tut mir leid, aber ich hab schlechte Nachrichten.»

«Was ist denn los, Dale?»

«Das Schlimmste, leider. Einer unser Öltanker steckt in der Patsche. Er hat heute morgen vor Galveston Rohöl aufgenommen, und es gab eine Explosion im Maschinenraum – eine sehr schwere Explosion.»

Paula, die den Hörer fest umklammert hielt und sich mühte, Dale trotz der äußerst schlechten Leitung zu verstehen, sagte alarmiert: «Es gab doch hoffentlich keine Toten, Dale?»

Einen Augenblick lang herrschte Schweigen. «Doch, leider haben wir sechs Besatzungsmitglieder verloren . . . vier weitere sind schwer verletzt.»

«O Dale, das ist ja schrecklich!» rief Paula. «Wie ist das denn bloß passiert?»

«Das wissen wir nicht, wir untersuchen das noch. Das Schiff geriet in Brand, aber das Feuer ist inzwischen unter Kontrolle. Es ist nicht untergegangen, hören Sie, nicht untergegangen!»

Die Verbindung wurde nun schwer gestört, und Paula rief: «Ich kann Sie kaum verstehen!»

«Ich bin noch dran», schrie er zurück. «Ich sagte, wir wissen nicht, wodurch die Explosion ausgelöst wurde, aber es wird eine Untersuchung geben. Wir haben einundeinviertel Millionen Gallonen Rohöl verloren, und es steht eine große Reinigungsaktion ins Haus. Das Öl treibt in die Galveston Bay. Seevögel und andere Tiere sind davon bedroht, auch die Krabbenfanggründe. Gott weiß, wieviel noch angespült werden wird.»

«Das ist ja eine Katastrophe», sagte Paula zitternd.

«Ich verstehe Sie nicht, Paula!» brüllte Dale Stevens.

«Ich sagte, das ist eine Katastrophe. Alle werden sich auf uns stürzen, von den Ökologen bis . . . ach, ich mag gar nicht daran denken. Und die Familien der Besatzungsmitglieder . . . man muß für diese armen Leute sorgen, Dale, aber das tun Sie ja sicher. Eine finanzielle Entschädigung wird ein kleiner Trost sein. Hören Sie, möchten Sie, daß ich hinfliege? Ich weiß allerdings nicht, was ich tun könnte, außer Ihnen moralischen Beistand zu leisten.»

«Nein, nein, Paula, das ist kaum nötig. Ich kümmere mich schon um alles. Ich habe bereits mit der Versicherung gesprochen. Es wird uns Millionen kosten, alles wieder zu reinigen.»

«Wieviel genau?»

«Weiß ich nicht. Es kommt auf die ausgelaufene Menge an. Ich denke zwischen fünf und zehn Millionen Dollar.»

Paula hielt entsetzt den Atem an, und sagte dann: «Egal, es muß gemacht werden. Bleiben Sie mit mir in Verbindung, Dale. Ich möchte wissen, wie diese Explosion passieren konnte. Wir hatten doch immer so gute Sicherheitsvorkehrungen.»

«Niemand ist perfekt. So ist eben das Ölgeschäft. Ich rufe Sie morgen wieder an, vielleicht auch heute noch, wenn es etwas Neues gibt.» Die Verbindung war plötzlich besser geworden, und seine Stimme klang jetzt so nahe, als riefe er aus der Nachbarschaft an.

«Ich bin den ganzen Abend zu Hause», sagte Paula. «Dale, tun Sie für die betroffenen Familien, was in Ihrer Macht steht.»

«Bin schon dabei.»

«Das wird ein Minus für uns sein.»

«Das weiß ich, Liebe. Ich muß jetzt auflegen.»

«Dale, noch eins . . . Sie haben mir gar nicht gesagt, um welchen Tanker es sich handelt.»

«Ach, das tut mir leid, Paula. Es ist die ‹Emeremm III›. Tut mir leid, Liebe.»

Paula legte auf und fiel in ihren Schreibtischsessel zurück. Ihr war übel.

Agnes sagte besorgt: «Ich hab das meiste mitbekommen, Mrs. Fairley. Einer der *Sitex*-Öltanker ist gesunken?»

Paula nickte, erzählte ihr die Einzelheiten und erklärte dann: «Die ‹Emeremm III› war nach meiner Großmutter benannt. Einmal hat sie eine Firma gehabt, die ‹Emeremm› hieß, und mein Großvater mochte diesen Namen sehr.» Sie gab sich Mühe, zu lächeln. «Er war es, der die erste ‹Emeremm› vom Stapel laufen ließ und dann die ‹Emeremm II›. Seitdem ist es Tradition gewesen, einem Schiff der *Sitex*-Flotte diesen Namen zu geben . . . diesen besonderen Namen.»

«Es tut mir so leid, Mrs. Fairley», sagte Agnes mitfühlend.

«Danke, Agnes», murmelte Paula. «Es ist wirklich ein schwerer Schlag, besonders, weil es Menschenleben gekostet hat.» Dann riß sie sich zusammen, atmete aus und zogen ihren Notizblock zu sich heran. «Ich werde lieber meiner Großmutter ein Telex schicken.» Als sie den Schreiber ergriff, erschauerte sie und spürte ein Zittern über ihre Wirbelsäule laufen. Obwohl sie eigentlich nicht abergläubisch war, hatte sie eine seltsame Vorahnung, die Vorahnung einer Katastrophe. Die Explosion auf der ‹Emeremm III› war ein böses Omen.

28

Hast du dich denn nicht amüsiert, Winston?» fragte Emily und blinzelte im matten Schein des heruntergebrannten Feuers zu ihm empor.

Winston setzte seinen Brandyschwenker ab und starrte sie an, ehrliches Erstaunen im Gesicht. Verwundert schüttelte er den Kopf. «Paula sitzt da, sieht aus, als sei sie dem Tode nahe und macht den ganzen Abend kaum den Mund auf. Jim schafft es, sich zwischen den Cocktails und dem Hauptgericht zu betrinken. Meine Schwester ist so schwanger, daß es den Anschein hat, als würde sie jeden Moment unter den Tisch Drillinge werfen. Merry jammert, daß sie mit 23 Jahren eine alte Jungfer ist, weil alle Männer, mit denen sie aufwuchs, anderweitig gebunden sind. Alexander ist fuchsteufelswild, weil seine Mutter es mit der halben Regierung getrieben hat. Maggie Reynolds langweilt mich zu Tode mit ihren Erzählungen von irgendeiner verfallenen Jagdhütte auf den Äußeren Hebriden. Und dann fragst du noch! O ja, ich hab mich köstlich amüsiert, Emily. Es war umwerfend. Einer der aufregendsten und anregendsten Abende meines Lebens.» Er fing plötzlich an zu lachen.

Emily lachte ebenfalls. Sie kuschelte sich in eine Ecke des Sofas, zog die Füße unter sich und sagte: «Aber wenigstens Anthony war gut gelaunt.»

«Ja, erstaunlich. Er scheint momentan mit beiden Beinen auf der Erde zu stehen und wird sehr gut mit allem fertig.»

«Das ist Paulas Verdienst. Sie sagte, sie habe vor ein paar Wochen ein langes Gespräch mit ihm geführt, in dem sie ihm eine Art Predigt hielt und ihm riet, die Vergangenheit hinter sich zu lassen und nach vorn zu schauen.»

«Ja, das kann sie sehr gut», murmelte Winston und schwenkte nachdenklich seinen Cognac im Glas herum.

«Wie meinst du das?»

«Ratschläge geben. Weißt du, sie hat meist recht mit dem, was sie sagt. Wenn sie doch bloß mal ihre eigenen Ratschläge beherzigen wollte.»

Emilys Gesicht wurde sofort ernst. «Da hast du recht.»

Winston lehnte sich in die Kissen zurück, legte die Füße auf den Kaffeetisch und überließ sich seinen Gedanken. Der Abend in Long Meadow war eine Katastrophe gewesen, und er war froh darüber, daß er mit Emily einigermaßen zeitig in die stille Gemütlichkeit von Beck House entkommen war. Aber ein trübseliges Dinner bedeutete nichts, hatte nichts zu sagen. Was ihm Sorgen machte, war Paulas Aussehen und ihre Gemütsverfassung. Seit ein paar Wochen, seit seiner Rückkehr aus Vancouver, hatte er gespürt, daß es ihr schlecht ging. Die vergangenen Stunden hatten seine Ahnungen bestätigt. Sie war zutiefst unglücklich. Und er war sicher, daß ihre Ehe mit Jim die Wurzel allen Übels war.

«Du bist so still, Winston. Machst du dir Sorgen um Paula?» fragte Emily.

«Leider ja, Liebling. Abgesehen von ihrem schrecklichen Aussehen hat sie den ganzen Abend lang kaum ein Wort gesagt. Ich weiß, daß sie manchmal ein bißchen zurückhaltend ist und keine Plaudertasche wie du, aber normalerweise ist sie viel mitteilsamer, besonders im Familienkreis.»

«Es ist aber nicht die Arbeit, die sie so fertigmacht», rief Emily. «Sie ist an Druck gewöhnt, an Überstunden und viel Verantwortung. Sie ist ebenso zäh wie Grandma.»

«Das weiß ich, Emily. Ich kenne Paula fast so gut wie du. Es ist mir klar, daß sie nicht körperlich krank ist. Sie steckt in einer Gefühlskrise . . .» Er schwang die Füße auf den Boden und suchte in den Taschen seines Bademantels nach Zigaretten. «Sie hat Eheprobleme, wetten?» sagte er und zündete sich eine Zigarette an.

«Da hast du wohl recht, Winston. Ich hab in letzter Zeit öfter versucht, das Gespräch darauf zu bringen, aber sie sieht mich immer bloß eigenartig an und zieht sich in sich selbst zurück oder wechselt das Thema.»

«Aber ihr seid doch immer so vertraut gewesen. Hat sie dir denn gar nichts gesagt?» fragte er.

«Nein, nicht direkt. Ich hab dir ja erzählt, wie aufgeregt sie an dem schrecklichen Sonntag im September gewesen ist, als sie sich mit Jim über Sam Fellowes gestritten hat. Und ich weiß, daß sie geweint hatte, bevor ich aus Pennistone Royal zurückkam. Am Wochenende, als Jim aus Irland zurückgekehrt war und wir drei nach London fuhren, deutete sie an, daß Jim reizbar und immer noch zornig sei. Ich versuchte, da ein wenig nachzuhaken, aber sie ... sie ging darüber hinweg und war ebenso wortkarg wie heute abend. Aber ich hab das in den letzten Monaten öfter an ihr bemerkt, sie vergräbt sich in ihrer Arbeit und verbringt jede freie Minute mit den Babies. Sie ist ganz vernarrt in die Zwillinge. Ich glaub, sie sind, vom Geschäftlichen abgesehen, ihr Lebensinhalt geworden.»

«Tante Emma wird sehr wenig erbaut sein, wenn sie nächsten Monat zurückkommt und Paula in dieser Verfassung vorfindet.» Winston rückte sich auf dem Sofa zurecht und fing Emilys besorgten Blick auf. «He, Süße, nun schau nicht so kläglich drein. Es wird sich schon wieder einrenken, das ist doch oft so.»

«Ja, da hast du wohl recht», murmelte Emily, die allerdings ihre Zweifel hatte, weil sie Paula kannte. Die würde auf jeden Fall an ihrer Ehe festhalten, schon wegen der Kinder und weil sie entschlossen war, sich nicht unterkriegen zu lassen.

«Möchtest du denn, daß ich mit Paula spreche?» fragte Winston. «Ich könnte ja ...»

«Bloß nicht», rief Emily aus und setzte sich abrupt auf. «Sie wäre zornig und würde das als Einmischung in ihr Privatleben empfinden.»

Winston seufzte. «Weißt du, ich finde, sie und Jim sollten sich scheiden lassen.»

«Das würde sie nie tun! Sie denkt über Scheidung genauso wie ich.»

«*Oh*. Und wie denkst du darüber?» fragte er und spitzte die Ohren.

«Hm», sagte Emily langsam, «also im Grunde sind wir dagegen. Schließlich ist da das reizende Beispiel meiner Mutter. Sie hat so viele Ehemänner und Scheidungen hinter sich, daß ich ganz den Überblick verloren hab.»

«Deine Mutter ist die Ausnahme von der Regel, Emily.»

Emily beachtete seinen Einwand nicht und fuhr hastig fort: «Paula glaubt, daß man eheliche Probleme lösen muß. Ihrer Meinung nach kann man sich nicht bei der kleinsten Krise scheiden lassen, bloß weil es einmal nicht so glattgeht. Eine Ehe verlangt eben großen Einsatz ...»

«Aber von beiden, weißt du.»

Emily nickte, und ein nachdenklicher Zug trat in ihr Gesicht: «Willst du damit andeuten, daß Jim sich keine Mühe gibt?»

Winston zögerte. «Vielleicht. Aber ich kann mich irren, außerdem kennt man das Privatleben der Leute sowieso nie genau. Wir sollten diese Unterhaltung beenden. Es ist doch ziemlich zwecklos, Klößchen.»

«Ja», sagte sie. «Aber nenn mich nicht Klößchen, Winston. Ich bin inzwischen ziemlich rank und schlank.»

«Ich hab's zärtlich und nicht abschätzig gemeint, du dummes Gänschen», lachte er. Er stellte sein Glas beiseite und setzte sich neben sie aufs Sofa. Dann legte er den Arm um sie und flüsterte ihr ins Ohr: «Also bleib ich nun für den Rest des Lebens an dir kleben, wenn du so über Scheidung denkst.»

«Ja», flüsterte sie zurück, «wir kleben aneinander, Gott sei Dank.»

«So sehe ich das auch.» Er rückte ein wenig von ihr ab und betrachtete sie. Wie hübsch sie war! Leise sagte er: «Ich könnte nie mit einer anderen glücklich werden, nicht, nachdem ich dich gehabt habe.»

«Warum?» fragte sie ihn scherzhaft.

«Du willst wohl immer Komplimente hören, wie?»

«Sag, warum!»

«Weil ich dich so gut kenne und verstehe, Liebling, und weil wir sexuell so gut harmonieren.»

«Bist du da sicher?» neckte sie ihn.

«Na, vielleicht sollten wir es noch einmal ausprobieren.» Er lächelte. Dann erhob er sich und streckte die Hand aus. «Laß uns zu Bett gehen, Süße, und noch ein bißchen experimentieren, bloß um sicherzugehen.» Er führte sie nach oben.

«Gut, daß du hier auch Zentralheizung hast legen lassen, sonst wären wir schon erfroren. Es ist eiskalt heute abend», sagte Emily eine halbe Stunde später und wickelte ein Stück des Lakens um sich.

«Davon merke ich nichts. Ich denke, wir sind ziemlich heiß zusammen.» Winston zwinkerte, schob sich ein Kissen unter den Kopf und griff nach dem Glas Brandy, das er mit nach oben gebracht hatte. Er bot es Emily an. «Möchtest du?»

«Nein, danke, nichts mehr. Davon krieg ich Herzklopfen.»

«Verdammt! Und ich hab gedacht, das käme von mir.» Er grinste. «Soll ich den Kamin anmachen?»

«Wollen wir denn nicht schlafen?»

«Das hatte ich noch nicht direkt vor», sagte er und warf ihr einen gespielt lüsternen Seitenblick zu. «Bist du denn schon müde?»

Lachend schüttelte sie den Kopf und sah ihm nach, während er aus dem Bett sprang, seinen Bademantel überzog und zum Kamin auf der anderen Seite des altmodischen, vierpfostigen Bettes ging. Winston zündete ein Streichholz an, brachte mit Papier das Holz zum Brennen, das schon auf dem Feuerrost lag, und betätigte dann einen alten Blasebalg, um das Feuer ordentlich anzufachen. Emily sah Winston gern bei solchen Dingen zu. Er war so geschickt mit seinen Händen und bastelte ständig im Haus oder draußen herum. Sie dachte dann an die kleine Brücke, die er über den Teich beim «Reihernest» gebaut hatte, als sie noch Kinder waren. Die war reizend geworden, eine meisterhafte, schnittige kleine Konstruktion. Ja, er war ein sehr guter Tischler. Sie hatte immer noch das kleine, hübsch bemalte und innen mit rotem Samt ausgeschlagene Schmuckkästchen, das er ihr zum zehnten Geburtstag geschenkt hatte. Aber er hatte seine Holzarbeiten zugunsten der Musik im Stich gelassen, als er und Shane die Gruppe «Die Reiher» gründeten.

Sie lächelte und sagte: «Winston, wo ist denn eigentlich deine Trompete?»

Überrascht drehte er sich um: «Wie kommst du denn jetzt bloß darauf?»

«Ich lieg hier und mir fielen . . . so Sachen aus der Kinderzeit ein.»

«Er trifft sich doch seltsam, daß Sally die Trompete grad zufällig entdeckt hat vor ein paar Wochen, als sie in einem der Schränke im ‹Reihernest› herumstöberte.»

Er ging zum Bett zurück, warf den Bademantel ab und kroch neben sie. «War ich nicht schrecklich damals? Ich kam mir wirklich toll vor mit der alten Tute und glaubte, ich sei der Größte . . .»

«Ich fand dich wundervoll. Allerdings nicht auf der Trompete . . . das war furchtbar. Mein Gott, ich wette, du bist es auch gewesen, der mir den toten Fisch ins Bett gelegt hat.»

Sie schlug ihm auf den Arm. «Du lausiger Kerl. Ich werd diesen Fischgestank nie vergessen! Huh!»

Er griff nach ihr, kämpfte sie auf die Kissen nieder und hielt sie mit beiden Händen fest. «Du hattest es verdienst. Du warst ein frühreifes kleines Biest.» Er beugte sich über sie, küßte sie auf den Mund und ließ seine Zunge auf ihrer verweilen. «Wenn ich dein bißchen Grips gehabt hätte, hätte ich mich selbst in dein Bett gelegt . . .»

«Das hättest du nie gewagt, Winston Harte, also gib doch nicht so an! Grandma hatte hinten auch Augen.»

«Hat sie immer noch», scherzte er. Er rückte ein bißchen ab und seine Augen tanzten vor Vergnügen. Dann nahm er sein Brandyglas, hielt es in beiden Händen und trank einen Schluck. Er fühlte sich so wohl, und das Herumgealbere mit Emily, diese entspannte Atempause ihres leidenschaftlichen Liebesspiels, machte ihm Spaß. So empfand er es immer mit ihr – es war so angenehm, hinterher mit ihr zusammenzusein. Es gab nie Spannungen zwischen ihnen, wenn ihre Glut verebbt war, nur während sie sich liebten. Dann erregte ihn ihre Hingabe und ihr unstillbares Verlangen nach ihm. Er griff nach ihrer Hand, die auf der Bettdecke lag, hielt sie ganz fest und dachte, daß es mit Allison Ridley nie geklappt hätte. Er hatte sie nicht geliebt, nicht wirklich, nicht so wie Emily. Er schloß die Augen und vergegenwärtigte sich jenen Sonntagabend im April, an dem sie zum Essen, das er angeblich hatte kochen wollen, zu ihm gekommen war. Sobald sie in der Tür stand, hatten sie sich voller Verlangen in die Augen gesehen. Und knappe zehn Minuten später hatten sie in diesem Bett gelegen, wo er sich selbst damit in Erstaunen setzte, daß er sie ohne lange Pausen dreimal hintereinander liebte. Und seine Cousine – Cousine dritten Grades, korrigierte er sich – hatte ihn mit ihrer unbefangenen Art, wie sie bereitwillig Lust gab und entgegennahm, mit ihrer rückhaltlosen Großzügigkeit und ihrer Fröhlichkeit im Bett überrascht. Um halb zwölf saßen sie in Badelaken gehüllt vor dem Wohnzimmerkamin und hatten sich ein zwangloses Mahl aus den Resten in seinem Junggesellenkühlschrank bereitet, das sie mit einer Flasche von Shanes Jahrgangssekt herunterspülten. Es war ein zauberhafter Abend gewesen . . .

«Winston, bitte sei mir nicht böse, aber da ist etwas, das ich dir sagen möchte. Es ist wirklich wichtig», brach Emily das Schweigen.

Er riß sich aus seinen erotischen Phantasien, hob die Lider und sah sie aus den Augenwinkeln an. «Warum sollte ich böse sein? Nun schieß doch los, Kloß.»

«Also das ist ja noch schlimmer als Klößchen», nörgelte sie, verzog das Gesicht und spielte die Beleidigte. «Wie kommt es bloß, daß du eine so lächerliche Vorliebe für dumme Spitznamen hast?»

«Weil Spitznamen Kosenamen sind und Wärme, Zuneigung, Vertrautheit, Intimität, Anteilnahme ausdrücken. Erzählst du mir jetzt diese wirklich wichtige Sache oder nicht, Kloß?»

«Doch, das tu ich.» Sie setzte sich auf und drehte sich halb zu ihm um, wobei sie sich auf einen Ellbogen stützte und ihn aufmerksam ansah. «Es geht um Mins Tod . . . Die Totenschau.»

«O nein, Emily, nicht schon wieder!» stöhnte er und verdrehte theatralisch die Augen im Kopf. «Du hast schon Paula damit verrückt gemacht – und nun fängst du mit mir an.»

«Bitte, hör mir zu, nur ganz kurz.»

«Okay, aber mach schnell. Ich glaub, bei mir ist es schon wieder soweit.»

«Winston, du bist unersättlich.»

«Bloß mit dir, du süßes, verführerisches, leidenschaftliches kleines Ding.»

«Ich bin gar nicht so klein», konterte sie. «Also hör mir zu: Sally hat mir erzählt, daß Anthony noch immer bezweifelt, daß Min sich umgebracht hat. Er meint, es sei ein Unfall gewesen, und ich . . .«

«Dies ist doch eine schreckliche Zeitverschwendung, Mäuschen», warf Winston ein. «Tante Daisy und Jim haben uns beide minuziös von der Totenschau berichtet. Und soweit ich es begriffen hab, hätte es kein Unfall sein können. Um keinen Preis.»

«Ja, ja, gut – dann eben nicht. Aber ich glaub auch nicht, daß es Selbstmord war.»

Winston lachte ungläubig. «Willst du damit sagen, daß du an einen Mord glaubst? Also wirklich, Emily.»

«Leider ja, Winston.»

«*Aber wer?* Du hegst doch wohl nicht den Gedanken, der arme alte Anthony, der keiner Fliege was zuleide tut, könne es gemacht haben?»

«Nein. Ich weiß nicht, wer. Aber ihr Tod beschäftigt mich sehr . . . ich kann die Sache nicht vergessen. Verstehst du, Winston, es sind diese fünf Stunden. Sie sind mir immer komisch erschienen, und sogar der irische Polizist nannte sie ‹mysteriös›. Hat mir Tante Daisy so erzählt. Und das finde ich auch.»

«Du hast deinen wahren Beruf verfehlt, Süße. Du hättest Kriminalromanautor werden sollen», erwiderte er glucksend. «Vielleicht ist sie bloß von all dem Schnaps ohnmächtig geworden.»

«Du kannst ruhig lachen, Winston, aber ich bin sicher, daß eines Tages alles herauskommen wird. Wart's nur ab», schoß Emily zurück. Ihre Stimme war sehr ernst.

Aufmerksam richtet Winston sich auf. So lange er sich erinnern konnte, hatte er Emily immer außergewöhnlich gefunden – intelligent, klug, schlau und viel gerissener, als manche in der Familie ahnten. In diesem Glauben war er bestärkt worden, seit er ernsthaft mit ihr liiert war. Sie hatte in so vielen Dingen recht, und er hatte sich daran gewöhnt, auf sie zu hören und ihrem Urteil zu vertrauen. Sie war es gewesen, die ihn gedrängt hatte, bei der kanadischen Papierfabrik nicht lockerzulassen, zäh zu bleiben, als die Verhandlungen schon so gut wie gescheitert waren. In letzter Zeit hatte sogar etwas von ihrer Energie und ihrem Ehrgeiz auf ihn abgefärbt und ihn davon überzeugt, daß es seine Pflicht war, mehr zum Zeitungsimperium beizutragen. Schon hatte er der Lebensform des Landedelmannes abgeschworen.

Und deshalb waren ihre Worte sehr ernst zu nehmen. Langsam sagte er: «Du sagst, du wüßtest nicht, wer sie ermordet haben könnte, und das ist eine harte Nuß, das geb ich zu. Andererseits scheinst du ziemlich viel über Mins Tod nachgedacht zu haben, also mußt du doch ein paar Theorien haben, was passiert sein *könnte*. Sag's mir. Ich bin ganz Ohr. Ehrlich, Kloß, ich lach dich auch nicht aus.»

Emily warf ihm ein kleines, erfreutes Lächeln zu. «Ich glaub einfach nicht, daß Min die ganze Zeit dort am See gewesen sein soll. Ich denke, sie ist weggegangen, hat jemanden besucht, wo sie sich schrecklich betrunken hat. Und wer immer da bei ihr war, hat ihr vielleicht geholfen, hat ihr die Tabletten gegeben – verstehst du, Winston, um sie zu betäuben. Dann, als sie erst ohnmächtig, bewußtlos war, hat man sie in den See gelegt, damit es wie Selbstmord oder ein Unfall aussah . . .»

«Weißt du, ich will mich nicht über dich lustig machen, wirklich nicht, aber das ist doch ein bißchen weit hergeholt. Außerdem hat sie – und das bestätigen alle – das Gutsgelände nie verlassen.»

«Ich weiß, aber das ist bloß eine Vermutung. Vielleicht doch. Sie könnte irgendwohin zu Fuß gegangen sein und ihren Mini am See stehenlassen haben.»

«O Emily, Emily.» Hilflos schüttelte er den Kopf. «Das ergibt doch keinen Sinn. Wer hätte Min denn umbringen wollen? Und warum? Aus welchem Grund? Ich hab da 'ne Menge Fragen und könnte deine Theorie im Nu durchlöchern. Was hat Paula denn dazu gesagt?»

«So ziemlich dasselbe wie du ... und dann hat sie gesagt, ich solle es lassen, der Fall sei doch abgeschlossen, und alle seien relativ glimpflich davongekommen. Sie benutzte irgendeine schreckliche Floskel wie ‹Schlafende Hunde soll man nicht wecken›, und damit war's abgetan. Aber was ist mit Anthony und Sally, die mit dem Wissen leben müssen, daß Min sich ihretwegen umgebracht hat? Und da ist noch was, Winston, denk an Min. Wenn man sie kaltblütig ermordet hat – und das ist, glaub ich, passiert –, dann sollte die Person, die das getan hat, vor Gericht gestellt werden.»

Winston schwieg und dachte über ihre Worte nach. Dann sagte er ruhig: «Ach, Liebling, du kannst doch im Grunde nichts machen, und Paula hat recht, der Fall ist abgeschlossen. Du würdest Sally und Anthony nur noch weiteren Unannehmlichkeiten aussetzen. Ich könnte noch stundenlang mit dir über dies Thema reden, Kloß, aber –» er seufzte – «ich habe momentan weder die Lust noch die Energie dazu.»

Emily biß sich auf die Lippen. «Verzeih. Ich hätt das Thema heute abend nicht erwähnen sollen.»

«Na, Liebling, soviel ist klar: du hast dir einen sehr ungeeigneten Moment ausgesucht.» Sanft berührte er ihre Wange mit einem Finger, ließ ihn zum Hals herabwandern und dann schräg über die nackte Brust bis zur Kante des Bettlakens, das sie um sich gewickelt hatte. «Falls du es nicht merken solltest, Emily: ich habe was anderes vor.»

Sie lächelte und schob ihre Sorgen beiseite. «Ich hab doch schon gesagt, daß es mir leid tut. Vergessen wir's.»

«Dein Wunsch ist mir Befehl.» Er drehte sich um, stellte das Brandyglas aufs Beistelltischchen und wandte ihr rasch den Kopf zu: «Aber du erzählst Sally lieber nichts von ... von deiner Theorie.»

«Natürlich nicht. Ich bin doch nicht dumm.»

«Ganz und gar nicht. Komm her. Ich möchte dich haben.» Er drehte das Licht aus.

Emily rutschte über das Bett, kuschelte sich in seine offenen

Arme, schlang ihre Beine um seinen Körper und schmiegte sich an ihn.

«Na, siehst du?» sagte er. «Jetzt hat mich deine unheimliche Mordtheorie außerstande gesetzt, meine Pflichten als ergebener Verlobter zu erfüllen.» Er streichelte ihr Haar, das im hellen Schein des Kaminfeuers golden schimmerte.

«Nicht für lange, so wie ich dich kenne», murmelte sie, zog seinen Kopf zu sich herab, suchte seinen Mund und küßte ihn leidenschaftlich.

Winston erwiderte ihre heißen Küsse und ließ seine Hand über ihren Körper streichen, berührte ihre Brüste, ihren Bauch, die Innenseite ihrer Schenkel und genoß die sanfte Festigkeit ihrer seidigen Haut. Dann schob er seine Hand schnell hoch, umfaßte eine Brust, ließ seinen Mund hinabgleiten und ihn um die Brustwarze spielen. Ihre Hand griff in sein Haar, er fühlte ihre kräftigen Finger im Nacken und hörte das leise Stöhnen, als seine Zungenspitze ihre aufgerichteten Brustwarzen berührte.

Emily lag ganz still und atmete schwer, als Winston hinabglitt, fort von ihrer Brust. Er begann ihren Bauch zu küssen, und seine Hand streichelte ihre Schenkel erst außen, dann innen, sinnlich und aufregend. Er wußte ganz genau, wie man sie erregen mußte. Seine Hand zitterte zwischen ihren Schenkeln und drang dann forschend ein. Mit einer schnellen, plötzlichen Bewegung, die sie erst erschreckte, zog er seine Hand weg und schob sich über sie. Er ließ seine Hände unter ihren Rücken gleiten und hob sie hoch. Dann drang er in sie ein und ergriff Besitz von ihr. Sein Mund fand den ihren, sie preßten sich aneinander, ihr Körper bog sich zu seinem empor. Emily hielt seine Schulterblätter umklammert und ließ sich von seinen rhythmischen Bewegungen und der wachsenden Spannung ihrer Leiber, die sich im Einklang hoben und senkten, emportragen ins Reich der Lust.

29

Es war ein stürmischer Tag.

Die welken Blätter wirbelten Paula um die Füße, als sie erst den Weg hinab und dann über den Rasen zu der Schubkarre ging, die sie gestern dort hatte stehenlassen. Gerade trat die Sonne hinter einer bleiernen Wolkenbank hervor, die den Himmel mit ernstem Grau überladen hatte, und ihr heller Glanz stieß durch das Herbstlaub. Plötzlich leuchteten die Bäume in strahlendem Licht auf, während sie sich im Winde wiegten, und es sah aus, als seien sie mit Gold- und Kupferdraht umwickelt.

Sie blieb stehen, hob den Kopf und ließ ihren Blick über den Garten schweifen. Wie schön es hier sogar im November ist, dachte sie. Auch der Rasen schien wie mit einem goldenen Tuch bedeckt oder vielleicht mit einem alten Gobelin, durch den sich Stränge von Rostbraun und Kupfer, gebranntem Ocker und Chromgelb zogen.

Sie trat vor, griff nach dem Rechen und harkte das Laub auf einen großen Haufen zusammen. Sie arbeitete verbissen, war froh, dem Haus entkommen zu sein. Sie war abgestumpft von Sorgen und Müdigkeit, und sie hoffte, daß eine Stunde im Garten sie wieder aufmuntern würde, damit sie das Gefühl von Verzweiflung abschütteln konnte, das sich langsam zu einer Depression auswuchs – eine Verfassung, die ihr völlig neu war. Nach ein paar Minuten unterbrach sie ihre Arbeit, lehnte den Rechen gegen die Schubkarre und nahm ihre Gärtnerhandschuhe ab. Dann wickelte sie ihren Schal enger um sich, zog die Wollmütze über die Ohren und schlug den Kragen ihres alten Tweedmantels hoch, da sie die beißende Kälte des Nordwinds spürte. Frost lag in der Luft, es roch nach Schnee. Sie streifte die Handschuhe über und harkte weiter, hielt dann ein, um das Laub in die Schubkarre zu schaufeln. Ungefähr eine halbe Stunde war verstrichen, als sie raschelnde Schritte hinter sich hörte. Sie harkte weiter, aber sie wußte, daß es Jim war.

«Guten Morgen, Süße», rief er und versuchte, einen fröhlichen Eindruck zu machen, «du bist ja schon früh draußen.»

Sie harkte weiter, da sie ihn nicht anschauen wollte, bevor sie nicht eine unbefangene Miene aufgesetzt hatte. «Ich fand, ich sollte ein bißchen Laub harken, bevor ich nach London fahre. Außerdem tun mir Bewegung und frische Luft gut.»

Seine Schritte verhielten. «Ja, sicher, aber du brauchst dich doch nicht so abzurackern. Fred kann das morgen tun – dafür wird er ja bezahlt.»

«Es ist zuviel für einen Gärtner», Paula richtete sich auf, drehte sich um und stützte sich auf ihre Harke, wobei sie Jim schließlich in die Augen sah.

Er lächelte verlegen. «Du bist mir böse.»

«Nein, Jim.»

«Aber du hättest allen Grund. Ich war schrecklich betrunken gestern.»

«Das passiert ja nicht oft», sagte sie und fragte sich dann, warum sie Entschuldigungen für ihn fand und ihm einen Ausweg ließ. Er hatte sich in den letzten Wochen mehrmals betrunken, aber auf seiner eigenen Dinner-Party gestern abend waren sein Zustand und sein Benehmen unverzeihlich gewesen.

Erleichterung glitt jetzt über sein Gesicht. Er trat näher und betrachtete sie nervös. Dann legte er seine Hände auf ihre, die auf der Harke ruhten. «Ach, wir wollen uns wieder vertragen», sagte er unsicher, «was ist schließlich ein Drink zuviel unter Freunden.» Als sie schwieg, beugte er sich vor und küßte sie auf die Wange. «Es tut mir leid. Es soll nicht wieder vorkommen.»

«Ist schon gut, wirklich», sagte sie und zwang sich ein Lächeln ab. «Es war sowieso ein ziemlich scheußlicher Abend. Alle waren eigenartig, und es wundert mich gar nicht, daß Winston und Emily früh gegangen sind.»

«Die hatten was Besseres zu tun.» Sein Lachen war eine Spur zu aufgesetzt. «Sag mal – ich hab doch hoffentlich Winston oder sonst jemanden nicht beleidigt?» Er wirkte besorgt und niedergeschlagen.

«Nein, nein. Du warst sehr freundlich, wenn auch sehr betrunken.»

«Na, ich büße meine Sauferei heute morgen auch ab, wenn dich das tröstet. Ich fühle mich gräßlich.» Er zog die Schultern hoch und steckte zitternd die Hände in die Manteltaschen. «Es ist verdammt kalt hier. Ich begreife nicht, wie du das aushältst.»

Sie sagte nichts und betrachtete sein Gesicht. Er war blaß und etwas angespannt um die Augen. Der Wind fuhr ihm durchs Haar, und als es so im Sonnenlicht wehte, sah es aus, als wäre es mit silbrigem Gold durchwoben. Er schob sich die Haare aus der Stirn und blinzelte sie im hellen Licht an. «Also, Liebling, ich glaube, ich gehe jetzt. Bin nur rausgekommen, um dir zu sagen, wie leid es mir tut wegen gestern abend. Und um dich zu drücken und dir gute Reise zu wünschen.»

Paula runzelte die Stirn und fragte überrascht: «Wohin willst du denn?»

«Nach Yeadon.»

«Du wirst doch bei diesem starken Wind und mit deinem Kater nicht fliegen!»

«Der Kater ist sofort weg, wenn ich erst dort oben bin», sagte er und blickte zum Himmel empor, «im strahlend blauen Jenseits.» Mit einem gezwungenen Lächeln sah er auf sie herab: «Es ist nett von dir, daß du dich um mich sorgst, tröstlich, aber laß bitte, ich schaff das schon. Ich habe eben mit dem Flughafen telefoniert, und sie sagten, die Wettervorhersage sei gut. Der Wind läßt in einer Stunde nach.»

«Jim, flieg bitte nicht nach Yeadon, zumindest nicht jetzt, nicht bevor ich in London bin. Laß uns hineingehen und eine Tasse Kaffee trinken. Ich werde zwei oder drei Wochen lang in New York sein, und ich will nicht weg, wo es so mit uns steht. Ich muß mit dir reden.»

«Ich bin wohl etwas schwer von Begriff», sagte er leichthin, aber seine Augen waren zusammengekniffen und wachsam. «Ich verstehe dich nicht. Worüber willst du denn reden?»

«Über uns, Jim. Unsere Ehe, unsere Probleme, diese schrecklichen Spannungen zwischen uns.»

«Spannungen?» Er sah sie ausdruckslos an. «Es gibt doch eigentlich keine . . . wir sind beide erschöpft, das ist alles . . . und wenn wir wirklich Probleme haben sollten, sind es banale, ganz normale. Wir arbeiten beide hart und stehen ziemlich unter Druck; außerdem belastet uns diese irische Misere . . . und da ist es nichts Außergewöhnliches, wenn es mal Spannungen gibt. Aber die vergehen wieder, Paula. Normalerweise vergehen die wieder. Ich weiß . . .»

«Warum machst du das immer so?» rief sie mit blitzenden Augen. «Du bist wie ein Strauß, steckst den Kopf in den Sand. Wir haben Probleme, Jim, und ich halte es so nicht mehr aus.»

«He, sachte, reg dich doch nicht so auf», sagte er und lächelte matt. Er suchte sie zu beruhigen; Paulas ewige Versuche, über ihre Ehe zu diskutieren, alles bis ins kleinste zu zerlegen und zu Themen vorzustoßen, die man am besten unberührt ließ, gingen ihm auf die Nerven. Er überlegte, wie sich diese unverhoffte Aussprache verhindern ließe. Er wollte sofort weg von hier, er wollte fliegen, sich dort oben ein Weilchen verlieren. Nur dann, wenn er immer höher über den Wolken schwebte, fühlte er sich frei, ruhig und erlöst von seinen Alltagssorgen und seinen Problemen. Ja, das waren die schönsten Augenblicke seines Lebens . . . und, wenn er mit seinen Kindern zusammen war . . . und, wenn er sich mit Paula liebte.

Er beugte sich vor und ergriff ihren Arm. «Liebling, laß uns doch so kurz vor deiner Reise nicht streiten. Ich liebe dich, du liebst mich, und das ist alles, was zählt. Es wird dir guttun, mal ein bißchen aus dem Trott herauszukommen. Du wirst erholt zurückkehren, und wir werden unsere kleinen Unstimmigkeiten beilegen.» Er grinste und sah plötzlich jungenhaft aus. «Wahrscheinlich haben sie sich schon von selbst erledigt, bevor du wieder da bist.»

«Das bezweifle ich – nicht, ehe du dich ihnen stellst und wie ein intelligenter, erwachsener Mensch über sie sprichst. Das ist nämlich eins der Probleme – vielleicht das größte: deine ewige Weigerung, sie dir überhaupt einzugestehen.»

«Wenn wir Probleme haben, Paula, wie du behauptest, dann kommen sie von deiner Neigung, alles zu dramatisieren und kleine Belanglosigkeiten aufzubauschen. Und da ist noch was – du bist einfach überempfindlich.»

Sie starrte ihn an. «Jim, versuch doch jetzt nicht, mir die Schuld zuzuschieben. Warum willst du nicht zugeben, daß du Schwierigkeiten hast, dich mitzuteilen?»

«Weil das nicht stimmt . . . das bildest du dir nur ein. Auf jeden Fall können zwei Leute sich am besten einander mitteilen, wenn sie sich lieben, und da haben wir doch keine, aber auch gar keine Probleme.»

«Ich denke doch», flüsterte sie so leise, daß er sie kaum verstehen konnte.

Nun war es an Jim, erstaunt zu sein. «Wie kannst du nur so etwas sagen! Wir passen sexuell ausgezeichnet zusammen. Du weißt doch, daß du es genauso gern hast wie ich.»

Paula zögerte, weil sie wieder sah, wie wenig er sie verstand oder begriff, worauf sie hinauswollte. «Ich habe normale Wünsche, Jim. Schließlich bin ich eine junge Frau und liebe dich. Aber manchmal bist du . . .» Sie brach ab und suchte nach den richtigen Worten, da sie wußte, daß sie sich auf heiklem, gefährlichem Terrain befand.

«Bin ich was?» drängte er, beugte sich näher zu ihr, und seine hellen, durchsichtigen Augen fixierten sie gebannt.

«Du bist etwas zu . . . zu enthusiastisch. So könnte man es wohl sagen. Ich bin oft erschöpft, wenn ich abends aus dem Büro komme, und dann bin ich nicht in der Stimmung zu mitternächtlichen Marathons.» Sie zögerte und sah ihn an, wobei sie sich fragte, ob es klug gewesen war, dieses empfindliche Thema jetzt zu berühren. Sie wünschte, sie wären nicht sofort darauf gekommen.

Langsam sagte er: «Ich sag dir ja schon seit Monaten, daß du zu hart arbeitest. Du mußt dich beschränken. Du brauchst doch gar nicht wie in einer lächerlichen Tretmühle herumzuwirbeln. Mein Gott, eines Tages wirst du sowieso die reichste Frau der Welt.»

Obwohl seine letzte Bemerkung sie aufbrachte, sagte sie so ruhig wie möglich: «Ich arbeite, weil es mir Spaß macht und weil ich großes Verantwortungsgefühl habe – nicht bloß Grandy gegenüber und ihrem Vermächtnis, sondern auch gegenüber unseren Angestellten.»

«Trotzdem: wenn du nicht wie eine Besessene arbeiten würdest, wärst du auch nicht immer so müde.» Er blinzelte und schützte mit der Hand seine Augen gegen die Sonne. Ein neuer Gedanke kam ihm. Plötzlich angespannt, fragte er: «Oder willst du damit sagen, daß ich dich nicht befriedige?»

Sie schüttelte den Kopf. «Nein, das meine ich nicht.» Sie zögerte kurz und sagte dann gegen ihre innere Vernunft: «Aber meine Bedürfnisse sind ein wenig anders gelagert als deine, Jim. Frauen sind nicht genauso wie Männer. Frauen . . . wir . . . mich muß man in den . . . abschließenden Akt geleiten, und zwar gemächlich. Verstehst du, es . . .» Sie beendete ihren Satz nicht, da sie seinen veränderten Gesichtsausdruck bemerkte. Er sah aus, als sei ihm gerade eine grundlegende Erkenntnis aufgegangen. Tatsächlich wußte Jim nicht, ob er wütend oder belustigt sein sollte. Also das ist es, dachte er. *Sex*. Die Wurzel allen Übels, wie man so sagt. Er warf ihr einen schnellen Blick zu und ließ seine Augen über sie hingleiten. «Paula . . . Liebling . . . es tut mir leid, wenn ich selbstsüchtig gewesen bin und nur an mich gedacht habe. Ich hab's nicht bemerkt, wirklich nicht. Ein bißchen ist das sogar deine Schuld . . . so, wie du mich erregst. Vielleicht lasse ich mich zu leicht von meinen Wünschen und Trieben hinreißen. Ich werde mich bessern, das verspreche ich dir.» Er lachte kurz auf. «Ich muß allerdings zugeben, daß ich mir noch nie viel aus den . . . äh . . . äh . . . Präliminarien im Bett gemacht habe. Sie kamen mir immer ziemlich unmännlich vor. Aber ich will versuchen, dir zu helfen, weniger ungeduldig sein und warten, bis du . . .» Er räusperte sich. «Bis du *soweit bist*, sagt man wohl.»

Paula fühlte, wie ihr das Blut in die Wangen stieg. Es hatte ein leichter Sarkasmus in seiner Stimme mitgeschwungen, etwas Herablassung, und sie war zutiefst verletzt. *Mir helfen*, dachte sie. Als sei ich ein Krüppel. Dabei möchte ich nur, daß wir auf *allen* Gebieten Verständnis füreinander aufbringen. Unglücklicherweise war er auf Sex gekommen, und sie hatte sich ablenken lassen. Und noch etwas: Wieso standen sie eigentlich bei so einer ernsten, wichtigen Aussprache hier draußen? Ausgerechnet mitten im Garten? Weil er sich drinnen festgenagelt vorkommen würde, antwortete sie sich selbst. Er will nicht reden. Und er wünscht sich auch jetzt, noch einmal entfliehen zu können, zu seinem Flugzeug zu verschwinden oder zu einem seiner Hobbies. Er will mich bloß bei Laune halten. Paula zitterte und fror jetzt. Die Sonne war wieder hinter den Wolken verschwunden, es sah nach Regen aus.

«Dir ist kalt», bemerkte er und ergriff ihren Arm. «Wir sollten doch lieber hineingehen.» Er lächelte langsam und etwas vieldeutig. «Ich habe eine wunderbare Idee. Warum springen wir nicht gleich ins Bett? Ich werde dir beweisen, daß ich der zartfühlendste Liebhaber der Welt sein kann . . .»

«Jim, wie kannst du nur?!» rief sie, schüttelte seine Hand ab und trat mit vor Wut funkelnden Augen zurück. «Du glaubst wohl, daß Sex all unsere Probleme löst!»

«Du hast doch eben angedeutet, wir hätten sexuelle Schwierigkeiten. Und ich will dir zeigen, daß das nicht stimmt.»

«Ich habe das überhaupt nicht angedeutet. Ich habe gesagt, ich wolle nicht endlos mit dir schlafen!» Beinahe hätte sie noch *geistlos* hinzugefügt, hielt sich aber rechtzeitig im Zaum.

«Komm jetzt», sagte er und zog sie schnell den Gartenpfad entlang.

Sie wehrte sich nicht und ließ sich ins Haus führen. In der Eingangshalle wandte er sich ihr zu und sagte ruhig: «Ich hole uns zwei Tassen Kaffee.»

«Danke, ich bin halb erfroren.» Sie wand sich aus ihrem Mantel. «Ich bin im Arbeitszimmer.» Sie wußte, daß das unverbindlich klang, konnte es aber nicht ändern, so entnervt war sie. Er sagte nichts und verschwand in Richtung Küche, während sie die Tür zum Arbeitszimmer aufstieß. Ein Kaminfeuer brannte und verbreitete in dem kleinen Raum eine gewaltige Hitze. Dies war eine der gemütlicheren Ecken in Long Meadow.

Sie setzte sich in den Ohrensessel vor dem Kamin und versuchte sich zu entspannen, aber als er bald darauf mit dem Kaffee wiederkam, sah sie, daß sein Gesicht kalt und verschlossen war, und ihr sank das Herz.

«Gut», sagte er forsch, gab ihr eine Tasse und setzte sich in den anderen Ohrensessel, «nun können wir reden.»

Obwohl sein Ton nicht gerade ermunternd war, sagte sie: «Jim, ich liebe dich und möchte, daß unsere Ehe funktioniert, aber offen gesagt, habe ich nicht das Gefühl, daß es momentan der Fall ist.»

«Und was stimmt daran nicht?» fragte er.

Sie sah das Erstaunen in seinem Gesicht und überlegte, ob er wirklich so überrascht war oder nur so tat. «Da ist dieser Mangel an Gesprächsbereitschaft, von dem ich vorhin gesprochen habe», fing sie an. «Jedesmal, wenn ich etwas ansprechen möchte, das mich bedrückt, tust du es ab, ziehst dich zurück und benimmst dich, als zählten meine Gedanken und Gefühle gar nicht.» Unglücklich sah sie ihn an. «Dennoch weiß ich, daß du mich liebst. Andererseits fühle ich mich ausgeschlossen. Es ist, als hättest du eine Mauer um dich errichtet. Ich dringe wohl nicht mehr zu dir durch, und immer, wenn irgend etwas bei uns kriselt, greifst du auf Sex zurück. Du meinst, wenn wir miteinander geschlafen haben, sind all unsere Probleme verschwunden, aber das sind sie nicht, sie sind hinterher immer noch da.»

Er seufzte. «Es tut mir leid. Unglücklicherweise bin ich nicht wie du in einer riesigen Familie aufgewachsen. Ich war ein einsamer kleiner Junge, mit meinem Großvater – einem alten Mann – als einziger Gesellschaft. Vielleicht fällt es mir schwer, die Dinge mitzuteilen, aber ich glaube, ich habe dir zugehört, wenn du mir etwas sagen wolltest. Und was Sex betrifft, so ist es das einzige, was mir einfällt, um Streit zwischen uns beizulegen. Ich dachte, es würde dir genausoviel Spaß machen wie mir, aber wenn ich mich dir aufdränge, dann . . .»

«Jim! Warte!» rief sie. «Du mißverstehst mich völlig. Natürlich will ich eine normale sexuelle Beziehung zu dir – du bist mein Mann, und es verlangt mich nach dir –, aber ich kann es nicht ertragen, wenn du Sex dazu benutzt, mich zu manipulieren. Das ist ausbeuterisch und unfair.»

Vollkommen überrascht hielt er den Atem an. «Nun fängst du wieder so an, übertreibst, bildest dir Sachen ein. Ich manipuliere dich nie.»

Paula schluckte. Sie entschloß sich, es anders anzufangen; sie wollte ihn dazu zwingen, ehrlich mit ihr zu sein, wenn das möglich war. «Vielleicht meinst du, ich wollte dich kritisieren – das ist aber nicht der Fall. Ich weise bloß auf ein paar Dinge hin, die mich ein wenig beunruhigen. Sieh mal – auch ich bin bestimmt manchmal sehr anstrengend, Gerechtigkeit muß sein. Jetzt bist du dran, sag, was du über mich denkst. Laß deine Gefühle heraus, wir wollen wie zwei vernünftige Menschen miteinander sprechen.»

Jim fing an zu lachen. «Ach Paula, du bist so angespannt, so gereizt heute morgen. Ich finde es albern, wie du hier eine Situation schaffst, die gar nicht existiert. Und was ich über dich denke? Liebling, ich finde dich wundervoll und liebe dich. Und ob ich irgendwelche Kritikpunkte hab . . . na . . . also das sind alles Kleinigkeiten, Belanglosigkeiten.»

«Für mich ist es wichtig. Sag es mir, Jim. *Bitte*.»

Mit sichtbarem Widerstreben sagte er langsam: «Ich denke, du springst oft zu hart mit dir um, was die Arbeit angeht. Dein Tagespensum ist erdrückend, und das muß nicht sein. Nur weil deine Großmutter sich ihr Leben lang wie ein Kuli abgerackert hat, mußt du das nicht auch tun. Außerdem übernimmst du, glaube ich, zu viele unnötige Projekte.»

Sie beachtete Jims Bemerkung über Emma nicht: «Meinst du damit die neuen Abteilungen bei *Hartes* und die Modeausstellung?»

«Ja. Schließlich ist *Hartes* ein erfolgreiches Unternehmen, ewig schon. Du brauchst doch nicht . . .»

«Jim», unterbrach sie ihn ungeduldig, «der Erfolg des Einzelhandels beruht auf dem ständig Neuen und dem Wachstum. Wir brauchen immer neue Ideen und müssen die Kaufwünsche des Publikums befriedigen, neue Trends früh erkennen, wissen, wann und wie wir expandieren müssen. Kein Geschäft lebt vom Stillstand, besonders keine Kaufhauskette.»

«Wenn du meinst, Liebling. Du mußt es ja wissen.»

Im stillen glaubte er nach wie vor, daß sie im Irrtum war und sich mit ihrer Arbeit schier umbrachte, doch hatte er weder Interesse noch das Verlangen oder den Wunsch, sich auf eine lange Unterhaltung über ihre Arbeit einzulassen. Es war sowieso zwecklos, denn sie machte immer das, was sie wollte. Statt dessen hatte er das dringende Bedürfnis, alles weitere Nörgeln und Herumstochern in ihrer Beziehung zu unterbinden. Es langweilte ihn entsetzlich, und mehr denn je hatte er den Wunsch zu gehen. Verstohlen sah er auf die Uhr.

Paula bemerkte das und sagte schnell: «Dieses Gespräch ist mir so wichtig, Jim. Wir machen einen guten Anfang. Ich finde, wir sollten damit fortfahren, uns vorwärtsarbeiten . . .»

«Und *ich* finde, du solltest dich entspannen, Paula, und lernen, diese Manie zu zügeln, Kleinigkeiten zu gewaltigen Dramen aufzubauschen. Wenn du mich fragst – ich finde diese Diskussion sinnlos. Ich begreife überhaupt nicht, wieso du sie nötig findest, und das ausgerechnet *heute*, wo du doch fast einen Monat fortgehst. Wir sind doch sehr glücklich zusammen, trotzdem willst du uns unbedingt Probleme schaffen, indem du mich davon zu überzeugen suchst, daß wir nicht glücklich sind.»

«O Jim, ich will ja bloß . . .»

«Still, Süße, still», sagte er leise, lächelte zärtlich und nahm ihre Hand in seine. «Wenn ich mich so unter Freunden und Bekannten umschaue, weiß ich, daß unsere Ehe ganz wunderbar ist. Wir haben Glück, Paula, und ich freue mich jeden Tag darüber, wie gut wir zusammenpassen.»

Die Niedergeschlagenheit lag ihr wie ein schwerer Stein im Magen. Sie sah seinen verschlossenen Gesichtsausdruck und gestand sich ein, daß es sinnlos wäre, weiterzumachen. Sie redete gegen eine Wand an.

Jim sagte: «Du siehst ja wirklich nachdenklich aus mit einemmal. Weißt du was? Du denkst zuviel nach.» Bei diesen Worten lachte er, was ihnen ein wenig die Schärfe nahm. «Jede kleine Sache aufs genaueste zu analysieren ist nicht sehr klug. Das habe ich schon längst eingesehen. Immer, wenn man irgend etwas unter das Mikroskop hält und Fehler sucht, findet man auch bestimmt welche. Es ist alles in Ordnung mit unserer Beziehung, Liebes.» Er beugte sich vor, küßte sie auf die Wange und erhob sich dann zielstrebig. «Nun haben wir uns ja ausgesprochen, und ich gehe jetzt, wenn du nichts dagegen hast.» Er drückte ihre Schulter. «Fahr vorsichtig und ruf mich heute nacht an, bevor du zu Bett gehst.» Er zwinkerte. «Dann vermisse ich dich immer am meisten.»

Paula saß da und starrte ihn sprachlos und bestürzt an. Als er sich umdrehte, folgte ihr Blick ihm entgeistert. Es war eine tiefe Leere in ihrem Herzen, als sie ihn den Raum verlassen sah. Die Tür des Arbeitszimmers schlug hinter ihm zu. Sie hörte das Echo seiner Schritte in der Eingangshalle, dann fiel die Haustür ins Schloß, und ein paar Sekunden danach sprang der Motor seines Wagens an. Noch lange, nachdem er weg war, saß sie reglos im Sessel, von Verzweiflung und einem überwältigenden Gefühl der Niederlage erfüllt.

Schließlich riß sie sich aus ihren quälenden Gedanken, stand mühsam auf und ging hinaus. Langsam und erschöpft stieg sie die Treppe zum Kinderzimmer, zu ihren Kindern empor. Sie waren immer die Freude ihres Lebens gewesen. Nun waren sie alles, was ihr geblieben war.

30

Paula sah von Dale Stevens zu Ross Nelson. «Meine Großmutter würde nie daran denken, ihre *Sitex Oil*-Aktien zu verkaufen. Nie.»

Ross Nelson lächelte zuversichtlich. «*Nie* ist ein Wort, dem zu mißtrauen ich gelernt habe. Es neigt dazu, einen wieder einzuholen, und deshalb benutze ich es sehr selten.»

«Ich verstehe Ihre Argumentation», sagte Paula, «aber trotzdem weiß ich, wie meine Großmutter über *Sitex* denkt. Sie wäre an Ihrem Angebot nicht interessiert. Sie hat meinem Großvater versprochen . . .» Paula unterbrach sich und zuckte lässig die Achseln. «Ach, das steht auf einem anderen Blatt, und diese Unterhaltung ist wirklich Zeitverschwendung – für Dale, Sie und mich.»

Dale Stevens fügte hinzu: «Vielleicht sollten Sie das Thema einmal anschneiden, wenn Emma nächsten Monat aus Australien zurückkommt. Es wäre klug, ein bißchen zu sondieren und zu schauen, was sie dazu zu sagen hat. Vielleicht gefällt ihr die Idee. Die Zeiten haben sich geändert, und man sollte nicht vergessen, daß sie Millionen verdienen kann, wenn sie verkauft.»

«Ich glaube nicht, daß Geld hier eine Rolle spielt», antwortete Paula.

«Harry Marriott und seine Freunde sind ein zäher Verein, Paula», sagte Dale, richtete seine wachen dunklen Augen auf sie und warf ihr einen bedeutungsvollen Blick zu. «Sie wollen Emma schon seit Jahren loswerden. Ihr Einfluß stört sie, und in Zukunft kann die Lage nur noch schlimmer werden, schwieriger für Sie. Wenn Emma nicht mehr da ist, dann werden Sie, Paula, feststellen . . .»

«Meine Großmutter ist noch nicht tot», unterbrach Paula ihn und warf ihm einen kühlen Blick zu, «und ich will nicht über irgendwelche zukünftigen Ereignisse spekulieren, die noch weit weg sind. Ich mache meine Geschäfte auf die einzige Art, die ich kenne – von Tag zu Tag. Bestimmt will ich mir keine Schwierigkeiten einhandeln, und ich möchte Sie daran erinnern, daß Marriott ein sehr alter Mann ist. Er wird nicht ewig leben – genausowenig wie sein Einfluß.»

«Aber da ist noch dieser Neffe von ihm», sagte Dale ruhig. «Marriott Watson ist ein scheußlicher Kerl, ein Querulant.»

«Ach, erzählen Sie mir nichts von Neffen», fing Paula an, bremste sich aber und biß sich auf die Unterlippe. Dann wandte sie sich Ross zu; ihr war eingefallen, daß er der Neffe von Daniel P. Nelson und sein Erbe war. Sie lachte unbeschwert und entschuldigte sich: «Tut mir leid, Ross, ich wollte nichts Abfälliges über Neffen im allgemeinen sagen. Ich meinte nicht Sie.»

Er stimmte in ihr Gelächter ein, und ein Funken Humor blitzte in seinen haselnußbraunen Augen auf. «Machen Sie sich keine Sorgen, ich bin nicht so leicht beleidigt.» Er beugte sich vor, und sein Gesicht wurde ernst. «Dale meint, daß diejenigen Aufsichtsratsmitglieder, die unter Emma entmachtet waren, ziemlich hart mit Ihnen umgehen werden, einfach, weil Sie eine . . .»

Paula hob die Hand. «Sprechen Sie nicht weiter, Ross. Ich weiß, warum. Weil ich eine Frau bin, und eine junge dazu. Es ist mir klar, daß diese Typen bloß deshalb all die Jahre auf meine Großmutter gehört haben, weil ihnen nichts anderes übrigblieb. Sie ist die größte Aktionärin, und mein Großvater hat die Firma gegründet. Offenbar haben gewisse Leute Emma immer gehaßt wegen ihrer ungeheuren Macht, und natürlich auch deshalb, weil sie eine Frau ist.» Paula hielt inne. «Aber Emma Harte hat trotzdem immer geführt, und zwar sehr gut. Sie hat den Aufsichtsrat ausgetrickst, und das werde ich auch tun. Ich bin nicht ganz dumm und phantasielos, und es wird mir schon etwas einfallen, so daß sie auf mich hören und Notiz von mir nehmen.»

Ross und Dale schwiegen und wechselten verständnisvolle Blicke.

Ross ergriff als erster das Wort: «Ich möchte nicht, daß Sie mich für engstirnig halten oder für einen Chauvinisten wie diese Trottel da im Aufsichtsrat von *Sitex*, aber wir müssen doch leider den Tatsachen ins Auge sehen, daß wir trotz der Vorstöße, die Frauen in der letzten Zeit in die geschäftliche Domäne unternommen haben – was ich prima finde –, noch immer in einer Männerwelt leben.»

Paula schnitt ihm lachend das Wort ab: «Ich weiß, daß es eine Männerwelt ist. Das brauchen Sie mir nicht zu sagen. Und es wird immer so sein, bis Frauen auf die Herrentoilette gehen dürfen.»

Ross Nelson lächelte belustigt. Ihr Sinn für Humor, ihre Zähigkeit und ihr Mut gefielen ihm. Sie war schon eine tolle Frau. Er betrachtete sie ausführlich. Sie zog ihn sehr an, und ihre Beherrschung, ihr scharfer Verstand und ihr ungewöhnliches Selbstbewußtsein faszinierten ihn. Er wollte sie haben. Er überlegte, wie er's am besten anstellen könnte, wie lange es wohl dauern würde, bis er sie im Bett hatte. Das wollte er nämlich – und je eher, desto besser.

Er riß seinen Blick von ihr los, als er merkte, daß es still geworden war. Höflich lächelnd sagte er: «Nicht alle Geschäfte werden auf der Herrentoilette abgeschlossen, Paula.»

«Aber die meisten», konterte sie und warf ihm wieder einen dieser herausfordernden Blicke zu. «Oder an einem ähnlichen Ort», sagte sie und zog einen Schmollmund.

Das erregte ihn noch mehr. Er grinste und kam sich plötzlich einfältig vor, wie ein unerfahrener Schuljunge. Ihn überkam das überwältigende Bedürfnis, seinen Mund auf den ihren zu pressen, und wäre Dale nicht im Zimmer gewesen, hätte er ihm nachgegeben.

Dale hustete hinter vorgehaltener Hand und sagte schnell: «Marriott Watson hat mich schon lange auf der Abschußliste, weil ich Emmas Protegé bin. Glauben Sie nicht, daß er sich keine gute Attacke einfallen läßt, wenn ich einmal nicht mehr unter Emmas Schutz stehe. Er kann's kaum abwarten.»

«Das ist mir völlig klar», erwiderte Paula genauso sachlich. «Aber momentan genießen Sie doch noch ihren Schutz und meinen dazu, wenn das auch nicht viel ist. Wir sollten auch nicht jene Aufsichtsratsmitglieder vergessen, die auf unserer Seite sind. Zusammen haben wir eine Menge Macht. Im September haben Sie mir versprochen, daß Sie bis Weihnachten den Vorsitz behalten würden. Und im letzten Monat wollten Sie weitermachen, bis der Vertrag abgelaufen ist. Sie haben es sich doch nicht anders überlegt, oder?»

«Nein, meine Liebe, gar nicht. Ich bin auf Ihrer Seite und kämpfe für die gute Sache», sagte Dale entschlossen. «Trotzdem sähe ich es gern, wenn Sie Emma Ross' Vorschlag unterbreiten würden, sobald sie wieder in England ist.»

«Das habe ich auch vor; sie hat ein Recht darauf, davon zu erfahren. Machen Sie sich keine Sorgen. Ich werde ihr detailliert von unserer Besprechung berichten.» Sie drehte sich zu Ross um. «Aber sie wird mich fragen, wer Ihr Auftraggeber ist, Ross. Selbstverständlich interessiert es sie, wer ihre Aktienanteile kaufen will. Sie haben mir noch nicht den Namen gesagt.» Sie lehnte sich in ihrem Stuhl zurück und betrachtete ihn neugierig.

Ross Nelson, der sich wieder völlig in der Gewalt hatte, schüttelte den Kopf. «Ich kann es Ihnen nicht sagen, Paula. Zumindest noch nicht jetzt. Sowie Sie aber wirklich daran interessiert sind, die *Sitex*-Aktien zu verkaufen, werde ich Sie natürlich aufklären. Bis dahin muß ich den Namen vertraulich behandeln – auf ausdrücklichen Wunsch meines Auftraggebers. Und ich kann nur wiederholen, was ich schon zu Anfang gesagt habe: Der Interessent ist schon lange ein Kunde der Bank und eine sehr angesehene Persönlichkeit.»

Paula fand seine beharrliche Geheimnistuerei amüsant, ließ sich aber nichts anmerken. «Offenbar ist es eine andere Ölgesellschaft, und ich glaube nicht, daß es eine der großen ist, Getty oder *Standard*. Wohl eher eine mittelgroße – zum Beispiel *International Petroleum*.» Ein raffiniertes Funkeln glomm in ihren Augen auf.

Ross war beeindruckt. Er bewunderte sie noch mehr. Wahrscheinlich hatte sie das nur aufs Geratewohl gesagt, aber trotzdem den Nagel auf den Kopf getroffen. «Nein, es ist nicht *International Petroleum*», log er glatt. «Und lassen Sie dies Ratespiel, es wird Ihnen nichts nützen.» Er schenkte ihr ein herzliches, intensives Lächeln. «Erst wenn unser Auftraggeber es erlaubt, wird der Name genannt werden. Falls es Sie interessiert: Nicht einmal Dale hat eine Ahnung, wer es ist.»

Aber du hast nicht abgestritten, daß es eine Ölgesellschaft ist, dachte Paula. Sie sagte: «Dann werde ich es wohl nie erfahren, da meine Großmutter nicht verkaufen wird.» Sie schlug die Beine übereinander und nahm eine entspannte Haltung ein, wobei sie sich fragte, ob Ross ehrlich gewesen war, als er bestritt, daß es sich um *International Petroleum* handelte. Sie war sich nicht sicher, und sie war sich auch nicht sicher, wie sie zu dem Mann selbst stand. Sie hatte noch nie richtig gewußt, ob sie ihn mochte oder nicht. Nach außen hin war Ross Nelson gewinnend, höflich, sicher und immer sehr gefällig. Er war ein gutaussehender Mann Ende Dreißig, ungefähr einsfünfundsiebzig groß, gut gebaut, mit blonden Haaren, heller Haut, einem offenen, fast arglosen Gesicht und dem allerfreundlichsten Lächeln, das unentwegt aufstrahlte und seine großen, makellos weißen Zähne entblößte. Er sah glatt und gepflegt aus, seine Kleidung war untadelig, genauso wie seine Manieren.

Und doch täuschte all das, fand Paula. Sie hatte immer den Verdacht, daß da etwas Verstecktes und Räuberisches an ihm war. Nun, wo sie Ross still beobachtete, ahnte sie plötzlich, daß die schönen Anzüge und die Unbekümmertheit, die er zur Schau trug, bloße Fassaden waren, hinter denen er unangenehme Eigenschaften verbarg, die erst ans Licht kamen, wenn sich die Türen zum Sitzungssaal der Bank geschlossen hatten. Wie auch Emma vor ihr vermutete Paula eine kalte, berechnende Skrupellosigkeit in ihm, eine steinerne Härte hinter all dem Charme, dem Lächeln und dem Image des netten Jungen.

Dale und Ross sprachen über die Explosion im Maschinenraum der «Emeremm III», und Paula wandte den beiden Männern wieder ihre ganze Aufmerksamkeit zu.

Dale sagte gerade: «Natürlich habe ich auch an Sabotage gedacht, Ross, aber das scheidet aus. Die Untersuchungskommission konnte nichts Verdächtiges finden, gar nichts. Wer sollte auch so etwas machen?» Er schüttelte den Kopf und runzelte die Stirn. «Nein, nein, es war eindeutig ein Unfall, obwohl wir nicht herausbekommen konnten, was genau die Explosion ausgelöst hat.»

Paula dachte: Die Explosion auf der «Emeremm III» war ein Unglücksbote, sagte aber: «Es bleibt also ein Geheimnis und ein Negativum auf unserer Sicherheitsliste.»

«Leider ja, meine Liebe.» Dale grinste bedauernd, und um seine braunen Augen verzogen Fältchen sein ledriges, wettergegerbtes Gesicht. «Ich will mich nicht wiederholen, aber das Ölgeschäft ist eben sehr riskant. Trotzdem ist die ‹Emeremm III› ja ein stabiles Schiff, und erst heute morgen wurde mir gesagt, sie sei wieder seetüchtig und stehe der Flotte wieder zur Verfügung.»

«Na, das ist ja eine gute Nachricht», rief Paula, sah erfreut drein und lächelte Dale herzlich zu. Sie mochte den Vorsitzenden von *Sitex* und vertraute ihm. Er war intelligent, unnachgiebig und sehr ehrgeizig, aber ehrlich und genau das, was er vorgab, zu sein: kein Mann, der sich verstellen oder verschlagen sein konnte. Unauffällig musterte sie ihn und fand, daß sogar seine Kleidung, die gut, aber konservativ war und die teure Eleganz von Nelsons Anzügen vermissen ließ, das ausdrückte. Sie fragte sich, wie dieser hart arbeitende dreiundfünfzigjährige Texaner, der mühsam Karriere gemacht hatte, etwas mit dem aalglatten Bankier von der Ostküste gemein haben konnte, der neben ihm saß. Letzterer roch förmlich nach der alten Garde, nach Bergen von geerbtem Geld und einer privilegierten Herkunft. Aber sie waren enge Freunde. Ross Nelson hatte Dale Stevens vor zwei Jahren Emma vorgestellt, und Dale hatte es dem Anlagebankier zu verdanken, daß er jetzt Vorsitzender der Ölgesellschaft war.

Dale bemerkte ihren Blick und sagte plötzlich: «Hoffentlich glauben Sie nicht, daß ich kein Vertrauen zu Ihnen habe – denn das stimmt nicht, meine Liebe.»

«Aber ich bin eine unbekannte Größe, nicht wahr?» erwiderte sie schnell und sagte dann mit sanfter Stimme: «Ich kann Sie verstehen, Dale, und ich mache Ihnen keine Vorwürfe. Sie sehen in die Zukunft und sind sich sicher, daß bei *Sitex* alles viel glatter laufen wird, wenn unser großer Block Vorzugsaktien jemand anderem gehört, jemandem, der, wie Sie glauben, besser in der Lage ist, den zerstrittenen Aufsichtsrat bei *Sitex* in den Griff zu bekommen.»

Dale, der ihre Klugheit und ihren Weitblick zu schätzen wußte, beschloß, ehrlich zu sein. «Ja», sagte er und richtete seinen direkten, offenen Blick auf sie, «so habe ich mir das gedacht, das stimmt. Aber nicht ganz. In gewisser Weise denke ich auch an Sie und Ihre große Arbeitsbelastung. Mir scheint, daß Sie mit der *Harte*-Kette und Ihren bedeutenden Geschäftsverbindungen in England und Australien alle Hände voll zu tun haben. Und außerdem liegt Ihr Hauptsitz ja in England, meine Liebe.»

Trocken sagte Paula: «Es gibt Telefon, Telex und Flugzeuge.»

«Aber *Sitex* ist eine zusätzliche Belastung für Sie», sagte er, ohne sich um ihren sarkastischen Ton zu kümmern. «Und brauchen Sie die Firma wirklich?» Dale schüttelte den Kopf, als ob er für sie entschiede. «Ich bezweifle das, und wenn ich Sie wäre, würde ich Emma zum Verkauf überreden. Sie könnten die Millionen aus den Aktien woanders investieren – in etwas Einfacheres.»

Sie sagte nichts.

«Ich stimme Dale zu», sagte Ross nüchtern. Er räusperte sich. «Ich kenne die Schwierigkeiten bei *Sitex* natürlich schon lange, nicht nur durch Dale, sondern auch, weil Emma mir vieles anvertraut hat in den letzten Jahren. Und als dieser Kunde unserer Bank Interesse zeigte, die *Sitex*-Aktien zu kaufen, habe ich sofort an Emmas riesiges Aktienpaket gedacht. Ich habe Dale kontaktiert, und auch er fand, daß wir Ihnen das sofort mitteilen sollten. Der Klient hat schon in die Stammaktien von *Sitex* investiert, und mit Ihren 42 Prozent . . .» Er hielt inne und entbot ihr sein verführerisches Lächeln. «Also, Paula, das würde unserem Auftraggeber wirklich viel Einfluß geben.»

«Jeder, der die 42 Prozent hat, besitzt Einfluß», sagte Paula entschieden. «Ob wir es sind oder Ihr Auftraggeber spielt keine Rolle. Sie wissen ebenso gut wie ich, daß es die Aktien sind und nicht deren Besitzer, die zählen. Und schließlich haben die Stammaktien Ihres Auftraggebers nichts zu sagen, da es kein stimmberechtigtes Aktienkapital ist und keine Macht daran hängt. Und dieser Auftraggeber – ob es nun eine Einzelperson oder eine Firma ist – braucht offenbar die Aktien meiner Großmutter, damit er bei der Leitung der Firma ein Wörtchen mitreden kann. Eine maßgebliche Beteiligung will er. Ich verstehe alles vollkommen.»

Keiner der Männer antwortete ihr, denn beide wußten, daß es zwecklos war, das zu leugnen und sich damit lächerlich zu machen.

Paula erhob sich nun und sagte so liebenswürdig wie möglich: «Leider muß ich jetzt unsere informelle kleine Unterredung zu einem Ende bringen, meine Herren. Ich denke, wir sind heute so weit gekommen, wie es ging. Im Dezember werde ich mit meiner Großmutter sprechen, und ich bin sicher, daß Sie von ihr persönlich Nachricht erhalten werden. Es liegt wirklich an ihr.» Paula lachte leise und murmelte: «Wer weiß, vielleicht überrascht sie sogar mich und entschließt sich doch zum Verkauf.»

Dale und Ross waren mit ihr zusammen aufgestanden, und als Paula sie zur Tür begleitete, sagte Dale: «Heute abend fliege ich zurück nach Odessa, aber sagen Sie bitte sofort Bescheid, wenn Sie mich oder sonst etwas brauchen. Auf jeden Fall werde ich Sie nächste Woche anrufen und mit Ihnen in Verbindung bleiben.»

«Danke, Dale, das finde ich prima», sagte Paula und ergriff seine ausgestreckte Hand.

«Sind Sie sicher, daß Sie nicht mit uns essen wollen?» fragte Ross.

«Danke vielmals, aber ich kann nicht. Ich habe eine Verabredung mit dem Modedirektor von *Hartes* USA, und da wir beim Essen die

Werbung für die ‹Französische Couturier-Woche› besprechen wollen, kann ich nicht absagen.»

«Pech für uns», sagte er enttäuscht, ließ seinen Blick auf ihr ruhen und hielt ihre Hand fest in der seinen. «Im Gegensatz zu Dale fliege *ich* nirgendwohin, Paula. Ich bleibe hier im kleinen schäbigen Manhattan. Sagen Sie mir, wenn ich Ihnen irgendwie behilflich sein kann. Und ich hoffe doch, daß ich Sie irgendwann abends zum Essen ausführen kann.»

Paula zog ihre Hand weg und sagte: «Wie freundlich von Ihnen, Ross. Leider bin ich ziemlich beschäftigt diese Woche. Wirklich jeden Abend.» Das stimmte gar nicht, aber sie wollte ihn nicht privat sehen.

«Aber doch hoffentlich nicht auch nächste Woche!» Er beugte sich zu ihr hinüber und drückte ihren Arm. «Am Montag rufe ich Sie an und lasse mich nicht abwimmeln», sagte er und lachte herzlich.

Als die beiden gegangen waren, schritt Paula langsam durchs Zimmer zum Schreibtisch, einer großen Glasscheibe, die auf einem schlichten blanken Stahlsockel ruhte. Das war das dramatische Zentrum in Emmas hochdramatischem Büro der *Harte*-Unternehmensgruppe, wo Paula sich immer niederließ, wenn sie in New York war. Das Zimmer war sachlich möbliert, die Wände in nebligen Grau- und Blautönen gestrichen. Diese weichen, gedämpften Farben wurden durch ein paar von Emmas unschätzbaren französischen Impressionisten belebt, während Plastiken von Henry Moore und Brancusi und seltene Töpfe aus den Tempeln von Angkor Wat auf schwarzen Marmorsockeln aufgestellt waren. All diese Gegenstände hatten eine starke Ausstrahlung und bezeugten Emmas großen Kunstverstand.

Paula nahm am Schreibtisch Platz, stützte ihre Ellbogen auf, legte das Gesicht in die Hände und dachte über die Besprechung nach. In den Tiefen ihres Gehirns keimte ein Gedanke auf und begann Form anzunehmen. Langsam trat ein Lächeln in ihr Gesicht. Unbeabsichtigt hatten Ross Nelson und Dale Stevens ihr einen Weg aufgezeigt, wie sie einige ihrer Probleme bei *Sitex* – wenn nicht alle – lösen konnte. Aber nicht jetzt, dachte sie. Später, wenn ich alle nach meiner Pfeife tanzen lassen will.

Sie reckte sich und lachte laut auf. Kein sehr netter Weg war das, sondern ein ziemlich diabolischer – à la Machiavelli –, aber er war prima und trug Emma Hartes unverkennbares Siegel. Immer noch leise lachend dachte sie: Ich werde Grandy wohl jeden Tag ähnlicher. Diese Aussicht freute sie. In gewisser Weise befreite sie das ein wenig von der Depression und Niedergeschlagenheit, unter der sie seit ihrem vergeblichen Versuch, mit Jim zu sprechen, gelitten hatte.

Wenn schon ihre Ehe zerrüttet und ihr Privatleben unbefriedigend war, sollten ihre geschäftlichen Erfolge sie wenigstens für ihre Verluste entschädigen. Arbeit war Emmas feste Burg gewesen, wenn Sorgen sie plagten, und so würde Paula es auch halten. Mit dem Geschäft im Kopf und der bleibenden Liebe zu ihren Kindern als emotionalem Kraftquell würde sie durchkommen, und zwar gut, vielleicht sogar mit Stil, so wie ihre Großmutter. Ihre Gedanken wanderten zu Jim, aber weder war sie erbittert noch verurteilte sie ihn. Sie war nur sehr traurig seinetwegen. Er wußte nicht einmal, was er verloren hatte, und das war das Bedauerlichste, darin lag die Tragik.

Shane O'Neill befand sich an diesem Nachmittag in einer verzwickten Lage. Eilig schritt er die Park Avenue hinauf, zwängte sich geschwind zwischen den anderen Fußgängern hindurch, wobei sich seine Gedanken ebenso schnell bewegten wie er selbst. Er konnte sich nicht entscheiden, ob er Paula anrufen sollte oder nicht. Das Wissen, daß sie in New York und nur ein paar Blocks von ihm entfernt war, regte ihn schon so auf, daß er sich kaum vorstellen konnte, wie es erst in ihrer Nähe wäre. Und wenn er sie anriefe, hätte er keine andere Wahl als sie zu sehen, einzuladen, zum Mittag- oder Abendessen auszuführen oder zumindest mit ihr Cocktails zu trinken.

Als er vor ein paar Stunden mit dem Londoner Büro telefoniert hatte, war er bestürzt gewesen, als sein Vater ihm beiläufig mitgeteilt hatte, Paula sei nach New York gefahren. «Merry und ich haben Sonntagabend in London mit ihr zusammen gegessen», erklärte sein Vater, bevor er zu den laufenden Geschäften zurückkehrte. Und bevor sie einhängten, hatte sein Vater gerufen: «He, Shane, warte mal, hier ist Merry. Sie möchte auch eben hallo sagen.»

Aber Merry hatte ihm mehr als einen Gruß auszurichten. Sie hatte ihm Anweisungen gegeben. «Bitte ruf Paula an», hatte sie ihn gedrängt. «Ich habe ihr gestern abend deine Nummer gegeben, aber sie ruft dich bestimmt nicht an. Sie ist zu ängstlich.» Als er sie um eine

Erklärung gebeten hatte, fügte seine Schwester hinzu, Paula habe seine Kälte seit langem gespürt und sie, Merry, ebenfalls. «Sie wird Angst davor haben, zurückgewiesen zu werden», hatte Merry gesagt. «Also liegt es wirklich bei dir. Sei nett zu ihr, Shane, sie ist so eine gute Freundin. Und es geht ihr nicht besonders.» Letzteres hatte sie ernst und besorgt gesagt und schließlich hastig weitergesprochen: «Sie wirkt bedrückt, niedergeschlagen, sogar depressiv, und das ist nicht die Paula, die *wir* kennen. Bitte führ sie aus und mach es ihr ein bißchen nett. Ihr solltet ein wenig Spaß miteinander haben, Shane, du solltest sie zum Lachen bringen wie damals immer, als wir noch Kinder waren.» Diese Bemerkungen hatten ihn alarmiert, und als er in sie gedrungen war, um mehr von Paulas Gemütsverfassung und ihrem allgemeinen Gesundheitszustand zu erfahren, hatte ihm Merry auch nichts Definitives sagen können. Bevor sie sich voneinander verabschiedet hatten, hatte er seiner Schwester hoch und heilig versprochen, sich mit Paula in Verbindung zu setzen.

Aber nun war er sich wieder unsicher. Einerseits sehnte er sich danach, mit ihr zusammenzusein, andererseits wußte er, daß er, gäbe er diesem Verlangen nach, sich nur selbst strafen würde. Sie war die Frau eines anderen. Ewig für ihn verloren. Zeit mit ihr zu verbringen hieße, alle alten Wunden wieder aufbrechen zu lassen . . . Wunden, die zwar nicht verheilt, aber schließlich wenigstens verschorft waren und weniger schmerzten. Es wird mich wieder aufregen, dachte er und dachte über das Leben nach, das er sich in den letzten acht Monaten in New York eingerichtet hatte. Es war kein aufregendes Leben, sondern ziemlich langweilig und ereignislos, ohne große Höhen, aber auch ohne anstrengende Tiefs. Er war weder glücklich noch niedergeschlagen, sondern hing gleichsam in einer Art Schwebe, aber er hatte seine Ruhe, seinen Frieden. Da waren keine Frauen mehr um ihn. Zwei Vorstöße in diese Richtung waren kläglich gescheitert und hatten ihn in verzweifelte Hilflosigkeit versetzt, und wieder hatte er beschlossen, daß die Enthaltsamkeit solchen katastrophalen Schlafzimmerszenen, die in Peinlichkeit endeten und ihn zitternd und voller Scham über sein Versagen dasitzen ließen, allemal vorzuziehen sei. Und so ging er allen Lockungen der Weiblichkeit mit Bedacht aus dem Weg und verbrachte den größten Teil seiner Zeit mit Arbeit. Ziemlich oft blieb er bis acht oder neun Uhr abends im neuen Büro von *O'Neill Hotels International* und ging dann nach Hause zu einem kläglichen Abendessen vor dem Fernsehapparat. Manchmal verabredete er sich mit Ross Nelson oder mit einem anderen der wenigen Männer, mit denen er sich angefreundet hatte; gelegentlich führte er auch Skye Smith ins Kino oder Theater aus und ging hinterher mit ihr essen. Aber meist lebte er einsam und hatte nur Bücher und Musik zur Gesellschaft. Er war zwar nicht glücklich, mußte aber auch mit keinem Schmerz kämpfen. Im tiefsten Inneren war er wie tot.

Während ihm all das durch den Kopf ging, besann Shane sich plötzlich. Er sollte Paula wirklich treffen, und sei es auch nur, um den Schein zu wahren. Wenn irgendein anderer seiner alten Freunde in die Stadt gekommen wäre, hätte er ihn ganz selbstverständlich eingeladen und herumgeführt. Paula auszuweichen würde einen seltsamen Eindruck machen und vor allem Emma und seinem Großvater auffallen, die ihn zweifellos nach ihr fragen würden, wenn sie im nächsten Monat nach New York kamen. Außerdem hatte Merry gesagt, es ginge Paula nicht gut. Ja, er sollte sie zum Essen einladen, nur um sich davon zu überzeugen, daß ihr nichts fehlte. Aber du hast nicht die Verantwortung für sie, warnte er sich und dachte an Jim Fairley. Aus heiterem Himmel überkam ihn heftige Eifersucht, und er mußte sich sehr anstrengen, dieses Gefühl zu zügeln, als er die 59. Straße überquerte und die Park Avenue hinaufging, in Richtung der mittleren sechziger Straßen.

Gleich würde er an der Baustelle ihres neuen Hotels vorüberkommen. Die Baufirma war fast mit dem Umbau fertig, und in einem Augenblick würde er inmitten der Gerüste stehen, umringt von den Vorarbeitern, Architekten und Innenarchitekten. Alle würden seine Aufmerksamkeit in Anspruch nehmen. Ich muß mich jetzt entscheiden, was Paula angeht. *Sofort*. Kein Aufschub mehr. Ach, zum Teufel mit Jim Fairley! Sie ist doch meine beste Freundin. Ich bin mit ihr aufgewachsen. Natürlich werde ich sie sehen. Nein, du kannst das nicht tun. Es wird zu sehr weh tun. Und wieder stieß Shane seine Pläne um.

Das Wissen, daß er ihr gegenüber verletzlich war, lähmte ihn völlig. Wenn er die einzige Frau, die er liebte, auch nur ansah, würde er sich solcher Qualen und solchen Leiden aussetzen, daß er sich davon vielleicht nie wieder erholte.

31

Woher um alles in der Welt kommen denn diese scheußlichen zinnoberroten Rosen, Ann?» fragte Paula, starrte durch die offene Salontür und wandte sich dann zur amerikanischen Haushälterin ihrer Großmutter um.

Ann Donovan, die neben Paula im großen Foyer von Emmas Apartment in der Fifth Avenue stand, schüttelte den Kopf. «Ich weiß es nicht, Miss Paula. Ich habe die Karte aufs Wandtischchen gelegt, neben die Vase.»

Sie ging hinter Paula ins Zimmer: «Ich wußte ehrlich gesagt nicht, wo ich sie hinstellen sollte, der Strauß ist so riesig. Ich habe überlegt, ob ich ihn nicht hier draußen lassen sollte: in all den Jahren, die ich für Mrs. Harte gearbeitet habe, gab es nie Rosen in der Wohnung. Mögen Sie auch keine?»

«Sie stören mich nicht direkt, Ann, zumindest nicht so, wie sie meine Großmutter stören. Ich bin es bloß nicht gewöhnt, Rosen um mich zu haben. Ich pflanze nie welche an oder kaufe welche.» Angewidert zog sie die Nase kraus und sagte kurz angebunden: «Und dann diese Farbe, so ein grelles Rot – das Ganze wirft einen förmlich um. Sehr angeberisch.»

Sie griff nach dem Umschlag, riß ihn auf und sah auf die Karte. Sie trug Ross Nelsons Unterschrift. Seine Schrift war klein, ordentlich und beinahe verkrampft. Er lud sie zum Wochenende in sein Landhaus ein. Was für eine Unverschämtheit, dachte Paula. Und wieso bildet er sich ein, daß ich mit ihm das Wochenende verbringen wollte. Hoffentlich wird er mir nicht noch lästig. Sie zerriß die Karte, warf die Schnipsel in den nächsten Aschenbecher und sagte zur Haushälterin: «Ich mag die Blumen wirklich nicht leiden, Ann; würden Sie sie bitte mit nach hinten nehmen?»

«Selbstverständlich, Miss Paula.» Ann hob die Vase hoch und verließ den Salon, wobei sie über die Schulter gewandt sagte: «Es sind auch noch andere Blumen für Sie gekommen – ist noch nicht lange her. Ich habe sie ins Wohnzimmer gestellt.»

«*Oh.* Na, dann will ich sie mir mal anschauen», murmelte Paula und ging hinter der Haushälterin her, die schon eilig durchs Foyer auf ihre eigenen Zimmer zuschritt.

Paulas Gesicht hellte sich sofort auf, als sie das reizende Körbchen mit afrikanischen Veilchen erblickte, das neben dem Kamin stand, auf dem Kaffeetisch aus Mahagoni. Sie beugte sich darüber, berührte die glänzenden dunkelgrünen Blätter und dann die samtigen dunkelvioletten Blüten. Wie zart, wie fein sie sind, dachte sie und hob den Umschlag auf. Es stand nichts darauf; sie überlegte, von wem die Blumen sein könnten, und öffnete ihn. *Shane*, stand quer über die Karte geschrieben, in seiner vertrauten, kühnen Handschrift. Nichts sonst, bloß sein Name.

Paula setzte sich mit der Karte auf den nächsten Stuhl und runzelte die Stirn. Sie war unsicher, was sie davon halten sollte. Zum erstenmal seit beinahe zwei Jahren hatte er etwas Aufmerksames und Liebevolles getan, so wie er es früher immer gemacht hatte. Und jetzt war sie ratlos. Sie überlegte. War dieser Veilchenkorb ein Zeichen dafür, daß er ihr wieder gut sein wollte? Oder bloß eine höfliche Geste, von familiären Rücksichten und Pflichtgefühl bestimmt? Allerdings hieß er sie auf diese Weise mit den Blumen in New York willkommen, ohne sie persönlich sprechen zu müssen.

Mit ausdruckslosem Gesicht starrte Paula in die Flammen. Sie war sicher, daß Merry ihm erzählt hatte, daß sie in der Stadt war. Schließlich waren sie Geschwister und Geschäftspartner, und einmal die Woche, manchmal auch täglich hielten sie ihre transatlantischen Telefonate ab. Vielleicht hatte ihre Freundin ihn dazu gedrängt, sich aufzuraffen und nett zu ihr zu sein. Shanes Kälte und Zurückhaltung verwirrten Paula immer noch. Wie oft hatte sie sich gefragt, was sie nur getan hatte, daß er so verletzt war, und wie oft war ihr gar nichts eingefallen. Sie hatte ihm nichts getan. Aber er hielt sich von ihr fern und nahm kaum von ihr Notiz. Und falls doch einmal, wußte sie, daß er es tun mußte, daß er aus familiären Gründen dazu gezwungen war.

Sie zwang ihren Blick vom Kaminfeuer weg und sah wieder lange auf die Karte. Die simple kommentarlose Unterschrift machte ihr nicht gerade Mut. In gewisser Weise war das einschüchternd. Hätte er nur angedeutet, daß sie ihn anrufen solle, oder vorgeschlagen, etwas gemeinsam zu unternehmen, bevor sie wieder nach England zurückfuhr!

Verdammt, murmelte sie und stand dann unvermittelt auf. Shane O'Neill war immer ihr bester Freund gewesen, solange sie denken konnte. Sie waren zusammen aufgewachsen . . . hatten so vieles gemeinsam . . . waren so eng befreundet gewesen in jenen wichtigen Entwicklungsjahren . . . ihr Leben war so ineinander verwoben . . . und dann hatte er sie fallengelassen, sich von ihr abgewandt, und das ohne jede Erklärung. Es war nicht zu verstehen.

Jetzt hab ich aber genug davon. Ich hab's satt, daß Leute sich so aufführen, als seien meine Gefühle nicht wichtig, dachte sie zornig. Dann rannte sie aus dem Wohnzimmer, um ihr Aktentäschchen zu holen. Es lag auf der Bank im Foyer, wo sie es hingelegt hatte, als sie vom Büro nach Hause gekommen war. Paula griff danach, lief ins Wohnzimmer zurück und setzte sich an den Schreibtisch. Sie ließ die Schlösser aufschnappen, zog ihr Adreßbuch hervor und suchte dann Shanes New Yorker Telefonnummern. Sie lehnte sich im Stuhl zurück und sah den Apparat an.

Ich muß mich ein für allemal mit ihm aussprechen, dachte sie, ob es nun heute abend, nächste Woche oder am Tag meiner Abreise ist. Es ist mir egal, wann, wenn ich ihn nur endlich festnageln kann. Ich möchte wissen, warum er unsere lange Freundschaft so grausam beendet hat. *Ich habe das Recht auf eine Erklärung.* Sie griff nach dem Hörer, ließ dann jedoch die Hand wieder sinken, da sie einsah, daß es klüger war, wenn sie sich erst wieder beruhigte. Ja, es wäre sicher unklug, ihn jetzt damit zu überfallen. Sie hatte ihn seit April nicht mehr gesehen. Es würde merkwürdig, ja sogar irrational aussehen, wenn sie ihn jetzt aus heiterem Himmel überraschte. Außerdem verabscheute sie Streit am Telefon und sah den Leuten lieber in die Augen, wenn sie irgend etwas wirklich Wichtiges zu regeln hatte. Ich hätte schon lange auf einer offenen Aussprache bestehen sollen, dachte sie. Ich bin feige gewesen. Plötzlich bemerkte sie, daß sie weniger auf Shane wütend war als auf sich selbst. Sie hätte den Bruch niemals so hinnehmen sollen. Ihre Gereiztheit verklang.

Sie richtete sich auf, nahm den Hörer ab und zögerte wieder. Wie sollte sie es anfangen? Du bist heute abend aber wirklich blöd, sagte sie sich mit kläglichem Lächeln. Natürlich bedankst du dich für die Blumen. Was denn sonst? Das ist der perfekte Eröffnungszug. Sie rief in seiner Wohnung an. Es klingelte endlos. Niemand nahm ab. Enttäuscht legte sie wieder auf. Dann fiel ihr ein, was sein Vater ihr Sonntagabend gesagt hatte. Onkel Bryan hatte bemerkt, Shane sei genauso arbeitswütig wie sie momentan. Paula sah auf die Uhr. Es war ein paar Minuten vor sieben. Ob er noch im Büro war? Miranda hatte ihr zwei Nummern für *O'Neill Hotels International* gegeben, und eine davon war Shanes Privatnummer.

Wieder wählte sie.

Beim zweiten Klingeln wurde abgenommen. «Hallo», sagte eine sehr männliche Stimme.

«Shane?»

Nach einer kleinen Pause sagte er schließlich: «Hallo, Paula.»

«Also Shane, toll, daß du meine Stimme gleich erkannt hast», rief sie gespielt kokett. «Wie ich mich freue, dich zu erwischen. Ich bin eben zurückgekommen und habe deine Veilchen entdeckt. Sie sind wunderbar, so frühlingshaft, und es war eine reizende Idee. Dank dir.»

«Schön, daß sie dir gefallen», sagte er. Sein nüchterner Ton war wie eine kalte Dusche, trotzdem sagte sie schnell: «Es ist Ewigkeiten her, daß wir uns gesehen haben, mindestens acht Monate, und nun sind wir beide hier, weit weg von Yorkshire. Also wir sollten uns treffen . . .» Sie brach ab, holte tief Luft und sagte dann schnell: «Zum Abendessen.»

Auf seiner Seite der Leitung entstand noch eine längere Pause. «Ich . . . äh . . . also . . . ich weiß nicht genau wann, weißt du. Wann meinst du denn, Paula? Welchen Abend?»

«Heute abend wäre doch gut. Falls du nicht schon etwas anderes vorhast, meine ich.»

«Leider ja. Ich wollte heute Überstunden machen. Ich muß eine Menge Papierkram aufholen diese Woche.»

«Einmal mußt du doch essen», sagte sie so überzeugend, wie sie es vermochte. Sie lachte fröhlich. «Denk an das, was Grandy immer zu Mrs. Bonnyface im ‹Reihernest› gesagt hat: Nur Arbeit und kein Vergnügen, das sei . . . und so weiter. Und du hast doch gegen diese Grundregel nie etwas einzuwenden gehabt.»

Er war still.

Leise sagte sie: «Es tut mir leid. Ich sollte dich nicht so drängen. Ich weiß, wie das ist, wenn man mit Arbeit überlastet ist. Vielleicht ein andermal. Ich bin noch drei Wochen hier. Es bleibt dir überlassen; ruf mich doch an, wenn du mal einen Abend Zeit hast. Und nochmals danke für die Blumen, Shane. Bye.» Sie legte sofort auf, ohne ihm die Möglichkeit zu geben, etwas zu sagen.

Mühsam stand sie auf, ging zum Kaffeetisch, nahm die Karte und warf sie ins Feuer; sie sah zu, wie sie verbrannte. Er war kalt gewesen, unnachgiebig, gerade eben noch höflich.

Warum? Warum bloß?

Was hatte sie Shane O'Neill bloß getan, daß er sich so unfreundlich und hart gegen sie benahm? Abwesend fuhr sie sich mit der Hand durchs Haar, zuckte dann die Achseln und ging zum Schreibtisch zurück. Ich bin eine Idiotin, dachte sie. Vielleicht ist er bis über beide Ohren in Skye Smith verliebt und hat keine Lust mehr dazu, sich mit einer Jugendfreundin zu beschäftigen, besonders mit einer, die ihn nicht mehr interessiert. Vielleicht lebt er auch mit ihr zusammen. Merry und Winston glauben, das Verhältnis sei platonisch, aber woher wollen sie das wissen? Sie meinen immer, er sei verschlossen. Merkwürdig aber, daß er bei mir nicht so war, und ich auch nicht bei ihm. Wir hatten nie Geheimnisse voreinander und haben uns immer alles erzählt.

Das Telefon schrillte. Sie sah hin und nahm ab. Bevor sie sich melden konnte, redete er schon.

«In einer Stunde oder noch ein bißchen später, vorher kann ich nicht», sagte Shane eilig, fast atemlos. «Ich muß in meine Wohnung zurück, um mich umzuziehen, und es ist schon sieben.»

«Ach, für mich brauchst du das doch nicht, das weißt du doch», rief sie leise, überrascht, aber doch froh, daß er zurückgerufen hatte. «Schließlich gehören wir doch zur Familie.» Im stillen amüsierte sie sich. Er war sehr eitel, aber das störte sie nicht. An ihm mochte sie das ganz gern. «Du kannst dich doch auch hier frisch machen, wenn du möchtest – warum müssen wir denn in ein tolles Restaurant gehen, etwas Einfaches ist doch auch schön.»

«Na gut. Ich werde so um halb acht dasein», sagte er. «Bis dann.» Er legte ebenso schnell auf wie sie vor ein paar Minuten.

Paula lehnte sich zurück und starrte das Telefon an. Ihr war eigenartig zumute, und sie fragte sich, wieso.

Shane O'Neill seufzte tief und drückte die Zigarette aus, die er vor seinem Telefonat mit Paula angezündet hatte.

Dann griff er wieder nach dem Hörer, rief in einem kleinen französischen Bistro an, das er gern mochte, und ließ sich für neun Uhr einen Tisch reservieren. Er stand auf. Eilig rollte er die Ärmel hinunter, knöpfte die Manschettenknöpfe zu, band seinen Schlips wieder fest und ging dann zum Schrank, um Jackett und Mantel zu holen.

Du bist ein Idiot, grollte er, sie so an dich heranzulassen. Deinen Entschluß, sie nicht zu sehen, hast du sofort fallengelassen, und nur, weil sie so traurig klang, als sie sich verabschiedete. Und enttäuscht und einsam. Schrecklich einsam. Er hatte selbst allzu lange in dieser Einsamkeit und Verlassenheit gelebt, um ihr diesen Zustand nicht sofort anzumerken. Außerdem kannte und verstand er Paula viel besser als irgend jemand sonst, und er hatte immer einigermaßen ihre Stimmungen zu erraten vermocht, selbst wenn sie sich verstellte, was sie – genau wie ihre Großmutter – sehr gut beherrschte. Nach Belieben vermochte sie sich in Undurchdringlichkeit zu hüllen und so fröhlich zu reden, daß niemand ihre wahren Empfindungen erahnte. Außer ihm, versteht sich. Vor ein paar Minuten hatte sie ihm eine Unbeschwertheit vorgespielt, die er sehr wohl durchschaut hatte. Ihr Lachen, ihre Koketterie waren nicht echt gewesen. Seine Schwester hatte recht gehabt. Paula war nervös und hatte Sorgen. Aber weshalb? Das Geschäft? Ihre Ehe? Na, darüber wollte er jetzt nicht nachdenken.

Er schlüpfte in seinen Sportsakko, zog den Mantel vom Bügel, verließ das Büro und schloß ab. Ein paar Sekunden später trat er aus dem Haus auf die Park Avenue und stellte erleichtert fest, daß der Verkehr sich beruhigt hatte. Shane erblickte ein Taxi, hielt es an, sprang hinein und gab dem Fahrer die Adresse in der Fifth Avenue. Dann lehnte er sich zurück und suchte in seinen Jackentaschen nach Feuerzeug und Zigaretten.

Beim Rauchen spielte ein sardonisches Lächeln um seinen breiten keltischen Mund. Du legst dir selbst die Schlinge um den Hals, O'Neill, sagte er warnend zu sich. Aber das hast du ja gewußt, als du ihr die Blumen geschickt hast. Du hast darauf gewartet, daß sie dich anrufen würde, sobald sie sie erhielt, gib's zu, das hast du doch getan. Du hast einfach den Ball in ihren Innenhof geworfen. Das war die Wahrheit – aber auch nur zum Teil.

Als er am Nachmittag von der Hotelbaustelle zurück zum Büro

gegangen war, hatte er die Veilchen beim Vorüberschlendern in einem Blumengeschäft entdeckt und sofort an ihre Augen gedacht. Und dann, als er unentschlossen draußen stand und durchs Fenster sah, wurde er in die Vergangenheit zurückgetragen, zurück zum Haus am Meer, und auch sie war da in jener verträumten Villa hoch über den schroffen Klippen . . . das Traumkind seiner Kinderträume . . . das zarte junge Mädchen . . .

Und er war eingetreten und hatte die Veilchen gekauft, wohl wissend, wie sehr sie ihr gefallen würden, und ohne auch nur eine Sekunde lang zu denken, nur von der Woge seiner Nostalgie hingerissen. Erst später hatte er sich über seine Beweggründe Gedanken gemacht.

Ach verdammt, jetzt ist es zu spät, dachte er und drückte ungeduldig seine Zigarette aus. Ich habe sie eingeladen. Nun muß ich es durchstehen. Schließlich bin ich ein erwachsener Mann und werde die Situation schon im Griff behalten können. Außerdem führe ich sie ja auch nur zum Essen aus. Das kann doch nicht schaden.

32

Knapp zehn Minuten später stieg Shane an der Kreuzung Fifth Avenue und 77. Straße aus.

Da er die ersten drei New Yorker Monate in Emmas Apartment gewohnt hatte, kannte der Portier ihn, und sie grüßten sich, bevor der Mann ihn durch die Sprechanlage anmeldete.

Während er im Fahrstuhl zum zehnten Stock hinauffuhr, spürte er einen festen Knoten der Besorgnis – oder war es Erwartung? – in seiner Brust. Er ermahnte sich, vorsichtig mit Paula zu sein, seine Gefühle unter Kontrolle zu halten, und setzte ein freundliches Lächeln auf. Vor der Maisonettewohnung zögerte er eine knappe Sekunde lang, bevor er auf den Klingelknopf drückte. Als er gerade die Hand dazu erhoben hatte, ging die Tür auf und er starrte in Ann Donovans freundliches irisches Gesicht.

«Guten Abend, Mr. O'Neill», sagte sie und trat zurück, um ihn hineinkommen zu lassen. «Wie schön, Sie zu sehen.»

«Hallo, Ann, das finde ich auch.» Er schloß die Tür hinter sich und legte ab. «Gut sehen Sie aus.»

Ann nahm seinen Mantel. «Danke, Sie auch, Mr. O'Neill.» Dann wandte sie sich zur Garderobe und sagte: «Miss Paula wartet auf Sie im Wohnzimmer.»

Was sie nicht tat. Sie kam durch den großen Flur auf ihn zugeschritten, ein strahlendes Willkommenslächeln in ihrem Gesicht.

Der Schock, sie zu sehen, traf ihn wie ein Schlag in die Magengrube und fuhr ihm in die Beine. Einen Augenblick lang stand er wie angewurzelt, außerstande, zu sprechen oder sich zu bewegen. Dann faßte er sich wieder und trat vor.

«Paula!» rief er, überrascht, daß seine Stimme nicht zitterte, sondern ganz normal klang.

«Du hast es ja in Rekordzeit geschafft», sagte Paula. «Es ist erst halb acht.»

«War nicht viel Verkehr heute abend.» Er starrte sie gebannt an, als sie vor ihm stehenblieb.

Paula sah mit leuchtenden Augen zu ihm auf.

Er beugte sich vor und küßte sie auf die Wange, nahm sie beim Arm und zog sie näher zu sich, ließ dann aber schnell wieder die Hand sinken, da er sich vor dem geringsten engen Kontakt mit ihr fürchtete.

Sie lachte und sah ihn an.

«Was ist denn los?»

«Du hast ja einen Schnurrbart!» Kritisch und mit schräggeneigtem Kopf beäugte sie ihn.

«Ach . . . ja.» Automatisch berührte er seinen Mund. «Klar . . . du hast ihn noch gar nicht gesehen.»

«Wie sollte ich? Ich habe dich doch seit April nicht mehr zu Gesicht bekommen.»

«Magst du ihn denn nicht leiden?»

«Doch, doch . . . ich glaube schon», sagte sie zögernd, hakte ihn dann ein und führte ihn ins Wohnzimmer, wobei sie unausgesetzt redete. «Du siehst richtig knackig aus! Meine Güte, diese Bräune. Und ich höre immer bloß, wie hart du arbeitest in New York. Die Wahrheit ist wohl eher, daß du an den goldenen Sandstränden der Karibik ein faules Leben führst.»

«Absolut nicht. Mein alter Herr ist ein Sklaventreiber.»

Er war froh, als sie seinen Arm wieder losließ und ein wenig Abstand zwischen sie brachte. Sie trat ans kleine Schränkchen gegenüber. Er stand beim Kaffeetisch und sah ihr zu, wie sie Eiswürfel ins Glas fallen ließ. Er bemerkte, daß sie Scotch und Soda mixte, ohne ihn zu fragen, was er trinken wollte. Aber warum sollte sie auch? Sie wußte, was er trank. Er entdeckte das Körbchen mit den Veilchen und lächelte; dann stand sie plötzlich mit dem Drink neben ihm.

Er nahm ihn dankend entgegen: «Und du trinkst nichts?»

«Doch, Weißwein. Steht hier. Hab ich mir eingeschenkt, kurz bevor du kamst.» Sie ließ sich in den Armsessel beim Kamin sinken und hob ihr Glas: «Prost, Shane.»

«Prost.» Er nahm ihr gegenüber Platz, erleichtert, sitzen zu können. Er fühlte sich schwer mitgenommen von ihrer Gegenwart, daß es ihm ein wenig angst machte. Sei vorsichtig, mahnte er sich und stellte sein Glas ab. Dann zündete er sich eine Zigarette an, um seine

Nervosität zu verbergen. Er war außerordentlich befangen heute abend.

«Ja», räusperte er sich nach einer Weile. «Ich habe uns einen Tisch im *Le Veau d'Or* reservieren lassen. Warst du schon einmal da?»

«Nein.»

«Es wird dir gefallen. Es ist ein kleines französisches Bistro, sehr lebhaft und bunt, und das Essen ist ausgezeichnet. Eines Abends habe ich Tante Emma und Grandpa dorthin ausgeführt, als die beiden in New York waren. Hat ihnen mächtig Spaß gemacht.»

«Das klingt toll. Wo du gerade von unseren Großeltern redest: in ein paar Wochen sind sie doch wieder hier, auf ihrer Rückreise nach England, nicht? Und fährst du dann mit ihnen heim – wegen Weihnachten?»

«Nein, leider nicht, Paula. Dad möchte, daß ich über die Feiertage in Barbados bin. Im Hotel ist dann Hochsaison.»

«Da werden aber alle enttäuscht sein, wenn du nicht in Yorkshire bist», murmelte Paula und sah zu ihm hinüber. Sie versuchte sich an den Schnurrbart zu gewöhnen. Er gab ihm einen etwas anderen Anstrich, ließ ihn ein wenig älter als seine 28 Jahre und noch besser aussehen, wenn das überhaupt möglich war. Er war immer der Typ Mann gewesen, nach dem sich die Leute umdrehten – wegen seiner Größe und seiner Figur, seines dunklen, attraktiven Aussehens und der Ausstrahlung, die er besaß.

«Du siehst mich so komisch an», sagte er mit fragend hochgezogenen Augenbrauen.

«Dasselbe könnte ich von dir sagen.»

«Du hast abgenommen», fing er an, brach dann ab und griff nach seinem Drink.

Paula runzelte besorgt die Stirn. «Ja, das stimmt. Und dabei habe ich nicht gehungert, du weißt ja, daß ich das nie tue. Bin ich denn zu dünn?»

«Ja, ein bißchen. Du mußt ein wenig aufgepäppelt werden, meine Kleine, und da wir nun mal schon davon reden . . .»

«Das hast du mir *dein* und *mein* ganzes Leben lang gesagt», unterbrach sie ihn mit vorgeschobenem Mund. «Zumindest, solange ich zurückdenken kann.»

«Es ist aber auch wahr. Ich wollte gerade sagen, daß du müde aussiehst und so, als könntest du Ruhe gebrauchen.» Er hob sein

Glas zum Mund, den Blick über den Rand auf sie gerichtet, und sah sie prüfend an. Er nahm einen Schluck, stellte den Drink wieder hin und beugte sich eifrig vor: «Du hast geschickt Make-up aufgelegt, aber das tust du ja immer. Doch ich lasse mich nicht von Kosmetika täuschen. Dein Gesicht ist eingefallen, und du hast Schatten unter den Augen», sagte er mit seiner typischen entwaffnenden Direktheit. «Kein Wunder, daß meine Schwester und Winston sich um dich Sorgen machen.»

«Das wußte ich ja gar nicht», rief Paula überrascht. «Mir haben sie aber nichts davon gesagt.»

«Natürlich nicht. Dir hat wahrscheinlich niemand etwas gesagt – sie fürchten sich alle vor dir und haben Angst, dich aufzuregen. Aber ich nicht, Bohnenstange. Wir sind immer direkt und ehrlich gewesen miteinander. Und das soll nie anders werden, hoffe ich.»

Paula konnte nicht umhin, an sein Benehmen in der letzten Zeit zu denken und an den Bruch in ihrer Freundschaft, den er zu verantworten hatte. Und er war weniger als direkt mit ihr gewesen. In diesem Fall war er nicht gerade ehrlich gewesen, fand sie. Sie überlegte, ob sie ihn gleich darauf ansprechen sollte, verwarf diesen Gedanken aber wieder. Vielleicht würde es ein andermal besser passen. Sie wollte ihn nicht in die Defensive treiben und ihren ersten gemeinsamen Abend stören. Es sollte gemütlich sein, sie wollte sich seiner Anwesenheit freuen.

«Wie schön ist es, dich zu sehen; ich freu mich so, daß wir zusammen essen gehen, Shane. Es wird wieder wie früher sein», sagte sie.

Sie lächelte so warm und liebevoll dabei, daß ihm das Herz stillstand. Er lächelte zurück. «Das ist es schon», sagte er und merkte, daß es stimmte. Seine Spannung verflog, und er begann zu lachen: «Ich bin nicht sehr nett und galant. An dir herumzunörgeln, sobald ich hier bin. Trotz allem siehst du schön aus, Paula, und so elegant wie immer.» Bewundernd ließ er seinen Blick über sie gleiten, betrachtete das scharlachrote Seidenhemd und die weiße Wollhose. Amüsiert verzog er den Mund: «Wenn du nun noch ein lila Halstuch umbinden würdest, sähst du einfach umwerfend aus.»

Sie machte ein bestürztes Gesicht, sah an sich herab und lachte dann mit ihm: «Die Reiher! Das habe ich gar nicht bemerkt, als ich mich anzog, aber dies waren ja deine Farben, klar.» Er nickte mit seinen fröhlichen schwarzen Augen und stand dann auf. Er ging zum Schränkchen und goß sich mehr Sodawasser und Eis ein, um den Scotch zu verdünnen. Sie hatte den Drink genau richtig gemixt, so, wie er es gern hatte, aber heute abend wollte er besonders vorsichtig sein. Er ging zum Kamin zurück und sagte ruhiger: «Winston hat mir erzählt, Sally sei im ‹Reihernest› nach all dem Theater in Irland, ansonsten sei alles wieder normal. Aber wie geht es Sally *wirklich*?»

«Prima. Anthony wohnt zur Zeit in Allington Hall; du weißt doch sicher, daß sie schwanger ist?»

«Ja, Winston hat es mir erzählt ...» Er brach ab und sah sie aufmerksam an. «Kein Wunder, daß du erschöpft und total fertig bist – bei all den Geschichten, mit denen *du* fertig werden mußtest.» Die Anteilnahme stand ihm ins Gesicht geschrieben.

«Ja, da hast du recht.» Da Paula sich unbeschwert unterhalten wollte und auch genug von Familienproblemen hatte, wechselte sie das Thema und erzählte von Emma, Blackie und ihren Reisen. Sie unterhielt Shane mit Schnipseln aus den langen Briefen ihrer Großmutter und mit Leckerbissen aus ihren wöchentlichen Telefonaten mit ihr, spickte ihre Erzählung mit eigenen Kommentaren voller Lachen und Fröhlichkeit und wurde ganz lebhaft.

Shane stimmte in ihr Lachen ein, nickte dann und wann, hörte aufmerksam zu und war damit zufrieden, sich zurückzulehnen und sie reden zu lassen. So konnte er sie genauer beobachten und ihre Gegenwart genießen. Sie war so munter wie eh und je.

Wenn ihre Fröhlichkeit vorhin am Telefon gespielt und falsch gewesen war, so traf das jetzt nicht mehr zu. Er mußte zugeben, daß sie nun ganz sie selbst war, offen, aufgeschlossen, das Mädchen, mit dem er aufgewachsen war und das er so gut kannte wie sich selbst. Von den ersten verklemmten Minuten abgesehen war zwischen ihnen jetzt alles so unbefangen, daß er das Gefühl hatte, als habe er sie erst gestern das letzte Mal gesehen. Der Bruch in ihrer Freundschaft, den er herbeigeführt hatte, schien nie existiert zu haben.

Und während er ihrer wachen, melodischen Stimme lauschte, überkam ihn eine große Ruhe. Er war eins mit sich wie schon lange nicht mehr. Aber er war immer ruhig, wenn er mit Paula zusammen war. Sie spielten nie Spielchen miteinander, es gab keine Barrieren, kein falsches Getue, kein gekünsteltes Benehmen. Sie waren ganz natürlich und so gut aufeinander eingestimmt wie schon lange nicht mehr.

Offen betrachtete er ihr Gesicht und gab sich nicht länger Mühe, sein Interesse an ihr zu verbergen. Ihre Abgezehrtheit wurde vom weichen Licht der Lampe hinter ihr gemildert. Nun war ihr Gesicht beweglich und ausdrucksvoll. Es ließ mehr von ihren Gedanken und Gefühlen sehen. Einige Leute sagten, Paula sei nicht schön. Für ihn war sie es. Ihre Farben waren überraschend lebhaft, ja fast exotisch. Das glänzend schwarze Haar, das über ihrer glatten weißen Stirn ein dramatisches Witwenhäubchen bildete, der durchscheinende, elfenbeinfarbene, fleckenlose Teint, die weit auseinanderstehenden violetten Augen mit den dichten, dunklen Wimpern ergaben im Zusammenspiel eine außergewöhnliche Form von Schönheit. Wenn er sie mit einer der Blumen vergleichen sollte, die sie so gern pflegte, würde er sie neben eine Orchidee oder Gardenie setzen – und doch würde er ihr keine von beiden schenken, lieber Veilchen. Er dachte über ihren wahren Charakter nach. Sie *war* zurückgezogen, reserviert und sanft. Aber auf der anderen Seite war sie auch lebhaft, stürmisch und leidenschaftlich in ihren Sympathien und Antipathien, und zudem intelligent, gerecht und anständig. Er lächelte in sich hinein. Bei geschäftlichen Dingen konnte sie gerissen sein, aber das war ein Familienmerkmal, von der Gigantin E. H. geerbt. Nun, da er Paula betrachtete, mußte Shane zugeben, daß sie eine sehr vielschichtige Frau war, vielschichtiger als alle, die er kannte. Aber er liebte gerade das an ihr, was andere verwirrend oder beunruhigend finden mochten. Vielleicht kam das daher, daß er die Kräfte und Elemente genau kannte, die sie so gemacht hatten, wie sie war.

Er lehnte sich zurück, um sie so leidenschaftslos zu betrachten, wie es vielleicht ein anderer Mann getan hätte. Sein Blick verharrte auf ihr, dann sah er zu Boden. Seine Gefühle drängten sich dazwischen, blendeten ihn und machten es ihm unmöglich, sie auch nur annähernd objektiv zu betrachten. Wie konnte er auch? Er liebte sie, liebte sie leidenschaftlich. Er würde sie immer lieben. Wenn er sie nicht bekam, wollte er keine andere haben. Das Zweitbeste war schlimmer als gar nichts. Und wenn da keine andere war, würde er auch nicht immer Vergleiche anstellen müssen in seiner Sehnsucht nach Paula. Denn er würde sich ewig nach ihr sehnen. Du darfst nicht daran denken, ermahnte er sich streng. Sie ist deine langjährige, beste Freundin. Du hast sie vermißt. Also gib dich mit der Freundschaft zufrieden – wenn das alles ist, was du kriegen kannst. Und genieße diesen Abend, so wie er ist, und nicht als etwas, das er in deiner Phantasie sein könnte.

Paula sagte gerade: «Na ja, das ist momentan alles an Neuigkeiten von unseren unermüdlichen, globetrottenden Großeltern. Offenbar amüsieren sie sich königlich.»

«Ja, scheint ganz so», stimmte Shane zu. «Emma ist ja eine viel fleißigere Briefschreiberin als Blackie. Grandpa schickt uns bloß einmal die Woche eine Postkarte, auf deren Rückseite ein beschränkter Scherz gekritzelt ist. Drei besonders schöne habe ich. Eine aus Hongkong, chinesische Dschunken vor rotem Sonnenaufgang, und auf der Rückseite nur ein Wort: *Cheers.* Eine andere aus Bora-Bora, auf die er geschrieben hat: *Trinke mit Kokosmilch auf deine Gesundheit.*» Shane grinste sie an. «Das wissen wir beide natürlich besser.»

Paula kicherte: «Und die dritte Karte?»

«Eine aus Sydney mit dem Motto: *Heute unterwegs ins Hinterland.* Was für ein Original er doch ist. Ich freue mich, daß du mir von den beiden erzählt hast. Das bringt sie irgendwie näher.»

«Ja, aber jetzt bist du an der Reihe», sagte Paula. «Erzähl mir alles über dein Leben hier in New York.»

«Da gibt es nicht viel zu erzählen, Paula», sagte er und dachte an seine einsame Existenz, die Dürre seines Lebens. «Sechs, manchmal sieben Tage in der Woche renne ich zwischen Büro und Hotelbaustelle hin und her, fliege ungefähr einmal im Monat nach Jamaika und Barbados, um sicherzustellen, daß die Hotels dort gut laufen. Die übliche Tretmühle. Ich arbeite wirklich wie ein Pferd.»

Sie nickte. «Und ich dachte, du wolltest bloß sechs Monate in New York bleiben. Jetzt sind es schon acht.»

«Dad und ich haben beschlossen, daß es praktischer wäre, wenn ich dabliebe, bis das Hotel fertig ist und gut läuft. Das ist viel praktischer, als ständig zwischen New York und London hin- und herzufahren. Von hier aus ist es auch näher zu den Inseln. Und nun hat Dad vor, mich auf unbestimmte Zeit in den Staaten zu lassen.»

«Na ja, kann ich verstehen», sagte sie leise und sah nachdenklich zu Boden. Daß Shane für immer in New York bleiben sollte, erfüllte sie mit einer plötzlichen, unerklärlichen Angst. Dann dachte sie unvermittelt an Skye Smith und empfand dasselbe Unbehagen wie damals, als Merry ihren Namen erwähnt hatte.

Bevor sie sich Einhalt gebieten konnte, sagte sie mit einem

schüchternen Lächeln auf den Lippen: «New York ist bestimmt toll für einen vergnügten Junggesellen wie dich, Shane? Die Mädchen sind sicher wie der Teufel hinter dir her?»

Er sah sie erstaunt an. «Ich interessiere mich nicht für andere Frauen», rief er aus und brach erschrocken ab, als ihm sein Lapsus bewußt wurde. Im stillen verwünschte er sich. Doch dann beschloß er, diese Bemerkung einfach so stehenzulassen; je weniger er sagte, desto besser.

Paula begriff offensichtlich nicht, daß er sie gemeint hatte, und nickte: «Ja, natürlich, du hast ja schon eine Freundin. Merry hat mir von Skye Smith erzählt.»

Obwohl er auf seine Schwester und ihr loses Mundwerk wütend war, brachte er doch ein Grinsen zustande; er war froh darüber, daß Paula sein Fauxpas entgangen war. «Ach, Skye Smith ist bloß eine Bekannte, egal, was Merry dir erzählt hat. Ich bin nicht mit ihr liiert – auch nicht mit irgendeiner anderen.» Er sah Paula in die Augen. «Ich habe dir doch gesagt, daß Dad momentan kräftig die Peitsche schwingt, und so widme ich meine Zeit dem Geschäft. Ich habe kaum Zeit für Geselligkeit. Ich halte mich Ewigkeiten im Büro auf, gehe dann zurück in mein Apartment und falle erschöpft ins Bett.»

«Wir sind wohl beide in der Tretmühle momentan.» Shane hatte sich offenbar sehr verändert. Er und Winston waren Don Juans gewesen, wilde und zügellose Playboys, wenn man dem Familienklatsch Glauben schenken durfte. Aber Winston hatte sich beruhigt, und Shane vielleicht auch. Sie war froh, daß er nichts mit Skye hatte. Warum beschäftigte diese Frau sie überhaupt? Vielleicht, weil Merry so schlecht von ihr gesprochen hatte.

«Was denkst du jetzt?» fragte Shane.

Sie lachte. «Ach, nichts. Merry hat mir erzählt, du hättest ein Apartment am Sutton Place South», fuhr sie fort. «Wie ist es denn?»

«Ach, nicht schlecht. Ich habe es möbliert gemietet, und der Geschmack des Besitzers entspricht nicht unbedingt dem meinen. Aber es ist ein Penthouse, und der Ausblick ist umwerfend, besonders abends. Ganz Manhattan erstreckt sich dann zu meinen Füßen, so weit das Auge reicht. Stundenlang sitze ich da und genieße diesen Ausblick. Es ist eine aufregende Stadt, Paula, eine herausfordernde Stadt. Und ich finde sie auch schön, immer wieder erstaunt mich die Architektur hier.»

«Es wäre schön, wenn du mir dein Apartment noch zeigen könntest, bevor ich wegfahre.»

«Jederzeit. Und was das Wegfahren angeht, so würde ich sagen, wir sollten jetzt ins Restaurant gehen. Ich möchte nicht, daß der Tisch schon besetzt ist.»

«Schön, ich hole nur schnell meine Sachen.» Sie war schon halb aus der Tür, als sie stehenblieb und sich zu ihm umdrehte. «Also, ich bin nicht sehr aufmerksam – erst sagte ich am Telefon, du könntest dich hier frisch machen, und dann vergesse ich es sofort wieder. Möchtest du gern mein Bad benutzen?»

«Nein, nein, danke. Dies hier unten genügt.» Er stand auf und folgte ihr.

«Bis gleich dann», sagte sie und lief beschwingt die Treppen hinauf.

Shane ging durchs Foyer zum Gästebadezimmer. Er wusch sich Hände und Gesicht, kämmte sein lockiges dunkles Haar und betrachtete sich ausführlich im Spiegel. Ob er morgen seinen Schnurrbart abrasieren sollte? Nein. Er gefiel ihm. Dann schnitt er seinem Spiegelbild ein Gesicht und wünschte, er wäre nach Hause gegangen, um sich umzuziehen. Ach verdammt, ich will doch bei Paula keinen Eindruck schinden, dachte er und verließ den Raum.

Sie wartete schon im Foyer auf ihn.

Sie hatte ein weißes Wolljackett übergezogen, das zu der Hose paßte, und ein weißes Mohaircape um die Schultern gelegt. Sie erschien ihm unglaublich schön.

Er biß die Zähne zusammen, wandte sich ab und nahm seinen Mantel aus dem Schrank, als das vertraute Verlangen nach ihr seinen Körper durchflutete. Er bekämpfte das Gefühl mit aller Kraft, denn es war ja sinnlos, hoffnungslos.

Du kannst bloß ihr Freund sein, ermahnte er sich, als sie das Apartment verließen und im Lift nach unten fuhren.

Das *Le Veau d'Or* war voll. Gérard trat zu ihnen und begrüßte sie lächelnd, ganz der freundliche Gastgeber. Er versprach ihnen, daß ihr Tisch in zehn Minuten bereit sein würde und schlug ihnen derweil einen Drink an der kleinen Bar vor.

Shane bahnte Paula den Weg, zog ihr einen Barhocker heran und bestellte, ohne sie zu fragen, zwei Kir Royal. Dann zündete er sich eine Zigarette an und sah zu, wie der Barmann den Cassis in die großen Weinkelche goß und sie dann bis zum Rand mit perlendem Champagner auffüllte.

Sobald sie ihre Drinks hatten, wandte Shane sich Paula zu und stieß mit ihr an. «Auf alte Freundschaften», sagte er und sah herzlich auf sie herab.

«Auf alte Freundschaften, Shane.»

«Weißt du was, zuletzt habe ich das in La Reserve in Südfrankreich getrunken, und zwar mit dir.»

Sie sah schnell zu ihm hin, und ein Lächeln spielte um ihren Mund. «Ja, ich weiß . . . du bist so schnell und verrückt gefahren. Emily war ganz verstört, das arme Ding. Und zur Entschädigung hast du uns beide abgeschleppt und mit Kir Royal traktiert.» Lachend schüttelte sie den Kopf. «Vier Jahre ist das her, in dem Sommer, als wir zusammen zu Grans Villa am Cap gefahren sind.»

«Aber die Drinks nützten nichts, wenn ich mich recht entsinne. Meine Eskapade mit dem Rennboot kam mich teuer zu stehen . . . mit einem kostspieligen Seidenschal mußte ich für meinen Leichtsinn und meine Gedankenlosigkeit bezahlen. Aber das war es wert, bloß um wieder ein Lächeln auf Emilys Gesicht zu zaubern.»

«Sie hat schreckliche Angst vor dem Wasser – genau wie Gran.»

«Aber du hast vor nichts Angst, oder?»

«Wie kommst du darauf?» Stirnrunzelnd sah sie ihn an.

«Als Kind bist du unerschrocken gewesen, liefst hinter mir her und machtest alle Jungenspiele mit. Du warst ein beherzter Wildfang, und du hast nie gekniffen, egal um was für eine Hürde oder Gefahr es sich handelte.»

«Aber ich habe dir doch vertraut. Ich wußte, daß du mir nichts zustoßen lassen würdest, und so war es doch auch.»

So ist es immer noch, meine Süße, dachte er, und die Liebe überfiel ihn mit Macht. Ein Kloß saß ihm in der Kehle. Er griff nach seinem Glas, nahm einen tiefen Schluck und wandte das Gesicht ab, da er sie nicht seine Augen sehen lassen wollte. Sie hätten zu vieles verraten.

Paula erzählte von Emilys Verlobung, und wieder war Shane froh, daß sie die Unterhaltung bestritt. So hatte er Zeit, seine Gefühle zu ordnen und die Herrschaft über sie zurückzugewinnen, bevor sie ihn überwältigten. Schließlich konnte er sich wieder an der Unterhaltung beteiligen, und sie plauderten eine Weile gelöst über dies und das.

Als sie endlich bequem am Tisch saßen, sagte Shane: «Ich habe heute mittag nur ein Sandwich am Schreibtisch gegessen und bin völlig ausgehungert. Du sagst jetzt bestimmt, du seiest nicht hungrig, aber ich finde, wir sollten gleich bestellen.»

«Ich habe Hunger», protestierte sie ehrlich. Zum erstenmal seit Monaten freute sie sich aufs Essen. Ihre violetten Augen glänzten vor guter Laune. «Aber du kannst gern für uns beide bestellen. Ich nehme dasselbe wie du.»

Es zuckte um seinen Mund. «Das ist auch gut so. Sonst willst du nur wieder mein Essen haben wie früher. Dann ißt du von meinem Teller, und ich kriege nichts ab.» Er zwinkerte. «Glaub nicht, daß ich deine schlechten Angewohnheiten vergessen habe . . .»

Er studierte die Speisekarte, rief einen Kellner herbei und bestellte *saucissons chauds*, danach *tripes à la mode de Caen* und bat um eine Flasche Burgunder. Im *Le Veau d'Or* war es Sitte, den Gästen kleine Horsd'œuvres zu servieren, während sie auf ihr Essen warteten. Sofort standen zwei Teller vor ihnen, und Shane rief: «Ah, prima, Muscheln heute. Sie sind vorzüglich. Probier mal, Paula.» Er reichte ihr eine und fragte: «Wirst du auch nach Texas fahren, während du in den Staaten bist?»

«Ich glaube nicht – oh, du hast recht, die sind prima.» Sie kaute und sagte dann: «Hoffentlich muß ich nicht nach Odessa. Ich habe Dale Stevens heute morgen getroffen; glücklicherweise läuft alles recht gut bei *Sitex*. Natürlich ist Harry Marriott so widerborstig wie immer. Dieser Mann hat gar keine Weitsicht. Er hat schon meinem Großvater immer Steine in den Weg gelegt und war gegen Expansion und Neuerungen, und mit uns will er es genauso machen. Er nörgelt immer noch darüber, daß *Sitex* sich am Nordseeölgeschäft beteiligt hat. Aber du weißt ja, daß das außerordentlich gut läuft. Die Bohrungen vor der Küste haben sich bezahlt gemacht, und wir sind als eine der ersten Firmen in diesem Jahr auf Öl gestoßen. Wieder einmal hat Emma Harte dem Mann bewiesen, daß er völlig daneben liegt.»

Shane lächelte, nickte und aß weiter.

Paula sagte: «Ich weiß, daß Grandy dir eine Empfehlung für Ross Nelson mitgegeben hat. Wie findest du ihn denn?»

«Ross ist in Ordnung. Wir kommen sogar ganz gut zurecht. Allerdings glaube ich, daß er ein ziemlicher Schweinehund ist, wenn es um Frauen geht. Aber was das Geschäftliche betrifft, ist er ehrlich. Sehr alert natürlich, aber anständig. Natürlich hat er immer die Interessen der Bank im Auge, aber das ist ja nur normal. Er ist mir auf viele Weise nützlich gewesen und hat mir sehr geholfen.» Shane sah sie von der Seite an. «Und was denkst du über Mr. Nelson?»

«Dasselbe wie du, Shane.» Haarklein erzählte sie ihm vom Treffen mit Dale und Ross am Vormittag.

«Emma würde nie ihre Anteile an *Sitex* verkaufen!» rief Shane, als sie fertig war. Seine schwarzen Brauen zogen sich zusammen. «Ich verstehe nicht, wie Ross darauf kommt, wieso er so scharf darauf ist. Er kann an Insider-Tips über Aktientransaktionen oder ähnlichem nichts verdienen – das ist illegal –, und als privater Anlageberater von seinem Format und Ruf wird er es mit juristischen Dingen schon genau nehmen und sich innerhalb des Gesetzes und der Linie bewegen, wie sie von der Wertpapierbörse gezogen worden ist. Nein, mit finanziellem Gewinn hat das nichts zu tun, außerdem ist er ein reicher Krösus. Na ja, wenn Ross allerdings einem Kunden seiner Bank helfen würde, eine solche Transaktion zu tätigen, wäre er bei ihm sehr gut angeschrieben, nicht wahr?» Ohne auf eine Antwort zu warten, sagte Shane eilig: «Ja, deshalb wird er an *Sitex* interessiert sein. Alles, was du gesagt hast, deutet darauf hin, daß sein Klient eine maßgebliche Beteiligung will. Und wenn er so ein guter Freund von Dale ist, denkt er wahrscheinlich auch an seinen Kumpel. Er will zwei Fliegen mit einer Klappe schlagen.»

«Ja, das habe ich mir auch so zurechtgelegt, als sie weg waren. Ross Nelson kann mir so auf die Pelle rücken, wie er will – ich denke gar nicht daran, Grandy zum Verkauf zu überreden, was er sich wohl gedacht hat.»

Shane warf ihr einen kühlen, durchdringenden Blick zu. «Sei vorsichtig mit dem alten Ross – er wird sich bestimmt an dich heranmachen.»

Paula war drauf und dran, ihm von den Rosen und der Wochenend-Einladung in Ross' Landhaus zu erzählen, überlegte es sich aber anders, ohne genau zu wissen, warum. Mit einem trockenen Lachen sagte sie: «Das wird er nicht wagen. Ich bin verheiratet. Außerdem würde er Gran nicht gegen sich aufbringen wollen.»

«Sei doch nicht so naiv, Paula», sagte Shane schnell. «Dein Ehestand und der Ärger deiner Großmutter würde Ross nicht abschrecken, kein bißchen. Er ist verdammt skrupellos, wenn man dem Klatsch glauben darf, der hier zirkuliert, und das tue ich leider.» Shane gefiel der Gedanke, der Bankier könne sich an Paula heranmachen, gar nicht, und er lenkte die Unterhaltung auf ein anderes Thema. Er fing an, über das New Yorker Hotel zu reden, und setzte dies auch den ersten Gang hindurch und während sie auf das Hauptgericht warteten fort.

Mit wachsendem Interesse hörte Paula zu und genoß es, von ihm ins Vertrauen gezogen zu werden. Vorher, als Shane in ihre Wohnung gekommen war, hatte sie befürchtet, sie könnten sich miteinander unbehaglich fühlen – sie waren ja schon ewig nicht mehr allein miteinander gewesen. Aber das war nicht der Fall gewesen, und inzwischen war es tatsächlich ganz wie in alten Zeiten, genau, wie sie es bei den Drinks prophezeit hatte. Sie hatten nicht lange gebraucht, um wieder zu ihrer früheren Unbefangenheit zurückzufinden. Wärme und Zuneigung war zwischen ihnen, man spürte das Kameradschaftsgefühl ihrer Jugendjahre.

«Ich möchte, daß du dir das Hotel einmal anschaust», sagte Shane, «wenn du diese Woche ein bißchen Zeit hast. Einige Stockwerke sind fertig, und ich könnte dir ein paar Apartments zeigen. Ich würde gern hören, was du zur Ausstattung sagst – heute nachmittag habe ich die Entwürfe des Innenarchitekturbüros bekommen. Du hast so einen guten Geschmack, ich möchte sehen, wie du das beurteilst.»

Paulas Gesicht hellte sich erfreut auf. «Ja, das würde ich gerne. Onkel Bryan und Merry haben mir schon eine Menge von dem Hotel erzählt. Morgen ist ein ziemlich bequemer Tag für mich; ich könnte dich spätnachmittags dort treffen.» Sie beugte sich näher zu ihm und sah ihm eifrig ins Gesicht. «Und vielleicht könntest du hinterher bei mir zu Abend essen. Ann hat mir gesagt, sie wolle dir gern etwas kochen. Warum nicht gleich morgen abend?»

Weil ich dich um so mehr begehre, je öfter ich dich sehe.

«Danke, das ist sehr nett von dir», sagte er. Es überraschte ihn, wie schnell er ihre Einladung angenommen hatte. Und dann, mit leichtem Erschrecken, begriff er, daß er soviel Zeit mit ihr verbringen wollte, wie er konnte, solange sie noch in New York war.

Er begleitete sie zurück zu ihrer Wohnung.

Es war ein sternenklarer Abend, nicht sehr kalt für November. Nach dem Lärm und der Wärme des Bistros war die Luft sehr erfrischend, und sie ruhten sich im gemeinsamen Schweigen aus.

Sie gingen nun die Madison Avenue entlang und näherten sich der 72. Straße, als Shane fragte: «Hättest du Lust, am Sonntag reiten zu gehen?»

«Gern!» rief Paula und sah zu ihm empor. «Es ist ewig her, daß ich auf einem Pferd gesessen habe. Natürlich habe ich auch meine Reitsachen nicht mit, aber ich könnte ja Jeans anziehen.»

«Ja, aber du kannst auch zu *Kaufman's* gehen; da findest du alles, was du brauchst.»

«Das werd ich tun. Und wo reitest du?»

«In Connecticut – in einer Stadt, die New Milford heißt. Ich habe da ein Haus. Eine alte Scheune. Die renoviere ich gerade und baue sie um, schon seit ein paar Monaten, und . . .»

«Shane O'Neill! Wie gemein und verschlagen von dir! Warum hast du mir nicht schon vorher etwas von der Scheune erzählt?»

«Ich hatte noch keine Gelegenheit dazu. Es gab soviel Wichtigeres zu besprechen, zum Beispiel deine Geschäfte und unser neues Hotel.» Er lachte tief und kehlig. Dann sagte er: «Würdest du mein Haus gern sehen?»

«Das ist eine alberne Frage. Natürlich. Aber das werde ich doch auch, oder? Am Sonntag, meine ich.»

«Ja.»

«Wenn du willst, kann ich uns einen Picknickkorb fertigmachen, den wir mitnehmen. Wann wollen wir am Sonntag denn los?» fragte Paula.

«Du solltest ziemlich früh fahren. Ich bin schon da, weißt du. Ich habe mich mit ein paar Zimmerleuten verabredet, die am Freitag dort mit mir arbeiten wollen. Ich fahre Donnerstagabend schon hin und werde das Wochenende wohl dort bleiben.»

«Ach so. Und wie komme ich am Sonntag dorthin?»

«Kein Problem. Ich werde ein Auto mit Chauffeur schicken. Sonst . . .» Er brach ab und rief dann: «Also Paula, ich habe eine hervorragende Idee. Warum fährst du nicht schon am Donnerstagabend mit mir und bleibst übers Wochenende? Du kannst dir doch bestimmt am Freitag freinehmen.» Er warf ihr einen schnellen Blick aus den Augenwinkeln zu und sagte dann scherzhaft: «Ich kauf dir auch 'nen Spaten. Dann kannst du nach Herzenslust graben und einen Garten für mich anlegen.»

Sie lachte: «Bei diesem Wetter? Die Erde ist vermutlich steinhart. Aber ich habe große Lust, übers Wochenende zu kommen, Shane.»

«Prima.» Er lächelte vor sich hin. Sie hakte ihn ein und ging im Gleichschritt mit ihm. Schweigend schritten sie dahin. Sie dachte an ihre Kindertage im «Reihernest», und er – das konnte sie nicht wissen – dachte dasselbe.

33

Am Freitagmorgen erwachte Paula beim Klang lauter Männerstimmen und heiseren Gelächters, das von draußen hineinhallte.

Ruckartig setzte sie sich im Bett auf, rieb sich die Augen und zwinkerte im schwachen Licht. Einen Augenblick lang war sie verwirrt und wußte nicht, wo sie war. Dann fiel es ihr wieder ein. Natürlich, sie war in Shanes Scheune bei New Milford. Sie sah zu ihrem kleinen Reisewecker auf dem weißen, geflochtenen Bettischchen und bemerkte mit Erstaunen, daß es fast schon zehn Uhr war. Sie konnte es kaum glauben, daß sie die Zeit verschlafen hatte, und dann um vier Stunden. Normalerweise war sie um sechs Uhr immer schon auf und angekleidet.

Sie sprang aus dem Bett, erholt und voller Energie, tappte zum Fenster, zog die Vorhänge aus rotem Baumwollköper auf und blickte in den Hof hinab. Genau unter ihr standen zwei Männer und unterhielten sich neben einem Stapel Bauholz.

Sie konnte Shane nicht sehen, aber sie wußte, daß er da war, denn sie hörte ihn sagen: «He, ihr, macht mal bitte nicht soviel Krach. Die mit mir befreundete Dame schläft noch. Und wenn ich Dame sage, meine ich Dame – also seid vorsichtig.»

Sie lächelte ein wenig, drehte sich um und betrachtete interessiert das Schlafzimmer. Gestern abend war sie zu müde gewesen, um noch darauf achtzugeben. Nun sah sie, wie reizend es war, klein und altmodisch, mit weißen Wänden, die sich von dem leuchtend rot gestrichenen Fußboden abhoben, und ein paar weißen Korbmöbeln. Aber was dem Raum seine persönliche Note verlieh, war das Messingbett, auf dem eine Patchworkdecke lag.

Paula huschte in das winzige Badezimmer nebenan, duschte schnell, kämmte sich, legte Lippenstift und Maskara auf und ging ins Schlafzimmer zurück. Sie zog Jeans an, ein rosa Baumwollhemd und einen dicken lila Sweater. Dann stieg sie in kniehohe rote Stiefel, band ihre Uhr um und lief nach unten in die Küche. Sie war groß und rustikal, mit schäbigen Deckenbalken und an den Wänden aufgehängtem Kupfergeschirr, aber es gab auch alle modernen Geräte, und überall herrschte geradezu klinische Sauberkeit. Als wäre gerade alles geputzt worden. Die weißen Ober- und Unterschränke entlang der Wände erstrahlten hell im Sonnenlicht, das durch zwei kleine Fenster drang, an denen blau-weiß karierte Vorhänge in frisch gestärkten Falten hingen. Sie blickte hinaus. Shane und die Männer waren nirgends zu sehen.

Paula schnupperte. Ein lieblicher Kaffeeduft lag im Raum, und als sie die glucksende Kaffeemaschine entdeckte, suchte sie in den Schränken nach einem Becher. Sie fand auch einen, füllte ihn und schlenderte dann in die große Wohnzone der Scheune.

Auf halbem Weg blieb sie stehen, ließ ihren Blick schweifen und versuchte, alles auf einmal in sich aufzunehmen, was aber ganz unmöglich war. Sie würde Tage brauchen, um alles zu würdigen. Shane hatte sich hier überboten. Gestern abend hatte es reizend ausgesehen, aber heute morgen, vom Sonnenlicht durchflutet, war es atemberaubend.

«Es ist nur ein Raum», hatte er gesagt, als sie von Manhattan hierher gefahren waren. Aber was war das für ein Raum – riesig, von mächtigen Ausmaßen, die hohe Decke mit den freiliegenden, von Querbalken unterbrochenen Sparren, ein großes Fenster mit schönem Ausblick an der Längsseite und ein enormer Steinkamin, in dem schon ein Feuer brannte. Die großen Scheite zischten und spuckten.

Sie ging zum Stutzflügel und nahm auf dem Hocker Platz. Dann sah sie sich weiter um. Er hatte den Flügel mitten ins Zimmer gestellt, und sie verstand, warum. So schuf er eine natürliche Grenze zwischen der Sitzgruppe am Kamin und der Eßecke bei der Küche. Weiß war die vorherrschende Farbe, deren Kühle aber von den dunklen Holztönen aufgefangen wurde. Die Wände waren weiß gekalkt, zwei enorme Chesterfield-Sofas und die breiten Sessel waren mit schwerem weißem Köper bezogen. Dazu paßten die Vorhänge, und auf dem glänzenden Holzfußboden lagen weiße Läufer. Bücher, Kunstdrucke und Pflanzen waren lebendige Farbflecke gegen den weißen Hintergrund.

Shane hatte ihr erzählt, daß er in der Umgebung Antiquitäten gesammelt und ein paar wirklich gute Sachen gefunden hatte. Nun ruhte ihr Blick auf zwei schönen Kommoden, die sie gestern abend nicht so richtig wahrgenommen hatte. Dann sah sie einen Wandschirm, der offenbar sehr alt war. Die verzierten Tafeln bildeten einen augenfälligen Hintergrund für den Eßtisch aus Mahagoni. Hat bestimmt ein Vermögen gekostet, dachte sie.

Plötzlich befiel sie eine leichte Niedergeschlagenheit.

Offenbar hatte er eine Menge Geld auf diese Scheune verwandt, ganz zu schweigen von all der Zeit und Mühe. Shane hatte ihr erzählt, daß Sonny und Elaine Vickers, von denen er das Gebäude gekauft hatte, die meisten grundlegenden Umbauten gemacht hatten. «Ich habe bloß die freitragende Treppe und das große Fenster eingebaut, also dem Ganzen den letzten Schliff verliehen, bevor ich es eingerichtet habe», hatte er gesagt.

Aber in den letzten Minuten war ihr etwas aufgefallen, was ihr Kopfzerbrechen bereitete. Dieses Haus hier atmete Dauerhaftigkeit, war von jemandem zu einem wirklichen Heim gemacht worden, der die Absicht hatte, sich dort für lange Zeit niederzulassen. Und damit nicht genug, er war gerade dort draußen irgendwo mit den Zimmerleuten und sägte Bretter für Borde und Schränke für das winzige Zimmerchen, das er ihr gezeigt hatte und das er sich als kleines Refugium einrichten wollte. Würde er ewig in Amerika bleiben? Und nie wieder zurück nach England kommen? Und wieso kümmerte sie das?

Paula sprang auf und lief ans Feuer. Sie setzte sich in einen der stramm gepolsterten Sessel und sah seine Zigaretten und das Feuerzeug, und obwohl sie selten rauchte, nahm sie eine davon, zündete sie an und dachte konzentriert an den gestrigen Abend. Sie waren um neun angekommen, gerade als das Gewitter eingesetzt hatte. Nachdem sie ein paarmal zum Auto gelaufen waren, um ihre Koffer und die Tüte mit den Lebensmitteln zu holen, waren sie bis auf die Haut durchnäßt gewesen. Er hatte darauf bestanden, daß sie sich etwas Trockenes anzog, und sie sofort nach oben geschickt.

Zwanzig Minuten danach war sie wieder heruntergekommen, hatte an der Schwelle seines Zimmers gestanden und es bewundert. Während sie weg war, hatte er alle Lampen angeknipst und das Kaminfeuer entfacht. Der großartige Raum schien nun intimer, da er von warmem, willkommenheißendem Licht durchflutet war und

Bob Dylans *Blowin' in the Wind* ertönte. Sie ging zum Kamin und lehnte sich mit dem Rücken daran, wie es ihre Gewohnheit war. Überraschend sah sie ihn da aus der Küche kommen, zwei Drinks in der Hand und frisch und munter in einem makellosen weißen Hemd und Jeans.

«Du bist aber schnell gewesen, wenn du all dies hier gemacht und dich auch noch umgezogen hast», rief sie. Er grinste. «Drill merkt man eben, und ich bin von einem Schleifer hart gedrillt worden, vergiß das nicht.» Mit gespielter Entrüstung hatte sie gesagt: «Emma Harte ein Schleifer! Das gehört sich aber nicht, so etwas von meiner vornehmen Großmutter zu sagen!» Shane gab ihr den Wodka und Tonic, stieß mit ihr an und fuhr fort: «Emma wäre einverstanden mit meiner Charakterisierung, auch wenn du's nicht bist.»

Dann hatten sie Erinnerungen an das «Reihernest» ausgetauscht, viel gelacht und einander geneckt. Später war er mit einer Riesenplatte mit geräuchertem Lachs und verschiedenen Käsesorten angekommen. Sie hatten auf dem Fußboden gesessen, vom Kaffeetisch vor dem Kamin gegessen und ihr leichtes Nachtmahl mit eiskaltem Pouilly Fumé hinabgespült. Endlos hatten sie über Gott und die Welt geredet, bis spät in die Nacht, denn sie waren so froh gewesen, zusammenzusein und so entspannt und vertraut miteinander.

Spät am Abend war Shane aufgefallen, daß sie sich immer den Hals rieb, und auf seinen besorgten Blick hin hatte sie gestanden: «Er ist ganz steif – bestimmt, weil ich so lange am Schreibtisch gesessen habe. Aber es ist nicht schlimm – wirklich nicht.» Ohne ein Wort zu sagen, war er hinter ihr niedergekniet und hatte ihr die Schultern, den Nacken und die Schädelbasis massiert.

Jetzt, wo sie daran zurückdachte, erinnerte Paula sich an das Vergnügen, das sie empfunden hatte, als Shanes kräftige, harte Finger ihre schmerzenden Muskeln geknetet und sie von der Spannung befreit hatten. Sie wollte nicht, daß er aufhörte. Und danach, als er ihr vor der Schlafzimmertür einen keuschen Gutenachtkuß auf die Wange gedrückt hatte, hatte es sie gedrängt, ihm die Arme um den Hals zu schlingen. Sie war schnell hineingegangen und hatte die Tür geschlossen, ganz rot im Gesicht.

Ruckartig setzte Paula sich im Sessel auf. Gestern hatte sie sich über ihre Reaktionen gewundert. Nun war ihr alles klar. Sie hatte sich gewünscht, Shane würde sie berühren und küssen. Sei ehrlich:

deine sogenannten schwesterlichen Gefühle für ihn sind gar nicht so schwesterlich. Nicht mehr, sie sind *erotisch. Du fühlst dich von ihm erotisch angezogen.*

Dieser Gedanke überraschte und erschreckte Paula so, daß sie aufsprang, die Zigarette ins Feuer warf und beinahe im Laufschritt zum Fenster eilte.

Sie stand da und starrte auf die Landschaft draußen, nahm aber deren Schönheit kaum wahr; sondern versuchte, sich zu beruhigen. Sie *mußte* diese neuen, unerhörten Gefühle bezwingen, die er in ihr geweckt hatte. Sie hatte nicht das Recht, sich für Shane O'Neill zu interessieren – sie war verheiratet. Und außerdem war sie in seinen Augen nichts weiter als seine Freundin aus Kindertagen.

Sie versuchte, die Gedanken an ihn zu verdrängen, bemerkte jedoch, daß es nicht klappen wollte. Es bohrte in ihr, und dann flimmerte Shanes Bild vor ihren Augen, wie er gestern ausgesehen hatte. Er hatte anders gewirkt, und doch war sein Aussehen, seine Art genauso wie immer gewesen. Dann begriff sie es: *Sie* hatte sich geändert, und sie nahm ihn nun zum erstenmal aufmerksam von ihrer neuen Warte aus wahr.

Warum spüre ich Shane plötzlich so stark? Weil er gut aussieht, männlich, amüsant und charmant ist? Oder weil er solchen Sexappeal verströmt? Aber das war doch schon immer so, er hat sich nicht geändert. Gott, ich muß verrückt sein, bei Shane an so etwas zu denken. Außerdem interessiere ich mich gar nicht für Sex. Sex stößt mich ab. Dafür hat Jim schon gesorgt. Paula seufzte schwer und blinzelte im Sonnenschein, der durchs Fenster drang, ein blendender Katarakt strahlenden Lichtes. Ihre Gedanken verweilten bei Jim. Shanes Bild hatte sich aufgelöst.

Gestern nachmittag, so gegen zwei Uhr, hatte sie in Long Meadow angerufen. In England war es da sieben Uhr abends gewesen. Sie hatte mit Jim geredet, aber nur kurz. Er war liebenswürdig und so höflich wie immer gewesen, aber in Eile, da er gerade zum Essen gehen wollte, wie er ihr sagte. Schnell übergab er sie dann Nora, so daß sie mit der Kinderpflegerin über ihre Kleinen sprechen und alle Neuigkeiten erfahren konnte. Sie vermißte Lorne und Tessa sehr. Als sie dann Nora bat, ihr Jim noch einmal zu geben, hörte sie, daß er das Haus schon verlassen hatte. Paula konnte es kaum glauben, daß er nicht einmal gewartet hatte, um sich von ihr zu verabschieden.

Wütend hatte sie aufgelegt. Dann hatte die Niedergeschlagenheit sie übermannt. Offenbar hatte Jim ihre Auseinandersetzung vom letzten Sonntag schon vergessen – und worum es dabei gegangen war.

Meine Güte, das ist keine Woche her, dachte sie, und das Bild, wie sie dort im Garten gestanden hatten, blitzte seltsam scharf in ihrem Kopf auf. An jenem Tag war etwas in ihr gestorben, das nie wieder zum Leben erweckt werden konnte. Jim war stur und anmaßend gewesen. Und auch verantwortungslos und gleichgültig gegen sie, ja beinahe gefühllos, nun, wo sie darüber nachdachte. Ihre Empfindungen, Gedanken, Bedürfnisse waren ihm einfach egal. Wieder gestand sie sich ein, daß ihre Charaktere eigentlich unvereinbar waren. Und das galt für jedes Gebiet, nicht bloß für den Sex. Wenn das ihr einziges Problem wäre, könnten sie damit fertig werden. Seine Haltung am Telefon hatte ihre Verzweiflung nur verstärkt. Das letzte bißchen Engagement für ihre Ehe war beiseite gefegt worden, und sie hatte sich den Papieren auf ihrem Schreibtisch zugewandt, dankbar dafür, daß sie soviel Arbeit hatte.

Meine Arbeit und die Kinder . . . dafür werde ich jetzt meine ganze Kraft einsetzen, ermahnte sie sich. Dann ging sie eilig zurück zum Kamin, nahm den Becher und schritt in die Küche. Höchste Zeit, daß sie nach draußen ging und Shane suchte, ihm guten Morgen sagte und sich bei ihm nach den Plänen für den Tag erkundigte.

Doch er war schon in der Küche und schenkte sich einen Kaffee ein. «Da bist du also!» rief er. «Bestimmt haben meine Kumpel dich aufgeweckt, diese lauten Kerle!»

Paula starrte ihn an und bemerkte sofort seine grobe Kleidung. Er trug formlose, ausgebeulte Cordhosen, schwere Arbeitsstiefel, einen gewaltigen Anglerpullover und eine Stoffmütze, die verwegen auf seinen schwarzen Locken balancierte. Sie fing an zu lachen und schüttelte den Kopf.

«Was ist denn los?» fragte er stirnrunzelnd.

«Dein Aufzug!» sprudelte sie hervor. «Du siehst wie ein Eisenbahnarbeiter aus!»

«Mein liebes Mädchen, hat dir denn niemand gesagt, daß ich genau das bin? Wie mein Großvater.»

Am späten Vormittag fuhren sie nach New Milford. Während sie den Berg hinunterrollten, zeigte Shane ihr die Farm, auf der seine Freunde Sonny und Elaine Vickers wohnten, und bemerkte beiläufig, er habe sie abends zum Essen eingeladen. «Er ist Musiker und sie Schriftstellerin. Sie sind sehr nett, du wirst sie mögen», sagte er und besprach dann mit ihr die Speisenfolge.

Bis zum Parken hatten sie sich geeinigt – sie würden ein richtiges nordenglisches Essen kochen, mit allem Drum und Dran. Mit Yorkshire-Pudding sollte es losgehen, dann Lammkeule mit Röstkartoffeln und Rosenkohl als Hauptgericht und ein Bisquitauflauf zum Nachtisch.

Sie suchten die Farmen und verschiedene Märkte auf, um frisches Gemüse, Obst, Lamm- und anderes Fleisch fürs Wochenende zu kaufen, Gewürze, hübsche Kerzen und Arme voll bronzefarbener und goldener Chrysanthemen. Schwerbeladen, aber ausgelassen lachend und scherzend wankten sie die Main Street entlang.

Auf der Rückfahrt bemerkte Paula, daß sie nun wieder ganz normal mit Shane umging. Das traf auch auf ihn zu. Aber warum sollte er auch nicht? Er konnte schließlich nicht ihre Gedanken lesen, und selbst wenn er das gekonnt hätte, war da jetzt nichts Ungewöhnliches in ihrem Kopf – lediglich glückliche Erinnerungen an ihre vergangenen Jugendjahre. Glücklicherweise waren die seltsamen und verwirrenden Gefühle, die er gestern nacht in ihr wachgerufen hatte, während der letzten Stunden vollkommen verschwunden. Shane war nur ein alter Freund, ein guter Freund, ein Familienmitglied. Alles war wieder normal. Ihr war ganz schwach vor Erleichterung.

Zurück in der Scheune, packte Shane ihre Einkäufe aus und verstaute sie, während sie die Blumen auf zwei große Steinkrüge verteilte. Er sagte: «Leider gibt's zum Lunch schon wieder was Improvisiertes. Oder hast du was dagegen, Bohnenstange?»

«Nein, nein. Aber was ist mit deinen Zimmerleuten? Mußt du ihnen nichts zu essen machen?»

«Nein. Sie haben sich selbst Sandwiches mitgebracht und sagten, sie wollten mittags essen – als wir einkaufen waren. Aber ich frage mich, wo sie stecken. Sie sollten eigentlich Regale aufstellen. Und es ist totenstill.» Er lachte, als Hämmern aus dem Obergeschoß erklang. «Hab wohl zu früh den Mund aufgemacht. Offenbar sind sie hart am Arbeiten.»

Ihr Lunch, den sie vor dem Kamin verzehrten, bestand aus Camembert, Baguette, Obst und einer Flasche Rotwein. Einmal sah Paula zu Shane hinüber und fragte: «Willst du nun für immer in den Staaten bleiben?»

«Wieso fragst du?» Es wunderte ihn, daß sie das interessierte.

Sie sah sich um und sagte: «Das hier sieht nach einem Dauerwohnsitz aus; du hast ganz offenbar eine Menge Arbeit und Geld hineingesteckt.»

«Ja, es hat mir sehr gutgetan, daß ich hier immer hinfahren und arbeiten konnte, wenn ich ein bißchen Zeit hatte. Da gab es am Wochenende, in meiner Freizeit, eine Beschäftigung für mich. Ich habe nicht viel Freunde, kein nennenswertes Privatleben. Außerdem weißt du ja, daß es mir immer Spaß gemacht hat, alte Häuser zu restaurieren.» Er rekelte sich im Sessel und ließ nachdenklich seinen Blick auf ihr ruhen. «Winston und ich haben beim Verkauf dieser alten Bauernhäuser, die wir in Yorkshire renoviert haben, eine Menge Geld verdient, und genauso wird es hier auch sein, wenn es an der Zeit ist, die Scheune zu verkaufen.» Er sah sie unverwandt an. War da Erleichterung in ihren Augen oder bildete er sich das bloß ein?

«Und was soll mit Beck House passieren – ich meine, nun, wo Winston und Emily heiraten?» fragte Paula neugierig.

«Als Winston in New York war, sagte er, daß sie noch eine Weile dort wohnen wollten, um zu sehen, wie es Emily gefiele. Und wenn es ihr gefällt, zahlt er mich aus. Wenn nicht . . .» Shane zuckte die Achseln. «Das ist kein Problem, dann behalten wir es wohl weiter als gemeinsamen Wochenendsitz. Oder wir stellen es zum Verkauf.»

«Winston hat mir erzählt, daß er dich gebeten hat, Trauzeuge zu sein.»

Shane nickte.

«Und ich werde Emilys Trauzeugin sein.»

«Ja, das weiß ich.»

«Und eher bist du nicht in England, Shane?»

Wieder war da dieser eigenartig besorgte Ausdruck in ihren Augen. «Ich habe keine Ahnung, Paula», sagte er. «Wie ich dir neulich schon erzählt habe, möchte Dad, daß ich über Weihnachten in Jamaika und Barbados bin, und vielleicht muß ich im Februar oder März nach Australien fahren.»

«Australien!» Sie setzte sich aufrechter hin und sah sehr überrascht aus.

«Ja. Blackie ist von Sydney sehr angetan, und wenn er in der letzten Zeit mit Dad sprach, meinte er öfter, man sollte dort doch auch ein Hotel bauen. Ich habe gestern morgen mit meinem Alten Herrn geredet, und er hat tatsächlich einen solchen Auftrag von Grandpa bekommen. Deshalb muß ich vielleicht hinfahren und alles auskundschaften.»

«Blackie ist ja genauso schlimm wie Grandy. Ob die beiden mal an etwas anderes als an Geschäfte denken?»

«Tust du das denn? Oder ich?» Er kicherte. «Wir sind doch zwei Äpfel, die nicht weit vom Stamm gefallen sind, meinst du nicht auch?»

«Ja, du hast wohl recht.» Sie beugte sich vor und sah ihn plötzlich gebannt an: «Findest du, daß ich zuviel arbeite?»

«Natürlich nicht. Du bist sowieso ein Arbeitstier, Paula. So bist du auch erzogen worden – genau wie ich. Ich würde durchdrehen, wenn ich zuviel Zeit für mich hätte. Ich halte mich gern draußen im Getümmel auf, liebe das Handgemenge, die raffinierten Geschäfte, genau wie du. Und da ist noch etwas: es befriedigt mich enorm, das Familiengeschäft weiterzuführen, das Grandpa gegründet hat. Das wird bei dir nicht so viel anders sein.»

«Ja.»

«Man erwartet das von uns beiden. Man hat uns seit unserer Geburt Pflichtgefühl eingebleut; wir könnten gar nicht anders leben. Schau mal, unsere Großeltern haben ihr Leben dem Aufbau eines Geschäftsimperiums gewidmet und sich abgeplagt, damit wir es einmal leichter haben und finanzielle Sicherheit, Unabhängigkeit und Macht besitzen. Wie . . .»

«Jim sagt, der Machttrieb führt in die Vereinzelung, ist das Ende menschlicher Werte und der Tod der Seele.»

Zum erstenmal hatte sie Jim erwähnt, seit sie in New York war, und Shane war zuerst bestürzt. Er räusperte sich. Ihm fehlte jede Lust, über ihren Mann zu sprechen, aber er wußte, daß er irgend etwas sagen mußte. «Und du? Bist du auch seiner Meinung?»

«Nein, das bin ich nicht. War es nicht Lord Acton, der meinte, Macht verleite zur Korruption, und absolute Macht sei absolute Korruption? Das hatte Jim im Sinn, glaube ich. Aber zum Teufel mit

Lord Acton, wer immer das war. Ich ziehe Emma Hartes Philosophie vor. Sie behauptet, Macht korrumpiere nur solche Leute, die mit aller Kraft daran festhielten. Sie könne auch charakterbildend sein, wenn man begriffe, daß sie eine ungeheure Verantwortung mit sich bringt. Besonders gegenüber anderen. Und ich halte es mit ihr, nicht mit Jim. Ich fühle mich verantwortlich, Shane. Gran, unseren Angestellten und den Aktionären gegenüber. Und mir selbst.»

Shane nickte. «Du hast recht und Emma auch. Ich wollte gerade sagen, wie undankbar, ja gewissenlos wir wären, wenn wir unser Erbe gleichgültig betrachteten und uns von ihm abwendeten. Dann würden wir Emma und Blackie einfach ignorieren und all ihre übermenschlichen Anstrengungen dazu.» Er stand auf und sah zur Uhr. «Es ist fast vier, und wo wir gerade von Verantwortungsgefühl reden, gehe ich lieber und suche meine Kumpel, bezahl sie und sag ihnen, daß sie verschwinden können.»

Paula erhob sich ebenfalls und nahm das Tablett. «Der Tag ist schon fast vorbei! Ich sollte anfangen, das Essen für heute abend vorzubereiten.»

Beim Hinausgehen sah Shane auf sie herab und ließ sein freches Grinsen aufblitzen. «Nur zu deiner Information, Bohnenstange: Lord Acton war ein englischer Historiker, gläubiger Katholik, liberaler Parlamentsabgeordneter und ein enger Freund von Gladstone.»

«Gut zu wissen», sagte sie lachend und ging in die Küche.

Nachdem sie die Geschirrspülmaschine eingeräumt hatte, schälte sie Kartoffeln, putzte den Rosenkohl und rieb das Lamm mit Butter, Pfeffer und getrocknetem Rosmarin ein. Als der Nachtisch fertig und im Kühlschrank war, schlug sie Mehl, Eier und Milch zu einem dünnen Rührteig für den Yorkshire-Pudding und summte dabei glücklich vor sich hin. Shane steckte mehrmals den Kopf in die Tür und bot seine Hilfe an, aber sie lehnte sein Angebot ab und schickte ihn weg. Dies hier machte ihr Spaß, so wie es ihr Spaß machte, zu gärtnern und ihre Hände an Stelle ihres Kopfes zu benutzen. Es ist therapeutisch, dachte sie, und ihr fiel ein, was Shane über seine Arbeit an der Scheune gesagt hatte.

Als sie schließlich wieder im Wohnzimmer stand, sah sie, daß er den Tisch gedeckt, einen Holzstoß am Kamin aufgeschichtet und Beethovens Neunte aufgelegt hatte. Aber von ihm fehlte jede Spur.

Paula rollte sich gemütlich auf dem Sofa zusammen und lauschte der Musik, entspannt und sogar ein wenig schläfrig. Sie gähnte. Es ist der Wein, ich bin mittags keinen Wein gewöhnt, dachte sie und schloß die Augen. Es war ein schöner Tag gewesen, der schönste seit langem, ohne Spannungen und Wortgefechte. Was für eine Erholung, einmal man selbst sein zu können.

Sie schrak zusammen, als Shane fragte: «Und wie ist es nun mit unserem Spaziergang?» Sie setzte sich auf, nahm die Hand vor den Mund und gähnte mehrmals. «Entschuldige, ich bin so müde. Wäre es schlimm, wenn wir ihn heute ausfallen ließen?»

Er stand neben dem Sofa und sah auf sie herab. «Nein. Ich bin auch ziemlich fertig. Bin schon in aller Herrgottsfrühe aufgestanden.» Er sagte nicht, daß er kaum geschlafen hatte angesichts der Tatsache, daß sie im Zimmer gegenüber lag, so nah und doch so fern von ihm. Er hatte sie sehr begehrt gestern nacht und sich danach gesehnt, sie in seinen Armen zu halten. «Warum schläfst du dann nicht ein bißchen?» fragte er.

«Ja, das werde ich auch tun. Aber was machst du dann?»

«Ich habe noch ein paar Sachen zu erledigen, einige Anrufe, und dann werde ich es dir wohl gleichtun.»

Sie lehnte sich wieder in die Kissen und lächelte vor sich hin, als er leise pfeifend hinausging. Im Halbschlaf fiel ihr ein, daß sie ihn immer noch nicht auf sein Benehmen in den letzten achtzehn Monaten angesprochen hatte. Ach, wir haben ja noch eine Menge Zeit, das ganze Wochenende, dachte sie. Ich tu's ein andermal. Irgend etwas regte sich in den Tiefen ihres Geistes. Es war ein unfertiger Gedanke, und er schlüpfte ihr davon, bevor sie ihn greifen konnte. Sie seufzte zufrieden und ließ sich von der Musik und der Wärme einhüllen. Sekundenschnell fiel sie in tiefen Schlaf.

34

Es war einer jener Abende, die gleich von Anfang an vollkommen zu werden versprechen. Ein paar Minuten vor sieben kam Paula nach unten und suchte Shane.

Sie trug einen leichten Wollkaftan, den Emily ihr gemacht hatte. Er war dunkelviolett, einfach geschnitten, locker und fließend und hatte ungewöhnliche Schmetterlingsärmel, die an den Handgelenken eng zugeknöpft waren. Dazu hatte sie eine lange Kette aus lavendelfarbenen Jadeperlen angelegt, ebenfalls ein Geschenk von Emily, das sie ihr aus Hongkong mitgebracht hatte.

Shane stand im Wohnzimmer am großen Fenster und sah hinaus. Sie bemerkte, daß er die Kerzen angezündet hatte, die sie vorher gemeinsam aufgestellt hatten. Auf einer der kleinen Kommoden stand nun eine Bar.

Die Flammen loderten im Kamin wie ein riesiges Freudenfeuer, ein paar Lampen glommen rosig, und im Hintergrund sang Ella Fitzgerald leise Lieder von Cole Porter.

Paula trat auf Shane zu und sagte: «Ich kann wohl nichts mehr machen als mich hinsetzen und auch einen Drink nehmen.»

Er wirbelte herum. Seine Augen glitten über sie hin.

Als sie näher kam, sah er, daß sie violetten Lidschatten aufgelegt hatte, was – zusammen mit der Farbe ihres Kleides – ihre Augen violetter erscheinen ließ denn je. Ihr schwarzes Haar, zurückgebürstet und in eine Pagenfrisur gelegt, umrahmte das blasse Gesicht und betonte die durchscheinende Haut. Das Witwenhäubchen kerbte ihre breite Stirn tief ein. Sie sah umwerfend aus.

Ihr Gesicht war entspannt. Er fand sie schöner als jemals zuvor. «Hübsch siehst du aus, Paula», sagte er.

«Danke. Du auch.»

Er lachte. «Du hast etwas von einem Drink gesagt. Was möchtest du denn?»

«Weißwein bitte.»

Paula blieb am Kamin stehen und sah zu, wie er die Flasche öffnete.

Er trug dunkelgraue Sporthosen, einen Rollkragenpullover in hellerem Grau und eine schwarze Kaschmirjacke. Sie sah ihn an und dachte: Er ist derselbe alte Shane, und doch hat er sich verändert. Vielleicht kommt das von dem Schnurrbart. Oder liegt es doch an mir? Sofort drängte sie diese Möglichkeit beiseite.

Er gab ihr das Glas. Sie erhaschte den leichten Duft von Seife und Rasierwasser. Er hatte sich frisch rasiert, seine Haare gekämmt, die Nägel manikürt. Paula unterdrückte ein Lächeln und dachte daran, wie sich ihre Großmutter stets über seine Angewohnheit geärgert hatte, sich im Spiegel zu betrachten, wo immer es ihm möglich war. Emma hatte sogar damit gedroht, alle Spiegel aus dem «Reihernest» zu entfernen, wenn er seine Eitelkeit nicht bezwänge. Er war gerade achtzehn geworden und wußte sehr wohl, daß er gut aussah und einen kräftigen, athletischen Körper hatte. Sie war sicher, daß er seiner physischen Erscheinung immer noch viel Aufmerksamkeit schenkte, wenn er sich auch nicht mehr so auffällig im Spiegel betrachtete – zumindest nicht in der Öffentlichkeit. Vielleicht hatte er jetzt gelernt, seine Attraktivität einfach hinzunehmen. Sie drehte sich zum Kamin um und verbarg ihr Lächeln. Er war wirklich eitel, sogar ein wenig eingebildet auf einige seiner Eigenschaften und Fähigkeiten und sehr selbstsicher. Dennoch hatte er auch etwas Rührendes, strahlte eine verführerische Sanftheit aus und war sehr herzlich und freundlich. Wie gut sie Shane Desmond Ingham O'Neill kannte.

Shane, der sich grad einen Scotch & Soda einschenkte, rief: «Wundere dich nicht, wenn Sonny seine Gitarre mitbringt. Das macht er oft. Ich kann ihn dann ja auf dem Klavier begleiten. Vielleicht können wir später auch zusammen singen.»

«O Gott, wie damals bei den ‹Reihern›!» lachte Paula. «Es war so furchtbar!»

«Gar nicht – ich finde, wir waren gut», sagte er, lachte aber auch. Er trat zu ihr. «Ihr Mädchen wart eifersüchtig, weil wir damals alle Aufmerksamkeit auf uns zogen. Und ihr wart neidisch auf unsre tollen Kostüme. Erstaunlich, daß ihr keine Mädchenband gegründet habt, um uns Konkurrenz zu machen.»

Sie lachte wieder. Er stieß mit ihr an.

Paula starrte zu ihm empor, wie er vor ihr aufragte, und kam sich plötzlich winzig vor angesichts seiner einsdreiundneunzig – schwach, hilflos und sehr weiblich. Ganz bestimmt hatte er was Unwiderstehliches an sich. Die merkwürdigen Empfindungen, die er gestern abend in ihr erregt hatte, machten sich wieder bemerkbar.

Sie sahen einander an.

Paula wollte die Augen abwenden, aber sein dunkler, durchdringender Blick war hypnotisierend.

Dann durchbrach Shane den Bann, drehte sich schnell um und tat so, als suche er nach seinen Zigaretten, während er das Verlangen unterdrückte, sie zu küssen. Paß auf, warnte er sich. Er dachte, daß es falsch gewesen war, sie aufs Wochenende einzuladen, denn er wußte, daß er sich auf dünnem Eis bewegte. Ich werde sie nicht wiedersehen, solange sie in den Staaten ist. Heimlich mußte er lachen. Ach, er wußte, daß er es doch tun würde.

Draußen erklang gutgelauntes Hallogeschrei. Zu seiner ungeheuren Erleichterung traten Sonny und Elaine ein.

Shane eilte durch den Raum, um sie zu begrüßen, und grinste über das ganze Gesicht. Er war froh, daß er sie eingeladen hatte. Seine Spannung verflog.

Sonny lehnte den Gitarrenkoffer gegen einen Stuhl, ergriff Shanes Hand und umarmte ihn: «Hier ist Cognac . . . für nach dem Essen.» Er reichte Shane eine in Geschenkpapier eingeschlagene Flasche.

Elaine schob ihnen einen Korb hin. «Und hier ist ein bißchen frischgebackenes Brot für euch zum Frühstück morgen», rief sie, als Shane sich zu ihr hinabbeugte, um sie zu küssen.

Shane bedankte sich, legte die Geschenke auf eine Kommode und machte die Vickers mit Paula bekannt. Paula wußte gleich, daß sie die beiden mögen würde. Sonny war groß, hager und blond, trug einen Bart und hatte vergnügte braune Augen. Elaine, weich, hübsch und weiblich, war eine dieser Frauen, deren zutiefst gutmütiges Wesen sofort ins Auge fällt. Sie hatte ein offenes, freundliches Gesicht und strahlend blaue Augen, ihr kurzes, lockiges Haar war vorzeitig ergraut.

Die drei setzten sich, und Shane mixte den Neuankömmlingen Drinks. Paula war froh darüber, daß sie den Kaftan gewählt hatte, auch wenn Shane gemeint hatte, sie könne sich ruhig zwanglos geben. Elaine trug schwarze Samthosen zu einer blauen Brokatjacke im Mao-Look und sah unauffällig elegant darin aus.

Nun lächelte sie Paula zu und sagte: «Shane hat uns erzählt, daß Sie Emma Hartes Enkelin sind und nun das Geschäft leiten. Ich bin ganz verrückt nach eurem Londoner Kaufhaus. Dort könnte ich den ganzen Tag . . .»

«Das meint sie todernst», unterbrach Sonny sie und grinste Paula an. «Meine Frau und euer Kaufhaus, das wird mich eines Tages noch ruinieren.»

«Ach, hören Sie nicht auf ihn, er macht nur Spaß», sagte Elaine und schwärmte weiter von *Hartes* in Knightsbridge.

Aber als Shane mit dem Wein für Sonny und Elaine zurückkam, wandte sich die Unterhaltung dem regionalen Klatsch zu. Paula lehnte sich im Sessel zurück und hörte ruhig zu, wobei sie von Zeit zu Zeit das Glas zum Mund führte. An der Selbstverständlichkeit, mit der das Gespräch zwischen Shane und seinen Freunden hin und her ging, merkte sie bald, wie sehr er sie mochte und wie entspannt er in ihrer Gesellschaft war. Aber ihr ging es genauso. Es war angenehm mit den beiden: sie waren freundliche, offene, sehr natürliche und sachliche Menschen. Sonny war ebenso schlagfertig wie Shane, wenn auch nicht so brillant und scharfzüngig, und die beiden schossen sich Pointe um Pointe zu. Alle waren in ausgelassener Festtagslaune.

Schon nach der ersten halben Stunde hatte Paula das Gefühl, dies sympathische Paar jahrelang zu kennen. Sie, die sonst Fremden gegenüber so reserviert war, plauderte lustig drauflos. Mit Sonny sprach sie über Musik und seine Kompositionen, und Paula erfuhr, daß er mehrere Musicals für den Broadway geschrieben und auch die Musik für mehrere Hollywood-Filme komponiert hatte. Elaine dagegen erzählte von ihrem Schriftstellerinnen-Dasein und von ihren Büchern. Das war nicht bloß informativ, sondern auch sehr amüsant, wenn sie von witzigen Vorfällen berichtete, die ihr während ihrer Promotion-Tour zugestoßen waren. Sie erzählte gut und unterhaltsam, die vier hatten viel Spaß miteinander.

Manchmal warf Paula Shane verstohlene Blicke zu. Er war ein wunderbarer Gastgeber; immer aufmerksam kümmerte er sich um die Getränke, wechselte die Platten, legte Holz nach und steuerte mit leichter Hand die Unterhaltung, damit jeder angesprochen wurde.

Offensichtlich freute er sich darüber, wie sehr Paula den Vickers gefiel. Er lächelte ihr oft zu und nickte beifällig, und zweimal kniff er sie zärtlich in die Schulter, als er wegen einer Kleinigkeit an ihrem Stuhl vorbeigehen mußte.

Paula war einmal hinausgegangen, um nach dem Essen zu sehen, und als sie zum zweitenmal aufstand, kam Elaine mit.

«Ich lasse Sie die ganze Arbeit machen», sagte Elaine, «und das ist nicht gerecht. Ich möchte Ihnen helfen.»

«Es ist alles soweit fertig», protestierte Paula.

«Nein, nein, ich bestehe darauf.» Elaine folgte ihr, und als sie in die Küche trat, rief sie: «Es riecht hier so köstlich, daß mir das Wasser im Mund zusammenläuft. Was kann ich denn helfen?»

«Ach, wirklich nichts.» Paula lächelte ihr zu, bückte sich und nahm den Braten aus dem Ofen. Dann legte sie ihn auf eine Platte. «Oder vielleicht . . . könnten Sie das mit Alufolie bedecken?»

«Klar», sagte Elaine, riß ein großes Stück Folie ab und wickelte es um die Hammelkeule. Dann stand sie da und sah Paula an. Nach einer Weile sagte sie: «Es ist ein wunderbarer Abend. Wie ich mich freue, daß Sie hier sind. Sie heitern Shane auch sichtlich auf.»

«Wirklich?» Paula drehte sich zu Elaine um und warf ihr einen ebenso überraschten wie neugierigen Blick zu. «Das klingt ja so, als wäre es ihm nicht gutgegangen in letzter Zeit.»

«Das stimmt wohl auch. Sonny und ich machen uns oft Sorgen um ihn. Er ist so nett, großzügig und liebenswert, angenehm und charmant. Aber . . .» Sie zuckte die Achseln. «Ehrlich gesagt, er ist immer allein hier oben und bringt nie . . . jemanden mit, und manchmal macht er einen mutlosen, niedergeschlagenen Eindruck.» Wieder zuckte sie die Achseln. «Na ja, England ist ganz schön weit weg und . . .»

«Ja, ich glaube auch, daß er manchmal Heimweh hat», sagte Paula aufs Geratewohl und drehte sich um, da sie auf den Ofen achtgeben mußte.

Stirnrunzelnd starrte Elaine auf Paulas Rücken. «Äh, so habe ich das nicht gemeint . . .» Sie brach unvermittelt ab, als Shane hineinspaziert kam, in einer Hand den Korkenzieher schwenkend.

Er sagte: «Ich werde jetzt wohl mal den Wein aufmachen und ihn ein bißchen atmen lassen.» Das tat er dann auch, wobei er zu Paula gewandt bemerkte: «Das Fleisch muß wohl noch etwas stehen und saften, ehe ich es tranchieren kann. Währenddessen will ich noch ein bißchen bei euch bleiben und euch Gesellschaft leisten.»

Elaine schlüpfte still hinaus und ließ die beiden allein.

«Es war ein wundervolles Essen», sagte Elaine, legte ihr Dessertbesteck nieder und sah Paula über den Tisch hinweg an. «Ich möchte gern das Rezept für diesen Nachtisch haben – er war köstlich.»

«Und auch das Rezept für den Yorkshire-Pudding», warf Sonny ein. Er zwinkerte seiner Frau liebevoll zu und sagte: «Ich weiß, daß Elaine mir nicht böse ist, wenn ich Ihnen erzähle, daß ihre Puddings immer als große, klitschige Teigklumpen aus dem Wasserbad kommen.»

Alle lachten.

Paula sagte: «Ich schreibe Ihnen die Rezepte morgen ab.» Ein vergnügtes Lächeln zuckte um ihren Mund. «Sie beide sind sehr gut für meine Eitelkeit. Ich habe noch nie so viele Komplimente über meine Kochkünste bekommen.»

«Das ist nicht wahr», rief Shane. «Seit Jahren lobe ich sie schon. Du hörst eben nie zu, wenn ich etwas sage, das ist dein Fehler», murrte er mit lachendem Gesicht. «Ich gehe mal in die Küche und mach Kaffee.»

«Ich werd dir helfen», sagte Sonny und kam mit.

Elaine lehnte sich zurück und sah Paula an. Wie ungewöhnlich und faszinierend sie aussah. Wie alt mochte sie wohl sein? Vorher war es Elaine so vorgekommen, als sei sie Ende Zwanzig, vielleicht sogar dreißig. Aber nun, im weichen Kerzenlicht, wirkte Paula viel jünger; ihr Gesicht war so verletzlich wie das eines kleinen Mädchens, sie sah so rührend aus. Plötzlich merkte Elaine, daß sie Paula ungezogen anstarrte und sagte: «Sie sind eine schöne Frau, Paula, und so talentiert. Kein Wunder, daß er meist so traurig ist.»

Paula erstarrte und setzte unsicher ihr Glas ab. «Ich verstehe nicht so ganz, was Sie meinen?»

Elaine sprudelte: «Shane ... er ist so in Sie verliebt! Das steht ihm ins Gesicht geschrieben und klingt aus jedem Wort, das er sagt. Wie traurig, daß Sie so weit weg in England sind. Das meinte ich vorhin – als wir in der Küche waren.»

Paula war wie vor den Kopf geschlagen. Mühsam sagte sie: «Aber Elaine, wir ... wir sind doch nur alte Freunde seit Kindertagen.»

Den Bruchteil einer Sekunde lang dachte Elaine, Paula wolle sich über sie lustig machen und im selben scherzhaften Stil fortfahren, der schon während des Essens das Gespräch bestimmt hatte. Dann sah sie Paulas erschrockenes Gesicht. «O Gott, da bin ich wohl ins Fettnäpfchen getreten. Bitte verzeihen Sie. Ich dachte einfach, Sie und Shane seien ein . . .» Kläglich versagte ihr die Stimme.

Paula bezwang ihren Schrecken. «Bitte, schauen Sie doch nicht so verlegen drein, Elaine. Es ist schon in Ordnung, wirklich. Ich verstehe Sie. Sie haben einfach diese brüderliche Zuneigung mißverstanden, die Shane für mich empfindet, und sie anders, völlig anders interpretiert. Das kann doch jedem passieren.»

Ein befangenes Schweigen entstand, in dem die beiden Frauen einander ansahen. Es hatte ihnen die Sprache verschlagen.

Elaine räusperte sich. «Und nun habe ich uns einen wunderschönen Abend verdorben . . . alles wegen meiner großen Klappe.» Sie schaute besorgt und wie um Verzeihung bittend drein. «Sonny sagt, ich reiß immer den Mund zu weit auf. Recht hat er.»

Paula wollte sie aus der peinlichen Lage befreien und murmelte leise: «Ach bitte, Elaine, seien Sie nicht verlegen. Ich bin's auch nicht. Ich mag Sie und möchte, daß wir Freundinnen sind. Sehen Sie, wieso sollten Sie nicht mal voreilige Schlüsse ziehen. Schließlich wohne ich hier bei ihm, bin unter demselben Dach, und wir gehen ziemlich vertraut und frei miteinander um. Aber wir sind zusammen aufgewachsen und immer zusammen gewesen. Und diese Freiheit des Umgangs zwischen uns kann leicht falsch interpretiert werden. Aber unser Verhältnis ist nicht so, wie es Ihnen scheint.» Paula versuchte zu lachen und sah dann auf ihre Hände hinab. «Ich sehe gerade, daß ich heute meine Ringe nicht trage, und wir haben ja noch nicht über mein Privatleben gesprochen. Sie können also nicht wissen, daß ich verheiratet bin.»

«Ach so, ja, das erklärt natürlich alles», rief Elaine und wurde blutrot. Sie schüttelte den Kopf: «Ach, ich bin aber auch eine . . . verzeihen Sie mir, Paula. Es tut mir leid. Heute abend sage ich dauernd das Falsche. Vielleicht hab ich auch schon zuviel getrunken.»

Paula zwang sich ein unbeschwertes Lachen ab. «Wollen wir nicht von etwas anderem reden? Shane und Sonny können jeden Moment zurückkommen.»

«Ja, natürlich. Und bitte sagen Sie Shane nichts davon. Sonst hält er mich auch für eine naseweise Person.»

«Natürlich nicht», beruhigte Paula sie. Sie erhob sich. «Lassen Sie uns doch beim Kamin sitzen.»

Während sie durchs Zimmer gingen, hakte Paula Elaine kameradschaftlich ein und sagte leise: «Und schauen Sie doch nicht so bedrückt und unglücklich. Shane wird das sofort bemerken. Als ich klein war, dachte ich immer, er könne meine Gedanken lesen . . . das tat er nämlich immer, es war ganz schrecklich.»

Elaine lächelte und ließ sich in einen Sessel fallen. Obwohl sie sich wieder etwas gefangen hatte, verfluchte sie sich im stillen. Wie blöd von ihr, anzunehmen, die beiden seien ein Liebespaar. Aber wer hätte sich da nicht getäuscht? Da *war* eine Intimität zwischen ihnen, eine Verbundenheit, und Shane verschlang sie mit Blicken, hing an ihrem Mund. Er war ganz offensichtlich verliebt in sie, egal, was sie annahm. Und wen führte sie auch schon an der Nase herum? Bloß sich selbst. Na ja, Selbsttäuschung ist etwas sehr Menschliches, dachte Elaine und warf Paula einen Blick zu. Ob sie es weiß oder nicht, sie himmelt ihn an. Und nicht nur als guten Freund . . . es ist viel mehr als das, viel komplexer, und reicht viel tiefer. Aber vielleicht ist ihr das Ausmaß ihrer Gefühle für ihn noch nicht bewußt. Und ich hätte selbstverständlich meinen Mund halten sollen, schalt sie sich insgeheim.

Doch kurz darauf, als Shane das Kaffeetablett an den Kamin brachte, bemerkte sie, daß Paulas Blick sofort auf sein Gesicht fiel, sah, wie Neugierde und ein neues, hungriges Interesse in ihren Augen aufleuchtete. Elaine dachte bei sich, daß sie vielleicht gar nicht so dumm gewesen war und den beiden mit ihrer unpassenden Bemerkung womöglich einen großen Gefallen getan hatte.

Shane servierte den Kaffee, Sonny schenkte Cognac ein, und zehn Minuten später nahm er seine Gitarre und fing an zu spielen. Er war ein begabter Gitarrist. Die anderen lehnten sich zurück und ließen sich von seinem Spiel, von der Musik und von dem Zauber, den er für sie schuf, gefangennehmen.

Paula hörte nur mit halbem Ohr hin. Sie war froh darüber, sich nicht unterhalten zu müssen. Ihr Inneres war in Aufruhr. Elaine hatte sie ganz durcheinandergebracht, viel mehr, als sie es sich hatte anmerken lassen. Aber die Bestürzung ebbte schon ab, und sie versuchte, ihrer konfusen Gedanken Herr zu werden.

Sie war überzeugt davon, daß Elaine Shanes Benehmen ihr gegenüber einfach mißverstanden hatte. Aber was, wenn sie recht hatte? Elaine hatte gemeint, Paulas Ehe würde alles erklären – das würde natürlich auch Shanes Niedergeschlagenheit erklären, die seine Freunde offenbar bemerkt hatten. Und plötzlich fiel ihr der halbformulierte Gedanke wieder ein, den sie beim nachmittäglichen Nickerchen auf dem Sofa gehabt hatte. Sie hatte über die letzten Tage nachgedacht und darüber, daß Shane wieder ganz wie früher war, wie vor ihrer Ehe. Etwas war in ihrem Gehirn aufgeblitzt, aber dann war sie eingeschlafen. Nun wurde der Gedanke plötzlich ganz, formte sich. *Shane hatte sie im selben Augenblick fallengelassen, als ihre Verlobung mit Jim bekanntgegeben wurde.* Und warum? Weil er eifersüchtig war. Das war doch klar. Wie dumm von ihr, daß sie das bis gestern nicht begriffen hatte. Aber warum hatte er ihr denn nicht gezeigt, daß sie ihm etwas bedeutete, als sie noch frei war? Vielleicht war ihm das selbst nicht eher klargeworden, erst als es zu spät war. Plötzlich ergab alles einen Sinn.

Paula lehnte sich im Sessel zurück, ganz erschlagen von ihrer Entdeckung. Sie schloß die Augen und ließ sich von der Musik forttragen. Sie dachte an Shane. Er saß kaum einen Meter von ihr entfernt. Was er wohl gerade dachte und fühlte? Ob er wirklich … verliebt in sie war, wie Elaine gemeint hatte? Ihr Herz zog sich zusammen. Und ich? Wie stehe ich zu ihm? Reagiere ich unbewußt auf Schwingungen, die von ihm ausgehen? Oder bin *ich* auch verliebt in *ihn*? Habe ich ihn vielleicht schon immer geliebt, ohne es zu wissen? Sie versuchte, ihre innersten Gefühle zu ergründen und sich Klarheit zu verschaffen. Aber es wollte ihr nicht gelingen.

Der Besuch ging um Viertel vor zwölf. Shane brachte sie zur Tür. Sie wußte, was sie nun tun würde.

Sie stand auf, ging zur Kommode, holte die Cognacflasche und kehrte an den Kamin zurück. Dann schenkte sie ein, stellte die Flasche auf das Kaffeetischchen und legte Holz nach.

Sie nahm auf dem Sofa Platz, um auf ihn zu warten.

Ein paar Minuten darauf hörte sie seine Schritte und drehte sich um, als er eintrat. Sie lächelte ihm durchs Zimmer hindurch zu.

Shane zögerte, überrascht, sie noch mit einem Drink in der Hand dasitzen zu sehen. Er runzelte die Stirn. «Willst du die ganze Nacht aufbleiben? Ich dachte, du würdest müde sein. Es ist doch ein langer Tag gewesen, und du hast soviel in der Küche gearbeitet. Sollten wir nicht . . .»

«Ich habe gerade den toten Punkt überwunden», rief sie und schnitt ihm das Wort ab, bevor er vom Schlafengehen reden konnte. «Ich nehme noch einen Schlummertrunk zu mir. Ich habe dir auch einen eingeschenkt. Willst du dich nicht zu mir setzen?» Als er nicht sofort antwortete, lachte sie unbekümmert. «Sei doch kein Spielverderber, Shane.»

Er zögerte. Er hatte Angst, mit ihr allein zu sein. Fast war er schon zu weit gegangen an diesem Abend. Immer wieder war das Verlangen nach ihr in ihm aufgestiegen. Seine Gefühle drängten mit Macht nach außen. Und außerdem hatte er eine ganze Menge getrunken. Plötzlich war er sich nicht mehr sicher, ob er sich würde zurückhalten können. Sofort ärgerte er sich. Er war schließlich kein unreifer Jüngling mehr, der sein erstes Rendezvous hatte. Er war ein erwachsener Mann. Und er war mit einer Frau zusammen, die er sein ganzes Leben lang gekannt hatte. Trotzdem sollte ich sehen, daß der Abend jetzt ein Ende nimmt, dachte er. «Na gut, noch einen zum Schluß. Ich habe gedacht, wir sollten morgen früh reiten gehen – richtig früh.»

Er schlenderte zum Kamin hinüber, tat nonchalant. Dann ergriff er das Glas, das sie für ihn gefüllt hatte, trat vom Kaffeetischchen zurück und wollte sich in den Sessel am Kamin setzen.

Paula klopfte aufs Sofa. «Nein, setz dich hierhin, Shane, neben mich. Ich möchte mit dir reden.»

Etwas verspannte sich in ihm. Er warf ihr einen scharfen, mißtrauischen Blick zu. Ihr Gesicht war ausdruckslos und entspannt. Das verstand er nicht. Gewöhnlich sah sie viel lebhafter aus. «In Ordnung.» Er setzte sich so weit von ihr weg wie irgend möglich, ganz in die andere Ecke des Sofas.

«Prost!» sagte Paula und beugte sich herüber, um mit ihm anzustoßen.

«Prost!» Ihre Hände berührten sich versehentlich. Ein elektrischer Funke flog seinen Arm hinauf. Er rückte noch weiter ab und schlug die Beine über. «Und worüber möchtest du mit mir sprechen?»

«Ich möchte dich etwas fragen.»

«Schieß los.»

«Und wirst du mir auch die Wahrheit sagen?»

Er sah sie aus den Augenwinkeln an, plötzlich argwöhnisch geworden. «Das kommt auf die Frage an. Wenn sie mir nicht gefällt, weiche ich vielleicht aus.»

Sie warf ihm einen eigenartigen Blick zu. «Du und ich, wir haben einander immer die Wahrheit gesagt. Wir haben uns nie mit Lügen abgegeben . . . und ich möchte, daß es wieder so wird.»

«Aber das ist es doch!»

«Nicht ganz, Shane.» Sie sah, wie seine Augen überrascht aufleuchteten. «Nun», sagte sie, «diese Woche ist es wieder wie früher gewesen, das gebe ich zu. Aber fast zwei Jahre lang waren wir doch wie Fremde. Das willst du doch nicht leugnen.» Endlich hatte sie es über sich gebracht, es zu sagen. «Also wirklich», redete sie schnell weiter, «du bist schon so lange kühl und abweisend zu mir. Und als ich dich gefragt habe, warum das so sei, hast du mich mit hohlen Ausreden abgespeist. Zuviel Arbeit, und weil du immer reisen müßtest, hast du gesagt.» Paula stellte ihr Glas auf den Kaffeetisch und sah ihn durchdringend an. «Ich habe dir das nie so richtig abgenommen. So kommen wir nun zu meiner Frage . . .» Sie hielt inne und ließ ihren Blick auf seinem Gesicht ruhen. «Was habe ich dir nur Schreckliches getan, daß ich dich mir so entfremdet habe? Dich, meinen besten und ältesten Freund?»

Starr erwiderte er ihren Blick. Er war außerstande, ihr zu antworten. Sagte er die Wahrheit, dann würde er bekennen und seine wahren Gefühle offenbaren müssen. Log er, würde er sich dafür verachten. Sie war doch wirklich raffiniert. Eine Lüge würde sie sofort durchschauen. Er schluckte, stellte sein Glas hin und sah nachdenklich ins Feuer. Lieber nichts sagen.

Sie schwiegen beide eine Zeitlang.

Paula, die ihn genau betrachtete, erkannte plötzlich, in was für einem Dilemma er steckte. O mein Liebling, dachte sie, offenbare dich mir, erzähl mir alles. Die Liebe durchströmte sie mit einemmal und fegte alle Hindernisse beiseite. Erstaunt hielt sie den Atem an und gestand sich endlich ihre Gefühle ein: Sie sehnte sich danach, die Arme um ihn zu schlingen und ihm die Traurigkeit vom Gesicht zu küssen.

Das Schweigen zog sich in die Länge.

Paula sagte leise: «Ich verstehe, daß es dir sehr schwerfällt, mir zu antworten.» Sie zögerte fast unmerklich und fuhr dann fort: «Also werde ich es für dich tun. Du hast mich fallengelassen, weil ich mich mit Jim verlobt und ihn kurz darauf geheiratet habe.»

Aber er wagte immer noch nicht zu sprechen, denn er hatte Angst, sich zu verraten. Also hatte sie es erraten. Aber wieviel wußte sie genau? Er blinzelte und sah weiter in die tanzenden Flammen. Sie sollte sein Gesicht nicht sehen, bis alle Gefühlsregungen aus ihm verschwunden waren.

Schließlich wandte er sich halb zu ihr um und sagte langsam und seltsam heiser: «Ja, deshalb habe ich Abstand gehalten zu dir, Paula. Vielleicht war das falsch. Aber . . . verstehst du . . . ich dachte, daß keiner von euch Lust dazu gehabt hätte, einen alten Kumpel von dir ewig vor dem Haus herumlungern zu haben . . .» Er beendete den Satz nicht.

«Shane . . . du sagst mir doch nicht die Wahrheit . . . du weißt doch, daß das nicht stimmt. Und daß ich das auch weiß.»

Es war der Ton, in dem sie das sagte, der ihn aufmerksam werden ließ. Er drehte sich nach ihr um. Im hellen Widerschein des Kaminfeuers war ihr blasses Gesicht eigenartig durchscheinend geworden, hatte einen perligen Glanz. Ihre violetten Augen waren dunkler und leuchteten seltsam. Er bemerkte, daß eine Vene an ihrem Hals pulste. Sie öffnete die Lippen, als wolle sie etwas sagen, blieb aber stumm. *Dieser Blick.* Wieder wallte sein Verlangen nach ihr in ihm auf. Sein Herz begann zu klopfen, und ein Zittern schüttelte ihn von innen heraus. Es kostete ihn seine gesamte Selbstbeherrschung, sitzen zu bleiben und von ihr zu lassen. Ihm war klar, was er zu tun hatte – er mußte aufstehen, hinausgehen, von ihr fort. Aber er vermochte sich nicht zu rühren.

Sie sahen sich unverwandt an.

Paula erkannte die Liebe, die er nun nicht länger verbarg, in seinen schwarzen Augen. Und sofort erkannte auch Shane die Sehnsucht in ihrem Gesicht, das gleiche Verlangen und Begehren, das vormals nur seins gewesen war und das er allein hatte unterdrücken und verstecken müssen.

Der Schock dieser Erkenntnis bannte ihn.

Und dann bewegten sie sich gleichzeitig und in sicherer Gewißheit aufeinander zu.

Sie lagen sich in den Armen. Ihre Münder berührten sich. Paulas

Lippen waren weich und warm; sie öffneten sich ein wenig und hießen ihn willkommen. Ihre Zungen rieben sich aneinander, streichelten sich und lagen dann still. Er schob sie auf die Kissen hinab, legte die linke Hand unter ihren Nacken und strich ihr mit der rechten das Haar aus dem Gesicht, streichelte ihre Wangen, ihren schmalen Hals. Ihre Hände gruben sich in seine Schulterblätter, glitten dann in sein Haar hinauf und hielten seinen Kopf umfaßt. Er küßte sie, wie er sie schon immer hatte küssen wollen, kraftvoll und leidenschaftlich; sein Mund lag hart und fordernd auf ihrem, seine Zunge drang in sie ein, ihr Atem, ihr Speichel vermischte sich. Dann wurden seine Küsse plötzlich sanft und zärtlich, als er seine Hand auf ihre Brüste gleiten ließ. Er preßte sie und streichelte sie dann langsam, bis die Brustwarzen sich hart unter seinen Fingern aufrichteten. Sein Herz klopfte heftig gegen ihres.

Sie lösten sich schwer atmend voneinander. Er sah in ihr Gesicht hinab. Sie hob die Hand, berührte sein Gesicht, fuhr mit einem Finger die Linie seiner vollen Oberlippe unter dem Schnurrbart entlang.

Shane stand auf, zog sich schnell aus und warf seine Kleidung auf einen Stuhl. Paula tat es ihm nach, und dann trafen sie auf dem Sofa zusammen, ergriffen voneinander Besitz. Er nahm sie in den Arm und preßte sie eng an sich, küßte ihr Gesicht, ihr Haar, ihre Schultern. Dann stützte er sich auf den Ellbogen und beugte sich über sie. Wie gut er diesen Körper kannte. Er hatte ihn wachsen sehen, vom Kleinkind zum Mädchen zur jungen Frau. Aber nie hatte er ihn so erblickt – vollkommen nackt, bar jeder Hülle und erwartungsvoll. Er ließ die Hand über ihre hohen festen Brüste gleiten, ihren flachen Bauch, über die Kurve ihres Oberschenkels, dann über die Innenseite, glättend, streichelnd, tastend und erkundend, bis sie auf dem weichen schwarzen Dreieck zur Ruhe kam, das den Kern ihrer Weiblichkeit verhüllte. Er bedeckte es mit der ganzen Hand und verlagerte seinen Körper so, daß er sein Gesicht an ihren Schenkel legen konnte. Seine Finger schienen sich ganz von allein zu bewegen, vorsichtig suchend, erkundeten und erforschten sie. Und schließlich senkte er seinen Mund hinab, der dann gemeinsam mit den Fingern auf zärtliche Entdeckungsreise ging.

Shane merkte, daß sie sich sofort verkrampfte. Er hielt inne, hob den Kopf und sah die schlanke Säule ihres Körpers empor, bis sein

Blick auf ihren geweiteten Augen ruhte. Sie sah ihn gebannt, aber verwirrt und erschrocken an. Er lächelte. Soviel also zu ihrer Ehe. Seine Art, sie zu lieben und ihr Lust zu bereiten, war ihr anscheinend neu. Diese plötzliche Erkenntnis, der Gedanke an ihre Unerfahrenheit, freute und erregte ihn. Wenigstens hatte kein anderer Mann sie je so berührt.

Ihre Starre nahm zu. Sie versuchte sich aufzurichten und öffnete den Mund.

Er murmelte: «Sei still, laß mich dich lieben.»

«Aber du, was ist denn mit dir?» flüsterte sie.

«Was sind schon ein paar Minuten nach all den Jahren, die ich auf dich gewartet habe.»

Paula sank in die Kissen zurück und seufzte leise. Sie schloß die Augen, entspannte sich und ließ Shane seinen Willen. Ihre Sinne fingen an, sich zu verwirren, nicht nur, weil sie so überraschend zusammengekommen waren, sondern auch durch seine sinnliche Leidenschaft. Es war neu und aufregend für sie, wie Shane jede Stelle ihres Körpers berührte. Shane erregte sie, wie sie noch niemals zuvor erregt worden war, und sie öffnete sich ihm ganz. Schauer überliefen sie, als sein Mund und seine Hände sie erst zart, dann heftiger und stets mit vollendeter Kunstfertigkeit liebten. Es war, als ging eine glühende Hitze von ihnen aus, die ein wundervolles Gefühl in ihrem Innersten hervorrief, wie sie es nie gekannt hatte. Die Hitze breitete sich aus, versengte sie. «O Shane, Shane, bitte hör nicht auf!» keuchte sie, ohne zu wissen, daß sie etwas gesagt hatte.

Er hätte aufhören müssen, um ihr zu antworten, und er konnte jetzt nicht innehalten. Er wurde auf der Woge ihrer wachsenden Erregung mitgetragen. Auch er war erregt wie niemals zuvor, und ihr Verlangen nach ihm war ein mächtiges Aphrodisiakum. Er bemühte sich noch mehr um sie, genoß ihre Wärme und brachte sie langsam zum Höhepunkt. Er wußte, daß sie jeden Moment kommen würde. Als sie kam, legte er sich auf sie und drang so kraftvoll in sie ein, daß sie beide aufstöhnten. Sie klammerte sich an ihn und rief seinen Namen. Hart preßte er seinen Mund auf den ihren. Sie schmiegte sich an ihn, ihr Körper bog sich ihm entgegen. Sie bewegten sich im gleichen Rhythmus, ihre gemeinsame Leidenschaft steigerte sich.

Shane öffnete die Augen. Der Raum war lichtdurchflutet. Und er, der noch vor kurzem das Dunkel ersehnt hatte, wünschte sich nun dieses Licht . . . blendendes, gleißendes Licht. Er wollte ihr Gesicht sehen und die Gefühle, die zuckend darüberliefen, mußte wissen, daß es wirklich sie war, die er liebte. Er richtete sich auf, die Hände zu beiden Seiten ihres Körpers aufgestützt, und sie schlug die Augen auf und sah ihm ins Gesicht. Er sah sie an. Wieder bewegte er sich, schneller nun, und sie folgte ihm, wobei sie ihn nicht aus den Augen ließ. Dann wurde er wieder langsamer, da er ihr Beisammensein verlängern wollte.

Er begriff, daß dies weit über ein bloßes sexuelles Erlebnis hinausging. Er besaß ihre Seele, ihr Herz, ihren Geist, so wie sie alles von ihm besaß. Sie war das Traumkind seiner Kindheitsträume . . . endlich in seinen Armen . . . endlich sein. Sie gehörte ihm jetzt. Er hielt die Welt umfangen. Der Schmerz, mit dem er gelebt hatte, war plötzlich verebbt. Sein altes Leben versank weit hinter ihm . . . in der Dunkelheit . . . es begann ein neues Leben . . . er war jetzt jemand ganz anderes. Er war ein vollständiger Mensch . . . geheilt, indem er aufstieg . . . höher, immer höher in das gleißende, blendende Licht, dorthin, wo sie auf ihn wartete.

Shanes Schlafzimmer war viel größer und geräumiger als das Zimmer, das er ihr zugewiesen hatte. Auch hier beherrschte ein riesiges Messingbett den Raum. Paula saß jetzt da, den Rücken gegen die schneeweißen Kissen gelehnt, eine Daunendecke umgewickelt, so daß nur ihre nackten Schultern herausschauten. Sie seufzte. Innere Ruhe und Zufriedenheit erfüllten sie, und das Gefühl, eins mit sich zu sein. Die körperliche Erlösung, die sie bei Shane erlebt hatte, war etwas völlig Neues für sie gewesen. Sie hatte noch nie zuvor einen Orgasmus gehabt. Wie selbstlos und zärtlich war Shane doch gewesen, und wie lebhaft hatte sie auf seine Leidenschaft, sein drängendes Verlangen nach ihr reagiert. Und wegen seines echten Verständnisses, seiner Anteilnahme, war ihre Liebe auch natürlich, ungehemmt, schön und freudig gewesen, ein wirkliches Band in jeder Hinsicht.

Als sie schließlich im großen Raum das Licht gelöscht hatten und nach oben gegangen waren, ihre Kleidung auf dem Arm, hatte sie geglaubt, ihre gemeinsame Leidenschaft sei völlig erschöpft. Kraftlos hatten sie in diesem großen Bett gelegen und einander berührt; sie hatten sich unter der Decke an den Händen gehalten und nicht aufgehört zu reden. Ganz plötzlich und unerwartet war dann das Begehren wieder aufgeflammt, und sie hatten sich von neuem geliebt, ebenso stürmisch und atemlos wie zuvor.

Shane hatte das Licht angemacht, das Bettzeug zurückgeschlagen und gesagt, er müsse sie sehen, müsse wissen, daß sie es wirklich sei, und wolle die Gefühle miterleben, die er in ihr weckte. Die Küsse und Berührungen waren langsam und sinnlich, und wieder hatte er sie erst in jenen wundervollen Zustand versetzt, bevor er sie nahm. Und er hatte sie in neue Regionen geleitet, gemurmelt, was er wollte, ihr gezeigt, wie sie ihn noch mehr erregen und ihn so lieben konnte, wie er sie geliebt hatte. Willig und liebevoll war sie seinem Beispiel gefolgt, hatte Lust aus seiner Lust geschöpft. Aber er hatte sie unterbrochen, kurz bevor er soweit war, sie auf sich gezogen und seinen Körper dem ihren entgegengebogen. Gemeinsam hatten sie sich in noch größere Verzückung gesteigert als das erste Mal.

Schließlich löschte Shane das Licht, und eng umschlungen versuchten sie zu schlafen, konnten es aber nicht. Sie waren zu aufgeregt und sich zu sehr des anderen bewußt, wollten ihre neugewonnene Vertrautheit noch nicht aufgeben. Sie fingen an, sich im Dunkeln zu unterhalten, und dann war Shane vor ein paar Minuten nach unten gegangen, um Tee zu kochen.

Paula beugte sich vor und sah zur Uhr auf der niedrigen Kommode mit den verschnörkelten Handgriffen, die neben seinem Bett stand. Es war fast vier Uhr. Wir haben uns endlos geliebt, dachte sie, aber nicht geistlos. Nein, das ganz und gar nicht. Bis heute nacht hatte sie nicht gewußt, wie schön die geschlechtliche Vereinigung von Mann und Frau sein konnte. Aber es muß der richtige Mann mit der richtigen Frau sein, flüsterte sie. Dann ließ sie sich seufzend in die Kissen sinken und wartete darauf, daß Shane zurückkam.

Das tat er auch bald, ein beladenes Tablett auf dem Arm und lauthals singend.

«Wofür hältst du dich denn – für einen Bänkelsänger?» rief sie, setzte sich im Bett auf und lächelte ihm zu.

Als Antwort wandte er sich ihr zu und vollführte eine kreisende Bewegung mit seinem Körper, wobei er ihr einen komisch-lüsternen Seitenblick zuwarf.

Er brachte ihr das Glas Tee und den Teller Ingwerplätzchen, um den sie gebeten hatte, und stellte seinen eigenen Tee und die Schokoladenkekse aufs Tischchen neben dem Bett. Immer noch vor sich hin summend, streifte er seinen Bademantel ab und warf ihn auf den nächsten Stuhl.

Sie sah bewundernd auf seinen breiten Rücken, die mächtigen Schultern und die kräftigen Arme. Er war ein athletischer, gut gebauter Mann, und sie hatte ihn schon oft in der Badehose gesehen. Warum also war sein Körper so verwirrend für sie in dieser Nacht? Weil sie ihn nun wirklich *kannte*? Weil sie seinen Körper kennengelernt hatte, so wie er den ihren, und auf die intimste Weise?

Als er sich umdrehte, merkte er, daß sie ihn beobachtete.

«Was ist denn?» fragte er.

«Nichts. Ich habe nur gedacht, daß ich dich noch nie so braun gesehen habe.» Sie kicherte. «Aber du hast einen weißen Hintern.»

«Auch Sie, Madame, werden nächste Woche um diese Zeit einen braunen Rücken und weißen Allerwertesten haben.» Er kam ins Bett, unbefangen in seiner Nacktheit, legte sich neben sie und küßte ihre Wange. «Jedenfalls wenn es nach mir geht.»

«Oh», sagte sie nur und starrte ihn an.

«Ja. Ich muß am Dienstag nach Barbados fahren. Komm mit mir, Paula.» Er sah sie eindringlich an.

«O Shane, was für eine tolle Idee! Natürlich komme ich mit.» Aber dann zog sie ein langes Gesicht. «Ich kann aber nicht vor Mittwoch weg.»

«Das ist in Ordnung.» Er drehte sich um, griff nach seinem Teeglas und nahm einen Schluck. «Dann komme ich noch dazu, ein bißchen Arbeit zu erledigen. Ich muß dort ohnedies jeden Morgen ein paar Stunden im Verwaltungsbüro sein. Aber wir werden die Nachmittage haben . . . und all diese schönen Nächte.» Er lächelte vielsagend, seine funkelnden schwarzen Augen sahen sie belustigt an.

Zaghaft lächelnd sagte sie: «Ich wollte immer schon so gern nach Barbados – schon um die *Harte*-Boutiquen zu sehen.»

Er zog die Augenbrauen hoch. «Also deshalb hast du so bereitwillig zugestimmt. Und ich dachte, du wärst auf mich scharf.»

Paula schlug ihm spielerisch auf den Arm. «Also weißt du!» Sie trank von ihrem Tee. Er war sehr gut, heiß und erfrischend. Und sie fühlte sich gut. Nein, wundervoll. Sie streckte die Hand aus, griff sich einen Schokoladenkeks von dem Teller auf seinem Schoß, kaute und nahm sich gleich noch einen.

«Ich frage mich, wie ein Psychiater das interpretieren würde», kommentierte Shane.

«Was denn?»

«Deine Sucht, immer von meinem Teller zu essen. Vielleicht hat es ja irgendeine verborgene sexuelle Bedeutung. Meinst du, es könnte eine Art orale Befriedigung sein, die irgendwie mit mir und deinen Gefühlen für mich zusammenhängt?»

Sie warf den Kopf zurück und lachte. «Ich weiß nicht. Und ich werde versuchen, mich zu bessern, aber Kindheitsgewohnheiten sind schwer abzulegen. Aber im Ernst: Ich muß meinen Appetit zügeln. Seit ich hier bei dir bin, habe ich unentwegt gegessen. Man könnte denken, ich sei ganz ausgehungert.»

Shane lächelte bloß. Das warst du auch, mein Liebling, mehr, als du denkst.

Sie aßen zu Ende, redeten noch ein bißchen über die Reise nach Barbados, und Shane war begeistert, daß sie so davon angetan war, fünf Tage mit ihm in der Sonne zu verbringen. Dann kletterte er aus dem Bett, suchte seine Zigaretten und öffnete das Fenster. «Es macht dir doch nichts aus, wenn ich rauche?» fragte er und legte sich wieder neben sie.

«Überhaupt nicht», Paula rückte näher an ihn heran, so daß sich ihre Beine berührten und ihre Schultern aneinander stießen.

«Bist du glücklich, Liebling?» fragte er und betrachtete sie aus den Augenwinkeln.

«Sehr glücklich. Und du?»

«So glücklich wie noch nie.»

Ein kurzes Schweigen trat ein, und dann gestand Paula: «Ich habe mich noch nie so mit jemandem geliebt.»

«Das weiß ich.»

«War meine . . . Unerfahrenheit so offensichtlich?»

Er lachte leise, drückte ihre Hand und antwortete nicht.

«Aber du bist sehr erfahren, Shane.» Sie warf ihm einen verstohlenen Blick zu. Eifersucht, ein ganz ungewöhnliches Gefühl, durchrieselte sie. «Du hast viele Frauen gehabt.»

Er wußte nicht genau, ob das eine Frage oder eine Feststellung gewesen war. «Du hast wohl den ganzen Klatsch über mich und meine romantischen Eskapaden gehört.»

«Stimmt er denn?»

«Ja.»

«Und warum war ich nicht darunter, Shane?»

«Das ist ganz leicht zu beantworten. Wegen Emma und Blackie, wegen der Nähe und Verflechtung unserer Familien. Aber selbst wenn ich mir über meine wahren Gefühle für dich im klaren gewesen wäre, Paula, hätte ich nicht gewagt, mich dir zu nähern. Sie hätten mich umgebracht, das weißt du so gut wie ich.» Nach einer Weile fügte er hinzu: «Vor deiner Ehe warst du so eine Art Kronprinzessin der drei Clans. Und deshalb tabu. Mit so einer Frau wie dir schläft man nicht, mit so einer hat man auch keine Affäre. Dir macht man einen Heiratsantrag. Aber leider, leider war mir nicht klar, wie ich zu dir stand, als du noch frei und ungebunden warst. Vermutlich war ich dir zu nahe.»

«Ich verstehe.» Sie sah ihm ins Gesicht. Das Gefühl, ihn besitzen zu wollen, überkam sie, und ihre Eifersucht verstärkte sich. Leise sagte sie: «Diese anderen Frauen . . . hast du sie auf die gleiche Weise geliebt wie mich heute nacht?»

Er war etwas überrascht von dieser Frage, und erst wollte er lügen, um sie nicht zu verletzen, aber dann wußte er, daß er ehrlich sein mußte. Der Wahrheit ins Auge blickend, sagte er: «Ja, manchmal, aber nicht immer, nicht mit allen. Du und ich haben uns auf die intimste Weise geliebt, die es gibt, Paula. Die meisten meiner früheren Freundinnen erregten in mir nicht dieses Verlangen, dieses Bedürfnis – so wie du. Ich muß sehr verliebt sein, um das zu wollen.» Er lächelte zaghaft. «Es ist nichts, was ich mit jeder getan hätte, Paula.»

Sie nickte. «Vielleicht entspringt das dem Wunsch und dem Verlangen, den anderen ganz zu besitzen.»

«Ja, genau.» Er sah sie scharf an.

«Seit du in New York bist . . .» Sie hielt inne, verabscheute sich für ihre Neugierde, konnte es aber nicht lassen. Sie räusperte sich. «Hast du da viele Affären gehabt?»

«Nein.»

«Und warum nicht?»

«Deinetwegen.» Shane zog an seiner Zigarette, stieß den Rauch aus und fuhr fort: «Meine Affären sind ziemlich katastrophal verlaufen seit dem Tag, an dem ich begriff, daß ich dich liebte.» Er wandte den Kopf und sah ihr tief in die Augen. «Ich hatte große Schwierigkeiten auf sexuellem Gebiet. Ich war impotent.»

Er sah, wie die Überraschung sich auf ihrem Gesicht abzeichnete. Sie machte sich ein wenig steif, sagte aber nichts.

Shane fuhr fort: «Manchmal gelang es mir, wenn das Zimmer dunkel war und meine Partnerin nicht meine Phantasien von dir zerstörte. Wenn ich dich vor meinem geistigen Auge sehen konnte, ging es. Aber meistens war es verdammt schwierig.»

Ohne Namen zu nennen, erzählte er ihr von der Begebenheit in Harrogate am Nachmittag der Taufe und berichtete von ähnlich peinlichen Episoden. Er empfand weder Scham noch Verlegenheit, als er so offen vor Paula sprach. Er war froh darüber, sich öffnen zu können, und während er redete, wurde ihm klar, daß er nur seiner alten Gewohnheit folgte, ihr alles anzuvertrauen, seine Geheimnisse mit ihr zu teilen wie eh und je.

Als er fertig war, schlang Paula ihm die Arme um den Hals und preßte ihn fest an sich. «O Shane, lieber Shane, es tut mir so leid, daß ich dir solchen Kummer und Schmerz bereitet habe.»

Er streichelte ihren Kopf und drückte ihn mit einer Hand enger an sich. «Du konntest ja nichts dafür.» Dann fragte er leise: «Wann ist es dir denn bewußt geworden, wie du zu mir stehst?»

«Ich habe immer an dich gedacht, seit ich in New York bin. Gestern abend und heute abend wieder regten sich die seltsamsten Gefühle in mir. Ich begriff, daß ich mich von dir erotisch angezogen fühlte. Aber daß ich dich liebe, wurde mir erst klar, als wir vorhin über unsere Entfremdung redeten.»

Er schwieg ein paar Sekunden lang, dann meinte er: «Ich hab dich nicht hierher eingeladen, Paula, weil ich dich verführen wollte . . .»

«Das weiß ich!»

«Ich wollte nur mit dir zusammensein, Zeit mit dir verbringen. Ich habe dich so vermißt.» Es entstand eine kurze Pause. «Schon seit Jahren habe ich mich an eine goldene Regel gehalten – keine verheirateten Frauen. Ich wollte nie eine Frau besitzen, die einem anderen Mann gehörte.»

«Ich glaube, ich gehöre mir selbst», sagte sie.

Shane schwieg. Die Neugier, was ihre Ehe mit Jim anbetraf, nagte an ihm und er war sehr eifersüchtig. Andererseits wollte er dies Thema nicht anschneiden, denn er hatte Angst, die Nähe zu zerstören, die gerade zwischen ihnen herrschte.

Paula sagte ruhig: «Sicher weißt du, daß ich nicht hier bei dir wäre, wenn meine Ehe glücklich wäre.»

«Du meine Güte, Paula, natürlich! Ich weiß, daß du keine Frau für Spielereien bist.»

Er runzelte die Stirn und betrachtete sie eindringlich mit zusammengekniffenen Augen. «Es klappt also nicht?»

«Nein. Ich habe mir alle Mühe gegeben, Shane, ehrlich. Ich mache Jim keinen Vorwurf. Es müssen wohl zwei Leute zusammenkommen, damit es eine Katastrophe gibt. Ich hasse ihn nicht, er ist kein schlechter Mensch. Wir passen bloß nicht zusammen, das ist alles. Wir sind in jeder Hinsicht unvereinbar.» Sie biß sich auf die Unterlippe. «Mehr möchte ich dazu nicht sagen . . . nicht heute nacht.»

Ein Weilchen waren sie still, jeder hing seinen Gedanken nach. Aber schließlich murmelte Paula: «O Shane, was für ein Durcheinander habe ich angerichtet. Könnten wir bloß die Uhr zurückdrehen!»

«Ach, das geht nicht . . . und die Zeit bedeutet nichts, weißt du. Denk nicht an gestern oder morgen, denk nur an heute. Schließlich ist Zeit nichts Portioniertes, in kleinen Kapseln Verschlossenes. Zeit ist wie ein Fluß. Vergangenheit, Gegenwart und Zukunft, alle fließen sie zusammen und vereinigen sich in einem langen, ewigwährenden Strom. Echos der Vergangenheit erklingen uns alle Tage, und Bilder der Zukunft treten jetzt vor uns. Die vergangene und die zukünftige Zeit ist überall um uns, Paula.»

Sie blickte zu seinem vertrauten Gesicht empor, und vor ihrem geistigen Auge sah sie ihn, wie er als Junge gewesen war, und entsann sich seiner Faszination über den keltischen Charakterzug in sich, über seine keltischen Ahnen und den keltischen Mythos. Jener altvertraute träumerische Zug, der seinem Mystizismus entsprang, sah sie nun aus seinen Augen an, er wirkte ganz abwesend, und sie wußte, daß er sich irgendwo in der fernen Vergangenheit verloren hatte. Dann blinzelte er und warf ihr das seltsam schräge Lächeln zu, an das sie sich so gut erinnern konnte. Sofort wurde der Mann wieder zu jenem kleinen Jungen im «Reihernest», und um sie herum erstand ihre Kindheit wieder, umschloß sie, erfüllte den Raum. Und sie wußte, daß Shane recht hatte mit dem, was er über die Zeit gesagt hatte. Sie streckte die Hand aus, berührte seinen Arm und sagte ihm das.

Langsam und nachdenklich meinte er: «Und da ist noch etwas,

Paula. Das Leben hat sein eigenes verwickeltes Muster ... es gibt einen großen Plan, wirklich. Und was in unserem Leben schon geschehen ist, ist vielleicht geschehen, um uns den Weg zu zeigen und uns zueinander zu führen. Die Zukunft ist schon bei uns, jetzt, in diesem Augenblick, ob wir es wissen oder nicht.» Er legte ihr die Hand unter das Kinn, hob ihr Gesicht an und sah ihr tief in die Augen. «Und wir wollen über nichts nachdenken, außer über dieses Wochenende. Danach nehmen wir jeden Tag, wie er kommt.» Er beugte sich zu ihr herüber, küßte sie sanft und wich wieder zurück. «Nun schau nicht so ernsthaft drein. Das Leben nimmt sich schon selbst in die Hand, und ich hab so ein Gefühl, als würden wir großartig miteinander auskommen.»

Ihre Kehle verengte sich im Überschwang ihres Herzens. Sie klammerte sich an ihn und flüsterte: «Ich liebe dich so sehr, Shane. Wieso wußte ich das nicht schon immer?»

«Du weißt es doch jetzt – was sonst zählt?»

35

Emma Harte sah Paula mit gerunzelter Stirn an. «Ich glaube, ich verstehe nicht recht», sagte sie. «Was genau willst du damit sagen, wenn du meinst, Weihnachten würde schwierig werden?»

Paula antwortete schnell: «Also bevor ich dir das erkläre, möchte ich dir versichern, daß er wieder in Ordnung ist, wirklich . . .»

«Wer ist in Ordnung?»

«Jim, Grandy. Leider hat er einen Unfall gehabt. Einen ziemlich schweren Unfall, und er . . .»

«Doch nicht mit diesem Flugzeug?» rief Emma und richtete sich ruckartig in ihrem Sessel auf.

«Doch. Er ist abgestürzt. Vor zwei Wochen. Es geschah ein paar Tage, nachdem ich aus New York zurückkam, Anfang Dezember», sagte Paula hastig. Im Bestreben, ihre Großmutter zu beschwichtigen, fuhr sie eilig fort: «Aber er hat Glück gehabt, wenn man das so sagen kann, da es ganz nah beim Flughafen von Yeadon passierte. Sie konnten ihn herauszerren, bevor das brennende Wrack explodierte.»

«O Gott!» Emma geriet in Wut, wenn sie daran dachte, wie knapp Jim davongekommen war. Auch Paula hätte mit ihm im Flugzeug sitzen können, wäre vielleicht nicht mehr am Leben. Sie beugte sich vor und fragte angespannt: «Und wie schwer ist er verletzt?»

«Er hat sich das rechte Bein und die linke Schulter gebrochen, auch ein paar Rippen sind angebrochen. Und schwere Hautabschürfungen. Aber nichts, was ihn auf Dauer zum Krüppel machen könnte oder gar lebensgefährlich wäre. Obwohl das, was er hat, natürlich ernst genug ist.»

«Keine inneren Verletzungen?»

«Nein, Gott sei Dank nein, Grandy. Jim wurde sofort ins Krankenhaus von Leeds gefahren und blieb dann fünf Tage lang da. Sie machten alle möglichen Untersuchungen – auch neurologische. Glücklicherweise konnten die Ärzte nichts finden, alle Verletzungen sind äußerlich.» Paula hielt inne und sah zu ihrer Großmutter hinüber. Ihr Gesicht war sehr ernst. Sie sagte: «Er hat zwei Gipsverbände, und seine Rippen sind zugepflastert. Ich mußte einen Krankenpfleger für ihn besorgen. Verstehst du, er kann sich nicht allein anziehen und ist außerstande, die einfachsten Sachen zu machen.»

Ganz betäubt von diesen Nachrichten, atmete Emma tief durch und rief: «Und warum hast du mir nichts davon gesagt, als ich in New York war? Oder gestern, als ich aus London zurückkam?»

«Ich wollte nicht, daß du dir Sorgen machst, solange du noch im Urlaub warst. Und so weit weg. Und gestern abend warst du so glücklich darüber, wieder hier zu sein, daß ich dir die Freude nicht verderben wollte, wo meine Mutter noch dies kleine Abendessen für dich gegeben hat. Eigentlich wollte ich es dir auf der Fahrt vom Flughafen sagen ...» Paula zuckte die Achseln und lächelte sie entschuldigend an: «Dann fand ich, es hätte auch noch Zeit bis heute.»

«Verstehe.» Emma lehnte sich kopfschüttelnd zurück. «Es tut mir sehr leid, Paula, das ist schrecklich. Schrecklich. Aber wir müssen wohl froh sein, daß es nicht noch schlimmer gekommen ist. So wird er natürlich monatelang aus dem Gefecht gezogen sein.»

«Ja», murmelte Paula, «die Gipsverbände müssen mindestens sechs Wochen dranbleiben. Und dann muß er eine intensive Bewegungstherapie machen, weil die Muskeln verkümmern, wenn man sie nicht benutzt. Der Arzt hat Jim erklärt, daß er außerstande sein wird, den Arm zu heben oder das Bein zu belasten, ehe diese Muskeln wieder aufgebaut sind. Es wird wohl gute sechs Monate dauern, bis er vollkommen wiederhergestellt ist.»

«Auch Knochenbrüche sind viel ernster, als manche Leute glauben», sagte Emma ruhig. Sie fixierte Paula mit einem stählernen Blick. «Und wie konnte das passieren?»

«Der Motor hat ausgesetzt. Jim hat dann versucht, eine Notlandung zu machen, und Gott sei Dank war er in der Nähe des Behelfsplatzes von Yeadon. Aber dann ließ sich die Maschine nicht mehr steuern. Sie stürzte ab und brach beim Aufprall in der Mitte durch. Er hat unheimliches Glück gehabt.»

«Das kann man wohl sagen.» Emmas Mund wurde schmal. «Ich habe immer gewußt, daß es mit diesem verdammten Flugzeug kein gutes Ende nehmen würde.» Sie schüttelte kummervoll den Kopf.

«Obwohl es mir leid tut, daß Jim sich verletzt hat, kann ich mich doch des Eindrucks nicht erwehren, daß er ziemlich verantwortungslos gehandelt hat.» Sie sah Paula lange an. «Er ist ein Ehemann mit zwei Kindern und hätte ein solches Risiko gar nicht eingehen dürfen. Sehr unvernünftig. Wenn er sich nur von diesem Vogel getrennt hätte, als ich ihn darum gebeten habe, wäre das nicht passiert.»

«Na ja, Jim neigt etwas zum Starrsinn.»

«Das ist das Understatement des Jahres», bellte Emma. «Ich will nicht den Eindruck erwecken, ich sei zynisch oder gefühllos, aber ich meine, er hat sich völlig unnötig in Gefahr gebracht. Ich werde nie begreifen, warum. Vielleicht hört dein Mann jetzt auf mich. Ich werde darauf bestehen, daß wir ein Firmenflugzeug kaufen, wenn wir schon so etwas in der Familie haben müssen. Verbieten werde ich ihm, sich jemals wieder mit so einem klapprigen Ding in der Luft herumzutreiben. Nie wieder!» Emma lehnte sich mit grimmig entschlossenem Gesicht im Sessel zurück.

«Ja, Grandy.» Paula sah auf ihre Hände hinunter. Ihre Großmutter war wütend, und sie konnte ihr das nicht verdenken. Es mangelte Jim in der Tat an Verantwortungsbewußtsein, er hatte sich trotzig über alle Bitten hinweggesetzt, sich doch ein stabileres, neueres Flugzeug zu kaufen.

Emma taten ihre harten Worte plötzlich leid, und sie sagte versöhnlich: «Der arme Jim hat sicher starke Schmerzen, mein Liebling?»

«Unglaubliche. Die Schulter treibt ihn zum Wahnsinn. Er sagt, er wisse nicht, was schlimmer sei, dieser dauernde, bohrende Schmerz in der Schulter oder der Krampf und die Starre im eingegipsten Arm. Es ist schrecklich.» Paula erschauerte, als sie an die vergangenen zehn Tage dachte, in denen er so sehr gelitten hatte. Sie war ja von Grund auf mitfühlend und tat ihr Bestes, es ihm so leicht wie möglich zu machen. Die Debatte wegen der Scheidung hatte sie fürs erste vertagt. Sie würde warten müssen, bis er in besserer physischer Verfassung war, bevor sie über ihre Freiheit sprechen konnte.

«Ja», sagte Emma, «ich verstehe jetzt, wie du das mit Weihnachten meinst. Ach, meine Kleine, wieder eine zusätzliche Belastung für dich – wo es um diese Jahreszeit am turbulentesten zugeht in den Kaufhäusern. Und nicht nur das, wir haben ja auch so viele Familienfeiern geplant in Pennistone Royal . . . unseren traditionellen Heiligen Abend mit den O'Neills und den Kallinskis, das Essen am ersten Weihnachtstag, und dann Sallys und Anthonys Hochzeit . . .» Emma hielt inne. Sie sah nachdenklich drein. Ihr fiel etwas ein, und sie faßte einen raschen Entschluß. Wie gewohnt übernahm sie die Regie und rief: «Es wird ja enervierend für dich sein, immer zwischen deinem und meinem Haus hin- und herzulaufen und Jim ewig herumzutransportieren. Es ist doch viel einfacher, wenn ihr alle zu mir zieht: Jim, die beiden Kleinen, Nora und der Krankenpfleger. Hier ist Platz genug, und ich freue mich auch, euch alle um mich zu haben, nachdem ich acht Monate weggewesen bin.»

«Oh, Gran, was für eine großartige Idee», rief Paula erleichtert. «Eine wunderbare Lösung.» Sie lächelte zaghaft und gab zu: «Ich war schon ganz aus dem Häuschen und habe mich gefragt, wie ich jemals damit fertig werden soll.»

Emma lachte leise und verzog amüsiert den Mund. «Du wirst doch immer mit allem fertig, mein Mädchen, denn das ist nun mal deine Art. Aber ich finde, man sollte dir das Leben so angenehm wie möglich machen, denn unter deiner Verantwortung würden drei Leute in die Knie gehen. Und nun, wo ich wieder da bin, will ich mich darum kümmern, daß es leichter wird für dich. Du hast ein paar harte Monate hinter dir, all die geschäftlichen Krisen und Familiendramen.»

«Danke, Gran. Wie ich mich darauf freue, nach Pennistone Royal zu ziehen und bei dir zu sein. Wieso ist mir das nicht selbst eingefallen?»

«Du hast wohl genug zu tun gehabt in den letzten Wochen. Jim ist sicher nicht leicht zu ertragen, wenn er krank ist . . . zu aktiv, um sich nicht eingesperrt zu fühlen. Kommt er überhaupt damit zurecht?»

«Nein. Seit er aus dem Krankenhaus ist, war er praktisch in seinem kleinen Zimmer eingesperrt. Er kann ja keine Treppen steigen. Es frustriert ihn sehr, daß er so hilflos ist. Und noch mehr, daß er nicht in die Zeitung kann. Das vermißt er sehr.»

«Das glaube ich. Aber er wird noch eine ganze Zeit nicht zur Arbeit gehen können. Zwecklos, sich deswegen zu grämen. Na, und die Treppen in Pennistone Royal wird er auch nicht schaffen. Zu hoch und steil. Aber mach dir keine Sorgen: Hilda kann das kleine Zimmer neben dem Speisesaal in ein Schlafzimmer für ihn umfunktionieren. Also, Paula, sorg dich nicht. Was geschehen ist, ist geschehen. Wir müssen versuchen, das Beste daraus zu machen.»

«Ja, da hast du recht, Großmutter, und wenn wir bei dir wohnen, wird es viel leichter werden für mich.» Paula empfand den Gedanken, von Leuten umgeben zu sein, als wahre Wohltat. Jim wurde zunehmend reizbarer wegen seiner Schmerzen und seiner Hilflosigkeit. Er fing an, sich immer nachdrücklicher über ihre Arbeit zu beklagen und murrte immer, daß sie so viele Überstunden machte. Und er trank mehr, als ihm guttat.

Emma stand auf, ging zum Kamin hinüber und lehnte sich mit dem Rücken daran, um sich zu wärmen. Eigentlich hatte sie mit Paula eine gemütliche Kaffeestunde im reizenden Arbeitszimmer ihrer Wohnung am Belgrave Square verbringen wollen, in der sie beide Station machten, bevor sie am nächsten Tag nach Yorkshire fuhren.

Paula sah zu ihrer Großmutter auf. Wie gut und erholt sie doch trotz des gestrigen Transatlantikflugs aussah. Emma trug ein korallenrotes Wollkleid und Perlen. Ihr silbernes Haar war untadelig coiffiert, ihr Make-up perfekt. Sie atmete Frische und Lebenskraft. Kaum zu glauben, daß sie 80 Jahre alt sein soll, dachte Paula. Sie sieht mindestens zehn Jahre jünger aus.

«Du musterst mich so kritisch», sagte Emma. «Stimmt etwas nicht mit mir?»

«Gar nicht, Gran, im Gegenteil, ich habe dich bewundert. Du siehst blühend aus heute morgen.»

«Danke. Ich muß zugeben, daß ich mich ausgezeichnet fühle. Bin kein bißchen aus dem Rhythmus gebracht.» Sie warf einen schnellen Blick zur Uhr. «Es ist erst zehn. Da will ich Blackie lieber noch nicht anrufen. Vielleicht schläft er noch. Bryan wird ihn nachher zurück nach Harrogate fahren, weißt du.»

«Das hat Merry mir schon am Flughafen gesagt.»

«Es war schön, Bryan und Geraldine ein paar Wochen in Sydney zu haben.» Emma lächelte in froher Erinnerung. «Und es hat ihnen wirklich Spaß gemacht. Trotzdem war ich ein bißchen enttäuscht, daß Shane nicht gekommen ist, um den Vertrag für das Hotel, das sie gekauft haben, persönlich zu unterzeichnen.»

«Shane hat mir erzählt, im November wäre es bei ihm sehr hektisch zugegangen.»

«Ja, das hat Bryan auch gesagt.» Emma warf Paula einen liebevollen Blick zu und sagte: «Ich freue mich, daß du die Zeit gefunden hast, nach Barbados zu fahren, als Shane auch da war. Das hat dir offenbar gutgetan. Du siehst auch blendend aus, Paula. So gut wie seit Jahren nicht mehr.»

«Ich habe die Reise genossen, das bißchen Erholung», sagte Paula betont gleichmütig. «Ich bin auch noch ein bißchen braun, vielleicht kommt es daher.»

Emma nickte. Sie sah ihre Lieblingsenkelin scharf an. Paula ist genauso undurchsichtig geworden wie ich, dachte sie. Ich werde nicht ganz schlau aus ihr. Sie räusperte sich und sagte: «So . . . du und Shane, ihr seid also wieder gute Freunde. Das freut mich wirklich.»

Paula antwortete nicht.

Emma, von Neugier geplagt, bohrte weiter: «Und hat er nun gesagt, warum das alles so war?»

«Stress, sein voller Terminkalender, seine Reisen – was er immer gesagt hat, Gran. Aber ich glaube, er hatte Angst, sich aufzudrängen . . .» Paula hielt dem prüfenden Blick ihrer Großmutter mit kühler Unschuldsmiene stand. Ruhig setzte sie hinzu: «Du weißt schon, wie ich es meine – sich einem jungverheirateten Paar aufzudrängen. Ich glaube, er war bloß diplomatisch und rücksichtsvoll.»

«Tatsächlich?» sagte Emma. Eine schneeweiße Braue hatte sie hochgezogen. Sie nahm Shane diese Erklärung nicht ab, schwieg aber und ging zum Schreibtisch. Sie setzte sich und widmete ihre Aufmerksamkeit den drei Aktenordnern, die Paula dort hingelegt hatte. Emma schlug einen auf, sah auf das Memorandum ganz oben, las aber nicht wirklich. Statt dessen dachte sie über Paula und Shane nach. Seit sie von ihrer Versöhnung erfahren hatte, hatte sie sich gefragt, ob Shane nun endlich einen direkten Zug gemacht hatte. Nie hatte sie seinen Gesichtsausdruck damals bei der Taufe vergessen. Ein Mann, der eine Frau so liebte wie Shane O'Neill ihre Enkelin, würde außerstande sein, seine Gefühle ewig zu unterdrücken. Eines Tages würde er sich offenbaren müssen, das war unausweichlich. Hatte er es schon getan? Und wenn ja, wie hatte Paula das aufgenommen? Sie hatte keine Ahnung. Shane war undurchdringlich gewesen in New York, genau wie Paula jetzt. Andererseits war er stürmisch, impulsiv und leidenschaftlich. Und was war mit Paula? Natürlich hätte sie ihn zurückgewiesen. Wirklich? Ja, gab Emma sich selbst zur Antwort, sie ist ja glücklich verheiratet. Wirklich?

Sie schaute auf und warf Paula über ihre Brillengläser hinweg heimlich einen verstohlenen Blick zu. Etwas war anders an ihrer Enkelin – das hatte sie gestern abend schon bemerkt. Paula wirkte weiblicher, femininer als sonst. Eine innere Verwandlung? Oder war es bloß ihr Aussehen? Das längere Haar, der vollere Körper, die weicheren Züge? War da ein Mann gewesen? Shane? Oder entsprach ihr verändertes Aussehen einfach einem inneren Bedürfnis? Verdammt will ich sein, wenn ich es weiß, dachte Emma. Aber ich will nicht herumschnüffeln. Es ist ihr Leben. Ich will mich da nie einmischen, das wage ich nicht. Wenn sie mir irgend etwas zu sagen hat, wird sie es auch tun . . . eines Tages.

Paula ergriff wieder das Wort: «Ich habe Alexander und Emily gebeten, diese Berichte für dich anzufertigen, Grandy, und ich habe auch selbst einen geschrieben. Jeder dieser Ordner . . .»

«Das sehe ich», unterbrach Emma sie und schaute auf. «Sind das bloß Zusammenfassungen der Geschäftsangelegenheiten aus den letzten acht Monaten? Oder ist darin etwas enthalten, was ich noch nicht weiß?»

«O nein, Grandy, wir haben nur noch einmal alles für dich rekapituliert, was wir dir schon per Telex oder per Telefon mitgeteilt haben. Es gibt nichts Neues momentan, aber ich dachte, du solltest das haben, damit du dein Gedächtnis auffrischen kannst, sobald du ein wenig Zeit hast.»

«Ich brauche mein Gedächtnis nicht aufzufrischen», bemerkte Emma trocken. «Ich vergesse nie etwas. Aber trotzdem nett von euch, daß ihr euch soviel Arbeit gemacht habt. Ich muß es wohl nicht extra betonen, daß ich euch dreien vertraue, und ich bin sehr stolz auf dich, auf deine Cousine und auf deinen Cousin. Ihr habt euch vorbildlich geschlagen, wart enorm fleißig und, das möchte ich hinzufügen, oft recht ausgefuchst.» Emma sah verschlagen unter ihren faltigen Lidern hervor. «Und wie macht sich Gianni-wie-heißt-er-noch bei *Trade Winds*?»

Paula mußte über Emmas verschwörerischen Gesichtsausdruck lachen. «Er ist der beste Antiquitäten-Fachmann, den *Hartes* je gehabt hat», sagte sie. «Und er hat prima gearbeitet bei seinen letzten Reisen in den Orient. Er ist jeden Penny wert, den wir ihm zahlen.»

«Das möchte ich auch hoffen. Läßt er sich denn jetzt ohne Skandal von Elizabeth scheiden?»

«Ja, Gran.»

«Alexander hat mir nie genau auseinandergesetzt, was es mit all dem Theater um seine Mutter eigentlich auf sich hatte, wenn er mich deswegen in Australien angerufen hat.» Emmas Blick wurde schärfer. «Wen wollte Gianni eigentlich angeben an Stelle von Marc Deboyne?»

«Oh, irgendeinen Minister, glaube ich», sagte Paula betont beiläufig, da sie nicht auf die anstößigen Details eingehen wollte. «Alexander hat sich Sorgen gemacht, weil ein bekannter Politiker in den Scheidungsfall verwickelt werden sollte und das dann zusätzlich die Aufmerksamkeit der Presse auf den Fall gelenkt hätte.»

«Guter Gedanke.» Emma beugte sich über ihren Schreibtisch: «Wo wir schon bei Politikern sind, oder dem Sohn eines Politikers: Hast du mir etwas von Jonathan zu berichten?»

«Absolut nichts, Gran.» Paula zögerte. «Aber Mr. Graves von *Graves & Saunderson* hat Übles aus dem Privatleben von Sebastian Cross zutage gefördert.» Paula schnitt ein Gesicht. «Alexander hat den Bericht. Ich glaube aber nicht, daß du so etwas lesen möchtest – es ist ziemlich ekelhaft. Alexander kann es dir besser erklären als ich.»

«Ich habe mein ganzes Leben lang mit Ekelhaftem zu tun gehabt, Paula. Aber offenbar möchtest du nicht darüber sprechen, also lassen wir das erst mal. Ich werde Alexander danach fragen, wenn er nachher kommt. Und was macht deine Cousine Sarah? Benimmt sie sich anständig?»

«Ich habe sie nicht gesehen, aber Emily hat mir erzählt, daß sie sehr unverschämt zu ihr war und hochnäsig tut. Anscheinend ist sie jetzt mit Allison Ridley ein Herz und eine Seele. Emily vermutet, daß Sarah deshalb so eisig zu ihr ist.»

«Das ist aber merkwürdig», murmelte Emma. «Wieso sollte Sarah etwas gegen Emily haben?» Sie sah zu Paula hinüber und lachte dann über sich selbst. «Na, das war nicht sehr intelligent von mir, wenn ich daran denke, wieviel Schreckliches einige in dieser Familie einander angetan haben.» Sie lehnte sich in ihrem Sessel zurück und sagte: «Würdest du mir bitte noch eine Tasse Kaffee einschenken?»

«Selbstverständlich, sofort, Gran.» Nachdem sie eingeschenkt und Milch und Zucker hineingegeben hatte, trug Paula die Tasse zum Schreibtisch. Langsam sagte sie: «Weißt du, ich möchte Emily nicht kritisieren, du weißt ja, wie sehr ich sie mag, aber sie hat sich so eine alberne Idee in den Kopf gesetzt wegen der irischen Geschichte. Vielleicht sprichst du einmal mit ihr darüber.»

«Ach, das hat sie mir schon erzählt», unterbrach Emma sie. «Gestern, als du mit Long Meadow telefoniert hast.» Emma unterdrückte ein Lächeln, als sie Paulas ernstes Gesicht sah. «Abgefeimter Mord und dergleichen Unsinn, nicht wahr?»

Paula nickte.

Emma sagte: «Ich habe ihr ein wenig den Kopf zurechtgerückt und glaube nicht, daß sie wieder damit anfängt. Trotzdem –» Emma sah ihre Enkelin scharf an – «auch deine Mutter hat gestern seltsame Bemerkungen über die Affäre gemacht, als du hinausgegangen warst. Sie glaubt nicht, daß die Haushälterin die Wahrheit gesagt hat.»

«Meine Güte, diese beiden sind doch unverbesserlich!» rief Paula wütend. «Grandma, ich hoffe doch, daß du ihnen die phantasievollen Eingebungen ein für allemal ausgetrieben hast. Das ist doch alles Quatsch und kann nur noch zu weiteren Unannehmlichkeiten führen. Plappermäuler sind gefährlich.»

«Ich bin ganz deiner Meinung. Aber ob es Quatsch ist oder nicht steht gar nicht zur Debatte, Paula. Was zählt, ist, daß der Fall abgeschlossen ist. Endgültig abgeschlossen. Der Vorsitzende des Untersuchungsausschusses hat sein Urteil gesprochen, und das reicht mir. Mach dir keine Sorgen, weder deine Mutter noch Emily werden noch einmal das Thema Mord zur Sprache bringen. Darum habe ich mich gekümmert.»

«Gott sei Dank.» Paula trat um den Schreibtisch herum, schloß Emma fest in die Arme und küßte sie auf die Wange. «Liebe Gran, ich bin so froh, daß du wieder da bist. Ich habe dich so vermißt. Es ist schrecklich, wenn du nicht hier bist.»

Emma lächelte zu ihr empor und streichelte ihre Hand. «Das hast du schon hundertmal gesagt, seitdem ich aus dem Flugzeug gestiegen bin. Aber danke, man hört so was gern.»

Emma sah zur Uhr auf dem Kaminsims. «Alexander wird in ein paar Minuten kommen. Und mittags Emily. Ich möchte gegen eins Mittag essen.» Es zuckte um ihren Mund. «Ich habe Parker vorgeschlagen, doch Fish and Chips zu servieren.»

Paula kicherte. «Grandy, du bist hinreißend, und du hast dich kein bißchen verändert.»

«Das ist in meinem Alter wohl auch nicht sehr wahrscheinlich.»

«Dann habe ich gerade noch Zeit, schnell zu *Hartes* hinüberzuflitzen und mich um ein paar Sachen zu kümmern. Bin zum Essen zurück.»

«Ja, lauf ruhig los, Liebe. Ich weiß, wie das ist . . . in deinem Alter war mir auch immer so zumute. Ich konnte es kaum abwarten, im Geschäft zu sein.»

«Also, dann bis nachher.» Paula beugte sich hinab und küßte Emma auf die Wange.

«Gut. Ach, übrigens, Paula, ich habe am Tag vor meiner Abreise aus New York mit Ross Nelson gegessen. Ich hatte noch keine Zeit, es dir zu erzählen – aber ich habe diese Idee, ich würde meine *Sitex*-Aktien verkaufen wollen, im Keim erstickt.»

«Prima. Weißt du, er wurde sehr lästig – nicht bloß in geschäftlicher Hinsicht.»

Emma spitzte die Lippen und sah Paula besorgt an. «So», sagte sie. «Ja, das muß ich zugeben, ich hatte auch den Eindruck, daß er es auf dich abgesehen hat. Ein unangenehmer Typ. So egoman, er scheint sich viel auf seinen hinreißenden Charme einzubilden.»

«Er ist todlangweilig. Und dabei so durchsichtig. Ich kann ihn wirklich nicht ausstehen.»

Paula ging zu *Hartes* in Knightsbridge.

Es war ein kalter Tag. Der blasse Himmel hing voller Schnee, aber seine bleichen Farben ließen das Tageslicht seltsam hell erscheinen, obwohl die Sonne sich versteckte.

Sie achtete kaum auf das Wetter, während sie dahineilte. Sie dachte an Shane. Sie dachte immer an ihn. Nie war er für längere Zeit aus ihrem Gedächtnis gelöscht. Heute war der zwanzigste Dezember. Als sie gestern mit ihm telefoniert hatte, sagte er, er würde sie um sieben Uhr New Yorker Ortszeit anrufen, Mittagszeit in London. Unmittelbar darauf war er in eine Maschine nach Barbados gestiegen, denn im *Coral Cove Hotel* war Hochsaison.

Paula seufzte leise, während sie eine Seitenstraße überquerte. Jims Unfall hatte all ihre Pläne über den Haufen geworfen.

Aber einmal davon abgesehen, war er beinahe zu Tode gekommen, und alles wegen seiner unglaublichen Dickköpfigkeit. Sie dachte wieder an das schreckliche Wochenende vor vierzehn Tagen zurück. Am Samstag war sie nach einem Nachtflug aus den Staaten in London angekommen, und der Chauffeur hatte sie schnurstracks nach Yorkshire gefahren.

Als sie am frühen Nachmittag in Long Meadow ankam, war sie zuallererst ins Kinderzimmer gegangen. Zu ihrem großen Kummer hatten sowohl die Zwillinge als auch Nora eine kräftige Erkältung. Und als Jim um vier Uhr von der Zeitung kam, murmelte er etwas, daß es auch ihn erwischt hätte, und ging sofort ins Bett. Sie ergriff die günstige Gelegenheit, aus ihrem Schlafzimmer auszuziehen. In jener Nacht hatte sie in einem der Gästezimmer geschlafen und gesagt, sie könne es sich nicht leisten, krank zu werden, wo der ganze Haushalt schon darniederlag und sie ein Geschäft zu leiten habe. Er hatte nichts dagegen einzuwenden gehabt.

Am Sonntag ging es Jim schon viel besser, gut genug jedenfalls, daß er zum Mittagessen aufstehen, herzhaft zulangen und eine halbe Flasche Rotwein trinken konnte. Sie war entsetzt gewesen, als er darauf bestanden hatte, jetzt mit dem gefährlichen kleinen Flugzeug zu starten, und hatte ihn gebeten, zu Hause zu bleiben. Jim hatte gelacht, sie für albern erklärt und versichert, er sei weder krank noch betrunken. Als dann etwas später der Anruf vom Flughafen kam, war ihr das Herz ein paar Sekunden lang stillgestanden, und dann war sie ins Auto gesprungen und nach Leeds gefahren, um im Krankenhaus bei ihm zu sein. Wenn sie auch mit ihm entzweit war und Shane O'Neill liebte, empfand Paula doch noch immer etwas für ihren Ehemann, denn er hatte ihr einmal viel bedeutet, war der Vater ihrer Kinder, und sie wünschte ihm nichts Böses.

Aber später, als sie in Ruhe nachdenken konnte, wurde ihr klar, daß es für sein Verhalten keine Entschuldigung gab. Der Unfall hätte nicht passieren müssen. Er war leichtsinnig gewesen. Im stillen bezweifelte Paula auch seine Geschichte vom ausgefallenen Motor. Er mochte nicht direkt unter dem Einfluß von Betäubungsmitteln gestanden haben oder betrunken gewesen sein, hatte aber doch Tabletten gegen seine Grippe genommen und eine halbe Flasche Wein weggeputzt und war schwerlich in der Lage, ein Flugzeug zu führen.

Als sie dann später an jenem unseligen Sonntag Shane in New

Milford angerufen hatte, war er sehr mitfühlend gewesen. Er hatte Verständnis für ihr Dilemma und war mit ihr der Meinung, daß sie nun nichts machen konnten, bis Jim wieder soweit auf den Beinen war, um mit den Neuigkeiten fertig werden zu können. Sie hatte vor, ihm zu sagen, daß sie sich scheiden lassen wollte.

Als sie in die Knightsbridge einbog, betete sie, daß Jim einverstanden sein würde. Die Angst, er könne Schwierigkeiten machen, bedrückte sie ständig.

Denk nicht daran, sei nicht so pessimistisch, befahl sie sich. Du mußt jetzt bloß einigermaßen durch die nächsten paar Monate kommen. Sie und Shane hatten sich in der vergangenen Woche neue Pläne zurechtgelegt und ihre geschäftlichen Termine aufeinander abgestimmt. Sie wollten sich so oft sehen wie möglich. Im Januar würde sie nach New York fahren und ihn treffen. Februar und März würde er in Australien sein und mit dem Umbau des Hotels anfangen, das die O'Neill-Kette gerade dort gekauft hatte. Er würde bei ihrem Bruder Philip wohnen. Im April würden sie sich in London treffen. Ende April war er dann wieder in New York. Sie dachten beide, daß Jim bis dahin wieder auf den Beinen sein würde, so daß sie ihm die Sache auseinandersetzen könnte, sobald Shane wieder in den Staaten war. Im Mai würde sie schließlich alles ihrer Großmutter sagen und mit den Zwillingen nach Pennistone Royal ziehen.

Mai, sagte Paula halblaut. Das ist noch so lange hin. Nein, doch nicht. Außerdem haben Shane und ich noch den Rest des Lebens vor uns.

Sie ging automatisch schneller. Schmerzhaft sehnte sie sich danach, seine Stimme zu hören. Gott sei Dank gibt es Telefone, dachte sie, als sie in den Angestellteneingang von *Hartes* einbog. Zumindest können wir uns jeden Tag sprechen.

36

In den nächsten vier Tagen fielen Berge von Schnee. Yorkshire verschwand schnell unter einer weißen Decke. Die Umgebung von Pennistone Royal sah besonders malerisch aus. Die niedrigen, mörtellosen Mauern verschwanden unter enormen Schneewehen, Bäume bogen sich unter ihren schwerbeladenen Ästen, Flüsse und Bäche waren mit bläulichem Eis überzogen.

Aber am Nachmittag des Heiligen Abends hörte der Schneesturm unvermittelt auf. Plötzlich nahm die blendend weiße Landschaft eine kristalline Schönheit an, als die Sonne durchkam. Der Himmel leuchtete grell wie ein Diamant, in der Luft lag eine flimmernde Frische.

Als es dämmerte, ruhten die Felder, die kahlen Berge und das wellige Heideland unter einem klaren Wintermond, der alles mit seinem silbernen Licht übergoß.

Emma, die am Schlafzimmerfenster stand, sah einen Augenblick lang gebannt in ihren Garten hinab. Eis und Schnee hatten ihre zauberische Wirkung entfaltet und ein seltsames Schweigen über das Land gebreitet, eine unglaubliche Stille, die ihr fast körperlich vorkam. Ungeachtet der atemberaubenden Schönheit, die sich vor ihr erstreckte, wußte Emma, daß vor dem großen eisernen Eingangstor von Pennistone Royal gefährliche Straßen und Landwege lagen, die bei diesem Wetter tückisch sein konnten.

Sie wandte sich ab und ging in den oberen Salon. Sie konnte eine gewisse Sorge nicht unterdrücken, wenn sie an ihre Familienangehörigen und Freunde dachte, die gerade diese Straßen entlangfuhren. Mutig kämpften sie mit Eis und Schnee, um diesen besonderen Abend bei ihr zu verbringen. Das war nämlich eine alte Tradition, die niemand missen mochte. Sie hoffte, daß sie alle heil und gesund ankommen würden.

Dabei war Emmas Haus schon voll.

Sowie sie wieder in Yorkshire war, hatte Paula ihre Familie nach Pennistone Royal gebracht. Jim, die Kinder, das Kindermädchen und der Krankenpfleger waren schon fest etabliert. Zu Beginn der Woche hatte Emily Amanda und Francesca aus dem Harrogate College abgeholt. Daisy und David waren gestern mit dem Zug aus London gekommen, zusammen mit Alexander und dessen Verlobter Maggie Reynolds. Edwina und Anthony waren gestern morgen, aus Dublin kommend, auf dem Flughafen von Manchester gelandet, noch rechtzeitig zu einem späten Mittagessen im alten Herrenhaus.

Emma blieb an ihrem Schreibtisch stehen und überflog die Gästeliste. Ihre Söhne mit ihren Gattinnen waren eingeladen, aber sie war ziemlich sicher, daß sie nicht kommen würden. Na, das war jetzt auch egal. Sie hatte sich daran gewöhnt, daß Kit und Robin ihr aus dem Weg gingen. Sie wußte, warum. Sie schämten sich, weil sie sie verraten hatten. Auch Elizabeth kam nicht, sie blieb mit Marc Deboyne in Paris, aber ihre Tochter war zumindest liebenswürdig gewesen, als sie telefonisch abgesagt und ihr frohe Weihnachten gewünscht hatte. Hoffentlich ist das jetzt der letzte Ehemann, den sie haben wird, dachte Emma und las weiter.

Kurz verweilte ihr Blick auf Jonathans Namen. Er hatte angenommen. Sarah auch. Sie würden zusammen von Bramhope herüberkommen. Daß sie momentan so dicke Freunde waren, setzte Emma in Erstaunen. Ob sie etwas ausheckten, die beiden? Also wirklich, Emma Harte, laß doch heute die finsteren Vermutungen, ermahnte sie sich. Plötzlich wurde ihr klar, daß sie all der Intrigen sterbensmüde war. Damit hatte sie sich ihr ganzes Leben lang herumgeschlagen. Sie wurde langsam zu alt, um immer die Streitaxt zu schwingen.

Nachdenklich stand sie am Schreibtisch und hielt die Gästeliste in der Hand. *Sie war 80 Jahre alt.* Sie hatte schon lange ihre Schuldigkeit getan. Jetzt war ihr die Zeit zu schade, um herumzustreiten. Sollen sie doch so weitermachen, murmelte sie. Ich lebe mein Leben – was noch davon übrig ist. Ich will bloß Ruhe und Frieden und mit meinem alten Freund zusammensein. Wir werden gemeinsam in die Zukunft gehen. Blackie und ich . . . zwei alte Schlachtrösser. Es war ihr, als sei eine schwere Last von ihr genommen, als sie sich sagte, daß sie ja vor acht Monaten zurückgetreten war. Sie war über dieses Gezänk hinaus. Und das wollte sie auch bleiben.

Jetzt war sie am Ende der Liste angelangt. Blackie, der Weihnachten bei Bryan und Geraldine in Wetherby verbringen würde, sollte mit diesen beiden und Miranda in Kürze eintreffen. Der gesamte Kallinski-Clan hatte versprochen, zu kommen. Die Hartes würden in ganzer Mannschaftsstärke aufkreuzen. Auch bei Randolph war das Haus voll, denn seine Mutter Charlotte und seine Tante Natalie wohnten in Allington Hall, dazu noch Sally, Vivienne und er selbst. Winston hatte sich selbst in Pennistone Royal eingeladen, indem er um vier mit seinem Koffer und drei großen Einkaufstüten voller Geschenke hereinspaziert war. Nur Philip und Shane fehlen, sagte Emma laut und legte die Liste hin. Aber vielleicht können sie nächstes Jahr hier sein. Dann sind die drei Clans wirklich komplett.

Es schlug sechs.

Der Glockenschlag riß sie aus ihren Träumereien. Sie sah auf das einsame Geschenk auf ihrem Schreibtisch. Vorhin waren alle anderen in die Stone Hall hinuntergebracht worden und lagen nun unter dem Baum. Emma setzte sich, dachte kurz nach und beschrieb dann bedächtig die Glückwunschkarte.

Es klopfte. «Huhu, Gran, ich bin's», rief Emily und schwebte auf einer Parfumwolke herein.

Emma sah auf und lächelte ihrer Enkelin zu. «Wie hübsch du heute bist!» rief sie und betrachtete sie eingehend. «Das ist ja das Karo der Seaforth Highlanders», sagte sie dann, den Blick auf Emilys langen Taftrock gerichtet, dessen Muster sie sofort erkannte. «Das alte Regiment meines Vaters, und auch das von Joe und Blackie, als sie im Ersten Weltkrieg waren. Sieht gut zu deiner weißen Seidenbluse aus.»

«Ja, das fand ich auch.» Emily drückte Emma einen Kuß auf die Wange und sagte schnell: «Du sahst ein bißchen überrascht aus, als Winston heute nachmittag kam. Ich bin sicher, dir gesagt zu haben, daß er hierbleiben würde.»

«Nein, hast du nicht. Aber das ist schon in Ordnung.» Emma lehnte sich zurück, schob die Lippen vor und sah Emily scharf an. «Es wäre wohl zuviel verlangt von euch, wenn ich sagte, ihr solltet artig sein, aber seid bitte diskret.»

Emily errötete. «Was denkst du nur von uns, Großmutter!»

«Ob du es glaubst oder nicht, ich war auch mal jung, und ich weiß, wie es ist, wenn man verliebt ist. Aber sei vorsichtig, Liebes. Wir haben schließlich eine Menge Hausgäste. Und ich möchte nicht, daß dein Ruf Schaden nimmt.»

«In dieser Familie! Du meine Güte, hier kann es sich ja wohl niemand leisten, den ersten Stein zu wer . . .» Emily unterbrach sich. «Tut mir leid, ich wollte nicht taktlos sein, Großmutter.»

«Du brauchst dich für die Wahrheit nicht zu entschuldigen, Emily. Aber denk an das, was ich dir gesagt habe.»

Emily nickte erleichtert, ging dann zum Kamin und betrachtete ihre Großmutter aufmerksam. «Du solltest immer dunkelgrünen Samt tragen. Steht dir ausgezeichnet, besonders mit all den Smaragden.»

«Also Emily, das klingt ja, als sei ich mit Juwelen behängt. Es sind doch nur Pauls Ring, die Ohrringe und Blackies kleine Brosche. Aber danke für die Blumen. Was geschieht denn unten?»

«Amanda und Francesca sind bald mit dem Schmücken des Baums fertig, zumindest mit der oberen Hälfte, bei der ich angefangen hatte. Diese Gören, sie haben mir kein bißchen geholfen heute. Haben bloß in ihren Zimmern gehockt, die Beatles gehört und Lärm gemacht. Vor einer Stunde habe ich sie aufgescheucht und an die Arbeit gesetzt.»

«Prima. Ist sonst schon jemand unten?»

«Tante Daisy. Sie sieht umwerfend aus in ihrem rotseidenen Hosenanzug mit Unmengen von Rubinen und Diamanten . . .»

«Warum mußt du immer so übertreiben?» Emma schüttelte etwas vorwurfsvoll den Kopf, sah aber nachsichtig drein. «Soweit ich weiß, besitzt sie keineswegs Unmengen von Rubinen und Diamanten.»

«Na gut, dann eben schöne Ohrringe», gab Emily zu und zog die Nase kraus. «Sie hat die Bar mit eingerichtet. Jim ist auch da, im neuen Rollstuhl, den du ihm geschenkt hast, und nimmt einen Drink . . .»

«Fängt er nicht ein bißchen früh an?» sagte Emma.

«Was meinst du mit früh? Er hat seit dem Mittagessen nicht mehr aufgehört.»

Emma machte ein bekümmertes Gesicht. «Darf er denn soviel trinken?» fragte sie. «Er nimmt doch Schmerzmittel – hat Paula mir erzählt. Und diese Kombination kann sehr gefährlich sein.»

Emily nickte. «Das habe ich ihm vor ein paar Minuten auch

gesagt, also sprich *du* ihn bitte nicht auch noch an. Er meinte, ich solle mich um meinen eigenen Kram kümmern. Er ist schrecklich brummig, ich beneide Paula nicht.»

«Das ist mir auch schon aufgefallen. Aber man muß ihm wohl vieles nachsehen. Ist Paula schon aus dem Kaufhaus zurück?»

«Nein, aber sie muß jede Minute kommen.»

«Ach, Liebes, bei dem Straßenzustand.»

«Mach dir keine Sorgen, Gran, sie fährt sehr vorsichtig. Außerdem ist sie heute nachmittag noch zur Filiale in Harrogate gefahren. Wie ich sie kenne, wird sie womöglich bis Ladenschluß dableiben. Aber die Hälfte der Fahrt hat sie ja dann schon hinter sich.»

«Also, ich bin ruhiger, wenn sie erst hier ist. Aber sag, wer ist denn noch aufgetaucht?»

«Maggie. Sie sortiert den Baumschmuck und hilft den Mädchen. Alexander und Onkel David hängen die Mistelzweige auf. Hilda und Joe bereiten den Refektoriumstisch für das Buffet vor, und Winston stapelt die Geschenke unter dem Baum.» Emily grinste. «Ach ja, und sogar Tante Edwina macht sich nützlich. Sie erklärt Winston, wie er sie am besten hinlegen soll – als ob das wichtig wäre.»

«Na, zumindest redet sie überhaupt mit uns. Das ist schon ein Schritt in die richtige Richtung.» Emma winkte Emily heran. «Komm mal her, Liebes, ich möchte dir was zeigen.» Emma hob den Deckel eines alten ledernen Schmuckkästchens hoch und reichte es dann ihrer Enkelin.

Emily blieb die Luft weg, als sie auf das wundervolle Diamanthalsband sah, das dort auf dunkelrotem Samt gebettet lag. Es war wie ein glitzerndes Spitzengewebe aus strahlendhellen, meisterhaft geschnittenen und eingesetzten Steinen. Die Diamanten hatten ein solches Feuer, eine solche einmalige Schönheit, daß Emily lange brauchte, bis sie die Sprache wiederfand. «Das ist ja enorm, Großmutter, und bestimmt sehr alt. Woher hast du es? Ich kann mich nicht erinnern, daß du es je getragen hast.»

«Nein, hab ich auch nie. Ich hab's noch nicht einmal angelegt, seit es mir gehört.»

«Das verstehe ich nicht», sagte Emily ratlos.

«Ich wollte es nie tragen, und ich habe es nur deshalb bei der Auktion erstanden, weil – weil es eine Art Symbol für mich war. Es stand für alles, was ich während meiner Zeit als Dienstmädchen im

Herrenhaus von Fairley entbehren mußte.» Emma nahm das Schmuckkästchen wieder an sich, hob das Halsband hoch und hielt es ins Licht. «Ja, es ist großartig. Großartig. Hat Adele Fairley gehört, Jims Urgroßmutter. Ich erinnere mich noch an jenen Abend vor einem großen Dinner, als ich Adele beim Ankleiden half und ihr dies umlegte. Ich war sehr verbittert damals. Das Halsband stand für die zermürbende Arbeit und Plackerei der Dorfbewohner, meines Vaters, meines Bruders Frank und meiner eigenen, verstehst du.» Emma schüttelte den Kopf. «Als es mit den Fairleys bergab ging, nachdem Adam gestorben war, hat Gerald es zum Verkauf angeboten.» Sie zog die Schultern hoch. «Ich habe sie alle überboten», sagte sie und legte das Halsband ins Kästchen zurück.

«Aber warum hast du es denn niemals getragen, Grandy?»

«Weil es mir plötzlich nichts mehr bedeutete, als ich es erst besaß. Ich mochte die Dinge lieber, die ich aus Liebe geschenkt bekam.»

«Und was willst du nun damit tun?» Emily sah auf das Geschenkpapier und die silberne Schleife. «Ach, ich hab's: Du willst es Paula geben.»

«Nein, nicht Paula.»

«Wem denn?»

«Edwina.»

«*Edwina*. Wieso ihr? Sie ist doch immer so gemein zu dir gewesen!»

«Und wenn schon. Nur weil *sie* sich schlecht benimmt, muß ich es ja nicht auch tun. Ich habe mein Lebtag versucht, über so etwas erhaben zu sein. Denk immer daran, Emily: Es ist viel besser, in schwierigen Situationen Anstand zu bewahren, als sich auf das Niveau von anderen herabzulassen. Und außerdem würde Paula es gar nicht haben wollen. Sie trägt vielleicht den Namen Fairley, aber ich glaube nicht, daß sie sich als eine Fairley fühlt, nein, ganz und gar nicht. Bei Edwina ist das anders. Der Name ist ihr wichtig, deshalb glaube ich, daß sie es gerne besitzen würde, lieber als sonst jemand in der Familie . . .»

«Aber Gran», fing Emily an.

Emma hob die Hand. «Edwina hat man ihr Geburtsrecht vorenthalten, weil sie unehelich war, und ich weiß, wie sehr ihr die Umstände ihrer Geburt zu schaffen gemacht haben, ja es vielleicht immer noch tun. Deshalb finde ich es nur recht und billig, daß sie etwas haben soll, das einst den Fairleys gehörte – so eine Art von Familienerbstück. *Ich* möchte es nicht haben, denn es bedeutet mir nichts. Und ich versuche auch nicht, mich bei ihr einzuschmeicheln oder mit ihr zu versöhnen. Ich möchte es ihr nur schenken, das ist alles. Sie wird es gern tragen, da bin ich sicher. Willst du so nett sein, es einzupacken, Emily?»

«Natürlich. Darf ich mich hier hinsetzen? Da geht es leichter.»

«Ja.» Emma stand auf, ging zum Kamin und lehnte sich mit dem Rücken dagegen.

Emily warf noch einen Blick auf das Halsband, schloß dann das Kästchen und wickelte es ein. Ihre Großmutter war schon eine außergewöhnliche Frau. So eine wie sie gab es nur einmal. Sie war so großzügig und kein bißchen nachtragend. Zum Teufel mit Edwina, dachte sie. Wenn *sie* bloß mal etwas Liebevolles für Gran tun würde. Das würd mich wirklich freuen.

Es klopfte leise, und dann ging die Tür auf und Paula schaute hinein: «Hallo, ihr! Ich bin leider schrecklich spät dran. Die Leute haben das Kaufhaus in Harrogate den ganzen Tag lang geradezu belagert – ein riesiges Gedrängel, bis wir zumachten. Und die Straßen waren gräßlich. Bis gleich, ich muß noch bei Nora und den Kindern reinschauen, bevor ich mich umziehe.»

«Gott sei Dank bist du heil hier angekommen.» Emma blickte erleichtert in Paulas lächelndes Gesicht. «Und laß dir Zeit, Liebling. Niemand will irgendwohin verschwinden.»

«Ja», sagte Paula und machte leise die Tür zu.

Emma wandte sich an Emily: «Und wenn du mit dem Einwickeln fertig bist, sollten wir nach unten gehen. Die O'Neills und die Kallinskis können jeden Moment eintreffen.»

«Ich bin fertig.» Emily schnitt die silberne Schleife ab und lehnte sich zurück, um ihr Werk zu bewundern. Sie schlug die lebendigen grünen Augen zu ihrer Großmutter auf: «Die olle Edwina kriegt sicher 'nen Herzanfall, wenn sie das nachher aufmacht, Gran», grinste sie übermütig.

«Also wirklich, Emily, manchmal . . .» Emma schüttelte den Kopf und versuchte vergeblich, ein strenges Gesicht zu machen.

Die Stone Hall in Pennistone Royal hieß so, weil sie zur Gänze aus dem grauen Stein der Umgegend erbaut war – von der Decke über die Wände und den Fußboden bis zur Kaminverkleidung. Aber sie war mehr als eine Eingangshalle und gemahnte mit den hübschen Möbeln aus der Zeit Jakobs I. und der Tudors, in denen die Architektur des Hauses wiederaufgenommen wurde, an ein riesiges Wohnzimmer.

Dunkle Holzbalken kreuzten die Steindecke und setzten einen warmen Akzent, genauso wie die verblichenen Aubussonteppiche, die alten Gobelins und die Ölgemälde. Ferner wurde die majestätische Aura vom rosigen Licht der Kron- und Wandleuchter und von dem großen Feuer, das den Schornstein emporprasselte, abgemildert. In den Ecken leuchteten Töpfe mit gelben, rosa und lila Chrysanthemen, dunkelorange Amaryllis hob sich glühend vom Holz ab, und in hohen Messingurnen standen dunkelgrüne Stechpalmenzweige mit hellroten Beeren.

Aber der Glanzpunkt des Abends war der riesige Weihnachtsbaum. Über zweieinhalb Meter hoch reckte er sich mit weit ausgebreiteten Zweigen bis zur Galerie empor.

Als Emma nun mit Emily die Treppe hinunterkam, blieb sie unvermittelt stehen und schaute sich voller Bewunderung um. «Sieht das feierlich aus!» rief sie. Ohne eine Entgegnung abzuwarten, eilte sie hinab und mischte sich unter die Verwandten.

«Hallo, ihr», sagte sie. «Das habt ihr gut gemacht. Ihr habt es euch ein gutes Stück Arbeit kosten lassen, damit es heute abend hier so schön aussieht. Vielen Dank!»

Alle traten herbei, um Emma zu begrüßen. Winston nahm ihr das Geschenk ab und legte es unter den Baum. Jim, der mit seinem Rollstuhl nicht gut zurechtkam, konnte nur winken.

Emma eilte zu ihm hinüber, streichelte mit der Hand seine gesunde Schulter und beugte sich hinab, um ihn zu küssen. «Wie geht es dir?» fragte sie voller Sorge um sein Wohlergehen.

«Verdammt schlecht, aber ich werd's schon überleben.» Mit seinen hellen Augen sah er zu ihr auf und grinste. «Schöne Bescherung, so Weihnachten feiern zu müssen.»

«Ja, das weiß ich, mein Lieber, dir muß schrecklich unbehaglich zumute sein. Kann ich dir irgendwas bringen?»

«Nein, danke. Wo ist denn Paula? Sie sollte inzwischen zu Hause sein. Es ist beinahe halb sieben.» Er fiel plötzlich in einen streitsüchtigen Tonfall und sah Emma finster an. Bevor sie etwas sagen konnte, rief er: «Ich verstehe überhaupt nicht, warum sie heute ins Geschäft gehen mußte. Verrückt, wie sie sich abrackert, und dann am Heiligen Abend. Sie sollte hier bei ihrer Familie sein. Die Kleinen brauchen sie, und ich brauche sie auch. Sie verhält sich einfach rücksichtslos.»

Überrascht von seinen Worten und dem unangenehmen Tonfall, in dem sie geäußert worden waren, fuhr Emma ein wenig zurück. Sie wußte zwar, daß es ihm nicht gutging, fand aber, daß er ziemlich übertrieb. Sanft sagte sie: «Gerade *weil* heute Weihnachten ist, mußte sie ins Geschäft gehen, Jim. Du weißt doch, daß jetzt Hochsaison ist.»

«Sie hätte mittags zurückkommen sollen», grummelte er, «schließlich sind die Umstände doch ein wenig außergewöhnlich, meinst du nicht?»

Emma versagte sich eine scharfe Entgegnung, da sie wußte, daß sie ihm vieles nachsehen mußte, und führte seine Gereiztheit im stillen auf die Krankheit zurück. Noch ruhiger sagte sie: «*Ich* war nie ein Landjunker, der durch Abwesenheit glänzt, und Paula wird wohl auch nie einer sein. Außerdem ist sie vor kurzem zurückgekommen. Sie zieht ihr Cocktailkleid an. Du hast ja einen Drink und deine Zigaretten, wie ich sehe, also wirst du mich wohl entschuldigen, denn ich muß schnell diese unartigen Teenager zur Ordnung rufen.»

Sie eilte zum Baum hinüber, wo Amanda und Francesca auf Trittleitern standen und wild miteinander zankten. «Mädchen, hört sofort damit auf und kommt her zu mir! Sofort!» rief Emma.

«Ja, Großmutter», sagte Amanda ergeben und gehorchte eilfertig.

Francesca zögerte noch. Sie befestigte eine Silberglocke an einer Zweigspitze und betrachtete ihr Werk mit ausgerecktem Hals.

Amanda, die inzwischen unten angekommen war, trat einen Schritt zurück und sah ihre Schwester an. «Da doch nicht, du Trottel!» brüllte sie. «Das ist doch genau neben einem silbernen Eiszapfen! Da muß doch mehr Farbe hin. Nimm den roten Stern, den du in der Hand hältst!»

«Hau bloß ab!» schoß Francesca zurück. «Ich hab die Nase voll von deinen Ratschlägen. Du bist doch sowieso blöd. Und immer so herrschsüchtig.»

«Nun ist es aber gut!» sagte Emma scharf. «Komm sofort herunter, Francesca. Sonst verbringst du den Abend in deinem Zimmer!»

«Ja, Grandy», murmelte Francesca und kletterte geräuschvoll die Leiter hinunter, bis sie neben ihrer Schwester vor Emma stand.

«Nun geht ihr beide nach oben», sagte Emma und maß sie mit einem mißbilligenden Blick. «Ihr seht ja wie Straßenjungen aus. Ich möchte, daß ihr diese scheußlichen Jeans und die schmuddeligen Hemden auszieht und euch dem Anlaß entsprechend kleidet. *Sofort.* Und daß ihr euch das Gesicht wascht und euch kämmt. Ich hab euch noch nie so schauderhaft herumlaufen sehen. Und zieht bitte nicht dasselbe an. Ich habe wirklich genug von euren Zwillingsschwester-Darbietungen. Das ist ja wie eine Musicalnummer.»

«Ja, Großmutter», murmelte Amanda demütig.

«Was sollen wir denn deiner Meinung nach anziehen?» fragte Francesca und musterte Emma mit einem frechen Grinsen.

Emma fühlte das Lachen in sich aufsteigen, beherrschte sich aber und sagte streng: «Du kannst deinen roten Samtrock anziehen, Francesca. Und du hast doch das blaue Seidenkleid, Amanda. Das wäre etwas Passendes. Zumindest kann ich euch dann auseinanderhalten. Also los.»

Emily, die diese kleine Szene beobachtet hatte, begann zu lachen, als ihre Halbschwestern außer Hörweite waren.

«Danke, Gran. In den letzten Tagen sind sie wirklich sehr widerspenstig gewesen. Ich hätte bald damit gedroht, sie nach Paris zu unserer Mutter zu schicken, aber ich hätte es ja doch nicht fertiggebracht, wenn sie mir auch noch so auf die Nerven gehen.»

«Sie probieren bloß aus, wie weit sie es treiben können», lachte Emma in sich hinein.

«Das weiß ich. Möchtest du gern einen Drink haben?»

«Warum nicht, Emily. Vielleicht kannst du Winston oder deinen Bruder bitten, eine Flasche Champagner zu öffnen.» Als Emily weggegangen war, drehte Emma sich um und rief zu David Amory hinüber: «Bitte leg doch eine Platte auf, David, mein Lieber, ein paar Weihnachtslieder. Oder doch nicht . . . ich glaube, ich möchte lieber Bing Crosby hören, *‹White Christmas›*, heißt es nicht so?»

«Gern, Emma. Das paßt ja auch sehr gut dieses Jahr.»

Dann ging Emma zu der Kiste mit dem Baumschmuck hinüber und begann, die unteren Äste auszustaffieren, die noch kahl und unfertig aussahen. Kurze Zeit später spürte sie eine Hand leicht auf ihrem Arm. Sie drehte sich um und stand Edwina gegenüber.

«Kann ich dir helfen, Mutter?»

«Ja, gern», sagte Emma, ihr Erstaunen verbergend. «Such doch mal in der anderen Kiste. Vielleicht findest du was hübsches Glitzerndes für diese unteren Zweige. Mir kommt es vor, als würden die schönsten Sachen immer an der Baumspitze landen.» Sie sah ihre älteste Tochter genau an und nickte. «Blau hat dir immer gut gestanden, Edwina. Du siehst sehr gut aus heute abend, das ist ein wunderschönes Kleid.»

«Danke . . . Daisy hat mich dazu überredet.» Edwina zögerte. «Du siehst sehr elegant aus, aber das tust du ja immer, Mutter.» Und sie lächelte ihr genauso zaghaft zu, wie sie sie am Arm berührt hatte.

Emma lächelte zurück und fragte sich, wie sie zu dem unerwarteten Kompliment kam, griff dann nach einer vergoldeten Birne aus Pappmaché, befestigte sie an einem Zweig und runzelte die Stirn. Edwina war ja plötzlich so herzlich. Aber sie mußte zugeben, daß diese demonstrativ zur Schau gestellte Wärme sie freute.

Ein paar Minuten später tippte Edwina sie an und hielt ihr einen blauen Stern aus Glas hin. «Wie ist es damit, Mutter, möchtest du ihn nicht aufhängen? Vielleicht da drüben, neben dem Engel.»

Emma nahm den Stern und sah Edwina eindringlich ins Gesicht.

Den Bruchteil einer Sekunde lang trug es sie in die Vergangenheit zurück . . . ein Weihnachtsabend vor langer, langer Zeit. *Dezember 1915.* Joe Lowther war da noch am Leben gewesen. Es war das Jahr vor seinem Tod an der Somme. Sie hatten in der Towers Avenue in Armley gewohnt. Sie sah alles so lebhaft vor sich, daß ihr der Atem stockte. Edwina war damals neun Jahre alt gewesen und außergewöhnlich hübsch mit ihrem langen blonden Haar, den silbrigen Augen, die so sehr Adeles ähnelten, und den zarten Zügen, die sie von ihrem Vater Edwin Fairley hatte. Aber das kleine Mädchen hatte Joe für seinen Vater gehalten und ihn geradezu angebetet.

Alle drei hatten sie vor einer riesigen Fichte gestanden, die der von heute ähnlich sah, und es war ebenfalls eine weiße Weihnacht gewesen. Schwach vernahm Emma das lustige Lachen von damals. Aber nur der Mann und das Kind hatten gelacht, sich gemeinsam den Spaß und die Freude geteilt, jenen prächtigen Baum zu schmücken. Sie war damals der von ihrer Tochter unerwünschte Eindringling gewesen. Edwina hatte sie jedesmal abblitzen lassen, wenn sie dem schönen Kind ein hübsches Stück Tand gegeben hatte, um den Baum zu schmücken. Schließlich hatte Emma das Zimmer verlassen; das Herz wollte ihr brechen. Sie hatte den Mantel übergeworfen und war die kurze Straße hinunter zu Blackies und Lauras Haus gelaufen, wo Laura sie getröstet und ihr geholfen hatte, die Gehässigkeit des Kindes zu verkraften.

«Fühlst du dich nicht wohl, Mutter?» fragte Edwina.

Emma blinzelte. Die Erinnerung verblaßte. «Doch», sagte sie, «doch, doch. Mir geht's gut. Ich habe nur gerade an etwas gedacht.»

«An was denn?»

«Oh, an einen Weihnachtsabend . . . das ist schon so lange her, du wirst es sicher vergessen haben.»

«Du meinst Weihnachten 1915, nicht wahr?» Edwina trat dichter an Emma heran.

«Ja.»

«Mutter . . .» Edwina sah Emma tief in die weisen, alten Augen. «Ich habe dieses Weihnachtsfest auch nie vergessen.» Sie hielt inne, dachte nach und ergriff dann impulsiv Emmas Hand. «Verzeih mir, Mutter, bitte, bitte verzeih mir dieses schreckliche Weihnachten», flüsterte sie.

Entgeistert starrte Emma ihre Tochter an. Doch dann begriff sie, was Edwina damit sagen wollte. Sie bat damit um Verzeihung für all die Kränkungen, die sie ihr über die Jahre hinweg zugefügt hatte. Langsam sagte sie: «Du warst so ein kleines Mädchen damals . . . du konntest nicht verstehen, wie es in der Welt der Erwachsenen zuging. Du wußtest nichts von Schmerz oder von gebrochenen Herzen.»

«Bitte sag, daß du mir verzeihst, Mutter», bat Edwina sie inständig. «Es ist mir sehr wichtig.»

«Natürlich verzeihe ich dir, Edwina. Du bist meine Tochter, meine Erstgeborene. Und ich habe dir schon vor Monaten gesagt, daß ich dich immer geliebt habe. Meine Liebe hat nie geschwankt oder aufgehört, obwohl du an mir gezweifelt hast.»

«Das tue ich jetzt nicht mehr.» Tränen standen in Edwinas hellen Augen. «Meinst du – glaubst du, daß wir nun endlich Freundinnen sein können?»

«Das weiß ich.» Emma lächelte ihr unvergleichliches Lächeln, das ihr Gesicht immer aufstrahlen ließ. «Wir sind es schon, mein Liebling», sagte sie und hielt Edwinas Hand ganz fest.

37

Langsam begann Jonathan Ainsley zu begreifen, wie gefährlich die Straßenverhältnisse waren, nachdem er die Hauptstraße nach Ripon hinter sich gelassen hatte und seinen Aston Martin eine enge Landstraße entlangsteuerte, um den Weg zum Dorf Pennistone Royal abzukürzen.

«Du hättest nicht hier entlangfahren sollen», beschwerte sich Sarah. «Die Straße ist viel zu kurvenreich. Wir bauen noch einen Unfall, wenn du nicht aufpaßt.»

«Dies ist der kürzeste Weg», sagte Jonathan. Ein kaltes Lächeln spielte um seinen Mund. «Ich möchte heute abend nichts verpassen. Es wird bestimmt . . .» Er brach ab, als er merkte, daß der Wagen auf dem Eis ins Schleudern geriet. Fast wäre er außer Kontrolle geraten. Jonathan packte das Steuer fester und trat vorsichtig auf die Bremse.

Sarah, die vor Angst ganz starr war, fiel ihm in den Arm.

Ärgerlich schüttelte Jonathan ihre Hand ab. «Du bringst uns noch in den Graben!» rief er wütend. Er fuhr jetzt ganz langsam. «Mach so was bloß nicht noch mal, Sarah. Das ist sehr gefährlich!»

«Es tut mir leid, das war eine blöde Reaktion. Bitte sei mir nicht böse. Du weißt, daß ich es nicht ertragen kann, wenn du zornig wirst.»

«Ja, ja, ist schon gut», murmelte er und unterdrückte seine Wut. Er würde sich hüten, sie in Aufregung zu versetzen. Er brauchte sie und konnte es sich nicht leisten, ihr Mißfallen zu erregen. Er sah konzentriert nach vorn und achtete darauf, ob Eisstellen unter den Scheinwerfern aufblinkten.

Sie schwiegen beide eine Zeitlang.

Sarah hatte sich auf dem Sitz kleingemacht und zog nun ihren Silberfuchsmantel enger um sich. Sie hoffte, daß er bald seine gute Laune wiederfinden würde.

Jonathan achtete jetzt nur noch auf die Straße. Der Aston Martin war neu, noch nicht einmal bezahlt. Eine eingedrückte Motorhaube oder ein beschädigter Kotflügel würden teuer werden. Er entspannte sich wieder ein wenig, als sie ein relativ schneefreies Stück Straße passierten, fuhr aber nicht schneller, sondern war weiterhin achtsam. Er dachte jetzt an seine Cousine neben sich und überlegte, wie er Sarah wohl dazu überreden konnte, mehr Geld herauszurücken und noch ein paar hunderttausend Pfund in die Firma zu investieren, die er insgeheim zusammen mit Sebastian Cross gegründet hatte. Sarah war jetzt Teilhaberin. Ihr Geld war lebenswichtig für sie, sie waren darauf angewiesen. In der letzten Zeit hatten sie viel Pech gehabt. Sebastian hatte ein paar verhängnisvolle Abschlüsse getätigt, die den Gewinn aus seinen guten wieder aufgefressen hatten. Aber sie würden es schon schaffen. Ein weiterer guter Abschluß würde sie wieder herausreißen.

Er sah grimmig drein, während sich die Gedanken in seinem Kopf überschlugen. Vielleicht würde er einen der Abschlüsse, die er für *Harte Enterprises* gerade tätigte, seiner eigenen Firma *Stonewall Properties* übertragen. *Warum eigentlich nicht?* Der Gedanke bereitete ihm Vergnügen. Jonathan Ainsley wußte, daß das Diebstahl wäre. Er wußte auch, daß er habgierig war, nach den guten Dingen im Leben gierte und voller Machthunger steckte. Er wußte auch, daß er nicht fair war, trotz der Anstrengungen seiner Großmutter, ihm die Spielregeln einzubleuen. Wer will die schon wissen, dachte er bei sich. Er war ein schlechter Verlierer. Das war ihm egal. Aber der Teufel sollte ihn holen, wenn er noch einmal den kürzeren zog. Diesmal wollte er Sieger bleiben . . .

Sarah sagte: «Wir haben es fast geschafft, Jonny.»

«Ja, ich weiß.» Jonathan lächelte über sie. Seit Monaten manipulierte er sie schon, benutzte ihren Haß auf Paula und flößte ihr Eifersucht, Neid und Verbitterung ein. Aber sie hatte jeden Grund, verbittert zu sein, dachte er. Genauso wie er. Paula war der Liebling, die Kronprinzessin. Sie bekam alles, zum Teufel mit ihr. Ebenso war es mit Alexander. Ein Flämmchen Wut durchzüngelte ihn. Er unterdrückte es sofort, ermahnte sich, heute abend die Ruhe zu bewahren. Er hatte sich darin geübt, seine wahren Gedanken vor der Familie zu verbergen, vor allem vor seiner Großmutter. Diese verdammte alte Hexe. Mein Vater hat recht, sie wird nie abkratzen. Am Ende müssen wir sie tatsächlich noch um die Ecke bringen. Der arme Dad – man hatte ihn um sein Erbteil betrogen. Aber er ist ein großartiger Politiker, einer der berühmtesten Männer in England. Vielleicht wird er sogar noch Premierminister. Er ist so klug. Ihm hat meine Idee, eine eigene Firma zu gründen, gleich eingeleuchtet. Seinen Segen habe ich. Jonathan fragte sich, ob seine Großmutter einen Verdacht hegte. Bestimmt nicht. Sie wurde allmählich senil. Wenn Emma Harte erst tot war, würde er das New Yorker Apartment erben. So stand es in ihrem Testament. Und Sarah das Haus am Belgrave Square. Ich werde sie zum Verkauf überreden, damit sie das Geld bei mir investieren kann. Der bloße Gedanke an diese enorme Geldsumme heiterte ihn auf. Es juckte ihn vor Aufregung. Zuversicht erfüllte ihn, es ging ihm plötzlich viel besser. Die Konfrontation mit seiner öden Familie würde er schon durchstehen. Wenn er nur anhalten und vorher noch einen Joint rauchen könnte. Aber er traute sich nicht. Sarah hätte bestimmt etwas dagegen. Sie war so eine fade Nudel. Aber er mußte sie bei Laune halten, denn er brauchte ihre Unterstützung, ihre Freundschaft. Kürzlich war Sebastian die Idee gekommen, Sarah zu heiraten. Jonathan war sich nicht sicher, ob er das unterstützen sollte. Er verachtete Sarah, aber Sebastian war ein schwieriger Typ, der zudem immer leichtsinniger und mit immer riskanteren Einsätzen spielte. Außerdem wollte Jonathan nicht die Herrschaft über Sarah verlieren, genauer gesagt, über ihr Geld.

Am Ende der schmalen Seitenstraße hielt Jonathan an, ließ die Scheinwerfer aufblinken und fuhr dann wieder auf die Hauptstraße zurück. «Das war eine hoppelige Fahrt, aber sie hat sich gelohnt. Wenigstens kommen wir nicht allzu spät an.»

«Wieso bist du denn so versessen darauf, rechtzeitig bei Grandy zu sein? Was glaubst du denn, was du versäumen wirst?» fragte Sarah neugierig.

«Familiendramen», kicherte Jonathan. «Denn die sind so sicher wie das Amen in der Kirche, bei der buntgescheckten Schar. Unser Graf wird dasein und um seine schwangere Geliebte herumglucken. Zum Teufel, Sarah, Anthony hat Glück gehabt. Haarscharf ist er an einem Mordprozeß vorbeigekommen. Und ich habe gehört, daß Sally Harte wie ein Hefekuchen aufgegangen sein soll, nachdem er sie dickgemacht hat.»

«Mußt du immer so vulgär sein?» sagte Sarah, prüde wie immer.

Er warf ihr einen schnellen Seitenblick zu und fuhr unbeirrt fort: «Und dann sind da noch unsere beiden Liebesvögelchen, die albern herumschnäbeln. Ich habe mir immer schon gedacht, daß Emily auf Winston scharf ist. Sie ist eine heiße kleine Biene, finde ich, ganz wie ihre läufige Mutti.»

«Allison Ridley ist ganz gebrochen wegen Winston», bemerkte Sarah so gleichmütig sie konnte und ignorierte seine Obszönitäten. «Sie wird in ein paar Wochen nach New York ziehen. Kann ich ihr nicht verdenken.»

«Ja, Winston sitzt auf dem hohen Roß momentan, hat sich die Zeitschriftengruppe unter den Nagel gerissen, als Jim den Unfall hatte.» Flugs fiel Jonathan ein, wie er Sarah in Rage bringen konnte, und schnell fügte er hinzu: «Dieser Flugzeugabsturz war ein bißchen seltsam, meinst du nicht auch?»

«Wieso denn?»

«Ich habe mir sofort gedacht, daß Jim sich vielleicht aus der Welt schaffen wollte, verstehst du: mit einem ganz dramatischen Abgang.»

Sarah war schockiert. «Jonathan! Wie kannst du so etwas sagen! Und warum sollte Jim sich umbringen?»

«Wer würde das nicht wollen, wenn er mit der Schneekönigin verheiratet ist?»

«Ja», murmelte Sarah. «Sie ist ein kaltes Luder. Womöglich frigide.»

«Das wage ich zu bezweifeln . . .» Jonathan machte eine Pause und wartete darauf, daß Sarah den Köder schluckte.

«Ich dachte, du haßt Paula genauso wie ich!»

«Daran hat sich auch nichts geändert», versicherte er ihr.

«Aber du hast doch eben behauptet, sie sei nicht kalt, Jonny.»

«Ja, also ich habe da ein paar Sachen gehört, die mich auf andere Ideen gebracht haben . . .» wieder redete er nicht weiter, um ihre Neugierde anzustacheln.

«Tatsächlich? Komm, erzähl mir davon.»

Jonathan seufzte. «Ach, ich hätte gar nicht damit anfangen sollen, meine süße Sarah. Ich will dich nicht ausgerechnet am Heiligen Abend aufregen.»

Sarah versetzte: «Ich rege mich nicht auf . . . und nun mach schon, erzähl mir den schmutzigen Klatsch über Paula. Ich bin ganz Ohr.»

«Nein, nein, lieber nicht.» Er unterdrückte ein höhnisches Lachen, das Katz-und-Maus-Spiel machte ihm Spaß. Es gab ihm das Gefühl, Macht zu besitzen.

Eine kleine Pause entstand.

«Andererseits bist du ja ein großes Mädchen . . .» er tätschelte ihr die Hand. «Und vielleicht stimmt der Klatsch ja auch gar nicht.»

«O Gott – das macht mich noch verrückt!» rief Sarah.

«Paula war im November in Barbados, das weißt du ja. Aber wußtest du auch, daß Shane O'Neill zur gleichen Zeit dagewesen ist?»

Sarahs Muskeln strafften sich. Sie hielt den Atem an. «Ja . . . und?» brachte sie nach einer Weile heraus. «Er war auch da, als *ich* hinuntergefahren bin, um die Boutique zu eröffnen. Das hat doch nichts weiter zu bedeuten.»

«Vielleicht nicht – oberflächlich betrachtet. Aber du selbst hast mir doch erzählt, was für glühende Blicke er ihr bei der Taufe zugeworfen hat.»

«Das stimmt auch.»

«Na, und Rodney Robinson, ein ehemaliger Schulkamerad aus Eton, war gleichzeitig mit Paula da. Er wohnte im *Sandy Lane Hotel* und hat sie da Mittag essen sehen. Er sagt, sie sei mit einem Mann zusammengewesen . . .»

«Vielleicht war es jemand anderes», erwiderte Sarah schnell. Sie konnte den Gedanken kaum ertragen, sich Shane mit ihrer Cousine vorzustellen. Es machte sie richtig krank.

«Aber es war Shane», sagte Jonathan unerschütterlich. «Er kam Rodney bekannt vor. Sobald sie weg waren, hat der gute alte Rodney den Oberkellner beiseite genommen und ihn gefragt, ob er wüßte, wie der Mann hieße, der mit der hochgewachsenen, dunklen jungen Schönheit zusammen war. Und der Oberkellner sagte, es sei Mr. O'Neill gewesen, dem das *Coral Cove Hotel* gehörte.»

«Zusammen essen ist doch nichts Ungewöhnliches. Sie sind immer schon gute Freunde gewesen», protestierte Sarah und wünschte den Schmerz in ihrer Brust fort.

«Klar, Süße, du hast recht. Bloß ist da noch was. Rodney sagte, sie wären recht vertraut miteinander umgegangen. ‹Intim› war das Wort, das er gebrauchte. Er meinte, Shane hätte es quasi bei Tisch mit ihr getrieben.»

«B-b-bitte», stammelte Sarah, «d-d-du weißt doch, wie ich es verabscheue, wenn du so vulgär bist.»

«Verzeih mir.» Er streichelte ihre Hand und freute sich diebisch. «Sie waren ganz versessen aufeinander, ganz ekelhaft war es. Hat Rodney gesagt. Offenbar ist unsere Schneekönigin doch gar nicht so eisig, und auch nicht das brave Mädel, als das sie sich immer ausgibt. Der arme Jim. Es wundert mich gar nicht, daß er sich fast zu Tode gestürzt hat.»

Sarah schluckte. Die Eifersucht überwältigte sie so, daß sie kaum atmen konnte.

Jonathan, dem ihre Gefühle für Shane O'Neill wohl bekannt waren, fuhr dennoch unbarmherzig fort: «Ja, ich glaub, da ist was faul im Staate Dänemark, wie der gute Will Shakespeare es formuliert hat. Vielleicht ein *Ehebruch*? Der das Haus Fairley ins Wanken bringt.» Er lachte sarkastisch.

«Sie haben bestimmt kein Verhältnis miteinander», jammerte Sarah. «Das würde Paula nicht wagen. Sie hätte zuviel Angst, daß Grandy es herausbekommen könnte. Und außerdem liebt sie Jim.»

«Hundert zu eins, daß du da auf dem Holzweg bist, Kleine.»

«Ich finde, wir sollten das Thema fallenlassen. Es regt mich doch auf. Mir ist schon richtig schlecht.»

«Hoffentlich geht es dir bald wieder besser», murmelte Jonathan sanft und tat so, als würde ihm das etwas ausmachen. «Ich hab ja gleich gewußt, daß ich es dir nicht hätte sagen sollen. Aber du hast mich schon immer um den kleinen Finger wickeln können. Wie gut, daß wir uns haben, Sarah. Wir werden uns gegen unseren Cousin und unsere Cousine zur Wehr setzen, auf Biegen oder Brechen. Und wir werden gewinnen, glaube mir. Sebastian und ich haben die Firma nun richtig in Schwung gebracht. Du wirst mit uns Millionen verdienen und so reich und mächtig werden wie die verdammte Paula Fairley.»

Von Sarah kam keine Antwort. Zusammengekauert saß sie da und versuchte, der Tränen Herr zu werden. Es hatte ihr richtig weh getan, diese Dinge von ihm und Paula hören zu müssen. An Jonathans Behauptungen zweifelte sie nicht.

«Kopf hoch, Liebe», sagte er nun. «Und denk daran: Shane ist Katholik. Er würde nie eine geschiedene Frau heiraten. Und wenn er wirklich mit der Dame liiert ist, wird er sie schnell satt bekommen.

Er ist ja so ein Zu . . .» Jonathan räusperte sich und verbesserte sich schnell: «Äh, ich meine, ein Casanova. Er stößt sich eben erst die Hörner ab. So mußt du seine Affäre mit Paula betrachten. Bald wird er zur Ruhe kommen, und *voilà!,* dann bist du da und hast auf ihn gewartet. Und reich wirst du auch sein, wenn du mit ihm an den Altar trittst. Ach, und ich wollte dir überhaupt sagen, wie schön du jetzt bist, wo du soviel abgenommen hast. Shane wird dir nicht widerstehen können. Ich werde dir helfen, mach dir keine Gedanken. Ich sorge schon dafür, daß du den Mann bekommst, den du liebst.»

«Was täte ich nur ohne dich?» seufzte Sarah.

Minuten später bog Jonathan in die Tore von Pennistone Royal ein. Beim Einparken bemerkte er das große Aufgebot der Autos und vermutete, daß sie wohl die letzten waren. Im stillen lachte er über Sarahs Naivität, zog aber dennoch ein biederes Gesicht, als er ihr hinaushalf und dann zum Kofferraum eilte, um die Geschenke für ihre Großmutter auszuladen.

Stolzgeschwellt darüber, daß er seine Cousine so geschickt manipuliert hatte, hakte er sie unter, setzte eine angemessen unbekümmerte Miene auf und geleitete sie hinein.

Joe, der Hausdiener, wünschte ihnen frohe Weihnachten, als er ihnen die Mäntel abnahm. Sie erwiderten seinen Gruß. Jonathans scharfe, stets wache Blicke schossen hierhin und dorthin, während Sarah und er die kurze Treppe zur Stone Hall hinuntergingen. Die Party war in vollem Gange. Alle waren sie anwesend. Weihnachtslieder vom Plattenspieler, das hohe Summen der zwanglosen Unterhaltung und fröhliches Lachen erfüllten die Luft. Knisternd brannte das Kaminfeuer, der riesige Weihnachtsbaum verbreitete gleißende Helligkeit, und auf den vertrauten Gesichtern, die sich ihnen zum Gruß zuwandten, lag glückliches Lächeln.

Jonathan lächelte zurück, nickte, hielt aber nirgendwo lange inne. Er sah Paula auf Blackies Sessellehne sitzen und mit dem alten Mann sprechen. Wenn ich Rodneys Geschichte ein bißchen ausgeschmückt hab, um Sarah auf die Palme zu bringen, so war ich doch bestimmt nicht weit von der Wahrheit entfernt, dachte Jonathan bei sich. Wetten, daß Shane O'Neill sie da hat, wo er sie haben will: in seinem Bett. Der gute Rodney, da bin ich ihm wirklich dankbar.

Nun entdeckte Jonathan Jim, der in seinem Rollstuhl saß und mit

Anthony redete. Die beiden sahen einander sehr ähnlich. Fairley-Blut, dachte er. Er vergewisserte sich, daß sein charmantes Lächeln auch noch richtig saß. Sobald Jim allein ist, werde ich zu ihm hinübergehen und ein paar kleine Zweifel säen, was sein ach so ehrbares Frauchen betrifft. Vorher aber sollte ich mich besser auf die Suche nach dem alten Drachen machen und meinen Kniefall hinter mich bringen.

Jonathans Vermutungen bewahrheiteten sich keineswegs, denn es gab keine Krisen in Pennistone Royal an diesem Abend.

Emmas traditionelle Weihnachtsparty verlief ohne Störungen. Gleichwohl hatte Emily in bezug auf Edwinas Reaktion beim Anblick der Diamantenhalskette keineswegs übertrieben.

Nach dem kalten Buffet und vor dem Absingen der Weihnachtslieder hatte Emma ihre großzügigen Liebesbeweise unter Familienangehörigen und Freunden verteilt. Alle waren gerührt und begeistert. Man sah, wieviel Zeit es sie gekostet hatte, etwas ganz Besonderes für jeden auszusuchen. Sogar die ewigen Nörgler waren zufrieden: Jonathan mit seinen Manschettenknöpfen aus Gold und Jade, Sarah mit der Perlenkette, die sie bekommen hatte.

Aber Edwina war diejenige, die wirklich sprachlos war, als sie das Fairley-Halsband erblickte. Einen Moment lang befürchtete Emma, daß Emily mit ihrer sarkastischen Bemerkung recht behalten würde. Aber statt dessen brach Edwina in Tränen aus.

Während sie sich langsam wieder in die Gewalt bekam, erkannte sie, daß dieses Erbstück der Fairleys ein Zeichen selbstloser Liebe war, der Liebe einer Mutter zu ihrer Tochter. Den Rest des Abends wich sie nicht mehr von Emmas Seite.

Die fröhliche Stimmung hielt bis Mitternacht an. Nur Paula fühlte sich zuweilen ein wenig einsam, wenn sie an Shane dachte. Sie war aufmerksam zu Jim und achtete auf seine Bedürfnisse. Im übrigen plauderte sie mit jedem, aber es zog sie immer wieder zu den O'Neills hin: Sie mußte Shanes Familienangehörige um sich haben. Irgendwie schien ihn das näher zu bringen.

Nächstes Jahr, dachte sie fortwährend. Nächstes Jahr werden wir zusammensein.

38

Es war ein regnerischer Abend Mitte Januar.

Jim Fairley saß im pfirsichfarbenen Salon, nippte an einem Wodka pur und betrachtete sein Lieblingsbild, den Sisley, den er so liebte und so gern für sich haben wollte. Er war so darin vertieft, daß er gar nicht merkte, daß Emma in der Tür stand.

Sie beobachtete ihn scharf.

Jeden Tag machte sie sich größere Sorgen um ihn, und jetzt konnte sie sich des Gedankens nicht mehr erwehren, daß sie den langsamen, aber sicheren Verfall eines Mannes miterlebte. Während ihres Auslandsaufenthaltes und in den letzten sechs Wochen hatte er sich derartig verändert, daß man den stattlichen jungen Redakteur, als den sie ihn eingestellt hatte, nicht wiedererkennen konnte. Sie hatte versucht, mit ihm zu sprechen, aber ihre Worte schienen ihn gar nicht zu erreichen. Es ging bergab mit ihm.

Er trank stetig. Seit sie ihn ein paar Tage nach Weihnachten darauf angesprochen und ermahnt hatte, versuchte er es zu verheimlichen. Trotzdem war ihr klar, daß er große Mengen Alkohols konsumierte – Tag und Nacht.

Sie dachte an seine Familie. Alle Fairleys waren Trinker gewesen. Seine Urgroßmutter Adele war im Herrenhaus von Fairley vollkommen betrunken die Treppe hinuntergefallen und hatte sich den Hals gebrochen. Die Scherben des Weinglases lagen um ihren Körper verstreut an jenem schrecklichen Morgen, als Annie, das Hausmädchen, sie gefunden hatte.

Emma runzelte die Stirn. War Alkoholismus erblich? Jim war zwar noch kein Trinker, doch sie war überzeugt davon, daß er auf dem besten Weg war, einer zu werden. Und dann waren da noch die Schmerzmittel. Er hatte sie nicht völlig davon überzeugen können, daß er wirklich damit aufgehört hatte, diese Tabletten zu nehmen. Dennoch hatte sie nicht die geringste Ahnung, woher er sie bloß bekam. Sie betrachtete sein Gesicht von der Seite und dachte, wie gut er doch noch aussah trotz der Verwüstungen, die der Alkohol, die Tabletten und die Schmerzen angerichtet hatten. Eine Formulierung Blackies kam ihr wieder in den Sinn. Als sie neulich in den Ställen von Allington Hall gewesen waren und seine Rennpferde angesehen hatten, sagte er: «Hat edles Blut, aber kein Rückgrat», und wies auf einen der Vollblüter. Guter Vergleich, dachte Emma. Obwohl sie über Jim ungern den Stab brach, war es doch offensichtlich, daß er schwach war, daß es ihm an Charakterstärke mangelte. Aber hatte sie das nicht schon immer geahnt?

Emma räusperte sich und sagte betont heiter: «Guten Abend, Jim.» Energisch betrat sie das Zimmer.

Sie hatte ihn aufgeschreckt. Schnell drehte er den Kopf nach ihr um. Sein Lächeln war ziemlich vage. «Ich habe mich schon gefragt, wo du steckst», sagte er mit gezwungener Herzlichkeit. «Ich habe nicht auf dich gewartet, aber es macht dir doch nichts aus, hoffe ich.» Er sah auf seinen Drink. «Das ist mein erster heute, Grandy.»

Eine platte Lüge, dachte sie. «Man hat mich am Telefon aufgehalten, aber nun werde ich mit dir vor dem Essen noch ein Glas trinken.»

Sie holte sich ein Glas Weißwein und fuhr fort: «Ich habe eben mit Daisy gesprochen. Sie hat aus Chamonix angerufen. Sie sind traurig, daß du nicht mitkommen konntest. David vermißt dich beim Abfahrtslauf.» Sie setzte sich mit ihrem Wein an den Kamin. «Daisy ist ja keine große Skifahrerin, das weißt du ja, und David fühlt sich einsam ohne dich, seinen lustigen Zechbruder. Na ja, nächstes Jahr kannst du wieder mitfahren, Jim.»

«Das will ich hoffen.» Er bewegte leicht die gebrochene Schulter. «Es ist wirklich eine Erleichterung, sie jetzt in der Schlinge zu haben, und morgen wird Dr. Hedley mir den Gips vom Bein abnehmen.»

Sie wußte das alles, tat aber überrascht, weil er nicht merken sollte, daß sie regelmäßig mit dem Arzt über ihn sprach. «Das ist ja großartig. Du mußt gleich mit der Bewegungstherapie anfangen und deine Muskeln wieder in Form bringen.»

«Davon wird mich auch nichts abhalten.» Er warf ihr einen scharfen Blick zu. «Hat Paula dich heute aus New York angerufen?»

«Nein, aber ich habe auch keinen Anruf erwartet. Gestern abend hat sie dir doch sicher am Telefon gesagt, daß sie heute nach Texas fliegt. Wegen *Sitex*, weißt du.»

«Ach ja, das hatte ich ganz vergessen.»

Emma bezweifelte das, sagte aber nichts dazu. «Emily hat mir erzählt, Winston sei nun doch zum Abendessen da. Das ist doch schön für dich, Jim – ein bißchen männliche Gesellschaft, das wird dich aufheitern. Dir muß doch sehr langweilig sein unter lauter Frauen.»

Er lachte. «Ihr seid alle sehr aufmerksam, aber es ist wirklich schön, Winston zu sehen und zu hören, was in der Welt draußen vor sich geht. Ich fühl mich so von allem abgeschnitten; diese Untätigkeit geht mir auf die Nerven. In ein paar Wochen kann ich hoffentlich in die Zeitung zurück, was meinst du?»

Emma begriff plötzlich, daß das ein sehr guter Schachzug wäre, und sagte schnell: «Das finde ich prima. Ich habe die Arbeit immer als wunderbare Kur für alle meine Leiden betrachtet.»

Jim räusperte sich. «Wo wir schon von der Zeitung sprechen, Emma, da gibt es eine Sache, die ich dich schon immer fragen wollte.»

«Ja, was ist es denn, Jim?»

Er zögerte kurz und sagte dann mit leiser Stimme: «Als ich letzten September aus Kanada zurückkam, hatten Paula und ich eine kleine Meinungsverschiedenheit wegen Sam Fellowes und den Anweisungen, die sie ihm in meiner Abwesenheit gegeben hatte – du weißt ja, daß keine Berichte über Mins Tod erscheinen sollten und so weiter.»

«Ja, sie hat mir von ihrer Entscheidung berichtet, aber nicht über euren Streit.» Emma warf ihm einen neugierigen Blick zu.

«Paula sagte, sie habe von dir und Winston die Vollmacht bekommen, an eurer Statt zu handeln, falls es nötig sein sollte.»

«Ja, das stimmt.»

«Aber ich habe mich gefragt, warum du *mir* nicht die Vollmacht gegeben hast?»

Emma saß ganz still und schwieg eine Sekunde lang, dann sagte sie sanft: «Jim, als du deinen Job als geschäftsführendes Vorstandsmitglied der Vereinigten Zeitschriftengruppe von Yorkshire niedergelegt hast, hast du damit auf alle Machtbefugnisse verzichtet, außer auf diejenigen, die du als Chefredakteur hast, versteht sich. Du hast gesagt, die Verwaltungsseite der Zeitungen interessiere dich nicht. Deshalb lag mir der Gedanke nahe, daß diese Vollmachten nur jemandem zustünden, der bereit, willens und fähig war, die Führung zu übernehmen, wenn es nötig sein sollte – und zwar auf der Verwaltungsebene.»

«Verstehe.»

Sie beobachtete ihn scharf und sah, wie sein Gesicht sich vor unterdrückter Wut verzerrte. «Du bist aus freien Stücken zurückgetreten, Jim», sagte sie sachlich im gleichen sanften Ton.

«Ich weiß.» Er trank einen großen Schluck Wodka, stellte dann den Drink auf ein Tischchen und starrte ins Kaminfeuer. Schließlich wandte er ihr seinen Blick zu. «Paula ist doch auch die Treuhänderin der Aktienanteile meiner Kinder an der Zeitschriftengruppe, nicht wahr?»

«Das ist richtig.»

«Warum denn, Grandy? Warum nicht ich? Schließlich bin ich doch ihr Vater.»

«So einfach ist das nicht, Jim. Die Anteile, die ich Lorne und Tessa hinterlasse, gehören nicht einer besonderen Stiftung an, sondern sind Teil ihres gesamten Erbes, zu dem auch noch viele weitere Aktien aus diversen anderen Holdings von mir zählen. Ich finde es selbstverständlich, daß eine so gewaltige Stiftung von einer Person verwaltet werden muß. Es wäre lächerlich, mehrere Stiftungen jeweils unterschiedlichen Treuhändern zu unterstellen. Viel zu kompliziert.»

Er nickte, sagte aber nichts.

Emma erkannte wohl, daß er nicht nur ein wenig verärgert, sondern außerordentlich wütend war, wenn er sich auch nach Kräften bemühte, das zu verbergen. Sie wußte wohl, daß sie niemandem Rechenschaft schuldig war, wollte aber, daß er seinen Zorn überwand.

«Mein Entschluß, Paula mit dieser Aufgabe zu betrauen», fuhr sie fort, «ist keine Beurteilung von dir und deinen Fähigkeiten. Sie – sie allein – würde das Vermögen ihrer Kinder verwalten, egal mit wem sie verheiratet wäre, Jim.»

«Verstehe», murmelte er, obwohl das im Grunde nicht der Fall war. Er fühlte sich übergangen. Aber daran hatte niemand schuld außer ihm selbst. Plötzlich wurde ihm klar, daß er niemals als geschäftsführendes Vorstandsmitglied der Zeitschriftengruppe hätte zurücktreten sollen.

In sein mißgelauntes Gesicht und sein zorniges Schweigen hinein sagte Emma: «Falls Emily und Winston Kinder haben sollten, bevor ich sterbe, und falls ich für ihre Nachkommen eine Stiftung schüfe – was selbstverständlich wäre –, käme Winston in dieselbe Lage wie du. Und ebenso ginge es Sarahs Mann, falls sie heiratet, solange ich noch am Leben bin. Du wirst nicht anders behandelt als die anderen.»

«Ich habe doch gesagt, daß ich es verstehe, Emma, wirklich. Danke, daß du mir alles erklärst. Ich schätze . . .»

Es klopfte leise, und Hilda trat ein: «Entschuldigen Sie bitte, Mrs. Harte, aber Mr. O'Neill ist am Apparat. Sie möchten ihn zurückrufen, wenn Sie verhindert sind. Er ist bei Mr. Bryan in Wetherby.»

«Danke, Hilda, ich gehe dran.» Sie stand auf und lächelte Jim zu. «Entschuldige mich einen Augenblick, mein Lieber, ich bin gleich wieder da.»

Er nickte, und sowie er allein war, rollte er zum Regency-Wandtischchen hinüber, füllte sich sein Glas mit Wodka und ließ Eiswürfel hineinplumpsen. Er hielt den Drink in der linken Hand, die aus der Armschlinge hinausschaute, und schob dann mit der rechten den Rollstuhl zurück an den Kamin.

Schnell leerte er sein Glas zur Hälfte, damit Emma nichts merkte, und dachte dann über ihre Worte nach. Plötzlich war ihm alles klar. Emma gab all ihre Macht an ihre Enkelkinder weiter. Sie stellte sicher, daß sie in der Familie blieb. Todsicher. Er hatte geglaubt, zur Familie zu gehören. Aber er war offensichtlich ein Außenseiter.

Seufzend schaute er zum Sisley empor. Dieses Bild hatte schon immer eine hypnotische Wirkung auf ihn ausgeübt. Wieder wünschte er, es wäre seins, wie immer, wenn er es betrachtete. Er fragte sich, was genau an dieser spezifischen Landschaft ihn so verzauberte. Es hingen ja noch andere Sisleys in diesem Zimmer, und auch Monets. Jedes einzelne war Millionen wert.

Plötzlich jagte ihm die Erkenntnis Schauder des Entsetzens durch den Leib: Dieses Bild verkörperte Reichtum und Macht. Deshalb wollte er es haben – allein deshalb. Daß der Sisley ein großes, lyrisches und atemberaubendes Kunstwerk war, das ihn mehr ansprach als die anderen, war gar nicht wichtig. Ihm zitterten die Hände, er stellte den Drink ab und schloß die Augen, um das Bild nicht mehr ansehen zu müssen.

Ich will das Geld. Ich will auch die Macht. Ich will alles wiederhaben . . . alles, was mein Urgroßvater und Großvater so töricht verschleudert und verloren haben, was Emma Harte den Fairleys genommen hat. Er war ebenso entsetzt über diese Gedanken wie über sich selbst. Ich habe zuviel getrunken. Ich werde rührselig. Nein, werde ich nicht. Und ich habe auch noch nicht zuviel Wodka getrunken heute. Ich war sehr vorsichtig damit.

Ein Zittern schien sich seines ganzen Körpers zu bemächtigen. Er riß die Augen auf und hielt sich an den Armlehnen des Rollstuhls fest, um sich Halt zu verschaffen. Paulas Bild blitzte vor ihm auf. Er hatte sie doch nur aus Liebe geheiratet! Das stimmte. Das wußte er. *Nein.* Es gab noch einen anderen Grund, wenn er ehrlich war. Er hatte sie begehrt, weil sie Emma Hartes Enkelin war. Wieder falsch. Weil sie Emma Hartes Haupterbin war, die Erbin ihres riesigen Vermögens.

Den Bruchteil einer Sekunde lang sah James Arthur Fairley sich in seiner wahren Gestalt. Es war wie eine Erleuchtung. Und das, was er in diesem Augenblick stechender Klarheit sah, gefiel ihm gar nicht. *Das* war also die Wahrheit. Er liebte seine Frau, aber es verlangte ihn nach ihrem Geld und ihrer Macht. Er stöhnte, und seine Augen füllten sich mit Tränen. Diese plötzliche Selbsterkenntnis war unerträglich. Er war nicht der Mann, für den er sich immer gehalten hatte. Sein Großvater hatte ihn zu einem Gentleman erzogen, ihn gelehrt, nach den höheren Dingen des Lebens zu streben und sich um materiellen Wohlstand und gesellschaftliche Rollen nicht zu kümmern. Edwin Fairley hatte ihm eine Gehirnwäsche verabreicht. Aber heimlich hatte es ihn immer zur Macht, zum Ruhm und zum Reichtum hingezogen. Das war der Zwiespalt, der seiner Natur innewohnte. Das war der wahre Kern seiner Zerrissenheit. Ich habe mir jahrelang etwas vorgemacht. Ich habe in einer Lüge gelebt.

Er stöhnte wieder auf und fuhr sich mit der Hand durchs Haar. Ein stechender Schmerz in seiner Schulter lenkte ihn ab. Es war das verdammte Regenwetter. Seine Schulter war wie ein Barometer. Er suchte in seinen Taschen nach einer Tablette und spülte sie mit Wodka hinunter.

«Blackie ist so aufgeregt», sagte Emma von der Tür und kam fröhlich lachend hineingeeilt. «Er macht schon genaue Pläne fürs Grand National. Wir sollen *alle* mit zum Hindernisrennen kommen.

Am ersten Samstag im April.» Emma setzte sich und nahm einen Schluck von ihrem Wein. «Dann kannst du auch dabeisein, Jim. Bis dahin bist du wieder topfit.»

39

Was sollen wir bloß machen, Shane?» Paula sah ihn sorgenvoll an.

«Wir machen immer nur einen Schritt auf einmal und bewältigen die Tage, so gut es geht», sagte er zuversichtlich. Er warf ihr einen aufmunternden Blick zu. «Wir werden es schon schaffen.»

Sie saßen in Paulas Büro im Kaufhaus von Leeds. Es war ein kalter Aprilnachmittag. Shane war gerade von einer kurzen Spanienreise zurückgekehrt, wo er den Umbau ihres Hotels in Marbella überwacht hatte.

Nun rückte er näher an sie heran auf dem Sofa, legte den Arm um sie und hielt sie fest umschlungen. «Mach dir doch nicht so viele Sorgen, Liebling.»

«Ich kann nicht anders. Es ist nicht besser geworden, sondern schlimmer. Alles zieht sich endlos dahin. Ich habe das Gefühl, als würden sich meine Probleme nie lösen.»

«Doch, das werden sie.» Er rückte ein bißchen ab, hob ihr Gesicht an und sah ihr tief in die Augen. «Zur Zeit stehen wir beide geschäftlich sehr unter Druck und müssen unsere Kraft dafür einsetzen, aber wir wissen beide, daß wir am Ende zusammensein werden. Und dann wird es für immer sein. Denk an die Zukunft, Paula, und richte deinen Blick allein darauf.»

«Ich will's versuchen, wirklich, Shane, aber . . .» Ihre Stimme zitterte, und ihre Augen füllten sich mit Tränen.

«Liebling», sagte er, «nun weine doch nicht. Wir müssen weitermachen, ganz konsequent. Ich sag dir doch immer, daß die Zeit auf unserer Seite ist. Wir sind beide jung, wir werden schließlich siegen.»

«Ja.» Sie rieb sich mit den Fingerspitzen die Augen und zwang sich, ein heiteres Gesicht zu machen. «Es ist bloß – ach, Shane, ich vermisse dich so sehr.»

«Das weiß ich, ich vermisse dich doch auch. Es ist die Hölle, ständig voneinander getrennt zu sein. Aber sieh mal, ich müßte nächste Woche auch nach New York und dann für zwei Monate nach Sydney fliegen, wenn die Angelegenheit mit Jim geregelt wäre. Ich kann diese Umstände in keiner Weise beeinflussen. Und es war doch gar nicht so schlimm, nicht wahr? Wir waren im Januar eine Zeitlang in New York zusammen und haben es in den letzten Wochen geschafft, uns ein wenig gemeinsame Zeit zu stehlen. Und . . .»

«Tut mir leid, Shane. Ich bin heute wirklich trübsinnig. Vielleicht, weil du in ein paar Tagen wegfährst. Ich fühle mich immer so schrecklich allein, wenn du nicht in England bist.»

«Aber du bist nicht allein, Paula. Du hast mich und meine Liebe – für *immer*. Ich trage dich in meinem Herzen, wo immer ich auch bin, und ich denke immer an dich, in jeder Minute. Wir telefonieren doch fast täglich miteinander, und wenn du mich dringend brauchst, dann komme ich, so schnell ich kann. Du weißt, daß ich dann sofort ins Flugzeug springe, ob es nun in Australien oder in den Staaten ist.» Er fixierte sie mit einem eindringlichen Blick aus seinen schwarzen Augen. «Das weißt du doch, oder?»

«Ja, ja, natürlich.»

«Weißt du noch, was ich dir in Barbados gesagt habe?»

«Daß ich deiner Liebe zu mir vertrauen muß.»

«Genau. So wie ich deiner zu mir vertraue. Hast du es dir nun anders überlegt und kommst heute abend ins Beck House zum Essen? Es wird dir guttun, außerdem war Emily so enttäuscht, als du abgesagt hast.»

«Vielleicht komme ich doch.» Paula runzelte die Stirn. «Meinst du, daß sie und Winston ahnen, was zwischen uns vorgeht?»

«Absolut nicht. Sie glauben, daß wir wieder gute Freunde sind, das ist alles.»

Davon war Paula nicht so überzeugt. Aber sie wollte ihn nicht beunruhigen und sagte deshalb: «Ich kann aber bestimmt nicht vor acht da sein. Ich möchte erst nach Hause gehen und Tessa und Lorne sehen, und dann muß ich in die Privatklinik fahren, um Jim zu besuchen.»

«Das verstehe ich.»

«Verstehst du das auch wirklich, Shane?»

«Natürlich. Ich hätte auch gar nichts anderes von dir erwartet, Paula. Du bist viel zu gutherzig und mitfühlend, um Jim in einer Zeit wie dieser links liegenzulassen. Beim Essen hast du gesagt, es ginge ihm schon ein bißchen besser. Was sagt denn der Arzt?»

«Gestern hat er mir gesagt, daß Jim in ein paar Wochen aus der Klinik entlassen werden kann, wenn er weiter solche Fortschritte macht wie bisher. Er ist nicht mehr so depressiv und reagiert gut auf die psychiatrische Therapie.» Sie schüttelte den Kopf, und wieder stieg die Sorge in ihr auf. «Aber bei einem Nervenzusammenbruch kann man nie wissen. Verstehst du, manche Leute erholen sich schnell wieder, bei anderen dauert es Monate, und es kommt auch häufig zu Rückfällen.» Sie zögerte und sagte dann leise, fast unhörbar: «Ich kann's nicht über mich bringen, ihm gerade jetzt zu sagen, daß ich meine Freiheit haben will.»

«Das ist mir völlig klar, du brauchst das nicht extra zu betonen», sagte Shane schnell, aber sanft. «Wir waren ja auch übereingekommen, daß wir warten wollten, bis Jim wieder gesund und den Dingen gewachsen ist, bevor du ihm sagst, daß du dich scheiden lassen willst. Daran hat sich nichts geändert. Was könnten wir auch sonst tun? Ich möchte mir später noch in die Augen sehen können, und das willst du auch, das weiß ich.»

«Ja. Ach, Shane, danke, daß du soviel Verständnis und Liebe für mich aufbringst. Ich wüßte nicht, was ich ohne dich tun sollte.»

Er nahm sie in die Arme und küßte sie, und eine Weile hielten sie einander umschlungen. Schließlich gab er sie frei: «Ich muß zurück ins Büro. Mir stehen ein paar Sitzungen bevor, und außerdem habe ich alle Hände voll zu tun, weil Dad bei der internationalen Hotelfachmesse in London ist. Und auf dem Heimweg nach Beck House möchte ich noch bei Großvater vorbeischauen.»

Sie standen auf, und Paula begleitete ihn zur Tür. «Grüß Onkel Blackie ganz herzlich von mir», sagte sie und schaute zu ihm auf. Ihr Lächeln war jetzt optimistischer. «Jetzt geht es mir schon viel besser – nachdem ich dich gesehen habe.»

Shane berührte zärtlich ihr Gesicht. «Du wirst es schon schaffen, Liebes, *wir* werden es schon schaffen. Solange wir ruhig bleiben und uns eine positive Einstellung bewahren. Wir dürfen uns nicht nervös machen und vom Weg abbringen lassen.»

Als Shane ein paar Stunden später die Tür zur Bibliothek im Hause seines Großvaters aufstieß, sah er den alten Mann vor einer antiken Kommode stehen.

Shane trat vor und sagte: «Hallo, Grandpa, tut mir leid, daß ich zu spät dran bin.»

Blackie wandte sich um, sein Gesicht hellte sich auf. Der Anblick seines Enkels beglückte ihn. «Shane, mein Junge!» rief er und kam auf ihn zu.

Die beiden umarmten sich. Aber als Shane seinen Großvater herzlich an sich drückte, bemerkte er ein wenig erschreckt, daß Blackie abgenommen hatte, seit er ihn zuletzt gesehen hatte. Mein Gott, ich kann seine Knochen durch den Anzug hindurch fühlen. Er ist plötzlich so zart geworden, dachte Shane, und etwas wie Sorge und Trauer durchfuhr ihn. Sie traten voneinander weg und Shane sah Blackie ins Gesicht, überflog es prüfend. Der Gewichtsverlust zeigte sich auch an den eingesunkenen Wangen und dem hageren Hals. Der Hemdkragen schien ihm zu weit zu sein, außerdem war er ungewöhnlich blaß heute abend. Seine ebenholzschwarzen Augen waren umwölkt, als läge ein milchiger Schleier darüber.

«Großvater, fühlst du dich auch wohl?» fragte Shane.

«Hab mich nie besser gefühlt.»

«Das ist ja schön», sagte Shane, aber er wußte, daß Blackie das immer sagte. Dann folgte er Blackie mit zwei Whiskygläsern an den Kamin, wobei ihm auffiel, wie langsam sein Großvater ging, beinahe schlurfend, und wie gebrechlich er geworden war. Sorge stieg in ihm auf, aber er verdrängte sie. Vielleicht war sein Großvater heute abend bloß müde. Schließlich war er ein alter Mann mit seinen 84 Jahren.

Dann betrat Emma lächelnd die Bibliothek, nahm Blackies Komplimente entgegen und begrüßte Shane.

«Hallo, Tante Emma», sagte Shane. «Großvater hat recht, du siehst entzückend aus heute abend.» Er beugte sich vor und küßte sie auf die Wange.

«Danke, Shane. Wie war's denn in Spanien? Ich sehe schon, daß du deine Bräune aufgefrischt hast.»

«Ich tu mein Bestes», grinste er. «Und die Reise war sehr erfolgreich.»

Blackie ging zu seinem Sessel am Kamin zurück und zog Emma mit sich: «Shane wird dir einen Drink besorgen. Was möchtest du denn gern haben, Emma?»

«Wenn's geht, Sherry.»

«Und wo ist Emily?» fragte Blackie. «Ich dachte, sie würde auch einen mit uns trinken. Parkt sie noch den Wagen ein?»

«Nein. Sie hat mich hier abgesetzt und ist weitergefahren. Sie mußte früh in Beck House sein. Aber sie läßt dich herzlich grüßen und sich entschuldigen. Offenbar muß sie heute abend für Shane und Winston kochen.»

«Oh, das ist aber schade. Ich habe mich so auf ihren Besuch gefreut – die junge Emily hab ich nämlich ins Herz geschlossen. Sie bringt mich immer zum Lachen, niemand hat einen so trockenen Witz wie sie – abgesehen von dir, versteht sich.» Blackie griff nach einer Zigarre und schnitt das Ende ab.

Emma sah ihn stirnrunzelnd an und rief besorgt: «Darfst du denn rauchen? Du hast mir doch versprochen, daß du damit aufhörst.»

Er lachte kehlig und grinste sie an. «In meinem Alter!» Dann zuckte er die Achseln. «Ich sag dir doch, meine Zeit ist bald um. Ich will mich nicht um die letzten Freuden bringen. Dies hier –» er fuchtelte ihr mit der Zigarre vor der Nase herum – «und mein Tropfen Whisky.»

Emma seufzte und gab auf, denn sie wußte, daß es keinen Sinn hatte, mit ihm zu diskutieren.

Shane brachte ihr den Sherry und ließ sich auf dem Sofa nieder. Sein Großvater und Emma sprachen über Emilys Hochzeit, die in zwei Monaten stattfinden sollte. Er lehnte sich zurück, zündete sich eine Zigarette an und versuchte zuzuhören. Doch seine Gedanken schweiften zu Paula. Er machte sich ständig Sorgen um sie, und obwohl er sich ihr gegenüber geduldig und verständnisvoll zeigte, war ihm doch sehr daran gelegen, daß Jim sich schnell erholte, was immer ihm auch fehlte. Und was fehlte Fairley? Saufen und Tabletten, dachte Shane. Er war sicher, daß diese tödliche Kombination zu Jims Nervenzusammenbruch beigetragen hatte, wenn sie nicht sogar dessen Ursache gewesen war. Emma, Winston und Emily waren auch seiner Meinung, und Paula hatte ihm im Januar anvertraut, daß sie Jim für einen Alkoholiker hielt.

«Winston hat mir erzählt, daß du nun doch nicht sein Trauzeuge sein kannst», sagte Emma. «Wir sind so enttäuscht darüber.»

«Mir geht's genauso, Tante Emma. Aber Dad möchte, daß ich wieder nach Sydney fliege, nachdem ich ein paar Wochen in New

York gewesen bin, und ich muß dann bis Ende Mai, Anfang Juni dort bleiben. Daran ist nicht zu rütteln – irgendwer muß sich ja um den Bau des neuen Hotels kümmern. Michael Kallinski wird mich vertreten; ich kann mir keinen besseren Ersatz denken.»

«Ich habe erfahren, daß es seinem Vater nicht gutgehen soll», warf Blackie besorgt ein. «Hast du in den letzten Tagen was von Ronnie gehört, Emma?»

«Ja, er läuft schon wieder herum. Er hatte eine Lungenentzündung, aber es geht ihm schon viel besser. Dieses Aprilwetter ist tückisch – zwar sehr sonnig, aber es weht ein eisiger Wind, findest du nicht auch? Ich habe unglaublich gefroren in den letzten Tagen.»

«Das ist ja nichts Neues», versetzte Blackie und sah sie zärtlich an. «Du hast ja schon immer unter der Kälte gelitten, schon als du noch ein schmächtiges Mädel warst. Kann mich gut daran erinnern, wie du immer gezittert hast und sagtest, du würdest noch zu einem Eisklumpen.»

Und sofort waren die beiden mitten in der Vergangenheit, über die sie in der letzten Zeit sehr oft redeten, wie Shane fand. Er hörte eine Weile zu, aber als die Uhr auf dem Kaminsims schlug, sah er, daß es bereits halb sieben war. Er drückte seine Zigarette aus, leerte sein Glas bis zur Neige und stand dann auf.

«Ich muß los und werde euch zwei Liebesvögelchen jetzt allein lassen. Tu nichts, was ich nicht auch tun würde, Grandpa.»

«Da hab ich ja ziemlich freie Hand», parierte Blackie und zwinkerte ihm zu.

«Sehr freie Hand», sagte Shane scherzhaft. Er beugte sich über den Sessel, küßte seinen Großvater zärtlich und legte ihm die Hand auf die Schulter. «Mach's gut, ich schaue morgen wieder vorbei.»

«Ja, tu das doch, mein Junge, bis dahin wünsche ich dir einen schönen Abend!»

«Danke, Grandpa.» Dann ging Shane zu Emma hinüber. Wie hübsch sie aussah, trotz ihres hohen Alters. Er küßte sie und sagte: «Paß gut auf diesen alten Krieger auf, Tante Emma. Es ist schwierig, ich weiß, aber du liest ja in ihm wie in einem Buch.»

Emma sah ihn liebevoll an. «Keine Sorge.»

«Also bitte.» Blackie sah von einem zum anderen. «Glaub nicht, daß ich das nicht auch tue – schon seit eh und je.»

Er hörte sie noch lachen, als er zur Tür hinausging. Als er sich nach ihnen umsah, bemerkte er, daß sie schon wieder gemütlich plauderten, sich in ihre eigene Welt zurückgezogen hatten und alte Erinnerungen austauschten. Leise schloß er die Tür hinter sich.

Blackie sah sich um, beugte sich dann vor und flüsterte verschwörerisch: «Glaubst du, daß Shane immer noch so ein wildes Liebesleben führt wie früher, Emma?»

«Nein», beruhigte Emma ihn. «Ganz bestimmt nicht. Dafür hat er doch gar keine Zeit, so wie er arbeitet.»

«Alle heiraten; nur er ist immer noch allein. Und das mit 28 Jahren», klagte Blackie verdrossen. «Ich habe gehofft, daß er noch in geregelte Verhältnisse kommt, bevor ich sterbe. Aber das sieht wohl nicht so aus. Ich werde wohl nie seine Kleinen auf den Knien schaukeln können.»

Emma warf ihm einen strengen Blick zu, schnalzte leise mit der Zunge und sagte: «Aber natürlich, du Dummer. Was ist bloß heute abend in dich gefahren? Du bist doch derjenige, der mir gesagt hat, er wolle 90 Jahre werden.»

«Ach, das glaube ich jetzt gar nicht mehr, mein Mädchen.»

Emma überhörte seinen Einwand und sagte eilig: «Shane wird schon noch zur Ruhe kommen, aber erst, wenn *er* soweit ist.»

«Ja, da hast du wohl recht.» Blackie schüttelte sein weißes Löwenhaupt. Plötzlich sah er hilflos aus. «Diese Generation – also ich weiß nicht, Emma, manchmal werde ich nicht mehr aus ihr schlau. Sie bringt das Leben so durcheinander, will es mir scheinen.»

Emma wurde ganz starr in ihrem Sessel und sah ihn unverwandt an. War das eine generelle Feststellung, oder bezog er sich da auf jemanden? Er wußte doch hoffentlich nichts von Shanes Gefühlen für Paula. Sie sagte: «Aber waren wir denn so anders? Unsere Generation war ebenso schlimm, Blackie, mein Liebling.»

Er schwieg.

«Denk doch mal nach – dann mußt du zugeben, daß ich recht habe.» Sie lächelte, und ihre grünen Augen funkelten. «Wer hat sein Leben mehr durcheinandergebracht als ich in gewissen Zeiten?»

Er mußte lachen. «Das ist wahr. Und ich sitze hier, rede dummes Zeug über Shane und habe dich nicht einmal gefragt, wie es Paula geht. Kommt sie zurecht?»

«Sie tut ihr Bestes, das arme Mädchen. Offenbar hat sie jetzt alle Hände voll zu tun. Aber mit Jim geht's bergauf, glaube ich. Zumindest hoffe ich das, für sie beide. Sie hat sich so viele Sorgen um ihn gemacht, und ich auch.»

«Danach wollte ich dich gerade fragen», Blackie warf ihr einen merkwürdigen Blick zu und ließ eine kleine Pause entstehen, bevor er sagte: «Wie lange bleibt er denn im Irrenhaus?»

«Nervenheilanstalt», verbesserte Emma ihn. «Wohl noch einen Monat, vielleicht auch sechs Wochen.»

«So lange! Mein Gott, Emma, das ist aber eine schreckliche Belastung für Paula!» Er rieb sich das Kinn und schoß ihr einen scharfen Blick zu. «Er wird doch gesund werden, oder?»

«Natürlich!» sagte Emma so zuversichtlich sie konnte, aber insgeheim fragte sie sich, woher sie diese Zuversicht nahm, denn sie dachte an seine schwierige Familiengeschichte.

Als hätte er ihre Gedanken gelesen, sagte Blackie laut: «Eine merkwürdige Familie, diese Fairleys.» Wieder sah er sie versonnen an. «Adele Fairley kam mir immer ein bißchen geistesgestört vor . . . so wie sie gespenstisch im Herrenhaus von Fairley auf und ab spaziert ist. Und dann ihr schrecklicher Tod. Tragisch. Ich kann mir nicht helfen, aber ich frage mich immer, ob Jims Krankheit nicht vielleicht . . .»

«So etwas mag ich gar nicht in Erwägung ziehen, Lieber, du verstehst», sagte Emma bestimmt. «Das ist zu besorgniserregend und deprimierend für alle.»

Dann beugte sie sich vor, setzte ihr charmantestes Lächeln auf und wechselte das Thema. «Du und ich, wir wollten zwar nicht mehr in der Weltgeschichte herumzigeunern, aber ich möchte dich fragen, ob du nicht Lust hättest, mit mir nach Südfrankreich zu kommen und dort in meinem Haus zu wohnen? In diesem Sommer, Blackie, vielleicht Mitte Juni, nach Emilys Hochzeit und bevor Alexander im Juli heiratet. Wie findest du das?»

«Sehr verlockend. Meine alten Knochen könnten ein bißchen Sonne gut gebrauchen. Ich habe genau wie du in der letzten Woche unter dem eisigen Nordwind gelitten. Um ehrlich zu sein: Ich dachte, ich bekäme die Grippe.»

«Fühlst du dich nicht wohl?» Emmas pfeilschneller Blick verriet die Sorgen, die sie sich um ihn machte.

«Doch, mein Liebling. Und fang jetzt nicht an, mich zu bemuttern, Emma, du weißt, daß ich das nicht ausstehen kann.» Sein breiter Mund verzog sich zu einem zärtlichen Lächeln. «Wir müssen eben einsehen, daß wir keine jungen Küken mehr sind, sondern alte Gockel.»

«Damit kannst du nur dich meinen», schoß sie zurück, sah ihn aber zärtlich an.

Sie wurden von Mrs. Padgett, Blackies Haushälterin, unterbrochen, die ihnen mitteilte, daß angerichtet sei.

Als sie durch die Bibliothek gingen und in die reizende runde Eingangshalle traten, fiel auch Emma auf, daß Blackie sich mühsam fortbewegte. Sie mußte ihren Schritt verlangsamen, damit er mitkam, und das machte ihr wirklich Sorgen.

Während des Essens bemerkte sie, daß er nur wenig zu sich nahm und appetitlos auf seinem Teller herumstocherte. Auch sein Rotweinglas rührte er kaum an, was ganz untypisch für ihn war. Aber sie sagte nichts, sondern beschloß, sich der Sache anzunehmen. Morgen würde sie Dr. Hedley anrufen und ihn bitten, zu Blackie hinüberzufahren und ihn einmal gründlich zu untersuchen.

Sie redeten über dies und das, bis Blackie plötzlich sagte: «Ich habe mich immer gewundert, daß sich Shane nie für eines deiner Mädel interessiert hat, Emma. Eine Zeitlang – da waren sie Heranwachsende – habe ich gedacht, daß er und Paula schließlich heiraten würden . . . eines Tages.»

Emma hielt den Atem an. Eine Sekunde lang war sie in Versuchung, ihm alles zu sagen, aber dann besann sie sich sofort eines Besseren. Es würde ihn nur traurig machen, wenn er wüßte, daß Shane ihre Enkelin liebte. Vor allem, da sie inzwischen zu dem Schluß gekommen war, daß Paula seine Gefühle nicht erwiderte. Blackie würde es nicht ertragen können, daß Shane litt.

Emma beugte sich über den Tisch und streichelte seine Hand. «Sie kommen sich wohl wie Bruder und Schwester vor, da sie ihr ganzes Leben lang zusammen waren.»

«Ja, das glaube ich auch, aber wäre es nicht schön gewesen, wenn sie geheiratet hätten, mein Liebling?»

«O ja, Blackie, das wäre schön.»

Als sie das Eßzimmer verließen, erinnerte Mrs. Padgett Blackie daran, daß sie den Rest des Abends frei hatte, und wünschte ihnen eine gute Nacht. Langsam gingen er und Emma durch die Eingangshalle zurück und betraten die Bibliothek. Emma schenkte ihm einen Cognac ein und sich selbst ein Likörglas Bonnie Prince Charlie.

Schweigend saßen sie ein Weilchen da, tranken langsam und überließen sich ihren Gedanken. Aber schließlich raffte Blackie sich auf: «Fändest du es nicht schön, wenn wir ein paar Platten auflegen würden, Emma? Ich würde gern ein paar von den alten Melodien hören, die wir immer gern hatten.»

«Was für eine gute Idee», Emma stand auf, ging zum kleinen Schränkchen hinüber, in dem die Stereoanlage stand, und sah einen Stapel Platten durch. «Du meine Güte, ich wußte ja gar nicht, daß du so was noch hast ... von John McCormack, ausgewählte irische Balladen. Die habe ich dir vor Jahren mal geschenkt. Soll ich das auflegen?»

«Ja, warum nicht.» Blackie lächelte ihr zu, als sie wieder in ihrem Sessel saß, und prahlte: «Ich habe immer noch eine gute Stimme, weißt du das. Wenn du willst, sing ich mit.»

«Ich habe deinen vollen Bariton immer geliebt.»

Sie hörten zu; Blackie machte seine Ankündigung wahr und sang ein paar Strophen der alten Lieder, aber es hörte sich schwach und zittrig an, so daß er meist bloß mitsummte.

Als die Platte zu Ende war, sagte Emma: «Diese Lieder stecken voller Erinnerungen für mich ... besonders ‹Danny Boy›. Ich werde nie den Abend vergessen, als ich nach dir suchte, nachdem ich von Fairley Hall weggelaufen war. Ich entdeckte dich schließlich im *Mucky Duck*, wo du diese Ballade sangst, als hinge dein Leben davon ab. O Blackie, du sahst so wundervoll aus, wie du da neben dem Klavier standest – so dramatisch. Richtig umwerfend.»

Er lächelte.

Emma schaute ihn noch ein Weilchen zärtlich an, betrachtete das lockige Haar, das noch dicht war, aber schneeweiß, die zerklüfteten Züge, das breite, vom Alter gezeichnete Gesicht, und plötzlich sah sie ihn wieder vor sich, wie er als junger Mann in jener Nacht im Pub ausgesehen hatte: Üppige schwarze Locken, die ein gebräuntes Gesicht umrahmten, schwarze, lustige Augen, weiße Zähne, die zwischen rosigen Lippen aufblitzten ... das helle Licht der Gaslampen verstärkte sein gutes Aussehen noch.

Emma beugte sich vor: «Erinnerst du dich noch an diesen Abend, Blackie?»

«Wie könnte ich ihn je vergessen, Emma? Wir setzten uns schließlich in die *Saloon Bar*, und dort hast du mir dann gesagt, du seist schwanger . . . und ich machte dir einen Heiratsantrag. Vielleicht hättest du ihn annehmen sollen.»

«Ja, vielleicht. Aber ich wollte dich nicht belasten . . .» Emma beendete den Satz nicht. Sie nahm einen Schluck von ihrem Likör.

Blackie lehnte sich im Sessel zurück, ein schwaches Lächeln spielte um seinen Mund. Dann nickte er und sagte: «Du siehst prima aus heute abend, Emma. Das hinreißendste Mädel im ganzen Land.»

«Du bist voreingenommen», murmelte sie und erwiderte seinen unverwandten Blick.

Blackie setzte sich ein wenig aufrechter hin. «Ich kann dir gar nicht sagen, Emma, was unser Urlaub mir bedeutet hat. Diese acht Monate mit dir haben mich alle schlechten Dinge, die mir im Leben zugestoßen sind, vergessen lassen. Und dafür möchte ich dir danken, mein Liebling.»

«Wie schön du das sagst, Blackie. Aber ich bin es doch, die dir dankbar sein muß für dein PROJEKT, groß geschrieben.»

«Es war ein gutes Projekt . . .» Blackie hielt mitten im Satz inne, sein Gesicht verzerrte sich.

Sofort war Emma aufgesprungen und beugte sich über ihn. «Was ist los? Bist du krank?»

Er schüttelte den Kopf. «Es ist nichts . . . nur Verdauungsstörungen.»

«Ich ruf gleich den Arzt an, und dann bring ich dich nach oben ins Bett.» Sie trat einen Schritt zurück und wollte zum Schreibtisch am Fenster gehen.

«Nein, nein.» Er versuchte sie zurückzuhalten, aber seine Hand fiel schlaff hinunter. «Ich schaff's nicht mehr, Emma.»

«Doch», beharrte sie, «ich helfe dir.»

Langsam schüttelte Blackie den Kopf.

«Ich rufe jetzt Dr. Hedley an», sagte Emma entschlossen.

«Setz dich bitte zu mir, Emma. *Bitte*», sagte er. «Nur ein, zwei Minuten.»

Emma zog sich ein Kissen heran, setzte sich, nahm seine Hand und sah ihm forschend ins Gesicht. «Was ist denn, Blackie?»

Er drückte ihre Finger, dann lächelte er. Plötzlich öffneten sich seine Augen weit. «Mein Leben lang», flüsterte er heiser, «ich hab dich mein Leben lang gekannt. Wir haben so vieles miteinander erlebt, Emma.»

«Ja», sagte sie, «das haben wir, und ich weiß nicht, was ich ohne dich gemacht hätte.»

Er stieß einen langen Seufzer aus. «Tut mir leid, daß ich dich jetzt allein lassen muß. Tut mir sehr leid, mein Mädchen.»

Emma konnte nicht sprechen. Die Tränen stiegen ihr in die Augen, fielen die runzligen Wangen herab und auf den weißen Seidenkragen, auf die Smaragdschleife und ihre ineinander verschlungenen Hände.

Wieder weiteten sich Blackies Augen, und er sah sie eindringlich an, als wolle er sich ihr Gesicht einprägen. Dann sagte er mit überraschend klarer Stimme: «Ich habe dich immer geliebt.»

«Auch ich habe dich immer geliebt, Blackie.»

Ein Lächeln huschte über seinen blassen Mund. Seine Lider zuckten, schlossen sich, bewegten sich nicht mehr. Sein Kopf fiel auf die Seite. Die Hand, die sie so fest umschlossen hielt, erschlaffte.

«Blackie», sagte sie, «Blackie!»

Die Stille überwältigte sie.

Sie hielt seine Hand fest umfangen und schloß die Augen. Tränen quollen unter ihren Lidern hervor und liefen in Rinnsalen über ihr Gesicht. Dann senkte sie den Kopf und legte ihn auf ihre umschlungenen Hände, die tränennaß wurden.

«Auf Wiedersehen, mein liebster Freund, auf Wiedersehen», sagte sie schließlich. Still weinte sie vor sich hin. So saß sie lange da.

Aber schließlich sah sie doch auf, ließ seine Hand los und zwang sich aufzustehen. Sie beugte sich über ihn, strich ihm sanft die schneeweißen Haare aus der Stirn und küßte die eiskalten Lippen. Wie kalt er ist, dachte sie.

Langsam und tränenblind trat sie zu seinem Sessel am Fenster, in dem er in letzter Zeit so oft gesessen und in den Garten gesehen hatte. Dann nahm sie das kleine Wollplaid, auf dem das Karo der Seaforth Highlanders prangte, und legte es ihm über die Beine.

Unendlich langsam ging sie zu seinem Schreibtisch hinüber. Sie nahm den Hörer ab und wählte mit zitternder Hand die Nummer von Beck House.

Shane nahm ab. «Hallo?» sagte er.

Als Emma seine kräftige, volltönende Stimme vernahm, begannen ihre Tränen aufs neue zu fließen. «Es ist Blackie», sagte sie schluchzend, «er ist eingeschlafen. . . . bitte komm her, Shane.»

Innerhalb einer Stunde war er da und brachte Paula, Emily und Winston mit.

Sie fanden sie neben Blackie auf dem Kissen sitzend, die Hand auf seinem Knie, das Silberhaupt gebeugt. Weder drehte sie sich um noch bewegte sie sich; sie saß einfach da und starrte ins Feuer.

Shane eilte zu ihr, berührte sie leicht an der Schulter und legte sein Gesicht an ihres. «Ich bin hier, Tante Emma», sagte er so sanft er konnte.

Sie reagierte nicht.

Shane nahm sie an den Händen und zog sie vorsichtig hoch.

Schließlich sah Emma zu ihm auf und fing an zu weinen. Shane nahm sie fest in den Arm und tröstete sie.

«Ich vermisse ihn jetzt schon, und er ist doch eben erst gestorben», sagte Emma und stieß einen kleinen, herzzerreißenden Schluchzer aus. «Was soll ich bloß ohne Blackie machen?»

«Still, Tante Emma, still», murmelte Shane. Dann führte er sie zum Sofa, wobei er Paula, die bleich und zitternd in der Tür stand, aus den Augenwinkeln bedeutete, ebenfalls herzukommen. Sie setzte sich neben ihre Großmutter und nahm sie in den Arm. Emily tat es ihr nach.

Shane ging zu Blackie hinüber. Ein Kloß schnürte ihm die Kehle zu, dann brach sich der Kummer Bahn und Tränen liefen ihm über die Wangen. Er bemerkte, wie friedvoll Blackies Gesicht im Tode aussah, und dann beugte er sich vor und küßte die runzligen Wangen.

«Leb wohl, Großvater», sagte er leise und traurig. «Leb wohl.»

40

Vorsichtig sagte Paula: «In zwei Tagen ist dein Geburtstag, Grandy, und ich dachte, wir könnten eine . . .»

«Ach, Liebe», unterbrach Emma sie leise, wobei sie ein wenig die Stirn runzelte, «fang bitte nicht davon an. Blackie ist erst ein paar Wochen unter der Erde, und mir ist nicht nach Feiern zumute.»

«Das weiß ich, und ich meinte ja auch keine große Party. Nur ein kleines Essen hier in Pennistone Royal. Nur Emily, Winston, meine Eltern und ich. Wir dachten, das würde dich ein bißchen aufheitern.»

«Aufheitern!» wiederholte Emma dumpf, dann streichelte sie Paulas Hand. «Ich glaube, momentan kann mich nichts aufheitern. Aber ich muß wohl weitermachen. Na gut . . . also nur ihr fünf, wenn ich bitten darf. Bitte lade niemanden sonst ein. Ich habe keine Lust, Leute zu sehen. Sie erschöpfen mich.»

«Ich werde niemanden sonst einladen, das versprech ich dir», versicherte Paula, froh darüber, daß ihr Vorschlag angekommen war.

«Und keine Geschenke, Paula. Ich möchte keine Geschenke haben. In meinen Augen ist es ein Anlaß zur Trauer, 81 Jahre alt zu werden, kein Grund für Jubel, Trubel und Präsente.»

«Mach dir keine Sorgen, Grandma, wir werden es ganz schlicht und unauffällig machen. Und es wird nett für dich sein, Mummy und Daddy ein paar Tage hier zu haben.»

«Ja», murmelte Emma. Sie sah auf das Fotoalbum auf ihrem Schoß hinab. Bevor Paula gekommen war, hatte sie es sich angesehen. Abwesend sah sie die alten Fotos an, und ein paar Sekunden lang verlor sie sich in der Vergangenheit. Dann hob sie den Kopf, schob Paula das Album hin und sagte: «Sieh mal, da – Blackie, Laura und ich. Wir stehen vor meinem ersten Geschäft in Armley. Das bin ich – mit der Schottenmütze.»

«Ja, ich erkenne dich wieder.» Paula hatte dieses Bild oft gesehen und kannte die Seiten des Albums auswendig, aber sie wollte ihre Großmutter bei Laune halten. «Laß uns doch noch ein paar andere anschauen. Du kannst so tolle Geschichten erzählen über deine Anfänge als Geschäftsfrau. Ich höre sie immer wieder gern.»

Emma nickte und begann sofort lebhaft zu erzählen, während sie das Album durchblätterten, und die nächsten zwanzig Minuten saßen die beiden nebeneinander im oberen Salon und ließen Emma Hartes Leben Revue passieren.

Plötzlich verstummte Emma, betrachtete Paula aus den Augenwinkeln und sagte dann: «Wie lange, glaubst du, werde ich wohl leben?»

Aus der Fassung gebracht durch diese Frage, starrte Paula ihre Großmutter mißtrauisch an. Sie räusperte sich und sagte dann fest: «Noch lange, Liebe.»

«Du bist sehr optimistisch», sagte Emma, wandte sich ab und sah mit geistesabwesendem Gesicht ins Leere.

«Du bist außerordentlich rüstig für dein Alter, wirklich, und kein bißchen vergeßlich. Du hast noch viele Jahre vor dir, Grandy, wenn du gut auf dich aufpaßt.»

Emma richtete ihren weisen Blick auf Paulas besorgtes Gesicht und lächelte: «Ja, du hast ganz recht. Ich weiß auch nicht, was heute in mich gefahren ist – ich bin pessimistisch heute, nicht wahr? Blackies Tod war ein schwerer Schlag für mich, aber ich sollte wohl versuchen, das Leben ein bißchen positiver zu sehen.» Sie lachte leise. «Egal, wenn ich auch alt bin und ein bißchen müde momentan, will ich doch diese Welt noch nicht verlassen.»

«So ist's richtig, Grandy.»

Emma antwortete nicht. Sie stand auf, ging zum Erkerfenster hinüber und sah in ihre Gärten hinab, wo die Narzissen sich im Wind wiegten. So ein schöner Nachmittag, dachte sie. Ein vollkommener Frühlingstag . . . ebenso wie bei Blackies Beerdigung. Ja, im Tode steckt immer zugleich das Leben. Wie beständig die Erde ist, wie zuverlässig sie sich erneuert. Emma ging zum Kamin zurück und nahm im Sessel davor Platz. Dann sagte sie: «Es ist so schön, daß du gekommen bist, um mich zu besuchen, Paula. Aber ich glaube, ich möchte jetzt ein bißchen allein sein und mich vor dem Abendessen ausruhen.»

«Gut, Gran, ich komme dann morgen mit den beiden Kleinen vorbei.»

«Ja, bitte», antwortete Emma und ließ sich im Sessel zurücksinken, als ihre Enkelin sich aufmachte zu gehen. Ihre Gedanken richteten sich nach innen. Die jungen Leute verstehen das nicht ganz, dachte sie. Paula gibt sich Mühe, viel Mühe, aber sie weiß nicht, wie es ist, wenn man die einzige Überlebende ist, die einzige, die von den Altersgenossen noch übrig ist. Jetzt sind sie alle von mir gegangen. Alle tot und beerdigt. Meine teuersten Freunde, alle, die ich geliebt habe. Sogar meine Feinde sind nicht mehr da. Ich bin so einsam ohne Blackie. Wir haben uns all die Jahre gegenseitig auf den Beinen gehalten, und sind zusammen in unsere Abenddämmerung geschritten. Wir haben so viele gemeinsame Erinnerungen geteilt, ein ganzes Leben voller Erlebnisse und soviel Liebe und Freundschaft. Ich hätte nicht gedacht, daß er so von mir gehen würde. So ein Schock. Ich wußte, daß er alt war, aber er wirkte so stark und unbezwingbar wie ich. Merkwürdig, ich dachte immer, ich würde zuerst sterben. Was soll ich bloß machen? Wie werde ich ohne ihn zurechtkommen?

Wieder überkamen sie der Schmerz und die schreckliche Erkenntnis um den Verlust, wie so oft in den letzten beiden Wochen seit Blackies plötzlichem Tod. Ihr traten die Tränen in die Augen, und sie unterdrückte ein Schluchzen. Ich vermisse Blackie so. Es ist so leer ohne ihn. Es gibt so viele Dinge, die ich ihm nicht gesagt habe, und nun ist es zu spät. Ich hätte ihm von Shane und seiner Liebe zu Paula erzählen sollen. Aber ich wollte Blackie nicht aufregen. Er hätte sich Sorgen gemacht. Nun wünschte ich, ich hätte es ihm doch erzählt.

Emma wischte sich die feuchten Wangen mit der Hand ab und lehnte den Kopf gegen die Sessellehne. Eine schmerzhafte Einsamkeit, die sie kaum ertragen konnte, hielt sie gefangen. Sie schloß die Augen, und nach einer Weile nickte sie ein und fiel in einen leichten Schlaf.

Nachdem sie ihre Großmutter verlassen hatte, war Paula nach unten gegangen, um Emily zu suchen. Sie hatte sie in der Bibliothek gefunden, und nun saßen sie zusammen und redeten über Emma.

«Sie hält sich tapfer», sagte Paula, «aber in Wirklichkeit leidet sie sehr.»

Emily runzelte besorgt die Stirn. «Ja, das glaube ich auch. Ohne

Blackie ist sie ganz verloren. Es ist, als ob alle Kraft von ihr gewichen wäre. Ehrlich, vor ein paar Tagen hab ich sogar gewünscht, wir hätten etwas über Jonathan herausgefunden – zumindest hätte das ihr Interesse geweckt und sie so zornig gemacht, daß sie diese Lähmung überwunden hätte.»

«Sie hat sich ja sehr um deine Hochzeitsvorbereitungen gekümmert, ehe Blackie starb. Kannst du sie dazu nicht wieder anstacheln?» fragte Paula.

«Denk nicht, daß ich das nicht versucht hätte! Aber sie ist so geistesabwesend. Das paßt nicht zu ihr.»

«Weißt du was, Emily, da gibt es nur eins.» Paula beugte sich eifrig vor: «Emma Harte ist ihr Lebtag ein Arbeitstier gewesen, und ihr Geschäft war ihre feste Burg, wenn sie in der Vergangenheit Kummer und Leid erlebt hat. Wir müssen sie dazu überreden, den Ruhestand aufzugeben . . . sie zurück in die Siele locken.»

Emily setzte sich ruckartig auf. «Das ist die beste Idee, die ich seit Wochen gehört habe. Grandma hat doch immer gesagt, sie wolle in den Sielen sterben. Laß uns sie fragen, Paula!» Aber dann schaute sie wieder bedrückt drein, biß sich auf die Unterlippe und schüttelte den blonden Kopf. «Vielleicht will sie aber auch gar nicht; sie denkt vielleicht, sie würde stören.»

«Wir müssen es versuchen. Ich glaube, das ist ihre einzige Rettung. Sonst geht es einfach mit ihr zu Ende, wenn wir sie nicht ermuntern und aktivieren.»

«Na gut, du kannst auf mich zählen. Aber da ist noch etwas . . .» Emily zögerte und sah Paula bedeutungsvoll an, dann sagte sie schnell: «Warum ziehst du denn nicht mit Nora und den Kleinen hierher zurück? Zumindest bis Jim aus der Klinik ist.»

«Weißt du, genau das habe ich auch gedacht, als ich vorhin bei Gran war. Kleine Kinder sind das Beste, um Leben ins Haus zu bringen, und vielleicht würde ihr das neuen Lebensmut geben.»

«Bestimmt. Und zusammen können du und ich Gran aus ihrer Depression locken, meinst du nicht?»

«Ach, es wäre zu schön, Emily.»

«Und wann könntest du nach Pennistone Royal ziehen?»

Paula lachte. «Wie wäre es mit morgen?»

«Toll. Ich komme rüber und helfe dir, wenn du willst.»

«Gern. Am Montagvormittag werde ich Grandys Büro in Leeds

räumen und in mein altes zurückgehen. Und dann am Abend, wenn wir das Geburtstagsessen für sie machen, werden wir ihr unseren Vorschlag unterbreiten. Ich werde meine Eltern vorwarnen, vielleicht können sie dann auch noch ein paar Worte in unserem Sinne hinzufügen.» Paula erhob sich. «Ich muß jetzt los, Emily. Ich will noch in der Klinik vorbeischauen. Ich habe Jim versprochen, ihn zu besuchen.»

Beide Cousinen verließen die Bibliothek und gingen durch die Stone Hall zur Eingangstür.

Bevor sie die kurze Treppe erreichten, griff Emily nach Paulas Arm. Leise sagte sie: «Jim ist da nun schon zehn Wochen lang. Wie lange wird er noch bleiben, Paula?»

«Einen Monat, sechs Wochen – wenn er weiterhin Fortschritte macht. Sonst ...» Sie zuckte resigniert die Achseln und sagte dann: «Sonst wird es natürlich länger dauern.»

Emily starrte Paula an und sagte schnell: «Du nimmst es mir hoffentlich nicht übel, wenn ich das sage, aber Jim weiß doch jetzt, was der Alkohol in ihm anrichten kann. Ich meine, er wird nie wieder einen Tropfen anrühren dürfen, und ...»

«Das weiß er», unterbrach Paula sie. «Du kannst jedenfalls todsicher sein, daß *ich* es weiß. Aber danke, daß du dir Sorgen machst. Eines zur Zeit – das ist die einzige Weise, in der ich mein Leben führen kann und die Tage überstehe, ohne durchzudrehen. Und offen gesagt, geht meine Großmutter momentan vor.»

«Ja», sagte Emily, «bei mir auch. Das verstehe ich. Du kannst immer auf mich rechnen, wenn du Hilfe brauchst.»

Sie lockten, baten und provozierten, sie bedienten sich aller Tricks, die ihnen einfallen wollten, um Emma Harte wieder an die Arbeit zu bekommen. Aber sie weigerte sich hartnäckig und kategorisch und ließ sich nicht erweichen. Nachdrücklich pflegte sie den Kopf zu schütteln und immer wieder zu sagen, sie sei zurückgetreten, Punktum.

Schließlich gaben Paula und Emily es auf, zumindest nach außen hin. Aber sie ließen ständig Bemerkungen fallen und gaben beim Essen gezielte Kommentare ab. Sie fragten sie um Rat, auch wenn sie gar keinen brauchten, und nutzten jede Gelegenheit, ihr Interesse zu erregen und in ihr den Wunsch zu erwecken, wieder eine aktive Rolle im Geschäftsleben zu übernehmen.

Emma war sich ihrer Komplotte wohl bewußt und lächelte gerührt vor sich hin, aber sie hielt eisern an ihrem ruhigen Leben in Pennistone Royal fest.

Und dann, eines Morgens, Mitte Mai, wachte Emma frühzeitig auf. Sie spürte ihre alte Energie in sich und war voller Unruhe und Tatendrang. Das überraschte sie. Eine Weile lag sie im Bett und wunderte sich über sich selbst.

«Ich langweile mich zu Tode», sagte sie zu Hilda, als ihr die Haushälterin um acht Uhr das Frühstück hinaufbrachte.

Hilda stellte Emma das Tablett auf den Schoß und schüttelte mitfühlend den Kopf: «Kein Wunder, Mrs. Harte. Sie sind Ihr Lebtag so eine aktive Frau gewesen, daß Ihnen das ewige Nichtstun hier nicht bekommt. Sie sollten sich vielleicht von Tilson nach Leeds fahren lassen. Da könnten Sie mit Miss Paula oder Miss Emily zu Mittag essen. Es würde Ihnen sicher guttun, mal aus diesem Haus herauszukommen, da bin ich mir sicher.»

«Ich habe eine bessere Idee, Hilda», sagte Emma nachdenklich. «Ich glaube, ich gehe für kurze Zeit lieber mal wieder jeden Tag ins Büro. Ich will nicht wieder voll ins Geschäft einsteigen, aber andererseits möchte ich eine Beschäftigung haben.» Emma schüttelte den Kopf und machte ein schuldbewußtes Gesicht. «Ich sollte Emily helfen, ihre Hochzeit vorzubereiten. Ich bin schrecklich nachlässig gewesen, eine selbstsüchtige alte Frau, wenn ich es nun so bedenke . . . voller Selbstmitleid, weil meine alten Freunde tot sind.» Ein verstehendes Lächeln glitt über ihr runzliges Gesicht. «Aber meine Enkel sind doch auch meine Freunde, nicht wahr?»

«Ganz sicher, Mrs. Harte», erwiderte Hilda. «Und Miss Emily wird sich sehr freuen, wenn Sie ihr bei der Hochzeit helfen, wo ihre Mutter doch in Paris wohnt und wohl gar kein Interesse daran hat. Emily hat so viel zu tun, und die Zeit läuft ihr davon. Bis zum fünfzehnten Juni ist's nicht mehr lange hin, wissen Sie, Madam.» Hilda strahlte. «Ich werd gleich hinuntergehen und Tilson sagen, daß er um halb elf das Auto bringen soll. Wie ist es damit?»

«Das ist prima, Hilda. Vielen Dank.»

Um zehn vor zwölf betrat Emma das große Kaufhaus in Leeds. Sie sah elegant aus in ihrem maßgeschneiderten marineblauen Kleid mit dazu passendem Mantel. Milchweiße Perlen schmückten ihren Hals, und in ihren Ohren glitzerten Diamanten. Sie hatte geschickt Make-up aufgelegt, und ihr Silberhaar war meisterhaft coiffiert.

Mit energischem, schnellem Schritt eilte sie durch die Kosmetikabteilung im Untergeschoß, ein strahlendes Lächeln auf den Lippen. Und während sie hier und da innehielt, um Verkäuferinnen zu begrüßen, merkte sie, daß es sie fast zu Tränen rührte, wie man sie überall mit echter Herzlichkeit willkommen hieß.

Dann nahm sie den Lift zu den Verwaltungsbüros und zögerte kurz, als sie vor der Tür ihrer privaten Suite stand. Sie fragte sich, was wohl Paula und Agnes sagen würden. Dann drehte sie den Türknauf und trat ein.

Paula und Agnes standen ins Gespräch vertieft am Schreibtisch. Automatisch sahen beide zur Tür hin. Sprachloses Erstaunen zeichnete sich auf ihren Gesichtern ab, als sie Emma dort stehen sahen.

«Nun», sagte Emma, «ich bin wieder da. Und ich bleibe auch da.» Dann mußte sie über die verdutzten Gesichter lachen und sagte: «Nun schaut mich doch nicht so blöd an. Sagt doch etwas.»

Paula begann zu grinsen. «Willkommen, Grandy», sagte sie, trat einen Schritt vor und ergriff Emmas Arm. «Komm nur, dein Büro wartet schon auf dich – es steht schon seit Wochen parat.»

Emma fühlte sich, als wären die nächsten Monate wie im Fluge vergangen, bevor sich ihr auch nur die Gelegenheit bot, nach Luft zu schnappen. Jeden Tag erschien sie um elf im Kaufhaus von Leeds und blieb bis vier. Bald war sie wieder mittendrin und hatte das Interesse an ihrem riesigen Geschäftsimperium wiedergefunden, wenn sie auch die Führung ihren Enkeln überließ. Hartnäckig weigerte sie sich, das Steuer zu übernehmen und wies erneut darauf hin, daß sie im vergangenen Jahr in den Ruhestand getreten war und keineswegs die Absicht hatte, die Leitung der verschiedenen Firmen wieder übertragen zu bekommen. Aber sie nahm einen Beratervertrag an, war immer da, wenn man sie brauchte, und gab allen gute Ratschläge. Sie war so alert, gerissen und quicklebendig wie eh und je.

Während sie so ein scharfes Auge auf das Geschäft hatte, verwandte sie die meiste Zeit darauf, die beiden Hochzeiten vorzubereiten, die im Juni und Juli stattfinden sollten. Emily war für die Hilfe ihrer Großmutter außerordentlich dankbar, das gleiche galt für Maggie

Reynolds, Alexanders Verlobte. Maggies Mutter war schon vor mehreren Jahren gestorben, und ihr Vater, ein pensionierter Oberst, erfreute sich in der letzten Zeit nicht der besten Gesundheit. Außerdem war er nicht der Mann, der sich in solch weibliche Angelegenheiten, wie es die Hochzeit seiner Tochter war, einmischte, denn er war ein rauher, schweigsamer Mensch mit viktorianischen Grundsätzen.

Mit ihrer hohen Einsatzbereitschaft und ihrer außergewöhnlichen Fähigkeit, sich auf das Nächstliegende zu konzentrieren, arbeitete Emma sich voran und arrangierte das Nötige im Nu. Sie kümmerte sich um die Einladungen, die Gästeliste, die Lieferfirmen, die Floristen, die Modedesigner und die Musiker, die bei den beiden Empfängen spielen sollten. Mehrmals suchte sie auch den Superintendenten von Ripon, Seine Ehrwürden Edwin LeGrice auf, um mit ihm über die Hochzeitsfeierlichkeiten zu sprechen, die in der Kathedrale von Ripon abgehalten werden sollten. Emma redete lange mit dem Organisten und dem Leiter des Chores. Schließlich war sie den beiden zukünftigen Bräuten nebst Männern behilflich, die richtige Musik für ihre Feier auszusuchen.

Keine Kleinigkeit wurde dem Zufall überlassen. Emma Harte wollte alles perfekt haben und geizte dabei nicht mit Zeit, Geld oder Aufwand. Eines Abends sagte Winston zu ihr: «Na, Tante Emma, wie gut, daß du wieder die Zügel in die Hand genommen hast und den General markierst, und das ebenso energisch wie damals im ‹Reihernest›. Was würden wir bloß machen ohne dich?»

«Sicher würdet ihr's auch allein schaffen», sagte Emma schlagfertig, lachte aber, denn sie freute sich über Winstons Bemerkung. Sie wollte gebraucht werden, es machte ihr Freude, nützlich zu sein. Sie helfen mir, daß ich mich jung, munter und fröhlich fühle, dachte sie später am Abend, als sie sich zum Zubettgehen rüstete. Auch mußte sie zugeben, daß die Vorbereitung der Hochzeiten ihr über Blackies Tod hinweggeholfen, ihren Kummer gemildert und das Gefühl des Verlassenseins erträglicher gemacht hatte. Aktiv sein, murmelte sie leise, als sie ins Nachthemd schlüpfte. Und fröhliche Anlässe. Das braucht jeder alte Mensch, um einen Lebenssinn zu haben.

Ihr Herz barst fast vor Liebe und freudigem Stolz, als sie am Mittag des fünfzehnten Juni Emily an der Seite ihres Vaters Tony Barkstone das große Seitenschiff der Kathedrale von Ripon entlangschreiten sah.

Ihre junge Enkelin schien ihr so schön wie nie zuvor. Sie sah einer zarten Dresdener Porzellanfigur ähnlich in ihrem Hochzeitskleid aus weißem Taft. Es war in altmodischer Krinolinenform geschnitten, der Überrock am Saum hochdrapiert und mit winzigen Sträußchen von Vergißmeinnicht und Maiglöckchen befestigt. Dieselben Blumen, diesmal aber aus Seide, waren in das kleine Krönchen eingewoben, das ihren fließenden Schleier hielt. Außer ihrem Verlobungsring trug sie als einzigen Schmuck nur noch die tränenförmigen Diamantenohrringe, die Emma ihr geschenkt hatte, und die Perlenkette von Großtante Charlotte, die jene unmittelbar nach dem Ersten Weltkrieg als Verlobungsgeschenk von Emmas Bruder Winston bekommen hatte. Emilys Halbschwestern Amanda und Francesca waren Brautjungfern und sahen ganz reizend aus in ihren blauen Taftkleidern mit Geißblatt-Kränzen im Haar.

Der Empfang fand in den Gärten von Pennistone Royal statt, und während Emma so zwischen ihren Familienangehörigen, Freunden und den vielen anderen Gästen einherging, gratulierte sie sich immer wieder zu ihrem Glück, daß sie diesen besonderen Tag noch erleben durfte.

Das Wetter war fabelhaft, der Himmel von einem leuchtenden Porzellanblau, die Sonne schien. Emma fand, daß ihre Gärten noch nie so atemberaubend schön gewesen waren mit den vielen Blumen, die sich als bunte Farbtupfen vom frischen Grün des Rasens und der Bäume abhoben. An jenem Nachmittag nahm sie alles ganz intensiv wahr, und sie betrachtete die Schönheiten der Natur und die Menschen ringsum mit Augen, die eindringlicher denn je dreinsahen. Plötzlich bekamen die kleinsten Dinge eine neue Bedeutung, einen neuen Sinn, und dann wußte Emma mit einemmal, daß sie von einer nie gekannten Zufriedenheit erfüllt war.

Während sie ihren Tee trank und den jungen Leuten beim Tanzen zusah, dachte sie an ihr schweres Leben zurück, an die Kämpfe, das Leid und den Schmerz, die sie ertragen, an die Verluste und Niederlagen, die sie hingenommen hatte. Plötzlich war das alles ganz unwichtig gewesen. Ich habe soviel Glück gehabt, sagte sie sich. Mehr als die meisten Menschen. Ich habe eine große Liebe erlebt, habe liebe, treue Freunde gehabt, enorme Erfolge verbucht, große Reichtümer erworben und war mein ganzes Leben lang gesund. Und was das Wichtigste ist: Ich habe Enkel, die mich lieben und mich im Alter umsorgen. O ja, ich habe Glück gehabt.

Fünf Wochen danach, Ende Juli, durchlebte Emma ähnliche Gefühle, als ihr Enkel Marguerite Reynolds heiratete.

Eines Sonntags, ungefähr eine Woche nach der zweiten Hochzeit, gingen Emma und Paula in den Gärten von Pennistone Royal spazieren, und plötzlich sagte Emma: «Ich danke dir, daß du mich nach Blackies Tod von meiner Mutlosigkeit befreit hast. Sonst hätte ich diese beiden wundervollen Feiern vielleicht nicht mehr miterlebt.» Sie zwinkerte Paula fröhlich zu und fügte hinzu: «Jetzt schaffe ich es vielleicht noch, dabeizusein, wie in nicht allzu ferner Zukunft ein paar neue Enkelkinder geboren werden.»

«Bestimmt, Großmutter!» rief Paula und erwiderte Emmas Lächeln. «Dafür werd ich schon sorgen.»

Emma hakte sie unter, während sie in den Rhododendronweg einbogen. Nach einem Weilchen sagte Emma ruhig: «Und ich bin froh, daß Jim doch noch rechtzeitig aus der Privatklinik entlassen worden ist, um an Alexanders Hochzeit teilzunehmen.»

«Das bin ich auch, Grandy. Es geht ihm nun viel besser. Der arme, er war ganz unten. Nun kann es nur noch bergauf gehen.»

«Ja, Liebling, hoffen wir's.» Emma zögerte ein wenig, bevor sie fortfuhr: «Ich habe versucht, mit ihm über seinen Nervenzusammenbruch zu sprechen, weil ich wissen wollte, was ihn ausgelöst haben könnte. Aber ich fürchte, er ist da nicht sehr mitteilsam, oder?»

«Nein. Er kann wohl nicht darüber sprechen – nicht einmal mit mir. Ich dachte, es sei besser, ihn nicht zu bedrängen. Ich bin sicher, daß er sich irgendwann einmal offenbaren wird.» Sie seufzte. «In mancher Hinsicht ist er sehr verschlossen, Gran. Dr. Hedley hat mir erzählt, daß der Psychiater in der Klinik auch mit seinem Latein am Ende war. Offenbar konnte er nicht zu den Wurzeln von Jims Depressionen vordringen.»

Emma antwortete nicht, und die beiden gingen schweigend weiter, bis sie sich schließlich oben auf dem Hügel auf eine Bank setzten. Emma sah ins Leere und dachte über Jim nach. Sie machte ein trauriges Gesicht. Warum er nur so verschlossen und offenbar unfähig war, sich dem Psychiater gegenüber auszusprechen, einem Arzt, der ihm vielleicht hätte helfen können.

Paula, die ihre Großmutter beobachtete, sagte: «Woran denkst du denn, Liebe? Du siehst plötzlich so nachdenklich aus.»

«Ach, an nichts Besonderes», murmelte Emma. «Ich bin wirklich froh, daß Jim mit Daisy und David nach Südfrankreich gefahren ist. Der Urlaub wird ihm guttun. Die Sonne, die frische Luft, körperliche Bewegung, viel gutes Essen und Ruhe, so was wirkt manchmal Wunder. Wenn er Ende August wieder da ist, kann er wieder bei der Zeitung anfangen.» Als Paula schwieg, sah Emma sie neugierig an. «Kann er doch, oder? Du verschweigst mir doch nichts, Liebling?»

«Nein, nein, natürlich nicht», rief Paula und löste sich gewaltsam von ihren bedrückenden Gedanken. «Ich bin auch froh, daß er eingewilligt hat, mit meinen Eltern in Urlaub zu fahren.»

«Ich wundere mich aber, daß er nicht wollte, daß du mitfährst», traute Emma sich vor und betrachtete sie noch eindringlicher.

«Ich habe Jim versprochen, daß ich Mitte August für eine Woche nachkomme, wenn du nichts dagegen hast. Im Grunde habe ich gehofft, daß du auch mitkommen würdest.»

«O nein, ich will nicht schon wieder herumzigeunern. Ich werde hierbleiben und ein Auge auf meine Enkelkinder haben.» Emma hielt inne, dachte nach und sagte dann so beiläufig wie möglich: «Ich würde mich freuen, wenn du hier in Pennistone Royal bliebst, Paula. Falls Jim sich vernünftig aufführt und ebenfalls hier wohnen will, versteht sich. Das Haus ist so groß, und ohne die kleine Emily wird es hier bestimmt trübselig werden.» Emma brach in Gelächter aus: «Aber so sollte ich sie wohl lieber nicht mehr nennen, wie? Schließlich ist sie jetzt eine verheiratete Frau.»

«Und sie bildet sich etwas darauf ein», sagte Paula und lachte ebenfalls. «Ich fände es auch schön, hier mit dir zu wohnen, Grandy. Ich werde mit Jim darüber sprechen, wenn ich am Cap bin.» Beinahe hätte Paula ihr auch gesagt, daß sie mit Jim über die Scheidung sprechen wollte. Sie warf ihrer Großmutter einen Seitenblick zu und überlegte es sich dann doch anders. Warum ihr Sorgen bereiten? Viel besser wäre es, wenn sie erst alles mit Jim regelte.

41

Es war ein heißer Nachmittag Ende August.

Emma saß an ihrem Schreibtisch in der Filiale von Leeds und überprüfte eine Umsatzliste für Paula. Ganz unvermittelt war ihr, als sei sie nicht allein. Sie sah schnell zur offenen Tür, die in Paulas Büro führte, und erwartete, ihre Enkelin dort stehen zu sehen.

Aber Paula war gar nicht da.

«Ich habe wohl schon Visionen», sagte Emma laut, dann lachte sie verhalten. Ich rede auch mit mir selbst, dachte sie. Hoffentlich werde ich nicht senil. Das könnte ich nicht ertragen.

Sie legte den Stift nieder und sah auf die Zahlenkolonnen vor sich. Unwillig nahm sie zur Kenntnis, daß all das sie nicht mehr interessierte. Sie sah auf ihre Armbanduhr. Es war fast fünf. Um diese Zeit verließ Paula meist das Büro; vielleicht hatte sie sich mit Emily im Rayne-Delman-Schuhsalon getroffen. Emily hatte etwas von einem Schuhkauf gesagt, als sie vor ein paar Stunden von ihrem Büro bei *Genret* anrief.

Ein freudiges Lächeln glitt über Emmas Mund und ließ ihn weicher erscheinen. Heute, wie jeden Freitag, hatten sie ihren Strickabend in Pennistone Royal, nur sie drei und Merry O'Neill. Sie lehnte sich in ihrem Sessel zurück und dachte voll freudiger Erwartung an den Abend. Im strahlenden Licht, das durch die Fenster strömte, kniff sie die Augen zusammen. Wie hell die Sonne mit einemmal ist, blendet einen ja richtig, murmelte sie vor sich hin. Emma stand auf, ging zum Sofa hinüber und setzte sich.

Sie schloß die Augen. Aber das Licht schien die dünne Haut ihrer alten Lider zu durchdringen. Schließlich öffnete sie die Augen wieder und sah direkt hinein in diese außergewöhnliche, unnatürliche Helligkeit. Wie grell es ist, dachte sie wieder. Ich muß Paula sagen, daß sie Jalousien für dieses Büro besorgen soll. Es ist ja unerträglich hier drin an so einem sonnigen Tag.

Um der gleißenden Helligkeit zu entkommen, wandte Emma den Kopf zur Seite. Ihr Blick fiel auf die gerahmten Fotografien auf dem Tisch neben dem Sofa. Silber, Messing und Glas strahlten hell in der Sonne, und die geliebten Gesichter, die ihren Blick magisch erwiderten, waren von einem seltsamen Strahlen erfüllt. In letzter Zeit hatten sie sie verfolgt . . . Laura und Blackie, ihre Brüder Winston und Frank, und auch Paul. O ja, immer ihr geliebter Paul. Gerade in den letzten Tagen hatten ihre Gesichter scharf und lebendig vor ihr gestanden, waren ihre Stimmen laut und tönend vor ihr erklungen. Sie waren ihr so real erschienen, als wären sie lebendig gewesen.

Es war, als wäre die Vergangenheit neuerdings auf seltsame Weise realer geworden als die Gegenwart. Ständig brachen Erinnerungen über sie herein, Erinnerungen an längst vergangene Jahre, die sie mit bestürzender Wucht und Klarheit trafen. Sie umgaben sie, entführten sie in andere Zeiten, und oft hatte sie das Gefühl, als sei die Zeit selbst an einer bestimmten Stelle stehengeblieben, damals, als sie noch eine junge Frau gewesen war. Ja, ihre geliebten Toten hielten sie in ihren wachen Augenblicken gefangen und bevölkerten ihre schlaflosen Nächte. In der vergangenen Woche hatte sie zahlreiche merkwürdige Träume gehabt, und immer waren *sie* darin vorgekommen.

Emma griff nach Pauls Bild und lächelte vor sich hin. Sie hielt es fest in den Händen und sah in Pauls Gesicht hinab. Wie oft hatte sie dieses Bild in den letzten 24 Stunden in die Hand genommen, unwiderstehlich davon angezogen. Sein Lächeln, seine lachenden Augen zogen sie unwiderstehlich in ihren Bann.

Die Intensität des funkelnden Lichts verstärkte sich so merklich, daß Emma blinzeln mußte. Ihr ganzes Büro war von gleißender Helligkeit erfüllt. Es war, als hätte man 1000 Lampen angeschaltet und auf die Zimmermitte gerichtet. Sie drückte Pauls Bild fester an sich und sah mit weit geöffneten Augen in das übernatürliche Licht hinein, dessen heller Schein sie nun nicht mehr störte. Aber nach einigen Minuten lehnte sie den Kopf an die Kissen und schloß die Augen. Dabei seufzte sie leise und zufrieden. Ein Glücksgefühl, wie sie es nie zuvor empfunden hatte, wie sie es nie für möglich gehalten hatte, durchströmte sie. Ihr ganzer Körper wurde von der Wärme durchflutet. Wie schön das ist, dachte sie. Emma, die ihr Leben lang unter der Kälte gelitten hatte, war nun in Wärme gebettet und von einer Ruhe erfüllt, die der Vollkommenheit selbst gleichkam. Sie war schläfrig und seltsam kraftlos. Gleichwohl spürte sie, daß sie stärker war als je zuvor. Und langsam spürte sie noch etwas. *Er* war hier. Hier in diesem Zimmer. *Er* war es, dessen Anwesenheit sie vor ein paar Minuten gespürt hatte.

Er wandelte im Licht, kam auf sie zu, trat näher und immer näher. Aber er war so jung ... er sah genauso aus wie an jenem Abend, als sie ihn zum erstenmal gesehen hatte: im Ritz *während des Ersten Weltkrieges. Er trug seine Uniform. Major Paul McGill vom australischen Corps. Er stand über sie gebeugt und lächelte sein charmantes Lächeln, seine blauen Augen schwebten groß, klar und voller Liebe vor ihr. «Ich wußte, daß ich dich hier im Büro finden würde, Emma», sagte Paul. «Aber nun mußt du aufhören. Deine Aufgabe auf dieser Erde ist vollendet. Du hast alles erreicht, was du erreichen mußtest, und alles getan, was deine Pflicht war. Nun mußt du mit mir kommen. Ich habe mehr als 30 Jahre auf dich gewartet. Komm nur, Emma.» Er lächelte ihr zu und streckte ihr die Hand entgegen. Emma lächelte und seufzte. «Noch nicht, Paul», sagte sie. «Nimm mich noch nicht mit. Laß mich sie noch einmal sehen ... Paula und Emily. Sie werden gleich kommen. Laß mich meinen Mädchen Lebwohl sagen. Dann komme ich gern mit dir. Ich möchte bei dir sein. Auch ich weiß, daß es Zeit ist, zu gehen.» Paul lächelte, trat vom Sofa weg und schritt ins Zentrum dieses wunderbaren, strahlenden Lichts hinein. «Paul, Liebling, warte auf mich», rief Emma. Er sagte: «Ja, ich bin hier. Ich werde dich niemals mehr verlassen. Du bist nun gerettet, Emma.» Sie streckte die Arme nach ihm aus, als wollte sie ihn halten.*

Die Fotografie entglitt ihren Händen und schlug auf dem Fußboden auf. Das Glas zersprang. Emma war so schwach zumute, daß sie nicht mehr die Kraft hatte, sie aufzuheben. Sie konnte nicht einmal mehr die Augen öffnen.

Paula und Emily, die soeben ins Büro traten, hörten das plötzliche Geräusch aus dem Nebenzimmer. Sie sahen sich entsetzt an und rannten hinein.

Emma lag still in den Kissen. Ihr entspanntes Gesicht war so ruhig und ausdruckslos, daß beide erschraken. Paula legte Emily beruhigend die Hand auf den Arm, und dann traten sie zusammen ans Sofa. Besorgt sahen sie auf ihre Großmutter hinab.

«Sie macht wohl ein kleines Nickerchen», flüsterte Emily, wieder ganz beruhigt. Sie sah das Foto auf dem Fußboden liegen, nahm es auf und stellte es wieder an seinen Platz.

Aber Paula sah das stille, sanfte Gesicht genauer an. Sie bemerkte die bleichen Nasenflügel, die blassen Lippen, die kreidige Blässe der Wangen. «Nein, sie schläft nicht.» Paulas Mund begann unkontrollierbar zu zucken. «Sie liegt im Sterben, Grandy liegt im Sterben.»

Emily wurde blaß und starr vor Angst. Ihre grünen Augen, die Emmas so sehr glichen, füllten sich mit Tränen. «Nein, nein, das kann nicht sein. Wir müssen sofort Dr. Hedley rufen.»

Paula hatte einen Kloß in der Kehle, auch ihr traten die Tränen in die Augen. Mit zitternder Hand wischte sie sie fort. «Es ist zu spät, Emily. Ich glaube, sie hat nur noch ein paar Minuten zu leben.» Paula unterdrückte ein Schluchzen, kniete dann zu Emmas Füßen und nahm ihre gebrechliche Hand zwischen ihre. «Gran», sagte sie leise, «ich bin's, Paula.»

Emmas Lider hoben sich. Sofort wurde ihr Gesicht lebendig. «Ich habe auf dich gewartet, Liebling, und auch auf Emily. Wo ist sie? Ich kann sie nicht sehen.» Sie sprach leise, fast flüsternd.

«Ich bin hier, Grandma», sagte Emily atemlos. Sie brachte kaum die Worte heraus. Auch sie kniete nieder und nahm Emmas andere Hand.

Emma sah sie und neigte den Kopf ein wenig. Mit großer Kraftanstrengung setzte sie sich auf und sah Paula ins Gesicht, über das Tränen liefen. Ihre Stimme war sehr leise, aber klar, beinahe jugendlich, als sie zu sprechen begann: «Ich habe dich gebeten, meinen Traum zu bewahren, aber du mußt auch an deinem eigenen Traum festhalten, Paula, ebenso wie an meinem. Auch du, Emily. Ihr müßt eure Träume bewahren . . . immer.» Erschöpft sank sie wieder in die Kissen zurück, und ihre Lider fielen herab.

Ihre beiden Enkelinnen sahen sie sprachlos und vom Kummer niedergeschmettert an und hielten ihre Hände fest umfangen. Ihr unterdrücktes Schluchzen war das einzige Geräusch in der Stille.

Plötzlich öffnete Emma ihre Augen noch einmal. Sie lächelte Paula und Emily zu, bevor sie den Blick in die Ferne richtete, als sähe sie dort einen Ort, den sie beide nicht wahrnehmen konnten und der nur ihr allein zugänglich war.

«Ja», sagte Emma, «ich weiß, daß es jetzt Zeit ist.»

Ihre grünen Augen wurden größer und begannen hell zu strahlen. In ihnen erglühte das reinste verinnerlichte Licht. Und sie lächelte ihr unvergleichliches Lächeln, das ihr Gesicht mit Glanz überzog.

Dann wandelte sich ihr Antlitz unter dem Ausdruck höchster Seligkeit, während sie ihre Enkelinnen zum letztenmal ansah. Ihre Augen schlossen sich.

«Gran, Gran, wir lieben dich so sehr.» Emily fing an zu weinen.

«Sie hat nun ihren Frieden», flüsterte Paula, deren Mund schmerzvoll zuckte. Die Tränen liefen ihr übers Gesicht. Dann erhob sie sich. Sie beugte sich über ihre Großmutter, küßte sie auf die Lippen und ließ die Tränen auf ihre Wangen fallen. «Ich werde dich immer im Herzen tragen, Gran. Jeden Tag meines Lebens. Du wirst in mir fortleben.»

Emily hatte immer wieder Emmas Hand geküßt, und nun stand auch sie auf. Paula rückte zur Seite, so daß ihre Cousine sich von Emma verabschieden konnte.

Emily streckte die Hand aus und streichelte ihrer Großmutter die Wange, dann küßte sie sie auf den Mund. «Solange ich lebe, wirst auch du lebendig sein, Gran. Ich werde dich immer lieben. Und ich werde dich nie vergessen.»

Wie auf ein Kommando fielen Paula und Emily einander um den Hals und umarmten sich fest. Ein paar Minuten lang hielten die beiden jungen Frauen sich weinend umfangen und versuchten einander zu trösten. Schließlich wurden sie ein wenig ruhiger, und Emily sagte zitternd: «Ich habe immer Angst gehabt vor dem Tod. Aber jetzt nicht mehr. Niemals werde ich Grandys Gesicht im Moment ihres Todes vergessen. Es war so friedlich, so gelassen. Hast du gesehen, wie es leuchtete? Sie sah unglaublich glücklich aus. Was sie auch gesehen haben mag, es war schön, Paula.»

Paula schnürte es die Kehle zusammen. «Ja», sagte sie mit unsicherer Stimme, «es war etwas Schönes, Emily. Sie hat wohl Paul gesehen . . . Winston und Frank . . . und Laura und Blackie. Bestimmt war sie glücklich, weil sie nun endlich bei ihnen sein kann.»

42

Im Tode wie im Leben hatte Emma Harte die Zügel in der Hand. Nachdem Paula und Emily Dr. Hedley ins Kaufhaus gerufen, die Familie benachrichtigt und dann Emmas sterbliche Überreste zum Beerdigungsunternehmer begleitet hatten, waren sie schließlich nach Pennistone Royal hinausgefahren.

Eine schluchzende Hilda kam ihnen in der Stone Hall entgegen und überreichte Paula den Brief, den sie in der Hand hielt. «Dies hat mir Mrs. Harte vor ein paar Wochen gegeben. Sie bat mich, ihn für Sie aufzubewahren, Miss Paula, bis zu ihrem Tod.» Hilda, seit über 30 Jahren in Emmas Diensten, brach wieder in Tränen aus. «Ich kann gar nicht glauben, daß sie nicht mehr da ist», sagte Hilda und wischte sich die Augen. «Sie sah so frisch aus heute morgen, als sie ins Kaufhaus fuhr.»

«Ja, das stimmt», murmelte Paula leise. «Seien wir froh darüber, daß sie sich bis zuletzt bester Gesundheit erfreute und einen so friedlichen, ja schönen Tod hatte, Hilda.» Paula und Emily versuchten, die schluchzende Haushälterin zu trösten, so gut sie konnten, und erzählten ihr ganz genau, wie Emma dahingeschieden war, was sie schließlich wieder etwas aufzurichten schien.

Schließlich nahm Hilda sich zusammen und sagte: «Ihr habt sicher eine Menge zu tun. Ich bin in der Küche, wenn ihr mich brauchen solltet.»

«Danke, Hilda», sagte Paula. Langsam ging sie durch die Stone Hall und stieg die breite Treppe hinauf, wobei sie den Brief an ihre Brust gepreßt hielt. Emily folgte ihr.

Sie begaben sich in den oberen Salon, wo ein Feuer im Kamin brannte und die Lampen strahlten, setzten sich aufs Sofa, und Paula erbrach mit zitternden Fingern den versiegelten Umschlag und las die vier Bögen, die Emma mit ihrer ordentlichen, dennoch eleganten Handschrift beschrieben hatte. Der Brief war weder rührselig noch traurig, sondern knapp und sachlich und enthielt Anweisungen für Emmas Beerdigung. Sie wollte einen schlichten, kurzen Gottesdienst, nur ein Gebet und zwei Kirchenlieder; eines von ihnen sollte von Shane O'Neill gesungen werden. Eine Abschiedsrede wollte sie nicht, es sei denn, es wäre Paulas Wunsch. In diesem Fall sollte ihr Neffe Randolph sie halten und niemand sonst.

Der heitere Ton des Briefes trieb Paula die Tränen in die Augen. Sie schluckte und reichte ihn Emily. «Dies sind Grandys letzte Wünsche. Wir müssen sie respektieren, Emily.»

Auch Emily mußte weinen, als sie den Brief las. Nachdem sie sich die Augen getrocknet und die Nase geputzt hatte, fragte sie mit zitternder Stimme: «Was sollen wir bloß ohne Grandy machen, Paula?»

Paula legte den Arm um sie. Dann sagte sie sanft, aber entschlossen: «Wir werden das machen, was sie von uns erwartet: die Dinge in die Hand nehmen und sie ihren Wünschen gemäß beerdigen. Von nun an werden wir stark sein und ganz tapfer. Schließlich hat sie uns so erzogen. Sie hat uns beigebracht, Haltung zu bewahren, wie ja auch sie immer Haltung bewahrt hat. Das ist unsere Pflicht. Wir dürfen sie nicht enttäuschen. *Niemals.*»

«Ja, du hast recht.» Emily holte tief Atem. «Tut mir leid, ich wollte dich nicht belasten. Ich weiß, daß es für dich genauso schwer ist wie für mich.» Sie runzelte die Stirn und sagte dann: «Hast du bemerkt, von wann der Brief war?»

«Ja. Sie hat ihn ein paar Tage nach Alexanders Hochzeit geschrieben – vor knapp einem Monat.»

«Glaubst du, daß Grandy wußte, wie bald sie sterben würde?»

«Vielleicht – aber ich bin mir nicht sicher. Man sagt ja, daß alte Leute spüren, wenn der Tod naht. Blackies plötzlicher Tod hat sie sehr aufgewühlt, das weißt du ja, und seitdem hat sie immer daran gedacht, daß auch sie sterben muß.» Paula lächelte wehmütig. «Andererseits möchte ich gern glauben, daß unsere Gran einfach so praktisch war wie stets und an alles gedacht hat, als sie den Brief schrieb. Du weißt ebensogut wie ich, daß Emma Harte niemals etwas dem Zufall überlassen hat.»

Emily schien erleichtert. «Das stimmt. Und wenigstens ist Gran so gestorben, wie sie es wollte: im Büro, in den Sielen.»

Die beiden jungen Frauen sahen sich um, als plötzlich die Tür aufging und Winston mit ernstem Gesicht und rotgeränderten Augen eilig in den Salon trat. «Tut mir leid, daß ich so spät komme. Ich wurde ewig am Telefon aufgehalten», sagte er. Dann küßte er seine Frau, drückte ihr tröstend die Schulter und beugte sich zu Paula hinunter, um sie auf die Wange zu küssen. «Ihr seht beide genauso erledigt aus, wie ich mich fühle. Wie wäre es mit einem Drink?»

«Danke, Winston. Ich möchte einen Wodka & Tonic», sagte Paula.

«Für mich dasselbe, Liebling», sagte Emily.

Er mixte ihnen die Drinks, nahm auf einem Stuhl am Kamin Platz und zündete sich eine Zigarette an.

Paula reichte ihm Emmas Brief: «Dies sind Emmas letzte Anweisungen und Wünsche.»

Er las und sagte dann: «Da hat Emma sich ja sehr klar und genau ausgedrückt. Gott sei Dank. So kommen wir um endlose Familiendiskussionen und Streitereien herum, besonders mit Robin. Ihr wißt ja, wie eigensinnig er ist und wie er sich immer über alles ereifert.»

Paula sah ihn aufmerksam an. «Ich kann mir kaum vorstellen, daß er bei der Beerdigung seiner Mutter mitbestimmen will – nicht beim derzeitigen Stand der Dinge. Das würde er nicht wagen.»

Winston zog ein Gesicht. «Vielleicht doch, wie ich ihn kenne. Aber in ihrem Brief steht ja alles, und so wird's auch gemacht.»

«Ja, du kannst darauf wetten, daß Grandys Beerdigung genauso sein wird, wie sie es gern wollte», rief Paula.

Winston nickte: «Was hat denn Dr. Hedley gesagt, nachdem er Tante Emma untersucht hat?»

«Herzversagen», sagte Emily und mußte schlucken.

Winston zog an seiner Zigarette und sah weg; seine Augen wurden plötzlich feucht. Seine Stimme zitterte, als er sagte: «Großvater Winston hat mir immer erzählt, das Herz seiner Schwester sei so stabil wie ein Pflasterstein, und das war es auch, wirklich.» Er seufzte leise. «Zumindest ist sie friedlich eingeschlafen, dafür müssen wir alle dankbar sein.»

Einen Augenblick lang saß Paula still und nachdenklich da, dann sagte sie ruhig: «Wir werden ihre Gegenwart stärker als je zuvor spüren, weil sie noch immer bei uns ist, Winston. Sie ist überall um uns. Und in uns. Sie hat uns zu dem gemacht, was wir sind, und uns soviel von sich gegeben, daß wir von ihr erfüllt sind.» Ein warmes

Lächeln trat auf ihr erschöpftes Gesicht. «Grandy wird immer mit uns sein. Und so ist sie, wenn man es recht betrachtet, nicht tot. In uns hat Emma Harte ein ewiges Leben.»

Emma Hartes Beerdigung fand am Dienstag nach ihrem Tod um ein Uhr in der Kathedrale von Ripon statt, wie sie es verfügt hatte.

Ihre ganze Familie war anwesend, Freunde, Kollegen, Angestellte und fast sämtliche Einwohner von Pennistone Royal, wo sie seit über 30 Jahren residiert hatte. Es war brechend voll in der Kirche, und falls jemandes Augen trocken blieben, so gehörte er gewiß einer Minderheit an; fast alle weinten und schluchzten.

Ihr Sarg wurde von den sechs Trägern, die sie selbst bestimmt hatte, das Mittelschiff entlanggetragen, dann durch die große Kapelle zum Altar hin. Drei der Träger waren ihre Enkel Philip McGill Amory, Alexander Barkstone und Anthony Standish, der Graf von Dunvale. Die anderen waren ihr Großneffe Winston Harte, Shane O'Neill und Michael Kallinski, die Enkel ihrer beiden Jugendfreunde.

Obwohl der Sarg nicht schwer war, schritten die sechs jungen Männer langsamen, gemessenen Schrittes im Takt zur Orgelmusik aus, die zum Deckengewölbe der alten Kathedrale emporschwoll. Schließlich hielten sie vor dem prachtvollen Altar und setzten Emmas Sarg zwischen einer Fülle von erlesenen Blumenbouquets und Kränzen ab. Wo der Sarg stand, war alles hell erleuchtet von zahlreichen flackernden Kerzen und dem Sonnenlicht, das durch die wunderschönen Buntglasfenster fiel.

Auf den vordersten Bänken saßen die engsten Familienangehörigen. Paula hatte zwischen Jim und ihrer Mutter Platz genommen. Ihr Vater saß an Daisys Seite, rechts neben ihm Emily. Sie tröstete mütterlich Amanda und Francesca, die unablässig in ihre feuchten Taschentücher weinten. Obwohl Emily ebenso traurig war wie ihre Schwestern, schaffte sie es irgendwie, sich zu beherrschen, und versuchte die verzweifelten Teenager zu beruhigen.

Nachdem die Sargträger sich zu den übrigen Trauernden gesetzt hatten, hielt der Superintendent von Ripon, Ehrwürden Edwin LeGrice, den kurzen Gottesdienst ab. Schön, beredt und bewegend sprach er über Emma, und als er zehn Minuten später die Kanzel verließ, wurde sein Platz von Emmas Neffen Randolph Harte eingenommen.

Randolph hielt die Grabrede. Manchmal quoll der Schmerz in ihm über, dann brach seine kräftige Stimme vor Rührung und er blieb mitten im Satz stecken. Er beschränkte sich darauf, über Emmas menschliche Eigenschaften zu sprechen; ihre geschäftliche Karriere erwähnte er nicht. Statt dessen lobte er ihren freien Geist, ihre gütige Natur, ihr verständnisvolles Herz, ihre enorme Wohltätigkeit, ihre Treue als Freundin und Verwandte und ihre außerordentlichen Vorzüge als Frau mit Charakter und unbezwingbarem Willen.

Nach der Rede, die so manchen zum Weinen brachte, erhob sich der Chor der Kathedrale von Ripon und ließ seine wunderschön harmonische Version von «Vorwärts, Streiter Christi» erklingen, das erste der beiden Kirchenlieder, die Emma als Kind gelernt und sich zu diesem Anlaß erbeten hatte.

Als der Chor wieder Platz genommen hatte, kehrte der Superintendent von Ripon auf die Kanzel zurück. Er leitete die Trauernden durch das gemeinsame Gebet, bevor er selbst eine kurze Bitte für die Seele von Emma Harte und ihr ewiges Leben sprach. Dann bat er die Anwesenden, für Emma ein stilles Gebet zu sprechen.

Paula hatte den Kopf gesenkt und ihre Augen fest geschlossen. Dennoch sickerten die Tränen hindurch und fielen auf ihre gefalteten Hände herab. Es herrschte jetzt vollkommene Ruhe in der Kathedrale. Nur manchmal hallte ein gepreßtes Schluchzen, ein leises, kummervolles Ausatmen oder ein unterdrücktes Husten durch den Raum.

Und dann erklang plötzlich eine Stimme, so wahr und klar und rein, daß Paula dachte, das Herz müsse ihr zerspringen. Sie hatte gewußt, daß Shane «Jerusalem» singen würde, es war ja einer von Emmas letzten Wünschen gewesen; dennoch verlor sie nun endgültig die Fassung. Sie hielt sich das Taschentuch vors Gesicht und fragte sich, wie sie diesen Teil des Gottesdienstes jemals überstehen sollte.

Shane O'Neill stand allein in einer Ecke der Kirche und sang William Blakes altes Kirchenlied ohne Begleitung. Seine kräftige, volle Baritonstimme hallte über sie hin.

Als er die erste Strophe beendet hatte und mit der zweiten begann, empfand Paula unversehens ein außerordentliches Gefühl von Friede und Erlösung.

> Bringt mir des Bogens Flammengold!
> Bringt mir der Pfeile wild Begehr!

Bringt mir den Speer! O weich, Gewölk!
Bringt mir den Feuerwagen her!

Ich laß nicht ab vom Geistesstreit,
Nicht schlaf das Schwert in meiner Hand,
Bis wir Jerusalem erbaut
Auf Englands grünem holden Land.

Als Shanes Stimme verklungen war, verstand Paula mit einemmal, wie nötig, bedeutungsvoll und wichtig das Ritual und die Zeremonie des Todes waren. In gewisser Weise halfen sie ihr, ihren Schmerz zu ertragen. Die Gebete, wenn sie auch kurz gewesen waren, die Chorknaben und dann Shanes melodischer Gesang, die vielen Blumen und die außerordentliche Schönheit dieser alten Kathedrale, all das hatte ihren überwältigenden Schmerz beschwichtigt. Die Anwesenheit des Superintendenten, den sie seit Jahren kannte, beruhigte und tröstete sie. Plötzlich ging ihr auf, daß Herzeleid leichter zu ertragen war, wenn man den Schmerz miteinander teilen konnte. Sie wußte, daß der Gottesdienst ein bißchen aufwendiger gewesen war, als ihre Großmutter es sich gewünscht hatte, aber sie hatte trotzdem das Gefühl, als sei dieser Abschied besonders tröstlich für jene gewesen, die wahrhaft um Emma trauerten. Wir haben ihr die letzte Ehre erwiesen, ihr einen schönen Tribut gezollt, da sie dies Erdendasein verläßt, dachte Paula. Sie spürte, wie neue Kraft sie durchströmte, als sie den Kopf wieder hob.

Jetzt erst fiel ihr auf, wie schrecklich ihre Mutter litt. Daisy hatte den Kopf an Davids Schulter gelehnt und weinte hemmungslos. Paula legte ihrer Mutter die Hand auf den Arm und flüsterte: «Es ist alles gut, Mummy. Denk daran, daß sie nun sicher ist. Sie ist zu deinem Vater gegangen, zu Paul, und nun sind sie für immer zusammen.»

«Ja», schniefte Daisy. «Das weiß ich, Liebling. Aber ich werde sie so vermissen.»

Wieder setzte die Orgelmusik ein und schwoll zu einem Crescendo an, als die Träger Emmas Sarg anhoben. Sie trugen ihn zurück durch das Mittelschiff und dann aus der Kathedrale hinaus. Emmas engste Familienangehörige folgten dem Sarg, und dann standen sie draußen und sahen zu, wie er in den Leichenwagen geschoben und mit einem Blumenteppich zugedeckt wurde, Blumen für ihre letzte Reise.

Paula bemerkte, daß Edwina genauso schluchzte wie ihre Mutter, und impulsiv trat sie zu ihr hin und legte ihrer Tante die Hand auf den Arm. «Ich freue mich, daß du dich wieder mit Grandy versöhnt hast», sagte sie.

Edwina drehte sich um. Ihre hellgrauen Augen waren voller Tränen. «Es war zu spät. Ich hätte es schon vor Jahren tun sollen. Ich war so im Unrecht, liebe Paula, so sehr im Unrecht.»

Paula sagte: «Sie hat es verstanden. Sie verstand immer alles, das war das Wunderbare an Emma Harte. Und sie hat sich so gefreut, daß ihr nun wieder Freundinnen wart – überglücklich war sie, wenn du es wissen willst.»

«Ach, das macht es ein wenig leichter», sagte Edwina leise. «Aber auch wir sollten Freundinnen werden, Paula. Kannst du mir verzeihen?»

«Ja», sagte Paula schlicht, beugte sich vor und küßte Edwina auf die tränennasse Wange.

Eine lange Kette von Autos folgte dem Trauerzug durch Ripon und dann nach Harrogate. Schnell hatten sie die verträumten Dales hinter sich gelassen, passierten Leeds, den Sitz von Emmas Macht, und durchquerten die schmutzigen Industrieansiedlungen des West Riding. Schließlich bog die Prozession in die hochgelegene Heidestraße ein, die die mächtige penninische Bergkette teilte.

An diesem sonnigen Septembernachmittag wirkte die finstere, wilde Heide von Yorkshire nicht mehr so schwarz, so einschüchternd wie sonst. Sie, die fast das ganze Jahr hindurch einen dunklen, unerbittlichen Anblick bot, war nun plötzlich prachtvoll erglüht. Wie stets gegen Ende des Sommers wogten Wellen von purpur- und magentafarbenem Heidekraut über die weitgeschwungene, unbewohnte Fläche, als hätte man ein Tuch aus Königspurpur ausgebreitet, das in der leichten Brise kleine Falten schlug. Der hohe, durchscheinende Himmel war so blau wie Ehrenpreis, und das Licht hatte jene unglaubliche Klarheit, die man nur in Nordengland findet. Die Luft war rein und erfrischend, ein sanfter Duft von Glockenblumen, Heidekraut und Feldblumen erfüllte sie.

Schließlich fuhr der Trauerzug bergab und ließ das Heideland hinter sich. Mehrere Stunden nach der Abfahrt aus Ripon zog er langsam in das Dorf Fairley ein. Vor der altertümlichen normannischen Kirche, in der man Emma vor 81 Jahren getauft hatte, kam der Leichenwagen zum Stehen.

Die sechs jungen Träger, die die drei Clans repräsentierten, nahmen Emmas Sarg zum letztenmal auf. Langsam und vorsichtig trugen sie ihn durch das Tor auf den Friedhof, wo schon Ehrwürden Huntley beim Grab auf sie wartete.

Entlang der mörtellosen Mauern, unter den Bäumen, die sich im Winde bewegten, und auf den gekrümmten Pfaden standen schweigend und trauernd die Dorfbewohner von Fairley. Die Männer hielten ihre Mützen in der Hand, die Frauen und Kinder hatten zum Angedenken Sträuße aus Feldblumen und Heide gepflückt. Die meisten hielten die Köpfe gesenkt und weinten. Sie waren gekommen, um einer Frau die letzte Ehre zu erweisen, die eine der ihren war, eine, die es in der Welt weit gebracht hatte, ohne sie jemals zu vergessen.

Nach einer kurzen Andacht wurde Emma Harte in die Erde gebettet, die schon so lange ihre Lieben umfangen hielt. Ihr Grab lag zwischen dem ihrer Mutter und dem von Winston, und ihre letzte Ruhestätte war von der Heide überschattet, die sie so geliebt hatte, in der sie als Kind so viel gewandert war, und in deren Abgeschiedenheit sie sich niemals allein oder einsam gefühlt hatte.

III

Die Magnatin

Frage nicht, was morgen sein wird,
Zieh Gewinn von jedem Tage.

Horaz

43

Trotzdem glaube ich, daß da was nicht stimmt», murmelte Alexander und ging in Paulas Büro in der Londoner Filiale von *Hartes* auf und ab.

«Das tue ich auch», sagte sie und sah ihm nach, wie er zwischen Kamin und Schreibtisch hin und her ging. «Aber es genügt leider nicht, einen Verdacht zu hegen. Wir brauchen handfeste Beweise, bevor wir Schritte gegen Jonathan unternehmen können. Und womöglich auch gegen Sarah. Ich bin mir immer noch nicht sicher, ob sie ebenfalls unzuverlässig ist oder nicht.»

«Ja, das frage ich mich auch. Aber wir müssen ihn erst auf frischer Tat ertappen, da hast du völlig recht. Bis dahin sind uns die Hände gebunden.» Alexander rieb sich das Kinn und machte ein nachdenkliches Gesicht. Dann blieb er vor Paulas Schreibtisch stehen und sah sie fest an: «Mein Gefühl sagt mir, daß ich ganz dicht davor bin, Jonathans Verrat aufzudecken.» Er schüttelte den Kopf. «Wie Grandy immer zu sagen pflegte: Ich mag keine unangenehmen Überraschungen.»

«Wer tut das schon?» seufzte Paula, die anfing, sich ernsthafte Sorgen zu machen. Sie wußte, daß Alexander sehr konservativ war und nicht zu Übertreibungen und Einbildungen neigte. Auch ihre Großmutter war bis zu ihrem Todestag von Jonathan Ainsleys doppeltem Spiel überzeugt gewesen. Aber auch ihr hatten handfeste Beweise gefehlt. Sie rutschte tiefer in ihren Schreibtischsessel und sagte: «Was er auch macht, er macht es offenbar geschickt, weil auch die Buchprüfer nichts Unrechtes finden konnten.»

«Natürlich macht er es geschickt, er ist schon immer verdammt gerissen gewesen. Seine rechte Hand weiß nicht, was seine linke tut, hol's der Teufel. In all den Jahren hat er sich nicht sehr verändert.» Alexander sah sie mit einem gequälten Gesichtsausdruck an. «Don Littleton hält mich schon für verrückt. Ich habe ihn ein dutzendmal die Bücher durchgehen lassen.» Er zuckte hilflos die Achseln. «Don und zwei andere Buchprüfer haben die Immobilienabteilung unter die Lupe genommen und nichts gefunden – nichts, was auch nur im geringsten verdächtig wäre. Zumindest nicht, was die Finanzen betrifft.»

Paula beugte sich vor, stützte die Ellbogen auf und legte ihr Kinn in die Hände. «Er ist nicht so dumm, etwas zu *stehlen*, Sandy – er ist vorsichtig. Er würde immer seine Spuren verwischen. Ich wünschte, wir könnten ihn irgendwie aus der Reserve locken, ihn dazu bringen, daß er Farbe bekennt . . .» Sie ließ den Satz unbeendet und begann angestrengt zu überlegen, wie man das anstellen könnte.

Ihr Bruder Philip, der auf dem Sofa gegenüber saß, hatte die vergangene Viertelstunde lang aufmerksam zugehört. Nun brach er sein Schweigen: «Die einzige Möglichkeit, unseren lieben Cousin zu erwischen, besteht darin, ihm einen Köder vorzuwerfen.»

Alexander drehte sich auf dem Absatz um. «Wie?» fragte er.

Philip erhob sich und kam zu ihnen hinübergeschlendert. Von allen Enkelkindern Emmas sah er am besten aus. Er war seinem Großvater wie aus dem Gesicht geschnitten. Sein Haar war so glänzend schwarz wie das seiner Mutter und Schwester, die Augen von jenem unwahrscheinlichen Blau, das ins Dunkelviolette hinüberspielte, und er war ebenso hochgewachsen, männlich und flott wie Paul McGill. Obwohl erst 24 Jahre alt, war Philip auch der intelligenteste von Emmas Enkeln. Von Paul hatte er die außerordentliche Geschäftstüchtigkeit und das Finanzgenie geerbt, von seiner Großmutter das brillante Einfühlungsvermögen. Seit seinem siebzehnten Lebensjahr hatte Emma ihn sorgfältig ausgebildet, und nachdem er das riesige McGill-Imperium in Australien übernommen hatte, erwies er sich des in ihn gesetzten Vertrauens mehr als wert. Man wußte, daß er ein Mann war, mit dem man rechnen konnte, und der weiser war, als man bei seinem Alter erwartet hätte.

Er blieb neben Alexander stehen, legte seinem Cousin die Hand auf die Schulter und sagte: «Ich sage dir wie, Sandy.» Dann ließ er sich gegenüber seiner Schwester in einem Sessel nieder und bemerkte: «Dieser Detektiv, den Grandy beauftragt hat, konnte nichts über Jonathan herausfinden. Trotzdem scheint es mir möglich zu sein, daß er seine eigene Firma hat – eine, die von Strohmännern geführt wird. Und . . .»

«Glaube nicht, daß ich diese Möglichkeit ausgeschlossen habe», unterbrach Alexander ihn hitzig.

Philip nickte. «Gut, dann laßt uns doch mal von der Annahme ausgehen, daß er wirklich eine Immobilienfirma hat und ihr Abschlüsse zuschanzt – große Abschlüsse, die rechtmäßig für die *Harte*-Firmengruppe bestimmt sind. Das wäre ja wohl belastend genug.» Philip beugte sich eifrig vor und fuhr fort: «Ich schlag vor, daß *wir* ihm die Schlinge um den Hals legen. Ich werd euch sagen, wie. Es ist wirklich sehr einfach. Wir müssen jemanden finden, der Jonathan als Leiter der Immobilienabteilung der *Harte*-Firmengruppe ein Geschäft vorschlägt. Und zwar so: Wir müssen es so attraktiv gestalten, daß er der Versuchung nicht widerstehen kann, es seiner eigenen Firma zuzuschanzen. Seine Gier muß seinen gesunden Menschenverstand außer Kraft setzen. Wenn die Einsätze hoch genug sind, wird er unüberlegt handeln, verlaßt euch darauf.»

Philip lehnte sich zurück, schlug seine langen Beine übereinander und sah die beiden erwartungsvoll an. «Na, wie findet ihr das?»

Alexander ließ sich schwer in den anderen Stuhl fallen und nickte bedächtig. «Ja, ich gebe zu, daß es ein gerissener Hinterhalt ist. Ich bin dafür, vorausgesetzt, du kannst mir noch ein paar Fragen beantworten.»

«Los.»

«Philip, wir sollten realistisch sein: Wo um alles in der Welt nehmen wir dieses verlockende Geschäft her, um es wie eine Karotte vor Jonathans Nase hin und her zu schwenken? Und zweitens: Wer soll es ihm anbieten?» Alexander lächelte verkniffen. «Wir sollten unseren verschlagenen Cousin nicht unterschätzen . . . er wird sofort Lunte riechen.»

«Aber nein», erwiderte Philip gleichmütig. «Ich hätte da jemanden, der Jonathan das andienen kann, ein guter Freund, der hier in London seine eigene Immobilienfirma hat. Soviel also zu deiner ersten Frage. Und was das Geschäft selbst angeht, so glaube ich, daß mein Freund in der Lage ist, etwas zu finden, das verlockend genug ist. Ich brauche nur deine Zustimmung, dann werde ich mit ihm sprechen.»

«Ich glaube, wir sollten es versuchen», sagte Alexander im vollen Vertrauen auf Philips Intelligenz und Diskretion. Dann wandte er sich Paula zu. «Was sagst du denn dazu?»

«Ich bin dafür, wenn du es willst, Sandy.» Sie warf ihrem Bruder einen Blick zu. «Wie heißt denn dein Freund?»

«Malcolm Perring. Du erinnerst dich doch sicher an den guten Malcolm – wir waren zusammen in Wellington.»

«Kaum. Ich glaube, du hast uns einmal miteinander bekannt gemacht, als ich dich in den Semesterferien besuchen kam.»

«Genau. Jedenfalls sind wir gute Freunde geblieben, und er war ein Jahr in Australien . . .»

«Da wird Jonathan aber Verdacht schöpfen», sagte Paula scharf. «Ihr wart in derselben Privatschule, und dann war Malcolm auch noch in Australien. Jonathan kann ja immerhin bis drei zählen.»

«Ach nein», sagte Philip voller Zuversicht. «Malcolm ist doch schon seit ein paar Jahren wieder hier. Er hat die Immobilienfirma seines Bruders geerbt; der arme Kerl ist mit 39 Jahren einem Herzanfall erlegen. Jonathan wird ihm bestimmt keine persönlichen Fragen stellen, und Malcolm ist ziemlich durchtrieben, das könnt ihr mir glauben.»

«Das glaube ich dir. Ich weiß, daß du niemanden in unsere Angelegenheiten einweihen würdest, auf dessen Diskretion du nicht hundertprozentig zählen könntest. Und du wirst ihn ja einweihen müssen», versetzte Paula.

«Natürlich. Aber Malcolm ist wirklich zuverlässig, Paula.» Philip kicherte. «Ich bin sicher, daß er was Passendes hat – Perring & Perring ist eine Riesenfirma. Und wäre es nicht toll, wenn wir zwei Fliegen mit einer Klappe schlagen könnten? Jonathan in flagranti ertappen und ein nettes kleines Geschäft für die *Harte*-Firmengruppe abschließen?»

Alexander lachte trocken; die Idee gefiel ihm. «Grandy hätte ihre Freude an dir gehabt.»

Paula lächelte knapp. «Also, ich finde, wir sollten es tun, da ja auch Alexander dafür ist. Und als geschäftsführendes Vorstandsmitglied der *Harte*-Firmengruppe hat er ja darüber zu entscheiden.»

«Wir haben nichts zu verlieren», warf Alexander ein, «und offen gesagt erleichtert es mich, daß wir nun in die Offensive gehen. Dieses Warten, daß Jonathan endlich aus seinem Mauseloch kommt, ist auf Dauer nervenaufreibend. Wir müssen ihn ins Freie locken, wenn wir können.»

«Ich werde gleich morgen früh mit Malcolm sprechen», sagte

Philip und sah auf seine Uhr. «Wenn wir noch einen Bissen essen wollen, bevor wir in John Crawfords Büro gehen, sollten wir jetzt aufbrechen. Es ist halb zwölf. Um halb drei müssen wir doch bei John sein, nicht wahr, Paula?»

«Ja.» Sie stand auf und bürstete einen Fussel von ihrem schwarzen Kleid. «Ich freue mich nicht auf diesen Nachmittag», sagte sie. Ihre Oberlippe zuckte, und ihre Augen füllten sich mit Tränen. Schnell sah sie weg. Nach einer Weile hatte sie sich wieder gefangen und lächelte die beiden Männer verzagt an.

«Tut mir leid», sagte sie. «Das passiert mir immer, wenn ich es am wenigsten erwarte. Ich denke an Gran und habe einen Kloß in der Kehle. Ich kann mich nicht daran gewöhnen, daß sie nicht mehr da ist. Es ist schrecklich, so eine Lücke in meinem Leben. Aber das geht wohl uns allen so, denke ich.»

«Ja», pflichtete Philip bei. «Alexander und mir zumindest. Wir haben erst gestern abend beim Dinner darüber gesprochen. Man erwartet immer, daß sie plötzlich neben einem steht, einen ausgefallenen, aber enorm guten Ratschlag gibt oder eine ihrer knallharten, witzigen Bemerkungen macht.»

Philip ging um den Schreibtisch herum, faßte Paula sanft bei den Schultern und sah in ihr bleiches Gesicht hinab. «Die Testamentseröffnung wird sicher schrecklich aufregend sein, Paula, weil einem dann erst klar wird, daß sie wirklich tot ist. Aber du mußt dabeisein . . . wir alle müssen das.» Er versuchte, sie mit einem Scherz zu trösten: «Granny wird uns böse sein, wenn wir das nicht tun.»

Paula nickte und lächelte ein bißchen über seine Bemerkung. «Ich will euch was sagen: Es bringt mich jetzt schon auf die Palme, wenn ich an all die Geier denke, die kommen werden.» Sie seufzte. «Ach, wir können ja auch nichts daran ändern, es tut mir leid, ihr beiden. Je weniger wir von diesem Nachmittag reden, desto besser. Und nun kommt und laßt uns essen gehen. Emily wird auch dabeisein – ich habe einen Tisch im *Ritz* bestellt.»

«Im *Ritz*!» rief Philip überrascht. «Ist das nicht ein bißchen extravagant für einen kleinen Imbiß?»

Paula hakte ihren Bruder unter, und ein Funken von Vergnügtheit leuchtete aus ihrem Gesicht. «Das würde ich nicht sagen. Es war eins von Grandys Lieblingshotels. Und ich hab es gewählt, weil wir vier so schöne Erinnerungen daran haben . . . all diese tollen kleinen

Feste, die sie dort für uns gegeben hat, als wir noch klein waren. Außerdem wären wir beide vielleicht gar nicht da, wenn Emma und Paul sich dort, vor mehr als 60 Jahren, nicht eine kleine Romanze geleistet hätten!»

«Das ist richtig», sagte Philip lachend. «Deshalb meine ich, unser Essen sollte auf Paul McGills Kosten gehen. Ich lade euch ein.»

«Sehr nett von dir», sagte Alexander. Sie verließen Paulas Büro und betraten den Angestellten-Fahrstuhl. Während sie hinunterfuhren, klopfte Alexander Philip auf die Schulter: «Übrigens, wie lange haben wir eigentlich das Vergnügen deiner Anwesenheit?»

«Ich werde bis Ende Oktober hierbleiben, und dann soll ich mit Paula nach Texas fahren. Das hat sie mir jedenfalls eröffnet, bevor du kamst. *Sitex*. Ein paar Wochen später gehe ich zurück nach Sydney, und dann komme ich Weihnachten wieder hierher.»

«Oh!» rief Paula. «Das hast du mir ja gar nicht gesagt!»

«Ich habe mich auch erst heute morgen beim Frühstück dazu entschlossen, hatte also noch keine Gelegenheit, es dir zu sagen. Mum ist so durcheinander momentan, daß ich denke, ich sollte bei ihr sein. Es wird sie aufheitern. Ich hab auch zugesagt, mit ihr und David im Januar nach Chamonix zu fahren, und natürlich haben sie sich beide sehr gefreut.»

«Das ist ja prima», strahlte Alexander. «Maggie und ich sind ebenfalls eingeladen worden, mit Tante Daisy und Onkel David zu kommen.» Er warf Paula einen schnellen Seitenblick zu. «Willst du es dir nicht doch anders überlegen, jetzt, wo Philip mitkommt?»

«*Nein*. Wenn *ich* Urlaub mache, will ich in der heißen Sonne liegen und knackig braun werden. Die Skipisten haben mich noch nie gereizt, das wißt ihr ja. Und außerdem muß ich im Januar in New York sein. Wir machen eine große Werbewoche der französischen und italienischen Designer, und ich werde das *Frau Total*-Geschäft in unserer Filiale an der Fifth Avenue eröffnen.» Sie lachte durchtrieben, als sie aus dem Fahrstuhl traten. «Einer muß ja die Arbeit machen in dieser Familie.»

Lachend traten sie auf die Knightsbridge hinaus, winkten ein Taxi herbei und gaben dem Fahrer die Adresse des *Ritz* an.

An einem Tisch im Restaurant wartete Emily dort schon auf sie. Sie trug ein elegantes schwarzes Kostüm, das ihr wunderbar stand. Dennoch stellte sie eine Trauermiene zur Schau. Als Cousin, Cousine und Bruder neben ihr Platz nahmen, warf sie einen melancholischen Blick in die Runde. «Ich bin froh, wenn ich den Tag heute hinter mir habe», sagte sie zu Alexander. «Der Gedanke an die Testamentseröffnung ist einfach zu deprimierend.»

«Ach Emily, sei nicht traurig», sagte Alexander. «Philip und ich haben uns eben erst so etwas von Paula angehört.» Er drückte beruhigend ihren Arm. «Grandy wäre fuchsteufelswild, wenn sie sehen könnte, wie trübselig wir hier herumsitzen. Habt ihr denn vergessen, was sie immer gesagt hat?»

«Was denn?» fragte Emily versunken.

«Wenn wir irgendein Mißgeschick oder eine Enttäuschung erlebt haben, sagte sie immer, wir sollten das Gestern vergessen, an das Morgen denken und weiterkämpfen, ohne nach hinten zu sehen. Meint ihr nicht, daß wir uns daran halten sollten, vor allem heute?»

«Ja», gab Emily zu und lächelte nun schon etwas lebhafter.

«Artiges Mädchen», sagte Alexander.

Philip meinte: «Ich bestelle uns jetzt eine Flasche Champagner, und dann wollen wir auf die bemerkenswerte Frau anstoßen, der wir das Leben verdanken, die uns alles beigebracht hat, was wir wissen, und die uns zu dem gemacht hat, was wir heute sind.»

44

John Crawford, Emmas Rechtsanwalt und Seniorpartner der Firma *Crawford, Creighton, Phipps & Crawford*, betrat eilig den großen Konferenzsaal.

Er sah sich flüchtig um und nickte befriedigt. Zu den 24 Stühlen, die immer um den langen Mahagonitisch herum standen, waren noch fünf hinzugefügt worden, die seine Sekretärin eilig aus anderen Büros zusammengesucht hatte. Nun war Platz für ihn und die 28 Personen, die jede Minute eintreffen mußten.

John wanderte im Raum auf und ab und legte Emma Hartes Testament und letzten Willen auf den Tisch vor seinem Sitzplatz an der Schmalseite. Nachdenklich ließ er den Blick darauf ruhen. Es war ein umfangreiches Papier; ihm stand eine lange Sitzung bevor. Egal, dachte er und zuckte die Achseln. Dann trat er ans Fenster, zog die Vorhänge beiseite und sah in die Upper Grosvenor Street hinab.

Als er hörte, wie seine Sekretärin die Amorys und Edwina hineingeleitete, wandte er sich schnell vom Fenster ab. Lächelnd ging er ihnen zur Begrüßung entgegen. Er erschrak über Edwinas schlechtes Aussehen. Sie trug Schwarz wie Daisy, aber sie wirkte farblos und erschöpft. Die vergangenen Wochen hatten sie zu einer alten Frau gemacht. Offenbar hatte Emmas Tod sie sehr mitgenommen.

Bald darauf begannen die anderen in rascher Folge einzutreffen. Um zwanzig nach zwei waren alle da außer Jim und Winston. Fünf Minuten später kamen die beiden angehetzt und entschuldigten sich. Sie waren auf ihrem Weg von der Fleet Street in einem Stau steckengeblieben.

Um Punkt halb zwei bat John um Ruhe. Er sagte: «Heute haben wir uns aus einem sehr traurigen Anlaß hier zusammengefunden, aber als ich Emma Anfang August zum letztenmal sah, sagte sie zu mir: ‹Keine langen Gesichter, wenn ich einmal tot bin. Ich habe ein außergewöhnliches Leben geführt, die Höhen und Tiefen ausgekostet und keinen langweiligen Augenblick erlebt. Also keine Trauermienen.› Trotzdem möchte ich, bevor ich zur Sache komme, noch einmal sagen, daß ich für meinen Teil den Tod einer sehr guten und langjährigen Freundin zu beklagen habe, die bemerkenswerteste Frau – nein, der bemerkenswerteste Mensch, den ich jemals gekannt habe. Ich vermisse sie sehr.»

Beifälliges Gemurmel war zu vernehmen, bevor John in feierlichem Ton sagte: «Dies ist der letzte Wille und das Testament von Emma Harte Lowther Ainsley, die im folgenden Text Emma Harte genannt wird.» Er räusperte sich und fuhr dann in seinem gewohnten Tonfall fort: «Vor ihrem Tod hat Mrs. Harte mir berichtet, daß einige aus dem engsten Familienkreis bereits mit Teilen des Inhalts vertraut seien. Gleichwohl ist es meine Pflicht, das Testament in seiner ganzen Länge zu verlesen, da es die Verfügung ihres gesamten Besitzes betrifft und da es auch noch andere Begünstigte gibt. So will es das Gesetz. Deshalb bitte ich alle, mit mir auszuharren. Es ist leider ein sehr langes und komplexes Dokument.»

Paula, die zwischen Jim und Philip saß, lehnte sich in ihrem Stuhl zurück, faltete die Hände und konzentrierte sich ganz auf den Familienanwalt. Ihr Gesicht war ausdruckslos.

Die ersten fünf oder sechs Seiten betrafen Emmas Schenkungen an die Angestellten ihrer diversen Firmen, sie waren großzügig und bewiesen, daß Emma sich um jedermanns Bedürfnisse Gedanken gemacht hatte. Paula freute sich sehr darüber, daß Hilda eine schöne Pension erhalten würde, wenn sie in Ruhestand ginge, und dazu eines der Bauernhäuser, die Emma in Pennistone Royal besaß.

Hilda war nicht anwesend, aber Gaye Sloane war da. Sie warf Paula einen erstaunten, freudigen Blick zu, als John vorlas, was Emma ihr zugedacht hatte: 200 000 Pfund und ein Set Gold-Diamant-Ohrringe mit dazu passender Brosche.

Der zweite Teil des Testaments behandelte Emmas beachtliche Kunstsammlung. John fügte erläuternd hinzu: «Im Testament von 1968 hatte Emma Harte all ihre Kunstwerke auf ihren Enkel Philip McGill Amory überschrieben, mit Ausnahme der Bilder, die in Pennistone Royal hängen. Diese Verfügung ist geändert worden.» Er sah Philip an. «Mrs. Harte sagte, sie hätte mit Ihnen über diese Änderungen gesprochen und sie Ihnen erklärt, und Sie hätten volles Verständnis für ihre Beweggründe gehabt.»

«Ja», sagte Philip. «Großmutter wollte meine Zustimmung haben, und ich sagte ihr, das sei nicht nötig, sie müsse ihre Kunstwerke so vermachen, wie sie es für richtig hielte, da sie ihr und niemandem sonst gehörten. Ich bin völlig einverstanden.»

John nickte, sah auf das Dokument herab und las vor, was Emma geschrieben hatte: «Als Anerkennung für langjährige Treue, Anhänglichkeit und Freundschaft vermache ich hiermit Henry Rossiter das Landschaftsbild von van Gogh, Ronald Kallinski den Picasso aus der Blauen Periode und Bryan O'Neill die Ballettänzerin von Degas. All diese Bilder hängen in meinem Haus am Belgrave Square. Meinem geliebten Neffen Randolph Harte, dessen Liebe und Freundschaft ich so sehr schätze, vermache ich die vier Pferdebilder von Stubbs und die beiden Plastiken von Barbara Hepworth, die sich alle zur Zeit in Pennistone Royal befinden. Alle anderen Kunstwerke außer denen in Pennistone Royal bekommt mein Enkel Philip. Davon ausgenommen ist jedoch das Bild ‹Dach der Welt› von Sally Harte. Und was das Kaiserliche Osterei von Fabergé angeht . . .» Er hielt kurz inne, um einen Schluck Wasser zu trinken, und erklärte dann, daß Emma es versteigern lassen wollte, damit das Geld ihren Enkelkindern zurückgegeben werden konnte, die es ihr zum 80. Geburtstag geschenkt hatten. Ein eventueller Gewinn – falls das Osterei mehr einbringen sollte, als sie dafür ausgegeben hatten – sollte wohltätigen Zwecken zur Verfügung gestellt werden.

Paulas Blick glitt verstohlen durch den Konferenzsaal. In der letzten Viertelstunde hatte die Spannung merklich zugenommen; sie hatte die Angst in den Gesichtern von Robin, Kit und Elizabeth bemerkt. Edwina hingegen schien ganz abwesend und hielt die Hände im Schoß verkrampft. Sie sah gramvoller aus als je zuvor.

John fuhr fort: «Nun komme ich zu den Schenkungen, die Emma Harte für ihre Kinder eingerichtet hat. Diejenigen Schenkungen, die schon vor einigen Jahren in Kraft getreten sind, wurden von Mrs. Harte in keiner Weise verändert. Sie bleiben, wie sie sind, und den Nutznießern Edwina, Kit, Robin und Elizabeth werden auch weiterhin die Einkünfte aus diesen Schenkungen zukommen.»

Dann ließ sich John im einzelnen über die Details der Schenkungen aus, und Paula konnte auf den Gesichtern der drei tiefe Beruhigung wahrnehmen. Robin und seine Zwillingsschwester Elizabeth konnten ihren Jubel kaum bezwingen. Kits Gesicht war ruhig, aber das triumphierende Flackern in seinen Augen sprach Bände.

«Nun möchte ich zu den Schenkungen kommen, die Emma Harte für ihre Enkelkinder eingerichtet hat», verkündete John. Paula wurde hellwach. Doch offensichtlich hatte Grandy auch daran nichts verändert. Emily, Sarah, Alexander, Jonathan, Anthony, Francesca und Amanda sollten auch weiterhin die Schenkungen zugute kommen, die Emma im April 1968 für sie eingerichtet hatte. Nachdem er die Bedingungen verlesen hatte, machte der Rechtsanwalt eine Pause und rutschte auf seinem Stuhl hin und her.

Er sah Paula an, danach Anthony. Dann sagte er: «Jetzt muß ich Ihnen mitteilen, daß Emma Harte drei weitere Schenkungen gestiftet hat. Diese sind für ihre Urenkel Lorne und Tessa Fairley bestimmt, Sohn und Tochter von Jim und Paula Fairley, sowie für Jeremy, den Vicomte Standish, Sohn von Anthony und Sally Standish, dem Grafen und der Gräfin von Dunvale. Die Schenkung für diese drei Enkel beträgt je eine Million Pfund.»

Dann ergriff John wieder das Testament und berichtete detailliert von Emmas Wünschen bezüglich ihres riesigen Geschäftsimperiums und des enormen McGill-Vermögens. Die Niederschrift von 1968 bestand unverändert. Alexander bekam 52 Prozent der *Harte*-Firmengruppe und blieb das formale Oberhaupt dieser Gesellschaft auf Lebenszeit. Seine Schwester Emily sowie Sarah bekamen jeweils sechzehn Prozent der Anteile. Im Fall, daß Alexander starb oder arbeitsunfähig wurde, sollte Emily automatisch die Leitung der Firma übernehmen und diese Position ihr Leben lang bekleiden.

Paula sah Jonathan und Sarah aus den Augenwinkeln an und fragte sich, ob sie überhaupt wußten, was für ein Glück sie gehabt hatten. Jonathan konnte seine höhnische Freude kaum verbergen, Sarah lächelte selbstzufrieden, bemerkte Paula, und ihr Gesicht wurde kalt und verschlossen.

Als sie ihren eigenen Namen vernahm, wandte sie wieder John ihre volle Aufmerksamkeit zu, obwohl sie keine Überraschungen erwartete. Er wiederholte das, was Emma schon 1968 festgelegt hatte. Paula würde all ihre Anteile an den *Harte*-Kaufhäusern bekommen, und damit die Befehlsgewalt über die Firmengruppe.

Das gesamte McGill-Vermögen ging auf Daisy McGill Amory

über, allerdings unter der Bedingung, daß ihr Sohn Philip weiterhin Leiter der *McGill Corporation of Australia* blieb, in der alle McGill-Firmen zusammengeschlossen waren. Paula sollte ihre Mutter bei allen Angelegenheiten vertreten, die *Sitex Oil* betrafen. Im Falle von Daisys Tod würde das McGill-Vermögen zu gleichen Teilen an Philip und Paula gehen. Zudem erbte Daisy Pennistone Royal, den Grundbesitz, der dazugehörte, alle Möbel, die Kunstwerke sowie die McGill-Smaragde. Im Fall ihres Todes würde all das an Paula fallen. Paula erhielt bereits jetzt den Rest der beträchtlichen Smaragdsammlung ihrer Großmutter.

«Der übrige Schmuck von Mrs. Harte wird größtenteils an ihre Enkeltöchter gehen. Aber es gibt auch noch ein paar andere Schenkungen – an Alexanders Frau Marguerite Barkstone und an ihre Großnichten Sally Harte Standish und Vivienne Harte sowie an ihre Nichte Rosamund Harte Ellsworthy», sagte John. «Für jede hat Emma etwas ausgesucht, und zwar wie folgt: ‹An meine liebe Enkelin Emily Barkstone Harte geht meine Saphirsammlung, die aus . . .», und John erging sich weiter detailliert in der von Emma geschriebenen Liste. Er benötigte fast eine Stunde, um diesen Teil des Testaments abzuhandeln, da Emma ja eine umfängliche Schmucksammlung besessen hatte. Diejenigen, die nicht zu den Begünstigten gehörten, wurden langsam unruhig. Es raschelte, und kleine gedämpfte Laute waren zu vernehmen, als manch einer auf seinem Stuhl herumrutschte. Zigaretten wurden angezündet, jemand holte ein Glas Wasser. Edwina schneuzte sich mehrmals. Robin hustete hinter vorgehaltener Hand.

John Crawford dagegen war die Ruhe selbst; er kümmerte sich nicht um vereinzeltes Füßescharren und andere Nebengeräusche. Er las langsam und deutlich vor, und es war klar, daß er keineswegs die Absicht hatte, sich hetzen zu lassen. Schließlich sagte er: «Soviel zu der Schmucksammlung von Mrs. Harte, und nun werde ich mich dem Abschnitt des Testaments zuwenden, der einen Teil ihres Grundbesitzes betrifft, vor allem das Haus in Jamaika, das Apartment in der Avenue Foch in Paris und die Villa bei Cap Martin in Südfrankreich.»

Er stellte fest, daß jene Schenkungen, die Emma Harte im April 1968 verfügt hatte, unverändert beständen. Emily Barkstone Harte würde die Pariser Wohnung erben, ihr Bruder Alexander

Barkstone die Villa an der Riviera und Anthony das Haus in der Karibik.

An dieser Stelle legte John das Schriftstück plötzlich aus der Hand. Er sah von einem zum anderen, und plötzlich veränderte sich sein Gesichtsausdruck und er richtete sich auf seinem Stuhl auf.

Bedächtig verkündete er dann: «Es ist jetzt meine Pflicht, Sie davon in Kenntnis zu setzen, daß Emma Harte den Rest ihres Testaments geändert hat.»

Erstaunt hielten alle die Luft an und erstarrten. Einige wechselten besorgte Blicke. Paula spürte Philips Hand auf ihrem Knie und sah ihn mit hochgezogenen Augenbrauen an, bevor sie ihr Augenmerk wieder auf Crawford richtete. Der Anwalt schlug die Seite um, die er gerade vorgelesen hatte und betrachtete die folgende.

Wie schon zuvor fühlte Paula Spannung in der Luft, Erwartung und Furcht. Sie hatte ein Gefühl der Enge in der Brust und fragte sich, was für eine Bombe gleich hochgehen würde. Ich hab's doch geahnt, dachte sie. Im stillen wußte ich, daß Gran uns noch ein paar Überraschungen bescheren würde. Jetzt konnte sie kaum erwarten, daß John weiterlas.

Es war totenstill im Zimmer.

Achtundzwanzig Augenpaare waren unverwandt auf den Rechtsanwalt gerichtet.

Schließlich sah John auf. Er ließ seinen Blick über ihre Gesichter schweifen. Manche sahen erschreckt und ängstlich aus, andere sehr neugierig, einige bloß interessiert. Er lächelte und las dann mit lauter Stimme vor:

«Ich, Emma Harte Lowther Ainsley, im folgenden Emma Harte, erkläre hiermit, daß die Kodizille zu meinem letzten Willen und Testament an diesem 25. April des Jahres 1969 von mir bei guter geistiger und körperlicher Gesundheit verfaßt worden sind. Im weiteren erkläre und bezeuge ich, daß niemand unstatthaften Druck auf mich ausgeübt oder mich beeinflußt hat, was diese Änderungen in meinem letzten Willen und Testament betrifft, die allein auf meiner Initiative beruhen.»

John machte eine kurze Pause, blätterte um und richtete dann seine ganze Aufmerksamkeit wieder auf das Dokument vor sich.

«Kodizill 1. Ich vermache Shane Desmond Ingham O'Neill, dem Enkel meines besten, lebenslangen Freundes Blackie O'Neill, den

Diamantring, den sein verstorbener Großvater mir geschenkt hat. Shane O'Neill erhält auch das Bild, betitelt ‹Dach der Welt›, welches ich ebenfalls von seinem Großvater bekam. Außerdem vererbe ich Shane O'Neill eine Million Pfund in Form einer Schenkung, die ich für ihn eingerichtet habe. Dieses Vermächtnis ist ein Zeichen meiner Liebe zu ihm und die Anerkennung seiner stetigen Zuneigung, die er mir bewies.

Kodizill 2. Ich vermache Miranda O'Neill, der Enkelin meines Freundes Blackie O'Neill, die Smaragdbrosche, die mir ihr Großvater geschenkt hat. Außerdem vermache ich ihr alle anderen Schmuckstücke, die mir ihr Großvater zu seinen Lebzeiten verehrt hat. Eine Auflistung findet sich am Schluß dieser Kodizillen. Außerdem bekommt Miranda 500 000 Pfund in Form einer Schenkung als Anerkennung ihrer Liebe und Zuneigung für mich und im Andenken an meine beste Freundin, Laura Spencer O'Neill, ihre Großmutter.

Kodizill 3. Ich vermache meinem Großneffen Winston John Harte, dem Enkel meines geliebten Bruders Winston, das in Scarborough, Yorkshire, gelegene Anwesen, das unter dem Namen ‹Reihernest› bekannt ist, sowie die Summe von einer Million Pfund in einer ähnlichen Schenkung wie den schon genannten. Außerdem erhält Winston Harte fünfzehn Prozent meiner Anteile an der neuen Firma *Consolidated Newspapers International*, die er und ich im März 1969 gegründet haben. Diese Schenkungen an Winston Harte habe ich als Ausdruck meiner Liebe zu ihm veranlaßt sowie deshalb, weil er mit meiner Enkelin Emily verheiratet ist, zum Nutzen für sie beide und ihre zukünftigen Nachkommen.»

Hier hielt John inne, trank schnell einen Schluck Wasser und las im Bewußtsein der angespannten Atmosphäre hastig weiter vor:

«Kodizill 4. Ich vermache James Arthur Fairley, dem Mann meiner Enkelin Paula Fairley, zehn Prozent meiner Anteile an *Consolidated Newspapers International*. Dies ist eine persönliche Schenkung für Jim, sie steht in keinerlei Beziehung zu den Schenkungen, die ich für meine Urenkel Lorne und Tessa geschaffen habe, sondern ist eine Anerkennung für seinen Einsatz, den er für mich und meine Interessen bei der Vereinigten Zeitschriftengruppe erbracht hat.

Kodizill 5. Meine Großnichte Vivienne Harte, Enkelin meines lieben Bruders Winston, und meine Nichte Rosamund Harte Ellsworthy, Tochter meines lieben Bruders Frank, erhalten beide je 500 000 Pfund in Form einer Schenkung, die ich für sie eingerichtet habe. Ich tue dies im Andenken an meine Brüder und weil ich beide sehr ins Herz geschlossen habe.

Kodizill 6. Ich vermache meiner Enkelin Paula McGill Amory Fairley und meinem Enkel Philip McGill Amory Fairley mein Apartment an der Fifth Avenue in New York und mein Haus am Belgrave Square als gemeinsames Eigentum, weil die oben erwähnten Immobilien von ihrem Großvater Paul McGill für mich gekauft worden sind. Ich bin weiter zu der Ansicht gelangt, daß Paul McGills Enkelkinder diese Wohnsitze rechtmäßig erben sollen. Daher habe ich die Schenkung aus dem Testament vom April 1968 geändert.

Kodizill 7. Ich vermache meiner Enkelin Paula McGill Amory Fairley den Rest meines Besitzes inklusive aller Autos, Kleidungsstücke, Pelze und dem Geld auf den Bankkonten. Außerdem bekommt Paula Fairley alle Vermögenswerte meiner Privatfirma, *E. H. Incorporated.* Besagte Werte beinhalten meinen privaten Grundbesitz, meine privaten Aktien und mein Barguthaben. Diese Vermögenswerte belaufen sich derzeit auf sechs Millionen achthundertundfünfundneunzigtausend Pfund, sechs Shilling und sechs Pence.»

Der Rechtsanwalt sah auf und sagte zu der Versammlung: «Das ist der Schluß des letzten Willens und Testaments von Emma Harte Lowther Fairley, abgesehen von . . .»

«Einen Moment mal!» explodierte Jonathan. Kochend vor Wut sprang er auf. Seine Augen blitzten, sein Gesicht war leichenblaß. «Ich werde dieses Testament anfechten! Mir war das Apartment in der Fifth Avenue vermacht worden in ihrem ursprünglichen Testament, und es ist rechtmäßig meins. Ich werde . . .»

«Bitte seien Sie so freundlich, wieder Platz zu nehmen, Jonathan», sagte der Rechtsanwalt kalt und funkelte ihn an. «Ich bin noch nicht fertig.»

Obwohl Jonathan außer sich war vor Wut, tat er, was man ihm gesagt hatte, nicht ohne vorher auszurufen: «*Dad!* Willst du denn gar nichts dazu sagen?»

Robin, der ebenfalls vor Wut zitterte, schüttelte den Kopf und bedeutete seinem Sohn, still zu sein.

Crawford fuhr fort: «Ich wollte gerade die Schlußbemerkung von Mrs. Harte vorlesen. Während ich dies tue, möchte ich darum bitten, daß es zu keinen weiteren ungehörigen Ausbrüchen kommt. Also: Ich bin überzeugt davon, daß ich bei der Verteilung meiner weltlichen Güter und meines Besitztums fair und gerecht vorgegangen bin. Ich vertraue darauf, daß meine Erben verstehen, warum einige von ihnen mehr bekommen haben als andere. Sollte dennoch einer meiner Erben der Meinung sein, daß er betrogen oder zugunsten von anderen Familienmitgliedern übergangen worden ist, muß ich wiederum darauf aufmerksam machen, daß dies nicht der Fall ist. Sollte darüber hinaus irgendein Familienmitglied die Absicht haben, dieses Testament anzufechten, so muß ich ihm dringend davon abraten. Ich weise nochmals darauf hin, daß keine unstatthafte Beeinflussung oder irgendein anderer Einfluß für meine Entscheidungen verantwortlich sind. Außer meinem Rechtsanwalt wußte niemand etwas von diesen Änderungen und Kodizillen, die von mir allein verfaßt worden sind. Diesem meinem letzten Willen und Testament sind vier beeidigte Atteste von Ärzten beigefügt. Vor der Abfassung dieses Testaments waren mir diese Ärzte nicht bekannt. Sie sind deshalb als unparteiisch zu erachten. Zwei praktische Ärzte und zwei Psychiater haben mich am 25. April 1969 untersucht, bevor ich am Abend desselben Tages dieses Testament aufgesetzt habe. Aus den Attesten geht hervor, daß ich bei hervorragender körperlicher Verfassung und geistig normal bin.

Ich weise also noch einmal darauf hin, daß dieses Testament unverrückbar und unwiderruflich ist. Vor Gericht kann es nicht angefochten werden. Ich setze meine geliebte und ergebene Tochter Daisy McGill Amory als Testamentsvollstreckerin meines Vermögens ein, und Henry Rossiter von der *Rossiter Merchant Bank* sowie John Crawford von der Sozietät *Crawford, Creighton, Phipps & Crawford* als Nebenvollstrecker.»

John lehnte sich zurück und wartete darauf, daß der Sturm losbrechen würde.

Das geschah auch unverzüglich.

Alle redeten auf einmal. Jonathan war sofort auf den Beinen und durchmaß fast im Laufschritt den Konferenzsaal. Es sah fast so aus, als wolle er John Crawford tätlich angreifen. Auch Robin, Kit Lowther und Sarah waren aufgestanden. Die drei gingen nun auf John los, und ohne ihre Wut auch nur im mindesten zu verbergen, fingen sie an, wüst auf ihn einzuschimpfen.

Jonathan war knallrot im Gesicht. Er brüllte, daß man ihm die O'Neills vorgezogen habe und daß Paula und Philip ihn um sein Erbteil gebracht hätten. Sarah fing an zu weinen.

Bryan O'Neill sprang auf. Er ging zu Daisy und protestierte stellvertretend für die O'Neills (er war als einziger gekommen). Zornig bemerkte er, sie würden Emmas Schenkungen nicht annehmen, nachdem Jonathan so etwas gesagt hatte.

Das Tohuwabohu umbrandete Paula. Jim, der vor ihr saß, schien davon nichts zu bemerken. Mit verklärtem Gesicht sagte er: «War es nicht nett von Grandy, mir Anteile an der neuen Zeitschriftengruppe zu hinterlassen?»

«Ja, das war es wirklich», erwiderte Paula.

Philip zu ihrer Linken tippte sie auf die Schulter und beugte sich zu ihr herab. Sie wechselten einen langen, vielsagenden Blick. Paula versuchte, ernst zu bleiben, doch es fiel ihr schwer, nicht laut herauszulachen. «Die gute Grandy», murmelte sie, «wie immer hat sie an alles gedacht. Was für eine brillante Idee, diese medizinischen Gutachten beizufügen. Die Aufrührer können nichts machen – Emma Harte hat ihnen die Hände gebunden.»

Philip nickte. «Ja, aber es wird Ärger geben mit ihnen, wetten? Andrerseits, so wie ich Jonathan kenne, könnte dies hier ihn bereits dazu bringen, sich ganz unvernünftig aufzuführen. Vielleicht tut er was Überstürztes, und wir erwischen ihn schneller, als wir gedacht haben.»

«Hoffentlich. Vielleicht hat Grandy sich das auch überlegt, Philip. Ich will nicht bezweifeln, daß sie uns die McGill-Wohnsitze deshalb hinterlassen hat, weil wir McGills sind, aber wir sollten nicht vergessen, wie schlau und gerissen sie war.» Paula konnte sich ein selbstzufriedenes Lächeln nicht verkneifen. «Du mußt doch zugeben, daß Emma Harte nun zuletzt lacht.»

«Eher laut wiehert», kicherte Philip.

Daisy schob ihren Stuhl zurück und ging schnell um den Tisch herum. Sie beugte sich über Paula und sagte: «Der arme John ... sie fallen jetzt alle über ihn her. Das ist unfair. Mummys Testament war doch allein ihre Idee, nicht seine. Kannst du diesem scheußlichen Auftritt nicht ein Ende machen? Die Lowthers und Ainsleys sind ganz außer Rand und Band.»

«Vielleicht kann Daddy eingreifen», murmelte Paula.

«Nein», sagte Daisy entschieden. «Emma Harte hat dich zum Familienoberhaupt gemacht. Du bist dafür verantwortlich, Liebling. Es tut mir leid, aber so ist es nun einmal.»

Paula nickte und stand auf. «Bitte, seid alle mal kurz still.»

Da sie von Natur aus zurückhaltend war, fiel es Paula schwer, sich in einer so großen Gruppe durchzusetzen, aber als keiner der lärmenden Störenfriede ihr Beachtung schenkte, beugte sie sich vor und schlug mit der geballten Faust auf den Tisch. Zornig rief sie: «Haltet den Mund! Alle! Und setzt euch hin!»

Voller Abneigung sahen die Ainsleys und Lowthers sie an. Sie rührten sich zwar nicht von ihrem Standort um John Crawfords Stuhl weg, hörten aber auf, sich untereinander zu streiten.

«Danke», sagte Paula ruhiger, aber ihre Stimme war ebenso eisig wie ihr Blick. Sie reckte sich zu ihrer vollen Größe empor.

«Wie könnt ihr es wagen, euch so aufzuführen! Es ist einfach unglaublich!» schalt sie streng. «Ich dachte, ihr würdet Emma Harte ein wenig Respekt entgegenbringen. Meine Güte, sie ist erst ein paar Wochen tot, und ihr führt euch hier auf wie die Aasgeier, die sich um ihre Knochen streiten.» Sie fixierte Jonathan und Sarah, die nebeneinander standen. «Meine Großmutter wußte, was sie tat, und ich meine, sie ist gewissen Mitgliedern dieser Familie gegenüber mehr als großzügig gewesen.»

Paula umklammerte die Stuhllehne und sagte mit beinahe drohendem Unterton: «Und wagt ja nicht, daran zu *denken*, ihr könntet das Testament anfechten. Denn wenn ihr das tut, werde ich euch bis zum bitteren Ende Widerstand leisten – und wenn es meine ganze Zeit und jeden Penny kosten wird, den ich habe.»

Alle sahen sie gebannt an, die meisten voller Bewunderung, einige wütend, aber alle waren gefesselt von der Aura der Macht, die sie umgab.

Winston rückte näher an Emily heran, berührte ihren Arm und flüsterte ihr zu: «Sieh sie dir an . . . sie ist die personifizierte Emma Harte. Ich glaube, die Legende lebt.»

45

Shane und Paula gingen durch das Terminal der British Airways im Kennedy Airport, nahmen den Fahrstuhl zur zweiten Ebene und betraten den Wartesaal erster Klasse. Sie fanden eine ruhige Ecke.

Nachdem Shane ihr aus dem Wildnerz-Cape geholfen hatte, zog er seinen Trenchcoat aus und warf ihn über den nächsten Stuhl.

«Laß uns noch etwas trinken», schlug er vor. «Wir haben noch Zeit, bevor du fliegst.»

«Ja, schön. Danke, Liebling.»

Shane lächelte zu ihr hinab und schlenderte zur Bar hinüber.

Paula beobachtete ihn. Wie gut er aussah. So dunkel und attraktiv, einfach bezwingend. Vor Liebe traten ihr die Tränen in die Augen. Während des einen Jahres, das sie nun schon zusammen waren, hatten ihre Gefühle zu ihm sich noch verstärkt. Er war so sehr zu einem Teil von ihr geworden, daß sie sich nun verloren vorkam, wenn sie getrennt waren. Er hörte nie auf, sie zu überraschen. Obwohl sie ihn schon ihr ganzes Leben lang kannte, war ihr nie zuvor aufgegangen, wie zuverlässig er in allen Lagen war. Er engagierte sich ungeheuer für sie, ebenso wie für all das, was ihm in seinem Leben wichtig war. Seine Charakterfestigkeit war beinahe einschüchternd. Er hat eine eiserne Seele, dachte sie.

Liebevoll sah sie zu ihm hin, als er mit den Drinks zurückkam. Shane erwiderte ihr Lächeln, reichte ihr den Wodka & Tonic und setzte sich neben sie.

«Auf den nächsten Monat, Paula, auf den Beginn eines neuen Jahres.» Er stieß mit ihr an.

«Auf 1971», sagte Paula.

«Das wird dein Jahr werden, Liebling. Mit Jim wird sich alles regeln, du wirst frei sein, und denk doch mal, im Januar sehen wir uns schon wieder hier. Bis dahin ist es doch wirklich nicht mehr lange. Und dann können wir Zukunftspläne schmieden. *Endlich.*»

«Wird das nicht himmlisch», sagte sie, aber in ihren Augen stand Furcht.

Shane entging das nicht. Er runzelte die Stirn. «Ich mag nicht, wenn du so ein Gesicht machst, Paula. Was ist los?»

Sie schüttelte den Kopf und lachte gezwungen. «Nichts. Ich bin nur froh, wenn ich erst mit Jim gesprochen und Klarheit geschaffen habe. Es ist so frustrierend, er weigert sich verbissen, zuzugeben, daß etwas nicht in Ordnung ist, und steckt den Kopf in den Sand. Ich weiß, daß du vielleicht glaubst, ich würde das alles nicht richtig anpacken. Aber es ist schwer, mit jemandem zu reden, der einfach nicht zuhört.» Sie streckte die Hand aus und streichelte seinen Arm. «Tut mir leid. Ich wiederhole mich.»

«Nein, es ist schon in Ordnung, ich verstehe dich. Aber du wirst ihn zur Rede stellen, wenn du zurückkommst.» Grinsend fügte er hinzu: «Du solltest ihn in ein Zimmer sperren, die Tür abschließen und den Schlüssel einstecken. Dann muß er dich anhören.»

«Wenn es nötig ist, werde ich das tun. Ich bin eisern entschlossen, die Sache ein für allemal zu klären. Natürlich ist es kein günstiger Zeitpunkt, zwei Wochen vor Weihnachten. Andererseits gibt es keinen günstigen Moment, um über eine Scheidung zu sprechen.»

«Ja.» Er beugte sich eindringlich vor. «Ich weiß, daß es nicht leicht sein wird, Paula. Ich wünschte, ich könnte bei dir in England sein, wenn du mich brauchen solltest, aber ich muß in die Karibik. Ich habe keine Wahl. Aber wenn du allein nicht damit fertig wirst, komme ich sofort nach London.»

«Das weiß ich, aber ich werd's schon schaffen, Shane.» Eine kurze Stille trat ein, dann sagte sie: «Ich möchte dir für den letzten Monat danken. Er ist wundervoll gewesen. Und es hat Wunder gewirkt für mich, einmal ohne Unterbrechung mit dir zusammensein zu können. Es geht mir viel besser als im November, als ich hierherkam . . . in jeder Beziehung.»

«Mir geht's genauso. Und sieh doch mal, Paula, es ist doch ein erfolgreicher Monat gewesen für dich, wenn du darüber nachdenkst. Du solltest doch zufrieden sein, daß du es geschafft hast, Dale Stevens' Vertrag zu verlängern und Marriott Watson in so vielen strittigen Punkten bei *Sitex* niedergerungen zu haben. Vielleicht ist das ein gutes Omen für die Zukunft.»

«Du hast mir sehr geholfen, Shane, wirklich. Ich bin jetzt stärker als je zuvor: all das verdanke ich dir, deiner Liebe und deinem Verständnis. Und wo du gerade von *Sitex* sprichst: Ich weiß ja, daß *du* mich nicht auslachen wirst, wenn ich dir das erzähle, weil du ein abergläubischer Kelte bist . . .»

Ihr schöngeschnittener Mund verzog sich zu einem leichten Lächeln. «Als ich von der Explosion auf der ‹Emeremm III› erfuhr, betrachtete ich den Vorfall als ein schlechtes Omen, als einen Vorboten noch schrecklicheren Unglücks. In gewisser Weise habe ich damit recht behalten. Wenn ich zurückschaue, sind die letzten vierzehn Monate voller Probleme gewesen . . . Mins Tod, das Durcheinander in Irland zum Zeitpunkt der Explosion. Grandys zunehmendes Mißtrauen gegen Jonathan. Sarahs Versuch, sich die Boutiquen unter den Nagel zu reißen. Das Zerbrechen meiner Ehe. Tante Elizabeths skandalöses Betragen, die Angst wegen ihrer Scheidung und Giannis Haltung. Die endlosen Schwierigkeiten mit *Sitex*, all diese Guerillakämpfe innerhalb der Firma, ganz zu schweigen von Jims Flugzeugabsturz und seinem Nervenzusammenbruch. Blackies plötzlicher Tod, und dann Emmas, die ihm so bald nachfolgte. Schließlich die scheußlichen Streitereien um das Testament.» Sie schob den Mund vor. «Es kommt mir vor, als habe jemand Emmas Familie mit einem Bann belegt.»

Shane nahm ihre Hand in seine. «Ja, in gewisser Hinsicht hast du mehr als genug ertragen müssen. Aber betrachte die Dinge doch einmal sachlich. Zum einen war Blackie vierundachtzig und Emma einundachtzig, so daß man damit rechnen mußte, daß sie bald sterben würden. Und beide haben einen friedlichen Tod gehabt, Paula, nach einem langen und produktiven Leben. Zweitens hast du dem Lärm um ihr Testament, den gewisse Leute angestimmt haben, ein Ende gesetzt. Viele der Probleme bei *Sitex* hast du gelöst, und Sarahs Intrige gegen dich hat Emma im Keim erstickt. Jim geht es offenbar wieder besser. Anthony und Sally sind glücklich verheiratet und haben einen reizenden Sohn. Sogar deine Tante Elizabeth ist ungeschoren davongekommen und anscheinend mit Marc Deboyne glücklich. Und was deine Ehe angeht, so war sie schon lange zum Scheitern verurteilt, lange vor der Explosion auf der ‹Emeremm III›.»

Er legte den Arm um sie, küßte sie auf die Wange und rückte dann von ihr ab. «Warum nicht mal das Positive sehen? Blackie und Emma konnten ihren 80. Geburtstag gemeinsam begehen, und sie haben auf ihrer Weltreise wunderbare acht Monate zusammen verbracht. Edwina und Emma haben sich wieder versöhnt. Emma hat noch die Heirat ihrer Enkel erlebt. Es hat auch viele schöne Ereignisse gegeben, und neben den schlechten sind eine Menge gute Dinge passiert.»

«Ach, Shane, du hast ja so recht. Wie albern muß das klingen, was ich sage.»

«Überhaupt nicht, und du hast ja schon gesagt, daß es kaum einen abergläubischeren Menschen gibt als mich. Dennoch halte ich immer nach dem Regenbogen Ausschau. Meist ist da nämlich einer, weißt du.» Er sah sie aus dunklen, nachdenklich gewordenen Augen an. «Als du mich in jener Oktobernacht nach der Eröffnung von Tante Emmas Testament angerufen hast, sagtest du, daß sie mich unter die Erben eingereiht hätte, weil sie mich wie ihr eigen Fleisch und Blut liebte und ihr Leben lang mit meinem Großvater befreundet war. Aber . . .» Er lehnte sich zurück, suchte in den Jackentaschen nach seinen Zigaretten und zündete sich eine an. Dann zog er den Rauch ein und sah ins Leere.

Paula, deren Neugierde geweckt war, bohrte nach: «Was willst du damit sagen, Shane, worauf willst du hinaus?»

«Ich frage mich immer, ob Emma nicht einen anderen Grund dafür hatte.»

«Und der wäre?»

«Vielleicht wußte Emma über uns Bescheid, Paula.»

«O Shane, das glaube ich nicht!» rief Paula und starrte ihn überrascht an. «Ich bin sicher, daß sie dann irgend etwas zu mir gesagt hätte – du weißt ja, wie eng unser Verhältnis gewesen ist. Und außerdem hätte sie es Blackie erzählt, das weiß ich, und *er* hätte dich sicher darauf angesprochen. Das hätte er sich nicht verkneifen können.»

Shane streifte die Asche von seiner Zigarette ab. «Da bin ich mir nicht so sicher. Emma war der schlaueste Mensch, den ich kenne. Ich bezweifle, daß sie unter den Umständen wirklich etwas gesagt hätte. Erstens hätte sie sich nicht in meine oder deine Privatangelegenheiten gemischt, und zweitens hätte sie Grandpa nichts gesagt, weil sie gewußt hätte, daß er sich Sorgen machen würde. Sieh doch mal, sie hat mir sogar den Verlobungsring hinterlassen. Ob sie gehofft hat, daß *ich* ihn eines Tages *dir* geben würde?»

Paula sagte: «Vielleicht war sie einfach der Meinung, daß du ein Recht auf den Ring hättest. Wer hat ihn ihr denn geschenkt? Er ist sehr wertvoll. Außerdem hat sie dir auch das Bild vererbt, auch ein Geschenk von deinem Großvater.»

«Das stimmt. Aber, Paula, eine Schenkung von einer Million Pfund für mich – das ist wohl ein verdammt umfangreiches Geschenk.»

«Nun.» Paula lächelte ihn an; ihre strahlenden blauen Augen, in denen violette Lichter flackerten, waren von Zärtlichkeit und Wärme erfüllt. «Meine Großmutter hat dich sehr gern gehabt, Shane. Für sie warst du wie einer ihrer Enkel. Und was ist denn dann mit Merry? Grandy war auch zu ihr sehr großzügig.»

«Ja.» Shane seufzte leise. «Ich möcht wirklich gern die Wahrheit wissen. Aber die werde ich wohl nie herausbekommen.» Plötzlich sprudelte Lachen in ihm auf, und in seinen Augen tanzten mutwillige Funken. «Aber ich muß zugeben, die Vorstellung, daß Emma tatsächlich von uns wußte und es billigte, sagt mir zu.»

«Ja, da bin ich ganz sicher, Shane. Ich weiß, daß sie uns ihren Segen gegeben hätte. Und . . .» Paula brach unvermittelt ab, als eine Ansage über Lautsprecher ertönte. Sie warf ihm einen kurzen Blick zu und schnitt ein Gesicht. «Ich muß los, Liebling, sie haben meinen Flug aufgerufen.» Sie wollte aufstehen.

Shane hielt sie fest. Er nahm sie in die Arme und flüsterte ihr ins Haar: «Ich liebe dich so, Paula. Denk daran in den nächsten Wochen.»

«Wie könnte ich das je vergessen? Daraus beziehe ich doch einen Teil meiner Kraft. Ich liebe dich auch, Shane, und ich werde dich mein Leben lang lieben.»

Emily sagte: «Nein, Jim, sie ist noch nicht da. Aber ich erwarte sie in Kürze.» Sie hatte den Hörer zwischen Ohr und Schulter geklemmt und knöpfte ihren Rock zu, während sie Jim zuhörte. Er rief aus Yorkshire an. «Ich *weiß*, daß das Flugzeug gelandet ist», sagte sie nun ungeduldig. «Ich habe in Heathrow angerufen, es *war* pünktlich. Genau um halb acht gelandet. Paula muß erst noch durch den Zoll und dann in die Stadt fahren, weißt du.» Emily sah zum Wecker auf dem Nachttisch hinüber. «Es ist erst *neun*, verflixt noch mal, Jim. Verstehst du, ich muß jetzt weg. Ich werde ihr sagen, daß sie dich anrufen soll, sobald sie hier ist.»

«Ich will gleich das Büro verlassen», sagte Jim. «Ich fahre nach London. Sag Paula, daß sie sich nicht die Mühe machen soll, nach Yorkshire zu fahren, wie sie es vorhatte. Ich treffe sie dann am Belgrave Square. Dich und Winston hoffentlich auch. Laß uns doch zusammen essen, eine *bon voyage*-Party machen.»

«Ja, ja», murmelte Emily. «Ich verstehe, was du meinst. Weil Winston morgen nach Kanada fährt.»

«Ja . . . und ich fahre mit ihm, Emily. Ich habe eben mit ihm in unserem Büro in London gesprochen, und er freut sich, daß ich mitkommen will.»

«Oh», sagte Emily überrascht. «Ja, hm, dann hat er Gesellschaft, nicht wahr? Also, dann sehen wir uns heute abend, Jim. Bye.»

«Good-bye, Emily.»

Sie legte auf und starrte ein paar Sekunden lang auf das Telefon. Ob Winston sich wirklich so freute, wie es Jim schien. Sie bezweifelte das. Keiner von ihnen hatte momentan viel für Jim Fairley übrig.

Das Telefon klingelte wieder. Emily nahm schnell ab. Sie war ziemlich sicher, daß es ihr Mann war. «Ja, Winston?» sagte sie.

Winston lachte. «Woher weißt du, daß ich es bin?»

«Weil ich eben mit Jim gesprochen habe. Er hat sich nach Paula erkundigt. Und er hat mir erzählt, daß er mit dir nach Toronto fahren wird. Bist du nicht hellauf begeistert?» fragte sie sarkastisch.

«Den Teufel bin ich», sagte Winston. «Es gibt gar keinen Grund für ihn, mitzukommen, aber ich konnte ihm unmöglich sagen, er solle es bleibenlassen. Ihm gehören zehn Prozent der neuen Firma; er ist neugierig und will unsere neueste Errungenschaft sehen, einen Blick in die neue Zeitung werfen. Du weißt ja, wie komisch und umständlich er momentan ist. Er geht mir ziemlich auf die Nerven.»

«Wie unangenehm für dich, Winston», seufzte Emily. «Weißt du, er wird sich doch hoffentlich nicht beim *Toronto Sentinel* einmischen. Als Herausgeber, meine ich. Das würde dich aufhalten. Du solltest lieber vor Weihnachten zurück sein, Winston.»

«Werd ich auch, mach dir keine Sorgen. Und was Jim angeht, so werde ich kurzen Prozeß mit ihm machen, wenn er sich in meine Angelegenheiten einmischt.»

«Er hat uns vorgeschlagen, heute abend zusammen mit ihm essen zu gehen. Eine *bon voyage*-Party, wie er es nannte. Ich wäre zwar lieber mit dir allein, aber ich schätze, wir müssen hingehen», sagte Emily brummig.

«Es bleibt uns wohl nichts anderes übrig. Nun ja, ich habe nur angerufen, um dir zu sagen, daß Jim mit mir nach Kanada fliegt. Ich muß jetzt Schluß machen, ich muß gleich in eine Sitzung.»

Nachdem sie sich von ihm verabschiedet hatte, nahm Emily ihre Kostümjacke von der Garderobe und schlüpfte hinein. Dann eilte sie die Stufen der Maisonettewohnung am Belgrave Square hinab, wo sie und Winston das Wochenende über gewohnt hatten, und steuerte auf das Arbeitszimmer zu.

Der in Zartgelb und Weiß gehaltene Raum, in dem ein paar strahlendgelbe und pfirsichfarbene Akzente gesetzt waren, wurde an diesem trübseligen Montagmorgen von dem kalten Dezemberlicht nur schwach erhellt. Dennoch wirkte er wegen der Schalen mit frischen Blumen, des knatternden Kaminfeuers und der vielen Lampen, die warm erstrahlten, lebendig. Emily sah, daß Parker ein Kaffeetablett mit drei Gedecken hingestellt hatte. Ihr Bruder sollte um zehn Uhr kommen, kurz nach Paula.

Sie setzte sich und rief ihre Sekretärin im Londoner Büro an, um ihr zu sagen, daß sie heute nicht mehr kommen würde. Als sie gerade auflegte, hörte sie, daß Parker im Foyer Paula begrüßte. Sie sprang auf und lief ihrer Cousine entgegen.

«Was für eine reizende Überraschung, dein lächelndes Gesicht zu sehen», sagte Paula herzlich und nahm Emily in die Arme. «Ich hab gar nicht mit dir gerechnet, Klößchen. Was machst du denn hier?»

«Erklär ich dir gleich.»

Paula wandte sich zum Butler um. «Tilson läßt das Gepäck im Auto, Parker, weil er mich später nach Yorkshire fahren wird.»

«Ach, äh, Paula», sagte Emily, «Jim hat vorhin angerufen. Er ist auf dem Weg nach London, und er meinte, du solltest heute nacht gleich hierbleiben.»

Paula verkniff sich eine gereizte Bemerkung und murmelte: «Verstehe.» Sie lächelte angestrengt und sagte zu Parker: «Würden Sie Tilson dann doch bitten, daß er mein Gepäck hereinbringt.»

«Ja, Madam.»

Paula warf ihr Nerzcape auf einen Stuhl in der Halle und folgte Emily ins Arbeitszimmer. Dann schloß sie die Tür, lehnte sich dagegen und sagte hitzig: «Verdammt! Jim weiß doch genau, daß ich gern *sofort* nach Yorkshire wollte, um Lorne und Tessa zu sehen! Hat er gesagt, wieso er plötzlich nach London kommt?»

«Ja. Winston fliegt morgen nach Toronto, um sich in der neuen Zeitung umzusehen, und Jim hat sich entschlossen, mitzukommen.»

«O nein!» rief Paula und ihr Gesicht wurde starr. Sie ging zum Kamin und ließ sich schwer auf das Sofa fallen. In ihr züngelte die Wut. Jim wandte wieder seinen Trick an, einfach zu verschwinden, wie er es im Oktober gemacht hatte, als er nach Irland gefahren war, um sich um Edwina zu kümmern. Ob er einen sechsten Sinn hatte? Spürte er, daß sie das Thema Scheidung anschneiden wollte?

Emily stand am Kamin und musterte ihre Cousine. Schließlich sagte sie: «Du siehst schrecklich wütend aus, Paula. Ist etwas passiert?»

Paula zögerte, dann sagte sie offen: «Du wirst wohl nicht besonders überrascht sein, Emily, wenn ich dir sage, daß Jim und ich eine Menge Probleme miteinander haben, über die wir sprechen müssen. Und die wir zu lösen haben. Und ich hatte gehofft, in den nächsten Tagen endlich einmal Nägel mit Köpfen machen zu können, aber nun geht er wieder weg. *Schon wieder*. Wenn ich ihn nicht dazu überreden kann, die Reise mit Winston abzusagen, muß ich warten, bis er aus Kanada zurück ist, um mit ihm sprechen zu können.»

Emily ließ sich auf dem Sofa nieder und streichelte ihrer Cousine die Hand. «Ich habe schon seit langem gewußt, daß ihr beide Schwierigkeiten habt, Paula. Und du solltest wirklich mit ihm reden – über eine Scheidung, wenn du mich fragst. Winston ist auch der Meinung.»

Paula sah Emily alarmiert an. «Ist das so offensichtlich?»

«O nein, nicht für jeden, aber sicher für jemanden, der dich gut kennt.»

«Meine Eltern?» fragte Paula schnell und richtete sich auf.

«Dein Vater weiß, daß es Spannungen zwischen euch gibt, und er macht sich Sorgen, aber bei Tante Daisy bin ich nicht sicher. Ich glaube nicht, daß sie weiß, wie ernst es ist. Sie ist so nett und entschuldigt so vieles.»

Paula seufzte erschöpft. «Glaubst du, daß ich ihn dazu überreden kann, nicht nach Kanada zu fahren?»

«Nein, das glaube ich nicht. Weil Grandy ihm diese Anteile hinterlassen hat, fühlt Jim sich der neuen Firma sehr verbunden und möchte überall mitmischen. Momentan ist er ziemlich empfindlich.»

«Das weiß ich.» Paula rieb sich das Gesicht und war plötzlich sehr müde. Sie blinzelte. «Ich hasse diese Nachtflüge über den Atlantik.»

Emily nickte und holte tief Atem. «Heute wärst du sowieso nicht mehr dazu imstande, nach Yorkshire zu fahren, Paula. Alexander braucht dich hier in London. Er wird nämlich in ein paar Minuten kommen, um sich mit uns zu treffen.»

«Was ist denn passiert?» Sofort drängte sich ihr ein Verdacht auf: «Doch nicht Jonathan?»

«Leider ja.»

«Erzähl.» Besorgt sah sie Emily an. Alle Gedanken an Jim und die Scheidung waren beiseite gedrängt.

«Alexander möchte es dir lieber selbst erzählen, Paula. Er hat mich gebeten, dich hier festzuhalten, bis er kommt. Es ist alles ziemlich verwickelt. Deshalb bin ich hier – wegen Jonathan. Alexander wollte, daß wir ein Dreiertreffen machen. Wir haben in den vergangenen zwei Wochen endlos über diese Sache geredet . . .»

«Willst du damit sagen, daß ihr es die ganze Zeit gewußt und mir nichts davon gesagt habt?»

«Wir wollten erst sichergehen und uns einen Plan machen. Außerdem mußten wir mit Henry Rossiter und John Crawford sprechen. Wir brauchten ihren Rat. Wir müssen drastische Maßnahmen ergreifen, Paula.»

«Ist es so schlimm?»

«Ziemlich schlimm. Aber Sandy und ich haben die Sache gut im Griff. Auch Sarah ist zu einem gewissen Grad mitbetroffen.»

«Das hatten wir ja vermutet.» Paula seufzte. Sie machte sich noch mehr Sorgen.

Leise ging die Tür auf, und Alexander trat ein. «Guten Morgen, Emily. Willkommen daheim, Paula.» Er trat zum Sofa, küßte die beiden und zog sich einen Stuhl heran. «Gegen eine Tasse Kaffee hätte ich nichts einzuwenden, Emily», sagte er zu seiner Schwester. «Ich bin vom Eton Square zu Fuß hierher gelaufen, und das Wetter ist wirklich scheußlich heute morgen. Ich bin völlig durchgefroren.»

«Ja, selbstverständlich.» Emily hob die Silberkanne und schenkte ihm ein. «Und du, Paula?»

«Ja, gern.» Sie sah Alexander durchdringend an. «Du hättest es mich wissen lassen sollen.»

«Ehrlich, ich habe mir das überlegt, Paula. Emily und ich haben endlos herumdiskutiert, und schließlich fanden wir, daß es überflüssig wäre. Du hättest dir Sorgen gemacht, und in New York hättest du uns sowieso nicht helfen können. Außerdem hattest du mit *Sitex* alle Hände voll zu tun. Ich wollte dich nicht extra nach London holen. Und überdies bin ich erst Ende letzter Woche zum Kern des Ganzen vorgedrungen.»

Paula nickte. «Nun erzähl mal, Sandy.»

«Also, es ist folgendermaßen: Philips Plan hatte Erfolg. Malcolm Perring hat mir geholfen, Jonathan herauszulocken, aber ich hatte auch noch eine andere Informationsquelle. Und damit konnte ich ihn wirklich festnageln. Aber ich greife vor, ich sollte wohl besser von vorn anfangen.»

«Bitte», sagte Paula.

«Malcolm Perring hat tatsächlich das perfekte Geschäft für die *Harte*-Unternehmensgruppe aufgetan. Er bot es Jonathan an, und der war ziemlich interessiert. Erst einmal passierte allerdings nichts. Malcolm hat ihn in den darauffolgenden zwei Wochen öfter angerufen, aber Jonathan hielt ihn hin. Aber Mitte November lud Jonathan ihn zu sich ins Büro ein. Offenbar hat Jonathan dann eine Zeitlang herumgeredet, wie wundervoll das Geschäft sei, aber schließlich doch abgelehnt. Er sagte, für die *Harte*-Unternehmensgruppe sei es zur Zeit eine Nummer zu groß. Er schlug Malcolm vor, es doch einem Mann namens Stanley Jervis von einer neuen Firma namens *Stonewall Properties* anzubieten. Er sagte, Jervis sei ein alter Freund von ihm, sehr zuverlässig und groß im Immobiliengeschäft.»

«Nun erzähl mir nicht, daß *Stonewall Properties* Jonathan Ainsley gehört», murmelte Paula.

«*Doch*. Und stell dir vor, Sebastian Cross ist sein Kompagnon.»

«Dieser scheußliche Kerl. Huh!» Paula schüttelte sich.

«Auch Sarah hat Geld in der Firma», fuhr Alexander fort. Er schüttelte den Kopf. «Dummes Mädchen.»

«Jonathan hat sie an der Nase herumgeführt, so wie früher, als sie noch klein waren», sagte Paula leise.

«Genau», rief Emily dazwischen. «Nur hat das diesmal weitreichende Konsequenzen für sie.»

«Ja.» Paula runzelte die Stirn: «Aber wie hat Malcolm Perring das alles herausbekommen?»

«Ich habe das rausbekommen», sagte Alexander. «Malcolm Perring ist zum Schein auf Jonathans Vorschlag eingegangen, denn das wollten wir ja – ihn sozusagen auf frischer Tat ertappen. Er traf sich zweimal mit diesem Jervis, und dann tauchte plötzlich Sebastian Cross auf. Er ist ziemlich präsent in der Firma, weil Jonathan sich offenbar hinter Strohmännern versteckt. Sein Name erscheint nirgends.»

Alexander zündete sich eine Zigarette an und fuhr dann fort: «Malcolm hat dann mit Cross und Jervis Verhandlungen aufgenommen und ihnen weisgemacht, er sei bereit, mit *Stonewall* ins Geschäft zu kommen. Ihm gefielen sie beide nicht, und er argwöhnte, daß die Firma finanziell auf schwachen Füßen steht. Dann hat er sich ein bißchen erkundigt, mit allen möglichen Leuten geredet, und bald hat sich sein Verdacht bestätigt. Wie geplant, machte Malcolm dann einen Rückzieher, sehr zur Überraschung von Jervis und Cross. Sie hatten Angst, um den Abschluß zu kommen und fingen an, mit den großen Transaktionen zu prahlen, die sie in der letzten Zeit abgewickelt hatten. Malcolm erzählte mir das. Ich sah mir eines Abends die Akten in unserer Immobilienabteilung an und stellte fest, daß *wir* all diese Transaktionen hätten machen sollen. Jonathan hat sie *Stonewall* zugeschanzt. Da war's ein klarer Fall für mich, Paula. In diesem Moment wußte ich Bescheid. Schließlich hat Malcolm die Verhandlungen mit *Stonewall* abgebrochen und ihnen gesagt, eine andere Immobilienfirma habe ihm ein so vielversprechendes Angebot gemacht, daß seine Partner darauf bestünden, es anzunehmen!»

«Und das haben sie ihm abgenommen?» fragte Paula.

«Es blieb ihnen wohl nichts anderes übrig. Ich wollte mir Jonathan gerade vorknöpfen, als ich zufällig noch eine Information bekam, und innerhalb von 48 Stunden hatte ich genug zusammen, um ihn aufzuknüpfen.»

«Und woher kam nun diese Information?» Paula beugte sich gespannt vor, kribbelig vor Neugier.

«Von John Cross.»

«Das ist nicht wahr!» Paula fiel aus allen Wolken. «John Cross», wiederholte sie, und ihre Augen weiteten sich, als sie sich zurücklehnte und Alexander mißtrauisch ansah. «Das glaube ich nicht.»

«Es ist aber wahr.»

«Aber wieso sollte er sich dir anvertrauen?»

«Du wirst lachen, Paula – John Cross wollte sich eigentlich *dir* anvertrauen. Mit mir hat er sich nur in Verbindung gesetzt, weil du nicht da warst. Er hat mich gebeten, nach Leeds zu kommen und ihn zu besuchen . . . er war im St. James-Krankenhaus.»

«Oh», sagte Paula. «Was hatte er denn? War er sehr krank?»

«Der Arme», murmelte er. «Er ist gestorben, Paula. Ein paar Tage nach meinem Besuch war er tot. Krebs. Er hat sehr gelitten.»

«O Sandy, wie schrecklich», Paula schob den Mund vor. «Der arme Mann. Ich würde das niemandem wünschen. Er war kein schlechter Kerl. Schwach, vielleicht ein bißchen irregeleitet, und völlig unter dem Pantoffel seines verkommenen Sohnes.»

Alexander räusperte sich. «Ich bin sofort nach Leeds gefahren und habe ihn im Krankenhaus besucht. Beinahe vier Stunden lang bin ich bei ihm geblieben. Der Arzt erlaubte es mir, weil . . . also, er lag praktisch im Sterben. John Cross hat viel von dir geredet. Er sagte, er hätte viel Respekt vor dir, Paula, und achtete deine Anständigkeit und Fairness. Er meinte, du seist sehr höflich zu ihm gewesen, als du ihn im Herbst 1969 in London trafst. Ich erwähnte, daß ich von eurem Treffen wüßte. Er lobte deine Geduld und Güte ihm gegenüber, und sagte, er verstünde, warum du nicht daran interessiert gewesen seist, die Verhandlungen um *Aire Communications* wiederaufzunehmen . . . seine Firma hatte ja keine ernst zu nehmenden Werte mehr, nachdem sie das Gebäude verkauft hatten. Dann sprach er frei von der Leber weg. Ich war platt, als er mir anvertraute, daß *Stonewall Properties* das *Aire*-Gebäude für 500 000 Pfund gekauft hatten. Offenbar hat sein Sohn ihn zum Verkauf überredet. Er fand, daß er übers Ohr gehauen worden war, weil das Gebäude mindestens eine Million wert war. Da mußte ich ihm beipflichten. Er wurde ganz aufgeregt und meinte: ‹Stellen Sie sich meinen Schrecken vor, als ich vor sechs Monaten entdeckte, daß mein eigener Sohn mich ausgeplündert und ruiniert hat. Es hat mir das Herz gebrochen, daß Sebastian so etwas Schreckliches tun konnte. Mein Sohn . . . mein einziges Kind.› Er fing an zu weinen, und ich konnte es ihm nicht verdenken.»

«Wie entsetzlich . . . Grandy hat also recht gehabt mit ihrem Verdacht gegen Jonathan», sagte Paula.

«Mit gutem Grund», Alexander schlug die Beine übereinander und lehnte sich zurück.

Paula seufzte und rieb sich das Gesicht. «Hat der alte Cross sonst noch etwas über *Stonewall Properties* gesagt?»

«Nicht viel, zumindest nichts, was ich nicht auch schon von Malcolm erfahren hatte. Mr. Cross bestätigte mir, daß Jonathan des öfteren Geschäftsabschlüsse von der *Harte*-Unternehmensgruppe auf *Stonewall* umgeleitet hat, und klagte, sein Sohn hätte ihn ausgeblutet, ihm den letzten Penny abgenommen. Der alte Mann war sehr verbittert; er sagte mir, es sei nur der Großzügigkeit seiner Schwester zu verdanken, daß er ein Einzelzimmer in St. James hätte und als Privatpatient hier läge. Verstehst du, Paula, der alte Mr. Cross war völlig verarmt.»

Paula sank in die Kissen zurück, und aus einem ihr unerfindlichen Grund füllten sich ihre Augen mit Tränen. Sie hustete hinter vorgehaltener Hand und nahm sich eine von Alexanders Zigaretten. «Wie traurig, daß es mit ihm ein solches Ende nehmen mußte . . . von seinem eigenen Sohn betrogen zu werden.»

Emily verkündete: «Sebastian Cross ist ein Mistkerl. Und Jonathan Ainsley ist kein Stück besser, nicht wahr, Sandy?»

«Nein.» Alexander warf Paula einen bedeutungsvollen Blick zu. «John Cross hat mir noch etwas anderes anvertraut, und das ist das Schlimmste. Um *Stonewall Properties*, das sich in ernsthaften finanziellen Schwierigkeiten befindet, zu retten, hat Jonathan hohe Kredite aufgenommen – auf seine Anteile an der *Harte*-Unternehmensgruppe.»

Paula verschlug es die Sprache. Mit offenem Mund starrte sie Cousin und Cousine an, dann stieß sie atemlos hervor: «Aber das darf er doch nicht!»

«Genau!» rief Emily. «Verstehst du, nun, wo er das gemacht hat, haben wir ihn . . . er hat sich selbst ans Messer geliefert.»

Paula nickte und wandte sich dann wieder an Alexander. «Bist du sicher, daß du dich nicht irrst?»

«Todsicher», erwiderte Alexander. «John Cross wußte von dieser Anleihe, frag mich nicht woher, aber er wußte davon. Er wollte seinen Informanten nicht preisgeben, obwohl ihm die Tragweite seiner Aussage wohl nicht ganz bewußt war. Er hatte lediglich vorgehabt, uns vor den Machenschaften unseres Cousins zu warnen.

Merkwürdigerweise schien er Jonathan für die Entgleisungen seines Sohnes verantwortlich zu machen, obwohl ich mir nicht sicher bin, ob er da recht hat. Egal, jedenfalls kannte er sogar den Namen der Firma, die Jonathan den Kredit gegeben hatte. Offenbar konnte er nichts von einer Bank bekommen – die hätten zuviel wissen wollen.»

«So dumm kann er doch nicht sein», sagte Paula. «Er weiß ganz genau, daß er seine Anteile an der *Harte*-Unternehmensgruppe weder als Sicherheit benutzen noch sie verkaufen kann, es sei denn, an einen anderen Aktionär.»

«Ja, ja», unterbrach Alexander sie. «Er kann nur an mich, Emily oder Sarah verkaufen. Dies sind die Firmenregeln, die Grandy in der Satzung ja ganz genau niedergelegt hat, um zu gewährleisten, daß die *Harte*-Unternehmensgruppe ein Familienunternehmen bleibt, in dem keine Fremden oder Außenseiter etwas zu sagen haben. Da hat sie einen Riegel vorgeschoben.»

«Und an welche Finanzierungsgesellschaft hat er sich gewandt?»

«*Financial Investment & Loan.*»

«Du meine Güte, Sandy, das sind doch Halsabschneider!» rief Paula entsetzt. «Jeder weiß doch, daß das ein ganz windiges Unternehmen ist. Wie konnte er nur so dumm sein?»

«Ich sagte doch, daß er nicht zu einer Bank gehen konnte. Die hätten alles von ihm wissen wollen, was diese Anteile betrifft – wie auch eine ordentliche Finanzierungsgesellschaft.»

«Wieviel hat er sich denn geliehen, und auf wie viele Anteile?» wollte Paula wissen.

«Er hat sieben Prozent seiner Anteile als Sicherheit geboten, knapp die Hälfte seiner sechzehn Prozent, und dafür hat er vier Millionen Pfund bekommen. Aber sie haben einen Kuhhandel mit ihm abgeschlossen, diese Anteile sind das Doppelte wert, wenn man davon absieht, daß sie unverkäuflich sind. Aber das wußte die Finanzierungsgesellschaft zu dem Zeitpunkt noch nicht. Jetzt wissen sie es.»

Paula war ungeheuer erleichtert, der sorgenvolle Ausdruck verschwand aus ihrem Gesicht. «Du hast seinen Schein bezahlt und die Anteile zurückgekauft, nicht wahr, Sandy?»

«Ja. Letzten Donnerstag haben Emily und ich uns mit dem Geschäftsführer dieser windigen kleinen Firma getroffen – Henry Rossiter und John Crawford waren auch dabei. Es war recht unerfreulich, harte Worte, Streitereien – unangenehm. Am Freitag kamen wir wieder, alle vier. Ich gab ihnen ihre vier Millionen Pfund wieder, und sie rückten die Anteile heraus. Zinsen waren auch fällig, aber da blieben Henry und John hart und hinderten mich daran, sie zu bezahlen. Sie sagten dem Geschäftsführer, da solle er sich an Jonathan halten. Da hast du die drastischen Details.»

«Und woher hatten Emily und du die vier Millionen? Habt ihr euer eigenes Geld genommen?»

«Nein. John Crawford ließ sich etwas einfallen, so daß die *Harte*-Unternehmensgruppe die Anteile zurückkaufen konnte und nicht ein einzelner die Summe aufbringen mußte. Du weißt ja, Paula, daß Grandy zur *Harte*-Unternehmensgruppe ein paar Dokumente aufgesetzt hat, bevor sie starb. Ich habe da außerordentliche Macht, in vielen Fällen freie Hand, vor allem, wenn es um das Wohl des Unternehmens geht. John und Henry entschieden gemeinsam, daß hier ein solcher Fall vorläge. Trotzdem hab ich ihnen gesagt, daß Emily und ich gern bereit sind, diese Anteile zu erwerben, falls sie entscheiden sollten, daß das nötig wäre.»

«Verstehe.» Paula stand auf und ging zum Kamin. Ihr fiel noch etwas ein. «Sind Sarahs Anteile auch betroffen?»

«Nein. So dumm sie ist, ihre Anteile würde sie nie aufs Spiel setzen», erwiderte Alexander.

«Und was wollt ihr nun mit Jonathan und Sarah machen?» fragte Paula.

«Ich werde sie beide hinauswerfen. Heute mittag. Ich hab eine Sitzung anberaumt. Und ich möchte, daß du auch dabei bist, Paula.»

46

Jonathan Ainsley war voller heiterer Zuversicht, als er Alexanders Büro betrat.

In seinem Dünkel war er sicher, daß niemand so schlau und gerissen sein würde wie er, und niemals wäre er auf die Idee gekommen, daß man sein falsches Spiel durchschaut haben könnte.

«Hallo, Alexander», sagte er und schlenderte nonchalant durchs Zimmer, um seinem Cousin die Hand zu schütteln. «Sarah hat mir erzählt, daß sie auch zu diesem Meeting hergebeten worden ist. Worum geht es eigentlich?»

Alexander nahm hinter seinem Schreibtisch Platz und sagte: «Ich muß mit euch einige wichtige Dinge besprechen. Es wird nicht lange dauern.» Ein Blick aus seinen blauen Augen ruhte kurz und stechend auf Jonathan. Er schob die Papiere auf seinem Tisch hin und her.

Jonathan nahm auf dem Sofa Platz, zündete sich eine Zigarette an und lümmelte sich in die Lederkissen. Als Emily eintrat, sah er zur Tür und lächelte ihr herzlich zu. Das war reine Show, denn er mochte sie nicht. Aber es war nichts gegen seinen wilden Haß auf Paula, der unwillkürlich in ihm aufflackerte, als sie in Sichtweite kam und den Bruchteil einer Sekunde später im Türrahmen stand.

Er stand auf und begrüßte Emily, aber er ignorierte Paula.

Paula zuckte die Achseln und folgte Emily zum Sofa und setzte sich. Seit seinem Zornesausbruch bei der Testamentseröffnung hatte Jonathan ihr gegenüber die Maske fallenlassen. Er gab sich keine Mühe mehr, seine Abneigung zu verbergen. Aber dahinter hatte sie auch die Angst bemerkt, die er so sehr zu verstecken suchte. Paula sah auf ihre Hände hinab und lächelte vor sich hin. Ihre Anwesenheit hatte ihn nervös gemacht, auch wenn er sich das nicht anmerken lassen wollte.

Nun kam Sarah hineingesegelt und sah sich im Zimmer um. «Hallo», murmelte sie kühl und wandte sich dann direkt an Alexander: «Ich hab's ziemlich eilig. Um eins bin ich mit einem wichtigen Käufer zum Essen verabredet. Hoffentlich dauert dies hier nicht allzu lange.»

«Nein, bestimmt nicht», sagte Alexander. «Ich werde es so kurz wie möglich machen.»

«Prima.» Sarah trat schwungvoll vom Schreibtisch zurück, sah Emily und Paula auf dem Sofa sitzen und wählte demonstrativ den Stuhl neben Jonathan. Dann lehnte sie sich zurück und schenkte Alexander ein reizendes Lächeln.

Er sah sie lange an. Dabei zuckte er nicht mit der Wimper, und sein Gesicht wurde plötzlich kalt und unnachgiebig. Sarah gefror das Lächeln im Gesicht.

«Es kommt mir seltsam vor», fing Alexander an, «daß *Stonewall Properties* in so gravierenden finanziellen Schwierigkeiten steckt.» Er sah Jonathan an. «Wohl schlechtes Management, oder was meinst du?»

Jonathan spürte, wie sich sein Magen zusammenkrampfte, all seine Sinne waren plötzlich gespannt. Im Wissen, daß man ihn nicht mit *Stonewall* in Verbindung bringen konnte, gelang es ihm, eine ruhige Miene zur Schau zu tragen. Er zuckte die Achseln: «Woher soll ich das wissen? Erzähl mir jetzt bloß nicht, daß du uns hierher zitiert hast, um über eine andere Firma zu sprechen.»

«Doch, doch, das ist einer der Gründe.» Alexander beugte sich vor und sah Sarah an. «Wußtest du, daß *Stonewall Properties* demnächst Konkurs anmelden müssen wird?»

Sarah riß erschrocken den Mund auf. Diese bestürzenden Neuigkeiten über die geheime Firma, in die sie soviel Geld investiert hatte, machten sie sprachlos. Sie zweifelte nicht daran, daß sie stimmten, denn sie kamen ja von dem zuverlässigen Alexander. Gern hätte sie mit Jonathan allein darüber gesprochen, aber sie hatte Angst davor, das Thema aufs Tapet zu bringen. Er konnte so schwierig sein, und nun war es die Furcht vor seinem Zorn, die sie schweigen hieß.

Alexander sah sie immer noch unverwandt an. Unter seinem Blick war sie blaß geworden. Er wußte, daß sie schwach werden würde, wenn er den Druck noch ein wenig verstärkte.

Aber er wandte sich nun an alle. «Ich bin wirklich erstaunt, daß es mit dieser Firma so weit gekommen ist. *Stonewall* hat in letzter Zeit erstaunlich viele und sehr gute Abschlüsse getätigt. Ich verstehe nicht, warum sie so dahinkrebsen. Es sei denn, jemand hat die Hand in der Kasse gehabt.»

Jonathan warf nun beiläufig ein: «Ich bitte dich, Alexander, lassen wir doch die Probleme von *Stonewall* und sehen wir zu, daß wir weiterkommen.»

«Aber *Stonewall* ist unsere Sache», versetzte Alexander mit mörderisch sanfter Stimme. «Und du weißt das am besten, da *Stonewall Properties* deine Firma ist, Jonathan.»

Sarah fuhr unwillkürlich zusammen.

Jonathan lachte herablassend und sah Alexander gleichzeitig herausfordernd und drohend an. «Was redest du da für einen Unsinn. So was Lächerliches ist mir ja noch nie zu Ohren gekommen.»

«Jonathan, ich weiß alles, was man über *Stonewall* wissen kann. Die Firma gehört zu gleichen Teilen dir und Sebastian Cross, und Sarah hat eine Menge Geld darin investiert. Sie wird von Cross und Stanley Jervis geführt und noch von ein paar anderen Strohmännern, die du dort hingesetzt hast. Cross und du haben die Firma 1968 gegründet. Immobiliengeschäfte, die für die *Harte*-Unternehmensgruppe bestimmt waren, hast du deiner eigenen Firma zugeschanzt. Du hast uns um große Geschäfte gebracht, wichtige und sehr günstige Geschäfte, und Grandy hast du einen Strich durch die Rechnung gemacht, als sie mit *Aire Communications* in Verhandlung stand. Du hast das Vertrauen, das sie in dich gesetzt hat, mißbraucht und deshalb bleibt mir nichts anderes übrig, als . . .»

«Beweis das doch mal!» schrie Jonathan wütend und sprang auf. Er schlug mit den Händen auf Alexanders Schreibtisch, beugte sich vor und starrte seinem Cousin zornig ins Gesicht. «Das wird dir nämlich schwerfallen. Es gibt keine Beweise, um diese lächerlichen Anschuldigungen zu stützen oder zu erhärten.»

«Da irrst du dich gewaltig. Ich habe alle Beweise, die ich brauche», konterte Alexander ruhig, aber mit eisiger Stimme. Er klopfte auf den Stapel Ordner auf seinem Schreibtisch, die in Wirklichkeit gar nichts mit *Stonewall* zu tun hatten, und sagte mit dünnem Lächeln: «Alles hier drin, Jonathan. Und da gibt es noch deine Komplicin bei diesem –» Alexander hob die Hände und zuckte die Achseln – «soll man Verbrechen sagen? Denn ein besseres Wort dafür gibt es nicht. Ja, da sitzt sie in fassungslosem Schweigen . . . Sarah Lowther.»

«Und nun fängst du auch noch an, die arme Sarah in deine Verschwörung mit einzubeziehen», brüllte Jonathan. «Denn genau das ist es – eine Verschwörung, um uns in Verruf zu bringen. Du wolltest mir schon lange eins auswischen, Alexander Barkstone. Und Sarah auch. Aber damit wirst du nicht durchkommen. Vorher mache ich dich fertig. Ich werde um mein Recht kämpfen. Also sieh dich vor», drohte er.

Alexander lehnte sich im Stuhl zurück, und seine blauen Augen, die gerade noch so kalt und unnachgiebig dreingeschaut hatten, waren jetzt mitleidig auf Sarah gerichtet. «Ja, die *arme* Sarah», sagte er weich. «Du bist leider übers Ohr gehauen worden. Dein Geld ist weg, Sarah. Traurig für dich, aber das läßt sich nicht mehr ändern.»

«A-A-Alexander», stammelte Sarah, «Ich – ich wollte nicht . . .»

«Sei still und überlaß mir das Reden, Sarah, Liebling. Er ist sehr gerissen. Er verleitet dich noch dazu, etwas Falsches zu sagen.» Mit blitzenden Augen sah Jonathan seinen Gegner an. «Du bist der größte Mistkerl, den es gibt!»

«Nun ist es aber genug!» Alexander war aufgesprungen. «Sag so was nicht zu *mir*!»

«Das hat dich wohl getroffen, wie?» Jonathan stieß ein häßliches Gelächter aus. «Aber das bist du zweifellos, und deine Schwester auch. Denk daran, daß es *deine* Mutter ist, die herumvögelt, nicht meine.»

«Du bist entlassen!» rief Alexander, dessen Zorn sich nun in rasende Wut verwandelt hatte.

«Du kannst mich gar nicht entlassen.» Jonathan warf den Kopf zurück und lachte laut. «Ich bin Aktionär der Firmengruppe, und . . .»

«Deine Anteile an der Gruppe haben sich beträchtlich verringert», unterbrach Anthony ihn gefaßter. Er hatte sich wieder völlig in der Gewalt. «Um genau sieben Prozent.» Er hob den zuoberst liegenden Ordner hoch, nahm die Schuldscheine heraus und wedelte Jonathan damit vor der Nase herum. «Die habe ich letzten Freitag zurückgekauft. Es hat die *Harte*-Unternehmensgruppe genau vier Millionen Pfund gekostet, dein Darlehen von der Finanzierungsgesellschaft einzulösen, aber ich hab es gern getan, um diese Scheine wiederzubekommen.»

Jonathan war bleich geworden. Vollkommen überrascht starrte er

Alexander an. Diesmal wußte er nichts zu sagen. Einen Augenblick lang glaubte er, er sei erledigt, aber dann rief er höhnisch und trotzig: «Mir gehören immer noch neun Prozent. Und außerdem hast du gar keine Handhabe, mich zu feuern. Nach der Satzung kann ein Aktionär nicht gefeuert werden.»

«Das hat Grandy 1968 beschlossen, als sie ihr Testament aufgesetzt und ihre 100 Prozent unter uns vieren aufgeteilt hat. Trotzdem haben ihr ihre 100 Prozent bis zu ihrem Todestag gehört, damit praktisch auch die Firma. Und als alleinige Besitzerin der *Harte*-Unternehmensgruppe stand es Emma zu, alles zu tun, was sie wollte, das weißt du ja. Bevor sie nach Australien fuhr, änderte sie die Satzung, und zwar erfolgte eine Neuordnung der Firma und die Einfügung einiger neuer Satzungsartikel. Danach kann ich als geschäftsführendes Vorstandsmitglied, Aufsichtsratsvorsitzender und maßgeblicher Anteilseigner praktisch alles machen, was ich will. Ich verfüge über enorme Macht. Wenn ein Aktionär einverstanden ist, kann ich seine Anteile aufkaufen. Ich kann Leute einstellen und wieder entlassen.» Alexander beugte sich über seinen Schreibtisch und sah Jonathan bohrend an. «Und so entlasse ich *dich*.» Er blickte an ihm vorüber und fixierte Sarah. «Und du bist auch entlassen, Sarah. Du hast dich genauso schäbig aufgeführt wie Jonathan.»

Sarah saß wie eine Salzsäule auf ihrem Stuhl und schwieg.

«Das werden wir ja sehen», schimpfte Jonathan. «Ich werde sofort John Crawford einen Besuch abstatten, und Sarah nehme ich mit. Dann . . .»

«Das solltest du unbedingt tun», unterbrach Alexander ihn und ließ die Schuldscheine auf den Tisch fallen. Er steckte die Hände in die Taschen und wippte auf den Absätzen hin und her. «Er wird dir sehr gern bestätigen, was ich dir soeben gesagt habe. Er möchte dich sogar gern sehen. Bei den zwei Treffen mit *Financial Investment & Loan* war er auch dabei, und er zeigte sich etwas beunruhigt wegen der Zinsen, die du diesen Leuten schuldest. Es ist ein windiger Verein, Jonathan. Du solltest ihnen lieber sehr bald ihr Geld geben.»

Sarah, die sich etwas von ihrem Schock erholt hatte, eilte nun zum Schreibtisch. Unter Tränen flehte sie Alexander an: «Ich habe doch gar nichts mit meinen Anteilen gemacht . . . ich habe doch nichts Böses getan. Warum wirfst du mich hinaus?»

«Weil du in eine Firma investiert hast, die sich in direkter Konkurrenz mit der Immobilienabteilung der *Harte*-Unternehmensgruppe befand. Du bist illoyal gewesen, eine Verräterin – genau wie Jonathan. Es tut mir leid, aber wie ich dir schon gesagt habe, kann ich dein Benehmen nicht entschuldigen.»

«Aber ich liebe doch die Lady Hamilton-Kleider», brachte sie atemlos hervor und begann zu schluchzen.

«Daran hättest du denken sollen, als du mit deinem bedenkenlosen Cousin gemeinsame Sache machtest», antwortete Alexander ruhig, ohne sich von ihren Tränen erweichen zu lassen. «Gott weiß, warum du es überhaupt gemacht hast.»

Jonathan rief zornig: «Ich werde mich damit an einen anderen Rechtsanwalt wenden. Ich bin gar nicht sicher, ob diese Zusätze in Grandys Testament so rechtens sind, wie du offenbar glaubst.»

«Das kann ich dir versichern . . . sie sind *äußerst* rechtens. John Crawford und Henry Rossiter haben sie als Direktoren der *Harte*-Unternehmensgruppe akzeptiert, genau wie ich. Du wirst nicht weit damit kommen, wenn du irgend etwas anfichtst, was Emma Harte verfügt hat. Sie ist klüger gewesen als du.»

Plötzlich verlor Jonathan vollends die Beherrschung. «Dafür werde ich dich zur Strecke bringen, du Schwein!» brüllte er. Er wirbelte auf dem Absatz herum und ballte die Fäuste gegen Paula. «Und dich auch, du Nutte!»

«Raus.» Alexander lief auf Jonathan zu und schleifte ihn zur Tür. «Verschwinde auf der Stelle, oder du bekommst die Tracht Prügel deines Lebens!»

Jonathan entwand sich dem eisernen Griff seines Cousins und japste: «Nimm deine dreckigen Hände von mir, du ekelhafter Leisetreter. Und glaube nicht, daß du immun bist. Denk an das, was ich dir gesagt hab: Ich erwische dich, Barkstone. Und wenn es mein Leben kosten sollte, ich bring dich zur Strecke.» Dann riß er die Tür auf und rannte davon.

Sarah lief zu Alexander hinüber, der noch immer in der Tür stand. «Was soll ich denn jetzt machen?» jammerte sie und rieb sich das tränennasse Gesicht.

«Das weiß ich nicht, Sarah», antwortete Alexander mit ruhiger, kalter Stimme. «Das weiß ich wirklich nicht.»

Hilflos sah sie ihn an, richtete dann den Blick auf Paula und schließlich auf Emily. An ihren verschlossenen Mienen erkannte sie, daß alles Bitten zwecklos war. Im stillen Jonathan verfluchend, suchte sie ihre Handtasche und eilte so schnell sie konnte hinaus, wobei sie versuchte, das Weinen zu unterdrücken.

Alexander schritt durchs Zimmer, setzte sich hinter den Schreibtisch und zündete sich eine Zigarette an. Seine Hände zitterten, als er das Streichholz anriß. «Das war ziemlich unangenehm», sagte er, «aber genauso habe ich es mir vorgestellt. Allerdings konnte ich mich des Gefühls nicht erwehren, daß Sarah sich bis über beide Ohren verstrickt hat, ohne es zu wissen.»

«Ja», pflichtete Paula bei und nahm ihm gegenüber Platz. Dann drehte sie sich um und sah Emily an. «Erst tat sie mir leid, aber als ich an Gran dachte und daran, wie gut sie immer zu ihnen gewesen ist, nicht mehr.»

«Ich habe keinerlei Mitgefühl für Sarah!» rief Emily indigniert. «Sie hat bekommen, was sie verdient. Und Jonathan – er ist einfach niederträchtig.»

«Er wird wohl versuchen, uns Ärger zu machen, aber das wird ihm nicht gelingen», bemerkte Alexander. «Hunde, die bellen . . . das waren alles nur leere Drohungen.» Er grinste. «Absurd, wie er mit den Fäusten herumgefuchtelt hat – wie der Schurke in einer viktorianischen Tragödie.»

Paula lachte nervös. «Ja, aber ich meine, wir sollten Jonathan dennoch nicht so einfach vergessen, Sandy. Nicht mit meinem Feind Sebastian Cross an seiner Seite, der ihn zu allem möglichen aufhetzen kann.»

Alexander lehnte sich zurück und dachte über ihre Worte nach. «Bitte denk nicht mehr an die beiden. Sie können uns gar nichts anhaben – weder jetzt noch in Zukunft. Sie sind doch ziemlich machtlos.»

Paula war sich da nicht so sicher. «Ein wahrer Enkel von Emma Harte», sagte sie kopfschüttelnd. Dann schob sie ihre Sorgen beiseite. «Emma hätte gesagt: Nun laßt uns weitermachen. Wir müssen heute noch eine Menge erledigen. Wie sieht es aus, Sandy, wem willst du nun die Leitung der *Lady Hamilton*-Boutiquen übertragen?»

«Eigentlich wollte ich Maggie damit betreuen. Sie hat Geschäftssinn, und wenn ihr beide ihr ein bißchen helft . . .» Er brach ab und sah seine Schwester und seine Cousine an. «Na?»

«Eine Bombenidee!» rief Emily.

«Das finde ich auch», sagte Paula.

47

Das alte Kinderzimmer in Pennistone Royal war warm und behaglich, wenn es auch schon ein wenig schäbig aussah.

Es war früh am Abend, an einem kalten Samstag im Januar 1971. Emily beobachtete von ihrem Sessel am Fenster aus Paula mit den Kindern, und die fröhliche kleine Szene, die vor ihr aufgeführt wurde, erfüllte sie mit Freude. Paula war heute abend ausgelassen wie selten zuvor, und ihre Augen, um die in letzter Zeit immer ein Trauerflor gelegen hatte, funkelten vor Vergnügen. Auf ihrem Gesicht lag eine neue Ruhe und wie immer, wenn sie mit ihren Kindern zusammen war, war sie zärtlich und liebevoll.

Die Zwillinge, die im nächsten Monat zwei Jahre alt wurden, hatten schon gebadet und steckten in ihren Pyjamas. Paula hielt sie an den Händen; sie formten mitten im Zimmer einen Kreis.

«Auf die Plätze, fertig, los!» rief Paula und begann sich langsam im Kreis zu bewegen. Die frischgeschrubbten Gesichter der Kleinen glänzten vor Begeisterung, ihre Augen strahlten.

«Für 'nen Groschen etwas Reis, Sirup von Frau Diesel, rühr es in die Pfanne heiß, *Pop!* springt dann das Wiesel!» sang Paula.

Als sie zum Halten kamen, riß Lorne sich los, warf sich kichernd auf den Fußboden und wälzte sich übermütig herum. «Pop» rief er laut, «Pop! Pop!» Er lachte und strampelte wie ein tapsiger Welpe.

Tessa, die Paulas Hand festhielt, sah streng auf ihn herab und dann zu ihrer Mutter auf. «Albern», sagte Tessa. «Rorn . . . albern.»

Paula bückte sich und lächelte in das ernste kleine Gesicht, das sie so aufmerksam ansah. «Nicht albern, Liebling. Lorne ist fröhlich. Wir sind alle fröhlich nach so einem schönen Tag. Sag mal Lorne, Süße.»

Tessa nickte. «Rorn», wiederholte sie.

Paulas Herz wollte bersten vor Liebe. Sie streckte den Finger aus und streichelte der Kleinen über die porzellanglatte Wange. Tessas grüne Augen ließen sie an Chartreuse denken, den man nur ein wenig verdünnt hatte. Sie nahm die Kleine in die Arme, drückte sie fest an sich und strich ihr über die kupferroten Locken. «Tess, du Süße.»

Tessa wand sich los. Sie streckte ihr das Gesicht hin, reckte den Hals nach vorn und spitzte den Mund. «Mama . . . Mama», sagte sie und stieß kleine schmatzende Laute aus. Paula lächelte, beugte sich zu ihrer Tochter hinab und küßte sie. «Schnell, nun gib noch Tante Emily einen Gutenachtkuß, Liebling. Du müßtest schon längst im Bett sein.»

Tessa marschierte entschlossen durchs Zimmer. Sie sah reizend aus in ihrem weißen Flanellnachthemd und dem blauen Bademantel, wie ein kleiner Cherub. Paula wandte sich Lorne zu, kniete sich hin und kitzelte ihn. Er quietschte und strampelte. Schließlich hob Paula ihn hoch. Sie streichelte über seine erhitzten Wangen, strich ihm das Haar zurück, das dunkler war als das seiner Schwester, und versuchte ihn zu beruhigen. «Mummy ist albern, Lorne, dich kurz vor der Schlafenszeit so aufzuregen.»

Er hielt den Kopf schief und sah sie mit großen Augen an. «Ich», sagte er, «Mam . . . Mam.» Nun hob er ihr sein Gesicht zum Gutenachtkuß entgegen und spitzte den Mund wie zuvor seine Schwester. Für beide Kinder gehörte dies zum allabendlichen Ritual. Paula nahm seinen Kopf zwischen ihre Hände und küßte ihn auf die Wangen, auf die Nasenspitze und auf seinen feuchten rosigen Mund. Dann rückte sie ein wenig von ihm ab. «Du bist so ein lieber Junge, Lorne», murmelte sie und zog zärtlich den Kragen seiner Pyjamajacke zurecht.

Lorne streckte die Hand aus und berührte ihr Gesicht, schmiegte sich dann an sie, hielt ihre Arme mit seinen kleinen Händen fest und wiegte sich hin und her. Paula hielt ihn fest und streichelte seine kupferfarbene Stirn, die im Widerschein des Kaminfeuers glänzte. Dann machte sie sich sanft los, nahm ihn bei der Hand und ging mit ihm zu Emily und Tessa hinüber, die sich auf dem Sessel am Fenster aneinandergekuschelt hatten.

«Gleich kommt der Sandmann, Tante Emily», verkündete Paula gewichtig. «Sollen wir ins Schlafzimmer gehen, um ihn willkommen zu heißen?»

«Eine ausgezeichnete Idee», sagte Emily, nahm Tessas Hand und half ihr herunter. «Ich hab den Sandmann schon seit Jahren nicht mehr gesehen.»

Die vier gingen nach nebenan ins Kinderschlafzimmer, wo eine kleine Nachtlampe auf dem Tisch zwischen den beiden Betten brannte.

«So, nun raus aus den Bademänteln», befahl Paula, «und ab ins Bett. Schnell! Wir wollen doch nicht, daß der Sandmann wieder weggeht, weil ihr kleinen Krabben trödelt.»

Tessa und Lorne mühten sich mit den Gürteln ab. Paula und Emily kamen ihnen zu Hilfe. Dann kletterten die Zwillinge ins Bett; Paula breitete die Decke über sie, kuschelte sie fest ein und gab jedem einen Kuß.

«Und nun setz dich hin, Tante Emily, und sei ganz still, sonst vertreibst du den Sandmann», warnte Paula, während sie auf einem Hocker zwischen den beiden Betten Platz nahm.

«Ich bin mucksmäuschenstill», flüsterte Emily und nahm am Fußende von Lornes Bett Platz.

Paula sah ihre Kinder an. «Pssst!» sagte sie leise und legte den Finger an den Mund. «Jetzt werde ich euch das Sandmann-Gedicht aufsagen, aber hinlegen und Augen zu, ihr zwei!»

Das taten die beiden auch. Lorne steckte den Daumen in den Mund und Tessa griff sich das weiße Lämmchen, das neben ihr lag, und nuckelte an dessen Ohr.

Dann sagte Paula im Flüsterton das Gedicht auf:

Der Sandmann hat zwei Flügel schnell
Und geht auf goldenen Schuhn,
Er kommt beim Licht der Sterne hell
Wenn der Tag sich legt zur Ruh.

Er hat einen silbernen Löffel fein
Und 'nen Eimer, der Nacht geraubt,
Mondkörnchen bläst er dir ins Auge hinein
Und hellen Sternenstaub.

Er nimmt dich mit im Segelschiff
Durchs Spiel- und Wunderland,
Und erzählt so manche schöne Geschicht
Von Drachen und Zaubertand.

Jetzt bettest du dein müdes Haupt
Und schließt die Augen fest,
Denn wenn du wachbleibst heute nacht,
Der Sandmann sich nicht sehen läßt.

Paula hielt inne, stand auf und sah nach den Zwillingen. Beide waren fest eingeschlafen. Ein zärtliches Lächeln spielte um Paulas Mund. Die beiden hatten einen ungewöhnlich aufregenden Tag gehabt und waren erschöpft. Sanft gab sie jedem einen Kuß und trug dann den Hocker fort. Auch Emily ging zu Lorne und Tessa und küßte sie. Dann verließen die beiden jungen Frauen auf Zehenspitzen das Zimmer.

Um sieben Uhr begann Paula sich zu fragen, wo Jim bloß blieb. Emily war schon vor über einer halben Stunde gegangen. Danach hatte Paula sich an ihren Schreibtisch gesetzt, um noch etwas Papierkram zu erledigen, aber ihre Sorgen lenkten sie ab.

Es war der fünfte Januar – der Tag, an dem sie sich mit Jim aussprechen wollte. Vor drei Tagen waren ihre Eltern und Philip nach London zurückgefahren, nachdem sie die Weihnachtstage in Pennistone Royal verbracht hatten. Nun waren sie schon unterwegs nach Chamonix zum Wintersport.

Weihnachten war außergewöhnlich ruhig gewesen. Randolph und Vivienne hatten Anthonys und Sallys Einladung nach Clonloughlin angenommen, und die O'Neills hatten sich in letzter Sekunde entschlossen, Shane in Barbados zu besuchen. Emily und Winston waren mit Alexander und Maggie auf ein paar Tage gekommen, und am Heiligen Abend war der gesamte Kallinski-Clan angerückt. Aber allen waren die Feiertage ohne Emma traurig und bedrückend vorgekommen. Sie war immer diejenige gewesen, die alles in Bewegung hielt, und ohne sie war es nicht halb so schön.

Irgendwie hatte Paula diese lange Zeit durchgestanden und die Stunden gezählt. Und heute morgen, als sie mit Jim reden wollte, war er plötzlich zur Zeitung gefahren, bevor sie auch nur den Mund aufmachen konnte.

Sie drehte sich abrupt um und sprang auf, als sie ein Auto über den kiesbestreuten Fahrweg kommen hörte. Sie trat ans Fenster, legte die Hände an die Scheibe und spähte hinaus. Die helle Lampe am Hinterausgang tauchte Jims Aston Martin in gleißendes Licht.

Sie holte tief Luft und erstarrte, als sie ein Paar Skier aus dem hinteren Autofenster ragen sah. Deshalb kam er so spät. Er war erst nach Long Meadow gefahren, um seine Skiutensilien zu holen. Also fuhr er doch nach Chamonix.

Jetzt oder nie, murmelte Paula und rannte durch die Bibliothek. Sie riß die Tür auf und trat in die Stone Hall hinaus, bezwang ihre Wut und wartete auf ihn.

Einen Augenblick später trat Jim ein und steuerte auf die große Treppe zu, die vom anderen Ende der Stone Hall abging.

«Ich bin hier, Jim», rief sie.

Überrascht fuhr er herum und sah sie unsicher an. «Hast du ein paar Minuten Zeit für mich?» fragte sie und bemühte sich, ihre Stimme nicht zu schrill klingen zu lassen, da sie ihn nicht vorwarnen wollte.

«Warum nicht? Ich wollte gerade raufgehen und mich umziehen. War ein ziemlich hektischer Tag heute», sagte er und kam auf sie zu. «Erstaunlich viel Betrieb für Samstag.»

Gar nicht so erstaunlich, dachte sie, trat zurück und machte die Tür weiter auf. Du hast deinen Schreibtisch aufgeräumt, weil du gleich wegfahren willst. Aber diese Überlegungen behielt sie für sich.

Jim schlenderte an ihr vorbei in die Bibliothek, ohne sie zu küssen oder eine Geste der Zuneigung zu machen. In den letzten Wochen war zu der Spannung zwischen ihnen eine wirkliche Kälte getreten.

Paula machte entschlossen die Tür hinter sich zu und überlegte, ob sie abschließen sollte, besann sich aber noch rechtzeitig. Sie setzte sich in einen Ohrensessel und sah zu ihm empor. Er stand unschlüssig da. «Es gibt erst um acht Essen. Du hast noch genug Zeit, um dich frisch zu machen. Mach's dir doch gemütlich, Jim, laß uns ein bißchen reden.»

Er warf ihr einen beunruhigten Blick zu, setzte sich aber und zündete sich eine Zigarette an. Dann schwieg er ein Weilchen und starrte in die Flammen. «Wie war dein Tag?»

«Schön. Ich habe ihn mit den Kindern verbracht, Emily ist zum Essen gekommen und den Nachmittag über dageblieben. Winston war beim Fußball.»

Jim schwieg.

Paula bemühte sich, leise zu sprechen, als sie sagte: «Du fährst also doch nach Chamonix.»

«Ja.» Er sah sie nicht an.

«Und wann?»

Er räusperte sich. «Ich dachte, ich fahre gegen zehn oder elf nach London. Dann sind die Straßen so gut wie leer, und ich kann morgen den ersten Flug nach Genf nehmen.»

Die Wut loderte in ihr auf, aber sie bezwang sich. Sie wußte, daß sie ruhig bleiben und ihn nicht aufregen durfte, wenn sie etwas erreichen wollte. Sie sagte: «Bitte fahr nicht, Jim. Zumindest nicht in den nächsten Tagen.»

«Warum nicht?» Nun drehte er sich zu ihr um und zog überrascht eine blonde Braue hoch. «Du fährst doch nach New York.»

«Ja, aber nicht vor dem achten oder neunten. Als du aus Kanada zurückkamst, hab ich dir bereits gesagt, daß ich gern mit dir über unsere Probleme sprechen möchte. Da hast du mich abgewimmelt, weil Weihnachten war und wir Gäste erwarteten. Du hast mir versprochen, erst nach Chamonix zu fahren, wenn wir alles ins reine gebracht haben.»

«*Deine* Probleme, nicht meine, Paula.»

«*Unsere* Probleme.»

«Da gestatte ich mir, anderer Meinung zu sein. Wenn es in unserer Ehe Probleme gibt, dann hast du sie verursacht. Seit mehr als einem Jahr suchst du Streit und behauptest, wir hätten Schwierigkeiten, wo gar keine sind. Außerdem bist du diejenige, die . . . die das eheliche Bett verlassen hat, nicht ich. Du, und du allein, Paula, bist die Urheberin dieser unerträglichen Situation. *Deinetwegen* führen wir nur eine halbe Ehe. Aber ich kann damit leben.»

«Wir führen überhaupt keine Ehe.»

Er lachte. «Aber wir haben zwei Kinder, und um ihretwillen bin ich bereit, das Haus mit dir zu teilen. Sie brauchen uns. Und wo wir schon von Häusern sprechen: Wenn ich aus Chamonix zurückkomme, werden wir *alle* wieder nach Long Meadow ziehen. Das ist *mein* Haus, *mein* Zuhause, und *meine* Kinder werden dort aufwachsen.»

Paula starrte ihn entgeistert an. «Du weißt doch ganz genau, daß Grandy . . .»

«Dies ist nicht dein Haus», unterbrach er sie schnell. «Es gehört deiner Mutter.»

«Du weißt doch, daß Mummy und Daddy in London wohnen müssen, damit er jeden Tag zu *Hartes* gehen kann.»

«Das ist ihr Problem, nicht unseres.»

«Grandy wollte nicht, daß Pennistone Royal das halbe Jahr leersteht. Es war von vornherein klar, daß ich hier die meiste Zeit wohnen würde und meine Eltern am Wochenende kommen, falls sie Zeit haben, und während der Sommermonate und Feiertage hier sind.»

«Ich bin fest entschlossen, nach Long Meadow zurückzuziehen. Mit den Kindern», sagte er eilig. «Du bist mir willkommen. Natürlich kann ich dich nicht zwingen, bei uns zu wohnen . . .» Er brach ab und zuckte die Achseln. «Das ist deine Entscheidung.»

Paula sah ihn an und biß sich auf die Unterlippe. «Jim, ich möchte mich scheiden lassen.»

Kalt entgegnete er: «Ich nicht. Ich werd nie in eine Scheidung einwilligen. *Niemals*. Und außerdem solltest du wissen, daß ich um die Vormundschaft für Lorne und Tessa prozessieren werde, wenn du diesen Schritt unternimmst. *Meine* Kinder werden bei mir aufwachsen.»

«Kinder brauchen ihre Mutter», fing sie an. «Das weißt du doch wohl am besten. Natürlich würdest du sie besuchen können, ich will dich keineswegs von ihnen fernhalten. Du könntest sie jederzeit sehen.»

Er lächelte knapp: «Du bist wirklich einmalig, weißt du das? Einmalig, und die egoistischste Frau, die mir je begegnet ist. Du willst einfach *alles* haben, nicht? Deine Freiheit, zu tun und zu lassen, was du willst, zu wohnen, wo du willst, und dazu auch noch die Kinder.» Sein Blick wurde eisig. «Möchtest du mir vielleicht auch noch den Job wegnehmen?»

Paula hielt die Luft an. «Wie kannst du so etwas denken! Natürlich nicht. Grandy hat deinen Vertrag verlängert, bevor sie starb, und dein Job ist dir für den Rest des Lebens sicher. Und du hast auch die Anteile an der neuen Firma.»

«Ach ja», überlegte er ruhig, «die neue Firma. Toronto gefällt mir sehr gut . . . eine wunderschöne Stadt. Vielleicht werde ich dort für ein paar Jahre hinziehen. Die Idee kam mir im Dezember. Es würde mir Spaß machen, den *Toronto Sentinel* zu leiten. Natürlich würden die Kinder dann mitkommen.»

«Nein!» rief sie und wurde blaß.

«Oh, doch», konterte er. «Aber es liegt an dir, Paula. Wenn du an dieser albernen Scheidungs-Idee festhältst, wenn du *meine* Familie zerrüttest, werde ich mich in Toronto niederlassen, und sei sicher, daß ich die Kinder mitnehmen werde.»

«Es sind auch meine Kinder.»

«Ja», sagte er, «das sind sie. Und du bist meine Frau.» Seine Stimme wurde weicher, er sah sie freundlicher an. «Wir sind eine Familie, Paula. Die Kinder brauchen dich, und ich brauche dich auch.» Er streckte die Hand aus und ergriff die ihre. «Warum kannst du nicht aufhören mit diesem Unsinn, warum kannst du nicht deinen albernen und unbegründeten Groll gegen mich fahrenlassen und versuchen, unsere Ehe wieder zu kitten. *Ich* will es gern versuchen.» Er ließ sein glattes Lächeln aufblitzen. «Warum fangen wir nicht gleich heute damit an – *heute nacht?*» Er preßte ihre Hand stärker, beugte sich zu ihr hinüber und sagte schmeichelnd: «*Carpe diem*, Liebling. Komm, laß uns hinaufgehen. Dann werde ich dir beweisen, daß all die Probleme, von denen du immer redest, nur eingebildet sind, nur in deiner Vorstellung existieren. Komm zurück in mein Bett, zurück in meine Arme, Paula.»

Sie wagte es nicht, etwas zu sagen.

Ein langes, quälendes Schweigen entstand.

Schließlich murmelte Jim: «Na gut, also nicht heute nacht. Schade. Dann hör mal zu: Wo ich jetzt nach Chamonix fahre und du kurz vor deiner New York-Reise stehst, sollten wir beide den Rest des Monats dazu benutzen, mit uns ins reine zu kommen. Sobald wir in ein paar Wochen wieder zusammen sind, fangen wir von vorn an. Wir ziehen wieder nach Long Meadow, und unsere Ehe wird noch besser werden, als sie je zuvor war.»

«Uns verbindet nichts mehr, Jim, und deshalb gibt es nichts, worauf man aufbauen könnte», flüsterte sie kläglich.

Er ließ ihre Hand los und starrte ins Feuer. Dann sagte er: «Psychologen nennen das Wiederholungszwang.»

Paula verstand nicht, wie er plötzlich darauf kam, und runzelte die Stirn: «Ich verstehe nicht.»

Jim sagte wieder: «Psychologen nennen das *Wiederholungszwang.*»

«Was soll das heißen?» fragte sie scharf.

«Das bezieht sich auf Verhaltensmuster, die manche Leute übernehmen – jemand, der das Leben seiner Eltern oder Großeltern *noch einmal* lebt, es wiederholt, mitsamt den Fehlern, als stünde sie oder er unter einem schrecklichen inneren Zwang.»

Sprachlos sah sie ihn an. Aber schnell hatte sie sich wieder gefangen. «Willst du damit andeuten, daß ich die ‹Fehler› meiner Großmutter wiederhole?»

«Genau.»

«Da irrst du dich gewaltig!» rief Paula. «Ich bin ein selbständiger Mensch. Ich lebe mein eigenes Leben.»

«Das magst du vielleicht denken, aber es stimmt nicht. Zwanghaft tust du alles, was Emma Harte gemacht hat, ganz genau. Du rackerst dich tot, widmest jede Minute deiner Zeit diesem erbärmlichen Geschäft, treibst dich selbstsüchtig in der Weltgeschichte herum und vernachlässigst deine Pflichten als Ehefrau und Mutter. Du läßt alle nach deiner Pfeife tanzen, und es mangelt dir an emotionaler Stabilität, genau wie ihr.»

Paula wurde wütend: «Wie kannst du nur! Wie kannst du es wagen, Grandy zu kritisieren! Du stellst sie so dar, wie sie niemals war, sie, die so gut gegen dich gewesen ist! Du bist unverschämt. Und außerdem vernachlässige ich nicht meine Kinder, und auch dich habe ich nie vernachlässigt. Unsere Entfremdung ist auf deine Unzulänglichkeiten zurückzuführen, Jim. Nicht ich bin labil, sondern du, wie mir scheint. Ich war schließlich nicht diejenige, die ...» Paula bremste sich und krampfte die Hände im Schoß zusammen.

«Das konntest du dir nicht verkneifen, klar», sagte er und errötete tief. «Bist du jemals auf die Idee gekommen, daß *du* für meinen Nervenzusammenbruch verantwortlich sein könntest», sagte er herausfordernd.

Paula schluckte. «Wenn hier jemand zwanghaft veranlagt ist, dann du. Du willst mir immer die Schuld an allem geben, was du selbst verursachst.»

Jim seufzte. Er ließ seinen Blick durchs Zimmer schweifen, dachte kurz nach und sah dann wieder Paula an. Sein Blick war durchdringend. «Warum bist du eigentlich so hinter einer Scheidung her?»

«Weil unsere Ehe gescheitert ist. Es wäre lachhaft, sie fortzuführen», murmelte sie und bemühte sich um einen ruhigeren, vernünftigeren Ton. «Das ist weder fair gegen die Kinder noch gegen dich oder mich, Jim.»

«Wir haben uns einmal geliebt», sagte er abwesend, und hakte dann nach: «Oder nicht?»

«Ja.» Sie holte tief Luft. «Aber die Liebe ist kein Garant für das

Glück, Jim. Zwei Leute müssen auch zusammenpassen und im Alltag miteinander leben können. Sich zu lieben, reicht nicht, leider. Eine Ehe muß sich auf das feste Fundament wahrer Freundschaft gründen.»

«Ist da ein anderer Mann?» fragte er und sah sie unverwandt an.

Obwohl sie die Frage nicht erwartet hatte, gelang es Paula, ihren neutralen Gesichtsausdruck beizubehalten. Obwohl ihr Herz einen Schlag lang aussetzte, sagte sie so überzeugend, wie sie es vermochte: «Nein, Jim.»

Er schwieg eine Weile. Dann stand er auf und stellte sich hinter ihren Stuhl. Er nahm sie bei den Schultern. «Das ist dein Glück, Paula, dein Glück. Denn wenn da einer ist, werde ich dir das Leben schwermachen. Ich werde deine Scheidungsklage mit einer Gegenklage beantworten. Dann bekomme ich die Vormundschaft für die Kinder, darauf kannst du dich verlassen. Kein Richter wird die Kinder aus einer gescheiterten Ehe einer Frau geben, die ebendiese Ehe vorsätzlich scheitern ließ und die Kinder vernachlässigt hat, eine Frau, die um die Welt reist, um ihre geschäftlichen Interessen wahrzunehmen, zum Schaden dieser Kinder.» Er brachte sein Gesicht näher an ihres heran, und sein Griff wurde fester: «Oder einer Frau, die es mit einem anderen Mann treibt.»

Paula entwand sich seinem schraubstockartigen Griff. Sie sprang auf, ihre Augen blitzten: «Versuch's doch», sagte sie kalt. «Versuch's doch. Wir werden sehen, wer gewinnt.»

Er trat zurück und lachte ihr ins Gesicht. «Und du meinst, du würdest nicht Emma Hartes Fehler machen. Das ist der reine Witz. Sieh dich nur mal an – du klingst genauso wie sie. Du denkst sogar genauso wie sie. Auch du glaubst, daß Geld und Macht dich unverwundbar machen. Leider, mein Liebling, ist das nicht der Fall.» Er drehte sich um und ging zur Tür.

«Wo willst du denn hin?» rief Paula ihm nach.

Jim blieb stehen und sah sie an. «Nach London. Es hat wohl wenig Sinn, wenn ich zum Abendessen bleibe – wir würden uns doch nur weiterstreiten. Und ehrlich gesagt, bin ich dessen überdrüssig.»

Paula lief ihm nach, packte ihn am Arm und sah ihn bittend an. «Aber wir brauchen uns doch nicht in dieser Weise zu streiten, Jim», sagte sie mit zitternder Stimme. «Wir können das doch wie kultivierte Menschen regeln, wie intelligente, erwachsene Menschen.»

«Das liegt ganz bei dir, Paula», sagte Jim, ebenfalls in vernünftigerem Ton. «Denk über das nach, was ich dir gesagt habe, und vielleicht bist du wieder zur Vernunft gekommen, wenn ich aus Chamonix zurück bin.»

48

John Crawford hörte Paula nun schon seit über einer Stunde zu. Er hatte sie kein einziges Mal unterbrochen, da es ihm klüger schien, sie sich erst einmal aussprechen zu lassen, bevor er ihr Fragen stellte. Mit dem ihm eigenen Einfühlungsvermögen hatte er zudem gespürt, daß sie noch nie mit jemandem über ihre katastrophale Ehe gesprochen hatte, zumindest nicht im Detail, und er fand, daß es in gewisser Hinsicht eine Erleichterung für sie sein mußte, mit ihm darüber zu reden. Wenn sie sich öffnete, würde es ihr bestimmt schon bessergehen.

Schließlich holte Paula Atem. Sofort sah er an ihrer Körperhaltung und an ihren Gesichtsmuskeln, daß sie sich ein bißchen entspannt hatte. In ihren blauen Augen zeichnete sich Erlösung ab. «Ja, so steht's», sagte sie und lächelte etwas unsicher, «ich glaube nicht, daß ich etwas vergessen habe.»

John nickte und ließ sie nicht aus den Augen. Er sah, daß sie sich jetzt wieder einigermaßen in der Gewalt hatte und ruhig genug war, um ihm zuzuhören. Er räusperte sich. «Ich möchte Sie nicht beunruhigen, und dies ist auch nur ein Vorschlag, aber vielleicht sollten wir für Ihre Kinder die Amtsvormundschaft beantragen.»

Obwohl sie das erschreckte, sagte Paula ruhig genug: «Ach, John, ist das nicht ein zu drastischer Schritt? Vielleicht erschweren wir dadurch alles noch. Das wird ihn sicher provozieren.»

John, der schon seit langem eine tiefe Abneigung gegen Jim Fairley hegte, stützte das Gesicht auf die Hände. Nachdenklich sah er sie an. «Aus dem, was Sie mir erzählt haben, muß ich schließen, daß Jim gedroht hat, die Kinder außer Landes zu bringen, nach Kanada, um genau zu sein, wenn Sie nicht das tun, was er will. Ist es nicht so, Paula?»

«Ja», gab sie zu.

«Und wenn man die Kinder unter Amtsvormundschaft stellt,

verhindert man, daß sie von einem zornigen und unzufriedenen Ehepartner, der sich in einer betrüblichen emotionalen Krise befindet, aus dem Land geholt werden können.»

«Ja, John, das weiß ich. Aber Jim glaubt, daß ich es mir mit der Scheidung noch mal anders überlegen werde. Er wird nicht plötzlich herkommen, sich die Kinder schnappen und nach Toronto fliegen. Sicher würde er erst herauszufinden suchen, was ich tun werde. Und außerdem ist er jetzt in Chamonix.»

«Und Sie, Paula, werden in ein paar Tagen in die Staaten fliegen. Und das weiß er. Er könnte leicht etwas arrangieren, während Sie fort sind. Schließlich ist Genf nur ein paar Flugstunden entfernt.»

«Niemals würde er . . .» Sie brach ab und sah dem Rechtsanwalt eindringlich ins Gesicht. «Aber Sie schauen drein, als würden Sie es ihm zutrauen.»

«Ja.» John erhob sich, ging durch den Salon und schenkte sich noch einen Dry Martini aus dem Krug auf dem Barwagen ein. Dann drehte er sich schnell um und entschuldigte sich: «Tut mir leid, ich habe Sie gar nicht gefragt, ob Sie auch noch einen Drink möchten?»

«Nein, vielen Dank.»

John kehrte zu seinem Sessel zurück und fuhr fort: «Ich werd Ihnen jetzt eine sehr direkte Frage stellen, Paula, eine sehr wichtige Frage, und ich möchte, daß Sie erst in Ruhe überlegen, bevor Sie antworten.»

Sie nickte.

«Glauben Sie, daß Jim völlig zurechnungsfähig ist?»

Ohne zu zögern erwiderte Paula: «O ja, John, ganz sicher. Er ist ziemlich lange in einer Nervenheilanstalt gewesen nach seinem Zusammenbruch, aber nun ist er wieder völlig gesund. Er benimmt sich zumindest recht normal.» Sie lächelte wehmütig. «Wenn man das normal nennen kann, wie er mit mir umgeht. Er ist störrisch, wirklich verbohrt, aber das war er schon immer. Er verschließt sich der Wahrheit, der Realität. Wie ich schon sagte, ist er davon überzeugt, daß unsere Probleme nur in meiner Phantasie existieren. Aber trotzdem – das möchte ich wiederholen – glaube ich nicht, daß er unzurechnungsfähig ist. Erregt, das ja, aber mehr nicht.»

«Nun gut, ich vertraue Ihrem Urteil und begreife auch, daß Sie ungern Schritte unternehmen möchten, die ihn noch mehr reizen könnten. Dennoch rate ich Ihnen, mit Daisy zu sprechen und sie über die Lage aufzuklären. Sollte Jim unerwartet aus Chamonix abreisen, muß sie mich sofort anrufen.»

«Nein, nicht mit Mummy», rief Paula. «Ich möchte sie nicht aufregen. Ich habe mich ihr nie anvertraut – auch nicht irgend jemandem sonst, wenn ich ehrlich sein soll. Aber ich habe in der letzten Zeit öfter mit Emily und meinem Vater geredet, und sie wissen, wie schlecht es um die Ehe steht. Emily und Winston haben mir dringend geraten, mich scheiden zu lassen. Also, worauf ich hinauswill: Emily und Winston fahren übermorgen ebenfalls nach Chamonix und werden ein paar Wochen lang dableiben. Ich werde vor ihrer Abreise mit Emily reden, ihr alles erklären und sie bitten, Sie anzurufen, John, falls es Schwierigkeiten geben sollte.»

Johns Gesicht hellte sich auf. «Gut, gut. Emily ist praktisch und gewitzt. Es beruhigt mich, daß sie auch im Chalet sein wird. Wie Ihre Großmutter immer gesagt hat: ‹Emily kann keiner was.› Deshalb, und weil Sie dagegen sind, lasse ich das mit der Amtsvormundschaft.» Er setzte ein kleines, verkniffenes Lächeln auf. «Sie halten mich vielleicht für paranoid, aber das bin ich nicht. Ich bin vorsichtig und weiß, daß es oft besser ist, Vorkehrungen zu treffen, damit man keinen Ärger bekommt.» Eindringlich beugte er sich vor: «Deshalb habe ich das Thema überhaupt nur angeschnitten. Es schien mir, als machten Sie sich auch selbst Sorgen um die Kinder, sonst hätten Sie sie ja gestern nicht mit nach London genommen.»

«Ja, ich war ein bißchen besorgt», stimmte Paula ihm zu. «Am Samstagabend, nach Jims Abreise, war ich ganz aufgewühlt. Am Sonntagmorgen beschloß ich, die Kleinen mitzunehmen. Sie sahen so winzig und schutzlos aus, John. Sie sind doch noch Babies, und ich liebe sie so sehr. Ich habe sogar daran gedacht, sie mit mir nach New York zu nehmen, aber das würde sie unnötig verwirren. Nora ist ganz froh darüber, ein paar Wochen in London zu sein; zumindest ist hier das Wetter besser als in Yorkshire. Hier sind sie gut aufgehoben, und Nora hat Parker und Mrs. Ramsay als Verstärkung in der Londoner Wohnung.»

«Ja, die sind sehr zuverlässig. Versuchen Sie, sich nicht so viele Sorgen zu machen, meine Liebe. Ich werde den Belgrave Square im Auge behalten. Geben Sie Nora unbedingt meine Telefonnummer, und sagen Sie ihr, daß sie mich anrufen soll, sobald Jim auf den Plan tritt.»

«Ja, das mache ich gleich heute abend.» Paula starrte an John vorbei die dunkelgrünen Damastvorhänge an und machte ein abwesendes Gesicht. Etwas zögernd sagte sie dann: «Jim kann sie mir doch nicht wegnehmen, John, oder?»

«Natürlich nicht. So was sollten Sie nicht einmal denken!» John tätschelte ihr die Hand, und um sie zu trösten, sagte er: «Jim kann alle möglichen Drohungen ausstoßen, um Sie dazu zu kriegen, daß Sie sich ihm fügen, aber das ist im Grunde alles bedeutungslos. Gott sei Dank haben wir Gerichte in diesem Land.»

«Ja», seufzte sie. «Er hat gesagt, ich wolle alles haben und alle nach meiner Pfeife tanzen lassen.»

John lachte. «Wer im Glashaus sitzt . . . Haben Sie denn nicht bemerkt, daß Jim genau das will?» Er wartete keine Antwort ab, sondern fügte eilig hinzu: «*Er* ist selbstsüchtig. Er erwartet von Ihnen, daß Sie sich ihm fügen, und fragt gar nicht nach Ihren Gefühlen. Die Tatsache, daß die Ehe katastrophal ist, ignoriert er einfach. Das einzige, was man bei einer Ehe machen kann, die so kläglich gescheitert ist, ist, sie um Himmels willen sofort zu beenden. Mit dem Blutvergießen aufhören, wie man so sagt. Ich kann ein Lied davon singen.»

Paula sah zu ihm hinüber. «John, Sie Armer, Sie sind auch durch die Hölle gegangen, nicht wahr?»

«Das kann man wohl sagen, meine Liebe», erwiderte er. «Aber das liegt jetzt alles hinter mir, und nun sind Millicent und ich gute Freunde geworden.»

«Hoffentlich können Jim und ich später auch Freunde werden», überlegte Paula laut. «Ich hasse ihn nicht, nein, nein. Ehrlich, John, er tut mir eher leid . . . weil er einfach den Tatsachen nicht ins Auge sehen kann.» Sie zuckte leichthin die Achseln. «Aber eigentlich bin ich hierhergekommen, um mit Ihnen über unsere Vorgehensweise zu reden, und ich muß Ihnen sagen, daß ich fair mit ihm sein will. Ich möchte, daß er die Zwillinge jederzeit sehen kann, und natürlich ist es auch völlig klar, daß er weiter bei der Zeitung bleibt.» Sie sah den Rechtsanwalt stirnrunzelnd an: «Ich war völlig entgeistert, als er sagte, ich wolle ihm seinen Job wegnehmen.»

John starrte in sein Glas und schaute dann langsam auf. «Paula, ich möchte Sie nicht im Glauben wiegen, wir würden es mit Jim leicht haben. Denn das werden wir nicht. Ich weiß, daß uns allerhand bevorsteht. Aus dem, was Sie mir gesagt haben, wird klar, daß er Sie nicht gehen lassen will, daß er lieber die unangenehmste Ehe in Kauf nimmt, um weiterhin Ihr Mann zu sein. Vielleicht ist das ganz verständlich. Sie sind die Mutter seiner Kinder, eine begehrenswerte, begabte junge Frau mit ungeheurem Reichtum und immenser Macht. Welcher Mann würde Sie nicht halten wollen?»

«Aber Jim interessiert sich nicht für mein Geld oder für meine Macht», unterbrach Paula ihn schnell. «Wirklich, John, er haßt meinen Job und klagt immer darüber, daß ich soviel Zeit für ihn verwende.»

«Seien Sie doch nicht naiv. Natürlich macht er sich etwas aus Ihrem Geld, Ihrer Macht, Paula», sagte der Rechtsanwalt ruhig. «Und das hat er meiner Meinung nach immer schon getan. Jim ist nicht ganz so altruistisch, wie Sie offenbar glauben. Als Ihr Anwalt halte ich es für meine Pflicht, Sie darauf hinzuweisen, auch wenn das vielleicht sehr unangenehm für Sie ist. Anscheinend hat Jim sich lautstark über Ihre Arbeit beklagt, aber er wußte doch lange vor der Ehe, daß Sie Emmas Haupterbin sind. Er war sich auch darüber im klaren, daß Sie nicht nur den größten Teil ihres Reichtums, sondern auch all ihre Macht erben würden. Er benutzt Ihre Karriere nur als Vorwand, um sich an Ihnen zu reiben, Sie zu verletzen, Sie zu bestrafen. Zugleich kann er sich als langmütigen, vernachlässigten und beleidigten Ehemann präsentieren. Mit anderen Worten: Er benutzt diese Pose, um sich Mitgefühl zu verschaffen. Denken Sie daran, meine Liebe, um Ihretwillen, und damit Sie zur Ruhe kommen können.»

«Vielleicht haben Sie recht», gab sie zu.

John Crawford war ein kluger, brillanter Anwalt, ein Mann mit großer Menschenkenntnis. Sie beugte sich vor: «Falls Jim an Geld etwas gelegen ist, wie Sie meinen –» sie schüttelte den Kopf und lachte – «wovon Sie *überzeugt* sind, dann sollten wir ihm doch Geld geben. Ich bin bereit, ihm eine großzügige Abfindung zu gewähren. Schlagen Sie doch eine Summe vor, John, und lassen Sie uns einen Termin mit Jim ins Auge fassen. Am Ende des Monats wird er zurück sein, und ich würde die Sache gern etwas vorantreiben.»

«Ich kann Ihnen heute abend so aus dem Handgelenk noch keine Summe nennen», erklärte John. «Damit würde ich niemandem gerecht werden, darüber muß man sorgfältig nachdenken.» Er nahm einen Schluck Martini, stellte das Glas hin und stand auf. Dann ging er zur Tabatiere hinüber, die auf einem Wandtischchen stand, und nahm sich eine Zigarre heraus. Er wollte nicht, daß sie das sarkastische Lächeln sah, das ihm unwillkürlich ins Gesicht getreten war. Wenn ich Jim richtig eingeschätzt habe – und da bin ich mir sicher –, werden wir es mit Geld schaffen, entschied John. Er schnitt die Spitze von seiner Zigarre ab und schlenderte zum Sessel zurück. Er riß ein Streichholz an und inhalierte tief, bis die Zigarre brannte, dann sagte er: «Was den Termin betrifft, so können wir uns zusammensetzen, wann es Ihnen paßt . . .» Aber er brachte den Satz nicht zu Ende, sondern schüttelte verneinend den Kopf.

«Was ist denn?» fragte Paula. Angst durchzuckte sie.

«Sie brauchen nicht so ein besorgtes Gesicht zu machen, meine Liebe. Ich dachte nur gerade, daß Sie sich auf einen zähen Job gefaßt machen müssen, damit Jim sich mit mir trifft. Da er so sehr gegen die Scheidung ist, wäre es vielleicht besser, wenn ich einfach abends mal auf einen Drink hereinschauen würde, wenn er hier ist.»

«Ja, das ist eine gute Idee», pflichtete Paula ihm bei. Sie rutschte auf die Stuhlkante vor. «Denken Sie daran, daß ich fair zu Jim sein will, was die Kinder betrifft, und mich auch finanziell großzügig erweisen will. Es ist mir wichtig, daß er für den Rest seines Lebens ökonomisch abgesichert ist.»

«Ich werde an alles denken», beruhigte John sie. «Und während Sie in New York sind, werde ich die Konditionen für die Scheidung ausarbeiten und sie für Jim so annehmbar wie möglich gestalten, das verspreche ich Ihnen.» Er lächelte sie freundlich an. «Nicht viele Frauen wären so großzügig wie Sie. Er hat wirklich Glück.»

«Das denkt *er* momentan bestimmt nicht», sagte Paula und stand auf. «Ich danke Ihnen für Ihr Verständnis. Jetzt geht es mir schon viel besser; die Zukunft sieht nicht mehr ganz so grau aus. Nun will ich Sie in Ruhe lassen, damit Sie zu Abend essen können. Ich habe Ihre Zeit schon viel zu lange beansprucht.»

Er drückte freundschaftlich ihren Arm, während er sie durch den Salon ins kleine Foyer geleitete. Bei der Tür beugte er sich hinab, um sie auf die Wange zu küssen, und sagte leise: «*Sie* können meine Zeit immer in Anspruch nehmen, meine Liebe. Einem vertrockneten alten Junggesellen wie mir ist es eine Wohltat, Ihr schönes Gesicht zu sehen. Es tut mir bloß leid, daß wir uns in so einer traurigen Angelegenheit treffen mußten.»

Paula umarmte ihn impulsiv. «Sie sind kein vertrockneter alter Junggeselle», verkündete sie lächelnd. «Sie sind unserer ganzen Familie der allerbeste Freund. Und dafür möchte ich Ihnen danken, John. Ich werde mich noch vor meiner Abreise nach New York mit Ihnen in Verbindung setzen.»

«Bitte tun Sie das, meine Liebe.» Er öffnete die Tür, hielt sie aber noch am Arm fest, als sie hinausgehen wollte. «Es wird schon alles gutgehen, Paula, bestimmt. Machen Sie sich nicht zu viele Sorgen.»

«Nein, nein.» Sie lief die kurze Vortreppe hinab, drehte sich um und winkte. John winkte zurück, ging dann hinein und schloß die Tür. Er wollte nicht, daß sie sah, wieviel Angst er um sie hatte.

Paula eilte die Straße entlang in Richtung Belgrave Square, der nur ein paar Minuten entfernt war. Es war ihr ernst gewesen, daß sie John Crawford gesagt hatte, wie erleichtert sie sich nach ihrem Gespräch fühlte. Aber das war nicht der einzige Grund dafür, daß die Depression der letzten 24 Stunden plötzlich von ihr abgefallen war. Zu einer Entscheidung zu kommen, tätig zu werden, hatte Wunder gewirkt. Paula war niemals lange unschlüssig. Wie Emma war auch sie von Natur aus pragmatisch und zog das tätige Engagement dem Warten vor. Deshalb war das Auf-der-Stelle-Treten im letzten Jahr ganz unerträglich gewesen. Aber sie war stets besonnen und hatte sich zur Geduld erzogen. Schon vor Monaten hatte sie sich gesagt, daß Warten zwar nervenaufreibend, aber übereilten Aktionen, die sie später vielleicht bereuen würde, bei weitem vorzuziehen war.

Während sie nun flott einherschritt, durchflutete sie ein befreiendes Gefühl der Erleichterung. Sie war zuversichtlich, daß John annehmbare Scheidungsbedingungen ausarbeiten würde, und sicherlich würde Jim begreifen, daß es ihr ernst war, todernst, wenn er erführe, daß sie diesen endgültigen Schritt getan hatte.

Paula strahlte vor neuerworbenem Optimismus, als sie den Belgrave Square überquerte und das große Haus betrat, das ihr Großvater Paul McGill vor so vielen Jahren erstanden hatte. Sie ließ die schwere Außentür aus Glas und Schmiedeeisen hinter sich zufallen, stieg die kleine Wendeltreppe empor, die zum Vordereingang der Maisonettewohnung führte, und schloß auf.

Als sie ihren Tweedmantel auszog und in die Garderobe hängte, kam Parker aus dem Hintergrund ins große Foyer geeilt. Sie drehte sich um.

«Oh, Mrs. Fairley, ich habe schon überlegt, ob ich Sie bei Mr. Crawford anrufen sollte. Mr. O'Neill ist im Salon. Er hat schon ziemlich lange auf Sie gewartet. Ich habe ihm einen Drink serviert. Möchten Sie auch einen, Madam?»

«Nein, danke, Parker.»

Sie überlegte, was wohl Onkel Bryan wollte und warum er so unerwartet, ohne vorher anzurufen, gekommen war. Sie stieß die Salontür auf und stand auf der Schwelle wie vom Donner gerührt. Da sie so sicher gewesen war, Bryan zu sehen, brachte Shanes Anblick sie völlig aus der Fassung. Er stand auf und grinste über beide Ohren.

«Du meine Güte!» rief sie. «Was machst du denn hier?» Sie schob die Tür mit dem Fuß zu und warf sich ihm mit glückstrahlendem Gesicht in die Arme.

Shane küßte sie, nahm sie bei den Schultern und hielt sie ein wenig von sich ab. «Ich habe mir solche Sorgen um dich gemacht nach den schrecklichen Telefonaten am Samstag und Sonntag, daß ich beschlossen habe, heimzufahren. Ich bin vor zwei Stunden in Heathrow gelandet.»

«O Shane, es tut mir ja so leid, daß ich dir Angst eingejagt habe, aber es ist eine wundervolle Überraschung, dich ein paar Tage früher zu sehen als erwartet.» Sie zog ihn zum Sofa, und sie setzten sich Händchen haltend. Mit einem fröhlichen kleinen Lachen sagte Paula: «Aber ich fliege übermorgen nach New York!»

«Ich dachte, wir könnten zusammen fliegen», warf Shane ein und sah sie mit seinen dunklen Augen liebevoll an. «Ich habe in der letzten halben Stunde einen ziemlich guten Plan entworfen. Ich möchte nämlich ein paar Tage lang etwas anderes machen und dich auf dem Weg in die Staaten fürs Wochenende nach Barbados entführen. Was sagst du dazu?»

«Oh, Shane», sagte Paula. «Ich habe dir doch gesagt, daß Jim mich gefragt hat, ob da ein anderer wäre. Und obwohl ich das abgestritten habe, bin ich doch nicht sicher, ob er mir glaubt. Was ist, wenn uns in Barbados jemand sieht? Oder weiß, daß wir zusammen reisen? Ich möchte nichts tun, was meine Position oder mein Sorgerecht für die Kinder gefährden könnte. Jim ist rachsüchtig, das weiß ich genau.»

«Ich habe Verständnis für deine Befürchtungen, Liebling. Aber sieh doch mal, Paula, er würde mich nie verdächtigen. Das wäre ja, als verdächtigte man deinen Bruder Philip, du meine Güte. Außerdem hast du doch auch eine Boutique auf Barbados. Du hast allen Grund, dorthin zu fahren und nach dem Rechten zu sehen. Und schließlich wird uns niemand im Flugzeug sehen, und wenn wir erst in Coral Cove sind, können wir uns ja auch im Hintergrund halten.»

«Keiner wird uns sehen?» wiederholte sie. «Wie meinst du das?»

«Das ist die zweite Überraschung, Bohnenstange. Ich habe soeben den Privatjet bekommen, den Dad und ich für die Firma gekauft haben. Damit bin ich auch über den Atlantik geflitzt, aber das wollen wir jetzt mal vergessen und so tun, als sei unser Karibikflug wirklich die Einweihung. Komm mit und sag ja, Süße.»

«Na gut – ja», sagte Paula kurzentschlossen. Ihr ernstes Gesicht heiterte sich auf, und ihre violetten Augen begannen zu leuchten. «Das kann ich prima gebrauchen nach den Aufregungen des Wochenendes.»

«Das will ich wohl meinen.» Er strahlte sie an. «Wir müssen uns einen guten Namen für den Jet ausdenken. Fällt dir einer ein?»

«Nein, aber ich werde eine Flasche Champagner mitbringen und ihn damit naßmachen, auch wenn wir keinen Namen haben», verkündete sie. Sie spürte den alten Schwindel, den Übermut, der sie immer befiel, wenn sie ihn nach einer Trennung wiedersah. Shane war der wichtigste Mensch in ihrem Leben geworden; mit ihm schien alles möglich. Die letzten Reste ihrer Schwermut fielen von ihr ab, als hätte sie nie existiert.

Shane zog sie vom Sofa hoch. «Ich habe Parker gesagt, wir gingen essen. Ich hoffe, du nimmst mir meine Eigenmächtigkeit nicht übel.» Er grinste jungenhaft und küßte sie auf die Stirn. Sein Gesicht wurde sofort wieder ernst. «Und jetzt mußt du mir alles vom Treffen mit John erzählen. Bei einer guten Flasche Wein und einem schönen Essen im *White Elephant* können wir darüber reden.»

49

Das Chalet war leer.

Emily bemerkte das sofort, als sie leichtfüßig die Treppen hinabeilte und in der runden Eingangshalle nicht die üblichen Morgengeräusche vernahm. Sonst hörte man immer Lachen und Reden oder das Radio, das im Hintergrund spielte. Aber an diesem Samstagmorgen Ende Januar waren alle fort.

Sie wandte sich nach links und ging ins Eßzimmer. Dort stand ihre Mutter vor dem Fenster, einen kleinen Spiegel in der Hand, und betrachtete zutiefst versunken ihr Gesicht.

«Guten Morgen, Mummy», rief Emily heiter von der Tür aus und kam ins Zimmer geschlendert.

Elizabeth drehte sich um und lächelte: «Ach, Emily, du bist es. Guten Morgen, Liebling.»

Emily küßte sie auf die Wange, nahm dann am langen, rustikalen Tisch Platz und griff nach der Kaffeekanne. «Wo sind sie denn alle?»

Einen Augenblick lang antwortete Elizabeth nicht und fuhr fort, sich im hellen Sonnenlicht zu betrachten, das durch das Fenster strömte. Dann setzte sie sich zu ihrer Tochter. «Die leidenschaftlichen Skiläufer sind natürlich schon längst weg, wie immer. Und Winston hast du knapp verpaßt. Er hat sich in letzter Sekunde zum Skilaufen entschlossen und ist dann losgerannt, um die anderen noch einzuholen. Offenbar hast du so fest geschlafen, daß er es nicht übers Herz gebracht hat, dich zu wecken. Er bat mich, dir zu sagen, daß ihr euch heute mittag sehen würdet.»

«Ich konnte einfach nicht aus dem Bett kommen», murmelte Emily und rührte in ihrer Tasse, wobei sie einen sehnsüchtigen Blick auf die Croissants warf. Sie rochen köstlich. Ihr lief das Wasser im Mund zusammen.

«Das wundert mich gar nicht. Es war schrecklich spät gestern, als die letzten endlich gegangen waren. Ich muß auch dafür büßen heute morgen . . .» Elizabeth brach ab und sah Emily kurz an: «Meinst du, daß ich meine Augenlider liften lassen sollte?»

Emily stellte lachend die Tasse hin, beugte sich über den Tisch und sah in die Augen ihrer Mutter. An solche Fragen war sie gewöhnt. Sie wußte, daß sie sie sehr ernst nehmen mußte. Sie schüttelte nachdrücklich den Kopf. «Nein, natürlich nicht. Deine Augen sind wunderschön.»

«Bist du sicher, Liebe?» Elizabeth hob den Spiegel und betrachtete sich noch einmal darin.

«Du meine Güte, Mummy, du bist doch eine Frau im besten Alter, erst 50 Jahre . . .»

«Nicht so laut, Liebling», murmelte Elizabeth. Sie legte den Spiegel auf den Tisch und fuhr fort. «Im Vertrauen gesagt, in letzter Zeit spiele ich mit dem Gedanken. Ich finde, meine Lider sehen ein bißchen faltig aus. Marc achtet sehr auf das Aussehen, und da ich schon älter bin als er . . .»

«Ich wußte gar nicht, daß er jünger ist, Mummy! Er sieht wahrhaftig nicht danach aus.»

Das schien Elizabeth aufzuheitern. Ihr Gesicht hellte sich auf. «Das höre ich gern, Emily, aber er ist leider doch jünger.»

«Wieviel denn?» Emily streckte die Hand nach einem Croissant aus, unfähig, der Versuchung noch länger zu widerstehen, und brach es in zwei Hälften.

«Fünf Jahre.»

«Ach Gott, das ist doch gar nichts. Laß das doch mit der Gesichtschirurgie, Mum, du bist eine schöne Frau und siehst keinen Tag älter aus als 40 Jahre.» Emily stieß ihr Messer in den sahnigen Butterhügel, verteilte die Butter großzügig auf der Croissanthälfte und gab Pfirsichmarmelade obendrauf.

Das lenkte Elizabeth von ihrer Nabelschau ab. Sie musterte ihre Tochter mißbilligend. «Das willst du doch nicht etwa essen, Liebling? Es ist eine Kalorienbombe.»

Emily grinste. «Natürlich esse ich das. Ich bin halb verhungert.»

«Emily, du solltest auf dein Gewicht achten. Du weißt, daß du zur Rundlichkeit neigst.»

«Ich werde eben hungern, wenn wir wieder zu Hause sind.»

Entgeistert schüttelte Elizabeth den Kopf, aber da sie wußte, daß es zwecklos war, mit Emily zu streiten, sagte sie nur: «Hast du gemerkt, wie Marc auf der Party gestern mit dieser französischen Gräfin geflirtet hat?»

«Nein, hab ich nicht. Aber er flirtet doch mit jeder, Mutter. Er kann's halt nicht lassen, und es hat auch nichts zu bedeuten, da bin ich sicher. Wenn du dir doch wegen dieses Mannes nicht immer solche Sorgen machen würdest. Er kann sich glücklich schätzen, dich zu haben.»

«Ich bin auch glücklich, ihn zu haben. Er ist sehr gut zu mir, der beste Ehemann, den ich je hatte, wenn du die Wahrheit wissen willst.»

Emily bezweifelte das, und bevor sie sich zügeln konnte, rief sie: «Und was ist mit *Daddy*? Er war wunderbar zu dir. Es ist jammerschade, daß du ihn verlassen hast.»

«Natürlich bist du voreingenommen, was Tony angeht. Er ist dein Vater. Aber du hast keine Vorstellung davon, wie es mit uns gewesen ist, Liebe. Am Ende, meine ich. Du warst noch sehr klein. Aber ich will mich jetzt nicht in Details meiner ersten Ehe ergehen, Emily.»

«Das ist sehr vernünftig von dir», entgegnete Emily mit einiger Schärfe und kaute weiter. Ihr war klar, daß sie sich auf gefährlichem Terrain befanden.

Elizabeth schwieg nun ebenfalls. Sie schenkte Kaffee ein, zündete sich eine Zigarette an und betrachtete ihre Tochter. Hübsch sah sie aus in ihrem smaragdgrünen Sweater und der gleichfarbigen Hose. Dadurch wirkten ihre Augen noch intensiver. Nach beinahe zwei Wochen in den französischen Alpen hatte ihr Haar einen helleren, strahlend blonden Ton bekommen und ihr zartes Gesicht eine leichte Bräune. Plötzlich war Elizabeth froh darüber, daß sie und Marc Daisys Einladung ins Chalet, das sie sich gemietet hatte, gefolgt waren. Es hatte ihr Spaß gemacht, mit ihren Kindern zusammenzusein, und es hatte sie sehr befriedigt zu sehen, wie sehr Marc sich um sie gekümmert hatte, besonders um Amanda und Francesca.

Zwischen zwei Bissen sagte Emily: «Ich glaube, ich fahre nachher noch in die Stadt. Ich brauche ein paar Sachen.»

«Das ist eine gute Idee, Liebling», erwiderte Elizabeth. «Dann kannst du mich vielleicht beim Friseur absetzen.»

Emily fing an zu lachen. «Das ist doch nicht nötig, Mummy, da warst du doch gestern erst.»

«Also Emily, wir wollen hier nicht über mein Haar diskutieren. Jeder kümmert sich um seine eigenen Angelegenheiten.»

«In Ordnung.» Emily lehnte sich vor, stützte die Ellbogen auf und sagte: «Vage erinnere ich mich, daß heute früh zu unchristlicher Stunde Amanda und Francesca unser Zimmer stürmten und Winston und mich mit Küssen überschütteten. Alexander hat sie wohl jetzt nach Genf abtransportiert – sie werden sich mit Händen und Füßen gewehrt haben.»

Elizabeth nickte. «Sie waren recht widerspenstig. Sie scheinen das Pensionat am Genfer See beide nicht zu mögen. Es ist mir unerfindlich, wieso. Aber sie haben sich beruhigt, als sie hörten, daß Daisy mit ihnen nach Genf fahren würde. Sie wollte noch ein bißchen einkaufen und entschloß sich, Alexander zu begleiten. Sie werden mit den Mädchen im *Hotel Richemond* essen, bevor sie sie in der Schule abliefern. Ich liebe dieses Hotel, Emily, und ich hab den Zwillingen versprochen, daß ich über Ostern aus Paris herüberkommen und ein paar Tage mit ihnen dort verbringen werde.» Dann fiel Elizabeth noch etwas ein, und ein warmes Lächeln trat auf ihr Gesicht. «Warum kommen du und Winston nicht mit Marc und mir? Als meine Gäste im *Richemond*? Das wäre doch prima, Emily.»

Emily war angenehm überrascht von dieser freundlichen Geste. «Eine reizende Idee, Mutter, sehr nett von dir, uns einzuladen. Ich frag Winston und sag dir nachher Bescheid.» Dann streckte sie die Hand nach dem nächsten Croissant aus.

«Bitte iß das nicht auch noch, Liebling!»

Etwas beschämt zog Emily die Hand zurück. «Ja, du hast recht. Es sind schreckliche Dickmacher.» Sie erhob sich. «Ich geh jetzt nach oben und mach mich stadtfein. Wenn ich hier sitzenbleibe und mit dir plaudere, räume ich noch das ganze Tablett ab.»

«Ich komme auch mit», sagte Elizabeth. «Ich möchte mich umziehen.»

Emily stöhnte. «Aber du siehst doch prima aus, Mummy. Wozu die Umstände . . . du willst doch bloß zum Friseur.»

«Man kann nie wissen, wem man über den Weg läuft», konterte Elizabeth. Dann sah sie auf ihre Armbanduhr und fügte hinzu: «Es ist noch nicht elf. Ich brauche höchstens eine halbe Stunde, das verspreche ich.»

Zu Emilys Erleichterung hielt ihre Mutter diesmal Wort, und kurz nach halb zwölf warfen sie den Wagen an und ließen das Chalet hinter sich. Es befand sich in einem kleinen Weiler am Rande von Chamonix, der reizenden alten Stadt am Fuß des Montblanc. Das Tal von Chamonix, zur einen Seite vom Montblanc begrenzt, zur anderen von der Kette der Aiguilles Rouges, war wie eine natürliche Plattform, von der aus man den höchsten Berg Europas sehen konnte. Emily sah nach vorn zum Montblanc, und sie war überwältigt von seiner majestätischen Würde. Sein glitzernder, schneebedeckter Gipfel erhob sich in einen hohen, tiefblauen Himmel, an dem bei strahlendem Sonnenschein weiße Lämmerwölkchen trieben.

Als könne sie die Gedanken ihrer Tochter lesen, rief Elizabeth aus: «Eindrucksvoll, nicht wahr, Emily? So ein wunderschöner Tag.»

«Ja», stimmte Emily zu. «Bestimmt sind unsere Skihasen auf der Piste ganz in ihrem Element.» Sie warf ihrer Mutter einen raschen Seitenblick zu. «Ach, sag mal, ist Marc eigentlich mit Onkel David und den anderen gegangen?»

«Ja, Maggie auch.»

«Oh», sagte Emily überrascht. «Ich dachte, sie wäre mit Alexander nach Genf unterwegs.»

«Sie wollte lieber Ski laufen, weil sie morgen schon nach London zurückfahren.»

«Jan und Peter kommen auch mit, hat Jan mir gestern abend gesagt», bemerkte Emily, wobei sie sich auf die einzigen in der Gruppe bezog, die nicht zur Familie gehörten, sondern Hausgäste ihrer Tante und ihres Onkels waren.

«Ich habe versucht, sie noch zum Bleiben zu überreden», sagte Elizabeth. «Sie gefallen mir, und Peter ist so charmant.»

«Peter Coles! Also Mummy, du hast wirklich einen seltsamen Geschmack. Ich finde ihn unerträglich langweilig und aufgeblasen.» Emily kicherte. «Aber er schenkt dir besonders viel Beachtung, und in den zehn Tagen, die wir nun hier sind, habe ich Marc mehr als einmal dabei ertappt, wie er ihm bitterböse Blicke zugeschossen hat. Ich glaube, der alte Franzmann ist verflixt eifersüchtig.»

«Bitte bezeichne Marc nicht als ‹alten Franzmann›, Liebling, das ist ebenso unfreundlich wie unpassend», tadelte Elizabeth sie. Aber dann lachte sie wieder gutgelaunt. «Also du meinst, Peter macht Marc eifersüchtig. Das ist schön. Mmmm.»

«Ja, sehr.» Emily lächelte in sich hinein. Wie glücklich ihre Mutter über diese unbedeutende Neuigkeit war. Aber vielleicht war sie nicht unbedeutend für sie. Die Arme war ganz verrückt nach Marc Deboyne. Dieser Leisetreter, dachte Emily. Sie verabscheute ihn und traute ihm kein bißchen über den Weg.

Elizabeth erging sich jetzt in einer glühenden Laudatio der mannigfaltigen Vorzüge ihres Mannes. Emily nickte und gab von Zeit zu Zeit kleine, zustimmende Laute von sich, aber sie hörte nur halb hin. Elizabeth konnte einem auf die Nerven gehen, wenn sie solche endlosen Albernheiten vom Stapel ließ. Emily war froh, als Chamonix in Sicht kam.

Sie parkten den Citroën und schritten dann flott einen der großen Boulevards entlang, auf den kleinen Marktplatz zu, wo der Friseursalon war. Vor dem Eingang fragte Emily: «Wie lange wirst du brauchen?»

«Ach, ein Stündchen, Liebe. Nur Auskämmen. Warum treffen wir uns nicht in dem kleinen Bistro da schräg gegenüber. Dann können wir einen Aperitif zu uns nehmen, bevor wir zum Chalet zurückfahren.»

«Gut. Also bis dann, Mummy.»

Emily schlenderte gemächlich umher und besah sich die Schaufenster. Sie wollte nur wenige Dinge besorgen und hatte eine Stunde Zeit, daher war sie nicht in Eile. Nachdem sie über den Marktplatz geschlendert war, ging sie den Boulevard hinab und betrat eine Boutique, die ausgefallene Après-Ski-Kleidung verkaufte. Die Verkäuferinnen dort kannten sie schon, und sie verbrachte zwanzig Minuten damit, mit ihnen zu plaudern und festliche Oberteile anzuprobieren, von denen ihr aber keines gut genug gefiel, um es zu kaufen.

Dann wanderte Emily weiter zur Apotheke, erstand dort ein paar Kleinigkeiten, verstaute sie in ihrer Schultertasche und verließ das Geschäft. Langsam machte sie sich auf den Rückweg.

Zu ihrem Erstaunen sah sie plötzlich Marc Deboyne auf sich zukommen. Er war in Eile, machte ein abwesendes Gesicht und hatte sie offensichtlich nicht bemerkt.

Als sie auf gleicher Höhe waren, sagte Emily kühn: «Welch Überraschung, dich zu sehen, Marc. Mummy meinte, du seist Skilaufen gegangen.»

Marc, in einem unachtsamen Augenblick erwischt, war überrascht und verlegen. Doch er faßte sich schnell wieder. «Ah, Emiliii,

Emiliii, meine Liebe», rief er und ergriff sie beim Arm. «Ich habe es mir anders überlegt und bin lieber spazierengegangen. Ich habe Kopfschmerzen.»

Emily beugte sich näher zu ihm heran und sagte spitz: «Das ist nicht das einzige, was du hast, Marc. Du hast auch Lippenstift am Kragen deines Sweaters.»

Er lächelte nachsichtig, aber seine Augen schossen Blitze. «Emiliii, was willst du damit sagen? Es ist zweifellos der Lippenstift deiner Mutter», kicherte er.

Sie überhörte dies und sagte mit seidenweicher Stimme: «Mummy ist beim Friseur. Ich treffe sie um eins im Bistro gegenüber auf einen Drink. Sie wäre sicher enttäuscht, wenn du nicht auch kämest.»

«Ich würde Elizabeth doch nicht enttäuschen wollen. Natürlich werde ich euch da treffen. Ciao, Emiliii.» Er machte einen merkwürdigen kleinen Diener und entfernte sich schnellen Schrittes.

Emily starrte ihm nach, sah ihn die Straße überqueren und dann in eine Seitenstraße einbiegen. Sie fragte sich, wo er wohl hinging. Der Mistkerl, dachte sie. Bestimmt hat er's mal eben schnell mit dieser gräßlichen Gräfin getrieben, mit der von der Party gestern abend, die genausowenig eine Französin ist wie ich. Emily zog eine angewiderte Grimasse, machte dann auf dem Absatz kehrt und ging auf die Suche nach einem Zeitungsgeschäft die Straße hoch. Innerhalb von Minuten hatte sie eins gefunden, blätterte durch die neuesten Magazine und versuchte, die Zeit totzuschlagen. Schließlich sah sie auf die Armbanduhr und stellte fest, daß es fast eins war: Zeit, ihre Mutter zu treffen. Sie ging zu dem Metallständer, in dem die bunten Ansichtskarten von Chamonix steckten, suchte sich vier aus und bezahlte.

Dann verstaute sie das Wechselgeld und die Karten in der Schultertasche und lächelte der Verkäuferin zu. *«Merci, Madame.»*

Die Frau wollte gerade antworten, hielt aber abrupt inne und begann zu lauschen. Es ertönte ein leises Grollen, das die Luft um sie herum erzittern ließ und im Bruchteil einer Sekunde zu einem ohrenbetäubenden Donnern anschwoll.

«Das klingt ja wie eine Explosion!» rief Emily erschrocken.

Die Frau starrte sie entsetzt an und schrie zurück: «Nein! Eine Lawine!» Sie wirbelte herum und griff nach dem Telefon.

Ihre Tasche an sich pressend, rannte Emily auf die Straße hinaus.

Die Türen der Geschäfte gingen auf und Leute kamen herausgerannt; in allen Gesichtern stand Panik geschrieben.

«Eine Lawine!» schrie ein Mann Emily zu und wies in Richtung Montblanc, während er an ihr vorbeirannte.

Emily starrte wie gelähmt auf das Schauspiel, das sich ihr bot. Sogar aus dieser Entfernung konnte sie riesige Schneefelder den Hang herabrutschen sehen, der halbe Berg schien in einer enormen Schneewolke herabzustürzen. Eine gigantische Lawine formte sich, gewann an Geschwindigkeit und fegte alles beiseite, was ihr in den Weg kam. In die klare Luft stiegen riesige Schneewolken auf.

Zwei Polizeiwagen rasten mit heulenden Sirenen in halsbrecherischem Tempo die Straßen entlang. Das hohe Jaulen hob den hypnotischen Bann auf, der Emily umfangen hatte. Sie blinzelte ein paarmal, und dann war es plötzlich, als sei alles Blut aus ihr gewichen. *Winston* war dort oben. *Alle* waren dort oben. David. Philip. Jim. Maggie. Jan und Peter Coles.

Sie begann am ganzen Leib zu zittern und konnte sich nicht von der Stelle rühren. Die Knie wurden ihr weich, als die Angst sie mit überwältigender Macht ergriff. «O Gott! Winston!» rief Emily laut. «Winston! O Gott! Nein!»

Als triebe der Klang ihrer eigenen Stimme sie plötzlich an, fing sie an zu laufen und raste mit klopfendem Herzen die Straße entlang, auf die Talstation der Seilbahn zu, die nicht weit entfernt war. Sie versuchte die Tränen zu unterdrücken. O Gott, laß Winston in Sicherheit sein! Bitte laß Winston in Sicherheit sein! Und die anderen auch! Laß sie alle gerettet sein! O Gott, mach, daß keiner von ihnen tot ist!

Jetzt erst bemerkte Emily die anderen Läufer neben sich, die ebenfalls der Seilbahn zustrebten, die jetzt in Sichtweite kam. Ein Mann rempelte sie an, während er sich durch die laufende Menge drängte, und beinähe wäre sie hingefallen. Aber sie fand das Gleichgewicht wieder und lief weiter, von ihrer Angst vorwärtsgepeitscht.

Sie meinte, das Herz müsse ihr zerspringen, als sie schließlich an der Talstation ankam. Sie blieb stehen und rang nach Luft. Sie preßte die Hand gegen die Brust. Aus ihrer Kehle drang ein krächzendes Geräusch. Sie lehnte sich an eines der Polizeiautos, die dort geparkt hatten, und suchte in ihrer Schultertasche nach einem Taschentuch. Dann wischte sie sich das schweißüberströmte Gesicht ab und versuchte, ihre taumelnden Sinne zu beruhigen.

Nach ein paar Sekunden ging ihr Atem wieder ruhiger. Sie richtete sich auf, sah sich um und ließ ihren Blick über die Menge schweifen, die sich eilig hier versammelt hatte.

Gegen jede Vernunft hoffte sie, daß Winston schon abgefahren war, bevor die Lawine herabging; sie betete, daß er unter den zahllosen Touristen und Ortsansässigen steckte, die hier herumwimmelten. Sie drängte sich in die Menge, ließ ihren Blick hierhin und dorthin schweifen und hielt voller Verzweiflung Ausschau nach ihm. Die Angst lag ihr wie ein Stein im Magen. Er war nirgends zu sehen.

Emily wandte sich ab und preßte in Panik die Hände vor den Mund. Sie taumelte zum Polizeiauto zurück und lehnte sich gegen die Motorhaube. Das Herz krampfte sich ihr zusammen. Wie konnte jemand diese Lawine überlebt haben? Sie war mit solcher Wucht heruntergekommen, daß sie alles zerquetscht haben mußte, was ihr im Wege stand. Emily schloß die Augen.

Plötzlich ergriffen sie zwei starke Arme und zogen sie hoch.

«Emily! Emily! Ich bin's!»

Sie riß die Augen auf und fuhr herum. Es war Winston. Sie griff sich seine Skijacke. Zitternd vor Erleichterung krallte sie sich in seine Skijacke, und dann verzerrte sich ihr Gesicht, und sie brach in Tränen aus.

Winston hielt sie eng an sich gepreßt, stützte ihren kraftlosen Körper und flüsterte ihr tröstende Wort ins Ohr. «Ist ja gut, ist ja schon gut», sagte er immer wieder.

«Gott sei Dank! Gott sei Dank!» stieß Emily atemlos hervor. «Ich dachte, du seist tot. O Winston, Gott sei Dank bist du noch am Leben.» Forschend sah sie in sein besorgtes Gesicht. «Und die anderen?» sagte sie dann, aber als sie seine finsteren Augen und die zusammengebissenen Zähne sah, packte sie von neuem der Schrecken.

«Ich weiß nicht, ob sie gerettet sind oder nicht. Ich kann es nur hoffen. Ich bete darum», sagte Winston und legte den Arm um sie.

«Aber du . . .»

Winston unterbrach sie: «Ich bin heute morgen nicht Skifahren gegangen. Als ich hier ankam, habe ich knapp eine Gondel verpaßt. Ich wartete eine Weile auf die nächste, aber dann bekam ich's satt. Ich hatte sowieso einen kleinen Kater und fühlte mich nicht auf dem Damm. Also ging ich in die Stadt. Ich kaufte ein paar englische

Zeitungen, setzte mich in ein Café und trank etwas. Als mir wieder besser zumute war, war es zu spät zum Skilaufen, also hab ich ein bißchen eingekauft. Ich stand gerade auf dem Parkplatz und verstaute alles im Auto, da hörte ich den Schlag. Es klang wie eine Dynamitexplosion. Ein Amerikaner neben mir brüllte etwas von einer Lawine und daß seine Tochter auf der Piste sei, dann rannte er los. Ich folgte ihm, da ich ja wußte –» Winston schluckte – «wußte, daß alle aus dem Chalet dort oben sind.»

In Emily stieg ein unerwarteter Hoffnungsschimmer auf. «Vielleicht sind sie woanders gelaufen», rief sie.

Winston schüttelte den Kopf. Sein Gesicht war starr.

Emily packte ihn am Arm: «Oh, Winston!»

Er redete beruhigend auf sie ein: «Emily, du mußt jetzt stark sein, sehr tapfer . . .» Er brach ab und drehte sich um. Jemand hatte seinen Namen gerufen. Er sah Marc Deboyne und Elizabeth auf sich zulaufen und winkte.

Elizabeth warf sich Winston beinahe an den Hals und umarmte ihn weinend. «Du bist gerettet, du bist gerettet. Ich hatte solche Angst um dich, Winston.» Mit aufgerissenen Augen sah sie ihn an. In ihrem bleichen Gesicht stand der Schrecken, aber sie versuchte, sich zu beherrschen. Dann schloß sie Emily in die Arme und sagte: «Und was ist mit den anderen, Winston? Hast du sie gesehen?»

«Nein. Ich bin heute morgen nicht Skilaufen gegangen. Ich hab's mir anders überlegt.»

Plötzlich wurde es lebendig um sie herum. Sie drehten sich um. Die Rettungsteams waren eingetroffen. Bergwacht mit Rucksäcken und Schäferhunden. Außerdem versammelten sich nun weitere Polizisten, zahlreiche Soldaten und die Angehörigen der Stadtverwaltung auf dem Vorplatz der Talstation.

«Ich werde mich mal erkundigen gehen», murmelte Marc.

Ein paar Minuten später kam er zurück und erklärte: «Die Rettungsmannschaften steigen jetzt hoch. Sie haben die modernste Ausrüstung in diesen Rucksäcken – Geräte zum Sondieren und Aufspüren der Opfer. Und dann sind da noch die Hunde. Wir müssen hoffen.»

«*Gibt* es denn Hoffnung?» fragte Winston leise.

Marc zögerte. Er war versucht, zu lügen. Doch dann beschloß er, die Wahrheit zu sagen. «Nicht viel», murmelte er leise. «Die Lawine ist anscheinend mit ungeheurer Geschwindigkeit heruntergekommen, und dann diese Gewalt, das Gewicht des Schnees! Dennoch –» er lächelte aufmunternd – «gibt es Leute, die Lawinen und so schlimme Schneestürze wie diesen überlebt haben. Es kommt ganz darauf an, wo auf der Piste man sich befindet, wenn es losgeht. Wer ziemlich weit unten ist, hat die größte Chance, vorausgesetzt, er weiß, daß man seine Skier und Stöcke wegwerfen und Schwimmbewegungen mit den Armen ausführen muß. Dann schafft man vor sich ein Luftloch. Auch, wenn man vom Schnee umgeworfen wird, ist es wichtig, daß man diese Bewegungen ausführt, um Lufttaschen um den Körper herum zu schaffen. Manche Leute haben tagelang unter dem Schnee gelegen und überlebt – weil sie diese Lufttaschen hatten.»

«David, Jim und Philip sind ja erfahrene Skiläufer, aber *Maggie* . . .» warf Emily besorgt ein.

Elizabeth unterdrückte einen Ausruf der Angst. Atemlos sagte sie: «Wir müssen Mut haben und hoffen. Laßt uns nicht so viel darüber sprechen – das macht mich nervös. Ich muß am Glauben festhalten, daß sie *alle* am Leben sind.»

Schützend legte Marc den Arm um sie. «Du hast recht, *chéri*. Wir müssen optimistisch sein.»

Winston wandte sich an Emily: «Ich finde, du solltest dich mit deiner Mutter in eins dieser Cafés in der Nähe setzen. Wartet da. Hier könnt ihr doch nichts ausrichten.»

«Nein!» protestierte Emily heftig und funkelte ihn an. «Ich möchte bei dir bleiben. Bitte, Winston.»

«Ja, wir sollten hierbleiben», fand auch Elizabeth. Sie schneuzte sich und fand ihre Haltung wieder. Stumm begann sie zu beten.

Genau eine Stunde, nachdem die Lawine heruntergekommen war, fuhren die Rettungsmannschaften mit den Hunden in der Seilbahn herauf.

Eine weitere Stunde später kamen sie mit den ersten acht Gefundenen wieder. Fünf von ihnen waren tot. Drei waren wie durch ein Wunder gerettet worden. Zwei davon waren junge Mädchen, einer ein Mann.

«Es ist Philip!» schrie Emily, riß sich von Winston los und rannte zu ihrem Cousin hinüber.

Philip wurde von einem der Retter gestützt. Während er zu ihr hinüberhinkte, bemerkte Emily, daß sein Gesicht zerkratzt und mit verkrustetem Blut bedeckt war und daß seine sonst so strahlenden blauen Augen stumpf ins Leere blickten. Aber ansonsten schien er keine schweren Verletzungen erlitten zu haben.

«Philip!» rief Emily. «Gott sei Dank, du bist gerettet! Hast du dich verletzt, fehlt dir etwas?»

Er schüttelte den Kopf. Trotz seines merkwürdig glasigen Blicks erkannte er sie und streckte die Hand nach ihr aus.

Sogleich bildeten Winston, Elizabeth und Marc einen Kreis um ihn und bombardierten ihn mit Fragen. Doch Philip schüttelte bloß hilflos den Kopf und schwieg.

Es dauerte lang, bis er endlich etwas herausbrachte. «Dad? Maggie? Die anderen?» stieß er heiser hervor.

«Wir haben noch nichts gehört», sagte Winston.

Philip schloß die Augen und ließ sich von einem der Helfer zur Erste-Hilfe-Station geleiten.

Winston wandte sich an Emily und sagte: «Du solltest mit deiner Mutter Philip begleiten, Süße. Marc und ich werden hier warten. Wenn ihr euch vergewissert habt, daß er keine inneren Verletzungen hat, möchte ich, daß ihr drei zum Chalet zurückfahrt.»

Emily wollte protestieren, aber Winston schnitt ihr das Wort ab. «Bitte, Emily, diskutiere hier jetzt nicht herum. Kümmere dich um Philip. Und jemand sollte unbedingt im Chalet sein, wenn Daisy und Alexander aus Genf zurückkommen.»

«Gut.» Emily fügte sich, denn sie sah, daß er recht hatte. Sie gab ihm einen Kuß und lief hinter ihrer Mutter her, die schon mit Philip und dem Helfer vorausgegangen war.

Winston und Marc standen noch eine weitere Stunde unablässig rauchend herum und warteten; ab und zu wechselten sie ein paar Worte miteinander oder sprachen mit den zahlreichen Leuten, die mit ihnen traurige Wache hielten.

Die Rettungsteams fuhren unablässig in den Gondeln auf und ab. Vier weitere Überlebende wurden in Sicherheit gebracht, gefolgt von neun Menschen, für die jede Hilfe zu spät gekommen war.

Um vier Uhr kam eine Rettungsmannschaft zurück, die fast endlos in den höheren Regionen des Berges gesucht hatte. Sie brachten fünf weitere Urlauber mit, die von der Lawine überrascht worden waren. Schnell verbreiteten sich die schlechten Nachrichten. Alle waren tot.

«Wir müssen hingehen und nachsehen», sagte Winston, warf seine Zigarette weg und trat sie mit dem Fuß aus. Er holte tief Luft und wandte sich an Marc. «Kommst du mit?»

«Ja, Winston. Es hat keinen Sinn, das aufzuschieben.»

Die Leichen hatte man auf Bahren gebettet. Einen knappen Meter von ihnen entfernt hielt Winston plötzlich inne. Alle Kraft verließ ihn. Er fühlte Marcs starke Hand unter seiner Achsel und hörte den Franzosen kummervoll sagen: «Es tut mir so leid.»

Winston konnte nicht sprechen.

Er sah auf die fünf Menschen dort auf den Bahren hinunter. Zwei von ihnen kannte er nicht, aber die anderen drei . . . einen Augenblick lang verschwamm ihm alles vor Augen. Es schien unmöglich, daß sie tot sein sollten. Vor ein paar Stunden noch hatten sie alle zusammen beim Frühstück gelacht.

Er zog scharf die Luft ein und wischte sich die feuchten Augen. Dann ging er, um die Leichen von David Amory, Jim Fairley und Maggie Barkstone zu identifizieren.

50

Shane O'Neill stand in der Küche seiner Scheune in New Milford und wartete darauf, daß der zweite Topf Kaffee durchlief.

Dann steckte er sich eine Zigarette an, griff nach dem Wandtelefon und wählte die Nummer der Farm. Als sich Elaine Vickers meldete, sagte er gutgelaunt: «Ich wünsch dir einen wunderschönen Morgen.»

«Hallo, Shane», sagte Elaine. «Wir dachten, du würdest dieses Wochenende nicht kommen, als du gestern abend nichts von dir hast hören lassen. Aber Sonny hat dein Auto heute morgen gesehen, daher wußten wir, daß du es doch noch geschafft hast.»

«Wir sind erst so spät gekommen», erklärte Shane. «Bei euch war schon alles dunkel, da wollte ich euch nicht wecken. Paula ist erst am frühen Abend aus Texas gekommen, und es war nach neun, als wir losfuhren. Tut mir leid, daß ich nicht eher angerufen habe, aber es hat etwas länger gedauert, bis wir heute morgen aus dem Bett kamen.»

Elaine lachte. «Das würde ich auch sagen – es ist fast Mittag. Aber wo ihr beiden so viel arbeitet, dürft ihr euch auch einmal entspannen. Ihr kommt doch hoffentlich heute abend zum Essen? Wir haben uns schon die ganze Woche darauf gefreut.»

«Um halb acht sind wir da, wie verabredet», beruhigte Shane sie.

«O Shane, du mußt mich jetzt leider entschuldigen», rief Elaine. «Mein Brot verbrennt, wenn ich es nicht sofort herausnehme. Also bis heute abend.»

«Bis dann, Elaine.» Shane legte auf und drückte seine Zigarette aus. Dann ging er zum Spülbecken, wusch zwei Tassen ab und trocknete sie. Er wollte gerade Kaffee einschenken, als das Telefon klingelte. Er stellte den Kaffeetopf ab und nahm den Hörer auf. «Hallo?»

Am anderen Ende meldete sich niemand, man vernahm nur atmosphärisches Rauschen und ein hohlklingendes Echo. «Hallo? Hallo?» rief Shane jetzt lauter.

Schließlich ließ sich eine gedämpfte Stimme vernehmen. «Ich bin's, Winston. Ich rufe aus Chamonix an. Kannst du mich verstehen, Shane?»

«Ja, jetzt geht's. Winston! Wie . . .»

Winston unterbrach ihn. «Etwas Schreckliches ist hier passiert, Shane, und ich weiß nicht, wo ich Paula erreichen kann, und außerdem wollte ich sowieso lieber zuerst mit dir reden.»

Shane umklammerte den Hörer fester und runzelte die Stirn. «Sie ist hier und verbringt mit mir das Wochenende. Was ist denn los, Winston?»

«Es hat hier am Montblanc eine katastrophale Lawine gegeben, heute gegen ein Uhr mittags, die schlimmste seit Jahren», fing Winston an. «Einige Familienmitglieder sind umgekommen.» Winston brach ab und konnte nicht weitersprechen.

«O Gott!» Shane lehnte sich an die Wand und war auf das Schlimmste gefaßt.

Tausende von Meilen entfernt stand Winston Harte am Fenster des Eßzimmers im Chalet außerhalb von Chamonix und sah ins Weite. Der Montblanc erhob sich mächtig vor dem sich verdunkelnden Himmel und sah jetzt in der Dämmerung so friedlich aus, nach all der Zerstörung, die er vor kaum fünf Stunden angerichtet hatte. Winston faßte sich und sagte beherrscht: «Tut mir leid, daß ich eben die Nerven verloren habe. Heute war der schlimmste Tag meines Lebens.» Dann holte Winston tief Luft und überbrachte seinem Freund die tragische Nachricht.

Shane fühlte sich, als hätte ihn eine riesige Faust niedergeschlagen, und zehn Minuten später, als Winston schließlich aufgelegt hatte, war ihm immer noch schwindlig. Er stand da, mit der Hand am Telefon, und starrte ins Leere. Er zwinkerte im hellen Sonnenlicht, das durch die Fenster einfiel. Wie alltäglich alles in dieser Küche aussah. So friedvoll, so ruhig. Und draußen war ein so schöner Tag. Der Himmel war strahlend blau und klar, keine einzige Wolke war zu sehen, und die Sonne schien. Aber da drüben in Frankreich mußte die Familie, der er sein Leben lang immer nahegestanden hatte, mit unvermutetem Tod und Schmerz fertig werden. Wie schnell und unerwartet das Leben sich geändert hatte, beinah im Bruchteil einer Sekunde. O Gott, wie bringe ich es bloß Paula bei, woher nehme ich die Worte?

Er hörte sie draußen in der Halle und drehte sich schnell zur Tür um, blieb dann ganz still stehen und wartete. Lächelnd trat sie in die Küche. «Das ist aber das letzte Mal, daß ich dich bitte, Kaffee zu kochen», sagte sie scherzhaft. «Du hängst ewig am Telefon. Wer war es denn, Liebling?»

Shane tat einen Schritt auf sie zu. Er versuchte etwas zu sagen, aber er brachte kein Wort heraus.

«Du siehst ja so merkwürdig aus, Shane. Was ist denn los?» fragte Paula.

Er legte ihr den Arm um die Schultern, schob sie aus der Küche ins große Wohnzimmer und führte sie zum Kamin. Wieder, und diesmal dringlicher, fragte sie: «Shane, was ist denn passiert? Bitte sag es mir.»

«Ja, ja, gleich», sagte er heiser, drückte sie aufs Sofa und setzte sich neben sie. Er nahm ihre Hände, hielt sie fest, und sah ihr ins Gesicht, auf dem sich Sorge und plötzliche Angst abzeichneten.

«Ich habe soeben eine schlechte Nachricht bekommen, eine sehr schlechte Nachricht, Paula, mein Liebling», sagte er. «Winston hat angerufen. In Chamonix ist ein schrecklicher Unfall passiert. Drei Familienmitglieder sind bei einem Lawinenunglück ums Leben gekommen.»

Paula starrte ihn entsetzt an. Die Farbe wich aus ihrem Gesicht. Sie wurde kalkweiß. *«Wer?»* flüsterte sie mit erstickter Stimme.

Shanes Griff wurde fester, seine Finger taten ihr weh. «Du mußt tapfer sein, mein Liebling», sagte er. «Sehr tapfer. Ich bin hier, ich werd dir helfen.» Er machte eine Pause, schluckte schwer und suchte nach den richtigen Worten. Aber die gab es nicht, das wußte er.

Paula, in deren Gehirn sich alles überschlug, dachte an die leidenschaftlichsten Skiläufer der Gruppe. Laut rief sie aus: «Nicht Daddy? *Doch nicht mein Vater?*»

Shane nickte. «Es tut mir so leid, mein Liebling», murmelte er leise.

Einen Augenblick lang war Paula sprachlos. Sie sah Shane wie gelähmt an, als hätte sie ihn nicht verstanden.

Ihm wurde klar, daß es gütiger war, ihr ohne weiteren Aufschub alles auf einmal zu sagen, und so fuhr er fort: «Paula, ich weiß nicht, wie ich dir das beibringen soll. Ich bin untröstlich, aber Jim und Maggie sind auch umgekommen. Sie waren mit deinem Vater zusammen oben auf dem Berg, als es passierte.»

«Nein!» sagte sie. «Nein!» Sie entriß ihm ihre Hände, preßte sie auf den Mund und blickte wild im Zimmer umher, als wolle sie vor dieser schrecklichen Neuigkeit davonlaufen. Dann sprang sie auf und schrie mit irrer Stimme: «Es kann nicht sein! *Nein!* Es kann einfach nicht sein! O Gott! *Philip. Mein Bruder*. War er ...»

«Ihm geht es gut», rief Shane, der ebenfalls aufgesprungen war, und schlang seine Arme um sie. «Alle anderen sind wohlauf, mit Ausnahme von Jan und Peter Coles. Die beiden hat man noch nicht gefunden.»

Paula machte sich heftig los. Schmerz und Entsetzen standen ihr ins Gesicht geschrieben. Sie begann heftig zu zittern, aber als Shane erneut die Hand nach ihr ausstreckte und sie trösten wollte, riß Paula sich wieder los und bewegte ihren Kopf ruckartig von einer Seite auf die andere. Dann schlang sie plötzlich die Arme um den Körper und krümmte sich vor Schmerz. Dabei stieß sie leise, aber schrille Laute hervor wie ein erschrecktes, gequältes Tier. Es war eine Totenklage, die kein Ende nehmen wollte. Kummer und Schrecken überkamen sie wieder und wieder, gingen über sie hin wie gigantische Flutwellen und umschlossen sie schließlich. Ohnmächtig stürzte sie zu Boden.

Der Privatjet von *O'Neill Hotels International* durchschnitt den dunklen Nachthimmel hoch über dem Kanal. Er steuerte direkt auf London zu, wo er nach einem siebenstündigen Transatlantikflug landen würde.

Shane saß Paula gegenüber, die mit leichten Wollplaids zugedeckt auf einer Liege lag. Er behielt sie ständig im Auge. Manchmal beugte er sich über sie und sprach sanft auf sie ein. Das hatte er den ganzen unruhigen, langen Flug über getan. Ruhelos warf Paula sich hin und her, obwohl sie in regelmäßigen Abständen Beruhigungsmittel bekommen hatte, seit ihr die Nachricht über die Tragödie in Chamonix überbracht worden war.

Der Arzt, den Shane sofort nach Paulas Zusammenbruch geholt hatte, hatte einen schweren Schock diagnostiziert, ihr eine Spritze gegeben und Shane eine kleine Schachtel mit Beruhigungstabletten in die Hand gedrückt.

Shane hatte schnell begriffen, daß Paula sich gegen die Tranquilizer wehrte, genauso, wie sie sich gegen seinen Trost gewehrt hatte.

Zweimal hatte sie über dem Atlantik versucht, mit vor Angst und Panik geweiteten Augen, von der Liege herunterzukommen. Einmal hatte sie sich übergeben und so lange erbrochen, bis sie nichts mehr im Magen hatte. Er hatte ihr mit unendlicher Geduld, Liebe und Zärtlichkeit zur Seite gestanden, ihr geholfen, wo er konnte, tröstliche Worte geflüstert und versucht, ihr zumindest physisches Wohlbefinden zu verschaffen.

Nun, da er sie beobachtete, machte Shane sich noch mehr Sorgen. Sie war weder zusammengebrochen noch hatte sie auch nur einmal geweint, und das war untypisch für eine empfindsame Frau wie Paula. Sie war auch nicht ansprechbar gewesen, und es waren diese merkwürdige, anhaltende Stille und der wilde, fiebrige Glanz ihrer Augen, die ihn am meisten ängstigten.

Er sah auf die Uhr. Gleich würden sie landen. Sein Vater und Miranda erwarteten sie mit Harvey Langen, Paulas Londoner Arzt, und einem privaten Krankenwagen. Gut, daß es Harvey gibt, dachte Shane. Er wird sicher wissen, was zu tun ist, und ihr die beste Behandlung angedeihen lassen. Aber dann fragte er sich, wie ein Arzt den überwältigenden Kummer und Schmerz behandeln sollte, den sie gerade empfand, und kläglich mußte er sich eingestehen, daß es darauf keine Antwort gab.

Shane saß mit seiner Schwester Merry im kleinen Arbeitszimmer der Wohnung am Belgrave Square. Er sah niedergeschlagen aus und trank schon seine dritte Tasse Kaffee.

Parker, der Butler, hatte vor kurzem das Frühstück gerichtet, aber niemand hatte einen Bissen essen können, und Shane hatte eine Zigarette nach der anderen geraucht, seit er das Zimmer betreten hatte.

Bryan O'Neill, der den Arzt hinausbegleitet hatte, kam nun zurück, legte seinem Sohn die Hand auf die Schulter und sagte optimistisch: «Du hast dich geirrt, Shane. Harvey sagt, Paula sei nicht im katatonischen Schockzustand. Sie steht unter Schock, das sehen wir ja alle, aber Harvey meint, sie würde sich bis heute abend oder spätestens morgen erholt haben.»

Shane sah seinen Vater an und nickte. «O Gott, hoffentlich, Dad. Ich kann's nicht ertragen, sie so leiden zu sehen. Wenn sie nur mit mir reden würde.»

«Hab noch ein wenig Geduld», sagte Bryan und ließ sich seufzend in einem Sessel nieder. «Solch eine Katastrophe ist etwas besonders Schlimmes, und ein plötzlicher Tod, ein plötzlicher Verlust, ist immer sehr schwer zu verkraften.»

«Wenn ich nur wüßte, wie ich ihr helfen könnte», rief Shane. «Aber ich bin mit meinem Latein am Ende. Ich konnte zu keinem Zeitpunkt an sie herankommen, und doch weiß ich, daß sie furchtbar leidet. Ich muß ihren Schmerz und Kummer lindern helfen.»

«Wenn irgendwer ihr helfen kann, dann bist du es, Shane», sagte Miranda. «Du stehst ihr am nächsten, und vielleicht ist sie schon aus dem Schock heraus, wenn du heute abend wiederkommst, so wie Harvey prophezeit hat. Dann kannst du sie trösten und ihr sagen, daß sie nicht allein ist, daß sie dich hat.»

Shane starrte seine Schwester an. «Wie meinst du das, ‹wenn ich heute abend wiederkomme?› Ich werde sie nicht allein lassen. Ich bleibe hier, bis sie die Tranquilizer ausgeschlafen hat.»

«Dann bleibe ich auch hier», verkündete Merry. «*Ich* will nicht, daß *du* allein bleibst.»

Bryan, der dem Wortwechsel zwischen seinen Kindern aufmerksam gelauscht hatte, verstand plötzlich so vieles, das ihn schon lange verwundert hatte. Langsam sagte er: «Shane, ich habe nicht gewußt – es war mir nicht klar, daß du Paula so sehr liebst.»

«Liebst», wiederholte Shane fast verwundert und sah erstaunt zu seinem Vater hinüber, «Dad, sie ist mein Leben.»

«Ja», erwiderte Bryan. «Ja, Shane, seit heute weiß ich das. Sie wird sich erholen, bitte glaub mir das. Menschen haben eine enorme Kraft in schwierigen Lebensphasen, Paula macht da keine Ausnahme. Sie ist sogar stärker als die meisten anderen – eine der stärksten Frauen, die ich kenne. Es steckt viel von Emma in ihr. O ja, sie wird schon damit fertigwerden. Mit der Zeit wird alles wieder gut.»

Shane warf ihm einen traurigen Blick zu; in seinen Augen zeichnete sich sein ganzer Schmerz ab. «Nein, wird es nicht», sagte er hoffnungslos. «Da irrst du dich, Dad.»

51

Der rauhe Winter war vergangen.

Der Frühling kam und brachte neues, wundervolles Grün in die Gärten von Pennistone Royal. Bevor Paula es gewahr wurde, erfüllte der Sommer alles mit seinem süßen Duft. Im warmen Sonnenschein erblühten die Blumen, und der Himmel glänzte veilchenblau in seinem wunderbaren Licht, das dem Norden eigen ist.

Sie war jetzt allein. Nur ihre Kinder waren um sie. Lorne und Tessa beanspruchten jede freie Minute, und aus ihrem Lachen, ihrer Unbekümmertheit und ihrem kindlichen Vergnügen zog sie Trost.

Der Kummer, der sie Ende Januar fast hatte zerbrechen lassen, war jetzt unter Kontrolle.

Paula hatte sich nach innen gekehrt und ihre Kraftreserven angegriffen in jener Zeit des Verlustes, des Schmerzes, der Sorgen. Im Grunde blieb ihr nichts anderes übrig. Zu viele Menschen waren von ihr abhängig.

Ihre Mutter und Alexander waren gramgebeugt und völlig gebrochen aus Chamonix zurückgekehrt. Wie selbstverständlich hatten sie sich an Paula gewandt, ihren Trost und ihre Unterstützung in Anspruch genommen, von ihrer ungeheuren Kraft gezehrt, um durch die schwierige Zeit der Beerdigung und der traurigen Wochen danach zu kommen. Als der erste Schock verebbt war und der Alltag seine Ansprüche anmeldete, hatte Paula die Trauer erst richtig empfunden. Auch ihre Kinder hatten die Sicherheit ihrer Liebe und Hingabe gebraucht, nun, da sie ohne Vater waren.

Schließlich zwang ihr enormes Imperium sie, am Ruder zu bleiben und den Überblick zu behalten. Mit großem Einsatz widmete sie sich dem Vermächtnis, das ihre Großmutter ihr hinterlassen hatte, arbeitete rund um die Uhr, um es zu sichern und, wenn möglich, zu mehren. Arbeit war ihre Festung geworden, auch hierin ähnelte sie Emma.

Aber während der Kummer langsam verebbte, wurden ihre Schuldgefühle größer und größer. Und diese Schuld behinderte sie immer noch, so viele Monate nach jener Tragödie, die die Familie dezimiert hatte.

Es waren komplexe Schuldgefühle: Schuld, weil sie lebte, während ihr Vater, Jim und Maggie tot waren; Schuld, daß sie und Jim am Tag vor seiner Abreise nach Chamonix in Feindschaft auseinandergegangen waren. Schuld schließlich, weil sie mit Shane zusammengewesen war, als diese drei Menschen, die ihr so nahestanden, einen frühen und schrecklichen Tod sterben mußten.

Als sie unter Tonnen von Schnee erstickten, hatte sie in Shanes Armen gelegen, von der Leidenschaft und der Ekstase der Erfüllung durchschauert. Obwohl sie wußte, daß es unlogisch war, fühlte sie sich für ihren Tod verantwortlich. Seitdem war sie nicht mehr fähig gewesen, mit Shane zu schlafen, da sie den Liebesakt nun mit Tod und Sterben verband. Schon der bloße Gedanke an Sex entsetzte sie. Sie war gefühllos geworden, körperlich und seelisch frigide, außerstande, sich hinzugeben. Es wurde ihr immer klarer, daß sie Shane O'Neill nichts anzubieten hatte. Er war zu männlich und zu leidenschaftlich, um sich mit einem Teil von ihr zufriedenzugeben, und da sie nicht mehr mit ihm schlafen konnte, erschien ihr die Beziehung aussichtslos.

Und so schickte sie ihn weg. Sie wußte, daß ihm das Herz brach, und sie haßte sich dafür, daß sie ihn in Schmerz und Verzweiflung stürzte, aber sie hatte sich selbst davon überzeugt, daß es für ihn, für sie beide schließlich das beste wäre.

Den ganzen Februar hindurch hatte Shane ihr beiseitegestanden. Er war immer da gewesen, wenn sie ihn brauchte. Mit seiner unerschöpflichen Liebe und seiner natürlichen Sensibilität hatte er ihr geholfen, ohne Forderungen an sie zu stellen. Er teilte den Kummer, den Schmerz und die Angst mit ihr und tröstete sie, kurz er war die Güte selbst. Aber nach einem Monat in London und Yorkshire mußte er sich wieder seinen Geschäften widmen. Er war dann nach Australien geflogen, um den Bau eines neuen O'Neill-Hotels zu überwachen.

Aber im April war er nach England zurückgekommen und hatte sie in Yorkshire besucht. Wieder und wieder hatte er gesagt, er könne es sehr gut begreifen, daß sie Zeit bräuchte, um sich an den

Verlust ihres Vaters zu gewöhnen, dem sie so nahegestanden hatte, und an den Verlust ihres Mannes, der, wie entfremdet sie einander auch immer gewesen waren, doch immerhin der Vater ihrer Kinder war.

«Ich wollte bloß meine Freiheit, die Scheidung von Jim. Ich habe ihm nie etwas Böses gewünscht, und ich wollte bestimmt nicht, daß er stirbt. Er war noch so jung», hatte sie an jenem Tag geflüstert, als schließlich Shane mit Miranda nach New York aufbrach.

«Das weiß ich, Liebling, das weiß ich», hatte Shane sanft gesagt. «Ich bin immer für dich da, wenn du mich brauchst. Ich werde auf dich warten, Paula.»

Aber sie wollte nicht, daß er wartete, denn tief in ihrem Herzen wußte sie, daß sie nie bereit sein würde. Niemals würde sie Shanes Frau werden. In gewisser Weise war diese Phase ihres Lebens vergangen, und sie hatte sich damit abgefunden, daß sie allein mit ihren Kindern leben und weder sie noch ihr Leben mit einem Mann teilen würde. Es war nicht mehr möglich.

Sie hatte Shane nichts von den schrecklichen Nächten erzählt, in denen sie immer vom selben gräßlichen Alptraum aufwachte, dem Alptraum, daß sie ersticken müßte. Der Traum kam immer wieder; er war so real, daß sie erschrocken, zitternd und schweißgebadet im Bett hochfuhr und in Angst und Schrecken aufschrie. Vor ihren Augen schwebte dann immer das schreckliche Bild ihrer Vaters, Jims und Maggies im Moment, als sie von der Lawine erfaßt und unter dem eisigen Schnee begraben wurden.

Aber Shane O'Neill war nicht blind, es wurde ihm bald klar, daß Paula sich ihm gegenüber verschloß, und sie wußte, daß er es bemerkt hatte. Wie hätte er das auch übersehen können. Sie konnte nichts an den Umständen ändern, die jene Veränderung ihres emotionalen Gleichgewichts bewirkt hatten. Ihre Unzulänglichkeit machte ihn zuerst stutzig, ließ ihn aber dann schließlich die Wahrheit erkennen.

Manchmal fühlte Paula sich einsam, oft war sie traurig, und ab und zu hatte sie Angst.

Sie war allein. Ihre Großmutter und ihr Vater, die beiden Menschen, von denen sie soviel Hilfe und Liebe bekommen hatte, waren tot. Sie war nun das Oberhaupt des Harte-Clans. Alle schauten zu ihr auf, beugten sich ihrem Willen und kamen mit ihren Problemen zu ihr, sowohl persönlichen als auch geschäftlichen. Manchmal drohten ihre Verantwortung und ihre Pflichten sie zu erdrücken. Dann dachte sie an Emma und schöpfte Kraft aus der Erinnerung an jene geliebte Frau, die so sehr ein Teil von ihr war und deren Blut auch in ihren Adern floß. Und jeden Tag dankte sie Gott für Winston, der ihre Stütze war und für Emily, die ihr größter Trost, ihre beste Freundin und ihre liebevollste, treueste und ergebenste Cousine war. Ohne die beiden wäre ihr Leben noch trister gewesen.

Eines Samstagmorgens im August war Paula wieder einmal von der altvertrauten Melancholie umfangen, während sie langsam den Rhododendronweg in ihrem Garten entlangschlenderte, den sie selbst angelegt hatte. Der Frühling, als sie diese Büsche gepflanzt hatte, schien so lange her zu sein. So vieles war ihr zugestoßen in den letzten Jahren . . . so viele Verluste, so viele Niederlagen . . . und doch auch so viele Gewinne und Siege. Sie lächelte vor sich hin, als sie plötzlich an die Kinder dachte und all das Glück und die Liebe, die sie von ihnen empfing. Langsam wich die Traurigkeit von ihr, und ihr Lächeln vertiefte sich. Vor einer Stunde war Emily gekommen, um für drei Wochen Nora und die Kleinen mit zum «Reihernest» zu nehmen. Sie würden den Rest des Augusts und die ersten beiden Septemberwochen in der alten Villa am Meer verbringen. Sie liebten ihre Tante Emily und ihre älteren Gegenstücke Amanda und Francesca, die ihre Ferien ebenfalls in Scarborough verleben würden. Sie waren so aufgeregt gewesen, als sie die Treppe zum Auto hinunterwatschelten, Eimer und Schaufel fest in der Hand. Himmlisch hatten sie ausgesehen in ihren baumwollenen Strandanzügen mit den dazu passenden Sonnenhüten. Die kleinen Äffchen, murmelte sie zärtlich. In ihrer Vorfreude hatten sie sich gar nichts daraus gemacht, von ihr getrennt zu werden. Nach einem hastigen Abschiedskuß waren sie ins Auto geklettert und weggefahren, ohne sich auch nur nach ihr umzusehen.

Egal, dachte sie und ging den steil ansteigenden Weg zurück. Sie werden die Sonne und die Seeluft genießen und viel Spaß mit Emily haben. Und ich weiß, daß sie während meiner Abwesenheit in allerbester Obhut sind.

Paula blieb stehen, als sie am Lilienteich angekommen war, der sich am Fuße des weiten, abfallenden Rasens erstreckte. Grübelnd stand sie am Rand, und wieder dachte sie an Shane.

Als sie ihn zum letztenmal gesehen hatte, saßen sie hier auf der Steinbank am Teich. Es war nun beinahe zwei Monate her. An jenem Samstag war sie erschöpft und abgearbeitet gewesen nach einer zermürbenden Woche des Herumhetzens zwischen den *Harte*-Kaufhäusern in Leeds, Harrogate und Sheffield. Shane war nach dem Mittagessen gekommen, unerwartet und unangemeldet, und nach einem heftigen Streit waren sie auseinandergegangen. Nein, das war so nicht ganz richtig. Sie hatten sich nicht gestritten. Aber er hatte die Geduld verloren mit ihr, und sie hatte einfach dagesessen und seinen Zorn über sich hingehen lassen, da sie wußte, daß sie nichts anderes machen konnte. Als Kind hatte sie oft seine Zornesausbrüche erdulden müssen. Nie war sie ihm gewachsen gewesen. Es war immer besser, zu schweigen, ihn toben, schimpfen und sich alles von der Seele reden zu lassen. An jenem Samstag war er überdies im Recht gewesen; das mußte sie ehrlicherweise zugeben.

Sie nahm auf der Steinbank Platz und sah ins Leere, und ihr war, als erblickte sie einen Filmstreifen von sich und Shane, wie sie da an jenem drückend heißen Junisamstag gesessen hatten.

«Ich kann es nicht mehr aushalten, Paula», war Shane plötzlich mitten in ihrer Unterhaltung herausgeplatzt. «Ich weiß, daß es erst fünf Monate her ist, und ich habe Verständnis für deinen Schmerz und für das, was du durchmachen mußt. Aber du läßt mir keine Hoffnung für die Zukunft. Wenn das der Fall wäre, könnte ich vielleicht damit fertig werden. Aber ohne Hoffnung hat man nichts in der Hand. Du hast dich von mir abgewandt an jenem schrecklichen Tag in der Scheune, und du gehst immer weiter von mir fort, ziehst dich immer mehr in dich selbst zurück.»

«Ich kann's nicht ändern», hatte sie gemurmelt. «Es tut mir leid, Shane.»

«Aber warum denn? Sag mir doch um Gottes willen, *warum*.»

Sie hatte ein wenig mit der Antwort gezögert. Dann hatte sie ganz leise geflüstert: «Wenn ich nur nicht mit dir zusammengewesen wäre . . . verstehst du, *zusammen* in der intimsten Weise – dann wäre vielleicht alles anders gekommen. Aber wir haben uns um sieben Uhr früh an jenem Samstagmorgen geliebt – da war es eins in Frankreich, genau der Zeitpunkt, an dem die Lawine herunterkam. Verstehst du, ich kann den Gedanken an Sex nicht mehr ertragen, ich kann's einfach nicht. Wenn ich mir das vorstelle, gerate ich in Verzweiflung.

Für mich ist es jetzt mit der Tragödie verknüpft, mit dem entsetzlichen Tod von Daddy, Jim und Maggie.»

Hilflos sah er sie an, sein Gesicht verspannte sich. «Das habe ich gewußt. Ich wußte es, daß es das ist», sagte er schließlich mit merkwürdig erstickter Stimme.

Dann war ein kurzes Schweigen eingetreten, und schließlich hatte sie in Worte gefaßt, was er, wie sie glaubte, schon längst ahnte und in seinem Innersten verstand. «Shane, es ist besser, wenn wir uns nicht mehr sehen», hatte sie geflüstert. «Nicht einmal als Freunde. Ich kann dir nichts bieten, nicht einmal meine Freundschaft. Verstehst du, es wäre einfach nicht fair dir gegenüber, so weiterzumachen. Vielleicht werde ich eines Tages wieder dein Freund sein können, aber . . .» Sie brach ab.

Er starrte sie an, und Paula sah die Bestürzung und den Schmerz in seinen Augen, und dann den plötzlichen Zorn, der sich auf seinem schönen Gesicht abzeichnete.

«Es kann nicht sein, daß du so mit mir redest!» hatte er hitzig ausgerufen, und sein Gesicht brannte vor Wut. «Ich liebe dich, Paula, und auch wenn du es in diesem Augenblick leugnest, *du liebst mich*. Das weiß ich. Wir hatten und haben so vieles gemeinsam. Aus der Kinderfreundschaft entsprang eine tiefe Vertrautheit, die zur reifen Liebe zweier Erwachsener wurde. Wir passen in jeder Hinsicht zusammen. Denk nur an unsere Leidenschaft füreinander. Ja, ich verstehe, daß es dir jetzt schwerfällt, an Sex zu denken, aber die schreckliche Erinnerung an die Katastrophe wird schließlich verblassen. Das muß sie. Es wäre anomal, wenn sie es nicht täte.»

Sie hatte nur schweigend den Kopf geschüttelt, die Hände im Schoß gefaltet.

«Du gibst *dir* die Schuld daran!» schrie er und verlor die Geduld. «Nun verstehe ich das überhaupt erst richtig. Du gibst *dir* die Schuld und willst dich auf diese Weise bestrafen! Und mich auch! Das ist verkehrt, Paula, ganz verkehrt. Es war nicht deine Schuld. Du hast die Lawine nicht ausgelöst. Und nun glaubst du, daß du es abbüßen könntest, indem du dich kasteist! Ist es das?» Er wartete nicht auf ihre Antwort, sondern tobte weiter: «Was du auch tust, Paula, du kannst sie nicht wieder lebendig machen. Das mußt du akzeptieren. Das Leben ist für die Lebenden. Du hast alles Recht der Welt, glücklich zu sein. Und ich auch. Du brauchst einen Ehemann, du brauchst *mich*, und Lorne und Tessa brauchen einen Vater. Ich habe die Zwillinge doch sehr lieb. Ich möchte ihnen ein liebevoller Vater sein, und dir ein Ehemann, der dich verwöhnt. Du kannst nicht den Rest deines Lebens allein bleiben. Das wäre Verschwendung, eine schreckliche, unnütze Verschwendung.»

Er holte tief Luft. Sie hatte die Hand ausgestreckt und ihn leicht am Arm berührt. «Bitte, Shane, reg dich doch nicht so auf.»

«Aufregen! Das ist wohl ein Witz, Paula! Du sitzt da und sagst mir, wir müßten uns trennen . . . offenbar für immer, und dann redest du von *aufregen*. Mein Gott, ich bin verzweifelt, verstehst du denn das nicht? Du bist mein Leben. Wenn ich dich nicht habe, hab ich gar nichts.»

«Shane», hatte sie gesagt und wieder die Hand ausgestreckt.

Er hatte sie von sich gestoßen und war aufgesprungen. «Ich kann dieses unglaubliche Gespräch nicht fortführen. Ich muß weg, weg von hier. Gott weiß, ob ich je wieder Frieden finden werde, aber ich nehme nicht an, daß dich das bekümmert, oder, Paula? Es ist ja mein Problem.» Dann war er einen Schritt zurückgetreten und hatte mit undurchdringlichem Gesicht auf sie herabgesehen. «Leb wohl, Paula», hatte er mit zitternder Stimme gesagt, und als er sich abwandte, konnte sie Tränen in seinen schwarzen Augen schimmern sehen.

Sie hatte hinter ihm herlaufen wollen, als er die Treppe zur Terrasse emporstürzte. Aber sie hielt sich zurück, da sie wußte, daß es keinen Zweck hatte. Sie war grausam zu Shane gewesen, aber zumindest hatte sie ihm die Wahrheit gesagt. Vielleicht würde er sie eines Tages verstehen. Hoffentlich würde er einsehen, daß sie ihm die Freiheit gegeben hatte, weil sie ihn nicht länger damit verletzen wollte, ihm eine Zukunft vorzugaukeln, die es nicht gab.

Als sie nun aufstand und die Steintreppe zur Terrasse von Pennistone Royal hinaufging, erinnerte sie sich, wie merkwürdig losgelöst von allem sie sich an jenem Tag gefühlt hatte. Es hatte sie damals geängstigt, und es ängstigte sie auch jetzt. Würde es ihr künftig immer so ergehen?

Leise seufzend ging sie durch die große Glastür, durchquerte den pfirsichfarbenen Salon und eilte durch die Stone Hall. Während sie gewandt die große Treppe zum oberen Empfangszimmer hochlief, schob sie alle persönlichen Gedanken beiseite. Nachher mußte sie nach London fahren, und am Montag würde sie ein Flugzeug nach Texas nehmen. Ihr stand eine Schlacht bei *Sitex* bevor, und ihr Generalstabsplan erforderte ihre ganze Aufmerksamkeit.

52

«Also Shane, als John Crawford mir erzählte, daß er nach Australien fahren und einen Monat bei Daisy und Philip bleiben würde, habe ich mich sehr gefreut», sagte Winston über den Mittagstisch hinweg zu seinem besten Freund.

«Ich freue mich auch.» Shane hob sein Glas, trank einen Schluck Rotwein und sagte dann: «Daisy sah schon viel besser aus, und sie war viel fröhlicher, als ich sie im August in Sydney traf. Ich glaube, daß sie sich langsam an das Leben ohne David gewöhnt.»

«Daisy ist eine vernünftige Frau.» Winston sah Shane aus den Augenwinkeln an und lachte dann leise. «Ich hatte immer das klammheimliche Gefühl, daß John in Daisy verliebt ist.» Er zuckte lässig die Achseln und fügte hinzu: «Wer weiß, vielleicht kann er ihr ein bißchen Liebe schenken und Gesellschaft leisten. Schließlich ist sie noch jung.»

«Ja.» Shane sah geistesabwesend im Restaurant umher. Gedankenverloren dachte er über seine Zukunft nach, wie so oft in der letzten Zeit.

Winston beugte sich vor und sagte bedächtig: «Weißt du, Paula kann leicht anderen Sinnes werden, trotz allem. Frauen sind doch sehr unberechenbare Geschöpfe.»

«Paula nicht», sagte Shane nach kurzer Überlegung. «Sie ist sehr stark, und wenn sie erst einen Beschluß gefaßt hat, bleibt es auch dabei.» Traurig schüttelte er den Kopf. «Ich muß mich bemühen, sie zu vergessen und von vorn anzufangen, Winston. Es wird nicht einfach sein, aber ich werd's auf jeden Fall versuchen. Ich kann mich nicht den Rest meines Lebens nach ihr verzehren. Das wäre sinnlos.»

«Ja.»

Shane holte seine Zigaretten heraus und bot Winston eine an. Eine Weile rauchten sie schweigend, dann sagte Shane: «Ich bin froh, daß du vor deinem Rückflug nach London ein paar Tage in New York Zwischenstation gemacht hast.»

«Ich auch», sagte Winston und lachte vor sich hin. «Mir gefällt es, in deinem Privatjet stilvoll heimzufliegen, ganz abgesehen davon, daß du mir Gesellschaft leistest. Danke, daß du deine Pläne umgestellt und auf mich gewartet hast. Das war sehr nett von dir.»

«Es war gut, daß du hier warst.» Shane schob den Mund vor und sah Winston bedeutungsvoll an. «Du weißt ja, daß ich dir nie von meinen Frauen und Liebesgeschichten erzählt habe, aber ich mußte dir meine Gefühle für Paula anvertrauen. Ich mußte mich einfach mit jemandem aussprechen, den ich achte und dem ich vertraue. Du bist sehr geduldig und hilfreich gewesen.»

Winston lehnte sich zurück, trank seinen Wein aus und zog dann nachdenklich an seiner Zigarette. Schließlich murmelte er: «Ich hätte dir das schon gestern abend sagen sollen, aber du machtest so einen erschöpften Eindruck, nachdem du so lang über Paula gesprochen hast. Du hast mir nämlich nichts erzählt, was ich nicht schon wußte. Emily und ich wußten schon lange Bescheid über deine Liebe zu Paula.»

«Und ich dachte, niemand wüßte davon», sagte Shane überrascht. «Da sieht man es mal wieder.»

«Emma wußte es auch, Shane», sagte Winston leise.

«Tatsächlich?» Shane war nun noch erstaunter. «Seltsamerweise hatte ich seit ihrem Tod oft das Gefühl, daß sie von unserer Beziehung gewußt hat. Aber Paula hat das als Unsinn abgetan.»

«Tante Emma wußte nicht direkt von eurer Beziehung, das ist richtig», sagte Winston rasch. «Und um ehrlich zu sein, waren Emily und ich uns da auch nicht so ganz sicher. Tante Emma war aufgefallen, wie du Paula bei der Taufe vor zweieinhalb Jahren angesehen hast. Danach wurde es auch Emily und mir klar, wie sehr du sie liebst.»

«Ach ja.» Shane beugte sich über den Tisch und sah Winston eindringlich an. «Offenbar hat Tante Emma die Angelegenheit mit dir besprochen. Was hat sie denn gesagt?»

«Sie hat sich Sorgen um dich gemacht, Shane. Sie liebte dich sehr, das weißt du ja. Ich glaube, sie war enttäuscht darüber, daß du nicht schon den Mund aufgemacht hast, bevor Paula Jim heiratete. Aber im Grunde nahm sie es philosophisch. Sie wußte, daß sie sich nicht einmischen konnte. Aber wenn sie noch lebte, wäre sie kein bißchen überrascht, daß Paula deine Liebe erwidert – da bin ich sicher.»

«*Erwiderte*, mein Lieber», murmelte Shane und zog ein saures Gesicht. «Die Dame wandelt jetzt einen einsamen Pfad.»

«Sie kann es sich ja noch anders überlegen», entgegnete Winston scherzhaft, um ihn aufzuheitern. «Ich sag dir doch, daß Frauen das ein halbes dutzendmal am Tag tun. Außerdem ist es erst neun Monate her. Gib ihr eine Chance, laß ihr noch ein bißchen Zeit, sich wieder zu fangen. Sieh mal, Shane, ich hab da eine Idee. Flieg noch nicht mit mir nach London zurück heute nachmittag. Bleib hier in New York. Paula ist eine Woche lang in Texas gewesen, und ich weiß, daß sie in ein paar Tagen wieder hier sein muß, entweder morgen oder Mittwoch. Triff dich wieder mit ihr, führ sie aus, verwöhne sie, rede mit ihr. Du kannst doch so gewinnend sein, und . . .»

Shane hob die Hand und schüttelte energisch den Kopf. «Nein, Winston, es hätte keinen Sinn. Sie hat mir im Juni ganz klar gesagt, daß Schluß ist. Aus und vorbei. Außerdem kann ich meine Rückkehr nicht länger aufschieben. Ende der Woche wird Daddy nach Sydney fahren. Er ist jetzt dran, verstehst du, und wo Merry dieses Hotel hier führt, muß ich in den nächsten Monaten zu Hause nach dem Rechten sehen. Ich werde wohl zwischen Leeds und London hin und her hetzen, aber hoffentlich auch etwas Zeit haben, in Yorkshire zu sein.»

«Emily freut sich schon so darauf, dich an den Wochenenden in Beck House zu haben, sobald sie aus Scarborough zurück ist. Ich hoffe, du wirst sie – und mich – nicht enttäuschen.»

«Nein. Ich werde bei euch sein, wann immer ich Zeit habe, vielen Dank.»

Ross Nelsons heiterer Gesichtsausdruck verschwand. Seine haselnußbraunen Augen verengten sich, während er sich im Ledersessel zurücklehnte und Dale Stevens fixierte.

Schließlich räusperte Ross sich und fragte: «Was wollen Sie damit sagen – Paula habe es sich anders überlegt?»

«Sie hat beschlossen, ihre *Sitex*-Aktien doch nicht zu verkaufen», sagte Dale und zuckte die Achseln. «Wir haben uns in ihr getäuscht, schätze ich. Und zwar gründlich.»

«Sie hat einen Rückzieher gemacht?» rief Ross mit kalter, angespannter Stimme. «Und wo zum Teufel haben Sie gesteckt, Dale, als das passierte?» Als Dale nicht antwortete, sagte er anklagend: «Das ist eine verdammte Katastrophe! Ich stehe da wie der größte Trottel weit und breit. Milt Jackson bekommt einen Schlaganfall, wenn er das hört.»

Dale seufzte, schlug die Beine über und wartete, bis der Bankier sich wieder beruhigt hatte.

Die beiden Männer saßen in Ross Nelsons Privatbüro in seiner Bank an der Wall Street. Es war ein Donnerstagnachmittag in der ersten Septemberwoche, der Tag, nachdem Dale mit Paula von Texas heraufgeflogen war.

«Und was soll ich ihm jetzt sagen?» drängelte Ross und lehnte sich angespannt über den riesigen Doppelschreibtisch, wobei er sich mühte, seiner Gereiztheit Herr zu werden.

«Die Wahrheit. Was anderes bleibt Ihnen ja nicht übrig.»

«Warum haben Sie mich denn nach der Konferenz gestern nicht gleich angerufen und mir eine Chance gegeben, mir eine plausible Story einfallen zu lassen?» grollte Ross.

«Ich wollte Ihnen das lieber persönlich erzählen.»

«Es kann einfach nicht wahr sein», murmelte Ross zornig und rückte im Sessel hin und her. «Ich war sicher, daß sie verkaufen würde, todsicher. Ich könnte ihr den Hals umdrehen dafür, daß sie uns so zum Narren gehalten hat.»

Dale seufzte resigniert. «Niemand war überraschter als ich, als sie da bei der Aufsichtsratssitzung ihre Glanznummer abzog. Aber gestern abend, als ich wieder ruhig nachdenken konnte, wurde mir klar, daß sie uns einfach geblendet hat – mit Reden, süßem Getue, Charme und Schauspielertricks. Und wissen Sie was, Ross, sie ist nicht einmal *wortbrüchig* geworden. Letzte Nacht hatte ich Zeit, alles zu überdenken, und als ich so dalag und alle Treffen mit ihr noch einmal vor meinem geistigen Auge ablaufen ließ, besonders die des letzten halben Jahres, sah ich plötzlich ziemlich klar. Ja, sie hat unausgesetzt über ihre Probleme gesprochen, über ihre Sorgen, über die Last, für die *Harte*-Kette verantwortlich zu sein, und sie hat auch immer angedeutet, daß sie die Aktien ihrer Mutter verkaufen wolle. Aber sie hat nie wörtlich gesagt, daß sie es tun würde. Und in meinem Bestreben, Marriott Watson zu entmachten, *International Petroleum* die Firma übernehmen zu lassen, und in Ihrem Bestreben, Ihrem wichtigen Kunden Milt Jackson einen Gefallen zu tun, nahmen wir an, sie würde verkaufen. Es ist unsere Schuld, daß wir glaubten, sie herumkriegen zu können und die Spielregeln festzulegen.»

«Aber sie hat uns doch so aufmerksam zugehört», explodierte Ross. «Hat uns um Rat gefragt und schien sich danach zu richten. Und nicht nur das, sie hat auch darauf bestanden, den Namen des Käufers zu erfahren, und wider besseres Wissen habe ich ihn ihr gesagt!» Ross stöhnte. «Mein Gott, was war ich für ein Idiot! Ich hätte nie diese Treffs mit ihr, Milt Jackson und uns arrangieren sollen.» Der Bankier griff nach einer Zigarette und zündete sie nervös an. «Und Milt glaubt, *Sitex* wäre ihm sicher. Verdammt, er wird noch denken, ich wollte ihn an der Nase herumführen oder hätte kein sicheres Urteil mehr auf meine alten Tage. Wir müssen uns eine plausible Geschichte einfallen lassen für ihn.»

«Ich bleibe dabei, daß wir ihm die Wahrheit erzählen und zugeben müssen, daß sie uns an der Nase herumgeführt hat. Das wird er hinnehmen müssen, es bleibt ihm nichts anderes übrig», beharrte Dale.

Ross drückte seine Zigarette aus. Dann stand er auf, ging um seinen Schreibtisch herum und fing an, mit auf dem Rücken verschränkten Händen im Zimmer auf und ab zu wandern. Milton Jackson war der Aufsichtsratsvorsitzende von *International Petroleum* und einer der wichtigsten Kunden der Bank. Ihm die schlechte Nachricht beizubringen, war keine leichte Aufgabe. Plötzlich blieb Ross stehen: «Wenn das rauskommt, sind wir die größten Idioten auf der ganzen Wall Street. Zwei erwachsene Männer und gerissene Geschäftsleute lassen sich von einem kleinen Mädchen hereinlegen.» Er fuhr sich durchs Haar und schnitt ein wütendes Gesicht. «Und da reden wir von Emma Harte – Paula Fairley stellt sie noch in den Schatten. Das doppelzüngige kleine Weibsstück. Das hätte ich nie von ihr gedacht. Ich war mir sicher, daß sie unserem Rat folgen würde.»

«Ich hatte da so meine Zweifel», sagte Dale trocken.

Ross sagte eilig: «Ich werde Milt sagen, sie sei doch wortbrüchig geworden. Zum Teufel damit. Männer tun das jeden Tag, überall, und auch im Ölgeschäft. Warum sollte eine Frau da eine Ausnahme machen? Frauen sind sowieso launischer, denke ich. Ich kann es mir nicht leisten, Milt Jackson als Bankkunden zu verlieren und *International Petroleum* als Firmenkonto.»

«In Ordnung», pflichtete Dale bei. «Das ist im Grunde Ihre Sache. Ich schulde ihm keine Erklärung.» Der Ölmann nahm sich eine Zigarre, schnitt das Ende ab, riß ein Streichholz an und entzündete sie. «Sie sind sich doch darüber im klaren, Ross, daß mir bei der Aufsichtsratssitzung die Hände gebunden waren, nicht wahr? Ich konnte nichts unternehmen.»

«Ja, klar», murmelte Ross und ging zu seinem Stuhl zurück. «Erzählen Sie mir doch mal genau, wie das am Dienstag gelaufen ist.»

«Gern, Ross. Paula kam an und sah aus wie eine scheue kleine Nonne, in einem schwarzen Kleid mit weißem Kragen und Manschetten. Sie war ungewöhnlich blaß und wirkte ziemlich verloren. Eine Aura der Unschuld umgab sie.»

«Nun ersparen Sie mir doch diese Beschreibung, verdammt noch mal! Ich will wissen, was sie gesagt hat, nicht, wie sie aussah!»

«Ihr Aussehen ist wichtig», erwiderte Dale. Als er da im *Sitex*-Konferenzraum gesessen hatte, war ihm aufgegangen, daß Paula großes schauspielerisches Talent hatte. «Verstehen Sie, Ross, sie sah aus wie ein kleines Mädchen, leicht zu manipulieren, und einige dieser alten Geier da im Aufsichtsrat, die sie nicht sehr gut kennen, haben sich schon die Hände gerieben vor Schadenfreude. Im übertragenen Sinn, versteht sich. Marriott Watsons Kumpel dachten, sie könnten sie mit Haut und Haaren auffressen.»

«Das dachten wir auch», murmelte Ross.

Dale lächelte verkniffen. «Wir sind nicht die einzigen Männer, denen sie einen Bären aufgebunden hat, Ross. Nehmen Sie das als Trost, wenn's auch nicht viel ist. Bevor wir zur Sache kamen – zu der Nordseeöl-Lage und der Verlängerung meines Vertrags –, bat Paula darum, etwas sagen zu dürfen. Marriott Watson mußte ihrer Bitte natürlich entsprechen. Sie sagte, es sei ihre Pflicht, die anderen Aufsichtsratsmitglieder darüber zu informieren, daß sie die Aktien ihrer Mutter verkaufen würde. Und zwar alle – die gesamten 40 Prozent. Der Saal war starr vor Staunen, und dann legte Jason Emerson los.»

Ross nickte. «Er ist immer noch sehr helle und verdammt gerissen, trotz seines hohen Alters.»

Dale nickte. «Zähe alte Ölschürfer wie Jason ändern sich nicht, nach meiner Erfahrung. Ich lehnte mich zurück, genoß jede Minute und dachte, alles würde nach Plan verlaufen. Erst später habe ich kapiert, daß Paula die Woche in Texas vor der Aufsichtsratssitzung gut genutzt hatte. Sie hat sie bearbeitet, einige der Mitglieder auch privat getroffen. Besonders Jason. Er war von ihr instruiert worden, kein Zweifel. In den dreißiger Jahren stand er Paul McGill nahe, und Emma war er 40 Jahre lang treu ergeben.»

«Das weiß ich», bellte Ross.

«Jason Emerson fragte Paula, an wen sie verkaufen wolle und wann. Zuckersüß erzählte sie, daß sie die gesamten 40 Prozent an *International Petroleum* verkaufen würde. Und zwar sofort. Ich dachte, die Aufsichtsratsmitglieder würden einen kollektiven Herzanfall erleiden, so ein Tohuwabohu herrschte. Ich hielt mich zurück und genoß es zu beobachten, wie sie das alles machte. Es gab erregte Debatten über *International Petroleum* und Milt. Ist ja kein Geheimnis im Ölgeschäft, daß er mächtig expandiert und wenn er sich erst einmal in eine Firma eingekauft hat, alles tut, um sie ganz zu schlucken. Außerdem waren sich einige der Aufsichtsratsmitglieder offenbar darüber im klaren, daß Milt bereits Stammaktien von *Sitex* aufgekauft hatte. Nur ein Trottel hätte nicht begriffen, worauf das hinausgelaufen wäre.»

«Wenn ich dem Drehbuch richtig folge, hat Jason dann wieder das Wort ergriffen und sie angefleht, nicht an *International Petroleum* zu verkaufen.»

«Genau, alter Junge.» Dale schüttelte bedauernd den Kopf. «Sowie das große Geschrei verklungen war, bekniete der alte Jason sie, es sich doch noch einmal zu überlegen. Wirklich theaterreif, Ross, das sage ich Ihnen. Und bevor ich mich einmischen und auch noch ein paar kleine Kommentare dazu abgeben konnte, stimmten die meisten in sein Lied ein. Nur Marriott Watson nicht. Er sah aus, als wollte er Blut spucken. Er hat wohl gemerkt, daß die zähe Verhandlung zwischen Paula und Jason schon Generalprobe gehabt hat.»

«Und sie hat natürlich nachgegeben.»

«Nicht gleich. Sie sagte, sie würde noch einmal darüber nachdenken, vorausgesetzt, man räumte ihr mehr Einfluß im Aufsichtsrat ein und erfüllte gewisse Bedingungen. *Ihre* Bedingungen. Genauer gesagt: Sie sollten die Bohrungen in der Nordsee fortsetzen und meinen Vertrag verlängern.»

«Sie hat sie erpreßt!» brüllte Ross.

Dale schüttelte langsam den Kopf, und etwas wie Bewunderung glomm in seinen braunen Augen auf. «Nein, Ross, so würde ich das nicht nennen. Es war die genialste Manipulation, die ich seit langem gesehen habe. In gewisser Weise muß ich vor ihr den Hut lüften, weil es im Geschäft ja nun mal um Manipulation geht.»

«Das stimmt», gestand Ross ein. «Und zumindest haben *Sie* bekommen, was Sie wollten. Ihr Vertrag ist verlängert worden und für die nächsten zwei Jahre sicher. Marriott Watson ist erst mal mundtot, und Sie haben freie Hand. Aber wie stehen Sie jetzt zu Paula, Dale?»

Dale grinste. «An meiner Stellung hat sich nichts geändert. Ich bin und bleibe Präsident von *Sitex Oil*, sie hat die Aktien ihrer Mutter und ist damit die größte Aktionärin. Im Aufsichtsrat hat sie mehr Einfluß als je zuvor. Und natürlich werde ich mich ihr weiterhin anvertrauen, wie immer. Ich will freundlich bleiben. Man kann ja nie wissen, vielleicht verkauft sie eines Tages doch ihr Aktienpaket. *International Petroleum* läuft nicht weg.»

«Alles sehr einleuchtend», sagte Ross plötzlich heiter. «Geschäft ist Geschäft. Nicht alles läuft immer so, wie man es gern hätte, warum soll ich mich also deswegen so aufregen. Egal – wenn ich sie im Konferenzzimmer nicht besiegen konnte, vielleicht hab ich ja im Schlafzimmer mehr Glück.»

53

Paula Fairley war spät dran.

Ross Nelson sah schon wieder zur Uhr auf dem Kaminsims seines Wohnzimmers. Er wurde langsam ungeduldig. Als sie ihn um halb sieben anrief, um zu sagen, daß sie aufgehalten worden war, hatte er gesagt, sie solle sich ruhig Zeit lassen. Aber er hatte doch erwartet, daß sie früher kommen würde.

Ross trat über den altchinesischen Teppich und hockte sich vor die Bar, die sich in der elfenbein-goldfarbenen chinesischen Kommode verbarg. Er schenkte sich noch einen Martini Dry ein, gab eine Olive dazu, trat ans Fenster und sah auf die Park Avenue hinab. Dann kehrten seine Gedanken zu Paula zurück.

Sie gehörte zu den wenigen Frauen, die er weder durchschauen noch in sein Bett locken konnte. Er hatte sie schon lange begehrt: seit dem Herbst 1969, als ihm ihre knisternde Erotik zum erstenmal aufgefallen war. Doch es war ihr immer geglückt, ihre Beziehung kühl und geschäftsmäßig zu halten. Zuerst hatte er geglaubt, sie herumkriegen zu können. Die meisten Frauen flogen auf ihn. Später hatte er begonnen, es ihr übelzunehmen, daß sie kein Interesse zeigte. Aber er hatte sie weiter telefonisch belagert, sie zum Essen ausgeführt und mit Blumen überschüttet. Da er eingebildet war und immer viel Erfolg bei Frauen gehabt hatte, war Ross davon überzeugt, daß er Paula eines Tages schon erobern würde.

Nachdem Jim Fairley bei dem Lawinenunglück ums Leben gekommen war, hatte Ross den besorgten guten Freund gespielt, wenn sie in New York war. In den vergangenen neun Monaten hatte er sie wegen des Aktiengeschäfts öfter getroffen als sonst. Er hatte der trauernden Witwe auch bei der Abwicklung einiger Geschäfte zur Seite gestanden. Doch angesichts ihres Kummers hatte er sich Zurückhaltung auferlegt und gewartet. Aber das wollte er nun nicht länger tun.

Er war froh darüber, daß Dale und seine Frau unversehens nach Texas hatten zurückfahren müssen. Eigentlich hatten sie zu viert zu Abend essen wollen. Er genoß die Vorstellung, heute abend mit Paula allein zu sein. Was er vorhatte, war klar. *Endlich.* Endlich würde er die Zaudernde besitzen.

Er nahm auf dem Sofa Platz, stellte seinen Martini auf das chinesische Kaffeetischchen und zündete sich eine Zigarette an. Er hatte Paula nicht gesagt, daß Dale und Jessica auf ihre Ranch zurückgekehrt waren. Warum sie warnen und ihr den Vorwand zu einer Absage liefern? Aber er hatte seiner Haushälterin freigegeben und im Restaurant angerufen, den Tisch erst um zehn zu reservieren. So hatte er genug Zeit.

Bilder ihres schlanken, knabenhaften Körpers, ihrer sinnlichen Brüste drängten sich ihm auf, trieben ihm die Röte ins Gesicht. Er hob sein Glas, kippte den Rest des Drinks hinunter und ging zur Bar, um sich einen neuen zu mixen. Es war sein dritter. Er zögerte. Ach, wenn schon, murmelte er. Ich kann mit dem Alkohol umgehen. Ross hielt viel auf seine Fähigkeit, Unmengen trinken und dennoch ein guter Liebhaber sein zu können. Sein Blick fiel auf die Flasche Champagner im Eiskübel, und er lächelte siegesgewiß. Ein paar Glas davon und ein bißchen Überredungskunst seinerseits, und Paula Fairley würde sich seinem männlichen Charme öffnen.

Ross Nelson hatte schon fast den dritten Martini ausgetrunken, als das Haustelefon klingelte. Er sprang auf und hastete ins Foyer, um abzunehmen. Er bat den Portier, Mrs. Fairley hinaufzuschicken, und wartete an der Treppe auf sie.

Ein paar Minuten danach küßte er Paula auf die Wange und geleitete sie durch den Flur ins Wohnzimmer.

In der Tür blieb sie stehen und drehte sich verwundert um. «Sind Jessica und Dale noch nicht da?» wollte sie wissen, bevor sie weiterging.

Er sah ihr nach, beobachtete ihre fließenden Körperbewegungen und musterte ihre langen Beine, die sich anmutig unter dem dünnen, blaßgrauen Seidencocktailkleid abzeichneten. Vor Verlangen lief ihm das Wasser im Munde zusammen. Er konnte es kaum erwarten, dieses Kleid abzustreifen, sie nackt auszuziehen und sich an ihrer Schönheit zu berauschen.

Paula sah sich um und bemerkte seinen gierigen Blick. Er beeilte sich, ihr zu folgen und die peinliche Situation zu entschärfen. «Sie mußten in letzter Sekunde zurückfahren, ein enger Verwandter ist krank geworden.» Dann ging er zur Bar und machte sich daran, die Champagnerflasche zu öffnen. «Dale läßt sich entschuldigen, und er bat mich, Ihnen zu sagen, daß er Sie morgen anrufen wird.»

«Ach so», entgegnete Paula und nahm auf dem Sofa Platz. «Das ist aber schade. Ich wollte noch ein paar Sachen mit Dale besprechen.» Sie lächelte knapp. «Na, kann man nichts machen.»

«Ja», murmelte Ross und reichte ihr ein Glas. Dann setzte er sich ihr gegenüber, hob sein Glas und lächelte: «Also, Paula, ich muß Ihnen gratulieren! Sie haben uns alle aufs Kreuz gelegt mit *Sitex*!»

«Zum Wohl, Ross», sagte Paula, trank einen Schluck Champagner und betrachtete ihr Gegenüber nachdenklich. «Sie sind vielleicht wütend auf mich, weil ich schließlich doch an den *Sitex*-Aktien festgehalten habe. Aber . . .»

«Natürlich nicht», log er glatt. «Das war Ihre Entscheidung. Dale und ich konnten Ihnen bloß Ratschläge geben, wir wollten Ihnen nur helfen, Paula. Und wie schon Dale heute nachmittag zu mir sagte, *International Petroleum* läuft nicht weg. Ich meine, daß Milton Jackson auch in Zukunft Interesse daran haben wird, Ihre Aktien zu erwerben.»

«Ja, bestimmt», erwiderte Paula ruhig. «Ich möchte Ihnen noch für Ihre Anteilnahme und Hilfe in der *Sitex*-Angelegenheit danken. Ich bin Ihnen wirklich sehr verbunden.»

«Nichts zu danken.»

Paula lehnte sich zurück und schlug die Beine übereinander. Sie verbarg ihre Überraschung über sein Verhalten. Sie hatte erwartet, daß er wütend sein würde, da sie ja wußte, wie sehr er Milton Jackson als Kunden schätzte. Dale würde ihr immer helfen, das wußte sie. Aber mit Ross Nelson war es etwas ganz anderes. Sie war erleichtert, daß er es auf die leichte Schulter nahm. Dennoch seufzte sie bei dem Gedanken, die nächsten Stunden mit ihm allein verbringen zu müssen. Es gab keine Chance, dem Essen mit ihm zu entkommen. Sie beschloß, Haltung zu zeigen und den Abend hinter sich zu bringen, so gut es ging. Eine halbe Stunde lang machte der Bankier angeregt Konversation über ihre Familie, ihre Großmutter und die *Harte*-Unternehmensgruppe. Zwischendurch schenkte er ihr nach, trank selbst noch einen Martini und zündete sich eine Zigarette nach der anderen an.

Um zehn vor neun unterbrach Paula ihn plötzlich und fragte: «Sollten wir uns nicht langsam auf den Weg zum Restaurant machen, Ross?»

«Nein, noch nicht. Leider hatte ich Probleme mit der Tischreservierung im *Twenty-One*. Sie konnten mir erst um zehn einen Tisch freimachen. Solang können wir es uns auch hier gemütlich machen.»

«Ach so», sagte Paula und ärgerte sich im stillen. Sie aß ungern, wenn der Abend schon fast vorbei war.

Während Ross unentwegt redete, trank er ein Glas nach dem anderen. Dabei musterte er Paula gierig. Sie hatte ein einfaches kurzärmeliges Kleid mit umgeschlagenem Kapuzenkragen an. Außer Smaragdohrringen und ihrer Armbanduhr trug sie keinerlei Schmuck. Sie sah umwerfend aus; das graue Seidenkleid betonte ihre Figur gerade an den richtigen Stellen. Plötzlich konnte Ross sich nicht länger zurückhalten.

Er stand auf, schlenderte zum Barschrank hinüber, schenkte sich nach und setzte sich dann zu ihr aufs Sofa. Er legte den Arm über die Lehne und nippte an seinem Drink. Eine Sekunde lang ruhten ihre Augen ineinander, und er lächelte ihr zu. «Sie sehen heut abend einfach hinreißend aus, Paula.»

«Danke, Ross.» Sie erwiderte seinen Blick, und ihre Brauen zogen sich zusammen. Etwas Alarmierendes blinkte da in seinen haselnußbraunen Augen. Sie schrak ein wenig zurück und preßte sich enger an die Lehne des kleinen Sofas. Panik stieg in ihr auf.

Ross stellte sein Glas auf dem Kaffeetisch ab und dann riß er sie mit einer einzigen, schnellen Bewegung in seine Arme und preßte seinen Mund fest auf ihren. Sie wehrte sich, versuchte ihn wegzuschieben, aber er hatte sie fest im Griff. Er preßte seine Zunge gegen ihren Mund, öffnete ihn gewaltsam und fing an, an ihren Lippen zu saugen. Die Hitze stieg in ihm auf, und er rückte sich etwas zurecht, so daß er ihre linke Brust mit der Hand umschließen konnte.

Paula wehrte sich verzweifelt und versuchte, sich aus seinen Armen zu befreien, aber er war ein kräftiger Mann, und sie hatte keine Chance gegen ihn. Irgendwie gelang es ihm, sie auf den Fußboden zu werfen, und dann fiel er schwer auf sie. Wieder arbeitete er mit der Zunge in ihrem Mund herum. Sie biß die Zähne zusammen und schleuderte ihren Kopf zur Seite. Er ließ seine Hand über ihre Schenkel gleiten, hob ihren Rock, griff darunter und streichelte ihren Oberschenkel, dann schob er seine Finger weiter nach oben.

Paula war in einer Art Schockzustand. Sie bemühte sich noch immer, aus seinem zähen Griff freizukommen. Er hatte sie so unerwartet angegriffen – nur den Bruchteil einer Sekunde, nachdem sie die Geilheit in seinen Augen gesehen hatte –, daß er sie völlig überrumpelt hatte. Schreckliche Angst stieg in ihr auf. Sie wußte, daß sie ihm irgendwie entkommen mußte, und zwar schnell. Weg aus seinem Apartment. Wenn sie nur die Hände hochbekommen könnte, um ihm das Gesicht zu zerkratzen. Aber sie waren unter seinem massigen Körper eingequetscht. Sie drehte wieder ihren Kopf zur Seite und versuchte angestrengt, seinem Mund auszuweichen, aber es gelang ihr nicht. Nun zerrten seine Hände an ihrer Strumpfhose, und über das Dröhnen in ihrem Kopf hinweg vernahm sie schwach das Zerreißen des Nylons, als er sich am Schritt zu schaffen machte. O Gott! Seine Finger berührten jetzt ihre Haut und drangen in sie ein, während er mit seinem schlaffen Mund ihr Gesicht besabberte. Ein Schauer überlief sie. Gleich würde sie sich übergeben müssen. Er versuchte nun mit den Fingern in sie einzudringen. Es tat schrecklich weh.

Tränen der Angst, des Ekels und des Schmerzes traten ihr in die Augen, als er seine Hand tiefer zwischen ihre Beine stieß. Schließlich hörte er auf, sie zu küssen, und holte tief Luft.

Paula öffnete den Mund und fing an zu schreien.

Ross setzte sich schnell auf, sah in ihr tränenverschmiertes Gesicht hinab und preßte ihr fest den Mund zu.

«Halt's Maul», zischte er. «Es macht dir doch Spaß, du Nutte. Spiel hier nicht die Unschuldige.»

Er lachte laut heraus. Paula merkte, daß er sturzbetrunken war. Sie kämpfte, bewegte sich heftig unter ihm, und es gelang ihr, sich halbwegs zu befreien. Um sie wieder an sich zu ziehen, mußte er seine Hand von ihrem Mund nehmen. Sofort begann sie von neuem zu schreien. Wieder bedeckte er ihr Gesicht mit seiner großen Hand, schlang eines seiner massigen Beine um sie und begrub sie unter sich. «Du hast mir schon viel zu lange die trauernde Witwe vorgespielt, Paula», keuchte er, wobei seine glasigen Augen gierig über sie hingingen. Seine Lust wurde größer, ihre Gegenwehr stachelte ihn nur noch mehr an. Sein Gesicht sah erhitzt und gerötet aus. «Komm schon, laß uns ins Schlafzimmer gehn», lallte er. «Du weißt doch, daß du gern mit mir bumsen willst.»

Paula hatte auf den geeigneten Augenblick gewartet, und nun zwang sie sich, zu nicken, als stimme sie seinem Vorschlag zu. Sie sah ihn an und tat freundlich.

«Schreist nicht mehr, wie?» murmelte er. «O. K.?»

Sie nickte wieder.

Er nahm die Hand von ihrem Mund und beugte sich zu ihr herüber.

Paula flüsterte: «Ich dachte, du wolltest ins Schlafzimmer gehen?»

Trunken grinste er sie an. «Genau, Süße.»

«Und worauf warten wir noch?»

Immer noch grinsend stand er auf. Bevor Paula die Chance hatte, sich zu bewegen, beugte er sich herab, griff sie bei den Armen und zog sie auf die Füße.

Sie wagte nicht, sich zu wehren, da sie sich seiner Kraft bewußt war. Sie mußte den richtigen Moment abpassen, um zu fliehen. Sie schluckte, als er sie an sich zog und sein Gesicht in ihre Haare kuschelte.

Paula bezwang ihren Ekel und ihr Entsetzen, nahm alle Kraft zusammen und stieß ihn von sich, so fest sie konnte. Betrunken und sich ihres Einverständnisses sicher, war Ross davon völlig überrascht. Er verlor das Gleichgewicht, taumelte zurück und fiel aufs Sofa.

Paula schnappte sich ihr massivgoldenes Abendtäschchen vom Kaffeetisch und wirbelte herum.

Doch er war viel zu schnell für sie und hatte sie sofort wieder gepackt. Sie kämpften mitten im Zimmer. Paula trat ihn gegen das Schienbein, er jaulte auf vor Schmerz und lockerte sofort seinen Griff. Schließlich gelang es ihr, sich ihm zu entwinden.

Ross grabschte nach ihrem Kleid. Der Kapuzenkragen zerriß unter seinen Fingern. Paula trat ihn noch einmal, als er drohend auf sie zukam, und dann hob sie mit einer schnellen Bewegung die Hand und schleuderte ihm mit aller Kraft die schwere Goldtasche ins Gesicht.

Er schrie auf vor Schmerz, als ihn das Edelmetall an der Wange streifte. Er zuckte zurück, stolperte gegen das chinesische Kaffeetischchen, das genau hinter ihm stand, und ging zu Boden. «Du

Nutte!» brüllte er und preßte sich die Hände auf das blutende Gesicht.

Nach Luft ringend, zitternd und verängstigt raste Paula ins Foyer. Der chinesische Läufer rutschte unter ihr weg, aber sie fand ihre Balance wieder, wobei sie mit dem Gesicht gegen die Kante eines hohen Schrankes stieß. Sie beachtete den stechenden Schmerz nicht weiter, flog zur Tür, rannte hinaus und schlug sie hinter sich zu. Dann drückte sie den Fahrstuhlknopf, preßte sich an die Wand und betete, daß er ihr nicht folgte.

Tränen traten ihr in die Augen, als sie sich am Kragen ihres zerrissenen Kleides zu schaffen machte. Sie bezwang das Schluchzen und mühte sich um Beherrschung. Als die Fahrstuhltür aufging, fiel sie fast hinein. Sie wich den neugierigen Blicken des livrierten Portiers aus. Sie trat weiter zurück, drückte sich in den Schatten, öffnete ihre Handtasche und nahm den Puder heraus. Sie betupfte ihr Gesicht damit und strich sich die Haare glatt.

Sekunden danach eilte sie fast im Laufschritt aus der marmornen Eingangshalle und winkte sich ein Taxi heran.

54

Irgendwie schaffte sie es, sich zusammenzunehmen, bis sie das Apartment in der Fifth Avenue erreicht hatte.

Nachdem sie leise aufgeschlossen hatte, ging sie auf Zehenspitzen nach oben, denn sie wollte nicht, daß Ann, die Haushälterin, sie in dieser schrecklichen Verfassung, dem Nervenzusammenbruch nah, sah.

Sie schlich in ihr Schlafzimmer, schloß die schwere, geschnitzte Holztür ab und lehnte sich dagegen. Jetzt endlich atmete sie ein wenig freier. Ihr Körper war noch immer starr von der Angst, die sie überkommen hatte, als Ross Nelson sich so unvermutet auf sie gestürzt hatte.

Schließlich fand sie die Kraft, mit zitternden Knien ein paar Schritte zu gehen. Mit zitternden Händen öffnete sie ihr zerrissenes Kleid, streifte es über den Kopf und warf es zur Seite. Nachdem sie ihre Unterwäsche und die zerfetzten Strümpfe ausgezogen hatte, taumelte sie blindlings ins Badezimmer.

Zehn Minuten stand sie unter der Dusche, seifte sich immer wieder ein und ließ sich das heiße, dampfende Wasser über den Kopf laufen. Sie fühlte sich unrein und befleckt, hatte das dringende Bedürfnis, seinen Geruch, seine Berührungen auszulöschen.

Als sie schließlich aus der Duschkabine trat und sich in der Spiegelwand betrachtete, sah sie, daß ihr Körper an einigen Stellen rot war, als hätte sie sich verbrüht oder verletzt. Aber wenigstens fühlte sie sich jetzt von Ross Nelson gereinigt. Sie streifte einen Bademantel über, ohne sich erst lange abzutrocknen, ging dann zum Waschbecken und sah sich im Spiegel an.

Auf ihrem Wangenknochen war ein Bluterguß, dort, wo sie gegen den Schrank gestoßen war. Morgen würde er grün oder blau sein.

Ihre Augen waren schreckgeweitet, wie die eines gehetzten Rehs. Sie drückte sie fest zu, wollte vergessen, was ihr zugestoßen war.

Aber es wollte nicht klappen, und so sah sie wieder in den Spiegel. Sein lüsternes Gesicht tanzte vor ihr und spiegelte sich im Glas, als stünde er hinter ihr im Badezimmer. Paula erschauerte und hielt sich am Waschbecken fest. Sie dachte daran, wie seine Hände grob über ihren Körper gefahren waren, wie sein ekelhafter, feuchter Mund sie vollgesabbert, sein schwerer Körper sie gefangengehalten hatte, und bekam Erstickungsgefühle.

Dann stieg Wut in ihr hoch. Daß Ross so betrunken gewesen war, entschuldigte nichts. Es gab überhaupt keine Entschuldigung für eine solche Ungeheuerlichkeit. Er war ein widerliches Subjekt, kein Mensch mehr, sondern ein Tier. Sie zitterte heftiger. Wie besudelt und mißhandelt sie sich fühlte!

Plötzlich wurde ihr übel. Sie übergab sich ins Waschbecken und würgte, bis sie nichts mehr im Magen hatte. Der Würgreiz hielt noch eine Weile an, dann klang er langsam aus. Sie hob den Kopf, wischte sich die tränenden Augen und das schweißüberströmte Gesicht mit dem feuchten Waschlappen ab und lehnte dann den Kopf gegen die kühlen Wandkacheln. Es dröhnte ihr in den Ohren, ihre Augen schmerzten und ihre Muskeln taten weh vom Kampf mit Ross.

Sie tat ihr möglichstes, sein Bild zu verdrängen, rang nach Luft und versuchte, sich zu beruhigen, so gut es ging. Als sie wieder fester auf den Beinen stand, ging sie ins Schlafzimmer zurück und legte sich aufs Bett.

Erst dort brach Paula Fairley zusammen.

Ganz unvermittelt wurde sie von einem heftigen Zittern befallen, und dann begann ihr Körper konvulsivisch zu zucken, als habe sie eine Schüttellähmung. Sie zog die Daunendecke bis ans Kinn. Ihre Zähne begannen zu klappern, und eisige Kühle durchzog sie. Dann klammerte sie sich ans Kissen, vergrub ihr Gesicht darin und fing an zu schluchzen.

Eine ganze Stunde lang weinte Paula hemmungslos.

Der ganze Kummer und Schmerz, den sie seit dem tragischen Tod ihres Vaters, Jims und Maggies unterdrückt hatte, brach sich jetzt Bahn.

Die Trauer überwältigte sie, und sie überließ sich ihr ganz, gab sich ihr hin. Wie ein Blitz durchfuhr die Erkenntnis sie, daß es verkehrt gewesen war, sie in sich zu verschließen wie in einem Grab.

Aber sie hatte sich nicht zu helfen gewußt. Sie hatte so stark, so ungemein stark sein müssen für ihre Mutter, für Alexander und für ihre eigenen Kinder. Und so hatte sie den Kummer in sich erstickt. Er hatte schlafend dort geruht, aber er hatte stetig an ihr genagt, sie bei lebendigem Leib aufgefressen, sie behindert und hilflos gemacht. Und während Paula Fairley die Tränen vergoß, die sie schon vor neun Monaten hätte vergießen sollen, empfand sie plötzlich eine Art Befreiung: es war eine Erlösung von dem schneidenden Schmerz und der Angst, die sie seit dem Lawinenunglück umfangen hatten.

Als keine Tränen mehr kamen, lag sie ruhig auf dem Bett, schlaff und erschöpft, mit rotgeschwollenen und weit offenen Augen. Sie starrte zur Decke empor.

Langsam begann sie, ihre wirren Gedanken zu ordnen und sich durch die schmerzlichen Erinnerungen zu tasten, so daß sie ihre emotionale und physische Frigidität mit neuer, überraschender Leidenschaftslosigkeit betrachten konnte.

Es war, als hätte der Schrecken über Ross Nelsons gewalttätigen Übergriff den Nebel in ihrem Kopf vertrieben, den Panzer ihrer gefrorenen Zurückhaltung aufgebrochen. Sie betrachtete sich nun mit neuer Objektivität und wußte plötzlich, daß das erdrückende Gewicht ihres Schuldgefühls alle Empfindungen in ihr abgetötet und jede Öffnung gegenüber anderen verhindert hatte, mit Ausnahme ihrer Kinder. Sie hatte überhaupt keinen Grund, sich schuldig zu fühlen. Nichts konnte man ihr vorwerfen, gar nichts.

Shane hatte vollkommen recht.

Wie grausam war sie doch zu ihm gewesen. Sie hatte ihn gequält, weil ihre eigene Qual sie für die Wahrheit blind gemacht hatte. *Shane*. Sie sah sein Gesicht vor sich. Wenn er jetzt nur hier wäre. Sie sehnte sich nach dem Trost, nach der Sicherheit seiner starken Arme, die ihr Zuflucht gaben.

Dann füllten sich ihre Augen mit Tränen. Sie hatte ihn weggeschickt, war so eigensinnig gewesen in ihrem Entschluß, ihren einsamen Weg zu gehen, von dem sie glaubte, es sei ihre einzige Wahl. Ob er ihr jemals verzeihen würde?

Nun verdrängte Ross Nelsons häßliche, betrunkene, grinsende Fratze Shanes Gesicht. Paula begann heftig zu zittern. Es überkam sie so große Wut, daß sie über sich selbst erschrak. Er hatte versucht, sie zu vergewaltigen! Noch nie im Leben war ihr etwas so Ekelhaftes passiert. Sie war immer behütet gewesen: von Grandy, von ihren Eltern, von ihrer großen Familie und von all der Macht, dem immensen Reichtum. Sie kannte die Straßen nicht, die harte Welt, in der andere Frauen lebten und kämpften und sich irgendwie vor dem Zerfall bewahren mußten, trotz der Last, dem Kreuz, das ihnen mit einer gewissen Sorte von Männern auferlegt war.

Nein, sie war Männern nie ausgeliefert gewesen – ausbeuterischen und rücksichtslos das eigene Ziel verfolgenden Männern wie Ross Nelson. Es hatte immer nur Jim gegeben. Er war ihr erster Liebhaber gewesen, und dann hatte sie ihn geheiratet. Er mochte selbstsüchtig und ichbezogen gewesen sein, aber hatte sie nie brutal behandelt. Er hatte sie nie wirklich zu etwas gezwungen, nicht ein einziges Mal in der langen Zeit, die sie miteinander verbracht hatten.

Und dann war Shane gekommen – sie hatten die allergrößte Leidenschaft füreinander empfunden, und das körperliche Verlangen war mit einer tiefen, dauerhaften Liebe einhergegangen, einer Liebe, die aus ihrer Kinderfreundschaft und -liebe entsprungen war. Sie war Shane auf allen Ebenen tief verbunden gewesen.

Die brutale Behandlung von seiten Ross Nelsons war schrecklich gewesen. Es war die schlimmste Gewalt, die ein Mann einer Frau antun konnte – eine Inbesitznahme nicht nur des Körpers, sondern auch des Geistes, des Herzens und der Seele. Es war grausam, schmerzhaft und erniedrigend gewesen. Sie verstand nun, was für ein Glück sie gehabt hatte, daß sie entkommen war, bevor er seine Tat hatte vollenden können, und wieder überliefen sie kleine Schauer.

Und dennoch hatte seine Gewalttätigkeit sie in die Wirklichkeit zurückgebracht, sie lebendig gemacht, den Wall ihres Kummers durchbrochen, den sie so sorgsam um sich aufgebaut hatte. Nun konnte sie hinauskriechen, zurück in die reale Welt, zurück ins Leben. Sieh nicht hinter dich, geh voran, hatte Emma immer zu ihr gesagt. Und das mußte sie jetzt tun.

Bei Tagesanbruch schlief Paula endlich ein. Sie schlief tief und fest, als hätte sie Betäubungsmittel genommen. In der ganzen Nacht wachte sie nicht ein einziges Mal auf, um – unter Tonnen kalten Schnees begraben, die ihr den eisigen Tod brachten – angstvoll hochzuschrecken und aufzuschreien. Der Alptraum, der sie so lange verfolgt hatte, war nun gebannt, zusammen mit all den Gespenstern, all den quälenden Erinnerungen.

Als sie am nächsten Morgen aufstand, merkte sie, wieviel freier, leichter sie sich fühlte. Es war, als sei eine schwere Last von ihr genommen worden, und sie spürte, wie ihr Schuldgefühl langsam schwand. Eines Tages würde es gänzlich schwinden . . .

Neue Kraft durchströmte sie, als sie sich anzog, um ins Kaufhaus an der Fifth Avenue zu gehen. Und mit jener Kraft kamen Ruhe, Gelassenheit und eine tiefe Gewißheit. Sie wußte nun, wohin sie gehen, was sie tun mußte, und als sie vor dem Spiegel stand, nickte sie sich zu. Ihr Weg lag klar vor ihr. Sie würde ein neues Leben anfangen.

55

Er saß auf einer der alten, verfallenen Mauern von Middleham Castle und träumte vor sich hin an diesem warmen Sonntagnachmittag im September.

Das hochgeschwungene zinnfarbene Himmelszelt war bedeckt und verhieß Regen, obwohl die Sonne sich von Zeit zu Zeit durch das Grau zu schieben versuchte. Schließlich trat sie hinter den Kumuluswolken hervor, und breite Fächer gleißenden Silberlichts fielen über den Himmel.

Shane hob den Kopf, sah auf und war sofort betroffen von diesem übernatürlichen, blendenden Licht. Es schien einer verborgenen Quelle hinter den wilden, unerbittlichen Bergen zu entströmen und besaß einen reinen, unirdischen Glanz, der Shane den Atem verschlug.

Seine dunklen Augen glitten über den Himmel, und dann richtete er gedankenverloren seinen Blick auf den zerfallenen Torbogen von Warwicks einst so mächtiger Burg. Er war einsam und allein, und doch wußte er in seinem Herzen, daß er hier in Yorkshire eine Art von Frieden finden würde. Er hatte einen Entschluß gefaßt, als er Anfang letzter Woche mit Winston von New York heimgeflogen war.

Shane O'Neill würde schließlich sein langes, selbstgewähltes Exil aufgeben. Es gab zuviel Schmerzliches in seinem Leben, als daß er sich noch weitere Schmerzen zufügen wollte, und das würde er tun, wenn er sich weiterhin selbst verstieß. Er würde hier leben, wenn er nicht reisen mußte, umgeben von der Schönheit, mit der er aufgewachsen war und die er so liebte. Es war der einzige Platz auf Erden, an dem er wirklich glücklich war.

Es würde schwer sein, aber er würde es schaffen. Er war ein Mann, erwachsen und intelligent, und er war immer stark gewesen. Er würde die Kraft finden, sich auch ohne sie ein neues Leben aufzubauen. Und dieses Leben wollte er hier verbringen.

War Lord, der in der Nähe angebunden war, begann zu wiehern.

Shane wandte den Kopf und sah sich in der Erwartung von Ausflüglern oder Touristen um. Aber er war völlig allein. Heute war die Burgruine verlassen. Kein Lebenszeichen war zu vernehmen, abgesehen vom gelegentlichen Ruf des Eis- oder Brachvogels oder dem *Gaak-Gaak* einer Seemöwe, die von der Nordsee hierhergefunden hatte. Er blickte über die gewellte, in voller Blüte stehende Heide, die sich in aller Pracht am Horizont erstreckte. Dahinter wogten die üppigen grünen Hügel der Dales.

Lange saß Shane so da, sah sich an der Landschaft satt und genoß ihre überwältigende Schönheit. Die Würde und die majestätische Ausstrahlung des Ortes berührten zutiefst seine keltische Seele, die so sehr auf die Natur eingestimmt war.

Plötzlich beschattete er seine Augen mit der Hand. Er sah einen Reiter über die Berge kommen, langsam den Saumpfad hinabreiten und sich der Burg nähern.

Als der einsame Reiter aus einem Einschnitt auftauchte, lehnte Shane sich starr an das Gemäuer und sah schärfer hin.

Es war eine junge Frau. Sie näherte sich in schnellem Trab, saß elegant und sehr geschickt zu Pferde. Ihr langes, dunkles Haar flatterte in der leichten Brise.

Shane fühlte, wie sein Herz einen Satz machte und dann heftig gegen seine Rippen schlug. Die Reiterin trieb das Pferd vorwärts. Er erkannte seine eigene Stute Celtic Maiden, und er erkannte auch das Mädchen, das in dem schimmernden Licht, das den Himmel und die Berge und die Burgwälle in seinen durchdringenden Glanz tauchte, klar zu sehen war.

Es war das Traumkind seiner Kinderträume ... sie ritt durch die traumhafte Landschaft seiner Kinderträume ... trabte durch den Sonnenschein und den Schatten ... kam näher ... näher ... näher ... hob grüßend die Hand. Das Traumkind seiner Kinderträume kam endlich zu ihm ... aber sie war nun zur Frau herangereift ... so wie er jetzt ein Mann war ... es war die Traumfrau, die er liebte, immer geliebt hatte und immer lieben würde bis zur Stunde seines Todes.

Das Hufgeklapper auf der üppigen, schwarzen Erde übertönte sein Herzklopfen. Langsam erhob er sich und sah sie ungläubig an.

Sie schwang sich aus dem Sattel, warf die Zügel über den Baumstumpf, an dem War Lord angebunden war, tat einen Schritt auf ihn zu und blieb dann stehen.

«Ich dachte, du wärst in New York», hörte Shane sich sagen. Er war überrascht, wie ruhig seine Stimme klang.

«Ich habe gestern den Nachtflug vom Kennedy Airport nach Manchester genommen. Tilson hat mich abgeholt und nach Pennistone Royal gefahren.»

«Ach so.» Shane trat unwillkürlich zurück und setzte sich auf die Mauerreste. Ihm war schwach zumute.

Sie nahm neben ihm auf den alten grauen Basaltsteinen Platz und sah ihn lange an.

Keiner von ihnen sagte ein Wort.

Schließlich fragte Shane: «Was hast du denn mit deinem Gesicht gemacht?»

«Ach, nichts. Ich bin hingefallen.»

«Und was tust du hier?»

«Ich habe nach dir gesucht. Randolph sagte mir, wo du bist. Ich wollte dich etwas fragen, Shane.»

«Ja?»

«Würdest du mir bitte den Ring geben . . . den Ring, den Blackie Emma geschenkt hat?»

«Du kannst ihn haben, wenn du willst. Emma hätte ihn dir hinterlassen sollen.»

«Nein. Sie wollte, daß du ihn bekämst. *Sie* hat nie solche Fehler gemacht wie ich. Weißt du, ich will den Ring nicht als Geschenk haben . . .» Sie zögerte kurz. «Ich will, daß du ihn mir als deiner zukünftigen Frau gibst.»

Er starrte sie an.

Sie lächelte zurück.

Paulas violette Augen standen riesengroß in ihrem blassen Gesicht. «Ich möchte den Rest meines Lebens mit dir verbringen, Shane. Falls du mich noch haben willst.»

Er konnte nicht antworten. Statt dessen legte er den Arm um sie und drückte sie fest an sein klopfendes Herz. Und dann küßte er ihr Haar, ihre Augen und schließlich ihre weichen, zärtlichen Lippen. Der Kuß war tief und leidenschaftlich, und dennoch war er voller Zärtlichkeit und einer Gefühlstiefe, die aus dem Schmerz gewachsen war, den die beiden jüngst erlitten hatten.

Lange saßen sie auf der verfallenen Mauer von Middleham Castle und hielten sich eng umschlungen. Beide schwiegen und überließen sich eine Weile ihren eigenen Gedanken.

Paula fühlte sich geborgen, nun, da sie endlich bei ihm war. Nie wieder würde sie ihn verlassen. Bis zum Ende ihrer Tage würden sie zusammensein. Sie gehörten zusammen, jeder war ein Teil des anderen.

Shane, dessen Blick über die düstere Burgsilhouette schweifte, war vom Gefühl der Zeitlosigkeit erfüllt, das er hier immer empfand. Und ihn umfing eine wundersame Ruhe, die ihn nun nie wieder verlassen würde, da er den Rest seines Lebens mit ihr zusammensein konnte.

«Wenn Blackie und Emma nur wüßten . . . wenn sie uns nur zusammen sehen könnten», murmelte Paula schließlich.

Er sah in ihr Gesicht hinab und lächelte, dann hob er die Augen zu den dunklen Bergen empor, die im Widerschein des überirdischen Lichts erstrahlten, und ließ seinen Blick über den Himmel gleiten.

Nach einer Weile streckte er die Hand aus und berührte sanft ihr Gesicht. «Vielleicht tun sie das, Paula», sagte Shane, «vielleicht tun sie das.»

Romane und Erzählungen

Barbara Taylor Bradford
Bewahrt den Traum *Roman*
(rororo 12794 und als gebundene Ausgabe im Wunderlich Verlag)
Eine bewegende Familiensaga: die Erfolgsautorin erzählt mit Charme und Einfühlungsvermögen vor allem die Geschichte zweier Frauen, die sich ihren Platz in einer männlichen Welt erkämpfen.
Und greifen nach den Sternen
Roman
(rororo 13064)
Wer Liebe sät *Roman*
(rororo 12865 und als gebundene Ausgabe im Wunderlich Verlag)

Barbara Chase-Riboud
Die Frau aus Virginia *Roman*
(rororo 5574)
Die mitreißende Liebesgeschichte des amerikanischen Präsidenten Thomas Jefferson und der schönen Mulattin Sally Hemings.

Marga Berck
Sommer in Lesmona
(rororo 1818)
Diese Briefe der Jahrhundertwende, geschrieben von einem jungen Mädchen aus reichem Hanseatenhaus, fügen sich zusammen zu einem meisterhaften Roman zum unerschöpflichen Thema erste Liebe.

Diane Pearson
Der Sommer der Barschinskys
Roman
(rororo 12540)
Die Erfolgsautorin von «Csárdás» hat mit diesem Roman wieder eines jener seltenen Bücher geschrieben, die eigentlich keine letzte Seite haben dürften.

rororo Unterhaltung

Dorothy Dunnett
Die Farben des Reichtums
Der Aufstieg des Hauses Niccolò. Roman
656 Seiten. Gebunden im Wunderlich Verlag und als rororo 12855
«Spionagethriller, Liebesgeschichte, spannendes Lehrbuch (wie lebten die Menschen vor 500 Jahren?) - einer der schönsten historischen Romane seit langem.» *Brigitte*
Der Frühling des Widders
Die Machtentfaltung des Hauseses Niccolò. Roman
640 Seiten. Gebunden im Wunderlich Verlag
Das Spiel der Skorpione
Niccolò und der Kampf um Zypern. Roman
784 Seiten. Gebunden im Wunderlich Verlag

Marti Leimbach
Wen die Götter lieben *Roman*
272 Seiten. Gebunden im Wunderlich Verlag und als rororo 13000
Das Buch zum Film «Entscheidung aus Liebe». Die Geschichte von Hilary und Viktor.

Rosamunde Pilcher

Millionen Leser sind süchtig nach ihr. «Die Muschelsucher» und «September» halten sich hartnäckig an der Spitze der «Spiegel»-Bestsellerliste. **Rosamunde Pilcher** schreibt nachdenklich und unterhaltsam, mit Liebe zu den Menschen und all ihren Schwächen und der Liebe zum Detail.
Rosamunde Pilcher wurde 1924 in Lelant in Cornwall ge-boren. 1946 heiratete sie Graham Pilcher und zog nach Dundee / Schottland, wo sie seither lebt.

Die Muschelsucher *Roman*
704 Seiten. Gebunden
Der Roman erzählt die Liebesgeschichte einer außergewöhnlichen Frau. Und er ist eine der großen Familiensagas, wie sie seit langem nicht mehr geschrieben worden ist. Ein Buch, das zum Lachen und Weinen verführt und in dessen Zauber man sich verfängt.

September *Roman*
624 Seiten. Gebunden
«Den allerschönsten Familienroman habe ich gerade verschlungen und brauchte dafür zwei freie Tage inklusive einiger Nachtstunden. Er heißt «September», spielt in London und Schottland und ist einfach hin-rei-ßend.»
Brigitte

Blumen im Regen *Erzählungen*
352 Seiten. Gebunden
Mit «Blumen im Regen» eröffnet die Autorin ihre große, einzigartige Sammlung von Erzählungen. Eine Pilcher, wie wir sie kennen und lieben: treffend, witzig, besinnlich und anrührend.

3308/1

Als rororo Taschenbücher sind außerdem lieferbar:

Karussell des Lebens *Roman*
(rororo 12972)

Lichterspiele *Roman*
(rororo 12973)

Sommer am Meer *Roman*
(rororo 12962)

Stürmische Begegnung *Roman*
(rororo 12960)

Wechselspiel der Liebe *Roman*
(rororo 12999)

Schneesturm im Frühling *Roman*
(rororo 12998 / Januar '93)

Schlafender Tiger *Roman*
(rororo 12961 / März '93)

«Ich schreibe für die Millionen von Lesern, die von einem Roman weder Folterszenen noch historische Versatzstücke erwarten, sondern intelligentes Vergnügen. Ich schreibe über Dinge, Landschaften, Gefühle und Beziehungen, die ich sehr genau kenne und die viele genau so erlebt haben.»
Rosamunde Pilcher

Wunderlich

Frauen

Barbara Gordon
Ich tanze so schnell ich kann
Roman
(rororo 5083)
In diesem autobiographischen Roman beschreibt die preisgekrönte Fernsehproduzentin Barbara Gordon rückhaltlos offen ihren Weg in eine totale Valium-Abhängigkeit, die verzweifelten Versuche, sich von dieser Sucht zu befreien, verschiedene erfolglose Therapien und schließlich den endgültigen Zusammenbruch, aus dem sich erst die Hoffnung für einen Neubeginn abzeichnet. Eine Beichte, die erschüttert und betroffen macht.

Mary Gaitskill
Im Spiegel der anderen
Roman
(rororo 12577)
Die beiden jungen Frauen Justine und Dorothy sind sich bei ihrer ersten Begegnung zunächst völlig fremd. Und trotzdem entsteht zwischen ihnen eine Nähe, weil sie spüren, daß sie ähnliche tiefe Verletzungen und Entbehrungen erleiden mußten...
Schlechter Umgang *Stories*
(rororo 12541)

Mary Mackey
Aus Leidenschaft *Ein Ballett-Roman*
(rororo 13057)

Emily Listfield
Eine Liebe in New York
Roman
(rororo 12817)
Amanda und Sam wagen den großen Schritt: Sie ziehen zusammen und entschließen sich nach einigem Hin und Her zu heiraten.

rororo Romane und Erzählungen

Lorrie Moore
Leben ist Glücksache *Stories*
(rororo 12842)
Schonungslos und mit feiner Ironie deckt Lorrie Moore in den neun Erzählungen dieses Bandes auf, wie sich Menschen durch ihre Schwächen, Ängste und Verletzbarkeiten in ausweglose Situationen versricken.

Françoise Sagan
Die seidene Fessel *Roman*
(rororo 13155)
Vincent, ein Dandy und mäßig begabter Musiker, der sich von seiner wohlhabenden Frau Laurence aushalten läßt, wird durch eine Filmmelodie plötzlich reich und berühmt.

Candia McWilliam
Die dritte Seite der Liebe
Roman
(rororo 12935)
Der Herzchirurg Lucas Salik ist ein vom Leben verwöhnter, selbstsicherer und eleganter Mann. Stets bewahrt er einen kühlen Kopf. Doch eines Tages spielt ihm das eigene Herz einen Streich - er verliert es an den jungen attraktiven Hal Darbo...

Rowohlt im Kino

John Updike
Die Hexen von Eastwick
(rororo 12366)
Updikes amüsanten Roman über Schwarze Magie, eine amerikanische Kleinstadt und drei geschiedene Frauen hat George Miller mit Cher, Susan Sarandron, Michelle Pfeiffer und Jack Nicholson verfilmt.

Hubert Selby
Letzte Ausfahrt Brooklyn
(rororo 1469)
Produzent: Bernd Eichinger
Regie: Uli Edel
Musik: Mark Knopfler

Alberto Moravia
Ich und Er
(rororo 1666)
Ein Mann in den Fallstricken seines übermächtigen Sexuallebens – erfolgreich verfilmt von Doris Doerrie.

Paul Bowles
Himmel über der Wüste
(rororo 5789)
«Ein erstklassiger Abenteuerroman von einem wirklich erstklassigen Schriftsteller.»
Tennessee Williams
Ein grandioser Film von Bernardo Bertolucci mit John Malkovich und Debra Winger

John Irving
Garp und wie er die Welt sah
(rororo 5042)
Irvings Bestseller in der Verfilmung von George Roy Hill.

Alice Walker
Die Farbe Lila
(rororo neue frau 5427)
Ein Steven Spielberg-Film mit der überragenden Whoopi Goldberg.

3290/1

rororo Unterhaltung

Henry Miller
Stille Tage in Clichy
(rororo 5161)
Claude Chabrol hat diesen Klassiker in ein Filmkunstwerk verwandelt.

Oliver Sacks
Awakenings – Zeit des Erwachens
(rororo 8878)
Ein fesselndes Buch – ein mitreißender Film mit Robert de Niro.

Ruth Rendell
Dämon hinter Spitzenstores
(rororo thriller 2677)
Rendells atemberaubender Thriller wurde jetzt unter dem Titel «Der Mann nebenan» mit Anthony Perkins in der Hauptrolle verfilmt.

Marti Leimbach
Wen die Götter lieben
(rororo 13000)
Das Buch zum Film «Entscheidung aus Liebe» mit Julia Roberts und Campbell Scott in den Hauptrollen.